医术

［卷二］

向林 著

作家出版社

目 录

第一章 / 1

第二章 / 8

第三章 / 29

第四章 / 48

第五章 / 64

第六章 / 72

第七章 / 87

第八章 / 113

第九章 / 132

第十章 / 144

第十一章 / 159

第十二章 / 179

第十三章 / 200

第十四章 / 218

第十五章 / 225

第十六章 / 238

第一章

从病案室出来，卓越直感到双腿发软。此时他才明白汤主任为什么要一次次拒绝他申报的那个科研项目，而且还特地吩咐病案室不要对他开放那部分病案的原因了。

病案室的小陈是医院一位资深专家的子女，几年前大学毕业就被照顾性地安排在这家医院工作。当初汤主任吩咐她不让卓越查阅那部分病案的时候她是有些奇怪，不过汤主任的解释似乎非常合理——汤主任告诉她说，卓越想要研究的那个科研项目毫无意义，她只是不想让卓越误入歧途罢了。

然而，长相英俊、温文尔雅的卓越是极富魅力的，卓越第二次去央求的时候她就直接投降了："随便你吧，别告诉汤主任就行。"

当今世界已经有五百多万试管婴儿出生并健康地生活着，其中卓越所在的这家医院就成功了近万例。一直以来卓越就试图进行这样一项调查：这近万例试管婴儿如今的健康和心理状况究竟怎么样？从统计学的角度看，这么多的病例已经足够支撑起这样一项研究。医学界有过这方面的研究，但那是在国外，他们研究的结果是试管婴儿与其他人一样健康。不过卓越很想知道国内的情况，他一直不明白汤主任为什么非要阻止他。

卓越决定从医院的第一批试管婴儿开始查看，结果却发现上面竟然有他的名字！卓越，父亲卓文墨，母亲欧阳慧。没错，这上面的卓越就是他自己……原来，他竟然是这所医院诞生的第一批试管婴儿之一。

卓越从小活泼可爱，成绩优秀。报考大学的时候他对父母说，我想学医。父亲点头道，你喜欢就行。母亲问，你确定了？他依然坚定地点头。母亲又问，你为什么喜欢这个专业？他摇头说，我不知道，但就是喜欢。母亲说，那好吧。大学毕业后报考研究生，他毫不犹豫就报考了生殖医学专业，导师问他为什么喜欢这个专业，他说，好奇，而且喜欢。导师说，好吧，我收下你。

一切都是那么顺利，一切看上去都是那样理所当然，仿佛冥冥中有某种天意在主导……可是他不明白父母为什么一直不告诉他真相，更不明白导师为什么要阻止他的这项研究。为什么？难道我真的和正常人不一样？

走到医院公寓楼下的时候他才忽然惊醒：我跑回来干吗？匆匆上楼，到了房间后就直接冲进了洗漱间。镜子前是他一直以来十分自豪的那张富有棱角的脸庞，曾经有很多人都说他遗传了父母全部的优点。他的身体也似乎毫无瑕疵：宽肩窄腰，四肢健硕，肤色微黑，看上去非常健康。他每年都要参加医院组织的体检，从未发现有过任何的问题。

掐了一下肌肤，很痛，这一切都是真实的，包括他的肉体。可是，他们为什么都不告诉我真相？甚至还要试图阻止我去发现这样的事实？为什么？

手机在外面响，卓越不想接听。浴缸里面已经放满了温热的水，他将身体浸泡进去，毛孔霍然张开，从肉体到灵魂都感受到了温暖……这样的感觉也是真实的。

一直到温热的水变得有些冰凉，卓越才从浴缸里面爬了出来，揩拭身体的时候忽然打了一个喷嚏，而这个喷嚏让他忽然有些明白了——他们不让我知道真相，可能是担心我的心理接受不了。是的，刚才我的心理就差点出了状况。

前面那个电话是卓越的女朋友打来的，卓越急忙拨打回去，电话里很快就传来了一个动听的声音："刚才在实验室还是手术室？"

夏丹丹是医院老年科的医生，对卓越的工作非常了解。试管婴儿又被称为体外受精，或者辅助生育技术，卓越的工作主要分为四个阶段：在实验室完成体外受精的过程；将受精卵植入未来孩子母亲的子宫；孕期观察及治疗；帮助孕妇生产。卓越回答道："我回公寓了，刚才在洗澡。"

夏丹丹问道："我来了个同学，晚上一起吃饭？"

其实刚才的事情卓越并没有完全释怀，当然也就没有了和夏丹丹一起吃饭的心情，不过他给自己找了一个理由："晚上要看一些资料，我就不去了。"

电话里面的声音依然在笑："是一个男同学哦。"

卓越也笑了："那不是正好吗，免得你们说话不方便。"

"你不会吃醋？"

"吃醋有用吗？该来的总会来的。"

"你什么意思？"

"我的意思是说，该是我的就一定是我的，不是我的我怎么去做都会失去。你说是不是？"

"我知道了，其实你根本就不在乎我。一直以来都是这样。"

这时候卓越才忽然意识到自己的情绪受到那件事情的影响太大，可是刚才的那些话已经说出去了，他试图去挽回："我，我不是那个意思。对不起，今天我的心情不大好。"

电话被对方挂断了。很显然，他刚才的解释并没有让夏丹丹满意。

夏丹丹是在读研的时候认识卓越的，比卓越低一个年级。准确地讲，是夏丹丹主动追求卓越的。夏丹丹的模样普通，难免在卓越面前有些自卑，卓越太优秀了，无论是相貌、家境还是学识。夏丹丹害怕失去他，于是毕业后也跟着到了这家医院，一到医院就时常与卓越出双入对，以此宣示主权。而私底下夏丹丹却始终与卓越保持着距离，甚至还拒绝了卓越的求婚。不知道为什么，她总是对卓越没有信心，害怕天长地久、白头到老最终成为幻想。

挂断电话后夏丹丹就后悔了，脱下白大褂就朝病房外边跑。

夏丹丹用力地敲门，但是里面却没有任何回应，她急忙拿起电话拨打，卓越说："我在家里呢，和爸妈谈点事情。"

夏丹丹已经意识到卓越出现了某种状况，问道："你怎么了？"

卓越的声音很平淡："没事，你去和同学吃饭吧。"

这一次是卓越挂断的电话，这样的情况还是第一次。以前，即使是在他马上要上手术台的时候，他都会等着夏丹丹先挂断电话的。这样的一个小细节让夏丹丹的心里更加慌乱，眼前瞬间变得灰暗，仿佛世界即将坍塌，全身的力气在这一刻流失殆尽。她双腿一软，顺着那道门缓缓蹲了下去……

夏丹丹始终是好强的。她从来都不愿意将自己如此在乎卓越的内心彻底袒露于外，一会儿之后，她终于站了起来，挺直了腰，一步步朝电梯间走去。

而此时卓越正在父亲的书房里面。儿子每次进书房的时候都是要敲门的，正在修改学生论文的卓文墨并没有看出儿子的异样来，只是随意地问了一句："回来了？"

卓越没有回答，直接去到了父亲面前，他忽然感到喉咙有些发干，不过还是坚持着让自己问出了那个问题："爸，您为什么一直不告诉我？"

卓文墨一时间没有反应过来："没有告诉你什么事情？"

卓越还是犹豫了一下，才说道："我是试管婴儿的事情，为什么一直不告诉我？"

卓文墨拿着笔的手抖动了一下，脸上却带着和蔼的笑容，问道："你都知道啦？是啊，我们为什么不告诉你呢？可是，我们又为什么要告诉你呢？"

卓越沉默在了那儿。卓文墨当然知道儿子的聪明，不过儿子懂得是一回事，父母的想法却又是另外一件事情，既然儿子已经知道了一切，那就应该向他解释清楚。卓文墨继续说道："你现在从事的是试管婴儿技术方面的工作，当然明白所谓的试管婴儿其实就是体外受精，无论是从遗传学还是伦理的角度上讲你都是我和你妈妈的儿子，只不过你来到这个世界的方式与众不同罢了。可是普通的人却并不一定都明白这其中的道理，我们不把这件事情告诉你，当然也不会去告诉别的任何人，这都是为了你能够健康地成长。"

父亲说得对。不少人都以为试管婴儿是从试管里面长出来的孩子，特别是知识面狭窄的中小学生，一旦那样的情况传扬出去就很可能被同伴视为怪物。当然，如今的科技已经发达到了一定的程度，近几年出生的试管婴儿身份不一定需要保密，也就不再那么重要，可他毕竟是国内第一批成功诞生的试管婴儿啊。卓越明白了，恭敬地对父亲道："谢谢爸爸。"

卓文墨暗暗松了一口气，目光更加慈祥："当年你妈妈因为输卵管堵塞，数次疏通不成功，可是我们又非常想要一个孩子，那时候国内的试管婴儿技术刚刚兴起，于是我们就决定去尝试一下。上天保佑，我们一次性就成功了，你也因此而来到了这个世界上。我们拥有了你，人生也就因此而变得更加完美。"父亲站了起来，去到书架旁，"你一天天健康地长大，而且非常聪明。有一天，当你来到这里，拿起书架上一本关于试管婴儿技术方面书籍的那一刻，我知道你的未来就已经注定。这些书是我当年为了了解这方面的知识才去购买的，我想不到你从初中就开始对这样的东西很感兴趣，也许这就是宿命吧。所以，后来我和你妈妈都完全尊重了你的选择。"

卓越回忆起来了，确实是那样。从初中开始他就特别喜欢阅读课外读物，而父亲的书架无疑是他的最爱。这个书架里面除了父亲从事的专业方面的书籍，还有世界名著小说、诗歌、散文以及武侠小说，有一天当他的目光注意到那本关于试管婴儿的书籍之后一下子就产生出了好奇心。父亲说得对，也许这就是宿命。

卓文墨见儿子的脸上露出了笑容，以为他的心里已经彻底释怀，起身对儿子道："走，我们去看看妈妈今天做了什么好吃的。"

其实卓越的内心依然存在着一个很大的疑问：或许，我本不是属于这个世界的人？只不过他没有将这个问题讲出来，他害怕这个问题会伤了父亲的心。

欧阳慧正在做饭，刚才她看见儿子朝她打了个招呼后就匆匆去了书房，也就没有介意。一家人本来就不应该那么生疏、客气。此时见丈夫和儿子一起出来了，欧阳慧问道："丹丹呢？"

欧阳慧是非常喜欢儿子的这个女朋友的，模样虽然普通了些，但气质不错，喜欢笑，很阳光，而且肤色白皙，今后生下的孩子一定很好看。卓越忽然有些内疚，回答道："她同学来了，不用管她。"

女性往往有着超乎寻常的敏感，欧阳慧马上就问了一句："男同学还是女同学？"

卓越禁不住就笑了起来："妈，你儿子这么优秀，难道你还担心她劈腿啊？"

欧阳慧不明白儿子说的那个词是什么意思："劈腿是什么？"

卓文墨也忍不住地笑了，玩笑般地批评道："你这个文史馆的调研员，天天待在屋子里面不出门，迟早会被时代淘汰的。劈腿就是脚踩两只船的意思。"

欧阳慧瞪了丈夫一眼，道："我早就被这个时代淘汰了，我本来就是研究历史的。"她担忧地看着儿子，"真的是和男同学在一起？"

卓越不满地道："我和女同学在一起的时候你怎么不过问？"

欧阳慧很认真地回答道："因为你是我儿子。"

一晚上卓越都没有与夏丹丹联系，夏丹丹也没有打来电话，两个人似乎在互相赌气。不过第二天上班的时候夏丹丹还是忍不住朝着卓越的科室去了，却在妇产科的楼下看到了卓越，当时他正在劝阻几个人的吵架。夏丹丹恰好看到了整个过程。

最开始是那对年轻情侣在吵架，女孩子害怕去做人流，一直在埋怨男的当时不小心。男的开始一直忍着没说话,后来见周围的人越来越多,一下子就恼了:"我们还没结婚,怎么能要孩子?"

这时候一个中年妇女在旁边说了一句:"那就马上结婚啊!"

男的道:"没房子结什么婚?孩子生下来怎么养大?从幼儿园开始就要交择校费,我们什么都还没有准备好。"

中年妇女一下子就激动了起来,叫嚷着道:"你们年轻人就是不知道珍惜,年纪轻轻的难道还挣不了钱?你们的父母是怎么把你们养大的?"

这时候女孩子也恼了,急忙去护住男的,朝中年妇女大声道:"我们的事情关你什么事?你还真是喜欢多管闲事呢。"

想不到中年妇女竟然大哭了起来,开始数落这二人:"你们多好啊,能够怀上孩子。我盼了大半辈子都没怀上,你们这不是在作孽吗?呜呜……"

卓越比夏丹丹先到一会儿,此时他已经注意到了站在旁边的她,但来不及和她打招呼,直接就去隔开了中年妇女和那两个年轻人,劝慰着中年妇女道:"曾姐,你别激动,他们也有自己的难处……"

中年妇女却哭得更伤心了:"我怎么就一直不能有孩子呢?他们也太不珍惜了……"

夏丹丹上前去将两个年轻人劝走了,不一会儿中年妇女也离开了,夏丹丹朝卓越嫣然一笑,问道:"你认识她?"

卓越点头:"她叫曾玉芹,已经在我们医院做过多次试管婴儿了,但却一直没有成功,前些年为了这件事情搞得倾家荡产,结果反倒让她有了创业的动力,成了当地的养殖大户。"

夏丹丹心里对头天的事情更加在意,过去亲热地挽住了他的胳膊,问道:"昨天你怎么了?干吗一晚上不给我打电话?"

第二章

　　曾玉芹已经成了当地的名人，不仅仅是因为她后来成了养殖大户，更多的是她对要孩子这件事情的执着。

　　曾玉芹读书不多但性格执拗，特别在乎面子。当年和李洪坤结婚后一直没有孩子，村里的人慢慢开始议论，说她是不能下蛋的母鸡。李洪坤高中毕业后没考上大学，不过喜欢写写画画什么的，曾玉芹一直都很喜欢他，后来两人终于结了婚，因为一直怀不上孩子就悄悄去检查身体，结果发现问题出在李洪坤的身上。医生告诉他们说，李洪坤的精子活性极差。然而这样的情况夫妻俩是不可能告诉他人的，她曾玉芹要面子，李洪坤更要脸面不是？

　　从此夫妻二人开始四处求医，李洪坤越养越胖但病情却没见有任何好转，后来李洪坤一到晚上就心惊胆战，不愿再和自己的女人同床。曾玉芹却执拗得可怕，不止一次坚决地对丈夫说："我们必须要有一个自己的孩子，倾家荡产也必须要有，不能让村里的那些人看我们的笑话！"

　　从附近的中医到县医院，后来又去了市级医院，只要听人说哪家医院好就去哪家医院，就这样又过去了两三年，曾玉芹的肚子还是没有一丁点的反应。李洪坤早就失望了，一直说要放弃，后来却被曾玉芹强行拉到了省城。在奔走了好几所医院之后,曾玉芹在偶然间知道了试管婴儿的事情,几乎完全绝望的她仿佛抓到了一根救命稻草,即使是在高达数万的费用面前也依然没有想到要退缩。

然而,李洪坤的精子质量实在是太差,按照中医的说法是先天不足,医院几次取出曾玉芹的卵子进行人工授精,结果都失败了,这对夫妻的家庭也因此一贫如洗。曾玉芹的执拗劲并没有因此而有所改变,回到家里后就从乡信用社贷款搞起了养殖。夫妻俩都很能吃苦,几年下来竟然就有了一定的规模,手上有了钱之后孩子的事情也就顺理成章地再次被提到议事日程上来。

曾玉芹对丈夫说:"我们家养的这些牲畜都那么能生养,我就不相信我们养不出个孩子来。"

问题本身就出在李洪坤的身上,他见妻子对孩子的事情如此执着,也就不可能再反对,于是夫妻俩又一次到了省城。也许是多年来一直坚持吃药的缘故,李洪坤的精子活性有所增强,而这一次接待这对夫妻的医生正好就是卓越。

那时候卓越研究生毕业不久,正处于对事业的狂热期,在经过数次努力之后,他终于捕捉到了李洪坤精液中最具活力的一只精子,然后小心翼翼地注入从曾玉芹的身体里取出的卵子之中。终于受精成功了。

也许是因为年龄偏大以及长期劳累的缘故,曾玉芹的身体状况已经大不如前,怀孕快三个月的时候竟然流产了,一切的努力与希望顿时化成流水。曾玉芹大哭了一场,随后带着丈夫一起找到卓越,态度坚定地对他说道:"我们还会来的,一直到我们有了孩子为止。"

卓越从未见过如此执着的人,对这个乡村妇女既敬佩又同情。然而有些事情是不以人的意志为转移的,接下来卓越花费了两年多的时间、三次人工授精都失败了。而曾玉芹的意志依然坚定,这天又一次来到了这里。

卓越当然明白她朝那两个年轻人发脾气的原因,对于曾玉芹来讲，怀上一个孩子实在是太难了，所以她不能忍受他人随意打掉孩子。这个世界上的事情就是如此残酷，轻易得到的往往不懂得珍惜，因为他们根本不知道别人的难。

卓越简单向夏丹丹说了下曾玉芹的情况，夏丹丹同情地说了一句："她可真够不容易的。"然后也就没有再问卓越昨天的事情。她本来是想继续询问的，可是却发现卓越对她的态度并没有多大的变化，也就不想给自己招惹来不愉快。事情已经过去了，谁没有心情不好的时候？

然而夏丹丹并不知道卓越的情况，也根本不了解他现在的心境。卓越不想告诉她自己的一切，甚至已经决定在汤主任面前也不提及此事。不仅仅是因为对小陈的那个承诺，更多的是他想暗地里将自己的那项研究继续下去。这件事情对现在的他来讲显得更加重要了。

头天晚上卓越在家里吃了饭后就回到住处，卓文墨夫妇早已习惯了儿子的这种独立。有了这个孩子之后心愿已了，至于他的未来以及其他的一切那都是他的自由。对于卓文墨夫妇这种文化层面的人来讲并无多少养儿防老的理念，当年生下这个孩子只不过是为了弥补人生的遗憾罢了。完美的人生是什么？爱情、家庭、孩子、事业，以及健康。其实我们每个人这一辈子所追求的都是这样一些东西。所以，从本质上讲，他们这样的想法与曾玉芹是一样的。

卓越离开后卓文墨才将儿子的事情告诉了老伴，欧阳慧紧张地问了一句："孩子没什么吧？我看他好像很平静。"

卓文墨说道："我们儿子从小就很聪明，有些道理讲明白了他会懂得，更何况他现在也算是这方面的半个专家了，应该没事的。"

欧阳慧还是有些不放心："你是不是再找他谈谈？孩子毕竟还年轻，这样的事情骤然间被他知道了，我担心有些事情他一时间想不明白。"

卓文墨摇头道："得让孩子自己去想，我们说再多也没用。孩子的成长过程需要一些经历，让他自己去领悟吧。"

欧阳慧明明知道丈夫的话有道理，可是依然放不下心来，到了单位后查阅了大半天关于试管婴儿心理方面的资料，又上网去搜索了许久，但是却发现这方面的东西实在寥寥，叹息了一声只好罢了。

此时卓越正在生殖中心实验室的暗室里面。

试管婴儿的实验室要求严格无菌，对灯光也有特别的要求，而人工授精的过程是需要在阴暗的环境下进行的，否则的话受精卵就会出现异常。卓越正在进行的这个病例与自己当初诞生时候的情况差不多，这对夫妇也是女方的输卵管堵塞，只能从她的卵巢里面取出成熟的卵子，在培养液中与丈夫的精子结合。

这一刻，卓越的感觉十分奇妙。他正在见证生命奇迹的发生。他仿佛看到了自己来到这个世界的初始。

专业显微镜下，三枚无色透明的卵子隐隐约约显露出了它们的轮廓，看上去是那么优雅，在它们的周围，数个精子正讨好般欢快游动着。

在一般情况下，女性每个月排出一枚卵子，左右卵巢交替进行。绝大多数卵子是非常专一的，它只接纳一个精子进入，一旦某个精子率先刺破卵子的细胞壁进入其中，卵子的细胞壁就会在那一瞬间闭合，不再允许别的精子进入。而精子进入卵子之后，其携带的染色体即刻与卵子的染色体结合，受精卵就此诞生。这就是我们生命的开始。

卓越已经看到一只精子进入到卵子之中，其他精子四处碰壁再也不能进入其中，如同无头苍蝇般在四周乱窜。卓越用微细吸管将受精卵吸入，将其转移到另外一只培养皿中。这只受精卵其实就已经是一个生命了，如果他（她）能够在母亲的子宫内健康地活下去，数月过后就会诞生在这个世界上。

另外两枚卵子也很快受精，它们也被卓越转移到了培养皿中。接下来这三枚受精卵将同时植入孩子母亲的子宫中，在未来的数个月中，只有发育得最完美的那一个才可以存留下来。

刚才的这个过程就是试管婴儿一代技术，主要适用于女性输卵管不通等造成的不育。其实这项技术与自然怀孕的差别并不大，只不过是将受孕的地方从母亲的身体里面换到了实验室。

卓越从暗室里出来，实验室里还有其他几位医生，江晨雨笑着问道："帅哥，你进去的时间不长啊，很顺利是吧？"

江晨雨是和卓越同一年进的科室，不过她是在国外取得硕士学位，宣称自己是独身主义者。她最崇拜的人是林巧稚，同时也遵从林巧稚的理念：搞妇产科的人就不应该结婚，应该将全部的爱贡献给病人。卓越笑了笑，只是淡淡地回应了一句："很顺利。"

卓越正准备离开，江晨雨风一般闪到了他面前，仰起头看着他，说道："你别忙走，我有事情要对你讲。"

卓越停住了脚步，他有些不敢直视眼前这张漂亮的脸："你说吧，什么事情？"

江晨雨放低了声音："我们出去说吧，我遇到了点麻烦。"

卓越跟着她走到了实验室外边。天空中不知道什么时候已经堆满了乌云，风吹得猎猎发响，让江晨雨的长发变得凌乱起来。她伸出手去将头发捋住，一侧漂亮的脖子因此得以完美地显现。卓越怔了一下，差点迷醉于这一刻的心旌摇曳：她竟然如此漂亮……

江晨雨却并没有注意到卓越这一瞬间的异常，说道："我去找过汤主任，她让我自己处理。"

她的声音在风中变得有些飘忽，即使两个人距离这么近，卓越听起来也是断断续续的。他大声对江晨雨说道："我们换个地方，风太大了。"

江晨雨听明白了，朝墙根处走去，旁边有一道楼梯，风变得小了许多，这才说道："我刚刚收了个病人，有些背景，她非得要个儿子。你说我该怎么办？"

卓越感到有些诧异。江晨雨的性格一直是活泼开朗的，而且在国外多年，对这样的事情似乎不应该这么为难，所以卓越估计这其中必有原因，问道："你的意思是？"

江晨雨道："我就是想和你商量一下，把这个病人转到你管的病床上好不好？"

男性的单个精子要么携带着 X 染色体，要么携带的是 Y 染色体，而女性的卵子携带的是一个 X 染色体，如果携带 X 染色体的精子与卵子受精，未来的孩子就是女儿，要是携带 Y 染色体的精子与卵子结合的话，今后的孩子就是儿子。而对于试管婴儿技术来讲，医生唯一的原则就是选择质量最好的卵子及活性最高的精子进行受精。一般来讲，绝大多数不育不孕患者也不会提这样特殊的要求，卓越也因此而感到惊讶，不过转念间就有些明白了，问道："这个病人是不是找到你父母那里去了？"

江晨雨没想到卓越的反应这么快，点头道："是啊，是我父亲公司老板的女儿。这件事情我很生气，可是我父母他们……不说了，我自己的事情都还烦着呢。"

卓越想了想，道："你想过没有，如果你将这个病人转到我管的病床上来的话，对方也就明白了你的态度，所以我觉得这似乎没有必要……对了，你有什么烦心的事情啊？我看你天天都很高兴的样子啊。"

江晨雨苦着一张脸说道："还不是我个人的问题。哎！烦死人了，父母天天在我耳边念叨，早知道我就不回来了。"

卓越禁不住笑了起来，问道："其实你不想结婚，主要还是没有找到合适的男朋友，是不是这样啊？"

江晨雨瞪了他一眼，道："我有着崇高的理想不行啊？"

卓越摇头道："林巧稚那么伟大的人只有一个，我们都是凡人，所以我从来都不相信你的那些话。"

江晨雨朝他不住摆手："别说这个了，就刚才我说的那件事情，你帮我想想办法吧。"

卓越又想了想，道："一个字：吓。"

江晨雨不明白："什么意思？"

卓越解释道："这个病人想要孩子才是第一位的，是不是？只不过是因为有了你这样的关系才得寸进尺罢了。有些人就是这样，他们只考虑自己，而且得陇望蜀，对这样的人就应该抓住他们的弱点。你可以这样问她：究竟是想要一个健康的孩子，还是只想要儿子？"

江晨雨摇头道："这些道理我都对她讲过，可是她说既要一个健康的孩子，也想要一个儿子，她说我肯定能够做到。"

卓越若有所思地看着她，问道："你在家里讲过这方面的事情？一定是你父母把你讲过的话拿出去对别人说了，不然的话人家为什么会对你提这样的要求？"

江晨雨的脸红了一下，说道："在家里的时候肯定会说起工作上的事情，不过我说的也只不过是理论方面的东西。"

父母关心孩子的工作很正常，但是如果将有些事情拿出去作为吹牛的资本就不大好了。卓越以前也会对父母谈及工作上的事情，但像这样的情况还从来没有出现过。是的，从理论上讲，试管婴儿是可以控制生男生女这个问题的，但职业的伦理却不允许医生做出那样的选择。卓越苦笑着说道："那就麻烦了。其实这个病人的孩子有一半的概率是儿子，但是最关键的是你不能答应她的这个要求，否则性质就变了。"

江晨雨忽然想到了一个主意："卓越，这个病人人工授精的过程由你来帮我操作行不行？我担心到时候我会出现主观上的偏向。"

这不是多大件事情，卓越当然不好拒绝，点头道："好吧。"

江晨雨的心里顿时松了一口气，朝卓越嫣然一笑，道："谢谢你啦。"这时候她忽然发现卓越的肩膀上有一片树叶，伸出手去将那片树叶拂掉，顺手拍了拍他的衣服，"我就知道你会帮我的。"

而卓越完全不知道的是，刚才江晨雨那个貌似亲昵的动作已经被不远处的一个人用手机拍摄了下来。

夏丹丹正在给一个七十多岁的肝癌晚期病人做检查，外面的风不住朝病房里灌。她急忙去将窗户关上，目光透过玻璃窗看到天空中乌云正在滚滚集聚，轻声嘀咕了一句："这天气，怎么说变就变了呢？"

几分钟前夏丹丹给病人注射了一剂杜冷丁，病人的疼痛刚刚过去。老人对夏丹丹说了一句："变天了，看来是我要走了。走了好，这种生不如死的感觉我实在是受够了……"

夏丹丹握住了老人的手，温言道："您千万别这样想，活着总是好的。"

老人苦笑着摇头，问道："为什么我们国家不能制定安乐死的法律呢？"

肝部肿瘤大部分生长在肝叶的边缘，一旦癌细胞侵袭到肝被膜，就会引起剧烈的疼痛。有一种说法是：肝癌病人大部分死于疼痛。其实从医学与人道主义的角度讲，夏丹丹是赞同安乐死的，不过……她解释道："这个问题很复杂，涉及医学伦理与法律等问题，所以即使是在世界范围内也只有很少的几个国家通过了安乐死的法律。您别想太多，我们会尽量减轻您的痛苦的。"

这时候病房的门开了，进来的是老人的儿子。夏丹丹对老人的儿子说道："一会儿你到医生办公室来一下。"

老人的儿子却直接跟着夏丹丹出去了，问道："夏医生，是不是我爸的时间不长了？"

夏丹丹一下子就有些生气了，问道："你是想他的时间长一些还是短一些呢？"

"我没有那样的意思，只是随便问问。"

"最近你父亲的病情一直在加重，你应该多来看看他才是。还有你的媳妇和孩子，应该都一起来。老人的时间不多了，现在他最需要的是温暖和关怀。"

"我知道了……哎！"

"怎么了？"

"没什么。我知道了，谢谢医生。"

从这个男人的脸上夏丹丹看到了他的难处，不过她没有多问，俗话说家家都有本难念的经，特别是在这老年科，时常都在上演人间的悲喜剧。而作为医生并没有干涉他人家庭事务的权利，最多也就是尽职尽责地提一些建议罢了。

夏丹丹回到医生办公室不久，护士小章就进来了。夏丹丹发现她的眼圈有些发红，随意问了一句："昨天晚上没休息好？"

小章没有回答她，见医生办公室里就夏丹丹一个人，快速将手上的手机放在夏丹丹的面前，然后就匆匆朝外面走了，留下了一个声音："你看看。"

夏丹丹疑惑地拿起手机，轻轻点了一下屏保就打开了，眼前是一张照片，虽然拍摄的距离有些远，但还是一眼就认出了那是卓越的正面。照片上还有一个苗条的背影，这个背影与卓越靠得很近。夏丹丹的心跳瞬间加速，那种失去的恐慌感再次袭上心头，她急忙将照片朝一边拖去，接下来的几张照片都是同样的角度，同样的画面，似乎没有什么变化，一直到最后两张，她看到那个苗条女人的手竟然亲热地搭放在了卓越的肩膀上面……夏丹丹的眼前一片模糊，眼泪竟然情不自禁地掉落。快速掏出手机，正准备给卓越拨打的时候忽然就觉得不大对劲，起身走出医生办公室，却见小章在外边站着，正忐忑不安地看着她。

"这些照片是怎么来的？"

"我……"

"什么时候的事情？"

摇头。

"告诉我，照片是不是孙鲁发给你的？"

"是……"

"什么时候发给你的？"

"刚刚……"

"他人呢？"

"回他的科室去了。"

夏丹丹乘电梯去了楼下的内科，见孙鲁正在给病人听诊，只好强忍着愤怒在那里等候着。有一件事情夏丹丹是知道的：孙鲁一直很喜欢她，而护士小章对孙鲁的感情整个科室都清楚。然而夏丹丹不可能接纳孙鲁，因为她的心里一直装着卓越，装得满满的。

孙鲁终于检查完了病人，夏丹丹冷冷地朝他说了一句："你出来！"

孙鲁像没事人似的，对病人说了几句话之后慢吞吞地出来了，问道："什么事情？"

夏丹丹气极，将小章的手机在他面前晃了晃，问道："告诉我，怎么回事？"

孙鲁一下子就笑了，说道："你问这个啊？刚才我路过生殖中心实验室的时候正好看到了那一幕，于是就拍了下来。丹丹，我的意思难道你还不明白吗？"

夏丹丹皱眉道："孙鲁，你有什么话就直接说，我最讨厌这种偷偷摸摸在背后搞小动作的事情了。"

孙鲁的脸色一下子就变得难看起来："好吧好吧，算我多事了行不行？"

夏丹丹不想再理会他，转身就走了。她并没有立即将手机还给小章，在办公室里将那些照片又看了好几遍，不自觉就联想到头天的事情，心想他对我的态度有所改变果然是有原因的……

卓越看了一会儿江晨雨那个病人的病历，但是却发现怎么也看不进去，脑子里全部是刚才在暗室里面进行人工授精的画面。在此之前他从来没有刻意思考过这样一个问题：其实他的工作就是在创造生命。那么也就是说，他的生命也是由汤主任创造出来的。母亲提供了卵子，父亲提供了精子，汤主任将它们结合在了一起，于是才有了现在的他。

这个想法很奇怪，但是却始终萦绕在他的思绪中让他挥之不去。正在那里痴痴想着这个问题，忽然感觉到肩膀被人猛拍了一下："卓越，在发什么呆呢？"

卓越霍然清醒，这才发现是自己的室友、外科医生雷达。医院的公寓住的都是未婚的医生和护士，两个人住一间。雷达的父母也在这座城市，他和卓越不一样，平时基本上都住在家里。雷达身高只有一米七多一点，有一副漂亮的络腮胡。这家伙最近老是往这里跑，护士长分析过，他肯定是想追求江晨雨，因为科室的女医生中就她没有男朋友。

卓越也觉得是这样，这家伙每次到这里来，第一眼的目光都会定格在江晨雨那里。卓越看了周围其他医生一眼，低声对他说道："江医生在实验室那边。"

雷达双手去攀住卓越的肩膀，将嘴巴凑到他耳边低声说道："我专门来找你的。你出来下，我问你点事情。"

卓越有些哭笑不得：今天这是怎么了？个个都叫我出去说事情……跟着他出去后，雷达从衣兜里掏出一包烟来，给卓越递过去一支又缩了回去："你好像不抽烟。卓医生，我想问你一件事情：江医生真的准备一辈子不结婚？"

卓越看着他脸上漂亮的络腮胡，问道："你真的很喜欢她？"

雷达点头，道："真的很喜欢，我第一眼看到她的时候一下子就心动了，这种感觉，这种感觉你应该是知道的。"

卓越戏谑道："你一个堂堂的外科医生，怎么在恋爱的问题上像娘儿们似的？你直接去问她啊？"

雷达摇头道："在其他的事情上我可以做到胆大妄为，但是一见到她我就害怕了，生怕一句话不对就会惹得她不高兴。现在我首先要弄明白的是她究竟是不是真正的独身主义者，如果她真的是那样的女人，我就算了。"

卓越道："这个世界上的女人只有三种，第一种就是像南丁格尔、林巧稚那样的，真正有理想，而且愿意为理想而献身。这样的女人很少，她们已经不是人而是神；第二种是普通的女人，这就不用我多说了；第三种是内心受过伤的女人，除非是她遇见了真正值得她爱的男人，否则的话她们宁愿独身。"

雷达问道："那么，江医生是属于哪一类？"

卓越摇头道："我不知道，也没兴趣去知道。如果你真的喜欢她，那你就应该好好去了解她的过去。"

雷达很是失望，叹息着道："怎么这么麻烦……"

此人有些浮躁，而且可见他对江晨雨的感情也并没有他自己所讲的那么深厚。

对于汤知人这样的专家来讲，她已经不再分管病床。她是博士生导师，自己本身也有重大的科研项目正在进行，不过这么多年来她一直习惯待在病房里面，离开了这个地方她就会感到心里不踏实。

卓越进入到她办公室的时候一眼就看到了那本崭新的书，一时间忘记了来这里的目的，惊喜地问道："汤主任，您编写的教材印刷出来了？"

汤知人朝他微笑着点头道："是的，花费了我这么多年的精力，终于出版了。"

教材的编写往往比学术论文更难，因为它面对的是刚刚接触这门学科的学生，编写者没有深厚的功底是很难完成这样的著作的，就如同武林高手一样，需要的是返璞归真的真功夫。卓越当然知道汤主任这些年来在这项工作上所付出的艰辛，此时才忽然注意到一贯注意保养的她脸上已经爬上了皱纹，头发也有些花白了。这一刻，卓越的思绪中忽然间涌出从来未有过的亲近感……是的，就是眼前的她创造了自己。

汤知人见卓越一下子痴痴地呆立在了那里，慈祥地笑着问道："你怎么魂不守舍的？发生什么事情了？"

卓越这才一下子清醒了过来，沉吟了片刻后说道："老师，我想问您一个问题：对于试管婴儿来讲，他们是不是本来就不应该属于这个世界？"

汤知人怔了一下，问道："你怎么忽然想起问这样一个问题？"

卓越回答道："最近我一直在思考这样一个问题：在试管婴儿技术诞生之前，对于不育不孕的夫妇来讲，他们很可能一辈子都不会有孩子，所以，那些经过我们的手来到这个世界上的孩子在以前是不可能出现的。我对这个问题感到很困惑，一直想不明白。"

对于这样的问题，汤知人还从来没有认真思考过。这个问题已经不属于医学，似乎应该归于哲学方面。不过汤知人很快就意识到这个问题从卓越的口中问出来有些不大寻常，可是有些问题她又不方便问——万一真实的情况不是那样的呢？汤知人想了想，回答道："问题是，如今我们已经拥有了比较成熟的试管婴儿技术，而且这项技术已经发展到了第三代，此外，根据美国的最新医学论文显示，他们正在研究第四代试管婴儿技术，也就是卵泡胞浆置换技术。该技术有望极大改善卵子的质量问题，从而攻克长久以来困扰高龄、卵细胞老化的大龄女性的生育难题。所以，你的这个问题显得有些可笑，比如古时候的阑尾炎因为没有外科技术，很多病人就会因为这种疾病死亡，你不能因此就认为现在的阑尾炎病人也不应该存在于这个世界上吧？"

卓越这才发现自己陷入到了一个可笑的思维之中，点头道："嗯，我有些明白了。"

汤知人看向他的目光更加柔和，继续说道："其实我是同意黑格尔的那句话的：存在就是合理。既然一个生命来到这个世界上，他就是这个世界的一分子，和其他生命没有任何的区别。卓越，你最近好像不大对劲啊？怎么成天胡思乱想呢？你是一个很有前途的年轻医生，应该把主要精力放在工作和生活上面，明白吗？"

卓越离开后汤知人给病案室打了个电话："小陈，卓越来找过你没有？"

小陈回答道："来过好几次，不过我可没有答应他。"

汤知人将电话放下了，她并没有听出小陈声音中的紧张。汤知人打开玻璃窗，外边的风已经停了，刚才的那阵大风还刮走了那些乌云，天空中晴朗再现。

刘顺成何尝不知道夏医生的话说得很有道理？父亲的病情他也

非常清楚，肝癌晚期，而且已经全身转移，随时都可能离开这个世界。几天前他带儿子来过医院，可是儿子到了病房门口后死活都不愿进去。孩子说他害怕。

父亲身体健康的时候孩子很喜欢和他在一起的，想不到疾病发作后整个人很快就脱了形，眼眶下陷，全身皮包骨头，看上去就像是骷髅外面包了一层亮晶晶的皮肤，孩子第一次来的时候就被吓哭了。父亲是最喜欢这个孩子的，刘顺成劝说了儿子很久也没有用。孩子不懂事，以前娇惯得太厉害，这时候问题就来了。这倒没什么，对于刘顺成来讲，最大的问题在他的女人身上。

父亲几年前下岗，当时也就几万块买断了工龄。刘顺成做送奶工，妻子高玉梅在一家旅社当服务员，一家人的生活很是窘迫，这次父亲住院不但花光了家里的积蓄，而且还背负了外债，高玉梅心里很不痛快，成天在家里和丈夫吵架。高玉梅说："都癌症晚期了，还住院干吗？他两眼一闭倒是走了，我们今后怎么办？"

刘顺成是孝子，当然不可能让父亲临走前还待在家里受罪，住在医院的费用虽然高了些，但至少能够减轻父亲的很多痛苦。作为儿子，这是他能够为父亲做的最后一件事情了，钱花出去了可以慢慢挣回来，绝不能因为钱的事情留下永远的遗憾。可是高玉梅偏偏不那样想，这说到底还是因为生病的不是她的亲爹。

可是生气归生气，刘顺成却不能因此和妻子闹得太僵。说起来都是自己没本事挣不来钱，高玉梅也是为这个家的今后着想。生计再艰难也得继续过下去，刘顺成和大多数底层的小人物一样，就这样如此艰难地活着。

父亲的身体衰弱得厉害，刘顺成禁不住流下了眼泪。父亲知道儿子的艰难，也流着泪说道："我拖累你们了。"

刘顺成强颜欢笑，安慰道："没事，我还年轻，可以挣钱养家的。"

和父亲说了一会儿话，刘顺成从病房出来，脑子里全是自己小时候的一幕幕。那时候父亲是那么健壮，生活虽然并不富裕但父亲的心情一直都很好，喜欢喝点小酒，哼几句黄梅戏……刘顺成完全徜徉在过去的美好里面，嘴角处情不自禁露出了笑容。一切都会好起来的，会好起来的。猛然间，他忽然感到腰部被什么东西狠狠撞了一下，身体一下子就跌倒在了地上。被车撞了！当耳边响起刺耳的喇叭声时他才在一瞬间明白过来是怎么回事。他挣扎着想要爬起来，却感觉到腰部撕裂般的疼痛。

一个人从车上下来了，雪白的衬衣，走到刘顺成旁边，俯下身去看着他，语气很是不善："在医院门口碰瓷？我还是第一次遇到这样的事情呢。说吧，你要多少钱？"

医院门口人来人往，刚才发生的事情有不少人亲眼看见，但此时却没有一个人站出来替刘顺成说话。刘顺成心想这件事情自己确实有责任，不过没想到这个人竟然说自己是碰瓷的，急忙申辩道："明明是你撞了我……"他试图再一次从地上爬起来，结果一下子又牵扯到了被撞伤的腰部，顿时痛得脸部的肌肉都变了形。

夏丹丹在医生办公室里坐了一小会儿，再次仔细看了照片上那个苗条的背影，怎么看都觉得很像卓越科室的那个江晨雨，心里更慌，急匆匆从病房里出来准备去找卓越问清楚，想不到正好看见了刘顺成被车撞的这一幕。她快步走到穿白衬衣的那个人面前，冷冷地道："我明明看到是你撞了人家，怎么还反倒诬陷他碰瓷呢？"

穿白衬衣的人见是夏丹丹，态度一下子就变了："夏医生，这人走路不看路，直瞪瞪就朝路中间走，我也是没来得及踩刹车，所以……"

夏丹丹的脸色好看了些，说道："这个被你撞了的人也是我们科室病人的家属，不是你以为的碰瓷的人，你扶他去急诊科看看，不知道伤到骨头没有。"说到这里，她忽然改变了主意，"来，扶他一把，我们一起带他去急诊科。"

这个穿白衬衣的人是一家公司的老板，他父亲患老年帕金森病，住在夏丹丹管的单人病房里，老人的生活不能自理，还特地请了一位特别护理。这个老板似乎很忙，每次到医院都是来去匆匆。

刘顺成的伤不是特别严重，腰部肌肉有些瘀血，盆骨有轻度的骨裂。急诊科的医生说要住院，刘顺成坚决不同意："不行不行，我住院了我爸怎么办？我每天还要送奶呢。"

医生说道："你不住院的话估计一两天好不了，而且还可能留下后遗症。"

这位医生夏丹丹正好认识，他也是住在医院公寓里面的青年医生，名字有些奇特：高德莫。夏丹丹对高德莫说道："这个病人的情况比较特殊，家里的生活也有些困难，看能不能做一个局部封闭，最近不要干重体力的活儿。"

高德莫想了想，道："这样也行。"

夏丹丹在说那些话的时候同时看了穿白衬衣的人好几眼，希望他能够明白自己话中的意思，但是这个人就好像没听见似的，站在那里一言不发。夏丹丹顿时恼了，对穿白衬衣的人道："陆老板，你说怎么办？"

陆老板急忙问道："刚才花了多少钱？我马上去付了。"

夏丹丹知道刘顺成的家庭状况，本想趁机帮他一下，想不到这个姓陆的如此为富不仁，冷冷地道："说起来你开的是奔驰车，父亲住的又是我们医院最好的单人病房。"她指了指刘顺成，"这个人呢？一家人天天为温饱四处奔波，因为父亲住院欠债无数，你撞了他，他可是没有向你提任何的要求，你们有钱人难道都是这副德行？"

陆老板尴尬得不知道说什么才好，夏丹丹却已经转身出了检查室。陆老板问刘顺成："你看……"

刘顺成摇头道："我没事，过几天就好了。这件事情我也有责任，你不让我赔你的车我就感激不尽了。"

他的话反倒让陆老板感到有些无地自容了，急忙摸出钱包，将里面的钱都掏了出来朝刘顺成递了过去："我身上就这么多现金，你父亲也住在夏医生管的病床，是不是？这样，我明天再给你送点钱来。"

刘顺成本不想要他的这些钱，可是双手却禁不住朝对方伸了过去："这……这怎么好呢？"

陆老板叹息了一声，说道："我这个老板……哎！不说了。我看得出来你是一个老实人，今天的事情是我的责任。我心情不好，开车的时候没留神。明天，我明天一定来找你。"

局部封闭可以暂时控制住疼痛，刘顺成挣扎着从检查台上爬了起来，尝试着走了几步，感觉不再像刚才那样疼痛。陆老板去扶着他，问道："你准备去哪里？要不要我送你？"

刘顺成拿了人家的钱，心里有些过意不去，急忙道："没事，我自己能够坐公交车。"

夏丹丹又回到了自己的办公室，不过她给卓越发了一个短信：中午一起吃饭？医院外边那家家常味。卓越很快就回复了：好。

夏丹丹的这个短信本来是带有试探性质的，此时见卓越这么快就回复了，这才意识到自己可能是多心了。那么远距离拍摄到的照片，拍摄角度本身就是一个问题，而且此时她已经想起来了，那个苗条的背影很像江晨雨。江晨雨是独身主义者，这件事情夏丹丹是知道的。

卓越终于看完了江晨雨那个病人的病历。这个叫秦雯的女病人是属于输卵管堵塞加上卵巢排卵障碍。这种情况在女性不孕中算是比较严重的情况，特别是卵巢排卵障碍的问题。卓越有些不能理解这个病人：如果没有试管婴儿技术，她这辈子怀孕的可能性几乎为零，在这样的情况下她竟然还提出如此过分的要求。

此时，卓越忽然有了一种冲动，他很想去找这个病人谈谈。不过后来他考虑到江晨雨所面临的难题，也就强迫着自己放弃了这个想法。

从专业的角度看，江晨雨对这个病人是非常尽心的。她花了不少工夫以调整这个病人的内分泌和激素水平，让病人的卵巢功能得到了极大的改善。她做的这一切最终的目的还是为了卵巢正常排卵，这是体外受精的基础。

卓越已经决定了，到时候必须按照体外受精的原则处理这个病人的情况，如果到时候她生下来的是儿子也算是运气。试管婴儿技术已经违背了自然的法则，如果再刻意注重性别的话，就更加不应该了。

将病历放回原处，卓越将衣兜里的U盘插入电脑。这是他从小陈那里拷贝回来的资料。看到自己的名字及相关资料，那种异样的感觉再一次让他感到不舒服。汤主任的话确实很有道理，但有些事情牵涉到本人的时候就不再那么简单了。

在笔记本上记下了几个人的名字和地址，他决定本周先去拜访这几个人。在卓越的心里，他们才真正是自己的同类。这样的想法很奇怪，但是他不得不这样认为。

"你怎么还没来？"卓越沉浸在那些资料之中，以至于完全忘记了夏丹丹那条短信的事情，直到夏丹丹打来电话才霍然清醒过来。急忙收起桌上的东西，脱下白大褂后匆匆朝医院外面走去。

一对夫妇在医院大门对面开了一家饭馆，经营烧菜、炖菜和小炒，他们的菜少油且几乎不放味精，味道却是极好，每天中午都是人满为患。据说这家饭馆开了近二十年，夫妇俩也就四十多岁的年纪，请了几个服务员。饭馆以前就是一间临街的门面，几年前又租下了楼上的房子，不过楼上是专门提供给医生用餐的，所以夏丹丹每次去都还能找到座位。来这里吃饭的除了医生基本上是病人亲属，医院里面的饭堂十分拥挤，这地方倒是替医院解决了一部分就餐难的问题。

卓越到的时候夏丹丹已经点好了菜。她笑着对卓越说道："我点了你最喜欢吃的菜。你今天很忙？"

卓越回答道："天天不都是这样吗？"

夏丹丹怔了一下。一直以来卓越在回答她类似问题的时候一般都比较直接，很少像这样使用反问的语气。这种反问的语气透出一种不耐烦的味道，听起来让人感觉不舒服。此时夏丹丹的心里就是这样，而且一时之间不知道接下来该说什么话，这让她感到有些着恼，不过还是尽量让自己的内心保持着平静，问道："上午那么大的风，你和江晨雨干吗跑到外面去说事情？"

卓越的一双眼睛瞪得大大的："你是怎么知道的？"

果然是江晨雨。夏丹丹大大松了一口气，笑着说道："有个人正好从那里路过，然后把你们两个人在一起的镜头拍摄了下来。"

卓越似乎明白了，问道："于是那个人就把照片拿来给你看了。那个人是你的闺蜜还是你的追求者？"

本来夏丹丹的心里多多少少还是有些忐忑的，此时见卓越竟然一下子就分析出了真相，顿时惊讶不已："你是怎么知道的？"

卓越淡淡地道："干这种事情的人无外乎就两种情况，一是真正的关心你，二是为了挑拨我们俩的关系，除此之外谁还有那么无聊？"

卓越的这个回答让夏丹丹的心情大好，笑道："想不到你这么聪明，一下子就看清楚了事情的本质。"

卓越不以为然地道："这个世界上的事情本来就是这样的，一个人做任何事情都是有目的的，真正无聊搬弄是非的人还是极少数。"

夏丹丹笑道："好吧，算你说得对。那么你和江晨雨都说了些什么？"

卓越回答道："工作上的事情，她遇到点难处要请我帮忙……对了，我们来这里吃饭这么多次了，怎么从来没见过他们的儿女？"

他这明显是在转移话题，夏丹丹的心里一下子就被蒙上了一层阴影，不过瞬间又想到江晨雨的情况，心里稍微释然了些，笑着说道："你这是职业病。如果他们真的没有孩子的话，你是不是要动员他们去做试管婴儿呢？"

卓越摇头道："我是从来不会去动员人家做试管婴儿的。他们就在我们医院的对面开饭馆，医院的情况他们还不了解？如果他们真的没有孩子而且又想做试管婴儿的话，可能早就来做了。倒是他们今后去你们科室的可能性大些……我想，他们专门把这一层楼用于医生就餐，恐怕也是为了自己的今后着想。"

夏丹丹想了想，禁不住就笑了起来，说道："听你这样一说我倒觉得还真是这样。我们医院的医生基本上都认识他们，一旦他们生病了找上门来，我们还真得尽心尽力去帮助他们才是。"

正说着，一位服务员来上菜了，夏丹丹朝卓越眨了眨眼，问服务员道："你们老板的孩子呢？怎么从来没见到过？"

服务员道："刚刚上大学那一年就死了。一个小孩掉到了江里，他去救人，和那小孩一起被淹死了。如果他不死的话，现在大学应该毕业了吧？当初他上的是医学院，不然他现在也会和你们一样是医生。"

卓越耸然动容，顿时为自己刚才的狭隘汗颜不已。夏丹丹轻轻叹息了一声，两人开始长久的沉默，一直到吃完饭后夏丹丹才问了卓越一句："今天晚上你有什么安排吗？"

卓越犹豫了一瞬，回答道："最近的晚上和周末我都有事情，所以就不能陪你了。"

夏丹丹问道："可以告诉我吗，最近你究竟去忙什么事情？"

卓越摇头说道："对不起，这件事情不能告诉你。"

夏丹丹不大高兴了："是暂时不能告诉我还是永远都不会让我知道？"

现在，卓越越来越觉得夏丹丹管事太多，搞得他连起码的自由和隐私都没有了，难道传说中的爱情真的就是这样吗？卓越有些不耐烦，摇头说道："是我的私事，我不想让任何人知道。丹丹，如果你有自己的隐私我也不会来问你的。我们每个人都应该有一块属于个人的领地，你说是不是？"

其实夏丹丹也觉得卓越的话有道理，至少很多书上都是这样说的，不过她不能接受，也做不到那样。夏丹丹直接就说道："至少我可以做到把什么事情都告诉你。卓越，我发现你最近变了。"

卓越不以为然地道："谁不会变呢？好了，我得回去抓紧时间休息会儿，不然今天下午就完了。"

卓越有午睡的习惯，如果午休不好的话，整个下午都会昏昏沉沉、什么事情都做不了。夏丹丹知道他的这个习惯，本来心里还有很多话要对他讲，也就只好暂时作罢。

午睡起来后卓越看到了微信上夏丹丹发来的消息：卓越，你实话告诉我：你爱我吗？

卓越禁不住就笑了起来：她这是怎么了？一贯泼辣的她怎么变得这样多愁善感起来？即刻回复……然而就在这一刻，他却忽然发现自己变得犹豫起来。是啊，我真的爱她吗？

大学时候卓越谈过一次恋爱，不过那段感情注定要无疾而终。那个女孩多愁善感而且敏感多疑，让第一次坠入爱河的卓越苦不堪言。后来卓越遇见了夏丹丹，发现这个女孩子性格开朗，模样虽然普通了些，但笑起来特别好看，每一次她的笑都会感染卓越的情绪，让他感觉到这个世界上的一切都是那么美好。当时他就对自己说：也许，这就是爱情吧。

而此时，卓越却发现自己犹豫了。不过也就犹豫了那么一瞬间，马上就回复道：当然是爱你的。

手机上的这几个字彻底扫去了夏丹丹心里的阴霾，幸福的滋味又满满地回来了。恋爱中的女人是最美丽的，夏丹丹整个人焕发出来的夺目容光让孙鲁心旌摇曳不已，心里更是觉得奇怪：怎么个情况？她对那件事情怎么没一点反应？

第三章

在公交车上的时候刘顺成一直将陆老板给他的钱捏在手里，手插在裤兜里，回到家后急忙关上门去数。钱被手心的汗水浸得有些湿了，皱皱巴巴的。数了两遍，一共四千六百块。有钱人就是不一样，身上随时都带着这么多的钱。

高玉梅和孩子都还没回来，刘顺成将钱放到枕头下。腰部被撞的地方木木的，侧头去看，青了好大一块。他朝床上躺了下去，头枕在枕头上之后心里才踏实了些。怎么就被车撞了呢？他试图回忆当时的整个过程，但是却发现脑子里一丁点印象也没有。不过有一点他心里是非常清楚的：这起车祸他自己也是有责任的。

刘顺成从高玉梅的叫嚷声中醒来。

"你还睡得着？！不去接孩子，不做饭！你想睡成个胖子？就怕你没那样的命！"

"我不大舒服……"

"那你也去住院啊？干脆把这房子也卖了，一家人都住院去！"

房子是父亲单位的集资房，当年为了凑齐那几万块钱的房款，父亲偷偷卖了好多次血，这件事情刘顺成后来才知道。此时听高玉梅竟然拿这房子说事，暗指的又是父亲住院的花销，刘顺成再也忍不住就走出去朝女人怒吼起来："你嫌弃我家里穷，我们马上离婚好了！"

高玉梅没想到刘顺成会忽然发作，惊愕之下呆在了那里，过了一小会儿才反应了过来，将手上的菜刀扔到了地上，过去一把扯住正在惊恐看着他们的孩子："走，我们到外婆家去，这日子不过了！"

家里面顿时清静了下来，可是刘顺成的心里却一团糟。

以前高玉梅也和他发过脾气，也在一气之下带着孩子回了娘家，而每一次刘顺成都是在当天追赶过去赔罪求情，逗得妻子粲然一笑后带着孩子回家。而现在，刘顺成并没有打算马上去丈母娘家。其实高玉梅的内心很善良，只不过生活的重负让她变得有些刻薄了。

刘顺成觉得太累了，从身体到内心都感到无比烦累。

卓越准备去访问的第一个人叫宋珍贵。他比卓越早五年出生，目前是一家设计院的副院长。他和卓越一样都是我国第一代试管婴儿。卓越知道这个名字所包含的意义，试管婴儿被许多不育夫妇称为珍贵儿，意思是得来很不容易。曾玉芹朝那两个年轻人发脾气的原因正在于此，拥有一个孩子对她来讲太重要了，也实在是太难了。

这天宋珍贵正好没有应酬，在电话里知晓了卓越的身份和想法后也就没有拒绝，对卓越说道："我请你去喝粥吧。最近喝酒太厉害，正好养养胃。"

粥店就是宋珍贵单位附近，卓越下班后就直接去了那里。与卓越想象中的不一样，眼前这个中年男人个子有些矮，不到一米七的样子，而且过早地谢了顶。宋珍贵很热情，两人坐下后并没有寒暄，而是直接问卓越喜欢喝什么类型的粥。卓越诧异地问道："粥还分很多种？"

宋珍贵介绍道："这里是专门的粥店，有鸡肉粥、牛肉粥、皮蛋瘦肉粥、海鲜粥，应有尽有。看来你是第一次来，这样吧，海鲜粥怎么样？"

卓越这才明白对方的意图并不是在粥的问题上，而是为了向他表明他请客的诚意，急忙道："就一般的粥吧，不用太客气。"

宋珍贵笑道："还是海鲜粥吧，另外我还点了几样小菜。我是从你们那里出生的，我们也算是一家人了。对了，我们还是喝点酒？"

卓越一下子就笑了起来，道："这一边养胃一边喝酒，合适吗？还是不要喝酒的好，平时我都不怎么喝酒，我们科室的张医生喝酒就喝废了，手抖得厉害，再也不能进实验室了。"

宋珍贵点头道："我知道你们这双手很重要。好吧，那我们就不喝。"

上来的哪里是什么小菜？一条清蒸石斑鱼，一份炒蛏子王，还有干煸牛肉丝，另外还有两样素菜。对方的热情让卓越有些受宠若惊，内心不安，本来准备直接开始问问题，结果变成了寒暄："看来你们单位的效益很不错。"

宋珍贵笑道："最近这些年国家在基础建设上投入很大，我们设计单位的效益当然就很好了。卓医生，你不用客气，来，我们边吃边聊。"

卓越这将话题回到事先想好的上面来："宋院长是什么时候知道自己是试管婴儿的？"

宋珍贵回答道："上大学后。想必你已经看过了我父母的资料，我父母的个子都不矮，一直以来我都怀疑自己究竟是不是他们亲生的。于是我就问了他们，他们这才告诉了我一切。"

"你知道了这件事情后有什么反应吗？"

"开始的时候很震惊，马上就去查了试管婴儿的相关情况。后来虽然了解到试管婴儿和自然生产的区别，知道也一样是父母亲生的，但心里总觉得怪怪的。"

"后来呢？我指的是心理的方面。"

"过了那段时间就没什么了啊。我又不是哲学家，老去思考这些问题干吗？"

"后来你谈恋爱、结婚，你告诉女朋友和妻子自己是试管婴儿的事情了吗？"

"我为什么要告诉她们这样的事情？毫无意义嘛。"

"其实你自己心里还是很在意的，是吧？"

"多多少少都有些吧。毕竟自己和正常人不大一样，担心别人用异样的眼光来看我。一直以来有一点我是非常清楚的，那就是要把自己当成是普通人，该奋斗的时候奋斗，该结婚的时候就结婚。"

"那么，你是不是定期去做体检？现在你的身体状况怎么样？"

"单位每年都要组织体检，我的身体很健康。就是最近几年掉头发很厉害，这其实是遗传，我父亲在我这年龄的时候也这样。"

"你孩子的情况呢？"

"他可不是试管婴儿，正常出生的。"

"孩子的成绩怎么样？"

"很好啊，完全遗传了我的智商，现在初二了，一直是班上的第一名。"

接下来卓越又问了另外一些问题，宋珍贵都一一做了回答。整个情况就是，宋珍贵除了在身高上出现异常之外其他一切都很正常。他这样的情况在人群中也很普遍，准确地讲不能算是异常，有些基因是可能出现隔代遗传的。

卓越没有告诉对方自己也是试管婴儿的事情，宋珍贵也没有刻意要求卓越对他的这件事情保密。卓越的理解是，到了宋珍贵这样的年龄以及他目前所取得的成就，有些事情似乎已经不再重要，而且以宋珍贵的智商他应该知道这项调查仅仅用于学术方面的研究，他不过是这项学术研究中的一个数字罢了。

回到公寓后卓越诧异地发现雷达竟然在房间里，床也被他整理得很是清爽，笑着问道："准备搬回来住了？为了江晨雨？"

雷达问道："我回来住不影响你吧？如果你和夏丹丹要那什么的，就提前告诉我一声。"

卓越哭笑不得："我们还没到那一步呢。没事，你随时回来我都没意见。"

雷达有些古怪地看着他:"你们竟然那么纯洁?"

卓越反问他道:"你谈过不止一次恋爱吧?难道你以前都和女朋友上床了?"

雷达道:"当然……不是。嘿嘿,我们不说这个。卓越,你帮我出出主意,你觉得我应该怎么做才能够追到江晨雨?"

卓越笑道:"我怎么知道?我又不是爱情专家。"

雷达道:"如果你是我的话,你会怎么做?现在我还真不知道该怎么办才好,你是旁观者清,说不定能够帮我想到一个好办法。"

卓越道:"如果我是你的话就直接去找她。"

雷达连忙摇头:"万一被她拒绝了呢?"

卓越道:"那就放弃。我们医院的漂亮女医生和护士那么多,你可以马上去找别的人啊?"

雷达叹息着说道:"就那样放弃的话,我会不甘心的。卓越,要不你去帮我问问她?替我先侦查一下,这样的话我也就有了一个缓冲的余地。"

卓越不以为然道:"恋爱这样的事情哪来什么缓冲的余地?人家对你有好感你们就成了,没好感你就没戏。"

雷达苦笑着说道:"你说得好像也很有道理。好吧,我自己去找她……算了,还是过几天再说吧。"

这是标准的患得患失心理,因为害怕得到最坏的结果,于是便选择了逃避。卓越见他如此在乎江晨雨,心里便有了这样一个想法:找个机会帮他问问。

洗完澡后忽然想到夏丹丹,卓越觉得还是应该给她打个电话。电话接通后卓越听到里面传来"砰砰"的声音,问道:"你在干吗?"

夏丹丹道:"打麻将呢。等一下,这张牌我要碰……"

卓越怔了一下,有些哭笑不得,问道:"在什么地方打麻将啊?"

夏丹丹道:"你忙完了?那你也来吧,就在我隔壁房间,急诊科高医生这里。"

刚才两个人的电话被雷达隐隐听到了，提醒道："卓越，喝酒打麻将是最容易增进感情的了，你可要注意哦。"

卓越对他的话嗤之以鼻，说道："那你也组织啊，叫上江晨雨。"

雷达大喜："对啊，我怎么没想到？不过，江晨雨她会打麻将吗？"

卓越禁不住也笑了起来，道："千万别在我们房间组织啊，我要看书呢。还有，你和她打麻将，究竟是准备输钱给她还是去赢她的钱？"

雷达皱眉："是啊，这倒是一个问题……"

爱情让这个家伙的智商出了问题。卓越不再理会他，直接出了门。

屋子里面有五个人，除了高德莫、夏丹丹外，还有麻醉科的王林、检验科的陈小燕、手术室的护士李敏。李敏站在王林的身后，高德莫和王林都抽烟，搞得屋里乌烟瘴气的。卓越进去的时候刚好夏丹丹自摸，和了这把牌，她正朝其他三个人伸出手去："给钱，每人十块。"见卓越进来了，朝他粲然一笑，"你一来我的手气就好了。"

卓越很不习惯这样的氛围，不过也不好打搅了大家的兴致，说道："你们玩，我出去透透风。"

从里面出来就看到了江晨雨，一身淡蓝色的运动装，身材婀娜。她问道："卓越，你在这里干吗？"

卓越还是被她的美好吸引住了，回答道："丹丹在这里打麻将，我来看看。你要去锻炼？"

江晨雨朝他嫣然一笑，道："多年的习惯了。你干吗不去陪着人家？"

卓越摇头："空间就那么大，还有两个人抽烟，实在受不了。对了，正好问你个事情。"

"说吧。"

"外科的雷达……"

"我知道，别说了。那是不可能的。"

"为什么？"

"你知道的啊，这辈子我是不会结婚的。"

"……好吧，我给他回个话。"

"连这样的事情都不敢自己来问我，还算是男人吗？"

"你的意思是？"

"没什么意思，他来问了我也是这样的结果，不过那样的话他还算是个男人。"

卓越摇头叹息："可怜的雷达。他喜欢谁不好，干吗偏偏要喜欢上你？"

江晨雨"扑哧"一笑："讨厌！对了，那个病人明天就可以做体外受精了……"

卓越想了想道："我觉得还是由你自己做为好，到时候我在一旁看着，提醒你不要进一步做性别区分。"

江晨雨点头道："这样也行。好吧，明天见。"

"明天见。"一直看着她的背影进入电梯，卓越才喃喃地说了一句，"雷达还真是倒霉。"

"谁要倒霉？"身后传来夏丹丹的声音，而且她还继续问，"你一个人在这里看着空气说话干吗？"

卓越转身，见其他几个人都从里面出来了，问道："不打了？"

夏丹丹道："明天还要上班呢，差不多了。"上去挽住了他的胳膊，"你还没回答我刚才的问题呢。"

陈小燕和夏丹丹住一个房间，她在一旁调笑道："你们这可是故意在我们面前秀恩爱啊……嘻嘻！你们慢慢秀，我先回去了。"

刚才的问题又被岔开了，卓越和其他几个人打完招呼后对夏丹丹说道："我们出去走走。"

到了楼下，一眼就看到雷达正鬼鬼祟祟站在那里，卓越问道："你这是在干吗呢？"

雷达尴尬地笑："没事，下来透透气。"

卓越估计这家伙早就掌握了江晨雨的活动规律，笑了笑也就没有继续问他。和夏丹丹一起到了公寓的后面，这地方高高的，还临江，不过夜色中的江面有些模糊，倒是江对岸的那一栋栋高耸的建筑十分醒目。

"丹丹，我不喜欢你和这些人一起打麻将。"卓越看着江的对岸，说道。

"你吃醋了？"夏丹丹甜蜜地问道。

卓越摇头道："你是医生，应该知道二手烟的危害究竟有多大。而且我也不希望你把时间浪费在这上面。"

夏丹丹解释道："我也就是今天第一次去那里打麻将，高德莫好像对小燕有意思，这才约在了一起。"

卓越忽然想起刚才江晨雨的那句话，禁不住就笑了，道："你直接帮他问问陈小燕不就行了？干吗非得通过这样的方式？"

夏丹丹也笑了，说道："通过打牌可以看出一个人的性格人品，高德莫对我说的。"

卓越好奇地问道："那最终的结果怎么样？"

夏丹丹摇头道："还不知道呢。"

卓越忽然就笑了，说道："丹丹，看来你是被高德莫给骗了。我听说高德莫特别喜欢打麻将，而且赌注绝对不会像你们刚才那么小。很显然，高德莫早就对陈小燕有意思了，只不过不知道她是否反感他喜欢打麻将。王林和李敏是一对儿，大家都知道，他们两个人经常和高德莫在一起打牌，想必高德莫羡慕他们得很。"

夏丹丹顿时气恼："不就谈个恋爱嘛，搞那么复杂干吗？"

卓越忽然想到了一个问题，说道："我们医院还真是奇怪了，年轻医生这么多单身的，而且都想找同行。"

夏丹丹瞪着他："大家知根知底，这样不是更好？对了，先前问你的事情你还一直没有回答我呢。"

卓越这才将雷达的事情对她讲了，苦笑着说道："我都不知道该不该对他讲实话了。"

夏丹丹撇嘴道："这个雷达也是，江晨雨哪里好了？干吗非得要去追她？"

卓越诧异地问道："她那么漂亮，雷达喜欢她也很正常啊，怎么了？"

夏丹丹将嘴唇递到卓越的耳边，低声道："上次医院排练节目，我们一起在公共浴室洗澡，发现她没胸。"

卓越最终没有将江晨雨的话告诉雷达。夏丹丹的话他也是持怀疑的态度。虽然平时没有特别留意过江晨雨的那个部位，但她身材很好的概念却是一直都存在着的。卓越想起了夏丹丹说过的关于照片的事情，总觉得夏丹丹的那句话是为了破坏江晨雨在他心中的美好形象，目的当然是为了防患于未然。

卓越并不笨，女人的心思他多多少少还是知道一些的。当然，他更不会将这样的事情告诉雷达，这不但涉及个人隐私，而且很无聊。卓越心想，如果雷达真的喜欢江晨雨，那他现在所做的一切就还远远不够，即使是最终失败了，那样才对得起他的这份情感。得来的太容易，失去得也就很快。这个道理虽然浅显，但确实道出了这个世界很多事情的真谛。

第二天上午，江晨雨和卓越一起进入生殖中心实验室的暗室里。培养皿里面装着秦雯的卵子，一共有四枚。像秦雯这种情况只需采用第一代试管婴儿技术，过程非常简单。卓越知道，江晨雨让他来一起完成这项操作，只不过是为了让她把握住原则，同时也是为了见证整个过程。

"我开始了。"江晨雨对卓越说。

卓越点头，忽然笑了起来，道："就这么简单的一件事情，你好像很紧张的样子？"

江晨雨叹息着说道："我也不想这样啊，这不是被逼得没办法了嘛。"

卓越问道："精子没问题吧？"

江晨雨回答道："质量很好，都很有活力。"

卓越说："我看看。"

江晨雨的头朝显微镜旁边移动了一下，卓越从显微镜里面看到那些蝌蚪样的精子正在欢快地、毫无规则地游动着。它们都很兴奋，像一个个可爱的小精灵。卓越抬起头来："我看看卵子……"

这一瞬，他和江晨雨都怔在了那里。刚才，当卓越侧头去说那句话的时候嘴唇竟然从江晨雨的脸颊上划过，这完全是因为两个人靠得太近的缘故，所以才出现了这种猝不及防的情况。不过这样的尴尬只持续了很短的时间，卓越歉意地道："对不起，我可不是有意的。"

江晨雨也笑了起来，道："我也不是。"随即将装有卵子的培养皿放到显微镜下。显微镜下的卵子是那么漂亮、完美。卓越看了后说道："没问题了，开始吧。"

四枚卵子都顺利受精。经过仔细观察之后，卓越将其中两枚受精卵取出冷冻保存，这是为了防止后期流产。女性的卵子很珍贵，每一次取卵对女性来讲都是一场磨难，痛苦非常，这是为了有备无患。

接下来，江晨雨要把这两枚受精卵同时植入秦雯的子宫里，经过一段时间的生长发育再取出相对较差的那一个。整个过程将完全遵循优胜劣汰的自然法则，而不是人为控制它。

在江晨雨的请求下，卓越也参与了植入的整个过程。他亲眼看到江晨雨用纤细的吸管将两枚受精卵通过阴道、经过子宫口置入秦雯的子宫壁。吸管进入子宫后，在B超的指引下顺利进行。

手术完成，江晨雨开始嘱咐秦雯相关的注意事项："从现在起你就算是怀上孩子了，今后要注意营养，不要剧烈运动，尽量不要感冒，用药更要谨慎……"

秦雯问道："他会是儿子吗？"

这时候卓越再也忍耐不住，就在旁边说话了："你想过没有，如果没有试管婴儿技术，你很可能终身不育。现在我们解决了你的这个问题，你应该知足才是。"

秦雯道："这个世界上哪来的如果？正是因为有了试管婴儿技术，我才会提出这样的要求。从技术上讲，你们完全可以做到的，是不是？费用没问题，你们开口就是，私下悄悄给你们也可以。"

卓越差点无言以对。她说得没错，这个世界上确实没有如果，而且目前的技术也完全可以选择孩子的性别。他愣了一下继续说道："我们只选择最健康的受精卵，而性别是随机的。你本身也是女人，为什么就那么歧视女孩儿呢？"

秦雯道："我是病人，是你们的顾客，我的要求你们应该满足。"

此时卓越已经基本看出来了，眼前的这个女人必定出身于某个权势家庭，像这样的人才会永远将自己置于他人之上，把占有更多的社会资源视为理所当然。卓越冷冷地道："我们有自己的原则，如果你觉得有异议的话可以去投诉我们。"

秦雯顿时恼怒："你叫什么名字？你一个男医生，没有得到我的允许就看了我的身体，我就是要投诉你！"

这时候江晨雨才说话："秦雯，你这样可不好。刚才我已经向你介绍了卓医生，你也没有反对，而且他说的话也没有错，这是我们必须遵守的原则。"

秦雯怒道："你什么时候向我介绍他了？明明是他中途自己跑进来的！你说我同意了，我签字没有？没有是吧？这个人就是流氓，我就是要投诉他！"

江晨雨也生气了："你这人怎么这样不讲道理？！这里是医院，事情的真相我和护士都可以证明。你以为这里是你父亲的公司啊？你说什么就是什么？岂有此理！"

卓越还是第一次遇到这样的情况，这个病人不讲道理也就罢了，她刚才的话可是对他人格的侮辱，是可忍孰不可忍！卓越制止住了江晨雨，冷冷地道："我告诉你，我叫卓越，欢迎你去投诉我。"

说完后就直接离开了手术室，取下手套和口罩，深深地呼吸了几次。江晨雨也没有去管秦雯，将她扔给了里面的护士。她来到卓越面前，歉意地说道："对不起，我不应该让你……"

卓越朝她摆手，问道："她父亲是谁？"

江晨雨回答道："秦霸集团的董事长秦天，他还是省政协委员。卓越，对不起……"

卓越讶然失笑，道："难怪这么牛哄哄的。没事，我们立得正行得端，怕什么？"说到这里，他忽然有些明白了：江晨雨就是担心她一个人扛不下来这件事情，所以才把他也拉了进来。

不过卓越并没有责怪她，也不后悔。有些事情怕是没有用的，躲也躲不过去，唯一的办法就是坦然面对。

刘顺成敲门的时候夏丹丹正在开当天的医嘱。早上一上班她就给自己的病人全部做了检查，发现刘顺成父亲的病情发展很快，一夜之间竟然出现了腹水。"我正要找你。"夏丹丹对刘顺成说道。

刘顺成进了医生办公室后将手上一个用报纸包着的东西放在了夏丹丹面前，说道："这是昨天那个老板送来的，我不知道他父亲住在哪个病床。昨天我想了一夜，觉得不应该收他的钱，想不到他今天又给我送来这么多。"

夏丹丹惊讶地看着他，她想不到这样一个生活在社会底层、其貌不扬的人竟然有如此的觉悟，朴实得让人感动。夏丹丹关心地问道："你的伤怎么样了？"

刘顺成回答道："麻药过了后有些痛，不过比刚撞车的时候好多了。没事，我身体好，这点伤不算什么。"

夏丹丹看了一眼桌上的包裹，从厚度上看估计有两万块，说道："你父亲的病情更加恶化了，已经出现了腹水，接下来的费用会需要更多，这钱你还是拿着吧。"

刘顺成摇头道："我是缺钱，但这钱我不能要。我撞坏了人家的车他都没找我赔，昨天还给了我几千块，做人不能太没良心。父亲的病要继续治疗，家里的房子还值些钱，房子本来就是父亲挣下的，让他带走好了。"

他的话说得很平淡，想必头天夜里想了很久。现在这样的人越来越少了，以至于让夏丹丹都觉得有些不可思议。她想了想，忽然有了个主意，说道："我看这样，我把那位陆老板叫来，你当面把钱交给他。"

刘顺成点头。父亲做了一辈子老实人，对他的教育也是不要多吃多占，做人要本分，这样的观念已经深入到他的骨子里面，以至于头天晚上他一直没有睡好。天亮的时候他终于想明白了：如果那位陆老板真的再给钱的话坚决不能要，否则的话自己就真的成碰瓷的了，这样的事情传出去可不好听。

夏丹丹给陆老板打了电话，告诉了他刚才刘顺成的全部原话。陆老板也没想到会是这样的情况，叹息着说道："其实现在我也不富裕，公司的流动资金出了些问题，我也是想到他确实困难，心里过意不去才给了他这笔钱。"

原来是这样。夏丹丹道："我有个想法请你考虑一下：这个人虽然文化程度低了些，但品格很好，不如让他给你写个借条，你想办法在你的公司里给他安排一份待遇稍微高点的工作，这岂不是两全其美的事情？"

陆老板沉吟了片刻，说道："这倒是一个不错的主意……好吧，就这样。"

夏丹丹做了件好事，心情当然愉快了，随即就给卓越发了条短信：我们中午又去那地方吃饭？

此时卓越正烦躁着，当然是因为秦雯的事情，他看到短信后回复道：今天不行，手上的事情没有做完。

夏丹丹有些失落，正想着要不要去一趟卓越那里，却见护士小章正站在门口，问道："小章，有事吗？"

小章进来了，脸色有些泛红，表情看上去有些忐忑。她哆嗦地说道："夏医生，我……"

小章的家是农村的，护理专科毕业后经过考试进入这家医院。如今的护理专业紧俏得很，如果是临床医学专业的话，没有硕士学位是不可能进入这家医院的。夏丹丹大概知道一些她的事情，客气地请她坐下后问道："你很喜欢孙医生，是吧？"

小章的脸更红了，点了点头，道："可是他不喜欢我。"

夏丹丹有些鄙视孙鲁的为人。这个人在背后搞小动作倒也罢了，而且明明知道小章喜欢他还去利用人家，这不是在小章的伤口上撒盐吗？夏丹丹顿时同情起眼前这个小姑娘来，柔声问道："既然你喜欢他，那么你向他表白过没有？"

小章点头，眼里翻滚着泪花："可是他对我说，我们只能做朋友，他说他喜欢的是你。我说你有男朋友了，他说你还没有结婚，那么他就还有机会。夏医生，你会给他机会吗？"

直到此刻夏丹丹才明白了小章的真实意图。真是一个可爱的姑娘，孙鲁怎么就不懂得珍惜呢？夏丹丹摇头道："我是卓越的女朋友，我是要和他结婚的，怎么可能给孙鲁机会？而且我根本就不喜欢他。"

小章轻轻叹息了一声，低声道："我知道了。"

夏丹丹伸出手去将了将她的头发，说道："小章，两个人的事情要相互喜欢，只是你喜欢他是不行的，明白吗？"

小章点头，轻声道："我知道的。"

夏丹丹问道："那么，有喜欢你的男孩子没有？"

小章道："有的，可是我不喜欢他。"

夏丹丹在心里叹息，说道："有时候被别人喜欢也是一种幸福，喜欢你的人才会真正在乎你、爱惜你，什么事情都依着你。其实你可以尝试一下给对方机会，或许你会慢慢喜欢上他呢。"

小章道："他是我中学同学，什么都好，就是个子矮了些。"

夏丹丹粲然一笑，说道："男人嘛，能力才是最重要的。你想过没有，假如孙医生答应了你，但是他的心里却装着别人，今后你的日子怎么过？"

小章点头道："夏医生，你的话好像很对……"她忽然笑了，"夏医生，我知道孙医生为什么会喜欢你了，你笑起来真好看，你的牙好白。”

夏丹丹不住地笑，轻抚着她的头发：“是吗？可是我真的一点都不喜欢他呀。小章，今后没外人的时候你叫我丹丹姐吧，我们可以成为好朋友的。”

在医院里面，护士的地位要比医生低，这不仅是由工作性质决定的，也是一种心理上的落差。夏丹丹的话让小章很是感动：“丹丹姐，你真好。”

虽然卓越并不害怕秦雯投诉自己，但心里还是有点忐忑，毕竟这样的事情一旦传出去会造成很不好的影响。这种忐忑的心境让他感到有些烦躁，以至于连面前的病历都看不进去。江晨雨的办公桌就在距离他不远的地方，卓越感觉到她的目光已经好几次投向自己的脸。

卓越忽然想起一件事情来，主动问江晨雨道：“我记得你好像说过，这个病人是你父亲交办给你的，你父亲和这个病人又是什么关系呢？”

江晨雨满脸的歉意，回答道：“他是秦霸集团的办公室主任。卓越，这件事情是我没有处理好，不过你不用担心，我会承担起所有的责任的。”

卓越苦笑着说道：“我想了一下，事情可能没有我们想象的那么简单。所以，我觉得应该让汤主任知道这件事情才是。”

两人正说着，卓越就接到了汤主任的电话：“你到我办公室来一下。”

汤知人给了卓越一份病案，说道：“我准备把这件事情交给你。”

这份病案卓越知道，它源于两年之前，是一位妻子对丈夫临终前的承诺。卓越惊讶地问道：“为什么要把这件事情交给我？”

两年前，一位名叫聂京的警察在追捕逃犯的过程中被罪犯刺中了肝脏，妻子康小冬在他临终前承诺要给他生一个孩子，于是这位英雄的精子被保存了下来。由于康小冬患有严重的贫血，生孩子的事情一直被拖延下来。经过两年多的治疗之后，她的病情得到了控制，于是这位英雄的妻子便向医院提出了备孕的请求。

这件事情非同小可，其重要性不言自明，由于聂京的精液经过冷冻保存了两年之久，活跃度是否因此受到影响还是一个未知数，而这一次操作必须成功。这个孩子不仅仅是英雄的后代，更是一位妻子对丈夫爱情的结晶。正因为如此，卓越才深感压力与责任的重大。

汤知人解释道："你是我们科室年轻一代医生中技术最好的，我年龄大了，双手已经不再像以前那样稳定。而且康小冬患有地中海贫血，这是一种遗传性疾病，为了让她未来的孩子摆脱这种遗传性疾病，我们必须采用第三代试管婴儿技术。"

卓越惊讶地道："第三代试管婴儿技术？我在这方面的研究还没有展开啊。"

汤知人微微一笑，问道："那你就从现在开始做这方面的实验吧。你放心，我会给你提供足够的技术支撑。"

这时候卓越忽然想起来一个最为关键的问题："汤主任，康小冬的事情也许不那么简单，很可能涉及法律和医学伦理的问题。现在她已经是单身女性，按照相关的法律规定，单身女性是不可以做试管婴儿的。"

汤知人点头道："这个问题我早就考虑过了，也和警方商量过，到时候应该能够解决。"

卓越诧异地问道："权力能够解决法律和医学伦理的问题？即使能够解决，今后也会留下很多后遗症啊。"

汤知人摇头道："我们考虑的是另外一种方式，不过前提是你的技术必须成熟，而且还要确保万无一失。"

卓越有些没信心，试探着问道："万一我失败了呢？"

汤知人看着他，缓缓地道："必须成功，不能失败！"

眼前这个一向和蔼的老太太很少有如此严肃的时候。卓越知道，这不但是她对自己的一种器重，更是信任。他朝汤知人点了点头："我知道了，我会努力的。"

接下来卓越将秦雯的事情对汤知人讲了，汤知人听了后很是生气："这个江晨雨，怎么能够做出这样的事情来呢？"

卓越急忙替江晨雨辩解："她也是感到为难，所以才想到让我参与进来。"

汤知人摇头道："卓越，你还是太年轻了。这件事情一看就是江晨雨先答应了人家，后来又觉得那样做会出问题，这才把你给拉了进来。"说着，她拿起桌上的座机，"让江晨雨马上到我办公室来一趟。"

卓越这才明白江晨雨数次向他道歉的真正缘由，心情一下子就变得灰暗起来。汤知人仿佛知道他在想些什么，慈祥地对他说道："卓越，江晨雨是女人，遇到麻烦的时候找到了你，这是她对你的信任。现在遇到了这样的情况，我们不能因此就放弃最起码的原则。这不是什么大事情，接下来的事情你们就不要管了，我去找这个秦雯谈谈。"

这时候江晨雨进来了，她看向卓越的目光中带着询问，卓越朝她点了点头。也不知道是怎么的，卓越的心里竟然一点也没责怪她，也许是因为汤主任刚才的那番话。

卓越准备离开，却被汤主任叫住了："你们两个人出的事情，那我们就一起商量如何解决吧。"

江晨雨说道："刚才我和病人沟通了一下，她说，只要到时候让受孕的两个孩子都生下来，她就不再计较这件事情。"

汤知人顿时怒了："按照她的意思，好像我们还真是做错了什么。不行，这个问题我们不能有丝毫的退步，这不仅关乎卓越的名誉，而且对我们科室乃至整个医院都会造成很不好的影响。江医生，你去告诉她，必须按照我们的规矩来，这件事情没有商量的余地。"

江晨雨点头道："好吧。可是……"

汤知人即刻质问道："可是什么？你认为我们不应该坚持原则？"

江晨雨急忙道："我不是这个意思。好吧，我去和她讲。"

汤知人看着她，另有所指道："江医生，这件事情是你一手造成的，如果一开始你就坚持原则，现在这样的情况也就不会发生。当然，事情已经发生了，这件事情你要吸取教训，明白吗？"

江晨雨满脸歉意地看了卓越一眼，道："我知道了。"

汤知人的脸上带着鄙夷："有钱就了不得了？政协委员又怎么样？还不得讲规矩！这件事情你们不要管了，由我来处理好了。"

她的话说得斩钉截铁，这让卓越和江晨雨都大感意外：想不到这个一贯和蔼可亲的老太太竟然会有如此霸气的一面。

一般情况下，很少有病人会和医生较劲，除非医生有明显的过错。毕竟医生承担着病人的健康甚至生命的重托。然而有极少数病人例外，他们当中有的人把医生和医院作为讹诈的对象，还有一类像秦雯那样的，他们一直以来充分享受着丰厚的社会资源，把一切自私的行为都视为理所当然。其实仔细分析一下，这两类人都一样，他们都特别自私与贪婪。

正因为如此，当江晨雨将汤知人的话转告给秦雯之后，她当场就变得歇斯底里起来，拿起电话就给父亲拨打，一边述说一边哭泣，让站在一旁的丈夫都感到有些不知所措。

江晨雨看着秦雯的丈夫，心里全是蔑视：这样的男人也太没用了，连自己的女人都管不了。

秦雯终于打完了电话，随手将手中的苹果新款手机扔到地上，指着江晨雨道："我要让我爸开除你父亲！"

江晨雨气极，冷冷地道："不用你们开除，我马上就让他辞职。我养得起他。"

秦雯愕然，忽然眼球翻白，一下子就倒在了地上。江晨雨和秦雯的丈夫都慌了，急忙一起将她抬到病床上，江晨雨摁了几次秦雯的人中，结果没有任何反应，摁压胸部她也没有苏醒过来，试探了一下鼻息和脉搏，生命体征还有，不过有些微弱……

汤知人亲自参与了急救，但是却依然没能让秦雯苏醒过来，只能暂时用呼吸机和心电监护仪维持着生命。

　　本来是一次很简单的医患矛盾就这样变成了一起重大事件，不仅仅是江晨雨和卓越，就连生殖中心以及整个医院都因此卷入其中。

第四章

"我们的医生做错了什么？为什么在还没有做出医疗鉴定前就要处分我们的医生？"医院院长郝书笔质问电话的那一头。郝书笔也万万没有想到一起小小的医疗纠纷会变成现在这个样子，但是在经过他亲自调查过后发现，在整起事件中当事医生的责任并不大，所以他才对上面下达的所谓指示非常生气。

电话那头的声音倒是比较柔和："我们没有要求你们马上处分当事的医生，只是让他们暂时离开工作岗位，这样也是为了缓和目前的矛盾嘛。"

郝书笔并不想让步："作为医生，在没有确定他们有责任之前就停止其工作，这样的处理方式是不负责任的。这起事件的过程非常清楚，责任并不在我们医生身上，如果我们接受了这样的处理方式，那么接下来是不是还要我们医院承担责任？"

电话的那头叹息着劝说道："郝院长，请你理解，我们承受的压力也非常巨大，暂时就这样处理吧，不然事情进一步发酵之后就更不好收拾了。病人的亲属我们已经做通了工作，让媒体也不要报道这件事情，大家双方都让一步，事情不是更好解决一些吗？"

郝书笔想了想，道："好吧，不过我对这件事情仍然持保留的态度。"

电话的那头松了一口气，说道："病人的亲属不缺钱，现在的问题是尽量让病人苏醒过来。而且病人刚刚怀上孩子，千万不能让她流产了。"

郝书笔感到头都大了，说道："我说了，我们一定尽力，但结果不敢保证。患者是忽然倒地昏迷的，我们没有发现患者的头部有过撞击，而且在这样的情况下也不能随便搬动病人，头部核磁共振也就没有办法去做。"

电话的那头说道："郝院长，你就是脑外科专家，我当然相信你的诊断。不过这个病人的情况比较特殊，你们应该尽快找出她忽然昏迷的原因，这才是解决问题的关键。"

这样的道理郝书笔怎么可能不清楚？可问题是……现代医学虽然发展迅速，但并不能解决所有的问题，因此，郝书笔唯一能够回答的还是那句话：我们尽力吧。

曾玉芹去找卓越请假，她说母亲病危得马上回家一趟。卓越苦笑着对她说道："我已经被调离现在的工作岗位了，你先回去吧，等你回来后再说。你的问题很麻烦，我正好可以抽时间好好研究一下你的病案。"

曾玉芹诧异地问道："你去当官了？不再当医生了？"

卓越哭笑不得，又不好解释，说道："不是，只是暂时离开现在的岗位。"

汤知人已经找卓越和江晨雨谈过了，虽然她也很气愤但却无可奈何。不过就这起事件而言，目前对卓越和江晨雨的处理结果还算是比较好的，至少还没有吊销他们两个人的行医执照。汤知人对他们二人说道："问题会解决的，请你们相信我。"

随后，汤知人还专门找卓越谈了话，要求卓越正好利用这段时间做实验。其实卓越的心里反而比较平静，他也想利用这个机会做自己的那项调查。然而，江晨雨的心境就完全不一样了，她怎么也没有想到事情会变成现在这样。

幸好秦雯的丈夫还算公正，作为当时情况的见证人，他如实向医院和秦雯的父母讲明了事情的前后经过。虽然秦雯的母亲当场就对他表示不满，但他的证词还是给了双方解决问题一个缓冲的余地。

卓越没有将这件事情告诉父母，他不想让他们替自己担心，而且他还特别叮嘱夏丹丹一定要对此事守口如瓶。夏丹丹倒是比较豁达，笑着问他道："既然你暂时离岗了，是不是就可以好好陪我了？"

卓越摇头道："我忙着呢，正好借这个机会做些其他的事情。"

夏丹丹忍不住又想问他究竟在干些什么事情，但是却发现他的眼神中出现了从来没有过的忧郁，嘴唇动了动也就强忍住了。

看着处于昏迷中的女儿，邱林萍不住掉眼泪。如果刚才不是在医院里，她当场就要将苏文浩狠狠教训一顿，她一直都不喜欢这个女婿，可是耐不住女儿对他一往情深。这都是个什么人呢？出了这么大的事情他竟然还平静得像个没事人似的，这倒也罢了，他竟然还帮当事的医生说话，把医院的责任推得一干二净。而此时到了病房也就更不忍当着昏迷女儿的面责怪女婿，于是就直接把他当成了空气。

见丈夫在那里一言不发，邱林萍很是气恼："女儿在这里被人欺负了，你倒好，竟然不去替我们女儿讨回公道，难道这件事情就这样算了？"

秦天叹息着说道："我是生意人，在权力面前也只能适当做一些忍让。雯雯忽然出现了这样的状况，其中肯定是有原因的，这个原因如果医院方面不能给我们一个说法，那才是我们说话的时候啊，这个道理难道你不明白？"说到这里，将目光看向了苏文浩，"你在这件事情上的处理很不恰当，让我们目前很被动，你知道吗？"

苏文浩惶恐地道："雯雯不能怀孩子，我从来都没有计较过，现在医生帮我们解决了这个问题，可是雯雯非得要个儿子，我觉得这样的要求好像过分了些。医生对我们的态度一直都很好，雯雯现在出了事情，我觉得不能都怪在医生的头上……"

邱林萍怒道："雯雯那么喜欢你，她都这样了你还在替医生说话！你是不是看上那个狐狸精医生了？苏文浩我告诉你，如果你敢背叛我们家雯雯，我要让你一家人都不得好死！"

苏文浩的脸色一下子就变了，不过很快就变成了唯唯诺诺的模样，急忙道："我只不过是实话实说而已，如果病人出了事情把责任全往医生那里推，今后谁还敢来做这个职业？那我们生病了又怎么办？"

刚才苏文浩的脸色变化都被秦天看在了眼里，他也是男人，知道邱林萍刚才的话实在是有些过分了，而且他也知道女儿从小蛮横，说到底就是邱林萍给惯的。秦天朝正要继续发作的邱林萍摆了摆手，说道："好了好了，都是一家人，别这样说话，太伤感情了。现在的问题是要让雯雯尽快苏醒过来，我已经派人去北京请了最好的医生来会诊了，其他的事情就暂时放一下吧。"

邱林萍哭泣着道："看着雯雯这个样子，我这心里……呜呜！秦天，这件事情不能就这样算了，必须让医院把这两个医生给开除了，不然我们就对不起雯雯。呜呜……"

秦天给了苏文浩一个眼神，意思是让他暂时出去一下。苏文浩在这个家里一直都是看他们的眼色行事的，对各种各样的眼色早已敏感和熟悉，他默默地朝外面去了，这时候秦天才对邱林萍低声说道："我这样的身份，怎么可能去和两个小医生计较呢？这件事情不是你想象的那么简单，这家医院的院长和这个科室的主任都不是一般的人，他们都是在国内排得上号的专家，社会影响力极大，我不能因为这样一件小事就将整个公司推到风口浪尖。"

邱林萍怒道："你说雯雯的事情是小事？雯雯从小多病，我们好不容易才把她养大成人，在我的眼里，她所有的事情都是大事！秦天，这件事情必须让医院给我们一个说法，不然我就去法院告他们！"

平日里秦天在很多事情上都迁就着妻子，这个女人跟着他曾经吃过不少苦，即使是在他最困难的时候也依然无怨无悔地相夫教子，就是后来他和省歌舞团的那个女演员闹出绯闻她也选择了原谅。而此时，秦天再也忍不住了，低声呵斥道："愚蠢！你千万不要小瞧了专家的能量。阿萍，这些年来我很少在你面前谈及公司的事情，因为你不懂。实话对你讲吧，最近几年我们公司的发展太快了些，资金链随时都可能断裂，你应该知道，现在我的身份、地位以及所有的一切都只是因为我有钱，如今这个社会贫富差距越来越大，老百姓的仇富心理非常严重，在这样的情况下一旦舆论将我们推上风口浪尖，对秦霸集团来讲很可能是灾难性的。所以，这件事情我们只能低调处理，给双方一个缓冲的余地，明白吗？"

此时邱林萍才明白，原来在自己无比光鲜的家庭背后竟然面临着如此巨大的危机，而这一切都是丈夫在默默承受，她的眼泪再一次涌出，声音也变得柔和了许多："你也是六十多岁的人了，把公司交给儿子去管吧。"

秦天叹息着说道："儿子的能力是比较强，但他的生活太不检点了。"说到这里，他才忽然想起自己年轻时候所干过的那些荒唐事，尴尬地道："他毕竟太年轻，过于心高气傲，很容易得罪人。等等吧，让他历练几年后再说。"

卓越从实验室出来的时候江晨雨已经离开了。卓越本来想给她打个电话的，忽然想到自己现在的情况和她差不多，也没办法安慰人家……他想了想，还是决定按照原先的计划去见第二个自己准备拜访的人。

卓越选择的拜访顺序并不完全按出生时间的先后，更重要的是性别交叉。从目前的近万例试管婴儿的性别来看，男女比例几乎各占一半。试管婴儿遵循的是择优的原则，其实与自然界优胜劣汰的规律差不多，正因为如此，男女之间的比例才会如此均等。从遗传与生物学的角度来看，男性和女性恰恰是一种平等的关系，卓越不明白秦雯为什么如此轻看女孩。

这次卓越要拜访的是一位小学教师。这个人是卓越从名单上按照性别区分随机勾选出来的，这个叫柳眉的女孩子比卓越晚四年出生，毕业于本省的一所师范院校。

卓越给柳眉打去电话的时候她还以为有人恶作剧，经过卓越再三说明和解释后对方才当了真。电话里柳眉的声音非常动听，柔柔的，有着曲调般的婉转，竟然让卓越有了一种想马上见到这个人的冲动。

柳眉约定见面的地方距离较远，两个人的位置分处这座城市的东西两端，卓越选择乘坐地铁，结果刚刚坐过两站就接到了柳眉的电话。她歉意地告诉卓越："对不起，学校临时出了点事情，今天不能和你见面了。"

卓越的心里有些遗憾，不过他还是能够理解。这个世界的奇妙就在于谁也不知道下一刻会发生什么，对方临时有事情也很正常。卓越在下一站下车上了返回的列车，这时候他忽然意识到柳眉或许并不是真的有什么急事，也许是怀疑他的身份和意图。想到这里，卓越拿出手机给对方发了个短信：下次见面的时间地点由你来定。谢谢你对我工作的支持。

对方过了好一会儿才回复：行。我有时间的话就与你联系。

卓越注意到她在回复中没有使用歉意的词句，这说明刚才的分析很可能是正确的。作为教师，她应该懂得最起码的礼节，而歉意的词句往往是发自内心而不是客套，一个人在防备的心态下会将不见面视为理所当然。卓越在读研期间选修过心理学，他认为自己的判断应该不会错。

声音很好听，而且防备心很强，凭这两点就可以说明她很可能是一个长相漂亮的女孩子。难道她和我一样也遗传到了她父母最好的基因？卓越如此想着。

雷达知道卓越出了事情，还特地给他打了个电话，卓越的语气倒是轻松，说他没事，正好趁这段时间做科研。雷达本来想下班后请卓越喝酒的，如果能够叫上江晨雨的话就更好了，结果临下班前来了个急性阑尾炎病人需要马上做手术，他暗自庆幸没有提前给卓越说喝酒的事情，万一他真的约了江晨雨岂不糟糕！

其实雷达并不知道，卓越早就离开医院上了地铁，后来并没有回到医院的公寓，而是顺路回了趟家。虽然柳眉取消了见面，但卓越并没有与夏丹丹联系。医院里发生的事情还是影响到了他的心境，就连恋爱的激情也没有了。

回到家陪父母吃了顿饭，中途父亲低声问了他一句："你还好吧？"他有些不好意思地笑了，回答道："挺好的。"父亲点头道："有些事情想明白了就好。"

卓越发现自己是个不错的演员，不过他并不是存心欺骗父亲，而是不希望他替自己担心。

外科医生手术做得最多的就是阑尾切除。急性阑尾炎是一种高发性疾病，在一般情况下雷达只需要约半个小时的时间就可以完成这样的手术。阑尾炎切除手术对外科医生来讲既简单又有趣——划开右下腹的皮肤，切开皮下脂肪，从两个方向分开两层交叉着的肌肉，肌肉下面就是腹膜。最完美的状况就是，当手术刀划开腹膜的那一瞬间，阑尾就会"噗"的一声轻响，从切开的创口处跳跃而出。

而这一次，雷达的手术却遇到了意想不到的麻烦。前面的程序都很顺利，可是当他切开病人的腹膜后并没有发现阑尾的踪影，于是就往病人的右下腹部寻找，结果寻了好一会儿也没发现阑尾的影子。他这才知道遇到麻烦了，这位病人的阑尾肯定出现了解剖变异，长在了另外的地方。

人体器官出现解剖变异并不奇怪，从医学上讲这也叫个体差异。当代医学源于西方，手术是西医治疗的重要手段，而解剖学就是手术治疗的基础。对于一位外科医生来讲，雷达当然清楚各种解剖变异的情况。当他没有在病人的右下腹找到阑尾时，马上就将探寻的范围转移到上腹部结肠的后面，这是阑尾解剖变异最容易出现的地方。

　　然而还是没找到。雷达有些抓狂了，难道这个人没有长阑尾？不可能，至少目前还没有发现这样的情况。阑尾是人体的退化器官，它与鼻窦一样其实没有多大的作用，反而容易发炎给身体带来痛苦，所以西方国家的医生建议孩子一生下来就做阑尾切除手术。

　　旁边的麻醉师和护士也目瞪口呆，他们也是第一次见到这样的情况。这时候就听到雷达在那里喃喃自语："难道是最少见的情况？这个人的阑尾竟然长在了左下腹？"

　　雷达再一次加大了手术的创口，到病人的左下腹探寻。幸好这是一个中年男性病人，即使恢复后伤口难看也无所谓。病人的肠子很大一部分已经露出体外，雷达不再凭经验胡乱寻找，而是回到盲肠的位置向下，一直寻找到盲肠与回肠之间的交接处，这是阑尾的解剖学位置。终于找到它了，它果然在病人的左下腹。雷达暗暗松了一口气，接下来的程序就简单多了：切除然后消毒，关腹，一层层缝合伤口。

　　这个简单的手术竟然花费了雷达近两个小时的时间，缝合完毕后才玩笑般对麻醉师和护士说道："别把今天的手术告诉别人，要是其他医生听说我做阑尾手术花了这么长的时间，我在这家医院就待不下去啦。"

　　夏丹丹没有告诉卓越她今天值夜班的事情。卓越是一个看似文弱、彬彬有礼的人，但内心却非常要强。夏丹丹知道他的心情肯定不大好。一个人心情不好的时候是最烦人去打搅的，这一点夏丹丹深有体会。她是女人，每个月都有那么几天会出现无缘无故的内心烦躁，科室的护士长偏偏又是一个特别唠叨的人，夏丹丹每一次在她的唠叨面前都感到头痛不已，甚至还有想要扔东西的冲动。推己及人，夏丹丹也就安安静静地去值自己的夜班了。

　　刘顺成父亲的腹水越来越严重，这是由于肝癌造成肝静脉回流受阻，血液中的某些成分也就因此渗透到了腹部。腹水会造成蛋白质大量流失，最好的办法就是将腹水回收利用。然而这种治疗手段会产生高额的费用，夏丹丹考虑到病人的家庭情况，所以就只能采用引流的方式。

腹水让刘顺成父亲的身体看上去更加可怕，不过这个病人却表现出了极其旺盛的生命力。也许是腹水中蛋白质流失严重的缘故，他的胃口竟然非常好，身体虽然衰弱但精神看上去还不错。夏丹丹有时候就想，人真是一种奇怪的动物，我们追逐金钱却往往被金钱所奴役，在疾病面前金钱反而成了主宰。

老年科是一个比较特殊的科室，来到这里的患者大多临近暮年，而且身患重疾，夏丹丹自进入这里的第一天起就眼见病人的死亡。刚开始的时候她还因此而感到恐惧与伤感：人为什么要死？他们死亡之后的灵魂会去往何地？后来见得多了，神经也就变得麻木起来，然而内心深处的恐惧始终存在。

对他们好一些，多给他们一些温暖与关怀，这里很可能是他们人生旅途中的最后一程。夏丹丹不止一次这样告诉自己。

处理完病房所有病人的事情，夏丹丹才发觉窗外早已被黑暗笼罩，病房里面显得格外冷清与昏暗。每次值夜班的时候夏丹丹都会准备一本小说，可是现在怎么也看不进去。卓越似乎已经成为她生命中的一部分，会让她时时刻刻思恋和挂念。再也忍不住了，就拿起电话拨打过去，电话里面的声音有些嘈杂，她问道："你还好吧？"

卓越的情绪似乎很淡然："回了趟家，陪爸妈吃了顿饭，正在走路回公寓。"

"你不是说很忙吗？"

"是准备去拜访一个人，结果对方临时取消了见面。"

"拜访？是为了你这次的事情？"

"……不是，我是准备去回访一个以前的病人。你在干什么？"

"夜班呢。要不你来陪我？"

"我不想去病房。从现在开始我暂时不能进病房了，你是知道的。"

"你来陪我，这不一样。"

"你考虑过我的心情没有？"

夏丹丹这才意识到自己有些自私了，急忙道："那好吧。今天我夜班，明天休息，要不我们出去玩一天？"

"我要去实验室。汤主任给我安排了任务的。"

"那……你早些休息吧。"

夏丹丹感觉到了卓越平淡语气下透出的不耐烦，这让她又一次开始怀疑自己在卓越心中的分量。不能再继续这样下去了，得想办法让他向我求婚。夏丹丹在心里如此对自己说。

江晨雨很久没有回家了，她最不喜欢的就是父母的唠叨。不过她是知道的，父母的唠叨，还是因为自己一直单身。父母并不都了解、懂得和理解自己的孩子，而他们以爱的名义却让当儿女的只能默默承受他们的唠叨，除非躲避起来。

江晨雨采用的方式就是躲避。她住在医院提供的公寓里很少回家，依然逃避不了父母电话里的唠叨。每一次看到手机上显现的那个非常熟悉的电话号码，江晨雨都只能皱眉叹息。

前不久父亲又一次给她打来电话。父亲在电话里将秦雯的事情告诉了她，让她在尽可能的情况下多加关照。这是父亲第一次没有在她婚姻的问题上唠叨，这让她长长舒了一口气，想也没想地就应承了父亲的请求，说道："没问题，我这边给她留一个单人病房，她随时都可以来我们医院。"

父亲说："她就一个要求——想要一个儿子。小雨，你能够做到的，是吧？"

江晨雨犹豫了："这个……"

父亲的声音变得着急起来："我是秦霸集团的办公室主任，这些年来秦董事长对我不薄，如果不是这样的话你根本就不可能出国去念书。小雨，这件事情你一定要帮忙，我可是向秦小姐做了保证的。要不这样，我陪秦小姐一起到你们医院去一趟？"

　　江晨雨吓了一跳，她最害怕的就是这个。父亲是办公室主任，平时管的都是些乱七八糟的琐事，唠叨起来实在让人受不了。江晨雨急忙道："您不用来。好吧，我尽力。"

　　后来江晨雨越想越觉得不大对劲。这件事情也许在有些人眼中并不是什么大事，但是对一位从事试管婴儿技术工作的医生来讲，需要秉承的原则其实早已深入骨髓。其实大多数的医生都是这样，职业伦理早已浸润到了他们的灵魂当中，若非如此，现实中的医患关系不知道会有多么可怕。或许"医者父母心"是医者的最高境界，很少有医生能够真正做到这一点。医生也是人，正如人群中道德崇高者毕竟只是少数一样。但对大多数医生而言，尽心尽力解决病人的苦痛却是他们最基本的职业准则。

　　一个人要成为圣人固然很难，但要突破底线也并不那么容易。突破底线首先要面临的是自我道德拷问，其次才是社会舆论以及可能触犯法律的风险承担。江晨雨在答应父亲之后忽然感到不安的原因就在于此，于是才有了后来她去找卓越帮忙的事情。

　　江晨雨万万没有想到事情会变成现在这个样子，自己因此受到处分倒也罢了，想不到还连累了卓越。有些事情不能犹豫，更不能敷衍，江晨雨从这件事情上吸取了深刻的教训。

　　汤知人找江晨雨谈话的时候她根本就没有申辩，她能够感觉到医院和汤主任对她和卓越的保护与关怀，但是她无法面对卓越，也知道口头上的歉意毫无意义。她开始刻意避开与卓越碰面。

　　江晨雨依然不想回家，这次不是害怕唠叨，而是无法面对父亲。让他辞职？可是自己现在没有了工作，哪里还有能力给他和母亲养老送终？

　　医院的公寓后面有一条通往江边的小道，这条小道是人工在悬崖上开凿出来的，市政部门还特地安装了护栏。从汤知人的办公室出来江晨雨一下子就想到了那个地方，并且很快就到了那里。站在悬崖上，双手攀住护栏，忽然感到有些头晕目眩。她有些恐高，而此时的她却特别喜欢这样的感觉。恐高的根源来源于内心深处对死亡的恐惧，这一刻，江晨雨第一次感觉到了自己生命的真实。

是的，只有真实的生命才会害怕。她开始沿着这条蜿蜒向下的小道下行，石阶有些陡峭，每下行一步都可以感到江面在迫近。她忽然有了一个疯狂的念头：如果从这个地方一跃而下的话，我会不会越过下面那块陆地直接窜入江水之中？能不能触摸到那些游弋在江底的鱼儿？

在此之前，她也有过一次同样的疯狂幻想。那是她人生中情绪最低落的时候，当时她还在国外就读。那天晚上，她将自己灌得酩酊大醉，忽然希望身边能够有一支手枪……她将食指顶在太阳穴处，将它幻想成一把手枪，"砰！"她的嘴里发出了这样的声音，喃喃地说了一句，"要是这样就好了，一了百了。"

卓越在公寓楼下正巧碰见从病房回来的雷达。雷达打量了卓越好几眼，忽然笑了："你的精神状态还不错，看来这件事情对你影响不大。"

卓越苦笑着说道："事情已经发生了，难道我非要苦着一张脸去给别人看？"

雷达点头道："倒也是。妈的，现在的医生太难当了。"他的脸上忽然变成了羡慕，"要是将你换成我的话就好了，正好借这个机会去追求江晨雨。"

卓越一愣，一下子就笑了起来："你这家伙……"

雷达很认真地道："我说的可是真心话。对了，江晨雨现在怎么样？"

卓越摇头道："不知道，她好像刻意在回避我。我理解她的想法，就是觉得对不起我。其实也没什么，大家都是一个科室的，其他的人找我帮那样的忙我也会答应的。"

雷达叹息着说道："本来今天晚上准备请你和她喝酒的，结果遇到了一个阑尾炎病人。对了，我还没吃饭呢，要不你打个电话叫上她，我们一起去喝一杯？"

卓越顿时明白了这家伙的狼子野心，笑道："要叫你自己叫，我可是刚刚吃完饭。"

雷达叹息了一声，道："算了，如果被她拒绝的话，我就一点机会都没有了。"

卓越提醒他道："你这是在自我麻醉，如果我是你的话就直接去找她，行不行就一句话。"

雷达不住摇头，说道："不行，我想好了，就按照你说的那样，抽空去调查一下她的过去，除非真的一点机会也没有，否则的话我绝不轻易放弃，不然的话我会遗憾一辈子的。"

雷达回到房间洗了个澡，然后一个人出门吃晚餐去了。卓越忽然对江晨雨不大放心起来，拿起手机就拨打了过去。江晨雨很快接听了电话，卓越问道："你在什么地方？"

江晨雨回答道："你到公寓的后面朝下看。"

卓越大吃了一惊："你不会……"

江晨雨的声音幽幽的："我还不至于那么脆弱，就是想一个人到这地方坐坐。你想不想来？这江边的空气好极了。"

卓越走到公寓后边，朝悬崖下面看去。此时夜色正浓，固然有江对岸的灯光映射，但根本看不见江晨雨的身影。而下面的江晨雨已经看到了他："这里，看到了吗？"

还是看不见，人类的目光是无法穿透黑暗的。卓越朝着下面大声说了一句："我下来。"

小道旁的悬崖壁上安装有路灯，即使这样卓越也觉得下行困难，不过他知道这条小道很安全。大约十分钟后他终于到了悬崖下，看到了江晨雨。她就坐在江边的一块石头上。江风徐徐吹拂着，她的秀发随风而动。卓越朝她走了过去，迎接他的是那张美丽的脸。

卓越诧异地问道："你怎么一个人跑到这里来了？"

"心情不好，就来这里坐坐。"

"事情会得到解决的，我们并没有做错什么。"

"对不起，当初我不该……"

"别说了，如果那是我的病人，我请你帮忙的话你也会答应的，你说是吧？"

"这倒是。你这样一说我心里就好受多了。"

"回去吧，江边有风，容易受凉。"

"你真的不怪我？"

"怪你有用吗？"

"没用。"

"这不就得了？"

"夏丹丹真幸福，现在像你这样大气的男人已经不多了。"

"这是什么话？任何地方、任何时代的人都有大气的，也有小气的，比例应该差不多吧？其实我也不大气，只不过觉得在这样的事情上小气也没有用，还不如自己把心放宽一些好。你说是不是？"

"有道理。那好吧，我也不小气了，从现在开始我得高高兴兴的。对了，我居然忘了吃晚饭，你吃过没有？要不陪我去吃点？"

"雷达刚才叫我去喝酒呢，还说把你也叫上。"

"我不想和他一起吃饭。"

"为什么？他曾经得罪过你？"

"你了解他吗？"

"不是特别了解。虽然我们住在一个房间里，但以前基本上不来住。"

"他太花心了，外科的很多人都知道。这样的人我不想和他接触。"

"不就是多谈了几次恋爱吗？有个神话故事是怎么讲的？说我们人类最先是雌雄同体，智慧超群、力大无穷，上帝很是忌惮，就将人类一分为二，于是就有了男人和女人。所以，我们每个人都会穷其一生去寻找自己的另一半。这个寻找过程可不容易，找错几次也是很正常的啊。"

"这个故事很有趣，不过只是神话故事而已。"

"不。我倒是觉得这个神话故事非常符合我们人类的进化过程。从内分泌的角度讲，男性的身体里面有雌性激素，女性的身体里面有雄性激素，是不是？从解剖学上讲，男性的身体里面有退化的子宫，女性的身体里也有退化的男性性器官，是不是？"

男性身体里面退化的子宫其位置紧靠前列腺，女性的阴蒂其实就是男性退化的龟头。此外，男性也有乳房组织，如果雌激素水平过高的话也能够分泌乳汁。这些医学常识江晨雨当然十分清楚，却没想到卓越竟拿这样的事情来替雷达辩解，禁不住就笑了起来，说道："卓越，我发现你倒是很适合去做红娘……哈哈！不过你刚才的那番说辞对我没有用处，喜欢一个人要发自内心，可不是随便几句话就可以让两个人在一起的，你说是不是？"

卓越看着她，问道："也就是说，你并不是一个真正的独身主义者，只不过到目前为止还没遇上一个合适的人罢了，是这样的吗？"

这一瞬间，江晨雨的内心忽然出现了一种莫名其妙的慌乱，急忙道："不，我早已决定终身不嫁。"

她的慌乱还是被卓越感觉到了。卓越似乎有些明白了：眼前的这个女人必定有过一场刻骨铭心的爱恋，同时也因此深深地受到了伤害。卓越没有再追问下去。这是她的私事，也是她的隐私，无论是什么原因造成的。我们每个人都有自己独特的生活方式，他人都不能随便加以探寻和干预。

这时候江晨雨已经站了起来，说道："我真的饿了。卓越，谢谢你，现在我的心情好多了。怎么样，陪我去喝一杯？"

卓越问道："你不是说心情好多了吗？怎么还想喝酒？"

江晨雨笑道："自从……我这个人在心情不好的时候不喜欢喝酒，高兴的时候才喝。"

虽然江晨雨将刚才的那句话掩饰了过去，卓越还是明白了其中所包含的意图——自从那件事情之后，我再也不在心情不好的情况下喝酒了。卓越也笑道："那好吧，我陪你去喝点。说起来我们两个现在可算'同是天涯沦落人'呢。"

"你这话听起来有些怪怪的,我们两个应该是同病相怜才对。"

"你说得也不对,我的身体好得很,没病。"

"那应该怎么说才对?"

"我也不知道,我们都不是语言学家,不过好像意思也差不多。"

"哈哈!走吧,我们喝酒去。"

第五章

曾玉芹回到家时发现母亲的精神还不错，照料母亲的雇工悄悄告诉她说，老太太上午就昏迷了，后来却忽然醒转过来，然后就一直眼巴巴地看着门口。曾玉芹知道母亲这是回光返照，心里顿时愧疚和难受，急忙去握住母亲的手，问道："妈，您有什么要对我讲的，现在就说吧。"

老太太的手紧了一下，说道："芹啊，你不能生娃这都是命，你就不要折腾了，从今往后和洪坤好好过日子行不行？"

曾玉芹的眼泪一下子就下来了，哽咽着说道："妈，我知道您是为我好。我这辈子就为了要个孩子在折腾，现在都折腾了大半辈子了，如果再没有了这个念想，我活着还有意思吗？"

老太太叹息了一声，眼睛慢慢闭上了。曾玉芹一惊，急忙去试探母亲的鼻息……她走了，就这样走了。曾玉芹顿时悲从中来，号啕大哭："妈呀，不是我不答应你，是我做不到啊……"

李洪坤也在一旁流泪，劝说妻子道："我觉得我们应该听妈的，从今往后我们就不要再去省城了吧。"

曾玉芹顿时止住了哭泣，说道："俗话说，不孝有三，无后为大。我还不是为了给你们李家留个后？卓医生对我说了，最近他准备好好研究研究我的问题，卓医生可是博士，我觉得他能够解决我们的问题。"

李洪坤在心里叹息：她这是在自欺欺人。也罢，这辈子是我亏欠她的，那就一直陪着她折腾好了。

当刘顺成出现在高玉梅面前时她一下子就发作了："你来干什么？我看你这样子就是不想和我过下去了。好啊，我什么都不要，你那家里什么也没有，我就要孩子好了。"

刘顺成知道妻子是因为他现在才来而生气，急忙觍着脸解释道："那天是我脾气不好，当时我出了车祸，被人家的车撞到了腰。你不要生气了，和我一起回家吧。"

高玉梅一下子就紧张起来："出了车祸？我看看，撞到什么地方了？"

刘顺成心里大慰：她生气只是暂时的，她的心里依然还有这个家，还有我。刘顺成撩起衬衣露出了腰部，说道："当时医生就给我打了麻药，现在比刚开始的时候好多了。"

高玉梅看到丈夫腰部的位置有好大一块暗红色，这才知道丈夫那天为什么不理自己，现在想起来那天自己确实过分了些，家里那么困难，丈夫强忍着伤痛去工作，还要照料他父亲……高玉梅的眼泪一下子就滚落了出来，哽咽着说道："是我不好，我们回家吧。"

刘顺成高兴得咧嘴直笑，说道："我给爸妈买了点东西，晚上就在这里吃饭吧。"

岳父岳母对这个女婿还是蛮喜欢的，女儿长得并不漂亮，两家人的家境都差不多，也算得上门当户对，老百姓的日子不都是这样过的吗？女儿每次负气回家老两口都要责怪她。刘顺成这次来竟然带了礼物：两条香烟和一瓶电视上打广告的那种酒，还有一条大红色的围巾，确实算是有心了。岳父心里高兴，嘴上却批评道："你爸看病正需要钱，买这些东西干什么？"

刘顺成笑道："我这次被车撞了，反而因祸得福了呢。那个开车的老板让我去他公司上班，专门负责原材料采购，今后我一个月的工资有五千多块呢，据说还有年终奖。"

高玉梅很是高兴，不过心里却有些疑惑："他为什么要招你去他那里上班？"

刘顺成不好意思道："他开始给了我几千块钱，第二天又拿了两万块来，当时是我自己不留心横穿马路，所以我觉得不应该要人家的这笔钱。陆老板觉得我这个人还不错，所以就……"

这个女婿和他父亲一样都是老实人，看来好人还真是有好报。岳父也替他感到高兴，问道："你爸的病怎么样了？我还说去看看他。"

刘顺成神色黯然道："估计拖不了多久了……"

岳父叹息了一声，说道："再高明的医术也治不好必死的病，顺成啊，你家里的情况我知道，我也实在是拿不出钱来帮助你们。既然都这样了，你看是不是让你爸爸先出院回家？"

刘顺成摇头道："我这个做儿子的，无论如何都应该让爸爸走完他这辈子的最后一程。爸爸的主治医生对我们很好，她知道我们家里困难，用的都是最便宜的药。对了，这次我工作的事情也是她从中撮合的。"

接下来刘顺成就把当时的情况对他们讲了，岳父赞叹道："真是个好人啊。顺成，你得记住那个医生对你家的好才是。我们虽然穷，但一定要懂得感恩。"

刘顺成不住点头，道："我懂得的。"

刘顺成在岳父家里吃完了饭，和岳父下了几盘象棋，然后带着妻子和孩子回家。走在路上高玉梅满含歉意地对他说道："以前是我不好。家里实在是太困难了，孩子好几次都吵着要去吃肯德基我都没有答应，我心里难受……"

刘顺成叹息着说道："我知道。只要我好好干，陆老板不会亏待我的。玉梅，我们家的日子一定会好起来的。"

高玉梅道："明天我就去看爸爸，给他炖些鸡汤。"

这时候孩子在旁边说道："我要吃肯德基，我的同学都吃过，就我没有。"

刘顺成的心里忽然一阵心酸，道："好，明天就带你去吃肯德基。"

高玉梅责怪道："现在正是需要花钱的时候，这日子不过了？"

刘顺成强迫自己笑着，说道："没事，等我的腰好了，我再去找一份零工，晚上的时间去做。"

高玉梅没再说什么，眼眶里却已经噙满眼泪。

卓越明显感觉到自己的身体远不如江晨雨，上山的时候她走在前面，脚步轻快，身形婀娜，而跟在后面的他不一会儿就气喘吁吁。江晨雨站在前面的石阶处，笑着对卓越说道："你太少锻炼身体了，我都不知道上次那台手术你是怎么站下来的。"

江晨雨说的是几个月前的那次剖宫产手术。那个病人怀的孩子也是试管婴儿，不过怀孕期间血压一直很高，所以后来才在万不得已的情况下提前终止了妊娠。常规的剖宫产手术过程并不复杂，从开腹进去取出孩子到最后缝合完毕，至多也就一个小时的时间，而那次卓越花费了近五个小时才完成，因为病人高血压造成大出血，而且还有凝血功能障碍。

卓越气喘着说道："手术过程中完全处于忘我的状态，手术完成后就直接累瘫了。"

江晨雨不住地笑，见卓越停在了那里，朝他伸出手去："来，我拉你一把。"

卓越却不想和她太过亲密，一屁股就坐在了那里，说道："休息一会儿。经常看到这地方，不过我还是第一次到这里来。"

江晨雨笑着问道："那你和夏医生是怎么谈恋爱的？就一起吃饭、看电影？"

卓越愣了一下，回答道："电影都很少去看。两个人在一起不就那么回事吗？说说话，相互了解一下最近的情况。"

江晨雨有些古怪地看着他，问道："卓越，问你一件私事，你可以不回答：你和夏医生发生过那样的关系吗？"

卓越很是尴尬："干吗问我这个？"

江晨雨却不以为然地道："我们都是医生，而且又是搞生殖医学的，有什么不好意思的？我以前谈过一次恋爱，和对方发生过很多次关系，后来还和一个陌生人有过一次一夜情。我们都是成年人，这样的话题不算敏感吧？"

卓越好奇地问道："你以前的恋人呢？后来为什么分手了？"

江晨雨也坐到了石梯上，回答道："分手总是有原因的，你说是吧？后来我就想，人这一辈子其实就是那么回事，男女之间的那点事情尝试过了，即使是不结婚没有孩子也无所谓。我是搞试管婴儿技术的，那些从我手上出生的孩子就是我的孩子，这辈子也就不遗憾了。卓越，我不是想刺探你的隐私，而是从你刚才的话中感觉到你和夏医生之间的感情有问题。"

卓越摇头道："我和她没问题的，我们两个人的关系一直都很好。"

江晨雨转身继续朝上走，卓越听她说道："你和她是恋人，不是朋友。我还是要提醒你一下：无论是爱情还是婚姻，都是需要经营的，没有什么是理所当然。"

卓越怔在了那里，忽然觉得她的话似乎有些道理。可是……以后再说吧。他在心里对自己说，起身慢慢跟了上去。

两个人路过家常味饭馆的时候发现那地方还没打烊，江晨雨道："就这里吧。"

卓越已经吃过了饭，倒是觉得无所谓，点头道："行，就这里。"

楼下的顾客竟然不少，卓越和江晨雨刚刚进去就被饭馆的主人看到了，老板娘笑吟吟地朝他俩打招呼，直接将二人带上了楼。这个钟点一般不会有医生来吃饭，结果整个空间就只有他们两人。菜是江晨雨点的，凉菜占了好几样，卓越笑道："看你这样子，好像不是只想喝一点点吧？"

江晨雨看着他说："我们俩就一瓶，怎么样？"

卓越的酒量也就六七两的样子，两个人一瓶倒是差不多。卓越道："说好了，就一瓶。"

江晨雨要了一瓶这家小饭馆最好的酒，两百多块钱一瓶。菜很快就上来了，是老板娘亲自端上来的。卓越问道："你们每天都开到这么晚？"

老板娘道："反正我们也没别的事情，有人要吃饭，我们就稍微开晚点。"

没有了孩子，生活就会少了许多的乐趣，内心也就没有了多少挂念。卓越在心里叹息。老板娘却没有离开，笑眯眯地看着他俩："你们尝尝，这是我男人亲自拌的作料。"

卓越尝了一片猪耳，味道果然不错，辣椒非常香，咸淡刚合适，顿时赞叹不已。老板娘这才满足地离开了。老板娘每次送菜来都要等他们品尝并赞扬后才离开，后来江晨雨都禁不住笑了，说道："这个老板娘很有趣。"

卓越低声将饭馆老板孩子的事情对她讲了，江晨雨听了叹息道："原来是这样。也许她看着我们的时候心里想着的就是她的孩子。"

卓越点头道："是啊。"

一瓶酒倒在了两个大玻璃杯里，江晨雨朝卓越举杯："谢谢你让我有了好心情。"

卓越也举杯，说道："同喜同贺。"

江晨雨咯咯地笑，说道："幸好这里没有我们医院的其他医生，不然的话他们肯定会个个目瞪口呆。"

卓越微微一笑。其实他心里明白江晨雨的好心情只不过是表面，这点和他一样。从某种角度上看医生也是弱势群体，在金钱和权力之下几乎没有反抗能力。两个人喝了一会儿，卓越问道："我一直想问你，秦雯当时怎么就忽然倒下去了？"

"我也不知道她究竟出了什么状况，从后来她的临床体征分析应该不是脑溢血，而且她刚入院的时候我问过她的病史，她以前也没有患过类似的疾病。"

"她不会是装病吧？"

"不可能。且不说她不可能像这样一直躺在床上不动，就是她双眼瞳孔的变化也是不可能伪装出来的。"

"神经内科和脑外科会诊的结果怎么样？"

"目前还没有任何的结论。移动小型 X 光机对她的头部进行了拍摄，也没发现任何异常。目前病人的情况不大稳定，暂时还不能做头部的核磁共振。"

"忽然昏迷总是有原因的，到目前为止专家们究竟排除了多少种可能？"

"应该不是耳蜗平衡器官的问题，美尼尔氏综合征也不可能昏迷这么久。"

"如果她的病情诊断不清楚，你和我的问题就得不到解决。"

"是啊……"

"算了，不去想这件事情了。来，我们喝酒。"

"我敬你。谢谢你，卓越。"

"你再这样客气的话我就不高兴啦。"

"好，我不再客气了。老是向你道歉我也觉得自己很虚伪。"

两个人同时笑了起来。

卓越一进屋雷达就闻到了浓烈的酒味，顿时就嚷嚷了起来："喂！我叫你去喝酒你不去，你不够哥们儿啊。"

卓越有些兴奋，笑道："你叫我，我当然不一定去了，但是美女叫我的话我就抗拒不了了。"

雷达诧异地问道："居然还有美女请你喝酒？快告诉我，究竟是哪位美女？"

卓越大笑："你最喜欢的那个人。你没想到吧？"

雷达气急败坏的样子："卓越，你可是有女朋友的人，怎么把我的女神约出去喝酒了？"

卓越朝他勾了勾手，满脸神秘的样子，雷达急忙凑了过去，问道："什么个情况？"

卓越低声道："情况我基本上搞清楚了，江晨雨很可能在以前受到过感情上的伤害，所以才从此拒绝再谈恋爱。"

雷达感激地道："这个信息非常重要。卓越，那你说我现在究竟要怎么做才好？"

卓越看着他："听说你很花心？"

雷达一下子就怔在了那里："你听谁说的？江晨雨？"

卓越直瞪瞪地看着他："你告诉我，你究竟是不是很花心？"

雷达反问道："你告诉我，什么叫花心？"

这本来是一个非常简单的问题，可是卓越却忽然发现这个问题很难回答："这个……脚踏两只船、朝三暮四，这样的情况你有没有？"

雷达摇头道："没有！我是谈过很多次恋爱，也和多个女人发生过关系，但是我一直都在寻找真正的爱情啊。"

卓越哭笑不得，问道："既然你和那些女人没有真正的爱情，那你为什么要和她们发生关系？这明明就是花心嘛。"

雷达顿时哑口无言。当卓越正扬扬得意地看着他的时候，他才叹息了一声，说道："我承认自己以前在这方面比较随意，可是当我第一次看到江晨雨的时候就真的心动了，我告诉自己说，或许这就是传说中的爱情。卓越，我说的是真话，你一定要相信我。"

卓越哈哈大笑，说道："我相信你又有什么用处？又不是我们俩谈恋爱……我这是什么话？太恶心了。雷达，你把刚才的那些话拿去当着江晨雨的面讲吧，最终要她相信你、喜欢你才行。我不和你说了，今天喝得有点多，我去洗个澡睡觉了。"

雷达早看出这家伙喝得有些兴奋了，不过也觉得他的话说得很对，自己前些年的生活太过混乱，结果搞得现在臭名在外……早知如此又何必当初呢？唉！现在该如何是好啊？

这天晚上雷达一直没有睡好，患得患失，思绪纷呈。卓越倒是心无杂念，一上床就呼呼大睡过去。

第六章

夏丹丹的运气很好，值了一晚上的班竟然没有收一个新病人，也没有住院病人病危的情况发生。夜班医生要管整个病房的病人，如果有新病人进来，就得马上给病人做全身检查，包括血、尿、粪便三大常规，接下来还要完成正规而完整的病历并做出初步诊断，这一整套程序下来得近两个小时。如果在夜班期间有病人出现病危甚至死亡的情况，除了急救之外还要做好规范的死亡记录。

夏丹丹一直在医生办公室里看书，午夜之前又巡查了一次病房，然后就安心去睡觉了。午夜过后一直没有值班护士来叫，夏丹丹舒舒服服地一觉睡到了天亮。

这天晚上也是孙鲁的夜班，他的运气可就不那么好了。一晚上收了三个新病人不说，半夜的时候还有一个肺气肿病人出现呼吸骤停的情况，抢救了近半小时病人还是死亡了。

孙鲁几乎一夜未眠。夏丹丹正好和他同一天夜班的事情他是知道的，他本来计划晚上空闲的时候去一趟老年科，夜班不出现状况的话医生其实很无聊，孙鲁觉得这是一次难得的机会，不承想自己运气太差，就这样折腾了一夜分身无术。

夏丹丹到医院的饭堂用过早餐，又巡查了一次病房，然后开始给自己管辖的病人开医嘱。卓越最近比较忙，夏丹丹特地让同寝室的陈小燕将夜班换到和她同一天，两个人约好今天一起去逛街。

临近天亮的时候孙鲁才囫囵睡了一会儿，醒来的时候发现快到八点了，急匆匆赶往饭堂，而此时夏丹丹早已离开，他暗自懊恼，诅咒着自己点儿太背。

夜班医生早上要向白班医生交班，头天晚上病人的情况都很正常，又没有新病人进入，夏丹丹也就没有了交班的内容，简单和白班医生说了几句就离开了病房。

孙鲁给小章打了个电话，得知夏丹丹即将离开病房，急忙去对三个新收病人的主管医生说道："我有点急事，病人的情况都在病历上写着呢，我就不具体交代了，拜托了。"

分管头天晚上死亡病人的主管医生道："死亡病人的事情还有后期的事情要处理呢，你得在场。"

孙鲁心里着急，朝那医生作揖道："抢救过程和死亡记录都在那里，请你帮忙处理一下。拜托了，回头我请你吃饭。"

那医生诧异地问道："你这样急哈哈的干吗？要去约会？"

孙鲁急忙否认："不是不是，是家里出了点急事。"一边说着一边脱白大褂，很快就消失在医生办公室外面。几个医生面面相觑："这家伙肯定是谈恋爱了，不然他不会这样猴急。"

孙鲁终于在内科大楼下的电梯间堵住了夏丹丹："你也夜班？"

照片事件后夏丹丹就开始厌恶这个人。他喜欢自己没有错，那是他的自由，但是在背后搞小动作的行为实在龌龊，不过夏丹丹也不想表现得太过分，点头道："是啊。"

孙鲁的脸上带着同情的表情，说道："卓越的事情我也听说了，没想到会发生这样的事，现在当医生的风险太高了。夏医生，卓越的事情如果需要帮忙的话你可以随时给我讲。"

夏丹丹觉得这个人有些好笑，问道："你有办法？"

孙鲁很是得意的样子，说道："你知道处理这样的事情最有效的办法是什么？是利用媒体的力量。我了解过了，这起事件的整个过程责任都不在江晨雨和卓越身上，完全是那个病人仗着家里有钱无理取闹造成的，现在没有报道的原因完全是病人的亲属倚仗权势控制住了媒体。你想过没有，一旦媒体将这件事情的详细经过报道出来，会是什么样的结果？"

夏丹丹不大明白他的意思，问道："结果会是什么？"

孙鲁继续分析道："医生是弱势群体，近些年来医闹伤害医务人员的事件频频发生，这件事情一旦曝光的话就会得到广大医务工作者的广泛声援。此外，如今贫富差距越来越大，人们的仇富心理非常严重，秦霸集团倚仗权势纵容病人无理取闹的事情一旦曝光，就会引起全社会的广泛关注，如此一来，事情的真相也就彻底被民众所了解，即使秦天有通天之能也再无法掌控了。我有个中学同学是晚报的记者，如果你觉得可以的话，我马上就可以和他取得联系。"

夏丹丹觉得他的分析很有道理，不过依然心存怀疑：这个人有这么好心？他会真心帮助卓越？

孙鲁仿佛明白她内心的想法，说道："我知道你不喜欢我，这没关系，我喜欢你就行。我不是想帮卓越，是想帮你，只要能够为你做点事情，我心里就高兴。"

对于女人来讲，无论她是否喜欢对方，在面对这种表白的时候心里还是很高兴的，这至少可以满足她们的一部分虚荣心。夏丹丹顿时就觉得眼前这个人似乎不再那么讨厌了，她的脸微微红了一下，问道："既然这样，医院为什么不与媒体联系？"

孙鲁一脸的鄙视："医院就知道在中间和稀泥，你看最近发生的那些医闹事件，哪一家医院不是这样？院长大人更在乎的是他们的位子，出了事情每次都是先把我们医生处理了再说。医院最害怕的就是媒体炒作，这样会影响医院的病源。正因为如此，他们才每一次都以牺牲医生作为矛盾激化的缓冲。"

夏丹丹总觉得有些不对劲，说道："孙医生，谢谢你。这样，我先问问卓越再说。"

孙鲁急忙提醒道："这件事情千万不能让他知道。现在医院对他的处理只是暂时离开工作岗位，如果院方知道了这件事情是卓越曝光出去的，一怒之下说不定就会马上开除他。所以，我们最好在背后暗暗操作这件事情，让舆情发酵，到时候就谁也控制不住了。一旦真相大白于天下，卓越被冤枉的事情就会引起广泛的同情，医院方面也就不得不撤销对他的处理了。"

夏丹丹问道："那你的意思是？"

孙鲁道："如果你觉得可以的话，我现在就把我那同学约出来。对了，你昨天晚上休息得好吧？要不改个时间也行。"

夏丹丹道："昨天我一个病人也没有收，一觉睡到天亮。"这时候她才注意到孙鲁的双眼有些发红，问道："你没休息好？"

孙鲁道："一晚上收了三个病人，半夜的时候还抢救了一个病人，最终还是没有抢救过来。我没事，那我现在就与我那同学联系？"

夏丹丹竟然被他感动了，想了想，点头道："好吧。谢谢你。"

孙鲁开始打电话。夏丹丹也拿出手机给陈小燕拨打："今天有别的事情，我们下午去逛街吧。"

陈小燕埋怨道："哎呀，不是说好了的吗？"

夏丹丹歉意地道："临时有点急事。我们下午去吧，晚上我请你吃饭。"

陈小燕嘀咕道："你明明知道我在减肥，晚上不吃饭的。"

夏丹丹一边笑着一边哄她道："你哪里胖了？晚上我请你去吃小龙虾，怎么样？"

小龙虾是陈小燕的最爱，听夏丹丹这样一说，顿时就把减肥的事情抛在了一边："真的？你说话算数啊。"

夏丹丹笑道："当然算数，到时候一定让你'咩咩咩'吃个爽快。"

这时候孙鲁的电话已经打完了，对夏丹丹说道："约好了，我们过去和他见面，就在报社附近的一家咖啡厅。"

孙鲁去将车开了出来，是一辆帕萨特，他亲自给夏丹丹打开了车门，还将手掌放在了车门顶的地方，动作十分绅士。夏丹丹对他的好感更多了些，上车后问道："这车是你买的？你们科室的效益不错啊。"

孙鲁回答道:"大家都差不多吧。我工作不久,家里给了点钱替我首付了套房子,年底才可以接房,车也是家里给了一半的钱。有辆车出门方便一些。"

孙鲁本以为夏丹丹会问他父母是干什么的,可是接下来却没有了下文,夏丹丹只是"哦"了一声,这让孙鲁感到有些遗憾。这个时间点已经过了上班高峰,路上倒不是特别堵,不到一个小时就到了那家咖啡馆外边。孙鲁停好车给夏丹丹开了车门,还是那个很绅士的动作。夏丹丹下车后说了句"谢谢"。

夏丹丹想不到大上午的,咖啡厅里竟然也有不少的人。孙鲁仿佛知道她在想什么,随口说了一句:"报社的记者约人谈事都在这个地方,据说这家咖啡厅是报社总编的亲戚开的。"

夏丹丹笑道:"我就说嘛,原来是这样。"

孙鲁也笑,一眼就看到咖啡厅靠窗处的同学,对夏丹丹说道:"就是他,他叫姚地黄,现在已经是资深记者了。"

姚地黄也看到了他们,站起来在那里等候,两人走近后姚地黄就问孙鲁:"上周的同学聚会你怎么没来?"

孙鲁回答道:"那天正好夜班,没办法。阿黄,这是我的同事夏医生。"

姚地黄朝夏丹丹伸出手去:"夏医生,幸会。"

夏丹丹觉得应该是自己先伸出手去才对,看来这个记者也不怎么讲究礼节,她只好伸出手去与他的手轻轻触碰了一下,说道:"你好。"

三人坐下后姚地黄给夏丹丹和孙鲁点了咖啡,说道:"刚才在电话里我听得不是十分清楚,夏医生是当事人吗?"

夏丹丹摇头道:"是我男朋友的事情……"于是就将事情的经过大致讲述了一遍。开始的时候姚地黄还诧异了一下,看向孙鲁的眼神就有些不对劲了,却见孙鲁的表情淡然。听完夏丹丹的讲述后姚地黄说道:"这件事情我知道,不过报社打了招呼的,这件事情不准报道。涉及医患关系的新闻都非常敏感,任何一家报社都非常小心。"

果然是这样的情况。夏丹丹将目光投向孙鲁。孙鲁看着姚地黄，戏谑地道："说好的新闻自由呢？你以前不是经常吹牛说自己报道过哪些哪些很牛的新闻吗？这点胆量都没有？"

姚地黄并没有生气。孙鲁和他是同学，而且亲戚朋友看病也经常找他帮忙。姚地黄苦笑着说道："对于这种特别敏感的事情我们也不敢轻易去触碰，个人受处分倒也罢了，连累了整个报社就会成为众矢之的的。"

孙鲁的面子上有些下不来，即刻站了起来对夏丹丹说道："对不起，我们走吧。现在我总算明白了，所谓的无冕之王只不过是一句笑话。"

夏丹丹的心里有些感动。孙鲁刚才表现出来的一切已经说明他是真心想要帮助她。她也站了起来，朝姚地黄微笑着说道："我倒是能够理解你们，毕竟我们都不是生活在真空里面。"

姚地黄怔了一下，对夏丹丹说道："这样，我单独和孙鲁说几句话，看看有没有别的办法。"

当夏丹丹离开后姚地黄才问孙鲁："她又不是你女朋友，你干吗那样挤对我？"

孙鲁看了远处夏丹丹的背影一眼，低声道："她又没有结婚，我还有机会。老同学，这件事情你无论如何都要帮我。"

姚地黄很是不解："你明明是在帮她男朋友，你哪里还有什么机会？"

孙鲁朝他诡秘地一笑，说道："你想想，这件事情如果真的闹大了，她男朋友还会有好日子过？一个小医生，最终所有的矛盾都会归结到他身上，到时候医院想要保他都保不住。"

姚地黄有些犹豫起来："这样做太下作了吧？另外，那个女医生也可能因此被开除，而且这件事情对我来讲也要冒很大的风险。"

孙鲁不以为然道："那个女医生和我又没有任何关系，我最终的目的就是要让夏丹丹和我在一起。老同学，我知道你会帮我这个忙的，是吧？"

姚地黄忽然觉得有些不大对劲："今天你把她一起带来，如果她男朋友真的被开除的话，她岂不是会怪罪于你？这样一来你还有狗屁的机会啊？"

孙鲁摇头道："你只看到了问题的一个方面，没想到其中最根本的东西。你想想，一旦卓越真的被开除了，内心最有愧的会是谁？当然是夏丹丹了。这时候如果有人将这件事情背后的真相告诉卓越，你说会是什么样的结果？我是真心在帮她的啊，只不过是好心办了坏事。只要夏丹丹和卓越分了手，我的机会就更大了。"

姚地黄骇然地看着他："你这个人真可怕，当医生实在是可惜了。"

孙鲁并不在意他这种带有讥讽性质的话语，说道："我这是为了爱情，我是真的特别喜欢她，你说我不择手段也无所谓。总之，我的目的是高尚的，而且爱情本来就是自私的，我并没有觉得自己有什么不对。阿黄，拜托了，这件事情你无论如何都要帮我才是，我今后的幸福就全靠你了。"

姚地黄沉吟了片刻，说道："事情倒是可以做，不过需要一些费用。你不能又要我帮你办事还要替你贴钱吧？"

孙鲁问道："你准备怎么做？需要多少钱？"

姚地黄回答道："在人气比较旺的论坛和贴吧发帖子，如果他们删帖的话这边就用水军大造声势，只要形成了热门话题，我们的目的就实现了。费用倒是不多，两万块应该足够了。"

孙鲁笑道："花两万块就可以得到我喜欢的女人，值得。行，你把银行卡账号用短信发给我，一会儿我就把钱打到你的卡上。"

姚地黄开玩笑地说道："我还真是替夏医生感到害怕，她竟然不知道身边隐藏着一匹恶狼。"

孙鲁正色地道："你错了，我是真的爱她，而且一辈子都会对她好的。"

从咖啡馆出来就看到了夏丹丹期冀的眼神，孙鲁朝她点了点头，低声说道："问题解决了，他答应帮忙。"

夏丹丹担心地道："这件事情会不会让他担太大的风险？"

她真是善良。孙鲁更加觉得她很可爱，说道："这样的新闻肯定不能通过报社发布，上面已经有人打了招呼，他又不是总编，所以只能通过论坛和贴吧将这件事情捅出去，而且还要形成热门话题。接下来的事情就不用我们去管了，他是这方面的内行。"

夏丹丹这才放下心来，问道："这样真的可以？"

孙鲁笑道："人家是资深记者，炒作新闻本来就是他的专长。放心吧，接下来我们就慢慢看热闹好了。"

想到即将到来的舆论风暴，夏丹丹的内心顿时有些兴奋起来，问道："大概什么时候可以形成热门话题？"

孙鲁摇头道："我不大熟悉这个方面，不过至少也得两三天的时间吧。"

看来要做好这件事情也不是那么简单。夏丹丹真挚地对孙鲁说道："孙医生，谢谢你。"

我最想听到的是你直接、温柔地呼喊我的名字，希望这一天能够早些到来。孙鲁客气地道："你不用客气，我愿意为你做事，只要你高兴就行。"

卓越从来都没有对我说过这样的话，可是我依然是那么爱他。夏丹丹歉意地看了孙鲁一眼，依然轻声说了一句："谢谢你……"

卓越没有再去病房。汤主任告诉他，医院只是暂停了他作为医生的工作，并没有开除他，去实验室做实验是可以的，江晨雨也是一样，而且每天还必须按时上下班，免得今后被人拿这件事情说闲话。

第三代试管婴儿技术说到底就是检测受精卵中的遗传性疾病，从中挑选出健康的受精卵植入母亲的子宫。从操作的层面讲，这项工作并不难，任何一门学科都是这样，想到并提出全新的思路和创意才是最困难的。卓越已经从理论上掌握了这门技术的关键流程，现在他要做的就是熟练并尽量减少操作过程中的失误。

第二代试管婴儿技术也是如此，不过它针对的是男性少精、精子活力较差的病例，李洪坤就是属于这样的情况。具体的操作过程就是选出活力最强的精子，然后在显微镜下将精子注入卵子里面。这项工作要求操作者的双手非常稳定。汤主任曾经开玩笑说：如果让我们科室的医生去学习微雕技术，水平也一定会是世界上最高的。

在这家医院生殖中心的所有医生当中，卓越在这方面的技术是最娴熟和最稳定的，也许正是因为如此，汤知人才将第三代试管婴儿技术首次实施的机会交给了他。这是一项全新的技术，即使卓越能够做到心静如水，也出现了多次失败，这使得他不得不暂时将手上的工作停了下来。

接下来他开始看曾玉芹的病案。这份病案他实在是太熟悉了，不过现在曾玉芹面临着一个全新的问题：多年前从她身上取出的卵子用完了。取卵的过程比较漫长，首先要使用药物促进卵巢排卵，而且取卵的过程女性会承受巨大的痛苦。当时一次性从曾玉芹的卵巢中取出了五枚卵子进行冷冻保存，结果这五枚卵子使用完她依然没能怀上孕。主要的问题除了李洪坤的精子质量较差之外，曾玉芹的子宫也存在一些问题。经过数年的治疗和调养，曾玉芹子宫的问题基本解决了，但是现在她的年龄有些偏大了，而且最近取出的卵子老化严重，体外受精的成功率极小。

当然，这样的猜测他暂时没有对曾玉芹讲，卓越太了解曾玉芹这个人了。就想要一个孩子，这是曾玉芹这一辈子最大的梦想，甚至是为了这个梦想而活着。卓越不想让她失望，他无法想象失去了梦想的曾玉芹会变成什么样子。

手机在响，卓越看了一眼屏幕，竟然是昨天临时失约的柳眉，急忙接听："你好。"

还是那个很好听的声音："我在生殖中心的外面……"

卓越想也没想就说道："我马上出来。"正准备脱白大褂时他忽然意识到柳眉到这里来找他的可能原因——怀疑他的身份。于是就穿着白大褂出去了。

生殖中心下面走动的人不少，不过只有一个年轻漂亮的女孩子站在那里。她的手上拿着手机，过往的人都不停地朝她看。卓越直接朝她走了过去，微笑着说道："你好，我是卓越。"

女孩子忽然就笑了："看来你没骗我。"

卓越也说了实话："所以我才专门穿着白大褂出来的。"

柳眉又笑，说道："对不起。"

卓越的脸上依然保持着微笑："我能够理解，不要随便和陌生人说话嘛。这样，我们去外边的咖啡厅坐坐，麻烦你等我一会儿，我进去把白大褂脱了再出来。"

柳眉道："嗯。"

卓越返回实验室后在那里呆立了一会儿。这个女孩子太漂亮了，肤白胜雪，五官精致得像画中人一样，身高接近一米七，一袭淡蓝色的长裙更加显现出她绝美的身材。美丽到极致的事物是可以冲击灵魂的，数分钟后卓越才平静下来，出门之前还特地练习了一次微笑的表情。

两人并排着朝医院外边走去，一路上不少人都朝他们看，认识卓越的医生和护士都露出惊讶的表情，隐隐还听到有人在议论："好漂亮的一对儿！"柳眉的脸早就红了，卓越也有些尴尬，脚下的速度情不自禁就加快了些。

孙鲁开车刚刚转过弯，远远地就看见了卓越和一个女人的背影，即刻将车停下，指了指前方："夏医生，你看，那是不是卓越？"

最熟悉卓越背影的人应该就是夏丹丹了。当她看到卓越还在侧身和旁边那个漂亮女人说话的时候，心跳一下子就加快了。那个女人不像是江晨雨，江晨雨略瘦一些。她差点就要打开车门跟上去，不过旁边的孙鲁让她保持了最起码的冷静。她笑了笑，说道："可能是他的熟人。"

孙鲁分明从她的脸上看到了一闪而过的紧张表情，心里暗暗高兴，不过他并没有再说什么，随后直接将车开进了医院。

刚才孙鲁问夏丹丹是回公寓还是去医院，夏丹丹说要去医院一趟，她想去看看卓越在干什么。其实夏丹丹的意思很明显，就是要提醒孙鲁她是卓越的女朋友。结果却看见了眼前的这一幕，让夏丹丹觉得开车进医院这短暂的时间是那么漫长，车一停下她就迫不及待打开车门下去了，朝孙鲁说了声"谢谢"后就直接朝医院外面跑去。

门外早已没有了他们的影子，眼前只有人流如织的陌生面孔和背影。夏丹丹站在那里，深呼吸了好几次才让自己稍微平复了些，拿出手机就拨了卓越的号码。电话很快就通了，夏丹丹暗暗松了一口气，心想他接我的电话这么快，应该不会有别的什么问题。她问道："在哪里呢？"

"在外边谈点事情。"

"中午一起吃饭吗？"

"一会儿看情况吧。"

"先说好，我好等你。"

"可能来不及了，你自己吃吧。就这样啊，回头再联系。"

电话被他挂断了，不过这次夏丹丹并没有特别在意，因为她觉得自己刚才实在是太过紧张了，甚至还有些草木皆兵的味道。

卓越挂断了电话，忽然发现柳眉正怪怪地朝他笑，问道："女朋友？"

卓越点头："是的。她也是我们医院的医生，老年科的。"忽然觉得自己有些不大对劲：我干吗告诉她这些？

"她一定很漂亮。"

"也就一般吧。这个……柳老师，我找你主要是想做一项调查，从昨天我们在电话中交谈的情况来看，你应该早就知道自己是试管婴儿了吧？"

"很小的时候我就知道了。小时候我问父母自己是从什么地方来的，他们就把我是试管婴儿的事情告诉我了。记得那时候我还这样问过：其他小朋友和我一样吗？妈妈回答说：差不多，你们都是从妈妈的肚子里面生出来的。那时候我还小，也不懂什么是试管婴儿，后来到了小学三年级，同学们也知道了这件事情，他们都说我是从瓶子里长出来的人，还给我取了个外号叫'瓶儿'。当时我很生气，就问父母究竟是怎么回事，他们就给我解释了什么是试管婴儿，以及为什么要做试管婴儿。我还是不懂，爸爸对我说：你不懂没关系，只要知道你和所有的人都是一样，而且你比他们更漂亮、更聪明，他们给你取外号是因为羡慕你、嫉妒你。再后来上了初中学了生理卫生，我才大概知道试管婴儿究竟是怎么回事了，心里也接受了这样的现实。"

"你的那些同学呢，他们还在背地议论你吗？"

"不知道。不过我和同学的关系都挺不错的，男生特别喜欢我，因为我长得漂亮啊。"

"你的身体状况呢？"

"很好啊，很少生病，一年最多感冒两次，会发高烧，不过很快就好了。卓医生，这不算是什么问题吧？"

"看来你的身体确实不错。一年感冒两次是最正常和健康的表现，感冒是病毒感染引起的，发烧其实是身体免疫功能起作用，发烧的过程可以清除体内的细菌、病毒以及癌细胞。"

"真的？我还是第一次听到这样的说法呢。"

"感冒的周期一般是一周左右，到目前为止全世界还没有专门杀灭病毒的药物。感冒好了其实是身体抵抗力在起作用。所以，你的身体无疑是非常健康的。"

"你们当医生的懂得真多，要是当初我考医学院就好了，可是我听说学医要解剖尸体，吓得我不敢填报医学院的志愿。"

"当老师也不错啊，教书育人，今后桃李满天下。"说到这里，卓越犹豫了一下，"还有个问题想要问你，就是可能涉及你的隐私……"

"非要问吗？"

"也不是非得要问，只是我觉得应该，这个问题涉及心理方面。"

"那你问吧，没事。"

"你……恋爱过吗？"

柳眉顿时就笑了，说道："我还以为是什么问题呢。说实话，我还真的没有恋爱过，也许是一直还没有碰到合适的人吧。"

"你的大学同学知道你是试管婴儿吗？"

"都知道。上大学后同学们第一次见面做自我介绍的时候我就告诉了他们。"

"为什么要告诉他们？"

"主动告诉他们说明我并不在意这件事情。"

"其实你还是在意的，只不过是随时在提醒自己不要在意，要勇敢去面对。此外，如果自己不讲出来，后来被他们知道了的话反而会成为别人议论的对象，你不想那样的情况发生，因为从小学到中学你已经被人议论得有些烦了。是这样的吧？"

"好像还真是这样。你学过心理学？"

"了解一点点。我很佩服你，你不但一直勇敢在面对，而且不允许自己逃避这样的现实。这一点很多人都做不到。"

"不会吧？你调查的人当中很多都做不到像我这样吗？"

"我刚刚开始调查，你是第二个……实话对你讲吧，其实我也是试管婴儿。"

"我明白了，你调查这件事情其实是为了你自己。"

"是的。我是最近才知道这件事情，而且我又从事的是这方面的工作，心里总觉得怪怪的，一时之间有些接受不了。"

"所以你才特别要问我心理方面的问题？那么，我是否谈过恋爱和心理又有什么关系呢？"

"我以为你内心深处可能存在着自卑感，现在看来我错了。"

"我不自卑，但是总觉得自己和其他人不大一样。我一次次告诉自己一定要忘记这一点，但是怎么也做不到。"

"这也是你一直没有谈恋爱的原因？"

"不知道。这些年来追过我的人倒是不少，每次我告诉他们说我是试管婴儿的时候，他们的第一反应就是惊讶，虽然他们都说没关系，不过我还是觉得自己和他们不是一类人。"

"我看了你父母的资料，你的情况和我一样，当时也是因为你妈妈的输卵管堵塞所以才不得不做了试管婴儿。其实我们和别的人是一样的，只不过受精的过程是在体外罢了。"

"你说的我都知道。嘻嘻！你自己的心理问题都没解决呢……"

卓越唯有苦笑，说道："也许时间可以帮助我们解决这个问题吧。"

柳眉看着他说："你比我好，都有女朋友了，结婚后就慢慢会忘记这件事情的。"

卓越愣了一下，说道："但愿吧。"

柳眉沉默了一小会儿，说道："其实我对你的这项调查也挺感兴趣的，接下来你可不可以带着我一起去？我很想知道其他和我们一样的人究竟是怎么面对这个问题的。"

"你有时间吗？每天下午下班之后，还有周末的时间。"

"我有时间啊。我是小学老师，又不是班主任，时间比你还充裕。"

卓越发现自己没有拒绝她的理由，或许是从内心深处根本就没想到要拒绝她，点头道："好吧，那我到时候给你打电话或者发短信。"他看了看时间，"中午了，要不我们就在这里随便吃点？"

柳眉笑吟吟地看着他："你请客？"

"当然。我得谢谢你配合我的调查，而且从今往后我还多了个助手。"

"我这个助手有工资吗？"

"没有工资，但包晚餐。"

"我这个人一贯要求不高，成交。"

"我一般是约他们在饭点的时候见面，所以请客的很可能是对方。"

"看来昨天我拒绝与你见面是正确的。对了，你这样做不会是为了蹭饭吃吧？对不起，我和你开玩笑的。"

"我也可以请对方的。一边吃饭一边问问题，这样更随便一些，得到的信息也就更加真实可信。"

"嗯，有道理。对了，今后我跟着你一起去做调查，你女朋友不会吃醋吧？"

"她根本就不知道我在做这项调查，而且我也没有告诉她我是试管婴儿的事情。"

"你为什么不告诉她？"

"我发现你这个助手不错，很会问问题。"

"我忽然觉得这么廉价地就把自己给卖了，你是不是考虑一下多少给我点工资？"

"等这个调查项目获得了诺贝尔医学奖后分你一半，怎么样？"

两人同时都笑了起来。

第七章

"丹丹姐，你看这件衣服的样式怎么样？"

"挺好的……颜色？颜色老气了些。"

陈小燕发现夏丹丹老是有些心不在焉，像这样的情况已经不是第一次出现了。她放下那件衣服走到夏丹丹面前，问道："丹丹姐，你怎么了？要不我们回去吧？"

夏丹丹摇头道："没事，就是心里在想着一些事情。"

上午在医院外边给卓越打完电话夏丹丹倒是放下心来，她忽然意识到自己的担心有些多余。我们每个人都不是生活在真空里面，都是社会动物，哪有不接触异性的时候？比如自己，刚才不也坐着孙鲁的车出去了一趟？而且还是明明知道孙鲁在追求自己的情况下。可是不知道为什么，她的心里忽然间对上午和孙鲁一起去见姚地黄的事情忐忑起来，这种惴惴不安的感觉早已替代了兴奋，甚至还因此出现了类似心脏早搏的症状——心跳时快时慢，心绪不宁。她无法准确地判断此时自己真正的内心：究竟是期盼还是惶恐？

陈小燕挽住她的胳膊，问道："丹丹姐，是不是卓医生他？"

夏丹丹摇头，歉意地道："小燕，我今天好像没有逛商场的心情，要不我们找个地方坐坐、说说话？"

陈小燕和她住同一间寝室，两人的关系一直不错，此时见夏丹丹心事重重、魂不守舍的样子当然很是关心，点头道："那我们去对面的冷饮店吧。"

两人在冷饮店坐下，夏丹丹要了一杯椰奶，陈小燕点的却是橙汁，还加了冰块。夏丹丹提醒她道："你正在例假期，别喝太凉的东西。"

陈小燕道："我喜欢喝冰的，好像也没事。"

夏丹丹喝了一口椰奶，说道："那是你现在还年轻，我们女人一定要注意保养身体，不然今后年龄大了就要受苦了。"

陈小燕笑道："丹丹姐，你比我也大不了多少呢。对了丹丹姐，你和卓医生真的没事？"

夏丹丹诧异地问道："你今天怎么老是问我这件事情呢？难道你感觉到我和他的感情出了问题？"

陈小燕道："丹丹姐，我说出来你不要生气啊。我发现你和卓医生两个人好像不像别的情侣那样亲近，你看看王林和李敏两个人，他们可是天天都腻在一起，即使是当着大家的面也毫不顾忌。我觉得他们那样才是谈恋爱的样子。"

夏丹丹怔了一下，笑道："人和人不一样吧，我可做不到像他们那样。小燕，你和高德莫的事情怎么样了？"

陈小燕微微摇头，说道："我有些犹豫。他是急诊科的医生，平时那么忙，有点空闲就去打麻将。我这个人比较喜欢清静，而且还希望今后的爱人能够随时陪着我，所以……"

这确实是个问题。夏丹丹想了想，说道："习惯可以改变，两个人在一起感情才是第一位的。小燕，你心里有他吗？或者是，你感觉到他真的喜欢你吗？"

陈小燕回答道："他这个人倒是不错，虽然喜欢打牌，但很会挣钱，他现在就已经有两套房子了，还买了车。他对我也很好，我感觉他对我应该是真心的。"

夏丹丹笑道："那不就得了？答应他吧，医院那么多漂亮的护士，男人的耐心是有限度的，如果你老是这样拖着，搞不好他就会知难而退的。"说到这里，忽然就想起孙鲁来：这个人好像有些与众不同，他怎么就一直对我不死心呢？

两个人在冷饮店闲聊着，夏丹丹的心情也慢慢好了起来。她心想，既然那件事情已经开始做了，那就耐心等待结果吧。其实很多时候都是这样，所有的烦恼都是自己造成的，一旦在心里将烦恼放下了，心境也就自然会好起来的。夏丹丹站了起来，笑着对陈小燕说道："先前你看的那件衣服不错，你去试试，到时候穿着它去和高德莫约会最合适了。"

陈小燕高兴地问道："真的？"

夏丹丹伸出手捋了下陈小燕的头发，羡慕地道："小燕，你长得真漂亮，皮肤又这么好，如果我是高德莫的话也会喜欢上你的。"

确实也是，陈小燕的漂亮有些与众不同。她是属于那种端庄类型的美，一点也不妖媚，不过她平时太不注重打扮，化妆品也用得极少，性格也稍微闷了些。

两个人从冷饮店出来，正好碰到迎面而来的刘顺成夫妇和孩子。刘顺成从表情到身体都变成了恭敬："夏医生，您好。"伸出手去一把将孩子拽过来，"快叫阿姨。"

孩子胆怯地看着夏丹丹不说话，刘顺成不好意思地道："这孩子，太没礼貌了。夏医生，这是我媳妇。"

其实夏丹丹并不想看到别人在自己面前如此卑微的客气，笑道："你们一家人出来玩啊？昨天晚上我夜班，查看了你父亲的病情，目前基本上还比较稳定。"

刘顺成急忙道："我们也是刚刚从医院出来，孩子非得要吃肯德基……"

夏丹丹知道他家里的经济状况，此时听到刘顺成刻意的解释，心里忽然有些难受：在这样的家庭里，孩子想吃肯德基也是一件非常奢侈的事情。她朝这一家三口点了点头，道："你们去吧。"

"你的病人家属？"两个人朝前面走了几步，陈小燕低声问道。

　　夏丹丹点头，说道："他们家里特别困难，父亲肝癌晚期，这个人特别孝顺，非得要坚持治疗。这样的情况在我们科室太多了，很多时候我都难以替他们做出选择。"

　　陈小燕去挽住了她的胳膊，笑着说道："丹丹姐，你是个好心人，好心会有好报的。"

　　夏丹丹"扑哧"一笑，说道："我只是尽量做好自己的事情罢了，大家不都是这样的吗？"

　　卓越中午和柳眉一起吃完饭就回到公寓午休了，想不到刚刚躺在床上就睡着了，就在进入睡眠之前脑海里出现柳眉那张精致无比的脸，一闪而过，内心瞬间宁静。

　　醒来的时候卓越还能够清晰地记起刚才做的那个梦。梦中的他还是单身，面对着江晨雨和柳眉左右为难、难以抉择，在这个奇怪的梦境里，根本就不曾出现夏丹丹的影子。

　　卓越知道，每个人的梦其实都是潜意识的反映。怎么会这样？难道在我的潜意识中早已有了与夏丹丹分手的想法？不，怎么可能呢？

　　下午的实验进行得非常顺利，这源于他内心如水般的宁静，双手稳定得连他自己都感到诧异。

　　这两天江晨雨一直在实验室里看书，科室的医生们都同情她和卓越遇到的麻烦，态度上对他们都很客气，而且还多了些平日里没有的温馨。好几个医生还将平时喜欢吃的水果放到了江晨雨面前，而卓越所在实验台旁边随时都有一杯满满的热茶。

　　卓越正满意地看着手上的实验标本，这时候江晨雨走了过来，问道："你在做什么实验？"

　　卓越告诉了她这是第三代试管婴儿技术。江晨雨很是羡慕，道："你带我做这个实验好不好？"

　　卓越为难地道："标本是汤主任提供的，失败率太高的话我无法向她解释。"

　　江晨雨却不想就此放弃，说道："这样，你给我讲一下实验的详细过程和注意事项，然后再给我示范一次。这样总可以吧？现在我也没有别的什么事情可以做，怪无聊的。"

　　虽然生殖中心可以随时从病人那里获取卵子和精子，但每一次取出的数量都会告知病人，即使是用于实验也会对病人讲清楚并付费，所以每一个标本都非常珍贵。正因为如此，卓越才没有随便答应江晨雨。这个情况江晨雨也清楚，她也就没有在这个问题上强求。不过江晨雨在专业上非常好强，第三代试管婴儿技术对她来讲诱惑实在太大，于是才提出了最后的请求。

　　卓越想了想，觉得应该满足她的这个请求，毕竟大家是同行，而且这项技术也不属于保密范围，从国外的医学文献上就可以查阅到。当然，理论和实际操作是有一定差距的，实际操作说到底就是一个摒除前人失败的过程，同时也是操作上从生疏到熟练的过程。

　　卓越首先从理论开始讲起，其中还结合了自己在实验过程中的一些感悟，同时也分析了前人失败的主要原因。讲解和自学的差异当然不可同日而语，江晨雨本身在这方面就有着雄厚的基础知识，卓越由浅入深的讲解顿时让江晨雨豁然开朗，真正有了灵犀一点即通的兴奋感受。

　　随后，卓越取出一份新的标本来，从头开始一步步进行着实验，在实验过程中再次强调着关键的注意事项。江晨雨见到他这一路实验过程下来几乎没有停滞，而且始终心细如发、手稳如松，心里不住赞叹，同时也有些沮丧：这就是差距啊。

　　像这样的实验是最花费精力和时间的，整个过程完成后卓越发现实验的结果依然像上次一样完美，心里也暗自高兴：看来我的技术已经基本稳定了。

　　汤知人检查了卓越的实验结果后很满意，不过这样的满意并没有表现出来。她对卓越说道："你做这实验才多少时间？暂时的稳定性并不能说明什么问题，也许是你今天的心情不错，所以才能够做到心如止水。试管婴儿技术说到底还是一项技术性活儿，真正的稳定和熟练要求在任何情况下都能做到准确无误。你想过没有，我们保存下来的聂京的精子十分有限，康小冬的身体状况也不允许我们从她身上取出太多的卵子，所以你必须做到一次就成功。"

卓越刚才的沾沾自喜一下子就没有了，尴尬地道："我知道了。"

汤知人的语气变得缓和些，继续说道："有些事情我们要一分为二去看待。虽然现在暂停了你医生的工作，但却给你创造出了充裕的时间来做这个实验。现在你的情绪比较稳定，所以做出的实验结果还算完美，但是万一到时候你因为压力太大而情绪失控了呢？所以，你只能一遍又一遍反复地去做这个实验，一直到所有的细节都进入到你的潜意识中，双手也形成了肌肉记忆，这样才可以保证万无一失。"

卓越有些担心地道："可是这样一来的话，标本的损耗就有些大了。"

汤知人微笑着说道："这个你不用担心，我替你准备得非常充足。为了今后有更多的人能够在这项技术下得到健康的孩子，现在无论我们付出多少都是值得的。卓越，你一定要记住，千万不能满足于当前的成绩，接下来你还要进行第四代试管婴儿技术的实验，这项工作更艰巨，将来遇到的问题会更多。我仔细分析过曾玉芹的病案，也许只有第四代试管婴儿技术才能最终解决她的问题。"

第四代试管婴儿技术？卓越顿时眼前一亮，是啊，我怎么没有想到？不过很快就有些颓丧起来，说道："第四代试管婴儿技术在美国也才刚刚起步，目前也仅完成了理论上的论证，要想真正在临床上实施并取得成功的话，恐怕不是那么容易啊。"

汤知人点头道："是的，不过现代医学的发展速度很快，在第四代试管婴儿技术的研究方面我们也必须尽快赶上西方国家。当然，对某个病人来讲这其中也有运气的成分在里面，很多病人在抗生素发明出来之前死于各种细菌感染，但愿曾玉芹能够赶上我们第四代试管婴儿技术成熟的时候。"

卓越忽然有些激动起来，问道："我们可不可以第三代、第四代试管婴儿技术同时进行实验？"

汤知人摇头道："不可以。你应该知道，成功一例并不代表这项技术就成熟了，而是需要大量成功的病例作为支撑。第一代和第二代试管婴儿技术为什么得到了广泛推广？这是因为我们的成功率已经非常高了，从而被患者完全认可。成功率的提升不应该只是病例的累加，而是不断地总结经验，寻找出失败的原因，只有这样才能形成良性循环，否则的话成功一例接下来失败三例五例，这样的成功也就变得毫无意义。"

医学是一门科学，对于卓越来讲，内心始终有一种学术上不断提升的冲动，枯燥无味日复一日的实验会让人慢慢失去进取之心，而真正的学者总是在不断探索与创造。此时，汤知人将接下来要进行的学术研究方向摆在他面前，他毫不掩饰地表现出了激动。而这正是汤知人想要看到的，她从眼前这个年轻人的身上看到了年轻时的自己。

汤知人最后还说了一句话："别胡思乱想，好好把眼前的事情做好。年轻人浮躁我可以理解，但是你一定要记住：贪多必失，脚踏实地才是科学研究应有的态度。"

这时候卓越忽然想起了江晨雨的想法，试探着问道："江医生也想做三代试管婴儿的实验，您看……"

汤知人淡淡地道："她和你不一样，她比你更浮躁，而且很容易丧失原则，从这次的事情上就可以充分说明。"

卓越急忙替江晨雨解释道："这次的事情责任不在她啊。"

汤知人摇头道："我说的不是责任问题，而是一个人的心性。一门新兴的科学技术如同武器，在不同人的手上所发挥出来的作用可能完全不同。江晨雨那里我会找她谈，你就不用管了。"

卓越无话可说。一直到现在卓越才发现自己根本不了解她，他想不到这个外表慈祥的老太太不但强势，而且还非常执拗。

钱文学接到卓越电话的时候很是诧异，他想不到这么多年过去了，竟然还有人来关心他的这个问题，想也没想就将见面的地方告诉了对方。卓越马上就给柳眉发了一条短信，告诉了她时间和地点。

柳眉很快就回短信了：我知道那地方，是一家五星级酒店。

发短信时她一定在笑：今天蹭吃成功了。卓越也禁不住笑了起来。

柳眉先到，她一见到卓越就说道："我表姐就是在这家酒店举办的婚礼。这里的价格很贵的，你想过没有，万一人家不请客的话你怎么办？"

卓越笑道："你以为我真的是来蹭吃的啊？一顿饭我还是请得起的。不过既然对方安排在这里，想必是做好了请客的准备，除非是遇到了一个特别抠门同时又喜欢占小便宜的人。"

柳眉忍不住笑道："这种可能性很小，毕竟人群中这样的人不多。"

卓越连忙制止她，说道："你别说了，搞得我们俩好像就属于人群中那小部分似的。主要还是因为我的时间太受限制了，如果是周末的话，我们尽量避开吃饭的时间。说实话，老是这样去吃人家的，我的心里都觉得有些不好意思了。"

柳眉急忙解释："我和你开玩笑的。"

卓越笑道："我知道。走吧，我们上楼去。"

两人到了酒店的中餐厅，刚刚说了雅间号，服务员的态度就变得热情起来："卓先生是吧？我们老板一直在等您。"

卓越愣了一下："你们老板？"

服务员的脸上闪过一丝诧异，说道："钱董事长就是这家酒店的老板啊，卓先生不知道？"

柳眉在旁边不住地笑。卓越当然知道她在笑什么，也就没有去接服务员的话，跟在她身后朝里面走去。脚下是暗红色柔软的地毯，卓越的心里忽然有了一种莫名的激动：不知道这次要见的人又是一种什么样的情况……

虽然调查才刚刚开始，但是卓越却越来越觉得这是一件非常有趣的事情，而且他已经认识到这件事情的意义已不仅仅在于自己本身。每一个人都有着完全不一样的人生，每一次的访问都会让他获益良多。

女人逛街和购买东西是需要心情的，从冷饮店出来后夏丹丹就觉得心情好多了，特别是在遇见刘顺成一家三口之后，她的内心极其自然地就做了个比较：与他们比较起来，我算是很幸福的了，至少目前的我衣食无忧，父母健在。

几个小时后，夏丹丹和陈小燕的手上都提满了各种采购来的东西。刚才付款的时候陈小燕还兴高采烈，从商场一出来就懊悔了："丹丹姐，我的信用卡刷爆了，下个月怎么过啊？"

夏丹丹也感到有些肉痛，那条买给卓越的领带就花了她三千多块。男人的服饰看似简单，可是沾上名牌两个字就特别昂贵，不过她舍得花这个钱，她喜欢卓越穿得帅帅的样子。夏丹丹笑着说道："你不要和我哭穷了，你的收入我又不是不知道，今天最多也就花了你一个月的工资，平时你那么节省，存款估计不少吧？"

陈小燕苦着一张脸说道："我们检验科和你们临床科室比较起来差远了。我是家里的独女，想在省城给父母买套房子，前不久才刚刚交了首付，每个月都要还按揭款呢。"

夏丹丹趁机道："正好啊，你和高德莫在一起了，不是什么都有啦？"

陈小燕顿时不说话了，夏丹丹知道这丫头真的有些动心了，说道："我们今天都花了那么多的钱，要不我给高德莫打个电话，让他来请我们吃饭？"

陈小燕心里一动，娇嗔地道："丹丹姐，不是说好了你请客的吗。"

夏丹丹忍俊不禁，继续逗乐道："哟哟！还没在一起就替他节约钱啦？真是个重色轻友的丫头！"

陈小燕顿时急了："丹丹姐，你别这样说啊，那你给他打电话好了。"

夏丹丹似笑非笑地看着她："我真的打啦？"

陈小燕害羞得直跺脚："不是你说要给他打电话的吗？干吗老来问我？"

夏丹丹当然知道陈小燕的心思，而且她也是为了让这两个人尽快在一起才提出了这个建议。

高德莫接到电话就直接开车来了，见到她们俩时礼貌得像酒店的服务生。高德莫直接将车开进了主干道，汇入下班时间如织的车流之中。夏丹丹提醒道："喂！你还没问我们喜欢吃什么呢，你这是要带我们去哪里？"

高德莫微微一笑，说道："小燕喜欢吃小龙虾，我带你们去一家专门做小龙虾的店。"

夏丹丹惊叹道："哇！小燕，你知道什么是爱情了吧？那就是：你想什么还没有说出口他就知道了。"

陈小燕心里暗暗高兴，也很是感动，她没想到高德莫对自己这么用心。

车开到了江对岸，在一栋看似工厂的建筑外边停下，不过这地方并不偏僻，饭馆遍布，给人以美食街的感觉。夏丹丹一下车就看到了一个巨大的霓虹灯招牌："虾之道"。这家叫作"虾之道"的餐馆占了三层楼，里面的食客如云，三个人进去的时候几乎没有了空位。高德莫笑着对她们说道："我和这家的老板熟，他专门给我留了个房间。"

夏丹丹很是惊讶，问道："这里的老板你也熟？你不会是专门为了我们小燕才来结识他的吧？"

高德莫笑道："那倒不是。这家店的老板以前是开大排档的，和隔壁那家店经常为拉客发生冲突，难免会出现打打杀杀的情况，我值夜班的时候就处理过好几次他们的伤员，一来二去的就熟悉了，后来这家店的老板就搬到了这里，专门做小龙虾，想不到生意好得爆棚。"

夏丹丹忽然意识到了什么，问道："这家店不会也有你的股份吧？"

高德莫微微一笑没有作答："我们进去吧。"

服务员显然是认识高德莫的，三人一进去服务员就热情地招呼道："高医生，给您留的是八号雅间。"

进入雅间后夏丹丹才发现里面的桌子与想象中的完全不一样，不是圆桌而是长条桌，一边可以坐五个人，加上两头至少可以容纳十二个人。高德莫对陈小燕和夏丹丹说道："今后你们可以叫朋友来这里，说我的名字就行。"

夏丹丹笑道："真的啊？"

高德莫笑道："天天带人来我可受不了，不过你们两个人可以天天来，一直到你们见到小龙虾就感到恶心为止。"

夏丹丹趁机开玩笑道："算了，从今往后还是你和小燕一起来吧，我就不当大灯泡了。"忽然听到自己的手机在响，拿出来一看竟然是孙鲁打来的，急忙跑出了雅间，听到孙鲁说道："本地贴吧和好几家知名的论坛都有帖子了，微博也有，你可以看看。"

夏丹丹忽然有了一种莫名的紧张，回答道："我在外边吃饭，回去后再看。"

"和卓越在一起？"

"没呢，高德莫、陈小燕和我。"

"我还没吃饭呢，昨天晚上一夜没睡，就下午睡了几个小时，一直在等阿黄那边的消息。我来方便吗？"

"是高德莫请客……"

"好吧，那我们再联系。"

夏丹丹一回到雅间就听高德莫在说："我还以为是卓越给你打的电话呢，孙鲁说要来，我不好拒绝。夏医生，他是不是在追求你？"

夏丹丹感觉到脸上有些发烫，说道："我和他不可能。卓越和我马上就要结婚了。"

高德莫点头道："正好今天可以把有些话对他讲清楚，老是像这样缠着你也够烦的。没事，一会儿我帮你说。"

夏丹丹对高德莫的印象更好了，觉得他不但能干而且还很仗义，心里更加有意促成高德莫和陈小燕两个人的事情。

服务员一下子就端来了三份小龙虾，一份白灼，一份花雕浸泡，还有一份麻辣水煮，此外还配了几样别的菜。高德莫招呼道："随便吃，这才刚刚开始。"

陈小燕禁不住就欢呼了一声，忽然觉得不好意思。夏丹丹倒是不客气，直接就开始动手……即便是高德莫也被眼前的情景惊讶得目瞪口呆——不到十分钟的时间，这两个女人竟然就将这三份小龙虾消灭得一干二净，而且她们还目不转睛地看着眼前的三个空盘子。

一会儿的工夫夏丹丹和陈小燕已经吃掉了十份小龙虾，高德莫也吃了几只，不过嫌这东西肉少而且还很麻烦，随后就另外叫了几样菜，一个人在那里慢慢吃。高德莫不大明白她们为什么那么喜欢吃这玩意儿，问道："这东西真的有那么好吃吗？我怎么不觉得？"

陈小燕道："好吃，虽然麻烦了些，我就喜欢这味道。"

高德莫问夏丹丹："是不是这东西含有你们女人喜欢的某种微量元素？"

夏丹丹笑道："你可以专门做一下这方面的研究。"

高德莫大笑道："我哪来那闲心？这样的研究又不能获奖。"

这时候孙鲁就从外面进来了，问道："你们在说什么？"

夏丹丹忽然觉得浑身不自在，马上就闭口不再说话了。高德莫道："你来得还算快，开车没有？"

孙鲁点头："开了，这个时候不大好打车。"

高德莫看了夏丹丹一眼，似乎忽然想起了什么，说道："夏医生，最近卓越在忙些什么啊？要不你给他打个电话？"

孙鲁有些尴尬，夏丹丹趁机站了起来："我这就去给他打电话。"

卓越和柳眉进入雅间的时候诧异地发现还有另外一个人在，两个人的年纪差不多，都在四十岁上下。钱文学看到卓越后也似乎有些意外，问道："你就是给我打电话的那位卓医生？"

卓越点头，朝对方伸出手去："钱老板，想不到你是这家酒店的董事长。"

钱文学摆手道："小本生意，不值一提。"又看着柳眉，"这是你女朋友？你们俩真是天生的一对儿啊。"

卓越急忙介绍道："她叫柳眉，是我的助手。"随即看向另外那个人，"这位是……"

钱文学笑道："他叫林武，我这家酒店的股东，也是在你们医院的生殖中心出生的，和我一天来到的这个世界。"

卓越高兴地道："太好了。林老板，我大致记得名单上好像有你的名字。"

林武问道："卓医生找我们做调查的目的究竟是什么呢？"

卓越回答道："从我们医院做的第一个试管婴儿开始，到现在为止已经成功了近万例，但却从来没有人对这个群体进行过回访。从理论上讲，试管婴儿无论男女性别的比例还是身体的健康状况，都应该和自然出生的人差不多，不过我需要用数据去证实这个理论。此外，我更关注这个群体的心理健康状况。"

林武的态度似乎有些冷漠，说道："刚才我还在和文学谈这件事情，其实我是不想接受你的这个调查的。我们本来生活得好好的，你们非得要把我们和正常人区分开来，搞得我们像怪物似的。"

卓越正要解释，却听到钱文学说道："我和他的意见相反，其实我非常想知道我们这个群体的健康和心理状况，毕竟我们有些与众不同。"

林武站了起来："那好吧，我不接受调查，我先离开。"

卓越急忙道："林老板请留步，实话对你讲吧，其实我和柳眉都是试管婴儿，也正因为如此，我们才对这方面的情况特别感兴趣，而且我做这项调查的初衷和钱老板刚才所说的是一样的。"

林武看着他和柳眉："真的是这样？"

卓越点头道："是的。"

林武坐了回去，对钱文学说道："这件事情有点意思了啊。"

钱文学笑着问他道："那你还走吗？"

林武大笑道："既然我们都是同一类人，那就坐下来一起好好喝酒吧。"

钱文学笑眯眯地看着卓越："卓医生是可以喝点酒的，是吧？"

卓越笑着说道："还是少喝一点吧，明天我还有事情呢。"

这时候柳眉低声对卓越说了一句："我从来都不喝酒的。"

卓越笑着对钱文学和林武说道："柳眉她不喝酒，两位老板不会介意吧？"

林武不满地道："既然大家都是同一类人，何必这样见外呢？"

一直到此时，卓越才忽然觉得"同一类人"这几个字听起来是那么刺耳，而且这个林老板整个一个暴发户的嘴脸，实在是让人生厌。卓越正要说话，钱文学就已经开口了："林武，人家小柳不喝酒我们就不要强迫人家喝了，我们都是大男人，欺负人家一个小姑娘有什么意思？"

林武这才不说话了。卓越朝钱文学投去了感激的目光，柳眉对这个人也多了些好感。

这时候服务员已经开始上菜了，卓越看到不断上来的海鲜山珍，琳琅满目地摆放了一桌，而且每个人还有单独的鲍鱼、燕窝，禁不住暗暗心惊和不安。钱文学却客气地对他和柳眉说道："初次见面，就安排了点粗茶淡饭，你们不要介意。不过今天的酒可是真正的好酒，这茅台已经珍藏了二十多年，林武几次说让我拿出来喝我都没舍得呢。"

卓越更是不安，他深知商人逐利、取舍有道的道理，自己一个小医生，而且大家又是初次见面，对方如此奢华地宴请自己，这其中恐怕……想到这里，卓越朝着钱文学微微一笑，问道："钱董事长如此客气，想必一定有什么事情需要我们帮忙，是吧？"

林武猛地一拍大腿："卓医生果然聪……"话音却在这个时候被钱文学打断了："真的没有什么事情，区区一顿饭的事情，钱某还是请得起的。"

此时卓越的心中更是了然，摇头说道："钱老板，说实话，从小到大我还没吃过这么昂贵的东西，既然钱老板有事情要我帮忙，那就请把话说在前面，不然的话我可不敢动这筷子。我只是一个小医生，胆子小，见识少，还请钱老板多多体谅才是。"

钱文学哈哈大笑，说道："和聪明人打交道就是爽快。那好吧，我就先把我们的想法说一下。我和林武是同一天出生，我们的父母也是在你们医院相互认识的，后来就成了好朋友。我和林武从小就在一起，小学、初中、高中都在同一所学校同一个班，后来他没考上大学就跟着父母做生意，我那年也没考好，上了个专科学校，毕业后就到了父亲的公司上班，后来父亲把生意全部交给了我，我这人比较懒散，不想继续做以前的建筑业务，然后就修建了这家酒店，林武也在这里入了股。我和林武都是在前几年才知道自己是试管婴儿的事情，是我父亲去世前告诉我的，因为我和林武从小就知道两家人的关系，林武也就自然明白了他和我是一样的，后来也从他父母那里证实了这一点。从那时候开始我们就萌生出一个想法：想必在这个世界上有很多和我们一样的人，何不如我们来组织一个协会把这些人联系起来？可是我们却苦于找不到这些人的资料，几次去你们医院想查阅一下相关信息却被直接拒绝了，想不到今天居然接到了你的电话，于是就提前把林武叫来商量这件事情。刚才林武也只是想试探一下卓医生对我们这类人的态度，并没有别的意思，想不到卓医生、小柳和我们也是一类人，这真是让人感到惊喜啊。"

原来是这样。卓越诧异地问道："你们组织这个协会的目的是什么呢？"

钱文学道："就是为了增进相互了解，互相交流。国外不是也有什么光头协会、红胡子协会吗？我们这个协会总比他们靠谱吧？"

柳眉禁不住就笑了起来。卓越却摇头道："这件事情我可能帮不了你们，医院的档案是保密的，而且牵涉到那么多人的个人隐私，这份名单如果公布出来的话就触犯法律了。"

林武大声道："什么帮不了我们？你和我们不都是一样的吗？你这人假惺惺的，一点都不豪爽。"

钱文学制止住了他，说道："卓医生，林武的话虽然难听了些，不过说得还是很有道理的，我们其实是一类人，我心想，在我们这一类人当中必定有很大一部分人是这个社会的佼佼者，就如同你和小柳一样，如果我们把大家都组织起来，相互帮助，资源共享，这岂不就成了一件大好事？卓医生，你觉得呢？"

说实话，卓越听了这话没有一点心动绝对是假的，不过他隐隐觉得这件事情似乎并不那么简单。他想了想，说道："这件事情你们让我好好想想，可能还得去咨询一下律师才行。"

钱文学笑道："律师方面我已经咨询过了，律师告诉我说，只要当事人自愿加入协会并在协会的章程上签字就没问题。卓医生，我有个两全之策，既然你手上有那样一份名单，而且你现在正在做这项调查工作，正好可以从中联络此事，愿意加入协会的就让他们签字，不愿意的也不强求，等协会成立后给你一个副会长的位子，而且从现在开始我们就可以为你的调查项目提供一笔不菲的经费，你看怎么样？"

卓越更是心动，倒不是为了那个什么副会长的位子，而是对方愿意提供调查经费。不过卓越在有些事情上一贯稳重，而且深知无商不奸的道理，这就让他不得不小心翼翼起来。他想了想，说道："按照我们国家的法律，民间成立协会可是要向政府有关部门报批的，像这种性质的协会估计很难通过政府的审查。"

钱文学笑道："这件事情可以做一些变通。比如我们可以以慈善的名义上报，而且今后我们也会做大量的慈善工作，只不过面对的对象是我们这类人罢了。目前我们国家对民间的慈善组织还是大力支持的，想必应该没有什么问题。"

卓越还是有些拿不准，道："我再考虑考虑吧。"

林武不满地道："你们这些知识分子就是这样，做件事情犹犹豫豫、婆婆妈妈的。"

钱文学再一次制止住了他，说道："卓医生需要考虑一下这件事情我倒是能够理解，假如他现在就答应了，明天却又开始反悔，结果还不是一样？这是一件大事，而且还是一件长久的事情，不考虑清楚怎么行？卓医生，我们现在可以喝酒了吧？"

卓越不好再拒绝，说道："那我们少喝点。"

接下来钱文学也就没有再说协会的事情，而是根据卓越的提问一一回答了他的问题，林武也不再像刚才那样事事针对，不过粗鲁豪放的性格却表现得非常充分。让卓越感到有些意外的是，柳眉就坐在那里一直不说话，从头到尾都默默地享受着桌上的那些美味。

后来卓越就接到了夏丹丹的电话。

夏丹丹在电话里面问道："你在什么地方？吃饭了吗？"

"正在吃。有什么事情吗？"

"高德莫请小燕和我吃饭，结果孙鲁跑来了，孙鲁一直在缠我你是知道的，如果你没什么紧要的事情就过来吧。"

"不理他就行了，高德莫和小燕都在，你怕什么？我这边的事情很重要，要不我们吃完饭后再联系吧。"

"卓越，你怎么这样呢？我是你女朋友呢，别人来缠我你居然一点反应都没有，你是不是根本就不喜欢我？"

"你别急，好吧？我给请客的那个人讲一声，这就过来。"

夏丹丹本来是真生气，但是听见卓越说马上就来，心里顿时就高兴起来：他还是很在乎我的，只不过是他今天真的有事。

卓越从外面回到雅间，歉意地对钱文学和林武说道："对不起，我必须得先离开了，有点急事。"

钱文学挽留道："事情已经说清楚了，你不用马上就回复我们，今天我们好好喝酒。"

卓越道："是真的有事。那件事情我再考虑一下，到时候给你回复。对了两位老板，麻烦你们将近期的体检报告发给我一份，到时候我要进行数据分析。谢谢你们了。"

钱文学这才不再挽留："既然确实有事那我们改天再聚，我们的体检报告我会让人尽快送到你手上，请你放心。"

卓越再次道谢，随即和柳眉一起离开了酒店。柳眉问道："女朋友的电话？"

卓越点头，歉意地道："对不起，没让你吃好。"

柳眉顿时就笑了："你真把我当成来蹭吃的了？不过我好像就是来蹭吃的，到了那里后我居然一句话都说不出来。"

卓越笑着问道："为什么？是不是很紧张？不是吧，我看到你一直在吃东西，根本就不像很紧张的样子啊。"

柳眉乜了他一眼，道："讨厌！"忽然就笑，"我是真的紧张，所以就一直吃东西掩饰啊。卓医生，我真是佩服你，在那样的情况下你还依然能够做到彬彬有礼，应付自如。我怎么就不行呢？"

卓越苦笑着说道："其实我心里也紧张，今天这顿饭起码得好几万块，那瓶茅台在市面上的价值起码在三万块以上，而且根本就买不到，所以一开始我根本就不敢动筷子，后来听到他们提出的事情更是感到心惊，这完全超出了我的预料啊。"

柳眉看着他："你们说话的时候我一直在认真听，觉得他们的想法挺有意思的，而且又不违反法律，你为什么没有马上答应他们呢？"

卓越摇头道："俗话说无利不起早，商人更是以追求利润为目的，我不懂商业，所以一时间不明白他们真正的意图是什么，这件事情得想明白了再说。"

柳眉歪着头看着他："我怎么觉得你说的话总是很有道理呢？"

她这话让卓越的心里感觉很舒服，笑着问道："是吗？"

柳眉忽然幽幽地说了一句："其实我这个人一直都比较内向，很少与外面的人接触，也不知道是怎么的，自从见到你之后就觉得你很亲切。我说的是真的，你的眼神是那么干净，我在你面前感觉不到一丁点的拘束。卓医生，你要是我的哥哥就好了。"

卓越的心里顿时涌起一阵感动，温言对她说道："那从今往后你就把我当成是你的哥哥好了。"

柳眉惊喜地道："真的？"

卓越很是认真地道："我也希望能够有你这样一个漂亮的妹妹。"

两个人在地铁站道别，他们要去的方向截然相反。柳眉目送卓越离开，直到他的背影完全消失。也不知道是怎么的，她的眼角处竟然不知不觉中掉下了晶莹的泪珠。

夏丹丹在"虾之道"外面等候着卓越的到来，见卓越从出租车上下来即刻朝他跑了过去，挽住他的胳膊亲昵地道："你终于来了。"随即低声在卓越耳边说道："高德莫在灌孙鲁的酒。"

卓越诧异地问道："什么个情况？"

夏丹丹将自己撮合高德莫和陈小燕的事情对他讲了，不过她只是说孙鲁是打了高德莫的电话后才来的。夏丹丹在心里对卓越说：我不想对你撒谎，只是那件事情暂时还不能告诉你。

卓越进去的时候夏丹丹依然挽着他的胳膊，两个人亲密的样子让孙鲁很是眼红。此时孙鲁已经和高德莫各喝了四瓶啤酒，孙鲁的酒量本来就不大，一见到卓越就大声嚷嚷："你来晚了，罚酒！"

高德莫给卓越安排在夏丹丹旁边的位子，说道："别理他，这家伙喝醉了。"

孙鲁指着卓越："我知道你比我长得帅，但你没有我爱夏丹丹！"

高德莫顿时怒了："孙鲁，你想借酒发疯是不是？我见你是我同事才对你这样客气，如果你再这样的话我就对你不客气了。"

孙鲁根本就不买他的账，乜着双眼看着他道："高德莫，你少给我来这套！你觉得自己社会上有很多朋友、很有钱就了不起啊？我先把话撂在这里，你这辈子最多也就是个副主任医师顶天了，你根本就不是一个搞学术的人。"

高德莫的脸色阴沉得可怕，正欲发作，卓越却笑了，问孙鲁道："你说吧，应该罚我喝几瓶啤酒？"

孙鲁道："我们每个人已经喝了四瓶，你先喝三瓶就可以了。"

卓越点头道："好！"随即拿起一瓶啤酒就往嘴巴里倒，咕噜咕噜几下后一瓶就完了。又拿起第二瓶，夏丹丹急忙伸出手去阻止："卓越，你别……"卓越挡开了她的手，咕噜咕噜几下又喝完了，然后第三瓶、第四瓶，扯了一张纸巾揩拭了下嘴巴，看着孙鲁微笑着说道："现在可以了吧？"

孙鲁朝卓越竖起了大拇指，道："卓越，我以前小看你了。好吧，看来我是这里多余的人，那我先走了。"说着，拿出钱包从里面取出两百块钱，"高德莫，这是我今天晚上在这里的消费，我不占你任何便宜。"

"这个家伙借酒发疯。"孙鲁出去后高德莫苦笑着对卓越说道。卓越刚才一直在怔怔地看着门口处，他摇头对高德莫说道："不，他这是在装醉。好了，我们也不要再喝了，在来这里之前我可是喝的白酒。"

刚才高德莫亲眼见到卓越一气儿就喝下了四瓶啤酒，也就不好再劝，说道："我还是第一次见到有人像你那样喝酒，太豪气了！卓医生，你这个朋友我交定了。"

卓越朝他抱拳致谢："高医生为丹丹做的这一切我卓越铭记在心，今天的餐费我就不付了，下次我单独请你喝酒表示感谢。"

高德莫大笑："卓兄这是说的什么话？孙鲁刚才是在打我的脸呢。如果他不是我同事的话，今天他别想这么轻松地就离开。"

卓越微微皱了下眉头，再次向他道谢后就拉着夏丹丹的手离开了。夏丹丹离开的时候朝高德莫和陈小燕做了个怪相："走啦，你们俩慢慢聊。"

"我们走会儿，这四瓶啤酒喝下去后难受，一会儿得找个地方方便一下。"从"虾之道"出来后卓越对夏丹丹说。

其实从孙鲁离开的那一刻起夏丹丹的心就变得复杂起来，此时听卓越这样说心里就更加五味杂陈，幽幽地道："你没必要非喝下那四瓶啤酒，和他赌什么气啊？"

卓越转过身，看着她："那你叫我来干什么？他和我抢女朋友，难道我不应该有所反应吗？"

卓越这话让夏丹丹又一次感动，急忙抱住了他的腰，说道："好啦，是我刚才说错了行不行？卓越，我们说点高兴的事情吧。"说到这里，她忽然想起一件事情，"哎呀，我给你买的领带还在高德莫的车上呢。"

卓越哭笑不得："你放心，一会儿陈小燕会给你带回去的。不过丹丹，我觉得你有件事情做得欠考虑。"

夏丹丹的心里本就有鬼，一听卓越这话顿时吓了一跳，紧张地问道："什么事情？哪里欠考虑了？"

卓越并没有注意她此时的表情，说道："我觉得你不应该刻意撮合高德莫和陈小燕两人，说不定今后陈小燕会因为这件事恨你一辈子。"

夏丹丹很是惊讶："你为什么这样说啊？高德莫是真的喜欢小燕，只不过小燕还在犹豫罢了，我从中撮合一下又有什么不可以的？"

卓越摇头道："我想说的不是这个。刚才孙鲁说的一句话是对的，像高德莫这样的人一辈子都不可能成为真正的医学专家，他喜欢结交社会上的朋友，深谙赚钱之道，还特别喜欢打麻将，你说他还有多少时间搞科研、研究自己手上的病案？他最多也就是一个熟练工罢了，只懂得抢救病人的程序，当他面对复杂或者是从来没有处理过的病情时就会一筹莫展，今后迟早是要出大事的。"

夏丹丹不以为然道："我们每个医生所掌握的医学知识都有限，很多医学难题我们也不能解决，这不是医疗责任，是不可抗因素。"

卓越知道现在自己还说服不了她，毕竟预想的情况还没发生。他微微摇了摇头，说道："好吧，那我就说说高德莫和陈小燕两个人的事情。很显然，高德莫喜欢陈小燕还是因为她漂亮，而且陈小燕的漂亮最重要的还在于她不加修饰和单纯。当然，我不会怀疑高德莫对陈小燕的真感情，可是你想过没有，两个人结婚之后有些情况是会发生变化的，到目前为止我的大学同学中就有好几个离婚了，我问过他们为什么离婚，他们告诉我说，两个人谈恋爱的时候看对方是一个不断加分的过程，结婚后就开始慢慢减分，当对方的缺点显露到无法忍受的时候就只有选择离婚。你想过没有，像高德莫那样的人，他所接触的漂亮女人难道还少吗？一旦他对陈小燕的感情不再像现在这样有激情，会出现什么样的情况？这也罢了，丹丹，以你对陈小燕的了解，你觉得她是能控制高德莫的女人吗？"

夏丹丹心里一哆嗦，道："按你这种说法，这天底下哪里还有安全的婚姻？你和我……"

女人就是喜欢联想。卓越急忙道："你别把我和你的事情扯到这里面来，我说的是他们两个人的情况。无论阅历还是心机，陈小燕都差高德莫太远，一旦陈小燕真的爱上他那就一定是全身心的，如果有一天她发现高德莫在外面还有别的女人……你想想她会不会原谅对方？她会不会因此而恨你现在为她所做的一切？"

夏丹丹觉得他越说越离谱了："卓越，你今天喝多了酒，思维太发散了。你刚才所说的都是假设，而且是从最坏的方面假设，你怎么就不从好的方面推测他们两个人的未来呢？"

卓越怔了一下：是啊，我今天这是怎么了？为什么心里想的都是阴暗面呢？嗯，很可能是因为我对钱文学意图的猜测产生了连锁反应。对了，今天还有一件非常重要的事情要做呢，于是说道："嗯，我承认自己今天的想法有些奇特，还是你好，总是从好的方面想问题。丹丹，我先送你回公寓，我还得回家一趟。"

夏丹丹关心地问道："你家里出什么事情了？你怎么不早说？"

卓越笑道："没事，我就是想回去和爸爸探讨点事情。你等一下，我去方便一下，这啤酒下得真快啊。"

看着卓越快速朝一家餐馆跑去，夏丹丹不住地笑。

回到公寓夏丹丹来不及洗澡就打开了电脑，找到孙鲁告诉她的那几个网站，却发现根本没有相关的信息，于是就用关键字进行了站内搜索。帖子找到了，内容倒是比较真实，并无多少夸张的成分，不过下面留言的人却很少。

夏丹丹记起孙鲁说过，这件事情要炒作起来还需要时间发酵。这一刻，她忽然回想起孙鲁气急败坏的样子，也不知道是怎么的，心里竟然出现了一种莫名的难受。

孙鲁当时的愤怒是真实的，特别是在卓越一口气喝下四瓶啤酒之后，他内心的自卑感一下子加重了，从"虾之道"出来就气急败坏地给姚地黄打电话："今天晚上我就要让那件事情发酵，我再给你追加一万块钱！"

姚地黄道："不光是钱的问题，我们得控制好时间和节奏。这样吧，今天晚上十二点过后我就让水军灌水，这个时间点不会引起秦天和医院方面的重视，一旦将此事炒作成热门话题，他们一觉醒来就已经控制不住了。"

孙鲁大喜："好，就这样办。一会儿我就把钱转给你。"

卓越回到家的时候父亲正在阳台上打太极拳。卓越对父亲说道："爸，您为什么总是不听我说的道理呢？锻炼的时间应该选择早上太阳出来之后，那时候植物才开始进行光合作用，空气中的氧气含量才足够，晚上是植物呼出二氧化碳的时间，这时候锻炼身体只能起反作用。"

卓文墨呵呵一笑，道："太极拳不是剧烈运动，也就是活动一下筋骨，这么多年我都习惯了，你让我怎么改？咦？你怎么这时候回来了？有事？"

卓越点头道："嗯，有件事情想和您探讨一下。"

卓文墨收起了拳式，和儿子一起来到书房。卓文墨慈爱地看着儿子，说道："你满身酒气，不过好像还比较清醒，看来你遇到的是一件刚刚发生的而且你无法解决的问题。"

父亲是非常睿智的，有时候卓越也觉得自己遗传了父亲的智慧。他点头回答道："是的，我遇到了一个难题……"

于是他就把自己正在进行的调查工作及钱文学提出的事情对父亲讲了。卓文墨思考了好一会儿，忽然问道："这件事情你为什么不去问汤主任？她是这方面的专家，想必她能够给你一个明确的答复。"

卓越摇头道："我回访那些人的事情没让汤主任知道，病案室的小陈也是因为相信我不会将名单泄露出去才私下向我提供了帮助。而且我觉得汤主任不让我做这项调查肯定是有某种她不能说的原因，她和你们不一样，似乎没有必要对我的这个情况保密。"

卓文墨摇头道:"哪来那么多的原因?她是担心影响到你现在的工作。从某种角度上讲,她也算是你的父母,所以她的想法和我们应该是一样的。不过既然这件事情涉及那个小陈,你不告诉汤主任也好。至于那个钱老板的事情,我认为从稳妥的角度考虑还是不要答应为好。"

卓越问道:"为什么?"

卓文墨一边思索一边回答道:"我们应该从另外的角度思考和分析这件事情。第一,如果资料是从你手上泄露出去的,无论是否征得那些人的同意,你和小陈都违反了医院的规定。第二,钱文学是商人,虽然我们目前还不知道他做这件事情的真实目的,但还是应该防范他另有所图,如果这个人的目的是犯罪,那么你就会承担相应的法律责任。儿子,你是一名医生,那就应该尽好自己的本分,完全没有必要去冒这种毫无价值的风险。"

卓越点头道:"我也是这样想,可是……"

卓文墨严肃地道:"没有什么可是,人生短暂,一步错就会步步错,现在是和平年代,你有一份稳定的工作,这就足够了。当年和我一起留校的那批人,很多人下海做生意,结果只有不到五分之一的人成功了,其他的人现在还在四处漂泊。年轻人要奋斗我不反对,但不能盲目,既然你已经意识到其中可能存在风险了,还要继续做的话,那就是铤而走险。"

卓越悚然而惊,道:"我知道了,爸爸。"

卓文墨慈爱地看着他:"今天就在家里睡吧,你喝了酒,早点休息。"

正说着,欧阳慧进来了:"儿子,你一进屋我就闻到你满身的酒气,我给你熬了碗酸梅汤,喝了就会舒服些。"

卓越备感温馨与感动,声音竟有些哽咽起来:"谢谢妈妈……"

钱文学接到卓越电话的时候他和林武还在喝酒,不过雅间里已经多了两个漂亮女服务员。他看到手机上显示的是卓越的名字,挥手让两个服务员出去了。

卓越在电话里面说："钱老板，我回来后仔细想了一下，你说的那件事情我不能答应。对不起。"

钱文学问道："我可以知道为什么吗？"

卓越回答道："无论以何种方式，只要名单是从我手上泄露出去的，我就违反了医院的规定。"

钱文学哈哈大笑，说道："我以为多大的事情呢，不就是你现在的这份工作吗？如果医院因此处分了你，你就直接到我酒店做副总，一个月的工资是你现在的几倍。我说话算话，怎么样？"

卓越歉意地道："对不起钱老板，我只想做一个合格的医生，其他的事情我不感兴趣，也做不来。抱歉啊。"

钱文学倒是爽快，笑道："既然你已经决定了，那我就不说什么了。大家今后还是朋友，卓医生有空的话就多来我这里坐坐。"挂断电话后他的脸色就变得阴沉起来，林武一直在旁边听着，问道："难道就这样算了？"

钱文学的声音像是从牙缝中挤出来似的，透着丝丝的凉意："我是一个会轻易放弃的人吗？既然名单在他手上，这件事情就好办。不过千万不要惊动他，万一他报案的话我们这么多年的计划就彻底玩儿完了。"

林武问道："你的意思是偷？"

钱文学点头道："只能这样，千万不能来硬的，想必他已经和某个人商量过这件事情了，不然的话不可能这么快就能够做出决定，如果我们来硬的就会惊动与他商量的那个人，我们一样会暴露。刚才我那样对他说话就是为了不让他有所防范，这样一来我们就有了机会。那份名单一定在他的电脑里面，找个懂电脑的人去做这件事情，只要名单到了我们手上，他还不乖乖地听话？"

林武摇头道："想不到这么件小事情竟然这么难办。那个管病案的小陈竟然不爱钱，我几次找人去收买她，结果都被她拒绝了。"

钱文学道："她不是不爱钱，是你的动作搞得太大把人家给吓住了。你也太鲁莽了，怎么不先想好说辞然后再去找她？直接给她那么大一笔钱，人家怎么可能不心惊胆战？结果怎么样？她竟然报了案，要不是我事先有了防范，这件事情岂不早就暴露了？你呀，做事情总是不动脑筋，就喜欢蛮干。这次可不能再出任何问题了，明白吗？"

林武即刻起身："我这就安排人去办。"

钱文学又提醒了一句："千万不能打草惊蛇，一次不行还可以有下次。"

第八章

卓越第二天一大早起来在家里吃了早餐后就去了医院，刚刚出地铁就接到了雷达的电话："你昨天晚上没在公寓住？"

卓越觉得他问得有些莫名其妙，回答道："昨天晚上在外边喝了点酒，然后就回家去了，怎么了？"

雷达道："我昨天也回家去了，早上去公寓寝室的时候发现笔记本电脑不见了，我也没看到你的电脑，我问了周围寝室的人，他们的东西都在。"

卓越大吃一惊，脑子里瞬间就浮现出钱文学这个人来，急忙伸手将挂在身后的钥匙串取了下来。U盘还在，他顿时松了口气，说道："我的电脑在实验室里。很可能昨天晚上我们寝室进小偷了，你向医院保卫科报个案吧。"

雷达在电话里面骂道："保卫科的那些人就是一帮混饭吃的饭桶，报案有个屁用。算了，失财免灾……我好郁闷，刚刚写好的论文，数据全都在里面。"

卓越心里有愧，不管怎么说这件事情很可能是他引起的，笑着说道："你办公室的电脑里肯定有保存吧？特别是数据部分，重新写一遍就是了。对了，我老爸正好有一台全新的笔记本电脑正要送给我，要不你先拿去用？"

雷达大喜："真的？什么牌子的？"

卓越心在滴血："他是知名教授，当然是用最好的了。苹果，怎么样？"

雷达更喜："真是好哥们儿，太感谢啦。"

昨天晚上我才给钱文学回了话，他马上就行动了？不对，小偷是如何准确定位我的房间的？昨天晚上我并没有回寝室啊？问的是门卫还是公寓里的人？卓越很想给钱文学打电话质问，但想了想就放弃了。他完全可以一口咬定不是他派人做的这件事情，而且也可能真的不是他派人做的，万一是我草木皆兵呢？

卓越没有直接去实验室，而是先去了一趟公寓。雷达还在，他对卓越说道："这个小偷很奇怪，好像是专门针对我们寝室的。我刚才去楼上楼下都问过了，其他寝室都没有丢东西。咦？你送我的笔记本呢？"

听他这样一讲，卓越就基本肯定是钱文学干的，也就不再那么肉痛，心想就当昨天晚上我自己付了饭钱，说道："你打电话的时候我已经下地铁了，明天我给你带来。今后还是不要把笔记本带回寝室的好，这里人来人往的，不安全。"

雷达苦着一张脸说道："那我晚上怎么办？"

卓越忍俊不禁："你搬回来又没见你去追江晨雨，还是回家去住吧。"

雷达叹息了一声，说道："我这辈子还从来没有像现在这样过，竟然不敢向一个女人开口求爱，看来是我上辈子欠了她的。罢了，今天我就去直接问她，行不行就听她一句话。"

卓越听他说得可怜，禁不住有些替他担心起来，问道："假如她不答应的话你就真的要放弃了？"

雷达苦笑着说道："不放弃还能怎的？不属于自己的强求也没用。算了，这件事情是该有个了结了，不然我最近天天做手术肯定要出事情。"

卓越对他深表同情，但却又没办法帮他，拍了拍他的肩膀道："走啦，上班去了。"

下楼的时候卓越顺便问了一下头天晚上值班的保安，结果保安说根本就没有人打听过他住哪间寝室，卓越嘀咕了一句："还真是遇到鬼了，不过这小偷实在是太倒霉了，竟然偷错了东西，看他如何向人家交代。"

保安的脸色瞬间一变，被卓越看在了眼里，他在心里冷笑了一声：最可能的就是你，果然如此。

下楼之前卓越大致分析了一下情况，在这栋楼里知道他住哪间寝室的就是那些熟悉自己的医生和护士，不过卓越不大相信他们会出现偷盗行为。保安室里面有每个寝室人员的名字及所在的科室和电话号码，还有每个寝室的备用钥匙，如果排除某个人的朋友昨夜住在这里偶然随机作案的话，那么最可能的就是头天晚上值班的保安了。此外卓越还换位思考了一下：如果我是钱文学或者林武的话，也最可能通过贿赂保安的方式下手。

刚才简单试探了一下那位保安就露出了异常，不过卓越并没有去保卫科报案。这时候那位保安肯定已经将电脑交给了雇主，没有了赃物，任何的怀疑都没有用处。

东西偷错了，钱文学肯定不会就此罢休，接下来应该怎么办才好呢？

一到实验室卓越就发现大家的目光都集中到了自己身上，他心里一凛：难道这地方也被盗了？不会的啊，这里虽然没有专门的保安，但采用的是最先进的防盗技术，钱文学不可能有那么大的能耐。卓越笑着问道："你们这是怎么了？干吗这样看着我？"

一位姓李的医生道："卓医生，你真的不知道发生了什么事情？"

卓越蒙了："发生了什么事情？"

李医生提醒了一句："你上网去看看吧。"

卓越急了："说吧，究竟发生了什么？咦？江医生怎么没在？"

李医生道："秦雯的事情被人放到网上去了，而且还被大肆炒作。江医生一来就被叫到院办去了，接下来可能就是你了。"

卓越心里一沉，急忙打开电脑……看着上面铺天盖地的跟帖和评论，他的脑子顿时"嗡"了一下：这是谁干的？生怕事情搞不大？这时候汤知人进来了，看了卓越一眼："你来一下。"

到了外面，汤知人问道："你知不知道这件事情究竟是怎么回事？"

卓越急忙道："我也是刚刚才知道。"

汤知人又问道："也就是说，这件事情与你没有任何的关系？"

卓越点头，又急忙摇头："当然和我没有任何关系了，事情好不容易暂时平息下来，我去惹这事干吗？"

汤知人叹息道："和你没关系就好。说不定这倒是一件好事情，让大家知道了真相，你和江晨雨也都解脱了。但愿这件事情不是江晨雨干的，不然的话性质就完全变了。"

卓越愣了一下：性质就变了？不过很快就反应过来，是啊，如果这件事情是我和江晨雨做的，那就是解脱了自己从而将矛盾转嫁到医院和病人那里去了。他不敢肯定，犹豫着说道："她？不会吧……"

汤知人转身离去："但愿和她没有任何的关系。"

此时郝书笔正焦头烂额。一大早他就接到了上面打来的电话，质问他为什么让人去炒作这件事情。郝书笔感到莫名其妙："我让人炒作了什么？"那人丢下了一句"你上网去看看吧，秦雯的事情"，随后就挂断了电话。

郝书笔当时的第一反应和卓越是一样的，脑子里就"嗡"了一下，急忙给院办主任打电话："马上调查这件事情，先问问江晨雨，对了，还有卓越。"

于是刚到实验室的江晨雨就被一个电话叫到了院办。

事情当然不是江晨雨做的，院办主任姜彤直接质问她为什么要那样做，江晨雨莫名其妙，问道："我究竟做了什么事情？"

姜彤指着电脑屏幕："这难道不是你干的吗？这样做对你最有

利，所以你是最大的嫌疑人。"

江晨雨看了几眼，顿时花容失色，大声道："我怎么可能去做这样的事情？我哪有这样的本事？！"

姜彤冷笑着说道："那么，你如何证明这件事情不是你做的？"

江晨雨顿时冷静了下来，淡淡地道："我认为这件事情很可能是你做的，那么你又如何证明这件事情不是你做的？"

姜彤瞠目结舌："我为什么要干这样的事情？这样做对我又有什么好处？"

江晨雨道："上面早就打了招呼，这件事情到此为止，你这样做就是为了引起混乱，如此一来医院的院长和副院长都可能因此被撤职，你这个办公室主任岂不是就有机会升职了？"

姜彤脸色大变，低声喝道："你别在这里胡说八道，我怎么可能去做那样的事情？！"

江晨雨冷冷地道："欲加之罪，何患无辞？按照你刚才的逻辑，这医院里面很多人都可以被你们列为怀疑的对象，为什么只针对我？"

姜彤在心里叹息：警察审讯嫌疑人的活儿不是谁都能够做的。他朝江晨雨挥了挥手，道："你回去吧，让卓越来一趟。"

江晨雨看着他："这件事情也不可能是卓越做的，他不是那样的人。"

姜彤很不耐烦，心里也很烦躁，说道："是不是他干的，问了他就知道了。你自己的嫌疑都还没有消除呢，还去管别人的事情？"

江晨雨冷"哼"了一声，转身走了。

秦天也被这突如其来的新闻炒作吓了一大跳，一时间不知道问题出在什么地方，震惊之余再一次细细阅读了那些内容大同小异的帖子，顿时就明白了是怎么回事——这些帖子的核心是在为当事的医生叫屈。

秦天在商场上摸爬滚打多年，什么样的鬼蜮伎俩没见过？毫无怀疑地，他直接就将这件事情与那两位医生联系在了一起。"愚蠢！"他冷笑了一声，很快就拨通了一个电话号码："我可是按照你的意思偃旗息鼓了啊，可是有人想要从中生事，既然是这样，那我就不得不站出来替自己说话了。"

电话那头的那位刚刚因为这件事情朝郝书笔大发了顿脾气，此时听到秦天略带威胁的措辞，急忙道："秦老板，我还是那句话，大家都不要冲动，事情还没有调查清楚呢，我们都不要随便下结论。"

秦天却并没有要再次让步的打算，说道："秦霸集团这么多年好不容易树立起来的形象不容被玷污，我们正在进行的那么多项目不能因此而受到影响，公司近万名员工要吃饭，因此，我们必须主动面向媒体，将情况说清楚，否则的话后果不堪设想。"

电话那头沉吟了片刻，说道："你们向媒体通报情况我没意见，不过事情的真相还需要一步步调查清楚，我还是那句话，我们都不要冲动，都应该冷静下来好好面对这件事情。"

秦天的语气并不激烈，但态度却非常强硬："这两个医生必须开除，否则的话就分不清这件事情里面的是与非。这件事情你们看着办吧。"

秦天的这些话非常有分量。秦霸集团是民营企业的标杆，而且关系到近万人的就业问题，而事件的另一方只不过是两个微不足道的小医生，孰轻孰重一眼就看得清清楚楚。电话那头的那个人确实感受到了极大的压力。是的，这两个医生确实无足轻重，但他们背后却是广大的医务工作者啊。

而秦天此时已经不再考虑这个问题了，他即刻给集团办公室打去电话。江晨雨的父亲已经辞职，他也觉得没有脸面继续在这家公司干下去了。接电话的是秦天刚刚提拔的办公室主任，秦天道："马上联系各大媒体，我将亲自接受他们的采访。"

随后秦天又给儿子打了个电话："我知道你昨天晚上刚刚回来，但医院的事情必须由你出面去处理一下，这件事情尽量控制在我们作为病人亲属与医院之间的医疗纠纷范围之内，明白吗？"

此时秦文丰还没起床，满脑子都是那个香港三流女明星的妖媚样子，父亲的话让他一下子蒙了："医院？医院发生了什么？"

秦天大怒："你妹妹的事情难道你不知道？昨天晚上一夜之间，我们秦家和秦霸集团在网上就成了为富不仁的典型，你居然不知道？"

秦文丰大吃一惊，满脑子的旖旎瞬间全无，急忙道："我不是刚刚从香港出差回来吗，究竟发生了什么？"

秦天叹息了一声，道："你自己上网去看吧。文丰啊，你总是如此后知后觉，你让我怎么放心把这偌大的家业交给你？"

卓越被叫到院办的时候秦文丰也带着他的漂亮女秘书到了，不过他直接去了郝书笔的办公室。准确地讲，他是直接冲进去的。郝书笔正在那里焦头烂额，见一个穿着笔挺西装的年轻人闯了进来，一屁股就坐在沙发上跷起了二郎腿，后面跟着的漂亮女人马上站在了年轻人的旁边。郝书笔正错愕间就听到年轻人缓缓说道："我妹妹的事情，还有网上的那些东西，你们得给我一个说法。"

郝书笔这才反应过来，明白了此人的身份。虽然他一直以来都非常反感这种素质低下的二世祖，不过毕竟现在面临的问题比较复杂、棘手，也就没有马上发作，只是冷冷地说了一句："你父亲在我面前都得客客气气的，他难道没有教过你如何尊敬长辈？"

秦文丰平日里跟着父亲所见的都是政府要员以及商场大亨，眼前这个医院的院长他还真没有看在眼里，所以郝书笔刚才的话根本就对他没有作用。秦文丰的手一挥，不耐烦地道："你少在我面前倚老卖老，你那一套对我没用！说吧，你们准备如何处理这件事情？"

郝书笔压制着内心的怒气，似笑非笑地看着他，反问道："那么，小秦总希望我们如何处理这件事情呢？"

秦文丰还以为是自己的气势起了作用。在他的意识里，医院只不过是国家的服务机构，从来遇到事情都是拿钱解决问题，更何况妹妹的事情错在医院方面。他缓缓地道："第一，你们医院方面要公开在媒体上向我们秦家道歉，并承诺承担相应的责任；第二，你们必须对网上炒作的事情负全部责任，至于具体的细则我们接下来再谈；第三，马上开除那两个当事医生，而且他们必须在媒体上公开向我妹妹道歉。"

这个二世祖疯了？这也太过异想天开了吧？郝书笔禁不住就大笑了起来，秦文丰正错愕间就发现郝书笔的脸色一下子变得难看起来，而且正直盯着他，同时还伸出了二根手指，道："第一个问题，我们医院为什么要向你们秦家道歉？请你告诉我，我们医院究竟做错了什么？第二个问题，这次网上炒作的事情与我们医院又有什么关系？你有相关的证据吗？第三个问题，这件事情的起因是你妹妹到我们医院做试管婴儿，非得要我们的医生让她怀上儿子，结果被我们的医生拒绝，后来她又要求必须要生双胞胎，在被我们的医生拒绝之后出现了情绪激动，这才忽然昏迷倒地。请你告诉我，我们的医生到底做错了什么？"

秦文丰差点词穷，这时候忽然想起父亲叮嘱他的话来，说道："不管怎么说，我妹妹是在你们医院出的事情，而且在她昏迷前确实与你们的医生有过争吵。我妹妹是病人，她情绪不正常这不能作为她的过错。而且在我妹妹出事之后我们作为病人亲属已经宽宏大量，并没有急于追查你们医生的责任，而是希望你们尽快搞清楚我妹妹的病情。然而就在这时候你们却突生事端，大肆炒作此事，让我们秦家以及秦霸集团的声誉严重受损。郝院长，这你们总得拿出个说法吧？"

看来这个二世祖并不全然是一个草包，这几句话倒是说到关键处了。郝书笔的语气也缓和了下来，说道："这就对了嘛。出了问题就应该有一个端正的解决问题的态度，这是一个讲道理、讲法制的社会，没有谁可以凭借权势、金钱就高人一等，一味地指责对方也解决不了任何问题。这次的网络炒作事发突然，而且来势凶猛，我们正在对此事进行调查，至于你妹妹的事情，你父亲也从外地请来了专家进行会诊，但是依然没有找到她忽然昏迷的原因，所幸的是她现在生命无碍。请你们放心，我们医院一定会竭尽全力弄清楚病因的。"

这一刻，秦文丰才真切地发现眼前这个院长的厉害：不卑不亢、巧妙回避关键问题，但又有理有据，而且也并未推卸责任，让秦文丰觉得自己无论采用哪种方式，都如同击打在一团棉花上面。他想了想，说道："我妹妹的事情可以暂时放一下，她的病情不搞清楚就分不清责任，但是这一次网络炒作的事情必须有人负责，这次的网络炒作让我们秦家以及秦霸集团蒙受了巨大的名誉损失，你们不能以正在调查的说辞就把责任推卸得一干二净。那几篇帖子我看了，完全是以同情当事医生的口气写的，这还不能说明问题吗？我妹妹到你们医院来做试管婴儿，结果莫名其妙就昏迷不醒了不说，甚至还因此对我们整个家庭以及我们的产业造成了巨大的损失，如果你们不对当事的医生做出处理的话，那我们为富不仁、无理取闹的罪名岂不是就被坐实了？"

先前电话里面的那位也是这样的说辞，他严厉要求郝书笔对当事医生马上做出处理，甚至最后还将这件事情提到了大局的高度，正因为如此，郝书笔才头痛不已。其实他明白秦天的意图，说到底就是要医院方面以处理当事医生的方式瓦解网络上的传言。可是，在没有任何证据证明这起网络炒作事件就是那两位当事医生所为的情况下就将他们开除，他无论如何都下不了这样的决心。这不仅仅是两个医生的事情，还关系到所有医务工作者的利益以及社会形象，而且问题的关键是，郝书笔始终认为这两个医生并没有做错什么。

郝书笔并不特别在乎院长这个职务，即使他因为这件事情下去了，还可以继续做医生，但是接替自己的那个人也依然要面临这个艰难的选择——上面的高压、病人家属的咄咄逼人，而当事医生很可能是无辜的。郝书笔依然不想就此妥协，说道："当事医生的事情需要证据，而且这件事情也需要集体研究决定。小秦总，请你给我们点时间，我不但要对我们的病人负责，也要对我们的医生乃至整个医院负责，请你理解。"

秦文丰也不想就此让步，问道："郝院长，你说的这个时间是多久？一天，一个星期，还是一个月、一年？"

郝书笔一下子就火了："小秦总，我们医院的事情还轮不到你来指手画脚，如果你们非要把事情闹大的话，那就和媒体见面吧，我相信民众的眼睛是雪亮的，是非自有公论！"

秦文丰站了起来，冷冷地道："我父亲已经召集与新闻媒体见面了，那我们就等着是非公论的那一天吧。"

郝书笔的犟劲也上来了："慢走，不送！"

秦文丰冲进郝书笔办公室的过程姜彤看得清清楚楚，还没来得及询问卓越就急忙跟了过去，结果在郝书笔的办公室门外才得知来人的身份，这才放下心来。医院的办公室主任不好当，这些年来他深深地感受到了。

"哎！这都是些什么事儿啊……"姜彤从外面走进办公室，叹息了一声。

卓越看着他，说道："姜主任，我知道你找我什么事情，但我可以直接告诉你，这件事情我根本就不知道，不管你相不相信，我说的就是实话。"

姜彤的注意力依然在隔壁办公室，可是却什么也听不见。他再一次叹息了一声，说道："我倒是愿意相信你，可是现在事情闹得这么大，怀疑的对象已经指向了江晨雨和你，这件事情恐怕有些麻烦。卓医生，在你看来，江晨雨会不会就是这件事情的主谋？"

卓越摇头道："我真的什么都不知道。昨天晚上我和高德莫他们喝酒后就回家了，一觉睡到天亮，我也是今天早上到了实验室才听说了这件事情。我觉得江晨雨也不可能去做这样的事情，她和我都已经接受了医院的处理方式，虽然觉得有些委屈，但我们都能够理解医院在这件事情上的难处。"

姜彤问道："你和她交流过？"

卓越点头道："是的。最近她也就是心情不好，但绝对没有对我说过要去网上讨一个说法之类的话。"

姜彤沉吟着说道："可是这样做似乎对她和你最有利，这又如何解释呢？"

卓越苦笑着说道："那我就不知道了，而且在我看来，这样做无疑是把自己推上了风口浪尖，也并不一定就对我们有利。个人的力量是渺小的，惹怒了医院和秦天对我们来讲并不是什么好事情。我想，江晨雨也应该明白这一点。"

姜彤摇头道："你明白不一定她就明白。说实话，我是愿意相信你的，不仅仅是因为你在这起事件中只是受了江晨雨的连累，你倒是没有必要那样做，而且我更相信你的人品，一直以来郝院长和汤主任都非常重视你，前不久郝院长还准备提拔你当医务处处长，结果汤主任坚决不同意，她说你今后会成为一个优秀的医生，搞行政工作是浪费人才。卓医生，你明白我的意思吗？"

卓越就是再笨也知道他想要的是什么，无非是希望他能够撇清自己，将所有的事情都推到江晨雨的身上。卓越点头道："谢谢你们对我能力的肯定，不过我不能睁着眼睛说瞎话，江晨雨真的从来都没有在我面前表示过对医院任何的不满，这就是事实。"

姜彤又问道："那么，你认为除了江晨雨之外还有谁最可能是这起事件的制造者呢？"

他的话里面有陷阱，卓越一下子就听出来了，说道："姜主任，我再声明一次，关于这起事件我真的一无所知，而且我也相信江晨雨不会去做那样的事情。"

姜彤见自己的伎俩并没有起到作用，情急之下就说了一句："嚯！你和她倒是互相信任。"这时候就听见外面传来脚步声，急忙跑出去看，只见刚才冲进郝书笔办公室的那一男一女正在匆匆离去。

姜彤当院办主任已经多年，郝书笔对他可是非常了解，知道此时他就在外边，大声说了一句："通知所有的副院长马上来开会，无论他们是在看门诊还是在查房，都必须马上停下。"

秦天那边的记者见面会已经开始了。秦霸集团以前的新闻发布、广告宣传等都会给每一位前来的记者一份丰厚的红包，但这次秦天却刻意吩咐下面的人不要那么做。这件事情太过敏感，而且已经形成了社会性话题，一个小小的红包只能让问题变得更加复杂起来。

秦天一开始就对记者们说道："今天我不但是以病人父亲的名义，而且还是以秦霸集团董事长的身份在这里与各位媒体朋友见面，我并不想回避某些问题，但必须要向各位媒体朋友以及全社会讲清楚所有的情况……"

接下来他就讲述了女儿秦雯从住院到昏迷的整个过程，其中并没有隐瞒女儿向医院方面提出非分要求的事情。秦天说道："我女儿从小被娇生惯养，喜欢耍性子，甚至还很自私，这都是事实，不过在这件事情的背后还另有原因。秦霸集团的原办公室主任在座的很多媒体朋友都认识，他的女儿就是这家医院生殖中心的一名医生，当时如果不是这位办公室主任信誓旦旦地向我女儿说可以保证她生男孩甚至双胞胎，我女儿后来也就不可能向医院提出那样一些非分的要求。你们都知道，当一个人看到了最大希望的情况下是很难接受失望的。当然，我并没有责怪我的那位前办公室主任的意思，他也是好心，只不过是自以为关系可以代替医院的原则罢了，所以后来他向我辞职的时候我还再三挽留他。他是我们公司的老人，发生了这样的事情我心里也很不好受。可是网上的那些个文章根本不顾这样一种具体情况，单凭表面发生的事情就信口雌黄，将一切责任归于我的女儿秦雯，甚至以此攻击我秦天，说我为富不仁，说我是黑心资本家。"

此时他已经是满脸的伤感，继续说道："三十年前，我还是一所中学的物理老师，后来辞职下海开始做生意，我首先承包了学校的那家校办工厂，为了跑销售，我曾经在火车上两天两夜只吃了一个干馒头。为了采购原料，我曾经坐了十六个小时的长途汽车，也只是吃了一个干馒头，中途连一瓶水都舍不得买。因为我要用身上不多的钱去那地方请人家吃饭。我的财富就是这样一点一点积累起来然后慢慢做大的。近十年来，秦霸集团一直坚持做慈善，先后向社会捐助了三亿多元，还出资修建了近五十所希望小学……我实在是无法理解与接受，我怎么就成为富不仁、黑心的资本家了呢？"说到这里，他的情绪有些激动起来，"他们攻击我、攻击秦霸集团倒也罢了，可是我最不能接受的是他们竟然把这起事件的全部责任都归结到我女儿身上。即使是我女儿无理取闹，要求过分，但她是一个病人，而且她现在还一直昏迷不醒，医生在面对情绪激动的病人时应该怎么做？是解释、劝解，还是针锋相对地和他们争吵？是在出了事情后将所有的污水全部泼向一个已经昏迷不醒的、不能说话的病人？各位媒体朋友，今天我请大家来就一个想法，那就是希望你们能够站在公平公正的角度报道这起事件……"

接下来是记者提问环节，秦天都一一做了回答。记者们敏感地捕捉到了这次见面会秦天所传递出来的关键信息：明确事件责任，还原事件真相，让病人的权益得到充分保障。

近些年来，医患关系一直是政府和民众最为关注同时又是一个非常苦恼的问题，更是一个新闻热点话题。这边的见面会刚刚结束，记者们都不约而同地朝涉事医院蜂拥而去。

这时候秦天也接到了儿子的电话，秦文丰把刚才的情况如实地对父亲讲述了一遍，秦天只是淡淡地说了一句："他们要护犊子，这很正常。不过我们秦霸集团的声誉不能因此而受到损害，这就是我们的底线。这件事情你做得不错，接下来的事情你就不要管了，江南那个项目的银行贷款已经下来了，你马上去一趟，把最后那几个钉子户的事情解决了。一定要注意方式方法，攻心为上，实在不行就多出点钱吧，为富不仁、黑心资本家的名声可不好听。"

医院有三位副院长，分别主管业务、药品设备和后勤。分管业务的副院长董奇运是神经内科的主任医师，分管设备和药品的是传染科的前主任康德松，后勤副院长是医学影像方面的专家，名叫周前进。接到电话后三个人就马上放下手上的事情。他们都知道这次会议非同小可。医院实行的是院长负责制，而郝书笔还兼任了医院党委书记，在很多问题上有着绝对的发言权，所以生殖中心的事情发生后几位副院长都在观望。

院长会议姜彤也参加了，不过他的工作仅仅是做会议记录并在会后形成会议纪要。四位院长就郝书笔和董奇运抽烟，康德松在喝酒后偶尔抽一支助兴，而周前进对抽烟的事情简直就是深恶痛绝。他是医学影像方面的专家，大天都在看正常人和烟鬼的肺，他曾经和胸外科主任共同发起在本院范围内的禁烟活动，结果收效甚微，究其原因还是因为郝书笔在这件事情上阳奉阴违。郝书笔曾经笑着对周前进说："我这肺就像天天在熏着的老腊肉，如果忽然不熏的话肯定会变坏的。"

三年前郝书笔忽然出现咳嗽咯血，在八百毫安的 X 光机下发现他的肺部有一个大约五厘米直径的肿块，当时周前进直接就诊断为肺部肿瘤，于是非常严肃地劝他必须马上把烟戒掉，郝书笔却毫不理会，笑着说道："我这一辈子就这么个嗜好，你让我戒烟还不如马上死了算了。"接下来他简直就是破罐子破摔，抽得更厉害了，而让周前进至今都无法理解和解释的是，半年后郝书笔肺上的那个肿块竟然神奇般消失了。

不过董奇运倒是有一个听上去还算是比较合理的解释。他说："据科学统计，全世界的癌症病人百分之九十五以上都是被吓死的，恐惧的情绪会大幅度降低机体的抵抗力，从而促进癌细胞快速生长，而积极的心态恰恰相反。很显然，是郝院长视死如归或者说看透生死的人生态度让他体内的癌细胞退缩了。"

三位副院长都到齐后郝书笔给董奇运扔过去一支烟，说道："什么事情你们应该都知道，我就不再多说什么了。说实话，当了这么多年的院长，我还是第一次面对如此艰难的选择。今天你们都不要指望我先发表意见，大家都谈谈自己对这件事情的看法吧。"

康德松笑了笑，说道："我听郝院长的，你说怎么办就怎么办。"

以前的院长办公会大部分时候都是这样，郝书笔先谈自己的想法，几位副院长几乎都不会有任何的异议。多年来郝书笔也习惯了，他认为自己的每一项决定都是在秉公而论，即使有时候要照顾一下某些关系，但那也是在同等条件下优先。不过这一次的情况不一样，郝书笔摇头道："我当了这么多年的院长，说实话，我真的感觉有些累了。总有一天我会从这个位子上下来的，你们当中总会有一个人接替我的位子，现在我想知道的是，假如你们处于我现在的位子，那么你们每个人的处理方式会是什么。大家都畅所欲言吧。"

董奇运笑道："这可是一个大难题。我倒是认真研究过这件事情，其实上次我们对两位医生的处理就有些偏重了，特别是卓越，他本身就是生殖中心的执业医生，在病人没有反对的情况下进入检查室这没有任何问题，结果因此被停职。至于江晨雨吗，我倒是认为她多多少少还是有些责任的，比如在与病人交流的时候是否态度和蔼？方法是否得当？还有就是，她实在是缺乏自我保护意识，如果是稍微有些经验的医生就会和护士一起去病房，幸好秦天的女婿还算是有良心的，否则的话她还真的就说不清楚了。不过病人亲属提出要开除他们两个人，我觉得实在是过分了些。"

周前进道："据汤主任讲，这件事情卓越在事先向她汇报过，汤主任的态度也是非常明确的，那就是绝不能放任病人的无理取闹，汤主任说她本来是想亲自找病人谈的，结果病人又提出要让两枚受精卵都存活下来。受精卵在子宫里面的发育情况在未来究竟是个什么状况现在谁也不知道，这个保证谁敢下？汤主任也是因此才动了怒，于是就让江晨雨去找病人谈。所以，我认为江晨雨也没有多少责任。如果非得要说责任的话那就是江晨雨的父亲，是他提前给人家做了保证，这才让病人的期望值变得太高。但江晨雨后来拒绝了病人的无理要求啊，而且还让卓越做了见证人。所以，我觉得不但不应该开除他们，反而应该马上恢复他们作为医生的工作。"

康德松一直皱着眉头，仿佛在思索着什么，这时候他才慢吞吞地说道："你们刚才说的都只是我们关起门来私下的看法，而这起事件牵涉到的却是病人、医生和医院，医生有没有问题我们一眼就看得清清楚楚、明明白白，但是病人和病人亲属那边呢？特别是昨天晚上的事情发生之后，秦天肯定怒不可遏，那些个帖子直指他女儿无理取闹，甚至影射到他个人的私德，这个人可是我们省的首富，而且还有政治地位，他创立的秦霸集团更是商业航空母舰，这件事情看似简单，但牵涉到的却是秦天和秦霸集团的声誉，甚至是未来发展的前景，你们觉得他会轻易罢休？"

周前进道："那你的意思是必须开除他们两个人才可以？如此的话，这个世界还有黑白之分吗？我们又如何向全院的医护人员解释？"

康德松摇头道："我是在分析这件事情背后的关键点。秦天为什么非得要我们开除这两个医生？很简单，他是想以此来消除网上关于他和秦霸集团的那些谣言。一旦我们开除了江晨雨和卓越，那就说明过错方在我们这里，于是所有的谣言也就不攻自破了。"

郝书笔暗暗惊讶。他没想到自己的这几位副手个个都能够真心为医生着想，特别是一贯唯唯诺诺似乎没有多少主见的康德松，他竟然能够一眼看穿这起事件背后的实质，这确实让他感到有些意外。这一刻，郝书笔忽然意识到了其中的关键原因：其实他们都是非常优秀的，只不过多年来被他一个人的光芒遮掩住了。以前所有的问题都是由他在决断，以至于让他们都懒得思考了。想到这里，郝书笔禁不住暗暗心惊：不知道在以前那些事情的决断上自己是否犯下过太多的错误？也就在这一刻，郝书笔的心里忽然有了一个特别的想法。

而就在这时候，外面忽然传来一阵阵吵嚷声，郝书笔皱眉对姜彤道："去看看，发生什么事情了？"

姜彤匆匆出去了，一会儿回来后报告说："来了一大群记者……"

郝书笔这时候才忽然想起那个二世祖离开之前说过的那句话来，脸色一下子就变了，心道：不好，秦天不知道对记者说了些什么，把矛盾的焦点都转移到这里来了。急忙对康德松说道："你去应付一下，不，你们三个都去。记住，我们只讲事实，不要和他们争辩，不要对某些敏感的问题随便评论，实在不行就采用外交辞令。"

三位副院长一出去就被那群记者给围住了，康德松大声道："这里是医院，请大家不要大声喧哗，现在我们去会议室接受大家的采访……"

"记者都跑到我们医院来了。"郝书笔拨通电话后说道。

电话的那头叹息着说道："事情越来越复杂和麻烦了，你怎么就不听我的呢？这起事件一下子被炒作起来，秦天这样做也是为了他个人和企业的利益，也是一种自保的方式。"

郝书笔道："作为医院的院长，我绝不能随便和轻易地去处分下面的医生，我觉得你也应该这样思考。我们的医生从某个角度上讲也是弱势群体，我们应该替他们说话。"

电话的那头说道："现在的问题是如何把这件事情平息下来，而不是双方对抗着将问题越搞越大。秦天不是一般的人，他的秦霸集团也是举足轻重的，事情闹大了就更下不了台，甚至会波及我们整个卫生系统，这个问题你想过没有？"

郝书笔回答道："我有个办法可以让这件事情得到平息，希望你能够同意。"

"哦？你说来听听。"

"我引咎辞职。所有的责任我一个人来承担。"

"不行，你们医院缺了你就没有了主心骨，而且在这件事情上你并没有任何的过错。"

"现在不是谈谁有没有过错的时候，既然秦天需要找一个借口去证明网络上的传言是谣言，我辞职和开除医生的效果是一样的。我当了这么多年的院长，早就累了，你还是让我多活几年吧。"

"……可是，谁接替你合适呢？这么大个医院，并不是谁都适合做一把手的。"

"康德松适合做院长，董奇运负责党务工作，周前进分管业务，姜彤提上来分管后勤，设备和药品康德松代管一段时间，然后从科室主任里面选一个合适的上来。"

"他们行吗？"

"没问题的，以前大事小事都是我拿主意，其实他们都很优秀，我不会看错人的，你们大胆使用就是。"

"你真的决定了？"

"决定了，我实在是太累了。"

"那好吧，我和几个副手碰碰头，还要给分管领导汇报一下。"

"不用了，现在就算是我的口头请辞，下午我就让人将书面报告交到你手上。"说完后他就挂断了电话，直接去到了会议室，打断了正在回答记者问题的康德松，说道，"各位媒体的朋友大家好，我是本院的院长郝书笔，就这起事件而言，我认为无论是病人还是我们的医生都没有多大的责任，病人提出任何的要求都是可以理解的，而我们的医生坚持原则也没有错，那么错在什么地方呢？我认为错在医院的管理出了问题。没有哪一所医院不会出现医患矛盾，而问题的关键在于出了问题后医院方面是否及时地与病人和病人的家属进行沟通。很显然，在这次的事件中我们医院忽视了这个问题，因此，作为医院院长，我应该负主要责任，刚才我已经向上级部门提出了引咎辞职，而且也得到了批准。"

他的话让在座的所有人都很震惊，特别是三位副院长，他们都惊讶得合不拢嘴，记者们也开始小声议论。郝书笔继续说道："各位记者朋友，医生是一个非常特殊的职业，在我个人从医的生涯中，曾经不止一次做开颅手术，而大多数这样的手术都需要花费十个小时以上，甚至长达二十多个小时，这期间不能吃东西，为了维持体力，只能喝葡萄糖水，但是就连葡萄糖水也不能多喝，为什么呢？手术刀下的病人随时都可能出现死亡，我不能上厕所，不可以因为要解决生理上的问题污染了双手，不可以把时间消耗在再次消毒上面。可是你们知道吗？我做这样一台手术的收入是多少？不到一百块钱！这是国家物价局规定的手术费价格下医生的分成，对此我们并不是毫无怨言，但是我们依然在兢兢业业做好本职工作，因为我们知道，一个人的生命一旦失去就不会再有，既然我们选择了医生这个职业，就只能无怨无悔。可是即便是这样，还是有不少人不能够理解我们，有的病人和家属对我们口吐恶言，甚至拳脚相向，但我们依然无怨无悔，因为当代医学虽然发展迅猛，却不能治疗好所有的疾病，因为我们医生也是人，也有情绪波动的时候，再加上管理方面的一些问题，以至于出现服务不到位等方面的情况，所以，我们总是以最大的善意理解病人对我们的不满意。是啊，病人都把他们的身体和生命交到了我们的手上，我们还有什么理由去责怪他们呢？可是，又有多少人能够理解我们这些当医生的呢？各位记者朋友，不知道你们是否思考过这个问题呢？对不起，我有些激动了，不应该把话题扯这么远。最后我还要提醒各位记者朋友一件事情：我注意到了，那些帖子是在今天凌晨之前出现在了各大论坛、贴吧、微博上面，而真正炒作起来的时间是在今天凌晨一点钟过后，而且很快就呈汹涌之势。很显然，这是一次有计划有组织的行动，而且这次的炒作非常专业。各位记者朋友，你们都是这方面的专家，我希望你们能够透过现象寻找到这起事件的本质，真实还原这起事件背后的真相。拜托各位了。"

说完后，他朝所有的记者深深鞠了一躬，随后转身而去。

第九章

夏丹丹一大早就看到手机上孙鲁发来的那条短信：网上已经炸开了。看后即删。夏丹丹顿时一激灵，快速地从床上爬起来打开电脑，也许是动静太大，结果一下子把陈小燕也吵醒了，她迷糊着问道："丹丹姐，你干吗呀？"

夏丹丹含含糊糊地回答道："没事，你再睡会儿吧，一会儿我叫醒你。"

网上的情况果然触目惊心，夏丹丹看到帖子下面的回复几乎都是一边倒，都在同情当事的两个医生，痛骂秦天的人也不少，有的人更是用非常粗俗的语言在辱骂。夏丹丹津津有味地看着，心想这下好了，卓越的事情应该会有转机了。

夏丹丹看完了贴吧又打开了一家知名的论坛。她完全沉浸在那些浩瀚的回帖之中，在此之前她从来没有想到网络的能量会如此强大，顿时觉得孙鲁这个人很不一般，而且……还有些可怕。

"丹丹姐，你一大早起来在看什么啊？"猛然间，身后传来了陈小燕的声音，夏丹丹慌忙将笔记本合上，转身笑着对陈小燕说道："没什么，我忽然对正准备写的论文有了个想法，起来查一下资料。"

陈小燕"哦"了一声，脚下的拖鞋"啪啪"响着去了洗手间。

夏丹丹不敢继续看帖子了，关上电脑后开始收拾床铺，并没有忘记将那条短信删除掉。

一到科室就听见医生和护士们在悄悄议论网上的事情，夏丹丹不敢主动去参与，只是随口问了几句。一位护士笑着对她说道："夏医生，想不到那么多人替你男朋友说话，卓越这下可是出名了啊。"

夏丹丹不敢多说什么："他本来就没做错什么，有人说几句公道话不是很正常吗？"

这时候夏丹丹忽然发现自己的心理承受力并不强，明明知道别人没怀疑她，但还是禁不住紧张起来，总觉得别人看她的眼神中带着意味深长。她不敢继续和这些人议论此事了，去往病房做今天的第一次巡查。

住院医生每天早上的第一次巡查不但是常规，而且非常重要，它关系到每一个住院病人全天的医嘱。

刘顺成父亲的病情相对比较稳定，不过腹水的问题根本无法解决。肝炎—肝硬化—肝癌—腹水—死亡，这个过程现代医学还不能解决，被医学生称为不可逆，就如同支气管炎发展到肺气肿最终全身缺氧死亡那样。然而刘顺成父亲的生命力确实旺盛，即使是病情到了这样的程度，精神依然不错。有时候夏丹丹不禁就想，这样的情况对病人及家属究竟是好事还是坏事呢？她无法回答。

最后她去了陆老板父亲的单人病房，正好陆老板也在，夏丹丹笑着问了一句："刘顺成到了你公司后怎么样？"

陆老板笑了笑，回答道："还不错，很老实本分的一个人。夏医生，谢谢你当时的这个提议，不然我还不知道以前管采购的那个人吃了公司那么多的回扣。"

做好事被人赞扬可以让一个人从心理上得到满足，夏丹丹当然高兴，说道："你觉得满意就好，我也是觉得这个人的人品不错才向你推荐的。"

陆老板说了声"谢谢"，对夏丹丹道："夏医生，我想和你商量一件事情。去你的办公室吧。"

到了医生办公室后陆老板对夏丹丹说道:"夏医生,我父亲在这里已经住了近半年了,他的病情似乎并没有多大的好转,你看能不能让他先出院?"

夏丹丹解释道:"你父亲的情况我以前也对你讲过,帕金森这种疾病很难完全治愈,而且病情会越来越严重。从目前的情况来看,你父亲的行动倒是没有什么问题,但是已经在向老年痴呆发展了。你要出院是可以的,但必须要有专人照顾。"

陆老板点头道:"是啊,这确实是个问题。我爱人去年去了美国做访问学者,得明年才能回来,我的工作实在是太忙了,孩子都只能住在他外婆家里。不过我天天跑医院也不是个事情,所以想了很久还是决定请一个保姆。我的意思是看能不能请夏医生每周到我家里去一趟,就算是我父亲的私人医生,我会支付费用的。"

夏丹丹提醒道:"费用倒是没有必要,问题的关键是保姆要懂得日常护理,而且还要会打针、输液。如果不坚持每天用药,你父亲的病情会发展得很快。"

陆老板怔了一下,叹息着说道:"这倒是麻烦了。这样吧,我看能不能从劳务市场找到一个专业护士。"

夏丹丹有些不大理解:"请专门的护士,费用可是比医院高许多,而且治疗也得不到保障,你为什么非得让他出院呢?"

陆老板苦笑着说道:"夏医生,实话对你讲吧,我家住的是别墅,现在那里面就我一个人住,冷冷清清的,有时候想找个说话的人都没有,所以我即使是再忙都得跑到这里来和父亲说会儿话。如果他回家了,家里又有保姆的话,我就可以把孩子接回来,我回到家里不但可以吃到热乎乎的饭菜,也不至于那么冷清。"

夏丹丹道:"原来是这样。你父亲的病属于慢性病,在一般情况下忽然恶化的可能性不大。这件事情你自己决定吧。"

夏丹丹正在开医嘱的时候就听到医生们在议论:"医院里面来了好多记者,据说那些记者是刚刚从秦霸集团那边过来的。这件事情闹大了,不知道接下来还会发生什么。""听说一大早就把江晨雨和卓越叫到院办去了，估计院长怀疑是他们两个人干的事情。""如果真的是他们做的，说不定会被开除。"

夏丹丹对这件事情本来就很敏感，医生们的议论都被她听得真真的，当她听到最后那句话的时候心里一下子就不安起来，拿着手机走出了医生办公室。出去的时候顿觉背上有无数道目光向她投射过来，她第一次真切地感受到什么叫作如芒在背。

"你在什么地方？"卓越的电话一下子就打通了，她迫不及待地问道。

卓越正心烦，不过还是耐着性子回答道："正在去院办的路上。不知道是谁昨天晚上在网络上把上次我和江晨雨的那件事情给抖了出来，搞得满城风雨的。好了，不说了。"

夏丹丹急忙道："等等。他们是不是怀疑是你做的这件事情？你会不会因此被开除？"

卓越心里更烦，说道："反正不是我干的，他们总不能在没有证据的情况下就处分我吧？不说了啊，我知道你是在担心我，我相信自己能够把事情说清楚的。"也许是习惯了就很难改变，这一次又是卓越直接挂断了电话。不过夏丹丹倒是没有在意，她能够理解卓越此时的心境。难道我做错了？这是夏丹丹第一次反思这个问题，而这样的想法一经出现，就再也难以消除，惶恐与忐忑不安开始紧紧地将她的内心笼罩，让她感到有些喘不过气来。

夏丹丹在病房的过道上呆立了好一会儿，正准备返回医生办公室继续完成医嘱，就见到护士长风风火火地从电梯里跑出来，见夏丹丹诧异地在看着她，说道："夏医生，快进来，我给你们讲最新的消息。"

护士长一进医生办公室就叫嚷开了："最新消息，郝院长引咎辞职了！"

夏丹丹万万没有想到事情会闹到这样的地步，一股无形的压力瞬间向她袭来，顿觉全身乏力得厉害：也许我做错了，真的做错了。

郝书笔担任这家医院的院长多年，威信极高，内外科大楼都在他的手上落成，医生的工作环境和待遇也因此得到了很大的提升，这个消息让所有的人都感到非常震惊，大家议论得更激烈了。而夏丹丹却在这一刻变得恍惚起来，耳边那些声音仿佛距离她越来越遥远……

可是人们的注意力都在这个话题上，并没有人注意到此时已经脸色苍白的她。

无论是卓越还是江晨雨都没有想到，郝书笔会以引咎辞职的方式保护他们，在内心感动之余都嗟叹不已。卓越对江晨雨说道："事情发展到现在这个样子，我们不能就这样什么事情都不做。"

江晨雨叹息着说道："可是，我们又能够做些什么呢？"

卓越想了想，道："两件事情：第一，查清楚秦雯的病因；第二，找到那个在幕后炒作这件事情的人。"

江晨雨惊讶地看着他，提醒道："郝院长本身就是脑外科专家，秦天还从外地请来了专家会诊，连他们都没有找到病因，我们这种级别的医生怎么可能找得到？此外，我们对互联网都不熟悉，这件事情从何查起？"

卓越淡淡地道："再难我们都得做。专家也有失误的时候，我们可以去拜访其他医院相关的专家，还可以去请教那些懂得互联网的人。总之，我们不能就这样什么事情都不做，否则的话我们就对不起郝院长，内心也会因此不安的。"

江晨雨点头道："你说得有道理，好吧，我都听你的。"

随后卓越上了一趟街，买回来两台笔记本电脑和一只微型摄像头，不过电脑只有一台是苹果牌的，即使是这样也花费了他一万多块钱，虽然肉痛但他觉得必须这样做。接下来他对那份接近一万人的名单进行了修改，里面的姓名全部用拼音代替，而且还做了些改动，电话号码都被他删除了，然后存入到新买来的那台普通笔记本电脑里。卓越想过了，只有用这份假名单让钱文学去折腾最好，即使是被发现了问题也表明他知道了对方的意图。

在外边随便吃了点东西，卓越带着两台笔记本电脑回公寓，路过门卫的时候看到又是那个保安值班，特地朝保安打了个招呼："看紧点啊，我们再丢东西就去投诉你。"

保安讪笑道："不会了，绝对不会了。"

中午雷达回来的时候已经较晚了，卓越第一次没有睡午觉一直在等他。雷达很是高兴，说道："一直想换一个苹果电脑，以前的就是用不坏。这下好了。哥们儿，改天我请你吃饭。"

卓越心里直泛苦，强笑道："你喜欢就行。记住，不要再把这东西放到寝室了。"

雷达忽然叹息了一声，说道："本来想今天去找江晨雨的，想不到出了这么大的事情。也许我和她真的没缘分。罢了，我还是搬回去住吧。"

卓越拍了拍他的肩膀，玩笑道："节哀。"

头天晚上钱文学就拿到林武送来的笔记本电脑，可是电脑设置了密码根本打不开，第二天上午才去找来一个小伙子把密码给破解了。钱文学看到电脑的桌面上有不少文档，一一打开后终于在其中找到一份名单，结果仔细一看顿时傻眼，这哪是什么试管婴儿的资料，明明就是一份人体器官解剖变异病人的统计数据。

钱文学哭笑不得，劈头盖脸就数落起林武来："你说说你干的都是个什么事？这么简单一件事情都办成了这样，很显然，这台电脑根本就不是卓越的！"

林武急了："你怎么这样说话呢，当年建这酒店的时候所有的手续不是我去跑的？这件事情只不过是个意外，肯定是那个保安搞错了房间。没事，我再去找他，我的钱可不是那么好拿的。"

要不是你亲舅舅是规划局的，当年我会让你入股？钱文学不好继续发作，只好息事宁人："好吧，这一次一定不要再出错了。还有，你要再三叮嘱那个保安，让他一定要小心。"

林武满不在乎道："不会出事的。现在的小偷那么多，谁会怀疑到保安那里去？"

钱文学拿他这大大咧咧的性格没办法，不过这件事情虽然重要但还不至于影响到整个后期的构想，即使失败了也无所谓，今后应该还有其他的机会。林武离开后钱文学开始饶有兴趣地看手上这台电脑里面的内容，结果竟然发现了一些很感兴趣的东西，拿起电话就给林武拨打："你找那个保安确认一下，他偷来的究竟是谁的电脑？"

林武心里很是愤怒，在电话里将那个办事的马仔臭骂了一顿，然后才开始说正事："你让那个保安一定要拿到卓越的电脑，另外你让他搞清楚现在这台电脑究竟是谁的。妈的，这么点事情都办不好，我真是白养你们了。"

马仔在唯唯诺诺之后就马上给保安打了电话："你个蠢猪，东西拿错了！尽快去把老子要的东西拿来！不然的话老子让你马上消失！告诉我，你拿的究竟是谁的电脑？"

钱文学得到了林武的回话，顿时大笑："这就对了，搞错了也很正常。还是让那保安先想办法拿到卓越的电脑吧，实在不行我们就再想别的办法。"

算起来钱文学和林武都是改革开放后最早一批富二代，当初投资酒店说到底就是胸无大志，他们用父母的财富建造了这个安乐窝，不过数年的安逸日子过下来之后，隐藏在内心深处的野心开始萌动。准确地讲，钱文学和林武都是属于志大才疏那一类人，但是偏偏自以为是，特别是钱文学，他时常在林武面前感叹自己空有诸葛之智，所以才有了他们两个人一拍即合的建造商业帝国的宏伟蓝图。

百无聊赖坐在办公室里的钱文学很快就注意到网上的那个热门话题，顿时像打了鸡血似的兴奋起来：秦天？某医院生殖中心的江姓、卓姓医生？有点意思啊……

郝书笔引咎辞职的事情无疑在医院引起了巨大的反响，人都是有惯性的，大家习惯了这所医院一直以来都是郝书笔主政的状况，而这个消息一经传出，不少人竟然莫名其妙地产生了不安——接替他的人会是谁？我们的收入是否还像以前那样？一旦出现问题后是否还有人像郝院长那样义无反顾地保护我们？

而此时，内心最不安的就是陈小燕了。早上她分明看到了夏丹丹正在浏览的帖子，而当她后来知道医院发生的事情后也就极其自然地将这两件事情联系了起来。难道真的是卓越干的？不然的话丹丹姐怎么可能一大早就起来看那些帖子？

检验科里的人一直在议论纷纷，很多人都在惋惜郝院长辞职的事情，这让陈小燕的内心更加纠结和不安。近些年来检验科的变化也是非常大的，所有设备都换成了最先进的仪器，淘汰了以前大多数人工操作程序，使得检验过程简单便捷而且数据精确。

陈小燕是第一次遇到这样的事情，心里不安但又找不到可以倾诉的对象。自从那天晚上之后，她和高德莫的关系算是基本确定了下来，但是她的心里始终萦绕着一种忐忑。有一个问题她至今都没有想明白：高德莫为什么偏偏看上了我？

整个一上午陈小燕都痴痴地坐在那里，不过她一直内向，并没有引起他人的注意，一直到高德莫过来叫她去吃饭，她才暂时从内心中的五味杂陈中解脱了出来。

高德莫是真的喜欢她，所以也就非常敏锐地感觉到了她的心不在焉，问道："小燕，你怎么了？"

陈小燕摇头道："我没事。"

高德莫看着她，满脸的关心："小燕，如果你遇到了什么难处的话，希望你能够告诉我，我们一起解决，好吗？"

陈小燕顿时被感动。除了父母，她从来不曾被他人如此真挚地关心过。不过夏丹丹对她一直也很好，所以她并不想说出实情，摇头道："真的没事，就是今天听到科室的人在议论郝院长的事情……"

高德莫顿时释然，笑道："原来是这样啊，你也真是的，这医院谁当院长都一样，我们下面的人不用关心那么多。不过呢，郝院长还是为我们医院做出了很大贡献的，别的不说，其他医院的院长就从来没有想到过要给我们这些年轻医生修一栋公寓。不过他当了这么多年的院长也累了，身体也不是很好，他从院长的位子上下来也不一定就是坏事，而且也会因此获得大家更多的尊敬，毕竟他是为了保护江晨雨和卓越。"

可是早上时候夏丹丹看帖子的事情依然让她挥之不去："可是……"

高德莫道："别再想这件事情了。对了，这个周末和我一起回家好吗？我父母想见见你。"

陈小燕的心思一下子就被转移到这件事情上来了，惶恐地道："这也太快了吧？"

高德莫取笑道："丑媳妇总是要见公婆的。你放心吧，他们一定会非常喜欢你的。"

陈小燕瞪了他一眼："我长得丑吗？"

记者会结束后郝书笔将康德松叫到了办公室。康德松依然处于震惊之中，问道："郝院长，您刚才的话……"

郝书笔脸上的神情看上去很是轻松，笑得也很自然，说道："你不用替我担心，其实我也没有想到自己会忽然做出这样的决定，而且就在刚才，当我对着记者宣布了这件事情之后，顿时就觉得全身一阵轻松。"说到这里，他叹息了一声，"也许我早就该把这个位子让出来了。"

康德松急忙道："郝院长，我们医院离不开你。"

郝书笔朝他摆了摆手，自嘲地道："无论离开了谁地球也一样会继续转动。德松，我想问你一个问题：假如让你来接替我的位子今后你会怎么做？"

康德松怔了一下，问道："我？为什么是我？"

郝书笔点上了一支烟，深吸一口后微笑着对他说道："你不要告诉我说你从来都没有想过这样的可能，这很正常，我也能够理解，有能力的人都是会不断要求进步的，只不过是我一直坐在这个位子上挡住了你们的路罢了。"见康德松正准备说话，郝书笔又用手势制止了他，继续说道，"你不用对我说那些毫无意义的客套话。我已经向上面提议了，让你来接替我的位子。当然，这件事情最终还得由上面做出决定。"

康德松有些意外，再次问道："为什么是我？"

郝书笔道："原因很简单，第一，你很有大局观；第二，你的执行力最强；第三，这些年来你和我走得最近，人都是有情感的……当然，这不是最主要的因素，而是我希望你今后不要改变我管理医院的理念。要管理好这么大一个非营利性医院不容易，而且还要充分考虑下面每一个员工的利益，所以很多事情必须按规矩来，尽可能地节约成本，实行统一管理。在我当院长之前这家医院管理上的混乱状态你是知道的，各个科室都有自己的检查项目，都搞小金库，病人看病贵看病难的状况非常严重，而且医生们的收入并没有预料中那么好，后来我在财务上实行收支一条线，医护人员的待遇由医院统一控管，效果一下子就出来了。"

康德松点头道："是的，您还推动了无纸化处方，病人看病拿药也就因此而变得便捷起来。医院的硬件和软件都在您的手上达到了国内先进水平。"

郝书笔摇头道："这不是我的功劳，而是大势所趋，我只不过是顺应了这个大势罢了。我认为自己对医院最大的贡献是这些年来没有一个人因为违纪被双规，正因为这样才使得医院一直得到平稳发展。而我现在最担心的就是这个问题。"他看着康德松，叹息了一声，继续说道，"这些年来在医院的重大问题上我从来都不放权，这并不是我贪念权力，而是为了保护你们不犯错误。我曾经不止一次问过自己：你需要那么多钱吗？我回答说，不需要。我是脑外科医生，见过那么多的生死，金钱美色不过是过眼烟云，家庭的和睦、孩子健康成长才是第一位的。所以，我能够做到不贪不腐，但却不敢保证你们也能够做到，所以唯一的办法就是不把权力交给你们。绝对的权威最大的好处就是让医院完全按照我的计划快速发展起来，但却因此压制住了你们的能力和智慧，也许在你们不同的想法或者意见之下医院会发展得更好，管理得更完善……德松，我的这一番苦心希望你能够理解。如果上面真的让你接替了我的职务，我更希望你能做到像我这样不要向医院的利益伸手，否则的话我今天的提议就是害了你。"

康德松道："郝院长，您放心吧。我有房有车的，孩子又公费在国外留学，我是绝对不会去犯那样的错误的。"

郝书笔点头道："医疗设备和药品的利润空间极大，这一点你是知道的。这些年来我把医药公司的利润压得很低，我们医院也就因此有了充裕的资金搞建设。德松，你永远要记住：群众的眼睛是雪亮的。好吧，响鼓不用重槌，我相信你应该明白我为什么要对你说这些话。就这样吧，我得尽快把这办公室收拾出来……"

这一刻，康德松的心里已经被激动充满。他知道，郝书笔在卫生系统的威望极高，刚才谈话对他来讲意味着什么不言自明。康德松急忙道："郝院长，你不用搬的，今后还需要您给我们做顾问呢。"

郝书笔摆手道："我还顾什么问？我这边引咎辞职，秦天也就有了自辩的理由。我既然决定退下来，从今往后也就是看看专家门诊，查查病房，带一下年轻医生，医院的管理就全部交给你们了。"

秦天得知郝书笔引咎辞职的消息后一下子就怔在了那里。秦文丰见父亲的脸色忽然大变，诧异地问道："您这是怎么了？他引咎辞职和开除那两个医生对我们来讲不是一样的吗？"

秦天摇头叹息道："我万万没有想到郝院长会做出这样的选择，他竟然舍得放弃院长的位子，人品如此高尚，想起来真是让人惭愧啊。也许我不应该像这样去逼迫他，是我让这家三甲医院失去了一位好院长，罪过啊。"

秦文丰更不能理解，问道："不就一个三甲医院的院长嘛，用得着您这么替他惋惜？"

秦天道："你不知道，多年前我因为车祸头部受伤，当时就是他抢救的我，也许他根本不记得当年那个穷小子就是现在的我，但我可是一直记在心里的，我这是在恩将仇报啊……"

秦文丰没想到父亲的心里还装着这样一件事情，问道："那我们接下来怎么办？"

秦天沉吟了片刻，说道："事情已经这样，我们已经骑虎难下，为了公司的未来和利益，那就按照我们预定的计划实施吧。你找人去查一下那些帖子究竟是谁发布的，无论花多大的代价都要把背后搞鬼的那个人找出来，我这一辈子还没吃过这么大的亏，不能就这样算了。这也算是我对郝院长的一个交代吧。"

秦文丰出去后秦天才喃喃自语地说了一句："为富不仁……现在看来也没有全然说错。"

第十章

卓越给柳眉发了一条短信：调查的事情得暂时停下来，过段时间我再与你联系。短信发出后不到一分钟柳眉就打来了电话："是不是因为网上说的那件事情？"

"是的。"

"有人找你麻烦了？"

"不是。我得去把背后搞鬼的那个人找出来，还要花时间去把病人昏迷的原因搞清楚。所以，调查的事情只能暂时停下来。"

"需要我帮你做些什么吗？"

"这件事情你帮不上忙。"

"或者我继续你的那项调查吧。可以吗？现在我已经知道调查的内容了，主要就是要拿到被调查者的体检资料，还有就是他们的心理状况。"

"不可以。首先我不能把名单交给你，其次你一个人去做那件事情我不放心。你那么漂亮，万一遇到坏人了怎么办？"

"你那边的事情需要多久才可以办完？"

"不知道。但我希望能够在一个月之内有结果，不然的话就没有多少意义了。"

"一个月……好吧，我等你。"

她的声音真的很好听，电话里比当面听更动人心弦。卓越知道，这是因为手机听筒里面的声音直接进入到耳朵里的结果，以至于她音质中最美的东西都没有丢失掉。她的声音总是能够让卓越的内心很快平静下来，但同时让卓越隐隐有些害怕，因为他每一次感受到这种美好的时候都会情不自禁地想起夏丹丹。

江晨雨的手上已经有了一份专家名单，其中包括脑外、神内、妇科，这些人的基本情况都是从网上得到的。她歉意地对卓越说道："我不认识互联网方面的朋友，所以……"

卓越说道："刚才我已经想过了，或许网络炒作的事情根本就不需要我们去调查。郝院长对记者们说的那番话会起作用的，而且我觉得秦天也不会对这件事情就此罢休。我们还是集中精力去搞清楚秦雯昏迷的原因吧。"

江晨雨指着名单上那些专家的名字，问道："我们是按照这个顺序开始去咨询吗？你还有别的什么想法没有？"

卓越回答道："只能这样了。我一直在想，秦雯的昏迷肯定是有原因的，可是为什么就连郝院长那样的脑外科专家都寻找不到原因呢？"

江晨雨也道："是啊，这是为什么呢？"

卓越摇头说道："我就是没有想明白啊。"

江晨雨愣了一下，忽然就笑了："你这话等于没有说。"

卓越也不好意思地笑了起来，说道："那好吧，我们先去拜访医科大学附属医院的曲教授。"

曲意非是国内神经内科方面首屈一指的专家，卓越看到名单上这个名字的时候第一反应就是紧张，不过还是选择了首先去拜访他。万一直接就从他那里得到答案了呢？

到了附属医院后才得知曲教授正在大学那边做学术讲座，两人立即去往医科大学校园，因为他们没有入场券，被保安拦在了学术会议中心外边。卓越苦笑着说道："我们就在校园里面走走吧，这时间过得真快啊，一晃就这么多年过去了。"

　　江晨雨看了他一眼，笑道："年纪轻轻的怎么这么多感慨？我明白了，你肯定是想起了曾经在校园里面恋爱的日子。卓越，以前是不是夏医生追求的你？"

　　卓越试图岔开话题："我们不谈这个好不好？我只是感叹时间过得太快而已。"

　　江晨雨看着他，怪怪地笑，说道："你干吗回避谈这样的事情？嗯，很可能……"

　　卓越急了："好了好了，你别分析了。你呢？我都从来没有问过你的过去。"

　　江晨雨的表情瞬间变得黯然，目光中刚才的神采已经不再。卓越歉意地道："对不起……"

　　江晨雨默然了好一会儿之后才幽幽地说道："有时候我就想，为什么我和别人不一样呢？这些年来我好像什么都不顺利，现在又让父亲失去了工作，而且我都不知道应该如何去面对他。"

　　卓越完全能够理解她的心境，也正因为如此才在她面前刻意回避这个话题，想不到刚才无意中的一句话还是触及了她内心的伤痛。卓越劝慰道："其实并不是每个人都很顺利，说不定也有很多人羡慕你呢。你长得这么漂亮，在国外接受过高等教育，现在又是三甲医院的医生。有句话是怎么说的？心里有阳光，看到的什么都灿烂，心里充满着阴暗，眼前什么都是迷惘……我想起来了，心若向阳，春暖花开；心若向暗，不竭不散。你说是不是这样的？"

　　江晨雨"扑哧"一声笑了，说道："好像你说得也很有道理。我没事，就是有时候心里缺乏阳光。"

　　卓越趁机道："所以我觉得你应该放弃独身主义的念头，找一个合适的男朋友，也许你今后的生活就会因此变得阳光起来的，那样的话遇到困难的时候至少还有一个人会替你分担。"

　　江晨雨不说话，过了好一会儿才轻轻叹息着吐出一句话："如果一个人的心死了，还能活转得过来吗？"

其实卓越早已预料到她可能是这样的情况，此时听到她亲口说出来，也就可以有的放矢了。卓越笑了笑，说道："心是不会死的，只不过是你暂时把自己这方面的希望封闭起来罢了。你不给别人追求你的希望，你自己的希望又从何而来呢？你说是吧？"

江晨雨看了他一眼，忽然就笑了，说道："你这个当媒人的倒是尽心尽力，不过我现在真的没有一丁点那方面的心思。以后再说吧，也许是真的还没有遇到自己的另一半。"

她的话向卓越传递出了一个非常清晰的信息：也许今后可能会谈恋爱，但她心目中的那个人绝不可能是雷达。不过这样也好，至少雷达从此之后不用再生念想了。

两个人在校园里面转了一会儿后回到学术厅外边，过了不到半小时曲教授的学术讲座就结束了，一群人纷纷攘攘而出，卓越听到几个人在议论："今天的收获太大了，以前没有搞明白的东西一下子就贯通了。""是啊，曲教授每一次的讲座都会有全新的东西，总能够让人感到耳目一新。"

很快地，卓越就见到曲教授在几个人的陪同下从里面走出来，急忙快步朝他走了过去，到了面前说道："曲老师，我，我是某某医院生殖中心的医生卓越……"他难免还是有些紧张，不过很快就克服了，"她是我的同事，江晨雨。"

曲意非朝他们两个人微笑着，问道："找我有什么事情吗？"

卓越道："有件事情想请您帮个忙，我们科室有个病人……"话未说完就见曲意非恍然的样子，随即就听他说道："卓越、江晨雨，我就说这两个名字怎么这么熟悉呢？网上闹得沸沸扬扬的不就是你们吗？我知道你们找我的是什么事情了，你们汤主任来找过我，病历我也看过了，可是我到现在为止还给不出一个明确的诊断意见。"

学术成就越高的人往往没有架子，反而会比其他人更和蔼可亲，看来确实是如此。卓越更加恭敬，问道："像这样的一个病人，忽然出现昏迷不醒总是有原因的吧？曲老师能不能给我们大概指一个研究的方向？"

曲意非的眉头一下子皱在了一起，卓越有些忐忑地看着他，见他不像是在生气，而是在思考，这才暗暗松了一口气。一小会儿之后，曲意非的眉头才慢慢舒展开来，说道："你刚才的这个问题提得非常好，是啊，病人出现那样的情况总是有原因的啊，可是，其中的原因究竟是什么呢？"他朝卓越微微一笑，"也许你们应该从病史上着手。对，就是病史。这个病人到你们医院是做试管婴儿的，所以你们在询问病史的时候难免会遗漏掉与试管婴儿无关的关于病人的过去病史。比如是否有过寄生虫感染史、传染性疾病史等等，也许答案就在其中。"

当时的病历是江晨雨写的，此时一听曲意非这样讲，这才意识到自己当初在询问秦雯病史的时候确实是太过粗疏了，脸一下子就红了。卓越却顿时有了一种豁然开朗的感觉，他真挚地朝眼前这位德高望重的专家鞠了一躬："谢谢曲老师，我明白了。"

看着卓越和江晨雨离去的背影，曲意非对身旁的那几个人说道："这个小伙子很聪明，而且也很有想法，难怪郝书笔要不顾一切保护他。"

旁边的人笑着问道："您是不是动了爱才之心？要不您去给上面说一声，把他调到我们医院来好了。"

曲意非摆手道："我们医院的试管婴儿技术可赶不上人家，这样做岂不是就毁了一个人才？"

"其他的专家我们就不用去拜访了？"江晨雨问卓越道。

"我们应该相信曲教授的判断。专家之所以是专家，除了他们拥有雄厚的理论基础和超强的科研能力之外，丰富的临床经验更是他们最大的优势。"

"可是，如果是寄生虫感染的话，秦雯的脑部应该存在着一个阴影团，但是到目前为止并没有发现那样的东西。"

动物的大脑有着极强的自我保护功能，除了脑膜球菌等非常特殊的细菌，其他细菌、病毒和寄生虫是很难穿过数道屏障进入其中的。然而任何事情都可能存在着例外，小概率事件有时候偏偏会发生，有时候细菌、病毒或者寄生虫竟然能够穿过数道屏障然后进入大脑。不过江晨雨说得对，出于大脑自我保护的另一种功能，当这些东西侵入大脑之后，大脑组织会马上发出反应，立即生产出一些物质将它们包裹起来，于是就可能会形成囊肿样的东西。

卓越想了想道："没有任何事情是绝对的，也许秦雯的情况就非常特殊。"

江晨雨问道："你的意思是说，我们从现在开始就集中精力调查秦雯的病史？那么，我们应该先去找谁呢？"

卓越回答道："当然是先去问她的丈夫……"这时候他忽然意识到秦雯的事情已经对江晨雨产生了心理阴影，笑着说道："我去把他约出来，说起来你还应该感谢人家才是，如果不是他客观公正地讲出了当时的情况，你的遭遇可不会像现在这样。"

江晨雨感叹道："是啊，我也没有想到。"

卓越本来想和她开一下玩笑，忽然觉得不合适，急忙闭紧了嘴巴。

作为丈夫，苏文浩绝对算得上尽职尽责。秦雯昏迷后他就一直待在病房，每天坚持着定时给妻子做按摩，而且洗脸洗脚都是他亲力亲为。也许是他的这份真心感动了丈母娘，邱林萍也就没有再对他有太难看的脸色。

卓越是通过护士将他叫出来的。见面后卓越对他说道："我和江医生想请你吃顿饭，顺便想问你一些关于秦雯的事情，不知道你有没有时间？"

苏文浩摇头道："吃饭就用不着了，当时我也是觉得你们挺不容易的，而且秦雯她，她有些要求是过分了些，所以才如实地说了当时的情况，如果我去和你们一起吃饭的话，有些事情就说不清楚了。"

卓越这才意识到自己把事情想得太简单了，眼前这个富豪家的女婿，他的为难之处是能够想象到的。卓越歉意地道："对不起，是我们考虑得不周全。那这样吧，你看什么时候有时间？我们想重新询问一下秦雯的病史。"

苏文浩问道："大概需要多少时间？"

卓越想了想，回答道："一个小时的时间应该足够了。"

苏文浩看了看腕表，卓越注意到，那是一款价格非常昂贵的奢侈品，他也只是在网上看到过图片。苏文浩说道："现在就可以。"

卓越道："那我们去医院外边的那家咖啡厅吧，可以吗？"

苏文浩没有反对。卓越即刻给江晨雨打了个电话，然后和苏文浩一起到了他刚才所说的那家咖啡厅，两个人坐下后卓越歉意地道："我们也没有预料到会发生这样的情况，现在想起来当时我们的方式方法确实也有些问题。在这里我先向你道歉，同时也非常感谢你为我们所做的那一切。"

苏文浩苦笑着说道："其实你们并没有做错什么，这一点我最清楚。如果真要怪的话，就只能怪命，在命这个东西面前我们都非常渺小。"

卓越感觉到他的话似乎另有所指，问道："你说的这个命其实也包括你和秦雯的婚姻，是吧？"

苏文浩微微点头，道："是啊，她曾经对我说，也许是上辈子她欠我的，所以这辈子必须要还给我。当初她家里的人那么反对我们俩的事情，可是她却非得要和我在一起。其实我……我并不是特别喜欢她，不过她当时为了我所做的一切真的让人感动。"

这个人的内心积郁着许多从未向他人吐露的东西，所以此时才迫不及待想要倾诉一番。不是因为他对自己信任，而是他的内心再也无法承受。卓越非常清楚地意识到了这一点，说道："是啊，两个人的事情有时候确实说不清楚。我和我女朋友已经认识很多年了，但是我觉得我们之间似乎并没有想象中那么浪漫，一切都是那么平淡，有时候我都开始怀疑这份感情是不是真的了，不过我还是宁愿相信那是真的。"

苏文浩没有想到卓越会忽然谈及自己的事情，感到诧异之外顿时就明白了对方的想法：他希望用他的真诚获得自己更多的信任。苏文浩克制着内心倾诉的欲望，问道："是吗？"

卓越点头道："是的。因为我知道她的心里只有我，而我的心里也有她。这就足够了，你说是不是？"

想不到苏文浩却摇头说道："你还没有结婚，所以在这个问题上比较理想化。更何况秦雯的家庭是那样与众不同，所以……"说到这里，他忽然想起一件事情来，"卓医生，麻烦你给江医生说一声，我只想和你好好聊聊，我们正在谈的是男人之间的话题，所以……"

卓越明白了，眼前这个人确实需要倾诉。无论是从了解秦雯过去病史还是其他事情，这都是一个难得的机会。卓越点了点头，很快给江晨雨拨通了电话："我想和他单独谈谈，然后我们再联系吧。"

江晨雨有些生气："你干什么呢？"

卓越也没有多说什么："再联系吧。"然后就直接挂断了电话。苏文浩却明白了卓越刚才话中的意思，更加觉得这个医生不错，不过他还是有些不大放心，问道："你不会把我们谈话的内容告诉她吧？"

卓越笑道："你不是说了吗，这是男人和男人之间的话题。"

苏文浩忽然就笑了，说道："卓医生，你知道我为什么信任你吗？原因很简单，你们这里的医生和护士都经常议论你，说你不但长得帅而且技术过硬，还很可能成为汤主任的接班人。我心里就想，既然是汤主任看上的人，想必人品肯定是不错的，应该是一个值得我信任的人。而且从刚才我们两人之间短短的交流来看，你确实是一个可以信任的人。"

卓越没想到他会把话题扯到自己身上，苦笑着说道："今后的事情谁说得清楚呢？我只是想做一个合格的医生，仅此而已。谢谢你对我的信任，我们还是继续前面的那个话题吧。"

经过刚才那样一打岔，苏文浩倾诉的欲望一下子就减弱了许多，问道："你不是要问雯雯的病史吗？"

卓越虽然对苏文浩与秦雯的事情有些好奇，但这件事情毕竟不是他需要关心的正事，此时见对方不再有继续谈那个问题的兴致了，也并不十分在意，随即问道："秦雯不能怀孕的原因我知道，主要是因为多年前她感染过结核，造成了输卵管粘连。据你所知，她的身体还有其他的问题吗？"

苏文浩回答道："我听她和她妈妈说过，她从小身体都不是很好，除了小时候感染过结核之外，还经常发烧，三天两头要去儿科看病，主要是扁桃体发炎什么的。我和她在一起后倒是没有发现她经常生病，似乎一直都很正常。后来才发现她怀不上孕，然后到医院检查才知道是她的问题。"

卓越看着他问道："其实，你对她过去的病史也并不是特别了解，是吧？"

苏文浩讪然一笑，道："两个人在一起会经常说小时候生病的事情吗？"

卓越在心里不以为然，至少他和夏丹丹以前就经常谈及。这和他们两个人的职业应该没有关系，而是因为恋人之间无话不谈、亲密无间。此外，两个人在一起的时候也不可能永远都是卿卿我我、浪漫无边，柴米油盐、家长里短也会时常谈及，这似乎才是最正常的状态。当然，卓越并没有将自己的想法讲出来，因为他已经知道眼前这个人和他的妻子之间似乎并不是那么和谐。也许这并不是他们两个人之间的问题，可能因为秦雯的家境和地位。

卓越并没有就此结束两个人的谈话，他对苏浩然说道："你再想想，秦雯还得过其他疾病没有？"

苏文浩摇头道："我和她在一起后她的身体一直很健康，最多也就是偶尔感冒发烧。"

没有获得多少有用的信息，卓越有些颓丧，说道："那好吧，如果你想起了什么来，可以随时到实验室来找我。"

苏文浩歉意地道："对不起，我们的事情让你和江医生都受到了不公平的处分，郝院长也因此辞职，我代表雯雯向你们道歉。"

卓越看着他，说道："这些都已经不重要了，重要的是尽快搞清楚你妻子的病因，这无论对我们还是对你妻子，才有意义。你说是吧？"

这时候苏文浩忽然莫名其妙地说了一句："对你们来讲，最多也就是委屈一时，可是我呢？这一辈子都可能一直这样了。"

卓越不解地问道："你这话的意思是……"

苏文浩苦笑着说道："你不明白的，除非是有一天你和我一样娶了一个富家女做老婆，才会真正懂得。"

听他这样一讲，卓越倒是有些明白了：说到底这就是一个屌丝娶了一位豪门女子，从此以后屌丝就开始了没有尊严的生活，电影电视剧里这样的桥段经常出现。不过这样的情况也很正常，艺术毕竟是来源于生活嘛。不过现在卓越再也没有想听他倾诉的兴趣了，说道："那就这样吧，谢谢你告诉了我这么多的情况。"

苏文浩的眼神带着一丝犹豫，说道："好吧，那就这样。"

江晨雨见到卓越的时候脸色有些难看，很显然，她还在为刚才的事情生气。卓越向她解释道："其实是他对我说不要让你来的，我感觉得到，他有很多事情想要向我倾诉，不过后来他又克制住了倾诉的欲望，我对他的那些事情也不是特别感兴趣。"

江晨雨诧异道："他要向你倾诉？为什么？"

卓越笑道："人家看见我的第一眼就觉得可以信任，我也没办法。"

江晨雨夸张地一哆嗦："切！你们可都是男人呢……"顿时就笑，"那么，你从他那里得到有用的信息没有？"

卓越这才明白她并不是真的在向自己生气，她刚才难看的脸色或许只是一种提醒，也可能是为了表明她的态度。卓越摇头道："我感觉得到，他和秦雯之间的感情有些问题，至少他的感情不如秦雯那么纯粹。"

江晨雨明白了，说道："婚姻本来就讲究门当户对，出现这样的情况也很正常。"说到这里，她的神情忽然变得有些紧张起来，"所以，接下来我们应该去拜访秦雯的父母？"

卓越点头道："准确地讲，我们应该去拜访她的母亲。我们可以想象到，多年前秦天开始创业，而两个孩子都是由他妻子带大，所以，最了解孩子身体健康状况的应该是她。当然，如果你觉得不方便和我一起去的话也没有关系。"

江晨雨摇头道："不，我要和你一起去，我自己的事情不能逃避。"她看着卓越，"你真的能够知道别人在想什么？"

卓越笑了笑，摇头道："我哪有那么厉害？将心比心而已。"他看了看时间，"走吧，我们去吃饭，家常菜。"

江晨雨掩嘴而笑，说道："我知道你和夏医生经常去那个地方，要不你把她也叫上？"

卓越心道：最近发生了那么多的事情，我哪里还有那份心思？说道："不用了，我们去那里吃完饭后休息一下，下午就去拜访秦雯的母亲。"

两个人到家常饭馆的时候还没有到医院下班的时间，楼下吃饭的人倒是不少，老板娘看到卓越和江晨雨的时候嘴巴一下子变成了"O"形："就你们二位？"

卓越不明所以，微笑着问道："是啊，有什么问题吗？"

老板娘看了一眼楼上，眼神怪怪的："没事，你们要吃点什么？"

此时无论是卓越还是江晨雨都反应过来了，两个人快步上楼，一眼就看到空落落的二楼角落处正坐着两个人：夏丹丹和孙鲁。

整个上午夏丹丹都处于浑浑噩噩、内心惶恐忐忑的状态，事情的发展完全超出了她的预料。从未经历过这等大事的她实在是难以承受如此结果所带来的巨大压力。

其他医生的医嘱早已开完，护士已经按照当天的医嘱开始给病人发药、输液，可是夏丹丹的医嘱只完成了一半。小章等候了好一会儿却见夏丹丹一直在那里呆坐着，提醒道："夏医生，你今天的医嘱什么时候开完啊？"

夏丹丹这才从恍恍惚惚的状态中清醒了过来。开医嘱虽然是一件常规简单的事情，但却不能有半点的马虎，不一会儿，她终于完成了全部医嘱，随后又仔细检查了一遍，这才交给小章，同时吩咐道："17床的病人要按时测血压、量体温，19床的病人做一个心电图……"

清醒过来的夏丹丹开始思考眼前发生的这一切，直到此时她才忽然意识到自己很可能被孙鲁利用了，心里顿时愤恨不已。从医生办公室出去后，她找到一处僻静的地方，很快就拨通了孙鲁的电话，质问道："你究竟是什么用心？为什么会出现这样的结果？"

孙鲁很是低声："我的姑奶奶，我在医生办公室呢。你等会儿，我出来给你说。"一小会儿之后，夏丹丹听到对方说道："我这完全是为了帮你啊，谁知道最终会是这样一个结果？"

夏丹丹怒道："明明是你在利用我！你就是想让卓越恨我，你这个人太下作了，我恨死你了！"

孙鲁不住叫屈："什么叫我利用你？这件事情我完全可以私底下就去做了，根本就不让你知道，你说我利用你什么了？我让你知道只不过是要先得到你的同意，如果你不同意的话我根本就不会去做！还有，为了这件事情我可是自己掏腰包花了好几万块，你说我这都是为了什么啊？！"

夏丹丹愣了一下："几万块？什么几万块？"

孙鲁哭笑不得，道："请人发帖、雇用那么多的水军难道不需要花钱啊？那么多人一晚上没有睡觉，一下子就把这件事情炒作成了热门话题，你以为那些人平白无故就会帮这个忙啊？也就只有我才会不计较一切地帮你，想不到还被你这样误会……"

夏丹丹一下子就呆住了，正准备挂断电话却听到孙鲁说道："我们当面说吧，马上要下班了，我们现在就去外边那家家常菜馆，这时候那地方不会有别的什么人，有些事情我得当面和你说清楚，免得你继续误会下去。"

是要当面说清楚，还有接下来的事情……夏丹丹的心早已乱了，想也没想就说道："好吧，我马上就去。"

　　家常菜的老板和老板娘当然是认识夏丹丹的，她经常和卓越一起到这地方来吃饭，这一对恋人在一起早已成了老板和老板娘脑海里固定的画面，此时见夏丹丹身边的男人换成了另外一个，诧异之余很快就有了一个合理的解释：谁没有自己的朋友？想不到十多分钟之后卓越也来了，而且身边还带着一个漂亮女人，于是老板娘也就忍不住说了那样一句话。

　　如果说眼前的情景卓越一点不在意的话肯定是假的，他毕竟是男人，而且还明明知道孙鲁一直在追求夏丹丹，不过他还是能够保持最起码的冷静。当卓越看到夏丹丹和孙鲁的时候夏丹丹也敏感地将目光朝他所在的方向看过来，一下子就莫名其妙地心慌起来，问道："卓越，你怎么来了？"

　　卓越微微一笑，回答道："我也来吃饭啊。你们在谈事？没事，你们继续谈，我和江医生随便吃点东西还要去办点事。"

　　夏丹丹听得出卓越的话中带有一股浓浓的醋意，心里一下子就不再像刚才那样慌了。见到江晨雨和他在一起也没有吃醋的感觉，起身来到卓越面前，亲热地挽住他的胳膊，腻声说道："既然你来了，那我们一起吃饭吧。好不好？"

　　卓越看着孙鲁："不影响你和他谈事吧？"

　　夏丹丹对"谈事"这两个字特别敏感，此时听见卓越再一次提及，急忙解释道："我们就是在一起讨论一下我一个病人的病情，没别的什么事情。"

　　讨论病情找他？科室主任不是更好吗？卓越一下子就听出了夏丹丹在撒谎，不过也不便揭穿，点头道："好吧。"转身对正在楼梯口处看热闹的老板娘说道："我还是要经常吃的那几道菜，再加一份海带汤。对了，一会儿我结账。"

　　原来这一对儿没事，老板娘乐呵呵地去了。

　　卓越这才笑着问孙鲁："孙医生，最近忙吗？"

　　孙鲁感到浑身都不自在，硬着头皮回答道："反正都是那样，这个季节病人不是最多的，相对清闲一些。卓医生、江医生，你们都还好吧？"

卓越实话实说："我们都被停止了当医生的资格，心里腻味得慌，所以我和她商量了一下，决定尽快想办法找出那个病人昏迷的原因。"

夏丹丹这才明白卓越为什么会和江晨雨在一起，心里更加释然。江晨雨一下子明白了这是卓越变相在向夏丹丹解释，也就微微一笑表示他说的是事实。孙鲁却很是诧异与好奇，问道："你们准备从什么地方入手？"

卓越摇头道："这不是正在商量吗，目前还没有什么好的办法。孙医生，你有什么好的建议吗？"

孙鲁尴尬地道："那么多专家都诊断不了的病情，我还能够有什么建议？卓医生、江医生，不是我在这里说风凉话，这件事情不是你们以为的那么简单，我觉得你们没有必要去做这种徒劳无功的事情。"

卓越不以为然地道："做不做是一种态度，至于结果是什么反而并不重要了，你说是不是？"

孙鲁不语，心里却在暗暗鄙视着这个人看多了心灵鸡汤：漂亮的话谁不会讲啊？想必夏丹丹就是这样被他给迷惑住的。

这顿饭并没有吃多少时间，孙鲁要主动结账却被卓越挡住了。他振振有词地道："我们四个人，其中一个是我女朋友，另一个是我科室的同事，怎么能让你结账？"

孙鲁尴尬不已，连忙说道："好吧，那我下次请你，不，请你们。"

卓越开玩笑道："只要不单独请我女朋友就行。"

旁边的江晨雨轻笑不已，夏丹丹心里感到既甜蜜又紧张：千万不要让他知道了那件事情。而此时，孙鲁的心里却充满矛盾：在开始实施这个计划的时候他本来是想找个机会将实情透露给卓越的，但没想到事情发展到了郝书笔引咎辞职，在这样的情况下他也开始紧张起来。孙鲁的心里十分清楚，一旦自己暴露必会引起公愤，后果将不堪设想，他约夏丹丹出来的目的就是要提醒她千万不要把这件事情告诉任何人。

医　术

　　医院下午上班的时间是两点半，时间一到两点钟整栋公寓就会从静谧中苏醒过来，医院里也会骤然间出现许多穿白大褂的人朝各个科室鱼贯而入。而就在这个时间点，卓越和江晨雨一起走出了医院的大门。

第十一章

秦天的别墅坐落在穿城而过的大江北岸，临崖而建。山崖高约三百尺，其后地势平坦，与城市的整个北岸融为一体。别墅所在的区域也是秦霸集团的产业，属于高档住宅小区，占地近千亩。

小区的管理很规范而且严格，卓越和江晨雨用身份证登记后才被允许进入。小区里面的绿化园林设计非常独特，与许多小区的绿树成荫截然不同。小桥流水，青竹茵茵，雕塑随处可见，人文气息十分浓厚。小区最外面是一栋栋花园洋房，一直往里面走了大约十分钟后就变成了一栋栋别墅，别墅之间的间距比较宽阔，一看就知道价值不菲。

两个人一直朝着江岸的方向走去，终于看到了那栋位于悬崖边上的独栋别墅。别墅的外边有一个门岗，卓越上前对保安说了意图，保安看他们两人的时候目光是斜上三十度的，语气也很是傲慢："你以为随便什么人都可以进去啊？"

江晨雨最是看不惯这种狗眼看人低的奴才嘴脸，说道："我是秦天女儿的住院医生，秦天女儿在我们医院昏迷不醒，我们可是专程为了这件事情来的。"

保安的态度依然傲慢，说道："每个想要进去的人都会讲出各种理由来，里面的主人没有发话，我是不可能放你们进去的。"

江晨雨顿时气急，这时候卓越从钱包里面取出两百块钱来朝保安说道："麻烦你通报一下，就说秦雯的医生专程来拜访他们。"

保安脸上的傲慢一下子就没有了："那，我打个电话试试。"

电话响起的时候邱林萍正在熨衣服。家里有两个保姆，但丈夫的衣服从来都是她自己打理。电话是其中一个保姆接的，她不敢拿主意，就直接跑到了楼上问邱林萍，邱林萍一听，想也没想就回了一句："不见，竟然跑到家里来了，真是烦死人了！"

保姆转身出去，下楼后拿起电话正准备说话，这时候就忽然听到楼梯口处的邱林萍说道："让他们进来吧，我倒是好奇，他们跑到我家里来干什么？"

保安笑着对两人说道："你们进去吧，里面的主人同意了。"他在说话的时候双眼盯着卓越手上的那两张钞票。

江晨雨伸出手去将钞票拿过来直接装进了自己的腰包，笑着对卓越说道："明天中午的饭钱有了。"

保安目瞪口呆地看着两个人朝里面走去却不敢阻拦。卓越低声对江晨雨道："你这样做不大好吧？"

江晨雨故意将声音说得有些大声："吃拿卡要，就是你这种人给惯出来的！"

卓越依然低声说道："我真的觉得你这样不好。你想想，他在这地方工作，出入的都是有钱人，心理落差必然很大。我们的目的是搞清楚秦雯的病因，花费这点钱无所谓。"

江晨雨虽然觉得他说得也有道理，不过嘴上依然说道："反正我就是看不惯这样的人。"

卓越笑了笑没再说话。江晨雨情绪化很明显，估计与最近发生的一切有着很大的关系。

从门岗进去后走了大约二十米就到了别墅外边，从这个角度看去，眼前的这栋建筑比较寻常，也就一楼一底，紧闭的铁栅栏里面是一个院坝，正对面是一道宽阔的木质大门。建筑呈反"U"形，左侧是车库，里面停有一辆黑色的轿车，右侧的屋顶有一个烟囱，估计是厨房。第二层的窗户全是窗帘，看不清里面的究竟。卓越在铁栅栏旁的柱子上找到门铃按钮，大胆摁了一下，不多久正对面的大门就打开了，一位四十多岁的女人出现在眼前。

"这不是邱林萍。"江晨雨低声对卓越说道。卓越点头。眼前这个人的穿着打扮一看就是保姆。

那保姆模样的人问道："你们是小姐的医生？"

卓越点头道："是的。我叫卓越，她叫江晨雨。"

保姆转身摁了大门里面的一处按钮，卓越和江晨雨面前的铁栅栏慢慢朝着一侧方向收缩进去，两个人一起进入。到了大门处，保姆很有礼貌地躬身道："二位请进。"

卓越进入到里面，一下子就被眼前的景象惊呆了。江晨雨也是如此。原来，大门里面只是一个通往两侧的走道，而数米之外竟然是一个大大的客厅，客厅的正面及左右都是落地玻璃窗，从上到下有数米之高，正因为客厅上方极其空旷的空间才给人以如此震撼的视觉效果。此外，从他们所在的地方还可以看到客厅左侧的外边如玉一般的巨大游泳池。

在保姆的引导下，两人乘坐电梯下了两层楼，从电梯出来后才发现已经站在刚才看到的客厅里。客厅里除了摆放在正中的那套漂亮的进口沙发之外再无别的东西，这种简洁的美更能震撼人的内心。卓越心想，这绝不是秦天和邱林萍的素养能够做到的。

保姆客气地请他们坐下，这时候另外一个保姆给两人泡来了茶，说道："太太在忙，你们等一会儿。"

说完后两个保姆很快就离开了，只剩下卓越和江晨雨两个人孤单地坐在那里。江晨雨撇嘴低声道："她忙什么忙？不就是想给我们一个下马威吗。"

很可能就是这样。卓越心道，嘴上却笑着说："富豪住的地方就是不一样啊，这房子起码有好几千平方米。"他指了指外边，"你看看下面的江景……要是到了晚上，坐在这里一定会陶醉其中。"

江晨雨撇嘴道："这么大一栋房子，还有游泳池，他们的两个孩子都那么大了，肯定不会都住在这里，老两口加两个保姆住着也够冷清的。人啊，太有钱了也不好，为了脸面不得不住这样的房子，住在里面其实并不舒服。"

卓越禁不住就笑了，说道："有钱人的生活我们不懂，还是不要随便评论的好。"

两个人就这样闲聊着，大约过了半个小时邱林萍终于出现在二楼的楼梯口处，冷冷地道："你们跑到这里来干什么？"

卓越还是礼貌地站了起来，说道："我们来的目的就只有一个，就是想搞清楚秦雯昏迷的原因。"

邱林萍怔了一下，冷笑着说道："那么多专家都没搞明白，就你们两个？"

卓越不卑不亢地道："您能下来和我们好好聊聊吗？我们来找您当然是有缘由的。"

邱林萍从上面下来了，坐到沙发上，跷起了二郎腿，道："说吧，我想听听你们所谓的缘由。"

江晨雨一见到这个女人就觉得浑身不舒服，情绪也一下子变得糟糕起来，禁不住就说了一句："秦雯可是你的女儿，我们也是为了她才来找你的，而不是来求你什么。"

邱林萍一下子就怒了："如果不是你，她会出这样的事情吗？我们没有和你计较你竟然不领情。我告诉你，如果不是我们家秦天心肠好，你早就被开除了！"

江晨雨气极，反笑道："呵呵！好像医院是你们家开的一样！你们家有钱就了不起啊？嗯，好像还真是了不起，我们院长都被你们逼得引咎辞职了……"

卓越见这两个人一见面就吵了起来，急忙道："江医生，克制一下。秦太太，您也先不要生气，听我先把话说完好不好？"

邱林萍指着江晨雨："让她先离开再说！"

江晨雨猛地站了起来，大声道："我还不想再在这里待下去了呢。"说着，根本就不听卓越的劝阻，直接进入到了电梯里。邱林萍指着电梯的方向，愤怒地对卓越说道："你看看，如果不是她这样的脾气，我女儿会变成现在这个样子吗？"

卓越没有理会她的这句话，自顾自地说道："我和江医生一直在想，虽然那么多的专家都给秦雯会诊过却依然找不到原因，但这并不能说明她的忽然昏迷是没有原因的，也许是他们都忽略了某些个关键的问题。后来我们找到了最有名的神经内科专家曲意非教授，他的一句话一下子提醒了我们。他说，秦雯的病因很可能与她以前的病史有关系，于是我们才想到了来找您了解情况。"

邱林萍开始的时候并没有特别在意卓越的自言自语，不过她很快就听明白了其中的意思，急忙问道："病史？"

卓越点头，道："您看是不是应该把江医生请回来呢？"

邱林萍顿时明白了卓越的意图，冷冷地道："非得要她和你一起？"

卓越正色地道："秦雯是她的病人，我只不过是陪同她来的。您看着办吧，不然的话我也只好离开这里了。"

邱林萍纠结了片刻，这才朝着里面叫了一声："张妈，去把江医生叫回来。不，去请她回来。"

母亲吃了一辈子的苦，前些年为了要孩子搞得家徒四壁，母亲也因此遭受了不少的罪，想不到家里终于有钱了，母亲的身体却一天不如一天。曾玉芹决定给母亲大办一场葬礼，一是为了让母亲风风光光地走，二是因为曾玉芹骨子里的要强，农村的红白喜事都关系到一个人的脸面。

曾玉芹请来了乐队和戏班，在村里摆起了流水席，亲戚邻里都来吊唁。曾玉芹在母亲的棺材前大哭了一场，随后就去招呼前来吊唁的客人。这时候李洪坤将她的手机递到了她面前，说道："刚才一直在响，不知道是哪个打来的。"

曾玉芹看了看，发现未接电话显示的是同病室病友的号码，心想必定有什么急事，拨打回去后就听对方说道："管我们的卓医生出事了……"

曾玉芹这才明白她离开医院时卓越那句话的真正含义，挂断电话后禁不住就骂了一句："有钱人没几个是好东西。"

你现在不也是有钱人了？旁边的李洪坤暗暗觉得好笑。

前来吊唁的人不少，曾玉芹觉得很有面子，带着丈夫一路感谢过去。这时候一个女人过去对她歉意地说道："家里有点事情，我们得先回去了，我们实在帮不上忙，你千万不要见怪。"

曾玉芹见是自己的表姐，心里顿时就不高兴起来："我妈在世的时候没少对你好，现在她不在了，你竟然不给她送葬？"

表姐苦着一张脸说道："我也想给姨送葬啊，可是我们那一片正在拆迁，开发商的补偿那么低，现在就剩下我们几户没有搬迁了，你姐夫都没敢出门，万一他们趁这个时候把我家的房子拆了怎么办？"

曾玉芹以为她在撒谎，冷笑道："现在可是法制社会，谁那么胆大敢随便拆你家的房子？！"

这时候周围的人都用异样的眼光看着表姐，表姐急了，说道："我真的没有骗你，那开发商可不是一般的人，秦霸集团你知道吧？推土机都开到家门口来了，要不是我们天天守在屋里面，他们早就把房子给推平了。"

曾玉芹忽然间想起刚才病友打来的电话，怒道："果然是黑心的资本家，你千万不要答应他们，如果你缺钱我给你。我就不相信了，他就可以在光天化日之下把你们家的房子给拆了！"说着，她转身对李洪坤道："去，给表姐拿两万块钱来。"

曾玉芹将钱塞到表姐手上，说道："千万不能答应他们，我这边办完了丧事就到你家里待着，如果他们敢拆你的房子我们就和他拼命。你要是厌了，到时候可得加倍赔我的钱。"

旁边的李洪坤哭笑不得：她这又是闹的哪一出？

秦文丰从父亲的办公室出来直接就去了江南的那个项目所在

地。这座城市的开发已经延伸到了三环，而这个项目就在三环未来的一个地铁站附近，而且还是已经建成的大学城与主城区的连接地带。当初秦霸集团与另外两家地产公司为了这个地块竞争非常激烈，竞拍的时候可谓是惊心动魄，最终还是秦霸集团实力雄厚，以高出市场价格许多的喊价一举击败了对手。

这确实是一个黄金地段，然而最大的问题是拆迁的难度。近些年来，随着房地产市场不断升温，拥有土地的拆迁户期望值也不断增大，钉子户的问题也就越来越多。本来秦霸集团是完全按照国家补偿标准执行的，但是很多问题并不是那么简单。

自从大学城开始兴建，周围的农民就开始在自己的土地里栽种价格昂贵的树苗，在原有的房屋上面大量违建，还有的开挖鱼塘，养殖珍贵鱼种，由于每个人的经济状况不同，搞出的花样也就不大一样，这样就造成了同样土地面积的补偿额度出现了巨额的差距，于是钉子户也就毫不奇怪地产生了。

这个问题对任何一家开发商来讲都会感到头疼，而且随着网络技术的高速发展，政府对这个敏感问题往往采取远离的态度，开发商也不敢轻易采用野蛮拆迁的方式。秦文丰了解到所有情况后亲自走访了那几家钉子户，谈判的结果依然是不欢而散。

曾玉芹表姐家几年前栽种了大量的红枫树苗，当时省城的街道大量引进这种树木进行种植，以至于价格节节攀升，而几年过后，城市的绿化树时兴种植玉兰和银杏，红枫的价格降到了当初的一半以下，这就造成了曾玉芹表姐对补偿价格的极度不满意。

这样的情况对于开发商来讲经常遇到。开发商需要考虑的是开发成本，而且钉子户的问题还有可能延伸到那些已经签署了补偿协议的人。而对于拆迁户来讲，他们一旦失去土地也就将面临几代人生产和生活方式转型的问题，试图一次性获取最大的利益也情有可原。所以，钉子户的问题说到底就是一场与开发商的博弈。

秦文丰与几家钉子户谈判无果，在这样的事情上他非常谨慎，不敢乱来，只好暂时离开，让下面的人继续和那几家钉子户谈判。

秦文丰正准备上车的时候忽然见到一个农民正在卖刚刚从河里打来的鱼，顿时勾起了对童年味道的回忆，于是便叫一个手下买来放到车上。

当司机刚刚将车开进院坝，秦文丰就看到一个漂亮的女人正从父母的家里出来。他可以肯定，自己从来没有见过这个女人，这一瞬，他在骤然间感觉到心跳加速、口干舌燥……

这样的感觉他已经多年没有过了。

江晨雨从电梯里面出来的时候依然非常激动，其实她也知道自己刚才的愤怒源于对这个富豪家庭的厌恶，不仅仅是因为父亲的事情，还有最近发生的那一切。她有些后悔和卓越一起来这里。

从大门处出来，正见到一辆豪华越野车从外面开了进来，江晨雨视而不见，正准备直接从越野车的一侧过去，忽然就听到一个声音问："请问，你是来找我的吗？"

江晨雨抬起头来，只听这个声音就在自己的面前。眼前这个人什么时候从车上下来的她竟然不知道，不过她知道，这个人与秦家的关系必定非常密切。她并没有理会，继续朝铁栅栏的方向走去。

可是这个人却再次出现在她的面前，而且满脸关心地问道："谁欺负你了？我看你很生气的样子。"

江晨雨终于停住了脚步，抬起头来看着他："关你什么事？"

肤白貌美，气质非凡，清澈的目光中带着薄怒，这一瞬，在秦文丰的眼里顿时惊为天人。他朝江晨雨微微笑了一下，自我介绍道："我叫秦文丰，这里是我的家。我看你很不高兴的样子，作为这里的主人，我觉得有必要向你问清楚原因。"

江晨雨满脸的鄙夷："原来是秦家的公子哥儿，抱歉，我不会告诉你任何事情，请你让开。"

这时候保姆从里面出来了，先是朝秦文丰打了个招呼："少爷回来了？江医生，太太请你回去。"

她就是雯雯的那位住院医生江晨雨？秦文丰瞬间就明白了是怎

么回事，诚恳地对她说道："原来是江医生啊。我妈妈这个人有时候脾气不大好，在这里我代表她先向你表示道歉。你听听刚才张妈是怎么说的？我妈妈专门让她来请你回去，这说明我妈妈已经知道自己错了。你不知道我妈妈这个人，她可是很少向人认错的哦。江医生，你可是雯雯的医生，我们需要坐下来好好谈谈。难道不是吗？"

江晨雨没想到这位秦家的公子如此礼貌客气，一时间竟然不知道该怎么办才好。秦文丰可是情场老手，察言观色的本事远超常人，此时见江晨雨犹豫不决的样子，再一次诚恳邀请道："江医生，一会儿我让妈妈当面向你道歉。我们进去吧。"

江晨雨乜着他："她会吗？"

秦文丰点头道："会的，为了雯雯，我妈妈什么事情都愿意做。"

当江晨雨和秦文丰一起从电梯里面出来的时候卓越惊讶了一瞬，即刻就听到邱林萍诧异问："儿子，你怎么回来了？"

秦文丰笑着回答道："刚刚去了趟江南的项目工地，看到有人卖野生鱼，这东西现在可是很难遇到，所以就买了拿回家来了。"这时候他已经注意到了卓越，"想必这位就是卓医生吧？妈，这就是您的不对了，卓医生和江医生可是为了雯雯的事情专程到我们家来的，您怎么就把人家给气跑了呢？妈，您得当面向江医生道歉才是。"

儿子忽然巨大的变化让邱林萍惊讶万分，不过她很快就意识到江晨雨的漂亮，心里顿时透亮，说道："刚才我是有些激动，不过江医生也不冷静。好吧，为了雯雯，我向江医生道歉。"

江晨雨正准备说话，就听到秦文丰笑着说道："妈，您这个歉道得可是一点都不诚恳。不过我还是第一次见到您向别人道歉的，实在难得。江医生，请坐吧，有什么事情我们现在就开始谈。"

此时就连卓越都感觉到秦文丰对江晨雨的态度过于殷勤了些，微微皱了一下眉，说道："刚才我已经说过了，我们这次是专门来了解秦雯的病史的。正好秦先生也在，那就把你们知道的情况都说说吧。"

秦文丰一直觉得自己很帅，而且多金潇洒，而此时他在卓越面前却感到有些自惭形秽，不过他看得出来，卓越和江晨雨之间似乎并没有那样的关系，所以很快就不再特别在意，微微笑着道："我和雯雯都是妈妈一手带大的，所以这件事情得问我妈。"

一说到女儿的事情邱林萍就开始唠叨起来，似乎全然忘记了刚才与江晨雨之间的不愉快。卓越一直耐心地听着，发现她讲到的情况与苏文浩所说的差不多，后来邱林萍终于讲完了，卓越并没有从中得到更多的信息。卓越给了江晨雨一个眼神后站了起来准备告辞，这时候秦文丰挽留道："我买了野生鱼，就在这里吃饭吧。"

江晨雨道："不用了，说实话，我们坐在这里还真有些不大习惯。"

邱林萍差点再次发作，卓越急忙道："你们家这别墅的装修挺别致的，想必是某位知名设计师的杰作吧？"

秦文丰笑道："什么知名设计师？就是我妹夫设计的。我倒是喜欢，不过我妈觉得太简单了。"

卓越也笑，说道："其实简单也是一种美。好了，那我们就不再打搅了，谢谢你们。"

秦文丰还想再次挽留，却发现江晨雨面如冰霜的样子，说道："那好吧，欢迎你们今后常来。对了卓医生、江医生，可以留一下你们的电话号码吗？"

江晨雨对卓越道："留你的就行了。"

卓越和江晨雨离开后邱林萍用一种怪怪的眼神看着儿子，说道："你是不是看上这个女医生了？我给你讲啊，这可不行，我不同意。"

秦文丰不以为意地道："妈，现在都什么时代了？您不同意有用吗？还别说，我可是很久没有遇到让我心动的女孩子了，刚才我看到她第一眼的时候简直惊艳到我了。我决定了，从现在就开始追她！"

邱林萍气急败坏地道："不行，绝对不行。这个女的就是一妖精，你妹妹出事情就是她引起的，今天我对她算是客气的了，今后碰到她我绝不会再给她好脸色看。"

秦文丰耸了耸肩，道："无所谓啊，今后我不带她回家就是了，所以，您的想法对我来讲一点都不重要。我也走了，那些鱼留下来您一个人慢慢享用吧。"

说完后根本就不顾邱林萍的大喊大叫，直接上楼叫上司机就走了。

"这位公子哥看你的眼神不对劲。"两个人出去后卓越低声对江晨雨说道。

江晨雨冷"哼"了一声，道："你以为我看不出来啊？这人一看就是个花花公子。"

卓越笑道："被人追求是好事嘛。"忽然发现她的脸色难看，急忙转移了话题，"好像秦雯的病史也没有什么问题，是不是我们的调查方向错了？"

江晨雨皱眉道："那，我们是不是回过头继续咨询别的专家？"

卓越思索着说道："其实我还是比较相信曲教授的判断，作为一位临床经验十分丰富的专家，他的直觉也应该是非常准确的，也许问题出在我们自己身上。"

江晨雨道："可是，我们把能够想到的问题都问出来了啊。"

卓越摇头道："也许我们还真的是遗漏了什么。我看这样，我们还是再去一趟曲教授那里，专门和他探讨一下这个问题。"

两人正说着，忽然听到耳边汽车喇叭的声音，侧头去看，发现是秦文丰的车。此时秦文丰已经从副驾驶的窗户处探出头来，热情地邀请道："如果需要的话，我送你们一程？"

江晨雨没有理会他，卓越笑道："不用了，我们还有点别的事情。"

秦文丰倒是没有继续纠缠，说道："那好吧，你们去忙。"越野车一溜烟就朝前面跑了，卓越看着远去的那辆豪车，说道："也许我们误会了人家。"

江晨雨撇嘴道："误会不误会关我什么事情？"

出了小区，当两个人路过一处小饭馆的时候江晨雨一下子就笑了起来，说道："我手上还有你的那两百块钱呢，我们是不是就在这里吃点？"

这家小饭馆的味道非常不错，不过分量偏少。其实卓越早就注意到这样一个问题：大学校园外面的饭馆几乎是不讲究味道的，完全是以分量获取更多的顾客，而越是高档小区附近的饭馆往往在味道上更具特色，这其实也是一种生存之道。

吃完饭结账的时候老板报出的价格正好两百块，卓越和江晨雨同时笑了，江晨雨道："下次我请你。"

这一刻，卓越忽然有了一个奇怪的感觉：自己和江晨雨、柳眉在一起的时候似乎更有趣一些……

像曲意非这种级别的专家在医院里是有单独的办公室的，这次卓越和江晨雨去医院的时候他正好在。他当然还记得这两个年轻人，一见面就微笑着问道："怎么？这么快就有结果了？"

卓越和江晨雨都有些尴尬。卓越将两次调查的结果讲了，说道："这个病人忽然出现昏迷肯定是有原因的，但是我们却始终找不到问题究竟出在什么地方，所以特地来向您请教，希望您能够再次给我们指明一个方向。"

曲意非朝他们摆手道："我也没办法给你们指明方向，如果有方向的话我早就给你们汤主任提出诊断意见了。不过我是赞同你的这个说法的：任何症状的出现总是有原因的。医学的核心是诊断，只有在明确诊断的基础上才可以得到有效的治疗，这个道理大家都明白。但是诊断的难度就在于医生的整体水平，这其中包括理论知识的掌握程度、临床经验是否丰富，以及联想能力。"

卓越诧异地问道："联想能力？这样的说法我还是第一次听到。"

曲意非点头道："是的。再高明的医生也存在局限，无论是理论还是临床经验方面都是如此，比如说我，对神经内科方面的各种疾病可能了然于胸，但是对脑外科、胸外科、传染性疾病、妇产科等等就并不精通了，这就是局限。但是我们可以在已经掌握的知识层面上展开联想，说得通俗一点就是鉴别诊断。"

卓越明白了，问道："您的意思是说，我们找不到病因的原因还是因为我们自身的理论水平和临床经验有限？"

曲意非笑道："是的。诊断不清楚，问题的根源当然是在医生身上。正因为如此，才会出现那么多的误诊，所以，我一直都反对将误诊列为医疗事故的范畴。比如地震预报，我们总不能把地震造成的灾害全部归结于地震预测方面的工作人员吧？"

卓越唯有苦笑，江晨雨和他受处分的事情其实也是受到这种思维影响的结果。卓越的心里更是颓丧，问道："也就是说，这件事情真的就没有了别的办法了？"

曲意非却摇头，说道："鉴别诊断的核心是排除法，而排除的过程需要联想。你们才刚刚开始调查这个病人的病史，所排除掉的可能原因还不到十分之一，难道你们准备就此放弃了？"

卓越急忙道："我们并没有放弃，只是觉得希望渺茫。"

曲意非道："还有一点我得提醒你们，排除法是一种笨办法，越是复杂的病情其中的可能性就越多，所以我才使用了'联想'这个词。联想是一种发散性思维，就如同艺术创作中的灵感，科学实验中的创新。现在我们回到这个病人身上，癔症、颅内感染、曾经头部的外伤史、脑血管狭窄、内耳方面的疾病等等，都可能是造成她忽然出现昏迷的原因，要一一排除可能并不是那么容易。那么，还有别的什么办法没有呢？"

卓越的脑子里面忽然闪亮了一下，道："治疗性诊断！"

曲意非用一种鼓励的眼神看着他："你具体说说。"

卓越忽然觉得有些不大对劲，不过还是按照自己的思路讲了出来："从常规上讲，当我们面对病人的时候首先就是询问病情、常规检查，如果在此基础上不能诊断，就做进一步的各种检查，以此明确诊断，然后加以治疗。当做完了所有的检查都无法诊断的情况下也就只能采取治疗性诊断的方式，比如我们的这个病人，可以让心理科的医生对她实施暗示性治疗，如果没有效果的话也就排除了癔症的可能，接下来还可以通过脑脊液内使用广谱抗生素，以此明确或者排除细菌性感染的可能……可是，我有些不大明白，像我们这种级别的医生一时间没有想到这样的方式，专家们应该首先会想到啊。"

曲意非摇头道："你错了，越是专家往往越会忽略这样的方式，因为级别越高的医生受声名的影响就越大。治疗性诊断是什么？是万般无奈之下的误打误撞，所以，像我们这样级别的医生往往从潜意识里会排斥这种方式。不过就这个病人而言，在此之前倒是有一位专家提出过这样的方式，但是却被你们医院的郝院长否决了。"

卓越和江晨雨异口同声惊讶地问道："为什么？"

曲意非道："原因很简单，如果以颅内细菌性感染进行治疗性诊断的话，广谱抗生素也不一定会起作用，而且毕竟是通过脑脊液途径用药，风险极大。没有人敢随便确定究竟是不是细菌感染，或者圈定细菌感染的类型。脑膜炎球菌？链球菌？甚至也有可能是淋球菌、梅毒螺旋体……"

卓越心里一震，顿时就明白了："所以您才提醒我们进一步做病史调查？"

曲意非点头道："是的。不过可以预料，这项调查将非常困难，因为很可能涉及病人及其亲属的隐私。而且，最关键的问题是病人及其亲属不一定配合你们的调查。"

卓越问道："您以前遇到过类似的病情没有？"

曲意非摇头道："正因为从未遇到过这样的情况，所以才会让人产生出许多的联想。"

卓越道："我知道该怎么去做了。"

曲意非问道："你的意思是？"

卓越说道："病人没有脑膜炎感染史，虽然曾经患过结核，但进行过系统性治疗，结核球菌在颅内繁殖的可能性不大。病人小时候经常出现扁桃体肿大、发烧，但并没有因此发展成肾炎，链球菌进入到颅内的可能性也微乎其微。所以，我更倾向于您刚才提到的淋球菌或者梅毒螺旋体感染，因为这两种类型的感染都是属于性病，病人没有得到彻底治疗的可能性相对较大。"

曲意非看着他，提醒道："这涉及病人的隐私，而且病人的身份也非常特殊……"

卓越点头道："所以，只能暗地里从侧面去调查。无论是病人还是她的丈夫，总有那么几个信得过的朋友吧？"

秦文丰的车在晨报报社外边停下，不一会儿，一位年轻男性上了车。这个人是晨报的记者，名叫商植。一上车商植就问："秦少，什么事情？"

商植多次采访过秦霸集团，还曾经给秦文丰做过一期专题，所以两人比较熟悉。秦文丰道："我们找个地方吃饭，边吃边说。"

越野车开到了一家西餐厅外停下，秦文丰吩咐司机道："一个小时后来接我。"随后和商植一起进入里面，找了个位子坐下，点好了餐，这才说道："有件事情想请你帮忙，查一下这起事件的炒作者究竟是谁。"

商植为难地道："这件事情有些麻烦，那些帖子都是匿名发布的，而且以我的身份很难弄到具体的 IP 地址。"

秦文丰朝他摆手道："这对你来讲应该都不是特别困难。我给你五万块钱的费用，下午就打到你的账户上，至于具体怎么去做我是不会管的，我只要结果。"

商植道："不完全是费用的问题，IP 地址涉及隐私，我只是一个记者，没有这方面的权限。"

秦文丰淡淡道："十万块，你去搞定。"

商植还是一副为难的样子，不过嘴上却马上应承了下来："好吧，我尽量想办法去找到这个人。"

秦文丰看了他一眼，道："不是尽量，是必须。好了，我们不再说这事了。最近你们那里有什么特别的新闻没有？"

商植笑道："还别说，我手上正好有一个新闻，也是医院里面的事情。一对刚刚有了孩子的夫妇将一位产科医生告上了法庭，而这位产科医生竟然是原告的同学。"

秦文丰没听明白，皱眉道："什么乱七八糟的事情？"

商植解释着说道："情况是这样的，张某怀孕后不久因为疱疹病毒感染，于是就去找了她在产科工作的中学同学宁某，张某问她同学孩子还能不能要，宁某告诉她说，疱疹病毒感染引起胎儿畸形的概率大约是千分之一，你自己看着办吧。张某心想，千分之一的概率应该是很小的，想必我不会那么倒霉吧？后来张某生下了孩子，结果发现孩子不但是兔唇，而且还有腭裂，于是张某就一纸诉状将宁某告上了法庭。"

秦文丰还是不明白，问道："宁某是产科医生，当时应该直接劝告张某终止妊娠才是，千分之一只是一个统计数字，而对于出现畸形的孩子来讲这个概率就是百分之百。所以张某将她的那位同学告上法庭也是应该的，这样的事情怎么就成为新闻了？"

商植道："宁某是医生，在面对其他同样情况孕妇的时候她都是明确告知要马上终止妊娠的，而正因为张某是她的同学，所以才专门提到了概率这个问题，其实就是暗示对方孩子出现畸形的可能性不大，所以是可以赌一赌的，想不到孩子真的出现了畸形。也就是说，宁某在自己的老同学面前忘记了自己是一个医生的身份。正因为如此，这件事情也就成了一个新闻话题。"

这下秦文丰终于明白了，他忽然想到妹妹秦雯与那位漂亮江医生之间的事情，不禁在心里暗叹：看来医生这个职业的风险确实很大。秦文丰问道："然后呢？那个医生宁某怎么说的？"

商植回答道："宁某根本就不承认她对张某说过那样的话。她说作为医生，不可能对一位孕妇说出那么不负责任的话。而张某当时又没有录音，所以根本就拿不出相关的证据。不过有不少的人认为，如果不是宁某当初那样对张某讲的话，张某肯定就不会继续妊娠。"

秦文丰忽然笑了，说道："法律是要讲证据的，估计这个案子张某赢不了。不过这确实是一个不错的新闻话题，挺有意思的。"他这样说着，心里却想着今后与江晨雨见面的事情：到时候我们就有共同的话题了，真是天助我也……

孙鲁在电话里问姚地黄："你那边不会暴露吧？"

姚地黄不住责怪他："当时我就觉得这件事情风险太大，你非得要我那样去做，现在好了，把事情搞得那么大。不过我想过了，只要警察不出面的话，这件事情他们就不好查。"

孙鲁的心一下子就悬了起来："警察会出面吗？"

姚地黄顿时就感觉到了孙鲁的紧张，笑道："那么多的案子警察忙都忙不过来，这件事情还算不上是犯罪，所以你放心吧，不会有事的。"

孙鲁心里也就踏实了，不过他又马上想到了另外一件事情，随即就拨通了一个号码。

夏丹丹根本就没有午睡，她实在是睡不着。电话响起的时候一看是孙鲁，急忙就挂断了，看了一眼正在熟睡的陈小燕，发过去短信：干吗中午打电话？孙鲁回复说：有些紧要的事情要和你说，我在公寓的后面等你。

夏丹丹心里有些发慌，起床后换上衣服就出去了。

陈小燕的心里很矛盾，她好几次想问夏丹丹但最终都没能开口。夏丹丹本来就内心忐忑，也就根本没有注意到她几次投来的询问目光。夏丹丹在床上辗转反侧让陈小燕也难以入睡，正迷迷糊糊的时候就听到了夏丹丹电话响起的声音，可是夏丹丹并没有接听，不多一会儿就听见夏丹丹起床的声音。

陈小燕从窗户伸出头去，只见夏丹丹正匆匆出了公寓的大门，而让她感到奇怪的是，她发现夏丹丹竟然是朝公寓的后面走。夏丹丹鬼鬼祟祟的行为让陈小燕感到好奇，而且更想搞明白她究竟在干什么。陈小燕想了想，直接就朝这一层楼的洗衣间跑去。她看到了，就在通往江边的梯道下方不远的地方，夏丹丹和孙鲁正在说着什么。

孙鲁还是比较小心的，不过他没想到有人会从高处朝这个地方看。夏丹丹到了后直接就问道："究竟什么事情非得要在这个时候对我讲？"

孙鲁道："我知道，在此之前你从没经历过这样的事情，所以难免有些害怕。可是你想过没有，一旦这件事情暴露，卓越会怎么看你？医院里面的人又会如何对待我们？如果真是那样的话，你我都不可能再在这里上班了。"

这正是夏丹丹最害怕的事情，她愤怒道："要不是当初……"

孙鲁急忙朝她摆手，道："我们不要说这个了，当初你也是同意了的，你不能把所有的责任都推给我。现在我们要做的就一件事情，那就是要随时保持常态，否则的话就很容易引起别人的怀疑。你放心，这件事情他们查不出来的，发帖子的人都是匿名，除非是警察，其他的人没有权限核查发帖人的 IP 地址。"

夏丹丹顿时放心了许多，说道："我知道了。对了，你花出去的钱我会给你的，不过得等这件事情过去之后。还有，今后不要再约我出来单独见面了，我也不会再答应你的。"

说完后她就转身离开了。看着夏丹丹离去的背影，孙鲁既恨又爱，嘀咕道：也许是我上辈子欠她的。

而此时陈小燕正在那里后悔：我干吗要有这么大的好奇心？难道那件事情是孙鲁和丹丹姐搞出来的？

陈小燕并不笨，她转念一想就明白是怎么回事了。然而，她在此之前根本就不曾想过，当一个人知道的秘密越多，那些秘密反而会转化成自身的心理压力。

"你真的要去找秦雯和苏文浩的朋友？有些事情作为朋友也不一定知道的啊，而且即使知道也不会告诉像我们这种陌生人的。"从曲意非的办公室出来，江晨雨低声问卓越道。

卓越想了想，皱眉道："是啊。我再考虑一下……你怎么在曲教授面前那么少的话呢？"

江晨雨有些不好意思，回答道："我从小都怕老师。"

卓越忍不住就笑了起来，说道："可是，他并不是你的老师啊。"

"他是顶尖的医学专家，在我的眼里就如同老师一样。"

"倒也是。对了，出了事情后你一直没有回家？"

"我回去干什么？责怪我父亲？还是让他来骂我？"

"你这是在逃避。"

"是的，我是在逃避。"

"他毕竟是你的父亲，有些事情你应该去和他好好谈谈。"

"如果我告诉你说，我和我父母的感情并不深，对他们只有感恩，你相信吗？"

卓越一下子停住了脚步，惊讶地问道："为什么会这样？"

江晨雨的声音幽幽的："在我的记忆中，父亲一直都很忙，而且几乎每天晚上回来的时候都有一大股酒气，我很害怕他，他似乎也并不是特别喜欢我。我妈也很忙，不过每天她都要送我上学，放学的时候也是她来接我，但是她很少和我说话。我一直都非常独立，高中的时候就开始住校了，只有周末的时候才回家。周末父亲也很少在家，妈妈给我做饭，会简单问一下我在学校的情况。我曾经一度怀疑自己不是他们亲生的，可是我又长得特别像父亲，也有一部分像母亲，比如我的眉毛，而且他们一直都给了我足够的零花钱，后来又送我出国。我第一次来月经的时候被吓坏了，但是却不敢告诉妈妈，我有心思的时候也找不到人倾诉。卓越，你和你父母之间像不像我说的这样？"

卓越摇头道："我父母很爱我，从小我就感觉得到。父亲是大学教授，我遇到难题的时候就会去问他，母亲对我的爱就是唠叨，她经常给我做好吃的。总之，我觉得自己的家很温馨。"

江晨雨羡慕地看着他，轻声道："你真幸福。"

卓越问道："我不明白，你父母为什么会那样呢？"

江晨雨摇头道："我不知道，时间一长我也就习惯了。"

虽然卓越觉得有些不可思议，不过还是劝了她一句："也许你的父母本身就是这样的性格，但是你不能这样啊。所以，你还是主动去和他们交流一下吧，毕竟他们是你的父母。明天是周末，你父亲已经辞了职，想必应该在家里。没在家里的话你也可以主动给他打电话啊。"

江晨雨问道："明天不去调查了吗？"

卓越对她说道："我觉得家里的事情比什么都重要，这件事情希望你能够听我的。如果你父母那里真的出了什么事情，到时候你后悔都来不及。你说是不是？"

江晨雨犹豫了一瞬，点头道："好吧，我听你的。"

第十二章

如果是在往常，每当周末的时候卓越就会与夏丹丹联系，抑或是夏丹丹提前问他周末的安排。两个人虽然在同一个单位上班，也经常可以见面，但两个人也无外乎就是一起吃饭说话，而恋爱的真谛是无拘无束，所以只有到了周末两个人才真正能够进入到情感的天堂。然而这个周末，卓越似乎全然忘记了自己还有一个女朋友，而夏丹丹竟然也没有与卓越联系。

卓越是忙。夏丹丹是心情极度糟糕。

虽然孙鲁再三提醒夏丹丹一定要保持常态，但她却发现自己很难做到，她克制不住自己总是要去想最糟糕的可能——假如有一天卓越知道了这件事情是我做的，他还会和我在一起吗？如果他真的离开了我，我该怎么办啊……

有些事情是不能幻想的，一旦陷入进去就会把它当成真实。夏丹丹就是如此，这种可怕的幻想让她感到万分痛苦，以至于让她真切地感觉到那样的结果很快就会到来，当她终于清醒过来的时候却发现自己早已泪眼婆娑。

下午的时候卓越接到了秦文丰的电话，说有事情想和他单独谈谈，顺便一起晚餐。

秦文丰的车就停在医院外边，而且他并没有告诉卓越要叫上江晨雨，不过卓越知道，对方的目的很可能是为了自己的这位女同事。他觉得这件事情有些好笑，因为他也希望能够从秦文丰那里了解到更多的情况。

秦文丰没有带司机，他亲自驾的车。坐在豪车里感觉就是不一样，小小的空间内处处释放出来的都是豪华与舒适，就连发动机的轰鸣声都那么动听。如果说卓越一点都不羡慕绝对是假的，毕竟物质的享受确实充满着诱惑。不过卓越是一个比较理性的人，羡慕归羡慕，内心深处的自尊却永远存在。所以，卓越还是先开口说了一句话："小秦总，你这车真不错。"

秦文丰淡淡一笑，说道："我本以为卓医生和其他的人不大一样，想不到你也会问我这样一个俗不可耐的问题。"

"我就是一个普通人，小秦总才与众不同，身在富贵之家，各方面都有着先天的优势。"

"至少你比我长得帅，而且还很有知识和素养。"

"皮囊而已。比我长得帅的人多了去了，比如那些演员，他们一样需要奋斗。"

"我也在奋斗，只不过起点比较高而已。其实我父亲对我各种不满意，这我都是知道的。"

"但是他的产业最终会交到你的手上。"

"所以，为了他，为了他创建的企业，我做出的努力并不比其他人少。"

"但是别人并不一定这样看，因为你什么都不缺，包括漂亮的女人。"

"我一直没有找到真爱。很多时候都是逢场作戏而已。"

"如果我是女人，而且正好你对我有那样的感觉，我就不一定会认同你的这个解释。"

"你这话代表着江医生的想法？"

"不，我只是从女性的角度思考这个问题而已。"

"你不是女人，所以你的思考不一定正确。"

"不，任何一个女人都会这样想：这个人一直花天酒地，逢场作戏，他对我是不是也如此？"

"江医生真的会这样想？"

"你真的喜欢她？不可能吧？你刚刚认识她。"

"你相信一见钟情吗？"

"不相信。如果她不漂亮，你不可能一见钟情。而女人的漂亮是暂时的，如果她有一天不再漂亮了，你还会有现在这样的感觉吗？肯定不会，因为一见钟情并不是真正的爱情。"

"那请你告诉我，真正的爱情是什么？"

"我不知道，但我可以肯定，你现在对江晨雨的这种感觉绝对不是爱情，只不过是荷尔蒙忽然间勃发，是雄性的占有欲。"

"你们当医生的太可怕了。不过你说错了，我看到她第一眼的时候就觉得很熟悉，一下子就心动了。"

"你以前看到其他漂亮女人的时候也应该是一样的，一样会心动，不然的话你为什么会和她们上床？"

"不一样，真的不一样，这一次我是真的心动了。"

"你和我说这些没用，她喜欢你、接受你才是最重要的。但是我可以肯定，她对你并没有那样的感觉。"

"这不重要，因为她还不了解我。"

"那么，你了解她吗？"

"所以我才想从你这里了解关于她的一切。"

"好吧，我告诉你一个关于她的基本情况：她是一个独身主义者。"

秦文丰猛地踩住了刹车，惊愕地看着卓越："什么？你说的是真的？"

卓越看了他一眼，淡淡地道："那么，你还请我吃饭吗？"

高德莫和陈小燕约好了一起晚餐然后看电影，结果下午五点来了一个病情非常严重的急诊病人，陈小燕给他打来电话的时候是旁边的护士接的。陈小燕知道情况后就直接跑到了急诊科的抢救室。

病人是一个小偷，就在附近一个单位的家属院里面行窃结果被发现，小偷情急之下直接从五楼跳了下去，竟然没有当场死亡，随即就被送到了医院。

小偷的血压下降得厉害，高德莫吩咐护士紧急验血后开始给小偷输血，同时注射强心剂，但小偷的生命体征依然在一点点消逝。送小偷来的那个单位的保卫科长将高德莫叫到一旁，低声对他说道：“我们没有从小偷身上找到任何的身份证明，这件事情你得帮助我们，不然的话后续的事情会很麻烦。”

保卫科长说话的同时悄悄塞了一个信封到了高德莫的白大褂衣兜里。高德莫的目光朝衣兜处看了一眼，问道：“他不是自己跳下去的？”

保卫科长连忙道：“就是他自己跳下去的。当时他正在室内盗窃，结果房子的主人回来了，小偷见势不妙就从阳台处跳了下去。”

情况肯定不是这样的，高德莫心知肚明，犹豫着不说话。保卫科长低声又对他说了一句：“不过就是一个小偷，警察那边我去说，不会给你添太多的麻烦。我们只需要知道他的身份，你一定有办法的，是吧？”

高德莫不再犹豫了，直接走到小偷面前，俯下身去在他耳边低声说道：“告诉我你的名字和住处，否则的话我就不再抢救你。”

小偷终于说话了：“我叫魏小东，刚刚大学毕业……”

高德莫心里一凛，问道：“你真的去偷东西了？”

魏小东：“我找不到工作，所以……”

高德莫顿时松了一口气：真的是小偷就无所谓了。即刻吩咐护士：“继续抢救。”

这是陈小燕第一次见到一个人死亡的过程，而且死者是那么年轻。她看到高德莫取下了塑胶手套，波澜不惊地对护士说道：“已经没有了生命体征，送去太平间吧。”转身对保卫科长说道：“抢救的费用你们得先交了。”

保卫科长苦着一张脸："好吧，谁让我们摊上了这样的事情呢？"

警察很快就来了，高德莫向他们出示了死亡记录，同时也告诉了死者的身份。当然，他忽略了保卫科长悄悄塞给他的那个信封。

高德莫将车开到了江边停下，前面不远处有一条客轮改成的江上酒楼，此时夜色已经笼罩了这座城市，沿江两岸灯火辉煌，江面也被五颜六色的绚丽色彩覆盖。高德莫对陈小燕说道："这家的鱼味道不错。"

陈小燕问道："那个病人就那样死了，你好像一点都不在乎？"

高德莫笑着说道："你应该经常来我们急诊科看看，我们那里随时都在死人。"

陈小燕停住了脚步，说道："我看到那个人给你塞了个红包。"

高德莫并没有否认，点头说道："是的。这样的情况很多，特别是黑社会火拼的时候，一次性会送来好多个伤员，他们都会给我红包，无外乎是希望我能够尽力抢救。其实他们不给我红包我也一样会想办法抢救的。"

陈小燕道："可是这个病人不一样。"

高德莫解释道："我已经问清楚了，死者确实是个小偷。估计这个小偷当时是在受到惊吓的情况下慌乱中才从阳台上跳下去的。给我红包的那个人是这家单位的保卫科长，他不想因为这件事情给单位惹下麻烦，只是请求我帮他问清楚小偷的身份，这样的话就可以尽快结案了。"

陈小燕满脸的悲楚："可那是一条活生生的生命啊。"

高德莫温言道："我并没有做错什么啊，我尽力抢救了的，只不过是配合那位保卫科长搞清楚死者的身份而已，他给不给我红包我都会那样去做的。"

陈小燕这才释然了许多。两个人到了船上，选择了一个靠江的位子，服务员过来后高德莫说道："我和你们娄总是朋友，我要真正的野生鱼，千万别糊弄我，红烧、麻辣各一份，再来两样小菜。"服务员离开后他发现陈小燕依然神色不对，笑着说道："你放心，我不会用今天的那个红包请你吃这顿饭的，如果你实在在意的话明天我就去把红包里的钱捐给慈善机构好了。"

陈小燕的心里忽然有了一种感动，她感觉得到，高德莫是真的喜欢她。

高德莫选的这个地方不错，视线开阔，夜色极美，还有徐徐的江风时而拂过，邻近座位几乎都是情侣，更增添了几分浪漫。菜很快就上来了，高德莫给陈小燕夹了一块红烧鱼："你尝尝。"

陈小燕吃了一口，觉得味道很不错。高德莫从她的脸上看到了满意，自己也吃了一块，点头道："这确实是正宗的野生鱼，鱼骨的地方也没有泥腥味。小燕，需不需要来点红酒？"

陈小燕放下了筷子，摇头道："不用了，我好像没什么胃口。"

高德莫看着她："还是因为那个小偷的事情？"

陈小燕微微摇头，欲言又止的样子。她那忧郁的眼神和楚楚可怜的模样让高德莫心疼不已。高德莫也放下了筷子，真挚地对她说道："小燕，我是真的喜欢你，想让你做我的妻子，一辈子呵护你，如果你遇到了什么事情的话一定要告诉我，我们一起面对好不好？"

陈小燕的心里更是感动，这是她第一次被除了父母之外的人如此关怀，可是她的心里依然顾虑重重："是丹丹姐的事情……"

高德莫诧异地道："夏丹丹？她怎么了？"

陈小燕看着他："你要答应我，这件事情千万不要告诉别人。好吗？"

高德莫朝她微微一笑，点头道："当然。"

陈小燕这才把她看到的情况一一对高德莫讲了，讲完后一双美目看着高德莫问道："你说，这件事情会不会是孙鲁和丹丹姐做的？"

高德莫皱眉想了想，点头道："极有可能，而且很可能是夏丹丹上了孙鲁的当。孙鲁一直在追求夏丹丹，或许他最开始的目的是让卓越为了这件事情再次被医院处分，这样一来的话卓越就会与夏丹丹产生裂痕，于是他孙鲁就可以乘虚而入……孙鲁这个人太阴损了，这样的事情也就只有他才能够做得出来。"

其实陈小燕也是这样分析的，急忙问道："那怎么办？我们不能就这样看着丹丹姐继续犯错误下去啊。"

高德莫握住了陈小燕的手，陈小燕的身体瞬间战栗，手也本能地退缩了一下，不过很快就安静了下来，任凭高德莫轻轻握着。高德莫温言说道："小燕，这件事情我们最好不要去管，你想想，一旦这件事情被其他人知道了，无论是孙鲁还是夏丹丹，今后的前途都会因此受到很大的影响。孙鲁倒也罢了，可是夏丹丹呢？这样一来岂不是害了她？"

陈小燕很是着急："可是，事情总有暴露的那一天啊，如果我们不替丹丹姐想办法的话，她就很可能越陷越深，到时候不但工作会受到影响，卓越也会离她而去的呀。"

高德莫收回了手，点头道："是啊，怎么办呢？"

陈小燕的一双美目看着他，满脸期盼地道："你可以想到办法的，是吗？"

高德莫想了想，说道："唯一的办法就是把这一切告诉卓越，让他自己去处理。"

陈小燕吓了一跳："这样可以吗？"

高德莫解释道："卓越是一个聪明人，做事情比较稳重，而且这也是他的私事，只有他本人才可以处理好这件事情。"

陈小燕依然疑虑重重，问道："卓越会不会因此就和丹丹姐闹翻了啊？如果真是那样的话，我们岂不就办了件坏事？"

高德莫摇头道："其实这是卓越和夏丹丹两个人的私事，如果他们两个人的感情真的牢不可破的话，就不会因为这件事情而受到多大的影响，如果他们之间的感情本来就有问题，那么分手也就是迟早的事情。所以，这件事情最好还是让他们自己去处理为好。从此以后我们俩就把这事烂在肚子里面，假装什么都不知道。作为夏丹丹的朋友，你这样做也算是尽力了。"

陈小燕想了想，觉得似乎是这个道理，顿时心情大好，朝高德莫嫣然一笑，歉意地道："对不起，好好的周末晚餐被我搞得这么无趣。"

高德莫又有一种想要去抓住她手的冲动，温言说道："你别这样说，只要你高兴，什么事情我都愿意替你去做。"

陈小燕的心里瞬间被甜蜜充满，脸也微微发红，轻声说道："我知道的……"

接到秦天电话的时候郝书笔刚刚收拾好办公室里的私人物品。秦天的语气非常客气："郝院长，晚上想请你一起吃个饭，不知道你能不能赏光啊？"

郝书笔有些惊讶，问道："秦董事长是准备请郝院长呢，还是请郝书笔？"

秦天回答道："我想请郝医生。郝医生不会拒绝吧？"

郝书笔大笑，说道："很多年没人称呼我郝医生了，听起来很亲切。好吧，什么时间？什么地方？"

秦天大喜，即刻告诉了他时间和地点，又道："到时候我派司机来接你。"可是郝书笔却拒绝了："不用，我自己来就行。"

郝书笔准时到了秦天告诉他的那家酒楼，进入雅间的时候发现就秦天一个人，空气中散发出一股浓郁的酒香，笑着问道："就我们两个？"

秦天的神情很是恭敬，说道："没有别的什么事情，就想请你喝杯酒。你不知道，这一下午我在办公室里什么事情都没有做，一直心里难安……"

郝书笔诧异地看着他，问道："为什么？难道就因为我辞去了院长的职务？炒作的事情不会是你指使人干的吧？"

秦天不住摆手："怎么可能？"

郝书笔微微一笑，说道："可能性倒是有的，自黑也是一种炒作手段啊，你看那些个明星。"

秦天哈哈大笑，说道："我还不至于无耻到那样的程度。"

郝书笔坐下后见桌上已经摆放好了几样凉菜，四处张望了一下问道："你准备的是什么酒？怎么这么香？"

秦天叹息了一声，说道："我一个老朋友，去年因病去世，临终前我去看望他，他送给了我一坛酒。说起来这坛酒还是当年我买的，当时我和他约定三十年后一起喝这坛酒，于是就将这坛酒密封好埋在了他家的后院，想不到我们约定的时间还没到他就先走了。"

郝书笔顿时肃然，心想此人与故友的约定分明就是为了友谊的长久啊。郝书笔问道："那么，为什么选择在今天而且是和我一起喝这酒？"

秦天回答道："我和那位老朋友从小一起长大，小时候他救过我一命，当时我被毒蛇咬了，是他用嘴巴吸干净了我伤口里的毒液，不然的话我早就不在了。我四十多岁的时候因为车祸头部严重受伤，有一位医生将我从死亡线上救了回来，那位医生就是你。也许你根本就不记得这件事情了，但是我一直记在心里，如果不是你当时及时给我做手术清除了颅内的血肿，就没有了现在的我，秦霸集团也就不可能存在。我一直想来感谢你，但我知道你是一位德高望重的好医生，任何物质上的感谢对你来讲都是一种亵渎……这次的事情我也完全没有预料到会变成这样。"说到这里，他苦笑了一下，继续说道，"我是当父亲的，又是秦霸集团的董事长，在处理这件事情的过程中确实自私了些，却想不到给你带来了这么大的麻烦，真是惭愧啊。"

郝书笔笑着说道："你能够当着我的面说出这番话来就很不容易了，来，我们喝酒。"

秦天从旁边的柜子上抱过那坛酒来，这坛酒的密封早已打开，秦天给郝书笔和自己面前的葡萄酒杯倒满，顿时酒香四溢，葡萄酒杯中的酒黄澄澄的状若蜜浆，郝书笔食指大动，端起酒杯喝了一小口，禁不住大声赞道："好酒！"

秦天小心翼翼地问道："你真的一点都不怪我？"

郝书笔朝他举杯："来，我们喝酒，一会儿我告诉你一件事情。"

两人碰杯后同饮了一口，郝书笔再次赞叹："真是好酒啊，入口醇厚，芳香满津，自然下沉，这绝对是我这辈子喝过的最好的酒了。"忽然发现秦天正在看着自己，禁不住大笑，"秦老板，看来你是一个性急的人啊。"

秦天也笑了起来，说道："我迫不及待地想听你的故事呢。"

郝书笔又笑，说道："好吧，我这就告诉你。几年前做体检的时候发现我的肺部有一个包块，我们医院放射科和内科的专家直接就诊断为肺癌，都来劝我不要再抽烟喝酒了。我对他们说，我这辈子就这么点嗜好，不让我抽烟喝酒还不如死了算了。哈！结果几个月后再次去检查，我肺部的那个肿块竟然不见了！"

秦天惊讶地问道："真的？"

郝书笔笑道："这件事情我们医院里面很多人都知道啊。所以，对于我来讲早就是一个被死神召唤过的人了。听你刚才所讲，你还被死神召唤过两次，既然如此，还有什么事情放不下的呢？"

秦天叹息了一声，摇头道："理儿是这个理儿，可是真正要做到却很难。"

郝书笔看着他："你知道我当时是怎么想的吗？我告诉自己说，既然生命已经不久了，那就该干吗就干吗，而且我还告诉家里人和医院的医生，如果我的病情加重的话坚决不住院，你知道我为什么要那样决定？"

秦天问道："为什么？"

郝书笔回答道："我本身就是医生，明明知道癌症是绝症，强行治疗不但是浪费医疗资源，而且还会因此给自己增添无谓的痛苦。当一个人濒临死亡，形同朽木般躺在病床上，每天亲属、朋友、同事都来看望，或者唏嘘，或者安慰，你说这样的生命还有什么意义？自古以来谁不会死？迟早的事情嘛。所以，一个人活着的时候需要有尊严，死的时候也更要有尊严才是。与一个人的生死比较起来，医院院长的位子又算得上什么呢？你说是不是？"

秦天顿时将他视若圣人，禁不住肃然起敬，内心的不安也一下子不见了，举杯敬道："我敬你！"

卓越的那句话让秦文丰怔了一下，随即就禁不住笑了起来，说道："卓医生，你把我看成什么人了？是的，我确实是想从你这里了解一些关于江晨雨的情况，但我同时也想和你交个朋友啊，不因为别的，你能够主动跑到我家里了解雯雯的病史，就凭这一点我就认为你这个朋友值得交。"

卓越笑了笑，说道："其实我也是想从你这里知道一些更多关于你妹妹和妹夫的事情。"

秦文丰笑道："我知道，不然你就不会如此爽快地答应我了。不过我更要感谢你啊，你并不是为了别的，而是为了雯雯的病情。"

卓越发现这个富二代好像有些与众不同，似乎还并不是那么不靠谱。

秦文丰将车开到一家知名的海鲜酒楼下停下，随后和卓越一起进入里面，领班似乎和他很熟，谄媚地对他说道："秦少，给你安排的是十五号雅间。"

雅间有些大，而且装修得非常奢华，两个人坐在里面显得很空旷。秦文丰吩咐领班道："我们就两个人，高配，来一瓶二十年的皇家礼炮。"

领班恭敬地道："好的，马上就来。"

卓越可是第一次到这样的地方，也听不懂秦文丰在说些什么，只好静静地坐在那里不说话。不一会儿服务生就上了两样开胃小菜碟，还泡了一壶绿茶。秦文丰介绍道："这家酒楼的海鲜不错，酒也很正宗。"

卓越这才知道他刚才说的那什么皇家礼炮很可能是一种洋酒，说道："不用喝酒了吧？你可是开着车的。"

秦文丰笑道："没事，一会儿司机来开。"

接下来菜上得很快，最先来的是一只大龙虾刺身，紧接着是西芹炒百合、清炒松茸，秦文丰给卓越倒上酒，举杯道："卓医生，我敬你一杯。"

酒杯里的酒本来就倒得不多，两个人都是一饮而尽，秦文丰道："这酒确实不错，和我在国外喝到的是完全一样的味道。"

卓越苦笑着说道："这酒想必很贵吧？不过我喝不出它到底有什么好，你请我喝这酒可是浪费了。"

秦文丰笑道："你千万别这样说，酒这东西主要还是喝个心情，难道茅台就真的比董酒好喝多少？不一定是吧？所以，一样东西的价值在每个人心里的感受是不一样的。卓医生，我给你说实话，自从今天上午见到江晨雨之后，我这脑子里面就全部被她的模样装满了。我不大明白的是，她为什么会产生那样的想法呢？"

卓越微微一笑，说道："也许这件事情你得亲自去问她。"

秦文丰点头道："我会的。不过我觉得一个那么漂亮的女人产生这样的想法肯定是有原因的，你说是吧？"

卓越顾左右而言他："小秦总，你可要明白，她父亲可是你们集团公司原来的办公室主任。"

秦文丰不以为意地道："没关系，我可以随时把他请回来。别说办公室主任，就是让他去担任下面分公司的老总都行。"

卓越哑然失笑，说道："小秦总，我觉得您应该有换位思考的意识，假如你是江晨雨的父亲的话，此时你会怎么想这件事情？"

秦文丰恍然大悟的样子，端起酒杯对卓越说道："我明白了，谢谢你。"

卓越怔怔地问道："你明白什么了？"

秦文丰道："就是要先去搞定江晨雨的父母啊，我改天就亲自上门向她父亲赔礼道歉，我还明白了，江晨雨很可能曾经在感情上受到过很大的伤害，所以才变成现在这个样子的。卓医生，谢谢你的提醒，我们不再说这件事情了，来，喝酒。"

卓越想不到这个家伙竟然如此聪明，而且比较起雷达来可是干脆利落、敢想敢做。不过他不好再多说什么，总觉得自己好像已经把江晨雨给卖了一样。

服务生给他们每人上了一只鲍鱼，用小盅装着。秦文丰招呼道："这个得趁热吃，不然就会觉得腥。"

卓越也不怕他笑话，说道："鲍鱼？这东西也太贵了吧？小秦总，看来你今天是准备大出血啊。"

秦文丰笑道："这地方没有特别好的鲍鱼，前不久我才去了一趟香港，两头鲍几十万块一只，说实话，我吃的时候都感到有些肉痛。"

卓越瞠目结舌："那么贵？是不是这鲍鱼的脑袋越多就越便宜啊？不对，这只鲍鱼好像……咦？它的头呢？"

秦文丰差点笑喷，急忙解释道："所谓的头指的是一司马斤里有多少只大小均匀的鲍鱼，一司马斤相当于零点六公斤，头数越小也就说明鲍鱼越大，价格也就当然更昂贵了。我们吃的这是六头鲍，价格倒不是很贵。"

卓越吃了一口，感觉糯糯的有些像蘑菇，心想这东西或许并没有那么多的营养，吃的不过是它的价值，也就是一种心理上的满足。鲍鱼并不大，卓越很快就吃完了，问道："你对你妹夫这个人了解多少？"

秦文丰诧异地问道："你干吗想起问他？"

卓越解释道："夫妻生活在一起，有些疾病是可能相互传染的，比如肝炎、肺结核等。"

秦文丰有些明白了，回答道："我妹夫的身体好像没什么问题吧？至少我没有听说过他得过严重的病，最多也就是感冒什么的。"

卓越看着他："也许你对他并不是特别了解？"

秦文丰并不否认这一点，点头道："是的，我妹妹和他结婚的时候我甚至没有在家，当时我还在国外留学。"说到这里，连他自己都有些不好意思了，说道，"其实也不算是什么留学，就是去国外混了几年，见识一下资本主义国家的管理模式。"

卓越笑了笑，道："可以理解，毕竟你父亲最终是要把他的产业交到你手上的，也就是想让你出去多学点东西嘛。那么，你觉得苏文浩对你妹妹的感情究竟如何？"

秦文丰皱眉道："其实我知道的真的不多。据说有一次我妹妹和她的几个同学一起吃饭，结果遇到了苏文浩，苏文浩是搞园林设计的，素描画得不错，我妹妹顿时对他一见倾心，然后就天天跑去找他，还非得要求我父亲把公司的一些园林景观设计项目拿给他做。当时我父母是坚决不同意他们两个人好的，毕竟苏文浩的父母都在农村，家境贫寒。说起来我妹妹最终和他结婚我在中间还起了一定的作用。"

卓越满脸好奇："哦？"

秦文丰道："当时我妈妈打电话给我说了雯雯的事情，问我对这件事情有什么看法，我说你们以前不也是从农村出来的吗？我小的时候家里好像也不怎么富裕，你们现在怎么就变成这个样子了呢？我妈妈说：婚姻得讲究门当户对，我们以前虽然也是农村的，也很穷，但我和你爸爸一样啊。现在的情况不同了，对方和雯雯的差距太大，特别是男人，在这样的情况下今后很容易自卑，而自卑的结果往往只有两种，要么唯唯诺诺，要么家暴。当时我听了后就笑了起来，说道：你们怎么总是考虑最糟糕的结果？这是雯雯和她男朋友之间的事情，即使今后他们两个人真的出了问题也没关系，现在都什么时代了？离婚不就得了？"

卓越很感兴趣，问道："后来呢？"

秦文丰道："主要还是雯雯坚持要和苏文浩结婚，我父母也就没有了办法。他们结婚后就自己开了一家设计公司，主要做园林设计。女生外向，就是我们家别墅的设计费雯雯可都是找爸爸要了的，妈妈至今都对这件事情感到不满呢。"

倒也是，一家人为什么要把钱算得那么清楚呢？更何况老丈人还那么照顾他。卓越又问道："苏文浩有什么不良的嗜好吗？"

秦文丰用一种怪怪的眼神看着卓越："你的意思我明白，生意场上的男人，从来没有在外面乱来的很少，娱乐场所当然更是经常会去。不过我不大一样的啊，我以前是有过很多女人，但从来都看不上娱乐场所里的小姐，觉得她们太脏，而且真个是婊子无情，和那样的女人玩一点意思都没有。"

卓越急忙道："别说这个……我相信你也没有用是不是？我们还是继续谈苏文浩的事情。"

秦义丰问道："这件事情和雯雯的病情有关系吗？"

卓越犹豫了片刻，这才说道："为了搞清楚你妹妹的病情，我和江医生特地去拜访了一位著名的神经内科专家，他有个猜测我觉得极有可能，那就是你妹妹很可能是因为慢性的颅内感染造成的忽然昏迷，而在一般情况下细菌是很难进入颅内的，除非是多年前的某种疾病没有得到彻底治疗，而且极少的细菌冲破了数道屏障进入颅内潜伏了起来，当这个人的身体抵抗力忽然下降的时候细菌就开始在大脑里面快速繁殖，在这种情况下忽然出现昏迷是有可能的。"

"我妹妹小的时候得过结核。"

"结核的治疗一般是非常正规的，即使是身体恢复了也依然要进行一段时间的继续治疗，你妹妹的输卵管堵塞虽然是结核引起的，但那只是当时感染后造成的后果，就如同烧伤后所结的疤痕一样。此外，在这样的情况下还会后续接种疫苗，所以，你妹妹不大可能是因为结核杆菌进入到颅内引起的昏迷。"

"那么，你们现在怀疑的是？"

"性病。当然，这只是怀疑，而且也不一定就是苏文浩传染给你妹妹的。"

"你这话是什么意思？"

"没什么意思，我只是猜测，正因为是猜测，那么就存在着各种可能性。"

"雯雯其实很单纯，而且苏文浩是她的第一个男朋友，她对苏文浩的感情非常纯真，不可能是她的问题。"

"所以这件事情还得麻烦你去问一下你妹妹的闺蜜，或许她们知道些情况。"

"不行，万一……"

"人好好活着比什么都重要，你妹妹现在这个样子，谁也不能保证她的生命究竟能够维持多久。"

"如果真的是那样的话，可以治疗吗？"

"诊断清楚了，治疗也就相对比较简单了。对症下药说的就是这个意思。"

"为什么不尝试一下就按照你怀疑的那种病进行治疗？"

"颅内感染只能通过脑脊液的途径用药，一是剂量必须控制好，二是要有最基本的方向，如果不是那样的情况随便用药的话很可能产生出抗药性，其后果将不堪设想。"

秦文丰沉默了片刻："好吧，我明天去找一下和雯雯关系最近的那个闺蜜。"

卓越对他的好感更甚，真挚地道："谢谢你。"

秦文丰道："不，应该是我谢谢你才是。"

这时服务员又给他们各上了一份鱼翅。两个人喝完了那瓶酒时卓越已经微醺，坚持着不让秦文丰叫第二瓶。秦文丰没有用现金和银行卡结账，而是签的单。卓越好奇地瞄了一眼账单，惊讶得嘴巴差点合不拢了：他们两个人的这顿饭竟然吃了近六万块！

秦文丰歉意地道："对不起，可能你没吃好。"

卓越叹息着说道："这顿饭吃掉了我半年的工资……小秦总，你知道我现在最想吃什么吗？"

秦文丰笑着说道："没事，你想吃什么随便点就是。"

卓越苦笑着说了一句："番茄鸡蛋面。"

秦文丰一愣，顿时大笑，吩咐服务员道："就按照他说的，来一钵。还别说，我也很想吃呢。"

卓越终于吃饱了，两人相视大笑。

在父母楼下下车的时候卓越忽然想起应该和夏丹丹联系一下。这一刻，他的心里是内疚的。当他正准备给夏丹丹拨打的时候高德莫的电话就进来了："哥们儿，我们找个地方去喝一杯？"

卓越推辞道："今天刚刚喝完了酒，改天吧。"

高德莫道："我有一件非常重要的事情要对你讲，关于夏丹丹和孙鲁……"

卓越的心里"咯噔"了一下，嘴里却在说道："我知道孙鲁一直在追求丹丹，这不是什么新闻。"

高德莫的声音低了些："我怀疑炒作你和江晨雨的那件事情很可能与孙鲁有关系。"

卓越大吃一惊，顿觉心跳加速，急忙问道："你在什么地方？"

高德莫没有选择那家吃小龙虾的地方，地方较远不说，男人对那玩意儿似乎都不大感兴趣，估计是觉得没多少肉，而且吃起来还很麻烦，当然，价格贵也应该是原因之一。这时候高德莫忽然明白了：这东西就好像是价格不菲的零食，恰恰是男人用来讨好女人的东西。

卓越一听高德莫所说的地方，心里顿时感叹：这个人当医生实在是可惜了，从政经商都绝对会是一把好手。

原来，高德莫此时正在卓越父亲所在大学附近的一家大排档等候着他。卓越朝那个地方匆匆而去，几分钟后就到了。他心里还是有些好奇，问道："你怎么知道我会在这里？"

高德莫笑道："好像你周末一般都要回家，如果小燕告诉我的事情是真的话，夏医生就很可能没有和你在一起，而且你这人一贯有节制，即使是在外面吃饭喝酒也差不多应该回家了。"

听他说到夏丹丹，卓越根本就来不及分析高德莫的推理逻辑了，问道："丹丹她怎么了？还有你在电话里面说的事情，究竟是怎么回事？"

桌上有几样高德莫点好的菜，高德莫给卓越倒了一杯啤酒，说道："卓医生，首先我得声明，小燕和夏丹丹是朋友，所以我对你讲这件事情完全是因为小燕。来，我们喝了这杯再说。"

此时卓越哪里还有心思喝酒？不过见高德莫已经端起酒杯，也就只好跟着一饮而尽。接下来高德莫才把陈小燕告诉他的情况都讲了出来，说道："小燕所说的情况虽然简单，但如果将这两件事情联系起来看，答案似乎就已经非常明显了。卓医生，你认为呢？"

卓越皱眉道："问题是，孙鲁做这件事情对他究竟有什么好处？"

高德莫叹息着说道："卓医生，你本来是一个聪明人，看来还真是当局者迷啊。孙鲁这样做的目的当然是为了让你和夏丹丹分手，然后他才好乘虚而入。你想过没有，如果这次不是郝院长引咎辞职，结果会是什么？秦天肯定会施加压力让医院开除江晨雨和你，以此向社会证明网络上的炒作纯属谣言。"

卓越的脑子里面糨糊似的，问道："可是，丹丹怎么会同意孙鲁那样去做？丹丹不会做任何对我不利的事情，这一点我坚信。"

高德莫又朝卓越举杯："看来你还需要多喝两杯刺激一下思维。"待卓越喝下后说道："夏医生和小燕一样其实都很单纯，她们都是从学校直接到了医院，每天面对的都是病人，科室里面的人际关系再复杂也复杂不过社会，所以孙鲁要骗她很容易。如果我是孙鲁的话肯定会这样对夏医生讲：这次医院对江晨雨和卓越的处理太不公平了，而且是对我们整个卫生系统所有医生的不公平，卓越是你的男朋友，这件事情你得帮他……无外乎就是这一套说辞，夏医生听了后当然会心动。"

卓越终于明白了：孙鲁很可能就是这样以喜欢夏丹丹的名义向她提出了这件事情，夏丹丹才因此上当。卓越主动举杯去敬高德莫："高医生，谢谢你。如果你是我的话接下来应该如何处理这件事情呢？"

高德莫摇头道："我只是替小燕来把这件事情告诉你，至于接下来应该怎么做就得看你自己了。说到底这还是你和夏医生的私事，其他人的任何想法都不重要，你说是不是？"

卓越默然。是的，他说得很对，这件事情只能由自己处理。一会儿之后卓越才再次端起酒杯："不说了，我们喝酒。"转身朝着服务员大声叫道，"再来几个菜！"

高德莫却拦住了他："别别，现在不是喝醉的时候。"随即站了起来，"我走啦，酒钱你自己付。再见！"

卓越听从了高德莫的话，没有再喝多少酒。离开大排档的时候他给父亲打了个电话，说这个周末不回家了。网上的事情卓文墨是知道的，他一直没有主动问卓越，因为他相信医院和儿子可以处理好这件事情，处理不好也没关系，有时候年轻人经历些坎坷不一定是坏事。不过此时卓文墨接到儿子的电话后还是忍不住问了一句："儿子，你还好吧？"

卓越不想告诉父亲实情，回答道："我没事啊，郝院长把一切都担下了。最近我在做一个重要的实验，所以比较忙。"

卓文墨这才放心了许多，说道："郝院长的事情我知道，他是一位非常令人敬佩的人。"

和父亲在电话里闲聊了一会儿，卓越打车回到了医院的公寓，进屋第一眼就发现那台放在桌上的笔记本电脑不见了，查看了摄像头录下的画面后也就不再去管这件事情，直接就躺到床上。周末医院公寓里面的人本来就不多，夜晚的静谧更让卓越在床上辗转反侧难以入眠。高德莫告诉他的那件事情让他万分为难：郝院长的义无反顾，隐瞒这一切就是对他的不公和不义；夏丹丹是自己的女朋友，这件事情一旦公布出去，结果可想而知。

卓越第一次感觉到一个夜晚的时间竟然是如此漫长……

整整一天，夏丹丹都不知道自己是怎么过来的，恍恍惚惚地终于挨到了下班的时间，回到宿舍才发现陈小燕没在。哦，她肯定是和高德莫约会去了。其实此前陈小燕也不是随时都在，但此时此刻夏丹丹却深深地感受到了一种浓浓的、心慌意乱的孤独。只有她最了解自己，只有她知道自己大大咧咧的外表下其实和其他女人一样，有着一颗玻璃般易碎的心。

她坚持着没有给卓越打电话，因为志忑，更多的是在乎。其实她已经有了一种预感：自己和孙鲁所做的那件事情迟早会暴露，她也想过主动找卓越把事情说清楚，但却依然心存侥幸。

生理上的饥饿感让她终于走出了医院的大门，来到对面的那家饭馆。这时候医院的食堂早已关门。老板娘发现她没有上楼，直接就坐到了楼下一处空位，过去对她说道："楼上清静些。"

她摇头，感觉到自己的脸上在笑，说道："就这里好了。我随便吃点。"

老板娘关心地问："你没事吧？"

一个人在内心极度脆弱的时候是需要他人关心的，而此时的她恰恰不需要，除了卓越的温情之外其他的一切都让她感到心烦意乱。她没回答，只是微微摇头。老板娘是过来人，一看她就不是工作上劳累的状态，心里暗暗叹息。

吃完饭回到宿舍后，夏丹丹郁闷地躺在床上，脑子里面似乎想了许多但是又抓不到一丝一毫的要点，一直到陈小燕回来她才在忽然间变得清醒了些。

"丹丹姐，你一直在寝室？"陈小燕问道，声音中带着明显的关心。

夏丹丹懒懒地回答了一声："嗯。"忽然就觉得有些不对：平日里陈小燕最是喜欢和她说话的，而且一说起来就叽叽喳喳停不下来，今天她这是怎么了？夏丹丹坐起身来一看，发现陈小燕竟然和她刚才一样躺在床上，而且是背部朝着她所在的方向，急忙过去关心地问道："小燕，你怎么了？是不是和高德莫闹不愉快了？"

陈小燕并没有转过身来，闷闷地回答了一声："没有，我们挺好的。"

夏丹丹更是奇怪："那你这是怎么了？身体不舒服？"

其实陈小燕一直到现在都不知道自己究竟该不该把那件事情告诉高德莫，这样的心思让她无法面对夏丹丹，而此时夏丹丹关心的声音更让她内心感到不安。不过夏丹丹并没有再去烦她，她也是女人，知道女人总有那么几天时间会出现莫名其妙的抑郁。夏丹丹轻轻叹息了一声，继续回到床上躺下，后来，她听到陈小燕从床上起来，然后去了洗漱间，里面传出"唰唰"的流水声，很久人才出来，对面的床上发出轻微的"咯吱"声。陈小燕问了一句："丹丹姐，我关灯了啊？"

"嗯。"夏丹丹回应道。于是，黑暗和静谧瞬间充满了这个不大的空间。

这天夜里，夏丹丹和卓越一样失眠了。

第十三章

虽然高德莫提醒过孙鲁那样做的目的，但卓越却依然恼怒夏丹丹对自己的隐瞒，而隐瞒等同于欺骗。在卓越的心里，夏丹丹并不是一个愚蠢的女人，而且愚蠢也不能解释她所做的那一切。

无论她是出于何种目的，都必须为自己所做出的一切负责，即使这个责任由我替她承担。在经历了一夜的失眠之后，卓越终于有了一个决定：必须得马上和夏丹丹谈谈。

然而，当卓越面对夏丹丹的时候还是差点动摇。那双微微发青的眼圈和躲闪着的目光已经证明了高德莫所言非虚，也说明了她正在承受着巨大痛苦。直到此时卓越才忽然明白，一切思虑好的事情都不过是自以为是，而当自己面对她、面对这份感情时，所有的想法就会在骤然间发生改变。是的，就在这一刻，卓越就忽然改变了想法：他希望夏丹丹能够自己主动说出一切，因为，当他面对夏丹丹的时候内心里忽然间升腾起一种愤怒：她，为什么要那么相信孙鲁，而不相信我？！

"今天你是怎么安排的？"卓越强迫着自己按捺下这种骤然而至的愤怒，温言问道。

夏丹丹摇头道："没有什么安排，不过我不大舒服，就想待在宿舍休息。"

　　一个特别的念头忽然闪现出来，卓越对她说道："今天天气不错，我带你去一个地方。"

　　"我……"夏丹丹的话还没有说出口就被卓越一把拉住了手，根本不容她反对，"走吧，我们出去走走。"

　　在夏丹丹的记忆中，卓越从来都不曾像这样简单粗暴过，以前两个人一起出去玩之前要么是她提议，要么是卓越先征求她的意见。不过夏丹丹并没有再多说什么，很顺从地跟随着卓越到了医院外面。很快的，一辆出租车就停在了他们面前，卓越上车后对司机说道："去南桥。"

　　夏丹丹禁不住就问了一句："去那里干什么？"

　　卓越没有回答她，而是问了她一句："丹丹，你以前去过寺庙吗？"

　　夏丹丹回答道："去过，不过很少去。"

　　卓越又问道："在寺庙里面，你是一种什么样的心境？"

　　夏丹丹不明白他的意思，说道："什么心境？不就是去玩吗？"

　　卓越摇头道："我觉得吧，我们大多数人去寺庙都是有所求，无论去求官求财，心里都是虔诚的，但绝对不会有人在菩萨面前撒谎。丹丹，你说是吧？"

　　夏丹丹似乎明白了卓越的话中所指，顿时一阵心慌意乱，她不再说话，一直保持着沉默，而卓越也没有再多说什么，毕竟出租车司机就在这个狭小的空间里。幸好这是周末，幸好南桥就在城区，路途不远，半个多小时后就抵达了那里。

　　南桥寺的香火极旺，周末的时候更是人头攒动。夏丹丹忽然站在寺庙外面不愿意进去了，卓越问她道："怎么了？"

　　夏丹丹似乎下定了决心，说道："我们就在这外边走走吧，我想对你说件事情。"

　　卓越暗暗感到欣慰，点头道："好吧。你昨天晚上没有睡好？那我们去对面茶楼坐坐吧。"

　　这家茶楼的位子非常独特，竟然可以将对面寺庙里面香客所有的虔诚尽收眼底。卓越要了一壶茶，看着对面的寺庙说了一句："以前我也很少来这样的地方，也许今后会经常来。"

夏丹丹诧异了一下，问道："为什么？"

卓越回答道："因为我发现很多事情越来越想不明白了。"

夏丹丹看着他，轻声说道："卓越，我心里很不安。"

卓越道："我知道。"

夏丹丹惊讶地看着他，问道："你知道？"

卓越点头："是的，我知道，不过我希望你能够当面告诉我所有的情况。"

夏丹丹的脸色一下子就变得苍白起来："你是怎么知道的？是不是很多人都知道了？"

卓越再一次心软，温言说道："不，知道这件事情的人不多，至于我是怎么知道的你不要多问，现在我很想知道的是，你为什么要和孙鲁一起去做那件事情？"

夏丹丹摇头道："不，不是我和他一起，是他主动来找的我……"随即就将一切都告诉了卓越，卓越听了后叹息着说道："丹丹，你真是糊涂啊，即使你当时一时间糊涂了，但事后你也应该好好思考一下啊！还有就是，你为什么不告诉我？"

这一刻，夏丹丹忽然感觉到了一种难言的从不安与惶恐中解脱出来的轻松，软弱也就因此不再。她看着卓越，说道："是我一时糊涂做错了事情，我可以去向郝院长说清楚情况。"

卓越摇头道："事情已经过去了，后果已经酿成，你也是为了我好，还是我去对他说的好。"

夏丹丹问道："你准备怎么对他讲？"

卓越很是轻松的样子，说道："这你就不要管了，从今往后你就把这件事情忘了吧，就当它根本没发生过。"

夏丹丹似乎明白了他的想法，问道："你是不是想把这件事情全部承担下来？"

卓越没办法隐瞒，点头道："只有这样，你才不会因此受到影响。而我本来就是当事人，即使大家明白了这件事情是我做的，也会觉得情有可原，也就不会过于计较。"

夏丹丹急忙道："可是……"

卓越叹息了一声，说道："虽然这样一来孙鲁也就会因此没事了，虽然这个人做事阴险，但毕竟他是真的喜欢你，至少在这一点上他没有任何过错。当然，我也并没有那么高尚，心里不厌恶他、痛恨他是不可能的，但是想到你今后还要在这个医院长久工作下去，也只能如此了。"

夏丹丹一直以为自己很坚强，很多时候都能够自己拿主意，而在经历了这件事情之后，特别是此时此刻，她才忽然发现自己其实并没有多少主见，而且和大多数女人一样脆弱，需要依靠，不过她心里还是有些担心，问道："真的不会对你造成影响？"

卓越摇头道："我主动去找郝院长说这件事情，郝院长是一个非常大度的人，我想，他应该会原谅和理解我的。"

这一刻，夏丹丹的内心再一次五味杂陈：懊悔、感动、甜蜜，依然还有着些许的担忧……

记者这个职业非常特别，他们认识的人从高官富豪到平民百姓乃至三教九流都有，商植无疑就是这样一个人，秦文丰找他去调查那件事情绝不是无的放矢。商植非常喜欢自己的这份工作，他知道，只要自己足够灵活与聪明，挣钱买房买车并不是什么难事。

秦文丰给了他十万块，他知道这点钱对秦文丰来讲根本就不算什么，正因为如此，当对方开始提出五万块钱价码的时候他根本就不为所动。十万块对富豪来讲也许就是一顿饭的消费，如果是一般的人拿出一万块他也会去做。不同身价的人对同一件事情的心理价位是截然不同的，一个人的身价决定了一切。商植深谙其中的道理。

只花了两千块就从网吧里找了一个计算机方面的技术宅男，很快就查到了发布那几篇文章的 IP 地址。技术宅男告诉商植说，发布帖子的是同一个 IP 地址，很可能是某个人注册了几个身份，这和商植事先预料到的情况一样。他心想，如果我去做那样的事情也会如此，不但简单，而且还可以一口价。

记者几乎没有周末的概念，商植习惯早起。头天晚上他已经翻出了需要联系的那个人的电话号码，早餐后就直接拨打了过去："美女，上午有空吗？"

其实张彤云并不漂亮，只要不是长得特别难看的女人大都不会拒绝"美女"这个称呼，女警察张彤云也不例外。此时张彤云刚刚起床，正在做早餐，笑着问道："怎么，你想追我？"

还别说，商植还真有这样的心思。商植见过的美女多了去了，其中有电视台的女主播、同行业的女同事以及青春靓丽的女大学生，不过他更喜欢张彤云的直爽豪放以及绝美的身材。在商植看来，女人漂亮的容颜只不过是过眼云烟，就如同昙花灿烂而短暂的绽放，内心纯净才是未来长久婚姻的保障，而健康的身体更是养育下一代的根本所在。商植也笑，问道："如果我真的想要追你的话，你会答应吗？"

张彤云不住地笑，说道："还是算了，你们这些当记者的，一个个油头滑脑、甜言蜜语，到时候我被你卖了都不知道。"

商植连忙信誓旦旦："我和其他的人不一样好不好？至少本人在感情的问题上是非常认真的，从来没有过任何绯闻。"

张彤云笑得更欢了，道："你又不是大明星，还绯闻呢。所谓的绯闻不过是被人发现了的偷情，你没有绯闻说明你做事小心。好了，不和你开玩笑了，说吧，什么事情？"

商植苦笑，说道："有件事情想麻烦下你，我们见面谈吧，酬劳随便你开。"

张彤云笑道："哦？还有酬劳？太好了，什么地方？几点钟？"

商植挂断电话高兴地吹了一声口哨，快速跑到镜子前面整理发型，出门前看了一下钱夹，又吹了一声口哨，说道："美好的一天开始了。"

张彤云实在是不会打扮，当商植看到她一身运动装走进咖啡屋的时候禁不住笑了，问道："你这是晨练顺便从这地方路过？"

张彤云瞥了他一眼，"扑哧"一声笑了："讨厌！"大大咧咧地一屁股坐下，"说吧，什么事情？"

商植将一张纸条递给她："我想知道这个 IP 地址的详细情况，最好细化到楼房的房间号、房主的名字。"

张彤云看了一眼，将纸条放回到商植面前，摇头道："这件事情我不能帮你，因为涉及个人信息，我帮了你就违反了纪律。"

似乎早已知道这样的结果，商植笑了笑，说道："最近炒作得很厉害的那件事情，秦霸集团和医院的那件事情你知道吧？"

张彤云一下子就明白了，问道："是医院还是秦霸集团让你调查这件事情的？"

商植实话实说："是秦霸集团的小秦总委托的。"

张彤云点头，笑着问道："他给了你不少的钱吧？"

"十万块，我找人查这个 IP 地址花了两千。"

"给的钱不少啊。你准备给我多少酬劳？"

"你开价，怎么的都行。"

"那就九万八。"

"成交。"

"难道那位小秦总给你的不止十万？"

"就十万，我没有骗你。"

"你一分钱都不赚？"

"万一你答应了做我女朋友的话，这钱还不就是我们俩的？"

"讨厌！我和你开玩笑的，我真的不能答应你这件事情。"

"郝院长在引咎辞职前朝在场的记者鞠了一躬，请求我们媒体的朋友帮忙查清楚这件事情。这件事情不但加大了医患矛盾，而且还很可能因此埋下一颗定时炸弹。医生和患者之间应该是一种相互信任的关系，如果任凭这件事情继续发酵的话，这种信任关系就会变得更加脆弱，这绝非是一件好事情。"

"虽然你说服了我，但我还是不能帮你。我们有铁的纪律，除非是你不想让我继续当警察了。"

"没关系啊，如果真的那样的话，我养你。"

"我可不是金丝雀，不需要别人养。"

"你真的就没有一点办法？"

"问题是，假如找到了那个地方、那个人，接下来那位小秦总会怎么做？"

"那就是他的事情了。"

"这才是问题的关键。这件事情还算不上是传播谣言，只不过是稍微夸大了事实从而引发了争议，如果这件事情一旦变成了打击报复，性质就完全变了。"

"那我问一下小秦总再说？"

"有钱人的话你也相信？"

"他是秦天的儿子，至少秦天做事情还是比较有底线的。"

"资本家的第一桶金大多是血腥的，你居然相信一个富豪会有底线？"

"你们警察接触的阴暗面太多了……据我所知，秦天的过去并没有那么不堪，他只不过是抓住了发展过程中的每一次机会罢了。他原本是一名中学教师，后来辞职下海承包了校办工厂，再后来就承包建筑工程，房地产市场刚刚起步的时候就变卖掉所有的家产涉足其中，于是才有了今天的秦霸集团。这个人不但胆大敢闯，而且对国家经济的走向研究得比较深入，对市场的变化也非常敏感，所以我认为他的成功完全是得益于国家的改革开放，与资本的血腥积累没有任何关系。"

"就算你说得有道理，我还是不能帮你。这也是我的原则。"

商植知道要说服她确实很困难，不过他并没有在意，因为今天约她出来的目的并不止于此。他认识的人多，这件事情也并不是那么地急。商植笑道："没关系，我能够理解。今天你好像没有别的事情吧？要不我们找个地方一起去散散心？"

张彤云似笑非笑地看着他，问道："你真的想追我？"

商植非常认真地点头道："是的。"

张彤云愣了一下，忽然就笑了起来，说道："那好吧，我给你个机会。告诉我，接下来你准备如何安排？"

商植大喜，想了想，道："我们去玩真人 CS 吧。"

张彤云嗤之以鼻，道："我可是警察，真枪都被我玩腻了，像你这样的小虾米会是我的对手？"

商植哭笑不得，又想了想，道："这附近有一家寺庙，我们去那里怎么样？"

张彤云看着他："你很迷信？"

商植摇头道："你是警察，随时都可能遇到危险，我们去那里拜拜菩萨，至少可以求得心理上的安全感。"

张彤云笑道："嗯，那我们就去那里吧。不过你刚开始没有说出要去那个地方，我本来想感动一下的，算了。"

商植一下子就笑了起来。他喜欢的就是张彤云这种性格。

如果用上帝的视觉来看这个世界，偶然其实并不存在。当商植和张彤云到达南桥寺外边的时候，卓越一眼就看到了他们，只不过他并不认识这两个人而已。引起卓越注意的是那个女人身上的运动服和飒爽英姿，而她身边的那个男人从气质上讲就差了许多，而且这两个人看上去并不像是恋人。

不过卓越只看了一小会儿后就收回了目光，对夏丹丹说道："我们回去吧，你需要好好休息。"

夏丹丹忽然感到不安，对卓越说道："刚才说的事情我们最好再考虑一下……对了，你究竟是怎么知道这件事情的？"

卓越含含糊糊地说了一句："在你浑浑噩噩、魂不守舍的时候，最关注你的人要么是你的对手，要么是你的朋友。"

夏丹丹似乎明白了，问道："难道是我们科室的护士小章？"

卓越刚刚喝下去一口茶，听到她如此问自己，差点一下子喷了出来，问道："小章究竟是你的对手还是朋友？"

从卓越刚才的表情中夏丹丹才知道自己的猜测完全错了，回答道："小章喜欢孙鲁……我知道了，是陈小燕。"

卓越点头道："所以你应该对她更好一些，她才是你真正的朋友。"

当一切事情都搞清楚之后，卓越才终于放下心来，不过一夜未眠带来的身体疲惫也因此骤然而至。这其实就是精神的力量，它支撑着卓越一直坚持到此时。离开茶楼前卓越又朝寺庙的方向看了一眼，刚才的那两个人已经没有了踪影。

"不能陪你吃午饭了。昨夜我也失眠了。"卓越歉意地对夏丹丹说道。

本以为自己和卓越之间的感情并没有受到这件事情的影响，可是刚才卓越的客气分明让夏丹丹感觉到了一丝的见外。也许过一段时间就好了。夏丹丹如此在心里对自己说。

卓越没有吃午餐，回到公寓后一觉睡到下午两点多。其实夏丹丹和他一样也没有吃午餐，除了疲惫，还因为心情糟糕。陈小燕不在寝室，王林组织了周末郊游，参与的人都是医院的医生，一共有十多个人，到了郊外的一家农家乐后就开始打麻将。陈小燕没有参与，一直站在高德莫的身边观看，高德莫的手气技术都不错，在午饭前就赢了好几千块。

有人来叫吃饭的时候陈小燕接到了夏丹丹的电话，她听到夏丹丹在电话里面说："小燕，谢谢你。"

陈小燕忽然感到有一种做贼般的慌张，轻声问道："丹丹姐，你不怪我？"

夏丹丹还是那句话："谢谢你。"随即就挂断了电话。陈小燕不明白夏丹丹究竟是什么意思，急忙把高德莫拉到一边，悄悄将刚才电话的事情对他讲了。

高德莫沉吟了片刻，说道："我大概知道是怎么回事了。没事，她这是真心在感谢你。"

卓越起床洗漱后就给郝书笔发了条短信，说有紧要的事情想要见他。他不敢直接打电话。作为一名普通医生，无论是从学术还是职务角度看，他与郝书笔的差距太大，内心忐忑也是难免的。

让卓越感到激动和感动的是，郝书笔竟然很快就回复了。在短信中郝书笔让卓越去他家，同时还告诉了具体住址。不过这样一来卓越就有些为难了：空着手去可不好，可是，应该带上什么礼物呢？忽然想到郝书笔的烟瘾很大，于是就去商店买了两条好烟。中国人骨子里对送礼这件事情非常重视，卓越当然也不例外。当他手上拿着花了近两千块钱买来的那两条香烟的时候，心里面一下子就踏实了。

郝书笔住在距离医院不远的一处小区，花园洋房，敲门的时候卓越忽然意识到手上用报纸裹着的两条烟看上去有些寒酸，还是硬着头皮摁下了门铃。来开门的是郝书笔的老伴，头发都花白了。卓越知道父母的头发早就白了，不过一直在染发，这一刻他才发现人过六十头发花白也很有气质。郝书笔的老伴还没有开口问，卓越就自我介绍道："我叫卓越，郝院长叫我来的……"

老太太的脸上瞬间堆满了慈祥，客气地请他进屋："他在书房，请进来吧。"

卓越还是有些紧张，说道："我也不知道你们喜欢什么，想到郝院长要抽烟……"

老太太的脸上依然带着微笑，说道："你自己去交给他吧。"

进屋后卓越发现里面的装修格调非常简洁。前一段时间卓越正在计划买房，所以也就比较关注装修的事情，他觉得眼前这套漂亮的房子应该是北欧风格。

书房在楼上，卓越进去的时候郝书笔正在看书。卓越恭敬地道："郝院长，我来了。"

郝书笔指了指他对面的那张椅子："坐。"

卓越坐下，将烟放到书桌上，郝书笔看着他："我记得你好像不抽烟的。"

卓越点头："是的。"

郝书笔依然看着他："你专门去给我买的？"

卓越越发地紧张了："我觉得空手来不大礼貌。"

郝书笔笑着说道："是啊，我们中国人讲究礼尚往来……对了，我听说你和江晨雨去找过曲意非教授？你们的调查有进展吗？"

虽然卓越来这里想要说的并不是这件事情，不过此时见他问及到此事，也就只好如实汇报。郝书笔听完后皱眉道："你想过没有，这件事情很可能会带来许多的后续效应？"

卓越不大明白他的意思，疑惑地看着他。郝书笔解释道："我的意思是说，你们这样的调查很可能会触及秦天的家事，而秦天代表着秦霸集团，这样的事情非常敏感，而最近发生的所有事情都因为如此。"

这下卓越明白了，他回答道："我只是一名普通的医生，我最关心的是病人的病情，只要解决了秦雯的问题，我觉得其他的都不重要，更何况到目前为止我已经征得了秦文丰的同意。"

郝书笔笑了笑，说道："年轻人有锐气，这一点值得称赞。这件事情我倒是不反对，不过做事情不能太鲁莽，一定要注意方式方法。"

卓越道："我会注意的。"

这时候郝书笔似乎忽然想起了卓越的来意，问道："你说有事情要告诉我，不会就是刚才说的这件事情吧？"

虽然卓越在来这里之前早已想好了说辞，可是真的到了这个时候却忽然有些紧张起来，说话也变得有些结巴了："郝院长，我，那个……就是网上炒作的那件事情，其实，其实是我做的。"当这句话终于说出来之后才变得顺溜了些，"我太自私了，想不到会因此给您带来那么大的麻烦。郝院长，对不起。"

郝书笔并没有流露出诧异的表情，只是看着他"哦"了一声，问道："告诉我，你为什么要这样做？"

卓越回答道："我是觉得上次医院对我和江晨雨的处理很不公平，而且像这样的情况在别的医院也发生过很多，结果受到伤害的都是我们这些做医生的，我试图用那样的方式让全社会关注此事。"

郝书笔看着他："那你为什么要主动到我这里来承认此事？你想

过没有，你很可能因为这件事情在医院里无法继续工作下去？"

卓越摇头道："我觉得自己并没有做错什么，一个人受到了冤枉还不能去喊冤？不过我并没有想到因为这件事情会给您带来那么大的麻烦，实在是觉得对不起您。"

郝书笔微微一笑，问道："那么，你是如何在网上发布帖子并找到那么多水军去灌水的？"

卓越回答道："这很简单，我找了一家广告推广公司，几千块就搞定了。"

郝书笔一下子就笑了起来，说道："我还真的差点就相信你说的话了，小卓，你以前是不是经常说谎话？居然能够把假的说成真的一样。"

卓越很是吃惊："郝院长，您这话是什么意思？"

郝书笔朝他摆手道："小卓，我知道你想替夏丹丹承担起这件事情，你是她男朋友，这本来无可厚非，但我并不支持你的这种做法。为什么呢？因为这不仅仅是个人的问题……小卓，请你告诉我，医患矛盾的根源究竟是什么？"

这个问题卓越倒是思考过，回答道："说到底还是医患双方沟通不够，都从各自的角度看待某些问题。患者认为自己花了钱就应该药到病除，而且还应该拥有隐私权、知情权、同意权等等，而现行的医疗资源和医疗技术毕竟有限，当这二者发生冲突的时候医患矛盾也就因此出现，甚至升级。"

郝书笔没想到卓越对这个问题的思考如此具体、深入，又问道："那么，你觉得这个问题要如何才能得到解决？"

卓越摇头道："据我所知，医患矛盾这个问题全世界范围都存在，这其中的原因很简单，说到底就是患者的期望值与医疗服务、医疗技术之间的矛盾，所以这个问题化解不了，不过我们可以尽量缓和这种矛盾，说到底就是加强沟通，医院方面要尽量给患者提供优质的服务，尊重病人的隐私权、知情权和同意权。特别是在互联网非常发达的当今，这些都非常重要。"

郝书笔点头道："是啊，你说到了问题的关键。正因为如此，这次的事情才不能就这样稀里糊涂地过去了。医生出了问题就应该找医院的管理者，而不是在背后自作主张去搞事，如果大家都这样做的话，岂不是就会乱了套？你刚才讲得很好，要缓解医患矛盾最关键的是医院、医生及患者都要按规矩来，有了规矩问题就好解决了。小卓，你明白我的意思吗？"

卓越当然明白，可是……这一刻，他的内心忽然有些惶恐起来，小心翼翼地问道："郝院长，您怎么知道我刚才是在撒谎？"

郝书笔大笑："我本来不知道，结果一试探你就说了实话。"

卓越一下子就怔在了那里，不过他又觉得好像不大对劲：刚才我说出的理由那么充分，而且态度也非常诚恳，他怎么可能怀疑呢？而且还直接指明了我是在替夏丹丹承担一切。卓越越想越觉得这其中有问题，不过却不方便多问，不过此时他更关心的是另外一件事情，急忙问道："郝院长，您准备如何处理这件事情？"

郝书笔叹息了一声，说道："事情已经过去了，不过个别人似乎也应该承担起相应的责任吧？我现在已经不再是医院的院长了，让接替我的人去处理吧。"

卓越心里更慌："您的意思是说，夏丹丹她……可是，她在其中并没有做什么啊，也就是同意了别人那样去做，而且她同意与否在这件事情上似乎并不重要。郝院长，这……"

郝书笔微微一笑，说道："医院当然会公平公正地处理这件事情的，你放心好了。"

卓越这才略略放心了些，即刻起身准备告辞，这时候郝书笔却叫住了他，从抽屉里面拿出一个小盒子朝卓越递了过去，说道："这是我上次去美国的时候买的一支派克笔，收下吧。"

卓越急忙道："郝院长，这怎么行……"

郝书笔朝他微笑着说道："见到你们这一代人正在成长起来，我心里很高兴。虽然我们之间的年龄相差比较大，但我们可以做忘年交嘛，收下吧。对了，今后你再来找我的时候千万别带什么礼物了，大家随便一些的好。"

卓越是带着疑惑在稀里糊涂的状态下离开的。而他并不知道的是，当他刚刚离开不久郝书笔就给康德松打了个电话，大致讲了一下情况后问道："对此，你准备如何处理这件事情？"

康德松问道："您是如何得知这件事情的真相的？"

郝书笔笑着回答道："如果不是急诊科的高德莫给我发了一条短信，我还差点就被卓越给骗过去了。当然，卓越也是出于保护他女朋友的目的，所以才想把事情承担下来，由此可见这个年轻人的品格不错，不过也因此可以看出他与孙鲁之间的天差地别。"

康德松感叹道："是啊。这个孙鲁，为了一己之私差点让我们医院陷入巨大的矛盾与风险之中。不过这个孙鲁除了人品低劣些外，似乎并没有触犯法律，也没有违反医院的相关规定。郝院长，您觉得如何处理为好呢？"

郝书笔的心里顿时明镜似的：是啊，如果不是这个孙鲁，你就不可能接替我的位子。此时此刻，郝书笔清楚明了地感受到了一个人在位与否的两种截然不同的心态，心里难免有些失落与恼怒，淡淡地说道："我只是将此事的真相告知于你，至于究竟如何处理，当然是你这个新任院长说了算。不过我还是要提醒你，像孙鲁这样的人，他就是一颗不定时的炸弹，说不定今后还会给医院带来让人无法预料的更大麻烦。"

康德松敏感地捕捉到了郝书笔语气中的不满，沉吟着说道："上面给了我们医院去非洲医疗援助的名额，要不就让这个孙鲁去？"

郝书笔当然知道这件事情，因为最近的这几起事件事发突然，所以才没来得及确定去非洲的人选。不过去非洲医疗援助可不是什么惩罚，反而应该是一种荣誉，而且时间只有一年。郝书笔不想解释自己并不是出于打击报复的目的，他做事情一贯都是这样的风格，做了就做了。而此时他才真切地感受到，当手上的权力失去之后话语权也就随之丧失，心里顿时就产生出一种巨大的失落感，心里叹息着默默地挂断了电话。

寺庙里面到处都是人，购买香烛的地方竟然排起了长队。张彤云已经多年没有来过这样的地方了，在她的印象中，到这种地方来的应该是中老年人居多，然而此时她才发现其中更多的是和她年龄差不多的年轻人，而且一个个脸上的表情都是那么虔诚。张彤云最不喜欢的就是医院的来苏水气味，到了这里后才发现空气中弥漫的檀香味更让人感到不舒服。

商植买来了香烛，给了张彤云三支香两支蜡烛，道："我们去点上。"忽然见她有些迟疑的样子，笑道，"现在你就是一个普通的香客，更何况你又没有穿警服，没人知道你的身份。"

其实张彤云的内心还是比较迷信的，这不是她故作清高与虚伪，而是数千年文化的传承。许多中国人的血脉中都有迷信的基因，而这样的东西却与她现实中的信仰相违背。张彤云从商植手上接过香烛，和他一起走到那一排排正在熊熊燃烧着的蜡烛上点燃，她发现要点燃手上的这东西似乎并不容易，心想也许是寺庙故意把这东西做成这样的，耐心也是虔诚的一部分。

商植示范着将点燃的蜡烛插在烛架上，燃烧着的蜡烛汇入到那一排排熊熊燃烧之中，烛架上吊挂着许多蜡烛燃烧时流下的烛油，一团团、一串串，像被染色了的冰川。张彤云发现自己有些笨，竟然费了好大的劲才将手上的蜡烛插了进去。当她转身的时候就看到商植正双手拿着三支香朝着庙门外的方向躬身三拜，然后分别转向右边的方向、大雄宝殿、左边的方向，每次都是三拜，神态极其虔诚。张彤云诧异地问道："这又是什么讲究？"

商植笑着回答道："我也是听一位老人讲的，说这才是拜菩萨的正确方式。四个方向代表着不同的菩萨。"

张彤云觉得很好玩，于是也跟着做了。也不知道是怎么的，就在她躬身的那一刻，虔诚情不自禁地就从内心深处传递到她全部的动作上。

随后两个人去了大雄宝殿里面，等候着磕头拜佛的人也排起了队，张彤云转身就出去了。商植理解她的想法，笑着说道："那我们去后面的弥勒佛殿吧，那里可以抽签问卦，据说这里的签特别灵。"

张彤云笑问道："真的？"

这一瞬，商植忽然发现她的眼神竟然是如此妩媚，整个人焕发出来的光彩是那么动人心魄，一种从未有过的怦然心动的美好感觉刹那间让他的灵魂为之震颤……难道这就是传说中的爱情？商植一把抓住了张彤云的手，这是一种情不自禁，同时也是害怕失去。张彤云轻轻挣扎了一下，然后就顺其自然了，她的脸一下子就红了，但是却保持着沉默。商植顿时也就明白了——她同意了自己这样的情感表达。

是的，张彤云本来就对商植有好感，只不过她毕竟是女人，所以一直在等候着对方炽烈的追求，而并不坚决地拒绝也是一种考验的方式，就如同古时候被禅让者的再三婉拒一样，其内心却是非常渴望的。而男女之间的感情并不等同于权力的交接，这是一张薄薄的纸张两侧的心心相印，只要捅破了那张纸，爱情也就极其自然地喷薄而出、水到渠成。

商植跪拜在开怀大笑的弥勒佛面前，张彤云却站在一旁看着他虔诚地磕头然后摇动着签筒，一会儿之后一支写有标号的签掉落在地上，商植将手上的签递给张彤云，笑着说道："十八号，一定是一支好签。"

张彤云忽然就笑了起来，问道："你真的相信这个？抽签算命好像是道观才有的东西吧？"

商植的脸皮却厚，觍着脸说道："这抽签还是很科学的，签筒里面九十九支签，上、中、下签各占三分之一，如果抽到的是上签那就说明运气真的很好。"

张彤云不住地笑，她没想到这样的事情商植竟然都能够找到一种合理的解释，由此可见他真的适合做记者这种职业。

商植抽到的果然是一支上上签，上面签词写着：千载之时一遇君，侥幸相逢喜十分；恰似旱中禾得雨，大田多稼熟风云。商植顿时喜不自禁，对张彤云说道："你看看，你看看，我们俩简直就是天生的良配啊。"

张彤云虽然并不完全相信这东西，不过心里还是非常高兴的。她今年已经二十六岁了。

两个人一直在寺庙里面玩到中午时分，一起到附近的酒楼吃了饭，然后在商植的提议下去看了一场电影。电影其实很难看，各种狗血情节，结果两个人竟然看得津津有味。

从电影院出来，张彤云对商植说道："那件事情……"

商植不愿意被那件事情破坏了两个人刚刚才开始的美好，急忙道："没事，我另外找人就是。"

张彤云的心里一下子被感动了，也就不再多说什么。本来商植还准备安排别的节目，后来张彤云接到了单位的紧急电话很快就离开了。商植站在那里，恋恋不舍地看着她那渐渐远去的背影。这一瞬，他忽然特别想喝酒，拿起电话就给几个同事拨打了过去："哥们儿，我终于脱单了。"

酒局刚刚开始的时候商植就接到了一条短信，短信的内容是一处地址，可是发来短信的那个电话号码并不是张彤云的，商植回复了过去：您是？很快，刚才那个号码的新短信进来了：请叫我雷锋。

商植禁不住就笑了起来。他知道，这个人很可能是张彤云的朋友，而且肯定不是警察。

"郝院长是怎么知道这件事情的？"夏丹丹惊讶地问卓越。卓越摇头道："我也不知道，你今天是不是给陈小燕打过电话？"

夏丹丹似乎有些明白了："你觉得会是高德莫？"

卓越点头道："很可能是他……我试探一下就知道了。"随即就给高德莫发了一条短信：郝院长都告诉我了。高医生，谢谢你。

高德莫正在打麻将，看到短信后皱了皱眉：郝院长怎么会告诉他呢？即刻对陈小燕道："你来。随便打就是。"离开座位后去到一处没人的地方，拨通了卓越的电话后说道："卓医生，你千万不要误会，我只是看在小燕和夏医生是朋友的分儿上才将实情告诉郝院长的。孙鲁这个人太鬼了，如果这一次他逃脱了应有的惩罚，说不定今后还会给你和夏丹丹带来更多的麻烦。"

果然是他。卓越真挚地道："所以，我非常感谢你。今天晚上你有空吗？我和丹丹想请你和小燕一起吃顿饭。"

高德莫道："改天吧，我们在郊外呢。"

郊外？他和陈小燕发展得这么快？这一刻，卓越已经完全改变了以前对高德莫的看法，顿时觉得这个人是一个值得交往的朋友。

第十四章

秦文丰带着两个人直接到了这家叫作"魔幻文化传媒"的公司，其实这家公司与文化传媒没有半毛钱的关系，其主要的业务就是网络炒作。

"我叫秦文丰，是秦霸集团的总经理。告诉我，那个人给了你多少钱？"秦文丰跷起二郎腿，大大咧咧地问这位姓毛的公司经理。

毛经理吓了一跳，顿时明白了这个二世祖的来意，急忙起身恭敬地道："小秦总大驾光临……"

秦文丰即刻就打断了他的话："你不用对我说这种拍马屁的废话，告诉我，那个人给了你多少钱？"

毛经理结结巴巴地回答道："两，两万。"

秦文丰掏出支票本，唰唰写了五万块递到他面前："告诉我，那个人是谁？"

毛经理很是为难地道："小秦总，我们这一行有自己的规矩，不能暴露客户的情况……"

秦文丰将支票收回、撕掉后重新开了一张十万的："告诉我，那个人是谁？"

毛经理吞咽了一口唾液："小秦总，我真的不能告诉你……"

秦文丰起身就朝外面走，同时在说道："好吧，我让警察来找你，现在我就去报案。"

毛经理的脸色"唰"地就白了："我说，我说还不行吗？"

毛经理向秦文丰提供的是一个聊天工具登录号码，以及对方向他公司账号打款的银行账号。秦文丰让下面的人去银行向那个账号转账一百块钱，柜员机上显示出来的账户名字叫：＊地黄。这个名字非常特别，秦文丰觉得在什么地方看到过，不过一时间想不起来了。很显然，这应该是一个男人的名字，秦文丰让自己的女秘书小丁加了对方的好友。

此时姚地黄正在报社的电脑前写着一篇报道的稿子。记者的收入除了基本工资之外，其他的部分主要是来自红包和稿件，姚地黄目前还是单身，周末对他来讲意义不大。这时候他忽然发现有人请求加好友，点开对方的信息看了一下发现竟然是一位美女，而且备注栏里面写着"请教几个问题"，姚地黄一下子就排除了对方是做推销的可能，于是想也没想就通过了，不多一会儿对方就发来了聊天信息：你好帅哥。

姚地黄：请问你是？

美女：我是魔幻文化传媒公司毛经理的秘书小丁，请问你的尾款什么时候打入我们公司的账户啊？

姚地黄：下周一上班的时候吧。

小丁：现在不行？周末也可以转账的。

姚地黄：干吗要那么急？我又不是不给。

小丁：我没说你不给啊。可是老板给我布置了任务，要求我今天必须收到钱。也就五千块钱的事情，要不我直接到你那里来拿？帅哥，你不要为难我们这种下面办事的人好不好？

秦文丰的女秘书发了一个亲吻的表情。姚地黄心里一动，快速打字：这样，让你们老板给我说一声，然后我们找个地方碰面，我当面把钱给你。

小丁：哥哥，你太好了。紧接着又是一个亲吻的表情。

不多一会儿之后，毛经理就给姚地黄发送了一条信息：我的秘书小丁与你联系过了是吧？我们是小公司，小本经营，还请你多谅解。希望我们还有下次合作的机会。

看来这个女人不是骗子。姚地黄终于放心了，即刻告诉了小丁见面的地方和时间。稿子写完后正好十一点半，距离与小丁约定的时间还有半个小时，姚地黄到报社楼下的柜员机上取了钱，随后叫了一辆出租车。

姚地黄选择的地方是一家咖啡厅，这地方还兼营西餐，环境幽雅浪漫。他刚刚进去就看到了坐在落地窗旁边座位的小丁，她的模样和聊天工具上的头像差不多，漂亮得很有特色，而且气质也非常不错。姚地黄快步朝她走去，到了她面前后彬彬有礼地问道："你是小丁？"这时候他忽然就想起眼前这个漂亮的女人是谁了，作为记者，他也是经常与企业打交道的，秦文丰身边的那位漂亮女秘书他不可能没有印象，心里暗呼"糟糕"，急忙转身就朝外面跑……

可是已经来不及了，他刚刚跑到咖啡厅的门口就被秦文丰带着的几个人给堵住了。

听完了儿子的情况汇报，秦天沉吟片刻后说道："这件事情还是交给报社和医院他们自己去处理吧，你再联系一下那个叫商植的记者，请他写一篇关于这起事件的调查稿，这件事情就到此为止吧，让大家知道真相就可以了。"

秦文丰点头道："我这就与他联系。"

秦天看着儿子，问道："这么快就把情况搞清楚了，你花了多少钱？"

秦文丰笑着回答道："不多，也就二十万。"

秦天的手指在桌面上敲打着，面无表情地问道："二十万还不多？你知道这二十万对一个工薪阶层的家庭来讲意味着什么吗？"

秦文丰讪讪地道："您不是说过吗，能用钱解决的问题，千万不要采用别的方式。"

秦天的语气依然平和："这个世界是复杂的，做任何事情当然不能一概而论。就这次的事情而言，你这样做其实并没有什么问题，我要说的是你的惯性思维。是的，二十万块钱对秦霸集团来讲不算什么，但我们不能事事都用钱去解决，特别是在与官员接触的时候，贿赂只能解决一时之事，但也可能会因此埋下灭顶之灾的隐患。这一点你千万要记住。"

秦文丰不大理解，问道："很多人不都是那样在做的吗？"

秦天摇头道："你只看到了现象而没注意到实质。政商关系是一个非常复杂的问题，作为企业，我们需要把握的是政策而不是执行政策的官员，为什么这样说呢？有一句话说得非常好，铁打的营盘流水的官员。你仔细想想就明白了。对了，那几个钉子户的事情解决得怎么样了？"

秦文丰苦着一张脸说道："他们就是不搬啊，我都把补偿价格提高到我们最大的心理底线了，结果他们还是不同意。我们不能再加价了，否则的话以前那些已经签约的搬迁户就会闹事的。"

秦天想了想，说道："那就冷一段时间，而且马上放出风声去，就说我们准备修改规划设计方案，将那几个钉子户规划在准备开发的小区之外。"

秦文丰双眼一亮，道："这个办法不错，我这就吩咐下面的人去办。"

秦天叹息了一声，道："他们的期望值太高，只有让他们在彻底失去希望之后才会变得理智一些。文丰，你要记住，商业行为的实质就是博弈，而博弈绝不是硬碰硬。"

看着儿子走出去的背影，秦天在心里暗暗问自己：现在，我能够放心把所有的一切都交给他吗？他摇了摇头，拿起手机拨打了一个号码："郝院长，这次的事情我们已经搞清楚了，是你们医院一个叫孙鲁的医生与某个报社的记者合谋的。"

郝书笔的声音淡淡的："这件事情你不应该对我讲，现在我已经不是院长了。"

秦天笑道："你在医院里面德高望重，新上任的院长还不是要听你的？"

郝书笔说道："既然我已经不再是院长了，有些事情也就不应该再插手才是。"

秦天从他的声音中听出了一丝萧索的情绪，心想：难道当真是人走茶凉、世态炎凉到了如此地步？他笑着说道："倒也是。郝院长，我在江边有一处茶舍，你想喝茶的话我倒是可以随时陪你。"

郝书笔大笑道："你可是大忙人，我怎么敢劳你的大驾？"

秦天的语气十分真挚："说起来我认识的人也不算少了，但真正的朋友却没有几个。年轻的时候交朋友是做加法，到了像你我这样的年龄交朋友就得做减法了。郝院长，我是从内心里敬佩你的为人，也想交你这个朋友。公司的事情总有一天会交给儿子，现在我就得慢慢放手了。"

自从上次两个人见面之后，郝书笔就已经将秦天从概念中的那个暴发户变成了一个很有底蕴的商人，而此时对方流露出来的诚意确实让人感动。郝书笔笑道："那行，有空的时候我一定约你。"

随后秦天又给姚地黄所在的报社总编打了个电话，讲明了情况后说道："你们自己看着处理吧，我们秦霸集团将保留起诉你们报社的权利。"

接下来秦天并没有给医院方面打电话，他承认这其中有着自己对医院和医生不一样的情感因素在。现在郝书笔已经知道了全部情况，接下来医院方面如何处理那位医生也就不再重要了。

礼拜天。

卓越带着夏丹丹一起回了趟家，欧阳慧炖了鸡汤，卓文墨亲自下厨炒了几样拿手的菜，一家人高高兴兴地在一起吃了顿饭。

高德莫、陈小燕一行继续在郊外度假，吃饭喝酒打麻将。

张彤云在执行任务，商植接到秦文丰的电话后开始构思文章的大纲，同时决定第二天去往医院采访江晨雨和卓越。

孙鲁在医院值班，早上刚刚接班就来了新病人，不多久又来了几个，一时间忙得一塌糊涂，刚刚检查完病人、开完医嘱、写好病历，正准备吃午餐的时候又来了一个病人，这时候就连和他一起值班的护士都很不高兴了，暗暗嘀咕着说了句："这个人真是倒霉透了，下次千万不要和他一起值班……"

姚地黄惶恐地走进了总编的办公室，总编的眼神很可怕，说出的话更是冰冷："经研究决定，你被报社开除了。"

姚地黄的双腿一软，差点瘫软在地上。

江晨雨终于决定回家一趟。是父亲来开的门，江晨雨忽然发现父亲苍老了许多，眼泪禁不住一下子就下来了，轻声叫了一声："爸……"

柳眉的手上捧着一本言情小说，但是却没看进去一个字，脑海里面不断浮现出那张英俊的面孔，许久之后，她喃喃地问了自己一句："我要不要给他打个电话呢？"

雷达也在值班，刚刚收了一个患有严重腹股沟疝的病人。病人是一位京剧演员，京剧的高音唱腔造成了他长期高腹压的状态，再加上位于腹股沟位置的腹膜本身存在着一个孔洞，于是肠子在高腹压的作用下慢慢进入腹股沟里，腹膜的那个孔洞也就越来越大。由于病人一直没有异常的症状出现，掉出去的肠子随时会收缩回到腹腔里，所以一直没有引起注意。几天前，病人连续演出了数场，肠子穿过孔洞的长度比以前多了许多，于是就出现了嵌顿，肠梗阻的症状也就越来越明显。

打开腹腔后雷达发现被嵌顿在腹股沟里的那一段肠子全部变成了乌黑，说明已经坏死，唯一的办法就是切除掉那一段肠子并进行连接缝合。这样的手术对雷达来讲远远超出了阑尾切除的难度，他不得不叫来二线值班医生。

医院的值班制度分为一线、二线和三线，一线医生解决不了的问题必须请示二线医生，三线医生都是医院里的顶尖专家了，除非是遇到非常特别的情况，一般不会惊动他们。

这台手术进行了近三个小时，时间主要花费在切除后的肠道两端缝合，以及整个腹腔的消毒。当然，雷达只能充当助手。手术完成的时候已经临近中午，午餐后睡了会儿午觉，醒来后才发现手机一直没有开机。

钱文学拿到名单后就即刻开始与上面的人联系，结果发现那些号码要么是空号，要么根本就与名单上的人对不上号，这才意识到自己上了卓越的当，他不怒反笑："这个人有点意思。"

林武通过那个保安搞清楚了第一次拿到的电脑是外科医生雷达的，雷达的电话号码也问到了。星期天的上午钱文学百无聊赖，忽然想起那台笔记本电脑里保存的东西，结果几次拨打雷达的电话对方都处于关机状态，下午的时候才拨通。

雷达做了一上午的手术，刚刚午睡醒来就听到手机在响，拿起一看是一个陌生号码，直接就挂断了。钱文学有些郁闷，立即发了一条短信过去：你的电脑在我手上，里面的有些东西很有趣。

雷达一直担心的正是这件事情，急忙拨打过去："你究竟想干什么？"

钱文学这才觉得有趣起来，说道："我们可以谈谈。"

雷达问道："你要多少钱就明说，我可以不报案。"

钱文学哈哈大笑，说道："我是差钱的人吗？这样，晚上我请你喝酒，我们慢慢谈这件事情。"

这人脑子有问题吧？雷达觉得莫名其妙，说道："对不起，今天我二十四小时的班，没时间。"

钱文学笑道："明天也行。"

雷达想了想，道："好，那就明天。"

在住处楼下的一家小饭馆里面，姚地黄喝得大醉，摇摇晃晃回到住处，躺倒在床上时终于下定了决心："孙鲁，这件事情你得补偿我……"

这个星期天的一切都还算比较宁静，但注定下一个星期的第一天必定风云难测，甚至很可能是波涛汹涌……

第十五章

对于许多上班族来讲，周一就是煎熬的开始，因为它距离周末太远了。从周一到周五天天忙碌，周六、周日终于可以得到短暂的休息，生活就是如此一次次地轮回。而对于大多数医生来讲，几乎每周一次不定期的夜班彻底打乱了他们这种有规律的生活。

孙鲁值了一天的班，整个星期天都是在忙碌与疲惫中度过的。还好的是，时间到了午夜终于清静下来了，这才拖着疲惫的身躯到医生休息室躺下。第二天，也就是一个新的星期一的早上，他刚刚交完班就接到了医院办公室的电话，说康院长有事找他。

刚刚上任的医院一把手要找我？孙鲁一下子就紧张了起来，他的心里忽然有了一种极度不好的预感。他只是一名普通的年轻医生，在这个时候除了那件事情之外院长还有什么样的可能会亲自找他？

所有的疲惫都被惶恐与不安替代。当孙鲁站在院长办公室门外时依然感觉到自己的双腿在发抖，深呼吸了几次后他终于鼓起勇气去敲门。

"进来吧。"里面传来一个声音。孙鲁曾经来过这里，那也是他唯一的一次。当时他刚刚到这家医院报到不久，郝书笔亲自找他谈话，那时候的他没有忐忑与惶恐，只有些许的兴奋。而此时，当孙鲁听到从里面传出来的那个声音的时候，背心处顿时泛起了丝丝的寒意。他终于推开了眼前的那道门。

孙鲁当然认识这位康院长，只不过从未和他打过交道。在孙鲁的印象中，这位曾经的副院长似乎随时都保持着和蔼的笑容，可是眼前的他却是满脸的淡然，几乎看不出有任何的表情，这就更让人感到有些发慌。孙鲁小心翼翼地问了一句："康院长，您找我？"

康德松瞄了他一眼："你就是孙鲁？"

孙鲁的心里就更加惶恐不安了，急忙点头道："是，我就是孙鲁，内科的。"

康德松根本就没有想让他坐下的意思，缓缓问道："你最近干了什么事情你自己应该知道是吧？"

果然是那件事情……难道是夏丹丹告发的？不，不会是她。虽然她不喜欢我，但她实实在在是一个心地善良的女人。孙鲁来不及细想，本能地就想到要否认："康院长，我不知道您说的是什么事情。最近我都在上班，几乎天天都待在医院里面，没做什么别的事情啊。"

康德松的语速依然不急不缓，语气淡漠得不带一丝的情感："你委托一个姓姚的记者通过互联网大肆炒作医患矛盾，郝院长因此而引咎辞职，同时给医院带来了极不好的社会影响，这样的事情非得要我当面对你讲出来吗？"

孙鲁的脸色瞬间变得苍白起来，嘴唇也在颤抖，他只感到双腿发软，口干舌燥："我……"

康德松看了他一眼，指了指沙发："坐吧。"

孙鲁木偶般坐下去，脑子里面一片空白，他想解释却不知道该如何讲："郝院长，不，康院长，我……"

他的这一声"郝院长"让康德松的心里忽然产生了一种极度的反感，本来对眼前这个人稍有的好感差点瞬间变得全无。康德松依然是那种淡淡的语气："你有两个选择：第一，你自己申请离职；第二，参加去非洲的医疗援助团队，一年后回来再说。"

孙鲁大惊："非洲？"

康德松冷冷地道："难道你还想去美国？"

孙鲁略作思考，急忙道："好，我去。"

康德松的脸上这才露出了一丝笑容："年轻人嘛，犯错误是难免的，改了就好。其实去非洲参加医疗援助也不错，不但可以积累丰富的临床经验，而且还可以享受国家的补贴。"

怎么听起来好像不是对我的处分？孙鲁愣了一下，不过他很快就想明白了：如果不是我闹出这样一件事情来，眼前的这位根本就当不了一把手。他急忙道："我一定好好工作，绝不让您失望。"

康德松微微一笑，说道："那就这样吧，过几天医院就会下发文件，下个月你们就要出发了。"

孙鲁小心翼翼地问道："我们医院还有哪些人要去非洲？"

康德松道："还有传染科的一位副主任医师，以及两位护士。好了，你不要多问了，先提前把家里的事情安排好吧。"

家？孙鲁苦笑了一下，心里一片萧索。

姚地黄醒来的时候只感觉到头痛欲裂，咽喉处痛得厉害，连吞咽唾液都感到困难。小饭馆的酒太劣质了，而且他喝得太多。姚地黄醒来的时候一时间忘了自己已经被报社开除的现实，挣扎着从床上爬起来，幸好冰箱里面还有几罐可乐，一口气就喝下去一罐，这才觉得舒服了些。去到洗漱间，从镜子里看到的竟然是一个双眼通红、头发蓬乱的自己，忽然想起自己今天根本就不用去上班了，内心的愤怒让他失去了理智，重重一拳击打在了面前的那张玻璃镜面上。碎片四溅，拳头上鲜血淋漓。

姚地黄没有给孙鲁打电话，而是在楼下的小诊所简单包扎了下手就直接去了医院。到了内科病房才得知孙鲁被院长叫去了，心里禁不住就想：他不会也和我一样被开除了吧？不多一会儿，孙鲁就回来了，他一见到姚地黄心里就暗叫"不好"，嘴里却在问道："你怎么来了？你的手怎么了？"

姚地黄没有回答他，将他拉到一边后低声问道："院长找你了？怎么说？"

孙鲁猛然间就明白了是怎么回事，质问道："原来是你说出去的？为什么？"

姚地黄恨恨地道："我也不知道他们是如何查到我头上的，还不是因为你，这下好了，我为了帮你的忙结果被报社开除了，你说怎么办吧？"

孙鲁愕然地看着他："你被开除了？"

姚地黄没有再回答他，反问道："你呢？你还没有告诉我医院怎么处理你的呢。"

孙鲁苦笑着说道："我和你差不多，被发配去非洲医疗援助了。"

姚地黄的心里一下子就更加不平衡了："去非洲医疗援助？很多人想去还去不了呢，也就一到两年的时间，相当于去旅游一次，还可以挣钱。我明白了，这是你们的现任院长暗暗在奖赏你。孙鲁，现在我可是连工作都丢了，你说怎么办吧？"

孙鲁顿时后悔：真不该对他说实话。其实他并不想去什么非洲旅游，也不在乎那点钱。一年的时间虽然不长，但却足以改变许多事情。孙鲁越想心里越烦，道："你找我又有什么用处呢？"

姚地黄怒道："要不是为了帮你的忙……而且当时我再三劝你不要那样去做，你就是不听。现在我连工作都没有了，其他的报社也不可能接纳我，我不来找你找谁？"

孙鲁瞠目结舌："可是，我真的帮不了你什么啊。"

姚地黄道："这样，反正你马上就要去非洲了，你那车也没有了用处……然后你再给我十万块钱，这件事情就算我们俩了了。"

孙鲁吃惊地看着眼前这个人。他万万没有想到自己的这个老同学竟然有着狰狞的一面，顿时怒不可遏："你想钱想疯了？不但要我的车，还要那么多的钱！你以为我是大老板啊？"

姚地黄冷冷地道："你看着办吧，不然的话我就在你们医院闹，让所有的人都知道你干的那件事情，而且我还要去找那个女的，让她也付出相应的代价。"

孙鲁这才真正急了："你，你别乱来啊……"

姚地黄冷"哼"了一声，道："那你自己看着办吧，我给你三天的时间考虑。再见。"

眼睁睁看着姚地黄的背影消失在电梯里，孙鲁的心境更是糟糕。他本来是准备给一个哮喘病人调整一下用药比例的，此时也就再也没有了那种精益求精的心思，转身就下楼回到了公寓。

怎么会变成这样？躺在床上的孙鲁心乱如麻。当初他可是仔细推演过的，正因为觉得风险比较小才决定做那件事情，然而现在的结果却完全超出了他的预料，他想了很久都想不明白这其中的根源，只是觉得自己是那么渺小，就如同大海里的一片树叶、天空中的一粒尘埃，在波涛与狂风之中根本就毫无左右自己方向的力量。或许这就是命。最后，他哀叹般地告诉自己。

思绪又回到现实。姚地黄这是敲诈，我绝不可能答应他的条件。可是，万一他真的跑到医院来闹腾呢？现在看来，这个人就是一块滚刀肉，没有什么事情是他做不出来的。孙鲁一想到姚地黄提出的要求心里就不住发颤，肉痛不已，过了好一会儿之后他忽然有了一个主意。

上次同学聚会的时候孙鲁保存了中学班长的电话，班长如今已经是一位小官员，想必他可以在中间起一些作用。电话拨通后孙鲁将情况大致讲述了一遍，然后说道："当时我也不知道会造成这样的结果，其实我的内心也有愧，可是他这样狮子大开口，实在是太过分了。"

班长沉吟了片刻，说道："你想过没有，假如你是姚地黄呢？你现在会怎么想这件事情？"

孙鲁怔住了："我……我就自认倒霉呗。"

班长道："这还是你孙鲁的思维。你再仔细想想。"

孙鲁顿时恼了："难道我真的要给他车和那笔钱？我那车可是家

里给我的钱买的，而且我现在每个月都要还贷款，哪来那么多的钱？"

班长道："这是你和姚地黄之间的事情，我不好多说什么。我的意思是，你们两个人都应该站在对方的角度思考这个问题。我觉得你应该思考的是：当初是你去找的姚地黄，非得要他帮你这个忙，然后才出现现在的这个结果。也许你这样想的话心理也就平衡了。"

孙鲁高声道："我平衡不了，他的胃口也太大了！"

班长问道："那你的意思是说，姚地黄就应该宽宏大量，独自一个人承受这样的结果？凭什么啊？"

孙鲁有些明白了："你是站在他的角度在说话，想必你和他之间的关系很不错。"

班长叹息了一声，说道："如果我是你的话，肯定会主动提出补偿他的事情，如此的话也就不会出现你现在这样被动了。人心都是肉长的，你的诚意够了，对方也就接受了。孙鲁，我和你也是同学关系，我刚才表达的仅仅是一种中立的看法。你自己好好想想吧。"

孙鲁愣了许久才发现对方早已挂断了电话，他依然认为班长是在偏向姚地黄，气愤得差点将手机给扔了。

其实班长的话是没有错的，他只不过是在暗示孙鲁现在主动去找姚地黄谈还来得及，只不过孙鲁并没明白过来。一个人处理问题的方式是与他的性格和境界密切相关的，说到底还是因为孙鲁和姚地黄都太过自私，都把钱这个东西看得太重，而且根本没有从对方的角度思考这个问题，所以才造成了两个人之间这种不休不止的局面。

商植一大早就来到医院，直接去了生殖中心。卓越一见这个人就觉得面熟，很快就想起他就是那天在南桥寺对面茶楼里看到的那个人。这个世界太小了，他觉得有些好笑，不过却直接拒绝了商植的采访。

"为什么？"商植问道。

卓越回答道："事情已经过去了，我相信医院和报社会很好地处理这件事情的。"

商植当然不甘心就此罢休，毕竟这次的采访报道是小秦总亲自交办的，而且报社也非常重视。他劝说道："虽然事情已经过去了，但这起事件在社会上的影响还在，很多人并不了解其中的真相，所以我们才更应该将事情的前后经过如实地告诉大家。这无论是对医生还是病患来讲都是一件好事情，以免社会上继续以谣传谣。"

这个记者的口才很好。卓越心想。不过他还是不想多说什么："事情的真相就摆在那里，如果你非得要采访的话就去院办吧。"

商植看着他："可是，你是当事人。还有江晨雨医生。"

卓越转身就走，说道："反正我不接受你的采访，其他的人我管不了。"

商植在后面大声问道："你是不是害怕了？所以才不敢说出真相？"

卓越转身道："第一，真相早就清楚了；第二，我还真的害怕了。"

遇到这样的人商植也没办法，他有些后悔自己一开始没有直接去找江晨雨。本以为男人和男人之间要好交流一些，想不到这个人的态度竟然如此坚决。既然他不愿意接受采访了，想必江晨雨根本就不会出来和他见面。商植苦笑着摇了摇头，只好去了医院办公室。

结果商植正好遇上董奇运和康德松在争吵。刚刚提拔起来的医院办公室主任明显没有他的前任有经验，任凭其他人在院长办公室外面围观偷听，而姜彤却因为有别的事情正好不在。

刚刚接替郝书笔担任医院一把手的康德松雄心勃勃，他早就注意到这座城市医疗资源的严重不足，准备在未来的十年内先后在东南西北四个方向各建一所分院。康德松将前期的考察选址工作交给了姜彤。姜彤也是刚刚被提拔为副院长，工作激情非常高，最近几天连周末都没有休息，亲自驾车在这座城市里面到处跑，周一一大早就去了规划局。

董奇运原本是医院分管业务的副院长，按常规来讲，分管业务的副院长被人在职务前面冠以"常务"两个字，也就是第一副院长，他也没有想到郝书笔会忽然提出辞职，而当郝书笔辞职之后他这个常务副院长似乎就应该理所当然地接替正院长的位子，想不到最终的人选竟然是位于自己后面的康德松。虽然他也被提拔成了正职，不过却是负责党务那一块。要知道，医院系统可是院长负责制，掌握着真正的实权。

对此，董奇运的心里非常恼火。他本来就有些看不上在郝书笔面前一贯唯唯诺诺的康德松，不过却也无可奈何，毕竟这是上面的任命结果。当然，他也知道这其中很可能是郝书笔的意思，也就因此对郝书笔的任人唯亲感到十分愤怒。

周一刚刚上班，院办就送来了一份文件让董奇运签字，这份文件是即将去往非洲医疗援助的医生和护士人员名单，董奇运诧异地发现里面竟然有孙鲁的名字，即刻就问医院办公室的工作人员："孙鲁的级别太低了些吧？而且以前我在报名的名单上并没有看到他的名字。这究竟是怎么回事？"

办公室的工作人员摇头道："我也不知道是怎么回事，只知道这份名单是康院长拟定的。"

董奇运很是窝火，拿着手上的那份文件就去了康德松的办公室。

康德松已经搬到了原来郝书笔的那间办公室里，里面的家具也都换了。郝书笔一贯俭朴，使用的是一张非常普通的办公桌和藤椅，旁边的沙发也非常老式，而现在这里面却是一溜的高档家具：老板桌椅、真皮沙发、开水器，还有一台液晶电视。

康德松见董奇运直盯着办公室的那些家具看，笑着说道："你和几位副院长办公室里的家具马上也会换，我已经给院办打招呼了。"

真是小人得志，他这是故意先换自己办公室的，以此显示他的权威。董奇运压制着内心的反感与愤怒，将手上的文件放到康德松面前，问道："这份文件究竟是怎么回事？以前郝院长在的时候像这样的事情都会拿出来讨论研究的，我竟然不知道这件事情，怎么就直接出文件了？"

康德松解释道："这件事情上面催得急，也不是什么大事，而且去非洲的人员并不仅仅是我们一家医院派出，最终还得由上面决定。"

这样的解释虽然有些道理，但关键的是已经显示出了眼前这个人独断专行的苗头。以前郝书笔虽然也是如此，但人家的威信在那里摆着，而且郝书笔从来事事都要走程序。董奇运强忍着内心的怒气，问道："那么，这个孙鲁是怎么回事？我们怎么能够派出这样低级别的医生呢？这可是涉及外交和政治问题，你想过没有？"

如果是郝书笔像这样质问他倒也罢了，可是眼前站着的这个人分明是董奇运。康德松淡淡地道："这件事情我和郝院长商量过的，他也没有意见。"

董奇运惊讶了一瞬，不过很快就觉得眼前这个家伙是在撒谎。郝书笔做事情虽然霸道，但绝对讲原则、顾大局。董奇运一下子就笑了起来，说道："这倒是奇怪了，那我得问问郝院长同意让这样一个低级别医生去非洲医疗援助的原因。"

说着就拿出手机准备拨打。康德松本想通过这件事情看看董奇运和下面几位副院长的反应，想不到眼前这个人根本就不买自己的账。康德松急忙道："老董，你暂时不要打这个电话，坐下我慢慢告诉你为什么。"

他果然是在撒谎。董奇运在心里冷笑了一下，一屁股坐在了沙发上。康德松没有办法，这才将这件事情的来龙去脉都讲了出来。董奇运一听，心里更是大怒，不过却并没有马上发作，他听到康德松继续说道："这件事情的经过是郝院长告诉我的，他问我准备如何处理孙鲁，我就说了将他派去非洲的意见，郝院长也没有多说什么。孙鲁做的这件事情确实是过分了些，其根源还是为了讨好夏丹丹，如果非得要说有责任的话，夏丹丹也应该有一些。不过孙鲁并没有违反法律和医院的规定啊，所以我才决定让他出去锻炼一下。非洲那边的工作非常辛苦，而且还有一定的危险，这也算是对他的一种惩罚吧。"

董奇运顿时就激动起来，大声道："夏丹丹有什么责任？她完全是被孙鲁给欺骗了，而且孙鲁明明知道她是卓越的女朋友，这样的人品格就有问题。我们先不谈这个，孙鲁是我们医院的医生是吧？他干出了那样的事情，对这样的人如何处理至少应该上院长办公会研究讨论吧？为什么你一个人就这样决定了？"

康德松指了指那份文件，道："这上面不是还没有盖公章吗？先让你们看也是讨论的一种方式啊。我这人不喜欢开会，太浪费时间。我们医院位于市中心，发展的空间太局限，现在过道上都住满了病人，所以我们应该抓紧时间考虑医院未来的发展问题，不应该在这样的小事上花费太多的时间。老董，你觉得呢？"

董奇运竟然一时间无言以对，愤怒地站了起来指了指康德松："你……"转身出了办公室，发现外面站了许多人，怒道："你们在这里干什么？都回自己的办公室去！"

众人轰然而散。康德松坐在办公室里冷笑。

商植在那里哭笑不得，他没想到这样一件事情在医院里面竟然变成了争权夺利的一场争吵，心里想道：这家医院今后不会再清静了。当然，他是不会将刚才发生的情况写到文章里去的，这毕竟是医院管理层之间的矛盾，他也不想蹚这里面的浑水。算了，就按照已经掌握的资料随便写一篇报道得了。

这件事情瞬间就在医院里面炸开了锅，夏丹丹没有想到医院对孙鲁的处理竟然是这样一种结果，在她的印象中，非洲就是贫穷、战乱的代名词，所以心里难免有些愧疚。直到现在她才发现自己真的很愚蠢。

护士小章听到孙鲁将要被派往非洲的消息后顿时惊呆了，内心里面千回百转许久之后终于下定了决心，直接就跑到了医院的行政楼去找康德松。也不知道是从哪里冒出来的勇气与力量，竟然让她一点都不感到紧张与害怕。

康德松只见敲门后进来的是一个小护士，心里在暗暗批评那位新上任的院办主任：怎么随便什么人都可以直接来找我？不行，今后得改变一下规矩。不过此时他的脸上还是非常和蔼地问道："你叫什么名字？哪个科室的？找我有什么事情？"

小章的话冲口而出："康院长，我要去非洲。哦，我叫章芊芊，是老年科的护士。"

康德松很感兴趣的样子，问道："哦？你为什么要去非洲啊？"

这其中的原因让小章有些说不出口，她还是那句话："反正我要去。我可以不要工资，管我吃饭就行。"

康德松是过来人，心里一下子就明白了：眼前的这个小护士肯定是看上了这次要去非洲的某个人，传染科的那位肯定不可能，他有妻子和孩子，而且年龄偏大，那就只可能是孙鲁了。这件事情很有意思，有些像电视剧里面的情节。康德松笑眯眯地问道："你喜欢孙鲁？所以想和他一起去非洲？"

小章的脸一下子就红了，点头道："嗯。"

康德松道："可是，他喜欢你吗？这个问题你似乎应该想清楚才可以。"

小章的脸上一片决然："我不管他是不是喜欢我，只要我喜欢他就行了。他一个人去那样的地方我不放心，我要和他一起去，我可以照顾他，安慰他。"

这一瞬，康德松的心里忽然疼痛了一下，因为他也有个女儿。康德松沉吟了片刻，说道："好吧，我答应你。"

小章顿时惊喜万分，不住朝康德松鞠躬道："谢谢院长，谢谢院长！"

康德松发现自己特别喜欢这样的感觉，和蔼地问道："你还没有告诉我你的名字究竟是哪三个字呢。"

小章离开之后，康德松拿起笔在先前董奇运留在办公桌上的那份文件上划掉了一个护士的名字，然后添上"章芊芊"三个字，嘴里低声说了一句："如果连这样的小事情都决定不了，这个院长当着还有什么意思？"

　　董奇运在自己的办公室里面坐了一会儿，心里越想越觉得窝火，一会儿之后就直接去了周前进那里，直接就问道："这次去参加非洲医疗援助的那份名单你看了没有？"

　　周前进点头："看了，怎么了？"

　　董奇运没想到他竟然如此平静，心里更是生气，问道："这么重要的事情他一个人就决定了，而且那个孙鲁的品格很有问题，根本就不适合参与这种国际性的援助项目，难道你就这样认同了？"

　　周前进叹息了一声，说道："老董，我毕竟是副职，人家根本就不需要听取我的意见。以前郝院长在的时候不也一样？"

　　董奇运道："怎么会是一样？郝院长可是最讲究程序的，任何事情都会经过院长办公会研究讨论通过，并且记录在案。他康德松刚刚上任就如此独断专行，这样下去今后我们岂不是都被他给架空了？"

　　周前进笑了笑，说道："一把手决策，我们做副职的执行就是了。他不是让我们传阅这份文件并签字吗，这也是程序的一种啊，没有什么大的问题。"

　　董奇运急了："难道你也认为孙鲁适合去非洲参加医疗援助？"

　　周前进淡淡地道："有什么不合适的？孙鲁是医学博士，正好去那边丰富一下临床经验。即使是他的人品不好，但这并不代表他的医德就有问题。据我所知，这个人在病房里还是比较勤恳的，对病人的态度也不错。话又说回来了，我们只是将名单上报，最后能不能通过不是还有上面的人在把控吗？"

　　董奇运这才明白了，眼前这个人根本就和他的想法不一样，人家安于做一个副职，得过且过，并不想招惹事端……想明白了这一点，他也就不想再去找姜彤了。不过他心里明白，像这样的事情是不适合向上面反映的，搞不好自己还会给上面留下不顾大局、不讲团结的坏印象。

　　算了，这次的事情就忍忍吧，如果再有这样的事情发生……董奇运拿起电话给医院办公室拨打："把去非洲医疗援助的那份文件再送到我这里来。"

　　文件很快就送来了，董奇运惊讶地发现里面又换了一个名字，问道："这又是怎么回事？"

　　办公室的工作人员回答道："这个名字是康院长亲自改的，他让我们重新打印了这份文件。"

　　董奇运大怒，"啪"的一声将签字笔扔在了桌上："太过分了！你马上给我安排一辆车，我要去一趟省卫生厅。太过分了！"

　　工作人员从董奇运的办公室出来后悄悄去了康德松那里。康德松笑着说道："他要去就让他去吧，马上给他安排车就是。"

　　董奇运刚上车的时候还是怒气冲冲，不过到了半途后就慢慢冷静了下来：按道理说康德松不应该在这样的小事情上如此大费周章啊，他这样做的目的究竟是为了什么？他越想越觉得不大对劲，急忙让司机返回。随后就给护理部主任打了个电话："那个叫章芊芊的护士究竟是一个什么情况？"

　　医院的每个科室都有护士长，而各个科室的护士长都由医院的护理部管理。护理部主任回答道："章芊芊？我想起来了，她好像是老年科的护士。"

　　老年科？夏丹丹？孙鲁？章芊芊？董奇运一下子就从其中想到了一种可能，问道："这个章芊芊与孙鲁是不是有某种关系？"

　　护理部主任道："我马上了解一下情况。"

　　护理部主任的电话很快就打回来了，董奇运暗自庆幸自己能够很快冷静下来。康德松对孙鲁心存感激的这点小心思他早就想到了，所以董奇运有了就是不让他得逞的想法。直到这时候他才明白康德松还要进一步向孙鲁施恩，在这样的情况下如果自己继续去阻止的话反而会让人说闲话了——康德松那样做说不定会产生出一段佳话，而他就会因此成为一个煞风景的笑话。

　　想不到康德松如此老奸巨猾，竟然设了个套让我去钻。董奇运在心里恨得直咬牙。

第十六章

雷达早上下了二十四小时班之后就直接去了钱文学的那家酒店。电脑里面的东西他当然知道，能够拿回来最好。可是当他被服务员领到酒店总经理办公室门口时就觉得有些不大对劲了——我的电脑怎么会在这里？他想了想，拿出手机给卓越定了个位，这是为了以防万一。

眼前的这间办公室奢华得完全出乎雷达的预料。在他的印象中五星级酒店的总经理大多是招聘来的职业经理人，而眼前这间办公室似乎并不符合那样的身份。

钱文学对雷达很是热情，一见到他就亲自给他泡来了茶。而他这样的举动更让雷达感到疑惑：这究竟是谁在求谁？他想了想，觉得还是直接问清楚得好："我的电脑怎么会在你这里？你又是如何知道电脑是我的？"

钱文学当然不会告诉他实情，说道："我也是偶然得到的这台电脑，打开后发现了里面有你的一些照片。照片不错，特别是里面的那几个美女，啧啧！她们没穿衣服的时候身材几乎没有缺陷。"

电脑里面确实有一些雷达与他几位前任女友的照片和视频，而且尺度还很大。电脑丢失后雷达真正担心的正是这件事情，心里也一直在后悔没有早些删掉它们。那些视频都是他曾经美好生活的回忆，实在舍不得删掉。本想在追求江晨雨成功之后就处理掉的，结果……不过最近几天他也想明白了自己为什么会在江晨雨面前那么胆小，说到底就是自卑。过去那几年他的私生活确实有些乱，所以当他每次想要去面对江晨雨的时候都感到心虚。这一次他是真的想好好谈恋爱，真的想和长相漂亮、气质优雅的她白头偕老，可是他越是想开始全新的生活内心反倒就越是胆怯——如果江晨雨知道了我过去的那些事情后会是一种什么样的反应？

而现在的情况不一样了，他终于在江晨雨面前知难而退，于是心里也就没有了那么多的顾忌。他笑了笑，问道："你究竟要怎么样才能够把电脑还给我？直接讲吧。"

钱文学猛地一拍大腿，大笑道："好！我就喜欢你这样的性格。雷医生，我的要求就一个：你想办法将卓越电脑里面的那份试管婴儿的名单搞出来。如果你拿到了那份名单，我不但会把这电脑还给你，还可以另外支付你报酬。怎么样？我这要求不过分吧？"

我的电脑就是这个人让人偷的，他们本来想要的是卓越的电脑，结果偷错了东西。这一瞬间，雷达的心里一下子明镜似的，不过他对这件事情很是好奇，问道："试管婴儿名单？你要那东西干什么？"

钱文学朝他摆手道："这个你不需要问那么清楚，只需要你从卓越那里搞到那份名单就可以了。拿到了名单，除了这台电脑之外我另外给你二十万，怎么样？"

这样的条件雷达不可能不心动，不过他也就只是心动了一下而已。现在他终于明白卓越要送他那台电脑的原因了。很显然，卓越似乎早已经知道了一切，也许他选择不报案是另有原因。雷达笑了笑，说道："虽然我不知道你为什么要那份名单，但现在我至少明白了一点：那份名单对你非常重要，同时对卓越也就更重要了。卓越这个人很够朋友，我不能做任何对不起他的事情。这台电脑就算我送给你了，我也懒得去报案。再见。"

钱文学没有想到这个人竟然做出了这样的选择，顿时就急了："你不害怕我把里面的东西公布出去？那样的话你就会身败名裂的。"

雷达哈哈大笑，说道："随便你。电脑里面不就有些岛国的动作片么，有什么值得大惊小怪的？"

钱文学目瞪口呆："里面的那个男人难道不是你？"

雷达又是大笑，说道："岛国的动作片里面长得像你这样的猥琐大叔也有不少啊，你要不要我去帮你找几部来看看？"他朝办公室门口的方向走了几步，忽然想起了什么，转身又对钱文学说道，"你这个人不但无聊，而且还很愚蠢，难道你自己没有发现？"

我愚蠢？一直以来钱文学都认为自己是一个天才，经常感叹生不逢时，此时听到雷达如此轻贱自己，顿时怒不可遏，冲着已经消失在办公室外面的雷达的背影怒声道："我一定要拿到那份名单，一定要做成那件事情！"

雷达从酒店出去后马上给卓越打去了电话："你没看手机？"

卓越"啊"了一声，道："我一上班都在暗室里面做实验了，刚刚才从里面出来。怎么了？"

雷达告诉了他刚才的事情，问道："你送我的那台电脑是你自己掏钱买的吧？你为什么不报案？"

卓越笑着回答道："这个姓钱的老板心怀叵测，我只是想让他知难而退。我也想过报案，可是说到底就是一台电脑的事情，不一定会引起警方的注意。"

雷达问道："他为什么要那份名单？竟然给我开价二十万呢。"

卓越苦笑着说道："我也不知道他究竟想要干什么。不过这份名单涉及许多人的隐私，我肯定不能泄露出去。"

这下雷达才有些明白了，提醒道："我觉得这个人肯定不会就此罢休，你可要保存好那份名单才是。"

卓越笑道："他偷不去的，我准备了好几份假名单，就连随身携带的都是假的。"说到这里，卓越忽然想起了一件事情来，低声道，"告诉你一件事情，秦霸集团的小秦总准备追求江晨雨，你要有些思想准备才是。"

雷达叹息了一声，说道："我仔细想过了，是我配不上她。哥们儿，谢谢你，一会儿我就去把你买电脑的钱取出来还给你。"

卓越急忙道："不用了，如果不是因为我，你的电脑也不会被人偷去。如果你实在过意不去的话，改天请我吃饭就是。"

雷达在其他事情上倒是比较豁达，笑道："好，就这么决定了。"

卓越刚刚挂断电话，江晨雨就来到了他的面前："告诉你一件事情，孙鲁将要被派到非洲去。"

上次医院动员参加非洲医疗援助项目的事情卓越是知道的，其实他也很想报名，只不过上面规定必须是副高职称以上，而且还有专业限制，他这个搞试管婴儿的根本就没有那样的机会。卓越惊讶地道："孙鲁？去非洲？"

江晨雨点头道："是的，听说董院长还因为这件事情和康院长吵了起来。"

卓越似乎有些明白了，说道："孙鲁还真是因祸得福啊。有了这样的阅历，孙鲁今后回来也就有了一定的资本，说不定还会因此受到重用。祸兮福之所倚，老祖先的话还真是没错。江医生，这件事情和我们没有关系，我们都不要去评论，更不能接受记者的采访。"

江晨雨点了点头，道："我也是这样想的。"

这时候卓越忽然想起一件事情来："不知道小秦总那边把情况问清楚没有……"

虽然秦文丰答应了卓越，但后来他还是犹豫了：他很想知道其中的真相，如果事实就像卓越所怀疑的那样，他会毫不犹豫地将苏文浩狠狠揍一顿，甚至会在妹妹苏醒过来后劝她马上与那个家伙离婚。

我们每个人都存在着这样一种心理：有些事情自己去做很正常，别人做了就不应该。这样的心理在强势群体中尤为突出。秦文丰的心理就是如此，他的个人生活一度混乱到让他自己都觉得不堪的程度，但是此时的他却不能容忍苏文浩早已出轨的可能。

秦文丰好几次都想将这件事情告诉父亲，可是每次都临时把话吞咽了回去，他不知道父亲听到这件事情后会是一种什么样的反应。后来他还是决定先把情况搞清楚再说。

秦雯有一个叫白怜玉的闺蜜，人长得特别漂亮，秦文丰开始时对她是有想法的，他也看得出白怜玉对他的意思，不过想到她毕竟是妹妹的朋友，而且这个女孩子除了漂亮之外再也没有别的更美好的东西，秦文丰觉得自己不可能娶她做老婆，所以最终还是放弃了。

秦文丰一直没有真正谈恋爱的原因除了觉得自己还年轻，想在婚前好好玩玩之外，一直没有碰到真正让他心动的人也是原因之一。在他的生命中曾经有过不少漂亮的女人，她们和白怜玉一样除了漂亮之外几乎没有了其他的优点，比如说气质。女人的气质是一种只可意会不可言传的东西，那是一种可以触动男人心弦的能量。秦文丰一直都是这样认为的。

秦文丰思来想去，觉得还是去找白怜玉了解情况为好。一方面是因为白怜玉和雯雯的关系走得特别近，另一方面想必她不会对自己有所隐瞒，并能够做到保密。

真正的朋友往往也是门当户对的，否则的话就是一种依附的关系，家境较差的那一方要么内心自卑，要么心存嫉妒。白怜玉的父亲也是生意人，做对外贸易的，家境很不错，正因为如此，她和秦雯之间的友情才会如此亲密无间。

在一处高档小区的别墅外边，白怜玉上了秦文丰的车。秦文丰主动打电话相约，这让她很是高兴与激动。白怜玉知道秦文丰有过不少女人，但是却无法控制自己就是要去喜欢他，就连在梦中也无法忘怀。是的，男人的坏有时候也是一种魅力，以至于让许多怀春少女深陷其中难以自拔，自古以来都是如此。

而秦文丰发现这一次见到她自己竟然能够做到心静如水，他明白这是因为自己真正爱上了江晨雨的缘故。白怜玉刚刚上车就问：

"雯雯现在怎么样了？昨天我还去看了她，她怎么忽然就昏迷了呢？"

秦文丰道："我就是为了这件事情才来找你的。"

白怜玉暗暗感到失望，同时也很是好奇，问道："雯雯的病和我有什么关系？为什么找我？"

秦文丰道："我们一会儿再慢慢说。"

很快地，秦文丰就将车开到了江边，将车停下后对白怜玉说道："就这里吧，想下去走走吗？"

此时白怜玉的心里已经很是失望，摇头道："我们就在车上说吧。告诉我，为什么来找我？"

秦文丰感受到了白怜玉语气中的酸楚与淡漠，这让他感到有些愧疚，说道："怜玉，我想要问你的这件事情关系到雯雯的生命，你和她是最好的朋友，请你一定要如实回答我，好吗？"

像白怜玉这样的富家女子，身边的朋友本来就不多，此时听见秦文丰如此慎重，也就只好暂时放下心中的哀怨，点头道："你问吧，只要是我知道的，我一定都告诉你。"

到了这个时候，秦文丰才发现自己竟然有些问不出口，沉吟了一小会儿之后才问道："苏文浩是不是做过对不起雯雯的事情？雯雯她告诉过你吗？"

问完后他就直直地看着白怜玉。这一刻，他的内心是多么希望白怜玉摇头啊，可是，她却分明在微微点头，说道："是的。大概是在半年前吧，雯雯哭着对我说，苏文浩在外面有了别的女人。我问她是怎么知道的，她没有回答我，只是在那里哭，我再三问她她都不告诉我。"

秦文丰的内心瞬间充满了愤怒，好不容易才控制住了自己的情绪，沉声问道："后来呢？"

白怜玉摇头道："过了几天后，雯雯就像没事人似的，我看到她和苏文浩还是跟以前一样好。当时我觉得有些奇怪，就问她是怎么回事，她告诉我说她已经原谅他啦。我惊讶地问她：那样的事情你都可以原谅？"说到这里，她看了秦文丰一眼，满眼的哀怨。秦文丰当然明白她眼神中的含义，竟然第一次有了一种无地自容的惭愧感，他急忙抛开心中这种让人不舒服的感觉，问道："雯雯怎么回答的？"

白怜玉道："雯雯说：是我搞错了情况，事情并不是我原先以为的那样。当时我就更好奇了，问她道：那么，事情究竟是怎么样的？可是她不愿意详细对我说，后来她就说了这么一句：他也就是喝醉了酒，身体出轨罢了。然后她就什么都不愿意讲了。情况就是这样。其实直到现在我都不知道究竟是怎么回事，不过后来我发现他们两个人一直都很好的，好像雯雯真的原谅他了。"

她的话说到这样的程度，秦文丰如何还不明白？很显然，卓越的猜测是极有可能的。他看着眼前的白怜玉，心里忽然涌起一种特别的情感：她竟然是如此单纯，可惜的是我对她真的没有那样的感觉。

秦文丰还是决定将这件事情告诉父亲。

秦天听了儿子讲述的情况后痛心疾首道："雯雯真是糊涂啊，她怎么，她怎么就……"也许是爱女心切，他后面的话再也说不出来了。秦文丰明白父亲此刻的心境，说道："雯雯是真的喜欢苏文浩，所以才最终原谅了他。"

秦天如何不知道女儿的心思？当初她不顾家人的反对坚决要和苏文浩在一起就充分说明了这一点。秦天沉吟了片刻后才说道："这件事情千万不要告诉你妈妈。让那个记者不要再报道上次的事情了，到此为止吧。还有，接下来的事情让那个姓卓的医生去做，你千万不要去找苏文浩了解情况，就当我们都不知道这件事情好了。"

其实秦文丰也就是一时间的愤怒而已，当他终于变得理智之后也是这样的想法，这件事情关系到雯雯的生命及今后的幸福。对于像秦家这样的富豪家庭来讲，隐私的保护尤为重要。他秦文丰是未婚男人，生活混乱一些无所谓，但雯雯是女人，而且已经结婚，这样的事情最容易被那些心怀叵测的人拿去进行炒作，从而对整个家庭和集团公司造成巨大的不利影响。

秦天还交代了一句："那两个医生……虽然我们相信他们有着最起码的职业准则，但还是要以防万一，尽量想办法封住他们的口。这件事情你去办吧，不惜代价都要办好。"

秦文丰道："我和卓医生接触过一次，我相信他的素养。"

秦天摇头道："俗话说，知人知面不知心，画龙画虎难画骨，还是小心一些为好。既然你觉得这个人的素养不错，那就以感谢的名义表示一下吧。不过那个姓江的女医生，她父亲的事情……"

秦文丰已经知道了整起事情的来龙去脉，知道父亲最担心的是什么，说道："爸，我喜欢她，所以准备去追求她。当然，这与雯雯的事情没有任何的关系。"

秦天惊讶了一下，问道："你说的是真的？你是真心喜欢她，而不是像以前那样……"

秦文丰非常认真地点了点头，道："我是真心喜欢她，想和她结婚。可是，据说她是一个独身主义者，所以这件事情有些麻烦。"

秦天大笑，说道："儿子，你应该明白一点：这个世界上的女人没有一生下来就是独身主义者的。这倒是一件好事情，现在你终于想到要结婚了，说明你终于成熟了。我支持你大胆地追求她，而且爸爸也愿意从侧面帮助你。"

秦文丰有些疑惑，问道："您准备怎么帮我？"

秦天道："上次的事情已经过去了，也许我应该亲自出面去把老江请回公司来。"

秦文丰顿时大喜："谢谢爸爸！"

这是儿子长大以后第一次在他面前说出这样的话，秦天仿佛看到了儿子小时候活泼可爱的样子。他喜欢这样的感觉，因为他早已发现：自从家里越来越有钱之后，亲情也就慢慢变得淡薄了许多。

卓越接到秦文丰电话的时候已经临近中午，秦文丰在电话里面说道："情况可能和你猜测的差不多，我只能告诉你这些。"

卓越问道："你说的可能是什么意思？"

秦文丰反问道："有必要把话说得那么清楚吗？"

卓越回答道："当然有必要，这涉及我们接下来如何治疗的问题。"

秦文丰想了想，道："那我们见面谈吧。"

卓越开玩笑地道："下午吧，上次你请客，我吃得心惊胆战的，如果不是最后那一钵面条还差点没有吃饱。"

秦文丰哈哈大笑，说道："这样吧，我们去吃火锅，不但便宜而且还很容易吃饱。"

卓越笑道："吃火锅的话那就我请你，礼尚往来嘛。"

秦文丰觉得这个人很有意思，笑道："行，那你定地方，我随后就到。"

卓越选的地方当然是在医院附近。虽然明明知道这件事情非常重要，但他还是不想耽搁太多的时间。他有午睡的习惯，只要瞌睡一来就得马上睡觉，否则的话就会出现心律不齐。他不知道其他人有没有这样的情况，或者是，这究竟是不是试管婴儿才会有的独特状况？嗯，下次与柳眉见面的时候得问问她。

忽然想到柳眉，卓越的脑海里面瞬间就浮现出了那张精致得毫无瑕疵的脸庞。也就在这一刻，他的内心一下子就变得宁静而美好起来。

虽然只有两个人吃饭，卓越还是要了一个雅间，因为他们要谈的事情涉及病人的隐私。秦文丰对卓越的印象更好了，父亲说过，从细节上去看一个人才更准确，此时的他更加相信自己对卓越的判断。

"来两瓶啤酒？"秦文丰坐下后问道。

卓越摇头道："不行，下午我还得做实验。说好了啊，我请客。"

在秦文丰的印象中，除了参加商政两界的活动以及私人宴会外，任何时候好像都是他在付账，所以刚才也就习惯性地那么一问，没想到卓越却因此而敏感起来。他更加觉得这个人有意思，笑着说道："行，你请客。"

听完了秦文丰讲述的情况，卓越点头道："很可能就是那样的情况。你妹妹染上了那样的病，所以才知道了丈夫出轨的事情。不过这件事情必须要得到证实，这也是为了慎重起见，万一不是这样的情况呢？"

秦文丰看着他："所以我才来找你，接下来最好是请你去问问苏文浩。既然我妹妹已经原谅了他，我们家里的人就当这件事情从来没有发生过。卓医生，拜托了。"

卓越能够理解他和他父母的难处，点头道："行，我去和他谈。"

秦文丰道："卓医生，希望你能够严格保密，毕竟这件事情涉及我妹妹的隐私。"

卓越非常慎重地告诉他道："实话对你讲吧，保密也只能是在一定的范围之内。医院对你妹妹的病情非常重视，还专门成立了一个专家小组，现在我和江晨雨在这件事情上根本就没有任何的发言权，如果从苏文浩那里所了解到的情况证实了我的猜测的话，我首先得去向汤主任汇报，最终的治疗方案还得由他们确定。"

秦文丰问道："你可以把专家小组的名单给我一份吗？"

卓越道："就郝院长，还有神经内科的辛主任、传染科的欧主任，以及我们科室的汤主任。他们都是德高望重的资深医生，你应该相信他们的职业操守。"

秦文丰问道："你的意思是说，其实我们不用担心这件事情可能存在泄密的情况？"

卓越沉吟着说道："应该不会。不过你妹妹的病情非常特殊，很可能会以医学论文的形式在医学刊物上发表，当然，论文里面不会出现你妹妹的名字。"

秦文丰急忙道："不行，这绝对不行。"

卓越解释道："这样的医学论文并不是为了评职称什么的，他们都是正高级职称了，不需要。这样的医学论文是为了让更多的同行在遇到同样情况的病人时能够做出正确的诊断，医学的发展需要这样的论文。而且论文只是在医学刊物上发表，不会引起社会话题。"

秦文丰的心里顿时就有了一个想法，说道："卓医生，你和江医生不会去写这样的论文，是吧？"

卓越苦笑着说道："我和江医生都已经暂时失去了行医的资格，哪里还可能去写那样的论文？这件事情还轮不到我们。"

秦文丰歉意地道："对不起，我们给你和江医生添了这么多的麻烦。卓医生，我更要感谢你刚才的提醒。"说着，拿出一张银行卡朝卓越递了过去，"这是我和家父的一点小小的心意，请你一定收下。"

卓越吃了一惊，道："你这是干什么？"瞬间就明白了对方的意思，"小秦总，你这样做是在怀疑我的职业操守，是对我最大的不尊重。"

秦文丰急忙解释道："不，我不是这个意思，我和家父非常感谢你为雯雯所做的一切，而且我个人也非常想交你这个朋友。"

卓越坦然地道："我也喜欢钱，但君子爱财取之有道，你妹妹是我们的病人，我所做的这一切都是应该的，这本身就是我的职责。我也想和你这个土豪交朋友啊，不过真正的朋友之间应该是平等的。俗话说，以利相交，利尽则散；以势相交，势去则倾。所以，还是君子之交淡如水为好。小秦总，你说呢？"

秦文丰顿时肃然起敬，歉意地道："对不起，是我错了。卓医生，我敬你一杯……那就以茶代酒吧。"他忽然笑了，"来，为了君子之交淡如水，干杯！"

卓越端起茶杯去和他相碰，也笑道："干杯！"

还是在上次的那家茶楼，卓越和苏文浩又一次见了面。一见面卓越就直接对苏文浩说道："接下来我要问你的问题非常重要，希望你能够如实回答我，可以吗？"

苏文浩问道："你要问的问题与雯雯的病情有关吗？"

卓越点头，道："是的。"

苏文浩"哦"了一声，道："那你问吧。"

卓越依然采用的是直接的方式："你是否曾经患过性病，而且还把那样的病传染给了你的妻子？"

苏文浩的脸色一下子就变了，怒道："你这话是什么意思？"

卓越早已预料到了他这样的反应，无论自己的猜测正确与否他都可能出现这种强烈的反感情绪。或者是因为隐私，或者是为了尊严。卓越歉意地道："对不起，我必须要问你这个问题。因为我们非常怀疑你妻子的昏迷是因为当时治疗不彻底转成了慢性，并且细菌还因此进入到了大脑潜伏了下来。你应该知道，疾病的治疗是以明确的诊断为基础的，所以，这件事情关系到你妻子的生命。"

苏文浩默然不语。

卓越心里一动，问道："据我所知，秦雯是真心爱你的。那么，你对她的感情也是真心的吗？"

苏文浩终于说话了："……当然。"

卓越又问道："另外一个问题：你在那样的一个家庭里面，是不是觉得很自卑，甚至是觉得没有尊严？"

苏文浩再一次默然不语。此时，卓越已经知道了答案，轻轻叹息了一声，说道："我能够理解。虽然我还没有结婚，但还是可以想象得到恋爱与婚姻的差别：也许恋爱只需要两个人的感情都是纯真的就可以了，而婚姻的维持却包含着许多的因素。也正因为如此，你才一直处于内心矛盾与纠结的状态。是这样的吗？"

苏文浩再一次沉默。其实卓越已经注意到苏文浩在回答前面那个问题时候的犹豫，又说道："也许你对秦雯的爱并不是真实，只不过是被她的爱所感动。是的，秦雯是爱你的，而且爱得那么深，她可以原谅你的一切，还愿意为你做任何事情。这次的事情在外人看来她就是无理取闹，但她是真的想和你有一个儿子，以至于到后来还希望能够生双胞胎，她为什么要那样做？很显然，她感觉到了你们婚姻的危机，所以她才想给你一个完美的、没有缺憾的家。可是现在她一直昏迷不醒，生死未卜，而且这一切很可能是因为你造成的。苏先生，我们每个人的人生都可能存在着某些遗憾，但一个人能够拥有这样一位妻子就足以弥补所有的一切了，你说是吗？"

　　苏文浩耸然动容，不过却依然紧闭着嘴唇。卓越知道，他的内心已经被自己刚才的话所触动，只不过是还心存顾忌。接下来卓越就只说了一句话："苏先生，你想过没有，假如你妻子因为得不到及时有效的治疗而失去了生命，你这辈子能够心安吗？即使是你真的不喜欢她，或者觉得在这样一个家庭里面生活着不痛快，那也应该等秦雯恢复健康后再说。你说是吧？"

　　"不，我不会和她离婚。"苏文浩忽然说话了，而且神情激动，"卓医生，我可以把情况都告诉你，但是请你们必须为这件事情保密。"

　　卓越的心里瞬间兴奋起来，因为答案就在眼前。不过他还是把对秦文丰说过的那些话都告诉了他，最后说道："医学是一门非常特殊的科学，我们的目的是救治更多的病人，所以还希望你能够理解。"

　　其实医患关系最重要的是沟通，只要医生把道理讲明白了，病人及病人家属一般都能够理解甚至谅解。此时，卓越的坦诚就深深地打动了苏文浩，让苏文浩真切地感受到眼前这位医生的与众不同，至少他没有试图欺瞒自己的想法，而这样的人往往更值得信任。

　　接下来苏文浩就告诉了卓越当时的情况："那是在半年前，一位大学同学从东北过来，我把在省城的几个同学都叫了来一起喝酒，大家都特别高兴，后来又去了一家夜总会。那天是我请客，当然不能吝啬，就叫了几个小姐来，然后……那天晚上回家很晚，雯雯问我干吗去了，我不敢说是和同学在一起，免得她多心，就说是和客户在一起喝酒，然后又去了歌城。雯雯问我是不是要了小姐，我急忙否认，雯雯不相信，非得要和我做那样的事情，当时我根本就没有想陪我的那个小姐会不会有病的问题……两个多星期后，我才感觉到有些不对劲了，急忙去了一家小诊所，那里的医生说我感染上了梅毒，我一下子就慌了。输完液后回家，雯雯就质问我是不是出轨了，我当然明白她为什么要那样问我，于是就把那天的事情如实地告诉了她。当时她非常生气，我也很后悔，就说，我们离婚吧，是我对不起你，我什么都不要，净身出户。雯雯哭了很久，后来她对我说：我知道你是想在同学面前显示你现在发展得不错，可是你怎么能够做那样的事情呢？这次我可以原谅你，但今后不能再做那样的事情了。她越是那样我就越后悔，越羞愧。她又对我说：我们得想办法要个孩子，不然今后你还会那样，当你做了父亲后就有责任感了。当天我就带着她去了那家小诊所输液，三天后我们的症状都没有了，医生说最好再输两天液，可是雯雯坚决不同意再去那个地方，她说万一被人看到了就太丢人了，其实我心里也害怕被人发现，同时又觉得症状已经没有了，应该不会再有问题……"

很可能就是梅毒，因为淋病的潜伏期一般是三天到一周，而梅毒的潜伏期正好是两周以上。卓越问道："你妻子后来出现过类似的症状没有？"

苏文浩摇头，道："没有。开始的时候我们都还有些担心，结果过了半年什么事情都没有，雯雯这才决定到你们医院来做试管婴儿。"说到这里，他急忙问道，"卓医生，雯雯真的是因为那次的感染造成她现在的昏迷吗？"

卓越点头道："很可能是。"

苏文浩满脸的羞愧，又问道："能够治疗好吗？"

卓越沉吟着说道："我得马上把这个情况报告给汤主任，如果真的是因为这个原因造成的昏迷，治疗起来也就不难。"

卓越在第一时间将情况告诉了江晨雨。他觉得自己应该告诉她，毕竟这是她的病人，而且是在她手上出的事，应该知道所有的情况。江晨雨听了后对卓越说道："谢谢你卓越，我给你添了那么多的麻烦，结果还是你帮我解决了这些个麻烦。"

她的客气让卓越有些不大习惯，与此同时，他还发现了江晨雨脸上带着淡淡的忧伤，问道："你这是怎么了？出什么事情了？"

自从江晨雨对卓越近距离接触并有所了解之后才发现，作为医生，他比自己更加合格。一位真正优秀的医生除了具备精湛的医疗技术之外，良好的职业道德以及能够随时懂得病人的心理也是重要的方面。很显然，卓越完全具备了这一切。当然，江晨雨并不嫉妒，她轻声回答道："周末的时候我回了一趟家……"

卓越顿时就明白了，问道："你和你父亲谈得还好吧？"

江晨雨摇头道："我们都刻意在避开那件事情。不过我爸……他对我挺好的，他还向我道了歉。他说这么多年来对我的关心不够，只想到多挣钱让我得到良好的教育，其他的事情都没有顾得上管我。此外，他还告诉了我他多年来的一桩心病。"

卓越可不想知道她的这些事情，毕竟这样的事情涉及她的隐私，虽然心里很好奇。他点头说道："这是好事啊，毕竟你们是父女，血浓于水，有些事情说清楚了就会好起来的。"

江晨雨点了点头。这时候卓越忽然想起一件事情来，问道："那位小秦总找过你没有？"

江晨雨的脸红了一下，回答道："他给我打了个电话……喂！我的号码不是你给他的吧？"

卓越笑着问道："难道我在你的眼里就这么无聊？"

江晨雨歉意地道："对不起。不过我实在是不喜欢那个花花公子。"

卓越忍不住就提醒了她一句："我能够感觉得到，这位小秦总好像是对你产生了真感情。"忽然发现她的脸色不对，急忙道，"现在我们一起去汤主任那里吧。"

汤知人非常重视卓越和江晨雨所汇报的情况，马上吩咐秦雯现在的住院医生做了血清学试验。由于病人本身并没有感染梅毒的症状，入院后也就只是做了常规的血液检测，而这样的方式对梅毒的检测几乎是无效的。而血清学试验将专门针对特异性及非特异性梅毒抗体进行检测，准确率极高，而且这个检测的结果更是下一步治疗的依据。

检测结果出来了，果然是阳性。汤知人即刻给专家小组的几位成员打了电话，郝书笔他们很快就到了生殖中心，大家都一致同意马上进行诊断性治疗。汤知人说道："这个病人的情况非常特殊，是不是需要她父亲签字？"

郝书笔摇头道："根据卓越所说的情况，秦天肯定是知道这件事情的，只不过他假装毫不知情罢了，这也是为了他女儿今后的幸福着想。病人的丈夫在，他签字就可以了。"

传染科的欧主任提醒道："可是，万一在治疗的过程中出了问题怎么办？还有，这件事情是不是应该给康院长通报一下？"

郝书笔的脸色一下子就变得难看起来，说道："这件事情我负责。病人的家庭情况特殊，此事不宜让太多的人知道详情。"

汤知人和另外两位专家都看了欧主任一眼，觉得此人的内心太过凉薄，而且现实得近乎赤裸。

苏文浩在治疗方案上签了字。当然，他的内心还是充满巨大压力的，不过在听说只需要他作为病人的家属签字就可以之后还是暗暗松了一口气，所以在签字的时候也并没有太多的犹豫。

治疗的方案其实很简单。苄星青霉素 G 对梅毒有特效。从常规上讲，像这样的情况应该通过脑脊液给药，脑脊液直通大脑，药效非常直接。不过郝书笔考虑到脑脊液给药同样存在着一些不利的因素，因为脑脊液的流动是从侧脑室朝脑脊液的方向，这样就会造成药物浓度的不足，药效衰减，而通过侧脑室直接用药就可以完全解决这个问题。

郝书笔本身就是脑外科方面的专家，他对这样的治疗方式有着绝对的信心。

欧主任还是去向康德松汇报了这件事情，康德松听了后笑着说道："既然是郝院长在主持，告不告诉我都一样。"

欧主任没想到他竟然如此大度，说道："不管怎么说你现在已经是医院的一把手了，更何况你还是传染病方面的专家，这件事情无论如何你都应该知道才是。"

康德松叹息了一声，感叹着说道："明生，还是你这个老伙计贴心啊。"

欧明生趁机问道："听说医院还要配一个副院长？康院长，你看……"

康德松心里一动：如果此人能够作为我的副手，再加上周前进的不作为，而姜彤原本是办公室主任，早已习惯于服从，如此一来董奇运也就基本上没有了多少话语权。不过他很快就否决这个异想天开的想法。虽然现在郝书笔不再是医院的院长了，但他巨大的影响力还在，医院管理层的人员安排基本上还是他在左右着。

康德松对此感到很是无奈，前些年自己一直在副院长的位子上得过且过，基本上没有和上面的人接触，虽然自己现在坐到了一把手的位子，说到底还是形同傀儡。他对欧明生说道："我倒是希望你能够上来，可是这样的可能基本上没有。这其中的原因很简单，因为我也是搞传染的，不可能传染科有两个人进入医院的管理层。"

欧明生顿时失落至极，轻叹一声后道："我明白了。"

这时候康德松忽然有了一个想法，问他道："有个地方，你愿不愿去？"

欧明生愣了一下，问道："什么地方？"

康德松缓缓地道："药剂科，我需要一位更合适的药房主任。"

医院里面的设备和药品采购可是最大的肥缺，以前一直被郝书笔把控着，任何人都插不进手去，即使是当时康德松这个分管副院长也如同摆设。欧明生很是诧异地问道："我的专业并不是药学，这样合适吗？"

康德松笑道："我是让你去管理药剂科，又不是要你亲自去给病人拿药。去年我回老家，县医院的院长请我吃饭，你知道那位县医院院长以前是干什么的吗？是农学院的专科生，后来当了乡长，又到了县畜牧局任局长，然后才到了县医院做院长的。他当了医院院长后医院的变化很大，无论是硬件还是软件的提升都非常快，门诊量和住院病人很快就达到了空前的高度。所以，一个人的专业并不重要，重要的是管理方面的能力。"

欧明生还是不解："可是，现在的药剂科主任似乎并没有什么大的问题。"

康德松道："一个单位要有活力，轮岗是必需的。这件事情我只是私下先给你吹吹风，你暂时不要对其他的人讲。"

欧明生却有些犹豫，问道："那，我可不可以兼任传染科的主任？"

一直以来康德松对这个人的印象都非常不错，当初他升任副院长的时候曾经力荐他接替传染科主任的位子，想不到此人如此不开窍。康德松对此很是失望，淡淡地道："我说了，这只是我目前初步的想法，虽然我现在是一把手，但也不是什么事情都是我一个人说了算。你的这个要求再说吧，那个病人的情况你要随时向我通报，不要出了什么事情我还一无所知。"

手术室里面一片宁静，无影灯发出柔和的光线。郝书笔已经做好了一切准备，护士替他穿上了无菌手术衣，他一边戴上塑胶手套一边问道："呼吸、血压正常吗？"

王林头天晚上打麻将到午夜以后，因为手气不大好输了上万块，心情沮丧，躺下后很久才睡着，他还是第一次配合郝书笔做手术，心里面难免有些紧张，回答的时候竟然出现了结巴："都，都很正常。"

郝书笔瞪了他一眼："你紧张什么？好好盯着监护仪，有情况就马上告诉我。"

王林更加紧张了，困意也因此一扫而光。

护士已经提前剃光了病人的头发，郝书笔熟练地从准备打孔的位置开始同心圆一圈圈朝外消毒，前后进行了三次。随后郝书笔在已经标注好的颅骨处钻孔。郝书笔毕竟是这方面的专家，动作娴熟、举重若轻，钻孔的深度恰到好处。再次消毒后就到了最关键的一步：穿刺。其实人类的大脑并不是什么地方都不可触碰，只要熟悉大脑的解剖结构就可以避开其中的危险地带。对于做过多起脑外科手术的郝书笔来讲，侧脑室穿刺也就显得非常简单。穿刺使用的是一根中空的细长针头，缓缓进入颅内约六厘米的时候才停了下来。这其实就是从大脑皮层到侧脑室的深度。郝书笔很谨慎，在针头的外面这一端接上针管，回抽了一下，果然有清亮的脑脊液出现在针管里面，这说明穿刺的深度刚好合适。

接下来的事情就简单了，就是通过针管朝脑室里面注射药物。

当手术室的护士将病人送到病房重症监护室的时候苏文浩快速跑了过来，问道："情况怎么样？她醒来了吗？"

护士回答道："手术是郝院长亲自做的，一会儿你去问他吧。"

眼睁睁看着妻子被推进重症监护室，苏文浩急得直跺脚。不多一会儿郝书笔出来了，询问了护士病人的情况，点头道："看来病情还算比较稳定。"随即转身对汤知人道，"汤主任，二十四小时的特护不能流于形式，必须要有专人负责。"

汤知人道："我会安排好的，你放心吧。"

郝书笔朝苏文浩招了招手，待苏文浩过来后对他说道："刚才在手术台上给她第一次用药，药效的发挥有一个过程。现在病人的情况还算是比较稳定，你放心好了。"

苏文浩这才长长地松了一口气，不过羞愧也紧跟而来，他在那里哆嗦着嘴唇不知道该说些什么才好。郝书笔当然明白他此时的心境，语重心长地对他说了一句："一时的放纵很可能造成一个人终身的遗憾，希望你能够引以为戒。"

郝书笔的话让苏文浩无地自容，恨不能找到一个缝隙立即钻进去躲藏起来。还好的是，郝书笔也就点到为止了，对汤知人道："走吧，我们去你的办公室。"

秦雯是第二天上午十点多醒来的。前一天郝书笔在汤知人的办公室里分析过，秦雯的情况很可能是因为梅毒螺旋体感染到了脑干，所以才忽然出现了昏迷。脑干是大脑非常重要的一部分，位于后脑的位置，以前有过不少病人因为忽然摔倒触碰到后脑而死亡的病例。郝书笔当时还说，如果用药后病人能够尽快苏醒过来，那就可以充分说明真实的情况很可能就是如此。

不过像这样的病人也就只能从分析中得出结论，始终不能最终得到明确的诊断。像这样的情况在临床实践中时常会遇到，这对于医生来讲不能不说是一种最大的遗憾。不过这起病例在临床上却有着非常重大的意义，它至少为今后的临床诊断提供了更大的想象空间。

与此同时，通过这个病人的事情郝书笔对卓越的印象更好了。他叹息着对汤知人说道："可惜的是这个小伙子实在是太年轻了些，不然的话他就可以成为这次接替我的不二人选。"

汤知人不以为然道："我还是希望他能够在专业上更强一些，我们这里更需要像他这样的人才。"

郝书笔道："一所医院的一把手至关重要，学识、人品、能力都必须出类拔萃才可以，一把手选好了，医院的未来也就不用担心了。"

汤知人顿时沉默。她听得出来，郝书笔似乎对这次接替他的康德松并不满意。

秦雯醒来后就开始挣扎，她完全忘记了自己忽然昏迷的事情。病人家属是不可以进入重症监护室的，苏文浩透过病房的窗户看到里面秦雯苏醒过来的情景，顿时百感交集。

秦雯苏醒过来的情况第一时间就报告到了郝书笔那里，他听到这个消息后喃喃地说了一句："这件事情终于解决了。"拿起电话就给康德松拨打，"病人已经苏醒了，医院对江晨雨和卓越的处理应该撤销了吧？"

康德松道："当然，不过我觉得还是应该过一下程序。"

现在你知道要走程序了？郝书笔直接就挂断了电话。电话那头的康德松内心恼怒却又无可奈何，拿起座机："通知一下几位副院长，下午开院长办公会。"

医院办公室主任问道："通知董书记吗？"

康德松的心里忽然冒出一股莫名的火气，道："你说呢？"说完后就把电话挂断了。医院现在的办公室主任刘连东是以前的后勤科长，一直以为康德松是一个很好说话的人，然而现在他才明白其实不然。此时他一听康德松这话就差点抓狂：我怎么知道？！

过了一会儿，刘连东忽然有了个主意，他去到康德松的办公室小心翼翼地汇报道："康院长，周院长和姜院长都通知到了，就是董书记那里……"

这时候康德松也觉得自己刚才有些过分了，不过却依然板着一张脸批评道："董书记是党务方面的一把手，当然得参加办公会了，这么简单的问题还需要问我？"

刘连东暗暗松了一口气，谄媚着脸不住地道："我知道了，是我没动脑筋。"

从康德松的办公室出来，刘连东不住在心里唉声叹气：早知道他这么难服侍，当初就是打死我我也不该答应来当这个办公室主任……

病人有知情权，毕竟这种情况并不属于恶性程度比较高的疾病，而且患者以前也知道了有关的情况。汤知人亲自到重症监护室将所有的情况都告诉了秦雯，秦雯这才明白了是怎么回事，也就不再挣扎、吵闹，她轻声问道："我的孩子呢？还能要吗？"

汤知人回答道："病菌只是潜伏在了你的大脑里面，血液里面并不存在，所以对孩子的影响并不大，但是在这样的情况下为了你的健康着想，也就只能保留下一个孩子。"

此时秦雯已经知道自己刚刚经历过了一场生死，看待问题也就不再像以前那样尖刻、随性，她点了点头，轻声道："医生，这件事情不要让我家里的人知道，好吗？"

汤知人犹豫着说道："可是，他们也有知情权啊。"

秦雯哀求道："求求你，医生，一定不要让他们知道，可以吗？今后我再也不像以前那样无理取闹了，一定听你们的话。求求你了，医生。"

汤知人暗暗觉得好笑：原来你还知道自己以前是在无理取闹

啊？她想了想，道："不让他们知道也是可以的，不过必须得你签字。也许你还不知道，就因为你的事情，我们的两位医生被停止了行医的资格，还有，我们医院的郝院长也因此而引咎辞职了。所以，除非是你签字，否则的话我们不会答应你的这个请求。"

秦雯震惊了，忽然想起自己曾经做过的一切，心里更加惭愧："对不起，我再也不像以前那样了。"

汤知人微微一笑，说道："通过这件事情能够让你从今往后更加理解我们这些做医生的，这也算是一件好事。过不了多久你就要当妈妈了，你能够尽快成熟起来，这对孩子今后的教育也是好事，你说是不是？"

秦雯点头："嗯。都是我不好……医生，文浩呢？他在什么地方？"

汤知人指了指外边，道："他一直在这监护室外边看着你呢。你真的一点都不责怪他？"

秦雯微微摇头："是我不好，不然的话他不会去做那样的事情。"

女人有时候就是傻啊，爱上了一个人就会原谅他的一切。汤知人在心里叹息。

而就在这个时候，秦天和邱林萍来了。秦雯苏醒过来是一件大事，医院方面不可能不通知他们。邱林萍一到病房就直接朝重症监护室冲去，当班的护士好不容易才拦住了她："病人刚刚做完了手术，重症监护室里面是无菌环境，你不能进去。"

邱林萍一下子就怒了："手术？你们给她做了什么手术？我们怎么不知道？"

汤知人说道："你女儿的颅内长了一个小肿瘤，不过是良性的，你女婿在手术前签了字。手术是郝院长亲自做的，手术很成功，病人现在的情况非常稳定，你们不用担心。"

重症监护室里的秦雯隐隐能够听见外面说话的声音，顿时暗暗松了一口气。而此时秦天的心里明镜似的，急忙向妻子解释道："雯雯的病情很严重，这件事情我是知道的，我怕你过于担心所以就没有告诉你。"

邱林萍的眼泪瞬间就下来了："你们都瞒着我，要是雯雯有个三长两短的话，我和你们都没完……"

苏文浩的内心一直是紧张着的，本能地不敢靠得岳父母太近，而眼前的这一切终于打消了他内心的忐忑。此时他心里不禁就想：要是当时自己违心地将一切责任归到医生的身上，现在自己将如何面对他们？

医

［卷二］

向林 著

作家出版社

目　录

第十七章 / 261

第十八章 / 273

第十九章 / 292

第二十章 / 297

第二十一章 / 306

第二十二章 / 313

第二十三章 / 333

第二十四章 / 348

第二十五章 / 357

第二十六章 / 371

第二十七章 / 386

第二十八章 / 399

第二十九章 / 415

第三十章 / 431

第三十一章 / 450

第三十二章 / 465

第三十三章 / 476

第十七章

　　秦雯的事情终于得到了圆满解决，关于这件事情造成的一切问题当然也就因此不复存在，江晨雨从这件事情上再一次看到了卓越分析与解决问题的能力。查找到一件事情的根源也许并不难，但能够主动想办法去解决问题可不是一般人能够做到的，更何况他面对的是许多专家都感到棘手的问题。

　　江晨雨的内心对卓越充满着感激，同时也因为自己终于度过这次危机而感到高兴。她对卓越说道："晚上请你吃饭。你千万别说已经安排了别的事情。"

　　江晨雨的语气诚恳而不容拒绝，卓越道："我请你吧，或者我们再多叫几个人一起？"

　　江晨雨摇头道："你要叫你女朋友我不反对，不过其他的人还是算了。你知道的，我不大喜欢和不熟悉的人接触。"

　　卓越叹息着说道："你呀，总是这样把自己包裹起来也不好啊，为什么不尝试去和更多的人接触一下呢？"

　　江晨雨反问道："如果是你，根本就不想和别的人接触，你会强迫自己吗？"

　　卓越不再多说什么，他知道即使自己说再多也没有用处，我们每个人都有自己所排斥的东西，绝不是一两句话就能够改变的。卓越笑道："那好吧，就我们俩，随便找个地方。"

江晨雨的脸上这才变成了笑容，问道："不叫上你女朋友？"

卓越摇头道："算了，我可不想让你当灯泡。"

江晨雨不住地笑，说道："那就太谢谢你啦，不然的话我还真的就成灯泡了。对了，你准备还喊哪些人？"

卓越道："既然你不想和别的人在一起，那就不用说了。"

江晨雨歪着头看着他："说来听听？"

这一刻，她的模样实在是有些可爱，给人以风情万种的美好感受，卓越说道："我本来准备叫上高德莫和陈小燕的，既然你不愿意，那我就改天专门请他们吧。"

江晨雨诧异地道："你为什么要请他们吃饭？"

卓越就将高德莫帮忙的事情对她讲了。江晨雨歉意地道："我实在是不想和他在一起，听说高德莫这个人的社会习气特别重，虽然他帮了你，但是我觉得你还是应该少和他接触为好。"

卓越相信她刚才的话绝对是发自内心的真诚，不过同时也觉得有些奇怪，问道："连你也知道他这方面的情况？"

江晨雨道："不仅仅我知道，医院里面的很多人都知道。其实你对他也是比较了解的，是吧？"

卓越点头道："他的那些事情我都知道，不过他毕竟帮了我，而且是无私的，所以我还是应该感谢他才是。"

江晨雨急忙将话题岔开："我们去江边吃鱼吧，说好了，我请你。"

下班后他们直接打车去了江边的那家船上酒楼，卓越还是提前给夏丹丹打了个电话，告诉她说晚上江晨雨要请他吃饭的事情。夏丹丹并没有介意，在经历了最近发生的一切之后，她已经真切地感受到了卓越对她的真情，觉得自己完全没有必要去吃那种莫名其妙的醋。

到了这家酒楼后卓越打量了一下四周，赞道："这地方还真是不错，你以前来过？"

江晨雨道："从国外回来那年，父母带我来这地方吃过一次饭，当时我没有想到这省城竟然还有这样一处夜景不错而且还如此浪漫的地方，可惜的是我父亲一直沉默寡言，母亲也很少说话，那顿饭吃得实在是无趣了些。"

卓越的心里很是好奇，不过还是没有主动去问，说道："他们带你来这里，这就已经充分说明你在他们心中的地位了。"

江晨雨却摇头说道："其实一直以来在我的心里都有着一种怀疑，总觉得自己不像是他们亲生的，可是我又偏偏和爸爸长得那么相像。"

这时候卓越再也忍不住就说了一句："或许你爸爸想要一个儿子，虽然他也爱你，但毕竟还是觉得很遗憾。"

江晨雨惊讶地看着他："这你都能够分析出来？是啊，我也是最近才知道他为什么对我那么淡漠。周末的时候我回去了一趟，一家人吃完饭后我就去了自己的房间看书，不多久就听见妈妈在抱怨：闺女都这么大了，你怎么还对她不冷不热的？父亲说：我爸临走的时候对我说，我们江家一脉单传好几代，想不到到了你这里就断根儿了，我死不瞑目啊。我不是对晨雨不好，是心里总在想着我爸的那句话。其实我后来倒是认命了，可是想不到晨雨她……"

说到这里，江晨雨忽然就不再往下说了，不过卓越却猜测到了她父亲后面的话，微微一笑，说道："所以你应该理解他才是。他的内心是爱你的，竭尽所能让你去受最好的教育，但是你现在却一直单身，而且还信誓旦旦地说一辈子不结婚，你父亲当然就会因此感到极度失望了。"

"可是，你们怎么都不能站在我的角度去想有些事情……"江晨雨一下子就激动了，不过马上就克制住了，"不说了，今天我们说点高兴的事情。卓越，你帮我点菜，随便点，别替我节约。"

卓越笑道："就我们两个人，菜点多了也是浪费。"

江晨雨也笑，说道："那就点最贵的酒。"

卓越问道："要喝酒？就我们两个？你上次不是对我说过再也不

喝酒了？"

江晨雨正色地道："在你的帮助下，我终于摆脱了这起麻烦，肯定得喝酒庆祝啊。"

卓越心想也是，笑道："不是我帮助你，是我们俩一起解决了我们共同的麻烦。好吧，那就喝点儿。"

接下来卓越随便点了几样菜，主要是鱼，酒是江晨雨点的一瓶五粮液，两个人刚刚喝了不一会儿江晨雨就说道："想不到苏文浩是那样一个人。卓越，你说我还敢相信你们男人吗？"

她的心里一直存在着阴影，所以才如此放不下有些事情，也因此才对这样的事情耿耿于心。卓越道："也不能一概而论吧，并不是所有的男人都像他那样。其实苏文浩这个人还是很不错的，我觉得他当时还是心理上出了问题。"

江晨雨愕然问道："心理上出了问题？"

卓越点头道："是的。他和秦雯的婚姻本身就有问题，最开始是秦雯主动追求的他，而且对他特别好，所以他和秦雯之间的情感因素中感激的成分相对来讲更多一些。然而，他们的这份感情却遭到了秦雯父母的强烈反对，再加上苏文浩的贫民家庭背景，这就无形中让苏文浩产生了自卑的心理。当有外地同学到这里来的时候，他主动组织同学聚会，也许其中最主要的目的还是为了彰显自己的成功，不过他内心的自卑依然是存在着的，于是在酒精的作用下，那样的自卑心理就转化成了逆反，或者说是报复，出轨就是报复的方式之一。当然，苏文浩在清醒之后是后悔的，而后悔的原因是他相信秦雯是真正爱着他的。"

江晨雨不以为然地道："一个人的心理有那么复杂吗？"

卓越微微一笑，说道："你仔细检查一下自己的心理，你的心理是不是也很复杂呢？"

江晨雨一怔，说道："我有时候觉得你这个人还真是可怕……不说了，不说了，来，我们喝酒。"

两个人喝了一瓶酒，卓越已经感觉到有些醉意，而江晨雨却酒兴正浓，说还要来一瓶。卓越急忙制止住了她："适量就可以了，喝醉了第二天会很难受的。"

江晨雨却坚持着要再来一瓶："我已经很久没喝酒了，今天难得高兴，所以你得陪我喝好。"

卓越为难地道："可是我已经差不多了啊。"

江晨雨只好退而求其次："那就再来一瓶半斤装的。"

卓越再也没有了说辞："好吧。"

酒这种东西和水是不一样的，水越喝到后面越难喝下，而酒却恰恰相反，越到后面越顺溜，甚至会让人慢慢感觉到喝下去的并不是酒而是水。要来的半瓶两个人很快就喝完了，江晨雨还要要，这次卓越就再也没有迁就她了，直接叫了服务生过来结账。江晨雨这才罢了，结了账后笑着对卓越说道："你看，我一点事都没有。"

卓越也笑："这样不是最好吗？"

高德莫和陈小燕正处于热恋期间，两个人巴不得时时刻刻都能腻在一起。下午的时候高德莫问陈小燕晚上想吃什么，陈小燕问道："你能够保证下班前不会来急诊病人？"

高德莫笑道："大家都说我们俩是天生的一对儿，所以上天一定会照顾我们的。"

虽然是说笑，但陈小燕却非常喜欢听，她想了想说道："还是去吃鱼吧，我喜欢那里的氛围和夜景。"

高德莫道："好，就那个地方，下班后我们就出发。"

结果上天并没有特别关照他们俩，临近下班的时候高德莫接了一个急诊病人，病人头部外伤，血流满面，看上去很是吓人，不过当高德莫清理了病人的伤口后却发现并不严重，做了伤口缝合后吩咐病人去做一个头部 CT，然后就将病人交给了前来接班的医生。

两个人到了船上酒楼后陈小燕一眼就看见了卓越和江晨雨，急忙止步低声告诉了高德莫，高德莫见远处的那两个人似乎并不亲热，说道："听说秦天的女儿苏醒了，医院对他们前面的处理也取消了，估计他们是出来庆祝的。"

陈小燕道："不管怎么说，碰见了总不大好，要不我们换个地方？"

高德莫笑道："没事，我们去楼上。"

陈小燕特地选择了一处靠近岸边的座位，高德莫知道她是想看到一会儿卓越和江晨雨离开时候的情况。

后来，当他们已经吃完正准备结账的时候陈小燕忽然低声对高德莫说道："你看，他们离开了。"

高德莫朝船下的引桥处看去，只见江晨雨和卓越一前一后正朝岸边走去，两人相隔了半米左右的距离，笑道："他们俩的关系很正常嘛……"话未说完，就见走在前面的江晨雨忽然停住了脚步，转身在对后面的卓越说着什么，而且同时还在朝他伸出手去，卓越快步上前去牵住了她的手。

陈小燕忽然替夏丹丹感到难受，问高德莫道："这样也正常？"

高德莫不知道该如何回答："呃……也许是引桥上面有些摇晃，所以……"

陈小燕撇了撇嘴，道："我们也是从那里上来的，没觉得特别摇晃啊。"

高德莫看着她，低声提醒道："这件事情你千万别拿去对夏丹丹讲，有时候我们看到的也不一定就是我们以为的那样。"

陈小燕仿佛没有听见他的话，幽幽地说了一句："要是卓越真的和江晨雨好了，丹丹姐怎么办呢？"

卓越和江晨雨从船上酒楼出来，卓越绅士般地让江晨雨走在自己的前面，江晨雨朝前面走了几步后忽然说道："我怎么觉得摇晃得这么厉害？"

卓越笑道："没事，有我在后面看着你，你万一掉下去了也没事，我水性很好，保证马上把你救上来。"

江晨雨笑道:"你千万别是乌鸦嘴。"又朝前面走了几步即刻就停住了,转身对他说道,"不行,我觉得晃得厉害,你来拉住我。"

卓越也没有去想其他的,直接就朝她伸出了手去。她的手有些小,抓在手心里面的感觉和夏丹丹不大一样。江晨雨长长舒了一口气,道:"这下好像不再那么晃了。"

两个人很快就到了岸上,卓越主动松开了手,江晨雨发现心里竟然有着些许的遗憾与不舍。岸上已经脱离了船上酒楼光线照射的范围,陈小燕看不清楚两个人的具体情况,只看到那两个黑黢黢的身影继续在朝着通往江边的那条马路慢慢上行。

到了上边的沿江公路,只见一辆辆车不断地在飞驰而过却没有看到有出租车路过,两人在路边等候了一会儿,江晨雨说道:"我们走走吧,朝我们医院的那个方向,说不定还可以去到那下面。"

卓越喝了酒微微有些出汗,道:"太远了吧。"

江晨雨道:"好像不远,你应该多锻炼身体才是。"

卓越心想这晚上植物呼出的都是二氧化碳,锻炼身体的效果可不好。不过他感觉得到江晨雨似乎有着很重的心事,也就不好反对。沿江公路上的路灯光线并不明亮,两个人一前一后孤零零地走着,背后的影子越拖越长……

两个人就这样慢慢走着,不一会儿江晨雨忽然停住了脚步,转身去看着他问道:"你怎么不说话?你和夏医生在一起的时候也是这样吗?"

卓越笑道:"当然不是。我实在找不到什么话对你讲啊,有些事情是想问你,但是又觉得不大合适。"

江晨雨问道:"你说我们俩算不算是朋友?"

男人和女人真的可以成为朋友吗?很多人都问过这个问题,而卓越一直都认为那几乎是不可能的。男人和女人因为荷尔蒙的差异而相互吸引,一旦关系近乎到了一定的程度就必然会产生某些想法,这是由人的本能所决定,任何人都无法克制。当然,卓越不可能那样去回答她,他笑着反问道:"你说呢?"

江晨雨可是冰雪聪明，一下子就听懂了他的意思，说道："不管你是不是把我当朋友，反正我对你是绝对的信任。所以，你可以问我任何问题，即使是涉及隐私我也不会怪你。"

卓越在心里暗暗惭愧，不过也暗暗觉得好笑：女人的想法就是不大一样啊，干吗非得要我问了才回答呢？你为什么就不能主动说出来？他想了想，还是问了她一个敏感的问题："其实你并不是一个真正的独身主义者，只不过是曾经受到过很大的伤害。是吧？"

江晨雨好像知道他要问这个问题似的，一点没犹豫就点了点头，道："是的。我和他在一起三年，想不到他竟然和我最好的朋友好上了，而且就在我和那个朋友共住的公寓里面，他们明明知道那个时候我会回去。当我打开门的时候……那场景简直不堪入目，当时我简直不敢相信我的眼睛，他和我在一起的时候是那么恩爱，头天晚上才和我去了酒店，他的甜言蜜语让我觉得自己是这个世界上最幸福的人……"

卓越顿时明白了，轻叹了一声后说道："他并不是真的爱你，你那个朋友也不是你真正的朋友，而且我相信，他们两个人在一起也不会有什么好的结果。"

江晨雨诧异地看着他："是啊。你怎么知道？"

卓越回答道："那个男的那么容易就背叛了你，当然也就可能随时背叛别的女人。你的那位室友如果真的把你当成是朋友，也就不会和那个男的在一起。这么简单的道理你居然没有想明白？竟然还因此伤心欲绝到试图一辈子单身的地步，真是太不值得了。"

江晨雨摇头道："不，我不是因为他们才不想再谈恋爱的，而是我对男人彻底失望了。"

卓越禁不住就笑，问道："既然你对男人彻底失望了，那为什么还要交我这个朋友？"

江晨雨一怔，说道："你和其他的男人不一样。"

卓越道："这不就得了。这个世界上像我这样的男人还是不少的，比如你的父亲，我们医院的郝院长，还有那么多幸福家庭的丈夫们，为什么你就只看到那些负心薄幸的男人呢？"

江晨雨不语。卓越感觉得到，自己刚才的话已经触动到了她的内心，说道："我有些累了，我们还是打车吧。"

江晨雨很是不情愿的样子，不过还是没有反对。两个人在路边站立了一会儿，终于等到了一辆出租车。卓越替江晨雨打开了车的后门，她一下子就坐到了后排的最左侧，于是卓越也就只好跟着坐了进去。

"你没事吧？"上车后好一会儿江晨雨都不说话，卓越关心地问道。

江晨雨微微摇头，忽然轻声对卓越说了一句："可以借一下你的肩膀吗？我想靠靠。"

高德莫在医院的公寓外停下了车，当陈小燕正准备下车的时候却听到他说了一声："小燕……你等一下。"陈小燕将伸向车门处的手缩回来，问道："怎么了？"

高德莫道："卓越和江晨雨的事情你不要去对夏丹丹讲。"

陈小燕犹豫着说道："可是……"

高德莫明白她的想法："最多也就只能从侧面提醒一下。这个世界上的很多误会都是因为听信了他人的传言造成的，也许真实的情况和我们以为的并不是一回事。"

陈小燕点头道："我晓得了。"她正准备去开车门，高德莫再一次叫住了她："小燕……"

陈小燕诧异地看着他："你今天这是怎么了？一句话说完啊。"

高德莫竟然结巴起来，说道："我，我想吻你一下，可以吗？"

陈小燕一下子就慌乱了起来，脸也红透了，急忙道："不，我，我还从来没有……而且这个地方……"

她的慌乱与可爱让高德莫更是爱煞，也就不再强求："好吧，那我们下次在一起的时候再说。"

陈小燕几乎是奔跑着回到寝室的，刚才高德莫的示爱来得实在是太过突然，让她猝不及防、一时间竟然不知道该如何是好，当她到达寝室门口时，心脏依然在"怦怦"剧烈跳动着。

夏丹丹在电脑上看韩剧，听见了陈小燕进屋的声音后转身去看，发现她的脸一直红到了脖子，诧异地问道："你这是怎么了？谁欺负你啦？"

陈小燕急忙道："没，没事。"

这时候夏丹丹才反应了过来：肯定是高德莫……禁不住就笑了起来，说道："小燕，看来你很幸福。"

这时候陈小燕竟然想也没想地就说出了一句话来："丹丹姐，今天晚上我和高德莫一起吃饭的时候看见了卓越，他和江晨雨在一起。"

夏丹丹点头道："我知道，卓越给我打过电话的。"

她的这个回答让陈小燕万万没有想到，只好"哦"了一声。夏丹丹看着她，问道："就他们两个人在一起吃饭？"

陈小燕点头："是啊。"

夏丹丹的心里还是禁不住泛起一股醋意，又问道："然后呢？"

这时候陈小燕忽然想起了高德莫的提醒，回答道："后来他们就离开了。哦，他们并没有看到我们，我们去的时候他们已经在了，高德莫说……后来我们俩就到了楼上。"

夏丹丹问道："高德莫说什么？"

陈小燕发现自己根本就不会撒谎，急忙道："丹丹姐，他也就是随便那么一说。如果你不放心的话现在就给卓越打个电话，问问他在什么地方。"

夏丹丹却很是要强，笑道："我有什么不放心的？我对他很放心。对了，你刚才进来的时候脸怎么那么红？"

陈小燕扭捏了好一会儿后才说道："高德莫他想亲我……我，我没答应。"

夏丹丹禁不住就笑："多正常的事情啊，想不到你这么害羞。"

陈小燕道："丹丹姐，也不知道是怎么的，自从我和高德莫在一起之后心里就总是感到不踏实，我一直到现在都不明白他为什么会喜欢上我。"

夏丹丹"扑哧"一声笑了，说道："你这么漂亮，又很单纯，他喜欢你很正常啊。"

陈小燕摇头道："我就是担心有一天他得到我之后就忽然说不要我了。"

夏丹丹劝慰道："怎么会呢？如果你真的担心的话，那就在结婚之前不让他得逞。"

陈小燕问道："丹丹姐，你和卓越做过那样的事情吗？"

夏丹丹摇头，说道："有时候我也觉得他太正人君子了，我不表示他根本就不主动。哎！真不知道他是怎么想的。"

陈小燕幽幽地道："是啊，真不知道他们男人究竟是怎么想的。"

两个人刚才的话一下子就触碰到了她们内心深处最担忧、最敏感的地方，忽然之间就再也没有了闲聊的兴致。后来，她们分别去洗漱后关灯上了床，两个人同样的内心不安，同样的千回百转，同样的难以入眠。

夏丹丹还是在被窝里面给卓越发了一条短信：睡了吗？

卓越刚刚洗完澡正准备上床，见到夏丹丹的短信后马上就回复了：喝了点酒，正准备睡觉。

夏丹丹这才放下心来：哦。我睡了。晚安。

卓越：晚安。

夏丹丹看着手机屏幕好一会儿，越来越觉得自己和卓越的关系太过平淡，心里忽然有了一种冲动：雷达在吗？

卓越有些诧异：没在。他回家了。

夏丹丹：我去你那里睡好不好？

卓越差点目瞪口呆：别闹了，明天还要上班呢。

夏丹丹更觉得心里没着没落：你不想要我？

卓越霍然从床上坐了起来，直接给夏丹丹拨打了过去："你今天这是怎么了？"

　　卓越的紧张顿时让夏丹丹感觉到自己有些好笑，而且还禁不住笑出了声："没事了，和你闹着玩的。睡吧，晚安。"

　　一直没有睡着的陈小燕也顿时放下心来：看来丹丹姐和卓越还是很好的，高德莫说得对……

第十八章

每当孙鲁想到姚地黄的时候心里就非常地窝火：妈的，还是老同学呢，以前他经常来找我帮忙，为了让他有面子，他的熟人看病不但是我帮忙找熟悉的医生，而且还都是我出面请客，现在这个狗日的怎么一点都不记得了？越想心里就越不是滋味，后来终于拿定了主意不去理会他。

懒得理他，反正还有大半个月老子就出国了。

然而他没想到的是，姚地黄却并不像他那样想。大学毕业后好不容易找到了一份满意的工作，收入和社会地位都还不错，结果现在为了帮别人的忙一下子全没有了，而且更加麻烦的是其他的报社也会因此将他拒之门外，如果孙鲁的态度好一些的话倒是让人可以多多少少得到一些安慰，可是那狗日的竟然事后一副事不关己的态度，这实在是让人难以接受。因此，姚地黄一大早就又跑到医院去了。

孙鲁刚刚出电梯就看到了姚地黄，心里顿时一阵烦躁，但是却又不可能不理会他，过去质问道："你又跑来干什么？"

孙鲁这样的态度更加让姚地黄反感，甚至因此而痛恨，怒道："如果不是因为你，我至于像现在这样吗？你总得负点责任吧？"

孙鲁心里更烦，问道："那你想怎的？"

姚地黄道："上次不是对你讲过了吗，我的要求并不高，而且也并没有特别为难你，你能够做到的。反正你马上要出国去了，车暂时用不上，我可以用它去找新的工作。十万块钱也不算多，基本上可以保证我在找到工作之前的基本生活了。"

孙鲁气得全身直发抖："十万块还不算多？那可是我接近一年的工资！我没那么多的钱，而且每个月还要还房贷。"

姚地黄的眼睛一亮，道："那这样吧，你把房子给我，后面的房贷我自己还。"

孙鲁目瞪口呆地看着他。其实就在刚才，孙鲁已经重新考虑过了，即使将自己的那辆车给他也是可以的，那样的话至少可以解决掉眼前的麻烦。然而他万万没有想到一个人会贪婪到这样的程度，顿时气极："你还不如杀了我！"说完后就再也不理他，直接朝病房走去。

当一个人失去了一切之后，得到的欲望就会使他疯狂。姚地黄不但对孙鲁充满着怨念，而且还将自己现在状况的所有因果全部归责于孙鲁，怎么可能在一无所获的情况下就此罢休？他紧跟在孙鲁后面，大声嚷嚷道："孙鲁，是你和那个女人来找的我。你为了得到那个女人，要我想办法把你们医院的事情捅出去，现在我因此被开除了，你却什么都不管，天底下哪有这样的道理？"

姚地黄的声音极大，整个病房的医生护士和病人都能够听见，孙鲁虽然惊骇、愤怒，但却装着像没事人似的，根本就不去理会周围那些人的目光与表情，自顾自地去病房巡查。

其实孙鲁的事情科室里面的人都隐隐约约听说过，不少的人都鄙视他在那件事情上的所作所为，不过孙鲁这个人一直以来都比较阴沉，在科室里面少言寡语，他能够做到对其他人的态度视而不见，这反倒使得科室里面的人拿他没有了办法。而此时姚地黄的大声嚷嚷就如同在平静的油锅里面溅入了数滴冷水，一下子就炸开了锅，医生和护士们的议论也就不再像前两天那样躲躲藏藏、偷偷摸摸。

孙鲁所在科室的主任姓段，也是郝书笔一手培养起来的专家，孙鲁的事情被其他科室主任在背后说成是他对手下的医生管教不严，段主任对此非常愤怒但却又无可奈何，毕竟医院方面并没有对这个人下达任何的处理意见，反而还将其列入了这次出国的人选。刚才发生的事情让段主任再也坐不住了，直接就走到病房将孙鲁叫到了办公室，冷冷地问道："告诉我，究竟是怎么回事？"

孙鲁竟然张口结舌说不出话来，这时候他才忽然发现自己所做的那件事情纵然有着万般的理由，但却实在难以说出口来。而此时，段主任不怀好意的目光又是那么显而易见，孙鲁的嘴唇哆嗦了好一会儿之后才艰难地说出了口："那个人，他，他想要敲诈我。"

段主任依然在冷笑，说道："那就报警吧。还有，既然医院已经决定让你去非洲，最近你也就不用再上班了，回去准备准备，到时候直接出发吧。"

孙鲁暗暗松了一口气，问道："这个月还没有完呢，我的奖金会不会受到影响？"

段主任心里暗骂：你还想要奖金？不过脸上依然是冷冷的，说道："我们会按规定办的。现在你就回去吧，你分管的病床我会让其他的医生接手。"

孙鲁这才意识到自己好像是被扫地出门了，急忙道："我可以坚持上完这个月的班，不需要准备什么。"

段主任顿时大怒："因为你郝院长才引咎辞职，你还有脸继续在这里上班？这且罢了，你竟然还招来社会上的人在病房大吵大闹，你还想上班？滚，现在就给我滚！"

孙鲁的脸一下子变得煞白："可是，医院并没有处理我……"

段主任冷笑着说道："医院没有处理你，可是我有权处理你，除非是医院不让我继续当这个科室主任了。对了，我现在就明确地告诉你，你这个月的奖金没有了，出国后也不会再有，你自己去找医院要吧。"

这一瞬间，孙鲁感觉自己仿佛掉进了冰窟窿里，全身一片冰凉，竟然在无法自控的情况下眼泪倾泻而出……

姚地黄还在医生办公室里，详细讲述着当时孙鲁去找他帮忙时候的所有细节。其实科室的医生护士对这样的情况了解得并不完全，一时间就有了八卦的材料，同时对孙鲁的阴险更加鄙视。

孙鲁从段主任的办公室出来，眼泪依然在不可遏制地往下淌，内心里面充满着屈辱。当他看见姚地黄在那里绘声绘色讲述当时的情况的时候顿时怒不可遏，进去后提起一张椅子就朝着姚地黄的脑袋上砸了下去，随后就听到四周传来一阵阵惊呼声，然后很快就被人死死地抱住了。这一刻，他的脑子里面全部被愤怒所充满，以至于感觉到所有的声音和眼前的画面都变得十分模糊起来……

是的，就在刚才那一瞬间，孙鲁的脑子里面彻底被愤怒所充满，以至于几乎失去了理智。当那张椅子狠狠砸在姚地黄脑袋上的一瞬间，姚地黄顿时血流满面，在极度的惊骇中缓缓倒在了地上。一直以来沉默寡言的孙鲁在这一刻骤然间爆发出了令人意想不到的戾气，而姚地黄满脸的鲜血更是一下子激发出了他隐藏于内心深处的兽性，他提起椅子准备再一次砸向已经倒在地上的姚地黄。这时候旁边的几位医生见势不妙，急忙上前紧紧将他抱住，连拖带拽将他带离了医生办公室。

110 指挥中心接到报案马上联系了正在医院附近的警员张彤云，张彤云赶到现场的时候事情仅仅过去不到十分钟。此时姚地黄已被送往急诊科救治，当班医生很快就报告了病人的伤势：颅骨轻度凹陷，头皮挫裂伤，轻度脑震荡，暂时没有生命危险。

高德莫在第一时间给卓越打去了电话，告诉了他姚地黄被孙鲁打伤的事情。当卓越正诧异于高德莫为什么要告诉自己这件事情的时候就听到他在电话里面低声说道："孙鲁那么隐忍的一个人，如果不是被姚地黄给逼急了的话，肯定不会干出这样的事情来。现在警察已经到医院来处理这件事情了，孙鲁很可能会因为这件事情被取消去非洲医疗援助的资格，那么接下来姚地黄和孙鲁之间的事情还会不休不止，我担心还会因此牵连到夏医生。"

卓越不以为然，说道："他要是敢来骚扰丹丹的话，我们随时都会报警。"

高德莫道："那是当然。不过这个姚地黄很可能会像一张狗皮膏药，会很烦人的。"

卓越心想也是，急忙问道："那你的意思是……"

高德莫道："卓越，我认你这个朋友，如果到时候需要我帮忙的话，你可以随时告诉我。"

卓越很是感动，不住道谢。高德莫在电话里面叹息了一声，说道："可怜的是那个护士小章，这下悲催了啊……"

卓越的心里也顿时不是滋味起来：可不是吗，孙鲁这次造的孽真的是造大了啊……

张彤云很快就搞清楚了事情发生的过程及原委，而这时候孙鲁已经恢复了理智与清醒，耷拉着脑袋坐在张彤云的面前。张彤云早已从商植那里听说过这家医院以及眼前这个人的事情，心里虽然鄙视其为人但还是不断提醒自己一定要秉公处理，她问道："既然你认为对方是在敲诈你，为什么不报警？"

孙鲁竟然不知道该如何回答："我……"

张彤云看着他："那么，你现在需要报警吗？"

孙鲁点头："需要。"

张彤云提醒他道："对方究竟是不是敲诈最终必须由法院的判决认定。现在我们首先得处理好眼前的这件事情。你使用凶器故意伤害他人，这一点你认同吗？"

孙鲁急忙道："我只是一时间气愤不过……"

张彤云道："那是事情的起因，但事实是你使用那张椅子作为凶器，而且是当着众人的面打伤了对方，如今人证物证俱在，这一点你不否认吧？"

孙鲁一下子就急了："可是……"

张彤云道："没有什么可是的，你现在就跟我走一趟吧。姚地黄目前正在接受治疗，等他清醒后我们会去讯问他关于你指控他敲诈的情况。"

孙鲁这次意识到问题的严重，急忙道："那我不告他敲诈了行吗？"

张彤云正色地道："你以为法律是儿戏啊？走吧，跟我回去做个笔录。"

急诊科对姚地黄的伤口进行了清创后立即转入到外科观察治疗，姚地黄已经清醒，要求医院做全面的检查。郝书笔在外科的威望更高，医生们痛恨孙鲁是必然的，当然会完全满足这个病人的一切要求，反正今后的费用都是由孙鲁一人承担。

孙鲁在警局做完了笔录后就以故意伤害的嫌疑被拘留。随后张彤云又到医院向姚地黄了解相关情况。

"孙鲁已经报警，他指控你敲诈勒索。"张彤云对姚地黄说道。

姚地黄一下子就激动起来："敲诈？我为了帮他的忙结果失去了工作，让他补偿我是应该的吧？"

张彤云道："当时孙鲁找你帮忙，他可是支付了报酬的，既然你接受了他给你的报酬，那就应该想到可能会发生的后果。从这个角度上讲，你现在找他索取补偿并不完全合法，更何况你和他之间并没有合同约定。"

姚地黄是记者，对法律条款当然有一定的了解，说道："所谓的敲诈指的是用暴力、恐吓等手段，或滥用法律、借助官方职权等，向他人索取不合理或不合法的财物的犯罪行为。我既没有使用暴力，也没有任何的职权，而且从一开始我都仅仅是在找他协商这件事情。反而使用暴力的恰恰是他。张警官，请问，你刚才所说的关于我敲诈的罪名从何而来？"

张彤云正色地道："你说错了，我说的是：是孙鲁指控你敲诈勒索。而且我还要告诉你，我们所有的谈话都有录音。"

姚地黄急忙道："是我说错了。我和孙鲁的事情其实很简单，你可以去问他。"

张彤云道："我们当然会进一步调查的。目前警方已经将孙鲁拘留了，因为他涉嫌故意伤害。"说着，她将旁边那位警察做的笔录递给了姚地黄，"你看看，如果这份笔录与你的讲述一致的话就在上面签个字吧。"

姚地黄愣了一下，道："为什么要拘留他？我可不希望他坐牢，我只要他赔偿我所有的损失。"

张彤云点头道："好吧，法律也应该遵从情理，既然你不愿意控告他故意伤害，那就去和他好好谈谈吧。"

医院发生的这件事情很快就出现在网络媒体上，病人和病人家属当中喜欢八卦的人本来就不少，孙鲁打人的镜头也出现在了网络上面，而且在很短的时间里面就被以讹传讹成了医生殴打病人的新闻。

董奇运气冲冲地冲进康德松的办公室："你看看，又是这个孙鲁，这下好了，我们医院现在成了众矢之的。"

康德松已经知道了整起事件的经过，心里暗自恼怒孙鲁烂泥巴扶不上墙，不过此时一见董奇运的样子就知道他是想借题发挥，淡淡地道："我们医院怎么就成众矢之的了？这件事情明明就是孙鲁和那个被开除的记者之间的私人恩怨，很容易说清楚的嘛。"

董奇运道："很显然，这样的人是不适合参加国外医疗援助项目的。"

康德松的表情依然淡淡的："我们只负责向上面推荐人选，至于最终他能不能去还得由上面决定。"

董奇运碰了个软钉子，顿感无趣，正准备转身离开却被康德松叫住了："对了老董，有件事情我得提前和你通个气。"

康德松的语气中带着一种高高在上，这正是让董奇运感到最不舒服的地方，不过医院是院长负责制，现在人家已经坐上了那个位子他也就只能忍着。董奇运并没有坐下，站在那里说道："说吧，什么事情？"

　　康德松笑呵呵地站了起来，亲自去给董奇运倒了一杯水放到沙发前面的茶几上，说道："老董，孙鲁的事情是小事，我们是医院的管理者，应该多考虑大事情才是。来，你坐下，我们慢慢说。"

　　康德松随即就坐到了沙发上。虽然康德松试图摆出一副谦恭的姿态，但是在董奇运看来却依然是一种命令式的强迫，不过在这样的情况下他也不好做得太过分，只好依言去坐下，然后摸出香烟来给自己点上。康德松是不抽烟的，办公室里面没有烟灰缸，他及时地发现了这一点，急忙去拿过来一个一次性水杯放到了董奇运面前，同时诧异地道："老董，你怎么抽这么差的烟？这样吧，我给办公室说一声，从今往后医院每个月给你报销几条软中华。"

　　董奇运一下子就警惕了起来：此人忽然如此向我示好，必定心怀叵测。而且此人刚才的话就是一种赤裸裸的施舍。妈的，医院又不是你个人的，你说什么就什么啊？心里这样一想，董奇运也就更加觉得腻味，说道："郝院长在的时候都从来没有让医院报销这方面的费用，我当然也不能例外。康院长，说吧，究竟什么事情？我那边还有一大堆事情在忙呢。"

　　康德松心里气极：你忙不忙难道我还不知道？我就见到你每天一杯茶一张报纸。不过他的脸上依然带着笑意说道："好吧，我们谈正事。老董，你也是知道的，医院里面的科室主任、行政的中层干部这么多年来一直都没有更换过，大家都在自己的位子上得过且过，这样下去对医院今后的发展很不利啊。"

　　他这是要一次性改变医院的管理格局，试图以此消除郝院长在医院的影响。董奇运一下子就明白了他的意图，摇头道："我不同意你的看法。就拿生殖中心的汤主任来说吧，她可是当了近二十年的主任了，我们医院试管婴儿技术的成功率一直在全国处于领先地位，还有我们的那几位外科主任，他们最近几年无论是在医疗技术的创新还是在管理上取得的成绩，可都是有目共睹的。你怎么能用'得过且过'这个词去评价他们呢？"

　　康德松解释道："我并没有说所有的科室主任都不合格，而且老董，你应该注意到我们现在的这座城市已经向各个方向延伸了数公里的范围，这是城市化进程加速的结果，目前的情况就是社会公共服务体系的严重不足，医疗资源在其中也就显现得非常明显，正因为如此，最近几年民营医院的发展势头才会变得如此迅猛。我们作为国家的公立医院，必须要有紧迫感，必须加快发展的势头，尽快在这座城市做好布局。今年的政府工作报告你看了没有？政府早已考虑到了这个问题，我们不能再等下去了。所以，医院的科室主任及中层干部变更也是为了适应这样的形势，我们必须尽快培养出更多的学科负责人和管理方面的人才。”

他说的是事实，更是当前医院所面临的巨大难题。由于医疗资源的严重不足，这才使得民营医院的发展有了可乘之机，而民营医院的趋利性决定了它们的管理模式，存在的问题也确实不少，因此公立医院就必须肩负起相应的社会责任。此外，如今已经是商品经济时代，即使是公立医院也同样面临着究竟是发展还是被市场淘汰的问题，所以，刚才康德松所讲的确实是当前医院发展的大趋势。董奇运问道：“那么，你准备如何解决这些问题？”

康德松道：“我已经让姜彤对这座城市的医疗资源进行全方位的调研，同时对未来的分院进行初步选址。对于我们今后的分院来讲，最关键的因素还是人才的问题。目前我的想法大概有这样几个方面：首先要成立一个建设指挥部，专门负责分院的建设。分院的建设不宜同时上马，要分步实施，否则的话我们将面临巨大的资金压力，医生的收入也会因此受到影响。”

董奇运点头道：“这没问题。可是，这个建设指挥部谁负责呢？”

康德松看着他，笑着问道：“就由你来挂帅，如何？”

董奇运心里一动，不过即刻就意识到这很可能是一个陷阱：挂帅不一定就有实权，毕竟医院的资源掌握在眼前这个人的手上，他摇头道：“我肯定不合适，还是让姜彤负责吧，他毕竟是分管后勤的副院长。”

康德松暗暗诧异：这个人不是想抓权吗？怎么一点都不动心？

他点头道："好吧，我同意。"

董奇运问道："分院建设的资金来源呢？"

康德松道："医院的收入拿出一部分，主要还是向银行贷款。我已经和银行方面接触过了，像我们这样的单位对他们来讲是优质客户，贷款没问题的。"

董奇运没有反对。确实是这样，三甲医院的收入非常稳定，银行根本就不用担心医院还款能力的问题。康德松继续说道："关键还是人才的问题，内科的科室主任普遍不作为，应该给他们一些压力，我的想法是，对实在不作为的科室主任进行调换，或者安排一两个副主任，这样对我们今后分院的管理也有利。"

董奇运发现自己竟然无话可说，不过还是提醒道："人事的问题比较敏感，我觉得还是慎重一些为好。内科的几位主任也不是完全不作为，至少最近几年从来没有出过大问题。"

康德松道："我只是先和你通一下气，具体的方案到时候我们进一步研究。另外，药房、设备科等重要科室也要进行人员调整，如果你有合适的人选也请随时告诉我。"

这才是重点。董奇运这才意识到自己被忽悠了。设备和药品是医院最为重要的两个科室，每年的采购金额有数亿之巨，其中所牵涉的利益不言自明。可是董奇运却忽然发现自己已经没有了反对的理由，这时候他才真正领教到了眼前这个人的老谋深算。

在警方的调解下，孙鲁和姚地黄终于达成了一致。孙鲁同意将那辆车过户给姚地黄，并支付姚地黄此次所有的治疗费用。姚地黄心里对这样的结果是不满意的，不过孙鲁宁愿被继续拘留也不愿意再让步，而且警方也认为他进一步提要求显得有些过分，姚地黄只好暂时作罢。

让孙鲁没有想到的是，他出国的事情也因为这起事件被上面否决了。后来他听说小章为了他去找康德松的事情，虽然有些感动但最终也就仅仅是在心里产生出了些许的愧疚。仅此而已。

段主任根本就不想让孙鲁回到科室，他一看到这个人就觉得厌烦，于是就打发他去了门诊的心电图室。心电图室在医院里面属于辅助科室，里面的工作人员应该被称为技师而不是医生，孙鲁没有办法只好服从。

章芊芊也没想到会是这样一种结果，当初自己的一片痴情与真心换来的竟然是一场笑话。

科室的医生和护士们都在用各种目光看着她，虽然大多是同情。她的内心如同窗外天空中那一团团铅色的云，忽然感受到了生无可恋、万念俱灰的滋味。而真正注意到并能够理解她的似乎只有夏丹丹。夏丹丹巡查完病房后第一眼就看到了正在角落处默默流泪的她。

夏丹丹很快就开完了医嘱，她担心自己因为老是分神去注意小章出现错误，仔细检查一遍后才朝着正在暗自神伤的章芊芊叫了一声："小章，医嘱开好了。"

章芊芊这才在忽然之间从内心极度的灰暗中回到了现实，急忙来到夏丹丹身旁。夏丹丹去握住了她的手，轻叹了一声，柔声说道："你先去把医嘱执行完，一会儿我们俩找个地方聊聊。小章，你要记住，这个世界上没有解决不了的问题。"

章芊芊的心里顿时温暖了些，不住点头道："我知道了，谢谢你夏医生。"

夏丹丹朝她点了点头："去吧。仔细一些，千万不要出错。"

章芊芊离开后夏丹丹还是有些不大放心，过去对护士长说道："小章执行医嘱的时候你注意检查一下，她今天的情绪不大好。"

近一个小时后章芊芊终于执行完医嘱，护士长来告知夏丹丹小章的医嘱执行得很仔细，没有出现任何问题，夏丹丹这才放下心来。

因为是上班时间，而且刘顺成父亲的病情非常不稳定，随时都可能出现生命危险，所以夏丹丹将小章约到了医院下面的花园里面。两个人在花园旁边的长条椅处坐下，夏丹丹主动去挽住了她的胳膊，说道："我知道你的心里很难受，不过我觉得你的这种难受很不值，因为他根本就不爱你，如果他对你真的有那么一丁点感情的话，就应该主动来找你，向你表示感谢，或者是歉意，但是他并没有。你说是不是？"

章芊芊摇头，满脸凄楚地道："这不能怪他，要怪的话就只能怪我自己，谁让我那么喜欢他呢？"

其实夏丹丹一直都诧异于一件事情，此时趁机就问道："小章，我有些不大明白，你究竟喜欢他什么？"

小章摇头道："我也不知道是为什么。我刚刚到这家医院来的时候在电梯门口扭了脚，正好就碰见了他，他蹲下身体去看我的脚脖子，还帮我揉了一会儿。他的声音很好听，那时候我忽然想起了我爸，我小时候他就是那样喜欢我的……"

夏丹丹似乎有些明白了，问道："你爸爸他现在呢？"

小章苦笑着说道："早就不在了，是在山上开石头的时候被炸死的。"

这是标准的恋父情结。当然，这样的感情也就因此而变得非常真实。夏丹丹问道："那你现在怎么办？是不是再去找康院长说说，干脆就别去非洲了？"

小章摇头道："我怎么还好意思再去找院长呢？算啦，我还是去吧，也许到了那里后我就会慢慢放下他的。"

夏丹丹心里想道：倒也是，也许时间和环境真的可以改变许多东西。而此时她也就不再担心了，说道："小章，千万别想不通，你这么年轻，今后一定会碰到一个真正喜欢你的人的。"

章芊芊不说话，一会儿之后才轻叹了一声，说道："夏医生，其实他和我是一样的。他喜欢你但是你又不喜欢他，而且现在他都成这样了，想起来真是可怜。"

章芊芊的话让夏丹丹顿时难受起来，一时不知道该说什么才好。两个人都坐在那里不说话，心里一样的五味杂陈，思绪纷纭。后来，夏丹丹忽然感觉到一颗雨滴掉落在了鼻尖上，这才说了一句："下雨了，我们回去吧。"刚刚起身就接到了护士长打来的电话：

"那个肝癌晚期病人好像不行了……"

夏丹丹几乎是跑步回到病房的，还在电梯里面的时候给刘顺成打了个电话。医院里面最常见的就是生老病死，而死亡在老年科更是频发，病房里面的不少老人都是在这个地方走向了生命尽头，所以，病房里面并不会因为某个病人的濒临死亡而变得杂乱无序。

病人的脉搏和呼吸已经变得非常微弱，夏丹丹吩咐马上上呼吸机并注射强心剂，而就在这时候她忽然发现病人的眼神瞬间变得晶亮，骷髅一样的脸上泛起了淡淡的潮红，夏丹丹急忙问道："您想说什么？"

病人的嘴巴动了动却没有说出话来，夏丹丹有些明白了，道："我已经给您儿子打电话了。"

病人的嘴唇依然在动。夏丹丹又道："他会带着您孙子来的。"

病人的嘴角处露出一丝微笑，眼神依然晶亮。作为老年科的医生，夏丹丹的心里十分清楚，或许这一次才是真正的回光返照。

刘顺成接到夏丹丹的电话就马上去了孩子所在的学校，从教室里将孩子叫出来就直接去了医院。他知道，父亲这次可能真的要走了。父亲很传统，他临走之前最想看到的其实并不是他这个儿子。

当一个人越是心急如焚的时候就越是堵车得厉害，很多时候都是这样。刘顺成乘坐的出租车刚刚从学校外边汇入到主干道不久就和一辆私家车发生了剐蹭，刘顺成只好下车重新招呼另外的车。

城市的这条主干道车多如蚁，速度也如同蚂蚁般缓慢，一辆辆经过的出租车都载有客人，终于有一辆空车的时候出租车司机却告诉他不能在这个地方上车，刘顺成哀求般对司机说道："我爸在医院到最后的时候了，麻烦你让我们上车吧。如果被罚款我认了就是。"

出租车司机顿时起了怜悯之心，让他和孩子上了车，并很快驶离了主干道开始在一些小巷里面穿行，近一个小时后终于到达了医院。

刘顺成带着孩子进入病房的时候父亲已经进入弥留状态，眼神中的晶亮早已消失。所谓的回光返照说到底就是一个人最后精神力燃烧似的绽放，不可能持续得太久。看着父亲，刘顺成的眼泪一下子就出来了，哽咽着问道："夏医生，我爸他……"

夏丹丹低声道："你有什么话就赶快对他讲吧，他能够听得见。这是最后的机会了。"

人在弥留之际最后失去的是听觉，所以，只要一个人还没有真正死亡，他是能够听得见声音的。可是在这一刻，刘顺成忽然发现自己的悲伤全部都化成了泪水，竟然一句话都说不出来了，倒是身旁的孩子忽然"哇"的一声大哭了起来："爷爷……"

而就在这一瞬间，夏丹丹惊讶地发现老人的脸上不知道什么时候出现了一只苍蝇，它的翅膀在颤动着，似乎正在告知眼前的这个老人已经离开了这个世界。

老人的尸体暂时被放到了医院的停尸房里。陆老板也亲自来了，给了刘顺成一个装有现金的信封，吩咐他最近可以暂时不去上班，让他安心在家里处理完老人的丧事。随后陆老板就去了夏丹丹的办公室。

夏丹丹问他道："你已经想好了？让你父亲出院？"

陆老板点头道："是的。现在公司的情况好转了许多，我希望能够有更多的时间在家里陪着他，保姆也已经请好了。夏医生，我还是希望你能够答应我的那个请求，只需要每周去我家里一次就行，出诊的费用一个月一万块怎么样？"

夏丹丹毕竟是知识分子，虽然也想挣外快但面对对方赤裸裸说出数字的时候还是感到很不好意思，说道："费用的事情随便吧，其实要不了那么多的。不过一周一次肯定不行，两到三次吧，万一老人的病情发生了变化呢。"

陆老板大喜，急忙道："这样的话那就更好了，我还担心你的时间忙不过来呢。"

事情就这样决定下来了，不过夏丹丹还是给卓越打了个电话说了一下这件事情。卓越倒是并不介意，他知道医院里面有好几个外科医生在民营医院兼职的事情，他们做一台高难手术就可以获得数千甚至上万元的收入，这样的情况早已不是什么秘密。不过卓越还是有些担心："那个姓陆的老板为人怎么样？"

于是夏丹丹就将刘顺成的事情对他讲了，说道："这个人是个孝子，也比较心善，不是坏人。"

卓越这才放下心来，说道："你觉得没问题就行。不过我还是建议你事先和他签一份协议，万一今后病人出了什么事情的话也会少很多的麻烦。"

夏丹丹问道："有这必要吗？"

卓越回答道："非常有必要，毕竟这是你的个人行为，没有了医院替你做主，这样做也是为了保护你自己。"

夏丹丹忽然想起自己刚刚干的那件傻事，觉得自己确实太单纯了些，说道："那好吧，我去给陆老板说说。"

卓越笑道："你能够找一件事情做做也好，最近我又要忙了。"

夏丹丹忍不住就问道："你究竟在忙些什么啊？真的连我都不能告诉吗？"

卓越歉意地道："汤主任让我开始做第三代试管婴儿技术方面的实验，接下来还可能要涉足第四代技术，而且最近很可能就会将第三代试管婴儿技术直接在临床上应用。其他具体的情况我暂时不能讲，汤主任特别吩咐了的。"

原来是这样。夏丹丹有些后悔自己的好奇与多疑，说道："那你忙吧，我也正好趁机多挣点钱。"

虽然卓越并没有将自己的另外一件事情告诉夏丹丹，但他的心里并不感到惭愧，毕竟这件事情涉及的是他个人的隐私，至少到目前为止还需要对她保密。挂断电话后卓越即刻给柳眉发了个短信：我们的工作可以重新开始了。

过了好一会儿卓越才收到了柳眉的回复：我不想参与了。

卓越很是诧异，想了想还是直接给她打去了电话："为什么？"

电话的那头柳眉在哭泣："那个姓林的是坏人，你也要注意。"

卓越的心里骤然间紧了一下，直接就感觉到柳眉一定遭遇到了非同寻常的变故，急忙问道："究竟发生了什么？可以告诉我吗？"

　　事情就发生在三天前的那个傍晚，下午接近六点钟的时候柳眉接到了一个电话，电话的那头是一个年轻女人的声音："请问你是柳老师吗？"

　　号码很陌生，柳眉问道："我是，请问你是？"

　　年轻女人在电话里面说道："柳老师好，我叫杨梅，卓医生约了和我见面，他告诉我说可能会晚一点到，让我直接给你打电话。"

　　柳眉诧异道："是吗？卓医生怎么没有告诉我这件事情？"

　　杨梅道："我不知道他为什么没有告诉你。我都在家里等很久了，晚上还约了和朋友一起去玩呢，要不我们改个时间见面吧。"

　　柳眉的警惕性一贯很高，也许因为对方是一位年轻女性，而且还提到了卓越，所以她也就因此而放松了警惕，问道："你在什么地方？"

　　对方即刻就告诉了她具体的位置。一个年轻女性住的地方，这让柳眉更加放心了些，不过在去往那里的路上她还是给卓越连续打了两个电话，结果却发现对方的电话一直处于忙碌的状态，心想他果然很忙，于是也就没有再次拨打。其实她并不知道，当时卓越正在和夏丹丹通电话，告诉她要和江晨雨一起出去吃饭的事情。

　　柳眉是乘坐出租车去的，她不大熟悉那个地方。到了那里后才发现是一个高档小区，乘坐电梯上到第二十六层，很快就找到了杨梅在电话里告诉她的房号。敲门后眼前很快就出现了一张年轻漂亮的脸庞，对方笑吟吟地问道："你就是柳老师？快请进来。"

　　进去后柳眉才发现眼前的这套房子竟然是传说中的大平层，宽大奢华的客厅尽头处是一壁的落地玻璃，将那一片城市的美景尽收眼底，禁不住就赞叹了一句："真漂亮啊。"

　　杨梅朝她粲然一笑，热情地道："柳老师，你坐一会儿，我去给你泡杯茶。"正说着，她的手机响了，接听后歉意地对柳眉说道，"来了个包裹，我下去拿一下。"

身处这样一个陌生的地方，柳眉再一次变得警觉起来，问道："不是应该送到楼上来吗？"

杨梅道："现在那些送包裹的哪里还有那么贴心的服务？你等一会儿，我马上就回来。"说完后就急匆匆地出去了，柳眉更加觉得不对劲，急忙朝着门口处走去，而就在这个时候里面的一道门忽然打开了，一个熟悉的声音在柳眉的身后响起："柳老师，我们又见面了。"

柳眉转身一看，发现眼前的这个人竟然是林武，瞬间就意识到了危险，质问道："你想干什么？"

林武"哈哈"大笑，说道："柳老师，第一次见到你的时候我就彻底被你的美丽征服了，今天才终于把你请到这里来。你别害怕，来，我们坐下慢慢谈。"

柳眉慢慢退到了门口处，反过手去想要打开房门，也许是太过紧张的缘故，竟然一时间没打开。林武将她所有的举动都看在眼里，笑着说道："你真的不要害怕，我不是你想象的那种人。柳老师，我是生意人，习惯于用生意的方式解决任何问题。五万块，只要你愿意陪我，一次就给你五万块，怎么样？"

柳眉心里一阵恶心，同时恐慌更甚，不过尚能够保持最起码的冷静，正色地道："林老板，我不是你以为的那种女人，你找错对象了。"

林武又一次"哈哈"大笑，说道："现代社会，什么东西都是有价格的，我坚信这一点。十万，陪我一次我给你十万，怎么样？"他一边说着一边朝柳眉走了过去，柳眉急忙转过身去试图打开房门，但是却发现自己已经被林武从后面死死地抱住了，而且还感觉到一张热烘烘的嘴在后颈处一阵乱拱："美女，我真的是太喜欢你了，我每天晚上都会想起你，你放心吧，我绝对不会亏待你的……"

柳眉大骇，奋力地挣扎着，抓住锁把手的那只手死死抓在那个地方用力扭动，门，终于被她打开了，也就在那一瞬间，她用肘部狠狠地朝后面击打过去，只听见身后传来一声痛苦的闷哼，柳眉趁机逃到了门外。林武万万没有想到已经到手的猎物竟然就这样跑掉了，如何甘心就此罢休？他快速地追了出去，只见柳眉正在电梯口处一阵乱摁，忽然间就明白了电梯一时间根本无法到达，心里一阵大喜，一步步朝她走了过去："你别急着跑啊，价格好商量。"

柳眉见电梯一直停在下面十层楼的位置始终没有上来，估计那层楼正在上下货物，心里又急又恐慌，此时见林武正一步步在朝自己走来，眼看就要再次落入到魔掌，情急之下忽然有了个主意：她快速跑到旁边的几户人家门口处，用力地拍打着房门，同时大声呼救："救命，救命啊！"

林武没有想到她会那样去做，猝不及防之下吓了一大跳，此时又见到柳眉已经跑到另外一家的门口处在用力地拍打着房门，而且呼救声更大，顿时吓得脸上都变了颜色，急忙快速地逃回到屋子里面，心里恨恨着用力将门关上。

柳眉不知道那几道房门里面究竟有没有人在，但是却始终没有人打开门来过问，不过她刚才的举动着实吓坏了林武，这才使得她最终逃离了那个地方。

卓越听完了柳眉讲述的整个过程之后禁不住冒出了一身冷汗，暗自庆幸她最终没有受到侵害，否则的话他必将为此自责不已。与此同时，卓越的内心也充满着愤怒，问道："出了这样的事情，你干吗不报警？"

柳眉回答道："他毕竟没有伤害到我，而且……"

卓越顿时明白了：她是一个清清白白的女孩子，出了这样的事情难免会羞于启齿。卓越歉意地道："对不起，早知道这样的话我就不应该带着你去见他们。"

柳眉急忙道："这件事情和你没有关系的，是我一时间疏忽了。"

卓越在心里叹息：女孩子长得太漂亮确实有些麻烦，可这并不是她的错啊……正这样想着，就听到电话里面传来了柳眉幽幽的声音："卓医生，虽然我不想再参加你的这个项目了，那我们还可以见面吗？"

她的声音让卓越的内心骤然升腾起一种怜惜之情，温言说道："当然可以，你是我的妹妹嘛。"

柳眉问道："可是，你女朋友会不会……"

这一瞬间，卓越才猛然间感受到了柳眉话语中所包含着的幽怨味道：难道她喜欢上我了？还有，为什么我每次听到她的声音甚至每当想起她来的时候心里总是感觉到温暖与宁静呢？卓越不敢继续自省下去，说道："我想，她见到你的话也会喜欢上你的，你是那么地漂亮，也很可爱。"

柳眉道："可是，我不想见到她。卓医生，我忽然觉得自己变坏了，可是我实在忍不住要那样去想。"

这已经算是一种表白了。卓越并不笨，当然能够领会到声音那头所表达出来的另一种情感。他的心一下子就乱了："我，我们……"

幸好电话被对方挂断了，这才让他能够从内心的一片纷乱中解脱出来。也就是在这一刻，卓越立即做了一个决定。

第十九章

　　卓越出门的时候天空中正下着密密麻麻的细雨，还有大量的雾气笼罩在其中。这是一个令人讨厌的天气，它让人能够清晰地感受到湿气，细雨如同胶水般附着在头发和眉毛上面，虽然感觉不是特别明显，但只要用手一抹，手掌上面出现的就全部是水。这样的天气最容易让食物和衣服发霉，病人的伤口也最容易感染，医生和病人的情绪也最容易受到影响。

　　当然，很多人对这样细微的东西并不在意，可是很多事情却不可阻挡地会在这样的天气中爆发出来，比如，此时的孙鲁就忽然感到内心更加抑郁。

　　雷达刚刚手术下来，三床的几个病人家属就气势汹汹地出现在了他面前："又在发烧，都花了好几万了还不好，你得给我们一个说法！"

　　三床就是那个腹股沟疝病人，由于病人出现了肠坏死，只好将坏死的那一段切除后重新缝合，可是病人后来出现了腹内及体表伤口反复感染并引起高烧不退，经过询问病史后才得知病人曾经多次在小诊所就诊，而且有经常使用高级抗生素的情况，以至于病人身体里的细菌产生了极强的抗药性。

抗生素的发明挽救过无数人的生命，与此同时，抗生素的滥用也给人类带来了巨大的灾难，而这样的灾难还在继续下去。其实抗生素滥用的现象是与整个社会的氛围同步的，浮躁与趋利使得某些医者违背了抗生素从低级到高级的使用原则，而病人不愿意承受痛苦让身体自身的抵抗力发挥作用也是造成这种现象的重要原因。这样的情况雷达早已给病人及病人家属解释过，开始的时候他们倒是能够理解并配合治疗，可是随着医疗费用的不断增加，病人的感染反复出现，病人家属也就再也坐不住了。

这说到底还是钱的问题。如今已经是互联网时代，像京剧这样的传统剧种的受众实在是太过有限，京剧团的收入早就入不敷出，医疗保险的报账比例毕竟有限，所以，病人家属忽然找医生闹事的目的也就不言自明了。

雷达刚刚做完了一台手术，全身疲惫不说，心里还始终装着上次钱文学找他的那件事情。虽然那件事情已经过去了，但毕竟是他内心的一桩心事，此时见到病人家属们一个个狰狞显露的样子，心里当然也就更加不痛快，冷冷地问道："你们想要干什么？"

一个病人家属大声道："病人反复感染，肯定是你们在手术的过程中消毒不严格造成的，你们必须负责任！"

雷达忍不住就笑了起来，说道："我倒是可以帮你们出个主意：你们去找医疗事故鉴定部门反映这个情况吧，如果他们调查的结果真是这样的话，我愿意负全部的责任。"

说完后也就不再理会他们，正准备朝医生办公室走去，这时候一个病人家属一把就抓住了他白大褂的衣袖处，气势汹汹地道："你不能走，得把事情给我们讲清楚。"

吵闹声引来了科室的医生护士和许多病人家属，雷达看着抓住自己的那双手，冷冷地道："放开！"

那位病人家属见围观者众多，更不愿意输掉气势，大声道："老子偏不放咋的？你再这样的态度，老子还要揍你！"

雷达大怒，奋力想要挣脱病人家属的手，结果白大衣瞬间发出了"刺啦"的破裂声，雷达趁势将身体从白大褂中解脱出来，快步走到前面的消防栓处，用力将旁边的消防斧取下后握在手中，指着几个病人家属怒吼道："妈的，别以为我们当医生的好欺负。来，你们来揍我试试！"

几个病人家属顿时被他的气势所震慑，一哄而散，一边跑着一边大声嚷嚷："医生打人了，医生打人了！"

雷达将消防斧放回到原处，拍了拍手，对所有围观的人说道："刚才的情况你们都看见了。我救了病人的命，他们不但不心存感激，反而跑来无理取闹，是可忍孰不可忍！"

刚才整个过程都被科室主任唐尧看在了眼里，不过他根本就没有想要出面制止的意思。说到底，医生不能受病人的欺负这是他一贯的原则。

事情就这样过去了，雷达在事后就像没事人似的，一会儿之后还特地去给三床的病人做了次检查，几个病人家属根本就不敢去直视他。雷达检查完后说了一句："我们正在做药敏实验，情况会很快好起来的。"

商植在网上看到了这家医院最近发生的两起事件，又从张彤云那里了解到了事情的真相，顿时敏锐地意识到这是一个非常重要的新闻话题，他决定马上去往这家医院做一次详细采访，尽快写出一篇关于医患矛盾方面的深度报道。

卓越此时已经到了钱文学的办公室。对卓越的忽然到来钱文学感到十分诧异，问道："卓医生怎么忽然想起到我这里来了？是不是那件事情已经考虑清楚了？对不起，现在我已经不再需要那份名单了。"

这下反倒让卓越感到惊讶了："为什么？"

钱文学淡淡地道："不为什么，我忽然对这件事情不感兴趣了。"

卓越忽然感觉到有些不大对劲，不过他并不是为了那件事情而来，问道："你身边那个姓林的呢？他怎么不在？"

钱文学莫名其妙地问道："你找他干什么？"

本来卓越还竭力让自己隐忍着，此时忽然想起当时柳眉所遭遇到的惊险，一下子就爆发了："钱老板，我告诉你，你们再有钱也不能为所欲为，如果再有那样的事情发生，我就马上报警，你不要以为我手上没有你们的证据，我就把话撂在这里。再见！"

卓越离开之后好一会儿钱文学都没有反应过来是怎么回事，不过他已经意识到一定是有什么地方出了问题，急忙拿起电话给林武拨打："你最近究竟干了什么事情？你是不是去招惹了那个姓卓的医生？"

林武矢口否认："没有啊，我去招惹他干吗？"

钱文学当然不会相信，沉声说道："兄弟，那份名单我们已经拿到手了，万一出了什么事情我们前面所做的一切也就前功尽弃了，你实话告诉我，究竟发生了什么事情？"

林武这才实话实说："那个姓柳的老师长得太漂亮了，我实在忍不住……"

钱文学大怒："酒店里面那么多漂亮的女人都被你玩过了，你怎么……"

林武急忙道："我这不是还没有得手吗，那个小娘皮当时就跑掉了。"

钱文学更怒，骂道："得手了倒好了，给钱封住她的嘴就是。现在好了，那个姓卓的医生肯定不会就此罢休，对了，他告诉我说他手上还有什么证据，这又是怎么回事？"

林武一愣，问道："会不会是我住处过道上的摄像头？可是我当时并没有对她怎么样啊，那个小娘皮就是去敲了隔壁两家的门，我吓得马上就回到屋里了。"

竟然还有那么精彩的过程？钱文学忍不住想要知道当时所有的一切，对着电话说道："你马上过来把事情对我讲清楚。"

此时，康德松正在给普外科主任唐尧打电话："作为医生，怎么能用那样的态度去对待病人呢？这个医生必须严肃处理。"

唐尧淡淡地问道："康院长的意思是说，当我们遇到这种事情的时候就应该把所有的责任揽在身上，任凭病人家属欺辱殴打，然后医院对他们进行赔偿，等医院赔偿完之后再任凭医院处理，是吧？"

康德松怒道："你这话是什么意思？难道我们不应该在病人面前有一个好的态度吗？"

唐尧波澜不惊地道："康大院长，我觉得你在这个方面应该好好向郝院长学习，如果你都不为我们这些当医生的做主，一心想着如何去讨好病人和你的上级，那你这个院长就不算合格。"

康德松没有想到下面的科室主任竟然会用这样的语气和他说话，差点气结，怒道："你怎么没有一点大局观念？现在医院正是转型期，稳定压倒一切的道理难道你就不懂？"

唐尧呵呵笑了两声，说道："如果医院里面没有了医生，我看你如何稳定。"

康德松愤怒地扔掉了电话，忽然见到办公室主任正推门而入，心里更是烦躁："你进门之前就不知道先敲门吗？"

办公室主任满脸委屈的样子："我敲门了啊。"

康德松心里更是烦躁，问道："说吧，什么事情？"

办公室主任将一封信递到他面前，小心翼翼地道："这是从上面转下来的，一位设计院的副院长举报卓越的信。"

康德松接过那封信仔细看了一遍，怒声道："这还了得？！这个卓越，简直是胆大包天，竟然连医院这么保密的信息都敢泄露出去！你马上去核实，如果真有其事的话就马上开除！简直是乱了套了，从现在开始必须对医院进行大力整顿！"

卓越刚刚从那家五星级酒店出来，天上的雨忽然下大了，他没有带伞，还没跑到地铁站就变得像落汤鸡似的。

第二十章

郝书笔在这家医院里面的影响力可谓冰冻三尺，绝非一日之寒，如今他虽然已经退居二线，但是康德松却分明感觉到自己依然是一个没有多少决策权的傀儡。因此，寻找到一个切入口破冰而出就成了他如今最大的愿望。

康德松的内心充满着郁闷与压抑，以至于如此地迫不及待。所以，他的怒不可遏是假的，试图借此机会树立个人威信才是他最真实的目的。不过现在最为难的却是医院的办公室主任刘连东：这样的事情应该是我的职责范围吗？思量许久之后才拿起电话给姜彤拨打："姜院长，我有些事情想请教下您，不知道您什么时候有空？"

姜彤说他正好刚刚回办公室，刘连东马上就去了。姜彤见到他的第一句话就说："你是办公室主任，院长副院长的行踪你应该随时掌握。"

刘连东苦着一张脸说道："我就是觉得这个办公室主任不好当啊，所以才想来找您讨教一些经验。"

其实姜彤也是像刘连东现在这样一天天熬过来的，只不过做办公室主任的时间长了，在处理很多事情的时候也就形成了一种惯性，岁月的积累也确实让他拥有了不少感悟和经验性的东西，此时见刘连东苦着一张脸的样子，一下子就笑了起来，说道："其实做办公室主任也不难，那就是要学会察言观色，随时揣摩准确每一位院长的真实想法。"

刘连东不住叫苦："我哪来那样的本事啊？姜院长，您还是让我回后勤科上班吧。"

自从被提拔成了副院长，姜彤在无形中也多了些领导的威严，他严肃地对刘连东说道："让你来做这个办公室主任是经过我们再三考虑后才决定的，现在哪一样工作好做？我在这个办公室主任位子上的时间也不是一两天，并没有觉得有多难，关键的是你要用心，不要怕困难。明白吗？"

刘连东在心里唉声叹气，说道："那好吧，我尽量把自己的工作做好。"随即就将眼前的事情讲述了一遍，问道："姜院长，您说这件事情怎么办？"

听到刘连东的讲述之后，姜彤的心里顿时明镜似的，沉吟着说道："办公室主任不但要完成院长交办的所有事情，还应该在有些事情上做一下提醒。比如眼前的这件事情，似乎本应该由医院的纪委去调查……刘主任，你知道该怎么去做了吧？"

刘连东道："现在是董书记兼任的纪委书记，可是我先前的时候根本就没想到这一点，所以也就没有向康院长建议……"

此时就连姜彤也觉得这个人不大适合做办公室主任了，脑子实在是太笨，愠怒道："你不知道再去请示一次啊？"

刘连东这才反应过来，急忙道："我马上就去。"

见到刘连东畏畏缩缩的样子，康德松觉得又好气又好笑，问道："又怎么了？"

刘连东小心翼翼地道："那个……卓越的事情，是不是应该让纪委去查最好？"

康德松不耐烦地道："随便哪个去查都可以，但是必须得尽快把情况搞清楚。"

姜副院长的办法果然有效，刘连东暗暗松了一口气，说道："那我马上去给董书记讲。"

康德松愣了一下，这才意识到自己并不能事事都管得了，同时也发现自己在这件事情上确实过于性急了些，在心里叹息了一声，朝他挥手道："去吧。"

董奇运看完了举报信后觉得这件事情很奇怪：一位设计院的副院长为何要举报卓越这样一件事情？而眼前这封举报信的内容含糊其词，这其中究竟隐藏着什么样的内情？此外，董奇运非常清楚康德松的意图，此人虽然刚刚坐上医院一把手的位子不久，但其勃勃野心已经逐渐显露出来。董奇运当然不会甘心自己手上的权力彻底被康德松掌控，更不希望一位优秀的年轻医生成为某个人掌控权力的牺牲品，所以，在做了短暂的分析与思考之后，董奇运就即刻带着一位工作人员去了设计院。

"你的举报信我已经看过了，本着实事求是、把问题搞清楚的原则，所以我们特地来向你了解事情的前后经过，希望宋院长能够详细告知我们所有的情况。"在做了自我介绍之后，董奇运对宋珍贵说道。

宋珍贵的情绪有些激动，说道："当初你们那位姓卓的医生来找我我对他可是非常客气的，可是我万万没有想到他竟然会把我的个人资料泄露给那些心怀叵测的人，而且据我所知，他提供给对方的竟然是一整套名单……"

董奇运越听越觉得糊涂，急忙打断了他的话，问道："卓越为什么来找你？他提供给谁名单？什么样的名单？"

宋珍贵这才将当时卓越找他的事情详细说了一遍，接下来又说道："我是试管婴儿，当然会全力支持他的这个项目，可是没想到后来一个叫林武的人来找到我，要我加入一个什么慈善组织，他告诉我说这个慈善组织里的人都是试管婴儿。这个人给我带来了一份委任书，让我做什么副会长，不过前提条件是要缴纳二十万的会费，说是要做一个特别大的房地产开发项目。这笔钱我倒是拿得出来，不过我怎么就觉得他们是在搞非法集资呢？于是我就问了这个人具体的情况，果然发现他所说的那个什么项目到目前为止竟然还什么都没有。我问他是从什么地方知道我是试管婴儿身份的，他告诉我说是你们医院一个姓卓的医生提供的名单，而且这个姓卓的医生也因此不需要缴纳会费就当上了副会长……"

董奇运越听越觉得惊讶，顿觉事情更加复杂了，问道："既然如此，你为什么不向警方报案呢？"

宋珍贵回答道："我并没有遭受任何的损失，因为我当时就回绝了那个姓林的。不过我想到这件事情很可能会让不少的人上当受骗，所以才以这样的方式提醒你们注意。"

董奇运道："谢谢你以这样的方式及时提醒了我们，不过这件事情我们还需要进一步调查，如果卓越真的做了那样的事情，我们不仅要立即向警方报案，而且还会对他做出相应的处理。"

宋珍贵点头道："这样就好。其实我对小卓的第一印象挺好的，实在没想到他为什么会干出这样的事情来。"

从设计院出来后董奇运首先就给汤知人打了个电话，询问她卓越的那个调查项目究竟是怎么回事。汤知人听闻此事后大吃一惊，不过很快就明白是怎么回事了，说道："他确实找过我说要做这个方面的调查，不过我一直持反对的态度。我没想到他的好奇心那么强，竟然私底下拿到了那份名单。不过我了解卓越这个人，他不可能为了私利去做出那样的事情来，很可能是被人利用了。"

董奇运问道："你为什么要反对他做那项调查？"

汤知人道："原因很简单，因为卓越本身就是从我们医院生殖技术中心出生的试管婴儿之一。外科医生有一个不成文的惯例，那就是在一般情况下不会给自己的亲属做手术，关心则乱嘛。毕竟我们每个人都有心理上脆弱的时候。试管婴儿技术存在着许多医学伦理方面的问题，一旦他知道了自己的事情也就难免会产生出某些与众不同的想法，我是担心他会因此而在这项技术上过于冒进，我可不希望他最终变成一个科学界的疯子。"

董奇运似乎有些明白了，不过却不以为然道："那样的可能性似乎并不大吧？"

汤知人回答道："他是一位非常优秀的年轻医生，我也是为了防患于未然。其实现在想起来，他这样的苗头似乎已经有了，因为前不久他就问过我一个这方面类似于哲学上的问题。"

董奇运不明白："什么意思？"

汤知人道："试管婴儿说到底就是一种生殖辅助技术，但是如果从业者忽然产生出自己有着上帝一般创造人类的疯狂想法的话，那就太危险了。当然，在一般情况下我们大多数从业者不会那样去想，然而越是聪明的人反而恰恰更容易陷入那种疯狂的想象之中，所以，我真正担心的其实是这个。现在看来我很可能做错了，早知如此，从一开始我就不应该采取隐瞒的方式，而是应该让他知道真相，然后再加以疏导。"

董奇运想了想，道："这件事情很可能已经引发出了一起犯罪案，为了稳妥起见，你那边马上找卓越了解一下具体的情况，我随后就到你的办公室来。"

对于像汤知人这样在全国都非常有名的专家，董奇运也必须保持最起码的尊敬，绝不会轻易让她去医院的行政办公楼，其实，他刚才的话就是将这件事情的调查权交给了汤知人，如此一来，无论调查的最终结果是什么，康德松也就不大可能只手遮天。

然而汤知人却并没有想那么多，她只是一位专家，根本就不会去揣摩医院管理层的那些弯弯绕绕，在与董奇运通完电话后她就直接把卓越叫到了办公室。当卓越出现在她面前的时候就劈头盖脸地问道："告诉我，你是从什么地方得到我们医院所有试管婴儿的档案名单的？为什么要将这份名单泄露出去？"

卓越的脑子里面"嗡"的一下，本能地就回避了前面的那个问题，回答道："我没有泄露出去啊，名单就在我手上呢。"

汤知人发问的时候就开始注意着他脸上的表情，发现他似乎并没有撒谎，心里暗暗松了一口气，说道："可现在的问题是，有人已经把你给举报了。设计院的宋珍贵你认识吧？就是他举报的你，说你将那份名单交给了一个叫林武的人。你告诉我，这又是怎么一回事情？"

卓越更是惊讶："林武？他手上怎么可能有真正的名单？"随即，卓越将钱文学和林武的事情详细对汤知人讲述了一遍，歉意地道，"汤主任，这件事情是我做得不对，当时我对这个项目实在是太感兴趣了……"

汤知人朝他摆手道："我知道你为什么非得要去做这件事情，说到底还是因为你内心里面的叛逆，我不让你去做你却偏偏要去……不，也不完全是因为你的叛逆，可能是你的求知欲太强了。"说到这里，她忽然问道，"那个雷达的话可信吗？"

卓越本来已经感到浑身不自在，此时听汤知人忽然问起这件事情，想了想后回答道："我觉得他没有必要向我撒谎，因为他完全可以什么都不告诉我的。"

汤知人看着他，问道："如果钱文学和林武手上的名单确实是真实的，那你觉得他们最可能是从什么地方得到的？"

这一刻，卓越忽然想起钱文学曾经对他和雷达进行利诱的事情来，瞬间就想到了一个最大的可能，不过他却不想说出来，摇头道："我不知道。"

汤知人仿佛看透了他的心思，淡淡地道："你应该是知道的。好吧，这件事情我们暂时放一下，我问你，现在你还想继续在生殖医学这个领域干下去吗？"

卓越感到有些莫名其妙，回答道："为什么不呢？我喜欢这个学科。"

汤知人依然在看着他："有个问题请你实话回答我：如果你具备了一定的条件，比如说，当你掌握着丰富的医学研究资源，接下来你最大的梦想是什么？"

卓越更是糊涂了，回答道："当然是去进行这个专业最前沿的研究了。汤主任，您……"

汤知人摆手打断了他的话，继续问道："如果那样的研究有违医学伦理，甚至是现有的法律呢？"

卓越愣在了那里，思考了片刻后才回答道："我当然不会去触碰法律和医学伦理。汤主任，难道您不相信我是一个有原则的人？"

汤知人仿佛没有听见他刚才的回答，说道："好了，就这样吧，接下来你将这件事情的经过详细写一份材料，今天之内必须交给我，包括你保存的那个保安偷盗东西的录像资料。"

这一刻，卓越忽然感到有些惶恐："汤主任，我……"

汤主任朝他挥手，道："去吧，后面的事情我来处理。"

卓越刚刚从汤知人的办公室出来迎面就碰上了董奇运，却并没有意识到他是为了自己的事情而来，急忙恭敬地朝他打了个招呼。董奇运看了他一眼，只是微微点了点头，然后就直接进了汤知人的办公室。卓越分明从这位以前的副院长身上感受到了一种威压，心里暗暗嘀咕了一句：官架子真大呀……

对于刚才汤主任找他谈的事情，卓越的心里并没有多少的惶恐，事情的真相就摆在那里，而且还有录像和雷达可以做证，不过他心里还是感到很不安——刚才汤主任为什么要问自己那样一个问题呢？

"什么个情况？"董奇运一进去就迫不及待地问道。

汤知人道："情况不是你们以为的那样……"

董奇运听完后感觉到有些惊讶，问道："这个卓越，他为什么不去报案？"

汤知人道："这其中的原因很简单呀，卓越是私自在做那项调查，而且他也不想医院里有太多的人知道他是试管婴儿的事情。其实说到底还是他太过在意自己是试管婴儿这个事实，他做那样的调查也是为了搞清楚试管婴儿与其他人究竟有没有什么不一样。"

董奇运问道："那么，试管婴儿和其他人是不是完全一样呢？"

汤知人回答道："从理论上讲，试管婴儿无论是身体状况还是性别比例的构成，与自然受孕出生的人都是一样的，但由于世俗观念以及试管婴儿对自身的认识不足，有一部分人可能会因此产生某些心理上的问题。不过，毕竟试管婴儿技术兴起的时间并不长，从统计学的角度上讲，对试管婴儿的身体、心理状况进行科学有效的评估目前还不是时候。"

董奇运诧异地问道："为什么？目前试管婴儿的数量已经足以支撑起统计学需要的案例了啊。"

汤知人回答道："数量当然是足够了，可是时间还远远不够。到目前为止，第一代试管婴儿大都还健康地活着，而真正要了解一个群体的状况必须等到第一代试管婴儿都去世之后才可以，比如他们的平均寿命年龄、多发性疾病类型、智商、婚姻状况、后代的健康等等，将这些数据拿去和自然生产的人群进行比对，这样得出的结论才更有价值。"

董奇运本身也是医学专家，此时经过汤知人如此解释之后顿时就明白了，点头道："确实是这样。汤主任，其实这也是你不让卓越去做那项调查的原因之一，是吗？"

汤知人点头道："是的。可以这样讲，在我们医院的年轻一代医生中，卓越绝对是属于最优秀的那一类。董院长，其实你应该清楚，现在的年轻人大多都比较浮躁，而且还太过现实，年轻一代的医生们大多在外面找外水，打牌赌博，喝酒娱乐，真正做学问的极少。但卓越不一样，他不但聪明，而且能够沉下心来看书做实验，所以我不希望他把时间和精力花费在那项并没有多少意义的调查上面。"

董奇运问道："汤主任，你认为究竟要如何才能够解决我们年轻一代医生中存在着的这些问题呢？"

汤知人却摇头说道："解决不了。整个社会都是如此浮躁，而且现在的年轻人经济压力又是那么大。房子、车子、孩子读书等等，医生不是农民工，他们对自己的消费水平有一个比较高衡量的标准，而医院给他们的待遇远远不足以满足他们的这些需求。医学研究需要一个漫长的过程，而且在短时间内根本不可能获取到应有的回报。你说，现在的年轻人还有几个能够耐得住那样的寂寞？"

董奇运叹息着说道："是啊，不过这个问题总得要解决才是。"

汤知人忽然笑了，说道："解决不了的，做学问全凭自己去努力。而且我认为你们也没有必要为了这样的事情而担忧。我们是三甲医院，有着丰富的、源源不断的病源，所以，年轻一代医生今后要成为一个有着基本水平和能力的医生是没有任何问题的，至少他们的医疗技术水平肯定会比下面县市级的医生高许多。这个世界上真正的专家本来就不多，顶尖的科学家也就更少了，任何行业都是如此，处于金字塔顶端的人毕竟只是少数。"

董奇运深以为然，问道："你的意思是说，我们必须要保护好、爱护好像卓越这样的年轻医生？"

汤知人点头道："是的。他实在是太优秀，以至于我才对他产生出过度的担忧。不过现在看来，也许是我太过杞人忧天了。"

第二十一章

　　董奇运很是性急，回到行政楼后就直接去了保卫科。那个保安马上就被控制了起来，警察一来保安就把全部事情一股脑交代了个清楚，警方很快就找到了这起事件的源头，钱文学和林武立即被传讯。

　　想不到钱文学竟然并不认为自己的行为就是犯罪。他认为，试管婴儿中的相当一批人有着超凡的智慧，而且已经创造出了相当可观的财富。所以，将这些人组织起来并构建起一个庞大的商业帝国是一个天才般的构想。

　　"我们需要归属感。这只是一种比较特别的商业模式。"钱文学如此对警察说道。

　　警察没有理会他的这一套说辞，问道："你手上的名单是从什么地方得到的？"

　　钱文学并没有想要隐瞒的意思，供述道："最开始是想通过卓越拿到那份名单的，可是被他拒绝了，我们又找到了卓越同寝室的外科医生雷达，想不到这个人根本就不怕被我们威胁。名单是我从医院病案室的小陈那里买来的。"

　　卓越提供的情况办案警察已经知晓了，他诧异地问道："以前你们不是去找过小陈吗？既然她拒绝了，后来又为什么同意将名单给你们了呢？"

钱文学很是得意的样子，说道："林武不喜欢动脑子，一开始就用钱去砸，人家小姑娘肯定害怕啊。后来我对那个小陈说，现在卓越手上有那份名单，万一事情被发现了的话你完全可以将所有的责任推到他的身上，更何况这件事情还不一定会被人发现呢。小陈一听我这话就犹豫了，当我紧接着拿出那一摞摞钱放在她面前的时候，她也就再也没有拒绝的理由了。"

情况已经非常清楚了，办案的警察有些啼笑皆非，都哭笑不得，在背后暗暗将钱文学和林武称呼为"这两个鸟人"。

钱文学和林武被刑事拘留。指使他人盗窃、以贿赂的方式获取医院的保密资料、涉嫌非法集资、强奸未遂等等罪名不一而足。小陈因为收受贿赂金额巨大被刑拘并被医院开除，而卓越也因为私自获取医院保密资料而受到严重警告处分。

在对卓越的处分问题上在院长办公会上经历了一场激烈的争论。康德松坚持要开除这个自以为是、毫无纪律意识的年轻医生，而董奇运却认为卓越虽然有错但是却最终能够坚持底线，而且其出发点是为了科研，所以他所犯下的错误是情有可原的。周前进和姜彤闭口不言，后来还是郝书笔出面说了句话才让此事最终达成了共识。郝书笔说："既然不是属于犯罪性质，那就应该给予一位年轻医生改正错误的机会。"

康德松的心里更加不是滋味。郝书笔当院长的时候很多大事情都是一言而决，怎么到了他这里的时候就连想要开除一个年轻医生都这么难？

钱文学和林武的事情卓越已经知晓，这更让他无法理解、不能接受：两个与自己毫无关系的蠢人为什么会让自己陷入困境，而且更是让一个安于现状的女孩子深陷牢笼？他怔怔地看着窗外许久，透过玻璃窗几乎看不到小雨依然继续在下着，但潮湿的空气以及窗外笼罩着的淡淡蒙雾却分明可以让人感觉到如丝般细雨的存在。它们随风起舞，瞬间将其中一部分转化成青烟般的氤氲……卓越的内心烦乱非常，这时候他忽然看到一个熟悉的人正从窗外不远处走过。是的，那个人没带雨伞，没有奔跑，他正在细雨纷纷中漫步。卓越霍然站了起来，快速朝外面跑去。

最近几天商植一直在医院里面采访，所听到所看到的一些事情让他的内心一次次震惊、感慨，直到现在他才发现自己对医生这个群体实在是知之甚少，而刚刚发生在儿科病房的一件事情更是让他唏嘘不已。

一对夫妻扔下了全身感染的病孩跑了，前面的医疗费用还没有结清，为了抢救孩子，医生们只能继续使用昂贵的药物和设备，后来孩子经过数次抢救无效死亡，这时候病孩的父母出现了，他们不但不愿意承担医疗费用，而且还要求医院赔偿。病孩的父母说，孩子是在医院死亡的，医院就应该担负全部的责任。

病孩的父母气势汹汹，甚至差点对主治医生动手，一直到附近派出所的警察来了才暂时罢休。他们反复对警察说着同样的一句话："我们临时有急事离开了，结果孩子竟然死在了医院……"

也许很多人不明白这样的事情为什么会出现，但是商植的心里却非常清楚：这样的情况已经超出了正常医患关系的范畴，是人群中极少数极度自私者的卑劣展现。虽然这样的人和事并不常见，商植也相信警方和医院最终会处理好这起事件，但他的内心却依然感到难受，出了病房之后心情就一下子融入纷纷飘落的细雨之中，郁郁得让他差点喘不过气来。

商植没想到卓越会忽然出现在面前，差点就撞到了他的身上，愕然问道："卓医生，你……"

卓越这才注意到他失魂落魄的样子，关心地问道："你这是怎么了？家里的人在这里住院？"

商植摇头，叹息了一声后说道："现在我才知道你们当医生的有多难。卓医生，你找我有事？"

卓越点头："刚刚从窗户处看到了你，正好想问你一件事情。上次我远远看到你在南桥寺的外面，你是不是经常去那个地方？"

商植愣了一下，感到有些莫名其妙，问道："什么时候的事情？对了，你干吗问我这个？"

此时卓越的心里十分困惑，急于想弄明白有些事情，这些事情对他来讲非常重要。其实我们很多人都是这样，心结不解开往往什么事情都干不成。他实话实说道："我心想，如果你是经常去那个地方的话，就说明你对佛教的东西有所了解，或许能够……我们换个地方说话吧，你的头发和眉毛上面都是雨水。"

商植是聪明人，而且他也多多少少了解一些关于眼前这个人的情况，所以虽然卓越的话只说了一半就大致明白了他的意图，笑道："我知道你找我的目的了。南桥寺的住持我倒是熟悉，要不我给他打个电话后一起去他那里喝茶？"

卓越大喜，忽然就想起商植上次的那个请求，愧疚地道："上次你说要采访我的事情，那时候确实不大方便。"

商植现在已经不在意那件事情了，笑道："没事，今后还有机会的，你说是吧？"

卓越没有说话，事情到了现在这样的地步，他也不知道有些事情该不该说。商植依然没有在意，拿起手机翻看着里面的通讯录。

到南桥寺的时候雨居然神奇般地停了，空气中依然带着湿润的味道。商植这个人果然有些门道，竟然真的约到了这家寺庙的住持智善大师。在卓越的心里，寺庙的住持可是世外高人，常人难以接近，然而他并不知道商植作为记者，三教九流、达官显贵都有接触，而且上次商植带着张彤云去寺庙的时候本来就准备耍花招将拿到的签一律说成是佳偶有成，那样的事情对一位资深记者来讲简直就是信手拈来、不值一提。

智善大师五十来岁年纪，身着灰色粗布僧衣，手上拿着一串木质念珠，不是本地口音，说话带着卷舌音，虽不慈眉善目但却给人以沉稳庄严之感。商植将卓越介绍后智善大师只是客气地一笑，说道："去茶室吧。"

茶室在寺庙的后面，院落里有几棵参天古树，卓越抬起头看了看天上，笑道："你们看那云像什么？"

商植和智善大师都朝天上看去，只见一缕白色的云后方竟然有红色点缀着，像极了传说中的凤凰，智善大师微微一笑，说道："天降祥瑞，说明卓施主与贫僧有缘。"

商植笑道："那云在这座城市的天空上面，为什么只是卓医生与大师有缘呢？"

卓越感觉到商植对智善大师并不是特别尊敬，开玩笑的成分倒是居多，心里正忐忑着却听到智善大师说道："卓施主在敝寺看到了祥瑞，那就是有缘人。"

商植正准备说话，卓越担心他再次说出不礼貌的话来，急忙问道："何谓有缘？"

智善大师道："相识就是缘，缘分也是因果。"

说话之间就已经到了茶室，里面的陈设古朴淡雅，一位年轻的僧人合十迎候，智善大师吩咐道："泡我师弟刚刚寄来的茶吧。"随即客气地请卓越和商植坐下，"这茶是我师弟在山上种的，味道不错。"

商植在一旁说道："智善大师的师弟是外省一家寺庙的住持，也是一位世外高人。"

听商植这样一讲，卓越才明白他不是对智善大师不尊敬，而是熟悉到了很是随便的程度。卓越道了一声谢，心里对接下来自己想要得到的答案更加充满着期盼。

面前是一张陈旧的柏木茶桌，桌面干净得发亮，椅子下有软垫。四周一片宁静，卓越刚刚坐下不久就感觉到内心慢慢平和舒服下来，烦恼似乎也正在远离他而去。智善大师一直在暗暗观察着他，问道："卓施主信佛吗？"

这个问题让卓越很难回答，摇头道："其实我对佛教知之甚少。"

智善大师点头道："可以理解。很多人认为佛教是宗教，其实不然。佛教的本质并不是宗教，而是至善圆满的生命教育，我们劝导世人与人为善，提倡众生平等，佛教更是诠释生命本质与意义的哲学。"

卓越是带着疑惑而来，趁机说道："大师，最近我遇到了很多的事情……"他将自己的遭遇讲述了一遍之后问道，"我搞不明白，为什么我好心去帮助他人最终却惹祸上身？这倒也罢了，那两个与我毫无关系的人，竟然让我陷入这样的麻烦当中，这究竟是为什么？"

商植一直想采访卓越而被拒绝，此时听了卓越的讲述之后不禁动容，也顿时明白了眼前这位年轻医生内心的苦恼与疑惑，他心里也不禁就想：是啊，这究竟是为什么？

智善大师沉吟了片刻，缓缓说道："佛曰：人若有缘，一切皆缘。我们每个人所见到、遇到的一切其实早有安排，前世今生，皆有因果。卓施主，也许你并不相信佛家的轮回因果之说，但蝴蝶效应你应该听说过吧？我们佛家常说芸芸众生，皆有佛性，何谓芸芸众生？所有具有生命的东西就是芸芸众生，一草一木、花虫鸟兽都是芸芸众生中的一员，如果这个世界上的蜜蜂灭绝了，人类距离灭亡也就不远了；战场上的敌我双方互不相识，一个人死在另外一个人的枪下；犯罪分子抢劫银行杀害了保安；某个人不小心掉下花盆砸死了下面的路人……这难道是因为他们之间有仇怨？当然不是，这其实就是因果。"

卓越若有所思，不过还是觉得智善大师所讲的道理太过抽象与神秘。智善大师仿佛明白他在想着什么，用特有的卷舌音继续缓缓说道："多年前，一位施主也对我讲了他个人的经历，这位施主三十岁就是副处级了，结果不知道是谁一封匿名信将他告到上级，匿名信里面列举了他好几条罪名，后来虽然查明都是诬告，但这件事情对他的影响极大，从此再无升迁的机会，几年后他选择了辞职，在商场上混得风生水起，数年间资产已经过亿。一次他与当年的领导在一起的时候谈及那封匿名信的事情，那位领导告诉他说，一直到现在他也不知道那封信究竟是谁写的，因为他早就对比过单位里面所有员工的笔迹。此外，那位领导还告诉他说，从匿名信中列举的罪名来看，举报人应该并不熟悉他的具体情况，因为里面有一条是公费出国旅游的问题，因为当时这位施主根本就没有那样的权力。"说到这里，智善大师看着卓越，问道，"卓施主，你怎么看这位施主的事情？"

卓越本来就是聪明人，顿时若有所悟，回答道："福兮祸之所伏，祸兮福之所倚。现今遭遇的一切并不重要，重要的是今后。"

智善大师赞道："阿弥陀佛！施主终于想明白了。"

卓越问道："可是，现在我究竟应该怎么办才好呢？"

智善大师又诵了声佛号，微笑着说道："施主是医者，只需记住'医者仁心'四字即可。"

卓越的心结已解，心情也就轻松多了，智善问了他一些医院里面的事情，商植暗暗将卓越所说的情况记在心里，心想报道的事情基本上可以动笔了。不知不觉间时间已到正午，商植和卓越起身告辞，离开茶室的时候卓越看到商植从钱包里面拿出了几张百元纸币放进了功德箱里面，也毫不犹豫地将钱包里面的大额现金悉数放了进去。与智善大师道别后商植说道："其实你不需要再拿钱的，我给的其实是刚才的茶水钱。"

卓越笑道："应该给的，那是我的一点心意。对了商记者，这位智善大师一般都接待什么人？"

商植道："总不是什么人都接待吧。我最开始是因为报社安排的专访才认识他的，后来又陪着报社的领导来过几次，这一来二去就熟悉了。"

卓越心里也就明白了：自己下次一个人来的话人家还不一定会接见。不过也没关系，谁有事无事老往这地方跑啊？

第二十二章

　　卓越受处分的事情夏丹丹当然知道，也正因为如此她才明白前段时间卓越一直在悄悄忙活些什么。她并不责怪卓越，反而从内心涌起了许多的愧疚。直到现在她才发现自己作为卓越的女朋友是多么不合格。在这样的心思下以至于近在咫尺却害怕去见他，这样的害怕让她自己都觉得莫名其妙，不过最终还是以打电话的方式向他表达了内心："卓越，对不起。"

　　卓越的声音很是诧异："丹丹，你这是怎么了？"

　　夏丹丹忽然发现通过电话表达内疚并没有一丁点的障碍："现在我才发现自己太过粗糙，连做你的女朋友都不合格……"

　　卓越被她的话吓了一跳，问道："你这话是什么意思？要和我分手？"

　　夏丹丹急忙道："不是的啊，我的意思是说，以前我太大大咧咧的了，从今往后我要多关心你才是。"

　　卓越笑道："现在这样就挺好的。你不用担心，不就是受了个处分吗？我就一个当医生的，只要不开除我就行。"

　　夏丹丹"哼"了一声，道："开除了也无所谓，像你这样的医生哪里不需要？此处不留爷，自有留爷处，换一家医院去上班就是。"

　　卓越道："话不能这样说，其他医院不一定就会有汤主任这样的好前辈。"

　　夏丹丹心想倒也是，问道："那，你的那个调查还继续吗？"

　　也不知道是怎么的，这一刻，卓越的脑海里忽然浮现出了柳眉那张精致的脸，心里顿时有些怅然若失，叹息了一声，说道："汤主任才找我谈了，她说得很对，现在确实不是做那项调查的时候，在这件事情上是我太过自作主张了，所以受到处分我也觉得是应该的。"随即就将汤主任的原话对她讲述了一遍，夏丹丹听了后反倒高兴了起来，说道："干脆我们出去旅游吧，我们不都已经积了十多天的假了吗。"

　　这其实才是夏丹丹真正的性格，想到了什么就得马上去做，风风火火，不管不顾，不过卓越却反对："好不容易才积了这么点假，过一段时间吧，到时候我们旅行结婚的时候用。最近我有一个重要病人，以前我对你讲过。如今我的实验已经做完了，近期就要开始临床实施。你不是也很忙吗？对了，孙鲁的钱你得尽快给人家，如果你那里不够的话我这里有。"

　　夏丹丹这才想起自己已经答应了陆老板的事情，又听到卓越说起孙鲁，心里一下子就不是滋味起来，说道："我这就去把钱给他……卓越，你不会还在为那件事情生气吧？"

　　卓越道："我怎么会生气呢？只是觉得有些事情应该尽快了结。想起来孙鲁也怪可怜的，学了那么多年的专业结果变成了现在这样……"

　　夏丹丹没有说话，她忽然感到心里堵得慌。

　　心电图室的外面每天都会排长长的队伍，三甲医院的门诊量特别大，辅助科室承受的压力当然也就非常巨大。孙鲁到了这里后变得更加沉默寡言，几乎不与其他的工作人员有任何的交流，不过他的业务水平确实非同一般，拿起心电图略略一看就马上可以得出结论，时常引得其他人咂舌不已。这并不奇怪，他本来就是医学博士，又有丰富的临床经验，心电图这样的东西对他来讲实在是太过简单。科室的工作人员大多是女性，她们都有心主动去和他接触，孙鲁所展现出来的能力让她们忘记了他人品上的瑕疵，并且由此对他心生同情，可是每次看到他那张阴沉着的脸也只能望而却步。

章芊芊去心电图室看过孙鲁一次。那天章芊芊夜班后休息，当她到心电图室看到外面那长长队伍时即刻就转身离去了，一直跑到医院大门外蹲在马路边痛哭了一场。她能够想象到一位被剥夺了处方权的医学博士的痛苦，可是她却偏偏又不能帮助他一丝一毫。

后来，她再次到了心电图室的外面，强迫着自己无视那些过往医生和护士们复杂的眼神，一直等候到中午下班的时间。

"孙医生……"当长长的队列慢慢散去，满脸疲惫的孙鲁终于出现在心电图室门外的时候，章芊芊怯弱而欢快地朝他呼喊了一声。

孙鲁的脸上一片淡漠："你来这里干什么？"

章芊芊仿佛已经习惯了他的这种冷漠，柔声解释道："我马上要出国去了，想来看看你。"

其实孙鲁所表现出来的冷漠只是一种表象，他知道眼前这个女孩子对自己的一片真情，也明白现在的这一切都是因为他所造成。这一刻，眼前章芊芊纤弱的身形与小心翼翼的模样顿时触动了他内心深处的柔情，温言对她说道："我们出去吃饭吧，我请你。"

这是章芊芊第一次收获到孙鲁最真实的柔情，禁不住喜极而泣，不住点头道："嗯。"

两个人到了医院对面的一家普通酒楼，孙鲁找了处靠窗的位子，服务员过来的时候孙鲁对章芊芊道："想吃什么你随便点吧。"

章芊芊并没有去看菜谱，直接说了三样菜，一荤一素一汤，荤菜是孙鲁最喜欢吃的红烧鱼，这让他终于涌出一丝的感动，不过他还是没有多说什么，就静静地坐在那里。章芊芊点好菜后去看着他，轻声问道："你还好吧？"

孙鲁微微摇头："我不好，心情糟糕透了。"

章芊芊的心里难受，又问道："那个人还来找你没有？"

孙鲁当然知道她说的是谁，想要问的是什么事情，不过他不想回答。他已经将车过户给了姚地黄，可是最近姚地黄还是经常给他打电话，说一直没找到工作，言下之意显而易见，然而孙鲁不想再理会他，刚刚拉黑了他的电话号码。章芊芊见他不说话，也就明白了事情还没有了结，轻声问道："今后你准备怎么办？"

孙鲁叹息了一声，摇头道："不知道，以后再说吧。"

这时候服务员已经将饭菜端了上来，章芊芊没有动筷子，目光全部在孙鲁的脸上，哽咽着说道："我知道你不喜欢我，但我们可以做朋友的呀。我已经想明白了，这次出去好好工作……"她揩了下眼泪，朝孙鲁粲然一笑，"孙医生，其实你也没有必要非得在这里继续待下去，你是医学博士，可以去的地方很多。"

孙鲁苦笑着摇头道："现在我这样的情况，除了民营医院谁还愿意要我？我可不想去那样的地方坑蒙拐骗。"

民营医院就是坑蒙拐骗吗？看来他还是不愿意屈尊去那样的地方，他是一个骄傲的人。章芊芊觉得自己非常懂得他，说道："其实你也可以出国啊，去发达国家当医生不可以吗？"

孙鲁的眼前忽然一亮，问道："可以吗？"

章芊芊的心里很是难受，终于明白他确实对自己没有一丁点那方面的情感，强颜笑道："其实我也不懂的，不过我觉得你可以。"

而此时，孙鲁的脑子里已经完全被章芊芊的这个建议填满了，同时也在忽然之间想起一个人来，点头说道："嗯，倒是可以试试……"

夏丹丹一直没找孙鲁并不是钱的问题，根本就是她不想去和那个人见面。她痛恨孙鲁当时在她面前施展诡计，但是又能够理解对方对她的那份情感。虽然夏丹丹对这个人没有一丝一毫那方面的感觉，但如今孙鲁的结局还是让她的内心有一种愧疚……正是因为这样复杂的心思才使得她一直将这件事情拖延下来。卓越的话终于让她清醒起来，是的，这件事情必须尽快解决掉，否则的话就会一直成为一个永远无法摆脱的心病。

夏丹丹直接给孙鲁打了个电话，说得很是直接："麻烦将你的银行账户给我，我把你花费的那笔钱打给你。"

那天与章芊芊见面后孙鲁就开始忙活出国的事情，他记得父亲有个同学在美国某知名大学任教，问了父亲后很快就联系上了这个人，对方告诉孙鲁，美国是承认中国的医学文凭的，不过到了那边后要进行考核，而且最关键的是语言要过关。孙鲁听了后很是高兴，即刻就开始着手出国护照等方面的事情。

当夏丹丹打来电话的时候孙鲁愣了片刻，他没有想到夏丹丹会给他打来这个电话。其实孙鲁有些痛恨自己，他明明知道夏丹丹对他没有一丝一毫那方面的情感，但却总是无法将她忘怀，每当想起她的时候内心深处的柔情就会悄然泛起，而此时，当她那动听的声音真切出现在耳畔的时候，幸福美好的滋味就已经瞬间进入到了他的灵魂深处。只是愣神了短暂的片刻，他就急切地问了一句："我们见个面好吗？"

夏丹丹听出了电话里面那个声音的激动与热切，这让她有些感动，不过还是坚持着让自己的声音依然冷漠与淡然："不用了吧，你告诉我你的银行卡号就行。"

孙鲁几乎是哀求的语气："我想离开这家医院了，就想当面和你说几句话。"

他要离开这家医院？他准备去哪里？夏丹丹忽然感到好奇，内心也在这一瞬间柔软了下来："那……好吧。"

两人就在医院旁边的一家咖啡厅见了面，夏丹丹觉得有些别扭，但孙鲁却激动不已，无论是表情还是内心。一见面孙鲁就迫不及待地将自己的事情告诉了她："我要去美国了，正在申请出国护照。"

夏丹丹心想：美国就那么好去？问道："护照好申请吗？"

孙鲁道："应该没什么问题，我是医学博士，那边需要像我这样的人才。"

虽然夏丹丹觉得眼前这个人太过信心满满却又不好表示怀疑，祝贺道："那就恭喜你了。孙医生，刚才我没来得及去取现金，麻烦你把银行卡号给我吧，我这就去给你转钱。"

眼前这个女人是如此漂亮，她的一颦一笑都是如此动人，可惜她的心里根本就没有我。孙鲁在心里苦笑、叹息着，摇头说道："不用了。那件事情从一开始就是我在利用你，虽然我是真心喜欢你，但毕竟是我做了错事。你不要再和我提钱的事情了，否则的话我会一辈子不安的。"

夏丹丹急忙道："不行……"

孙鲁一下子就激动了起来："真的，我求求你别再说这件事情了。虽然你不喜欢我，但我还是很感激你，因为你给了我许多美好的东西，至少每次我想起你的时候都是幸福的。"

夏丹丹最害怕他当面对自己说出这样的话来，让人无法厌恶，唯有尴尬。她的脸色一下子就变得冷若冰霜起来，说道："你明明知道我有男朋友，而且我和他的感情很深，你为什么每次都这样呢？"说着就站了起来，直接就离开了。她离开的速度很快，因为害怕孙鲁在身后呼喊她的名字。然而并没有。孙鲁坐在那里怔怔地看着她离去的背影，喃喃地说了一句："她永远都不可能是我的了……"

夏丹丹没有向卓越隐瞒这件事情。卓越听了后说道："其实你没有必要告诉我这件事情的，他不要那钱就算了吧……"这时候他忽然想起智善大师的那句话，叹息了一声，说道："这样也好，也许这样会让他有一个全新的未来。"

此时夏丹丹的心里也在想：如果真是那样就好了。

姚地黄最近的日子不好过，虽然工作多年，红包拿过不少，也时常敲诈一些小型企业，按理说手上应该有一笔不菲的存款，但此人嗜赌好色，没有了工作后心情不好也就更加频繁出入于那样的场所，眼看着手上的积蓄就一天天变得稀薄了起来。他倒是去找过其他几家报社求职，但这次的事情影响实在是太大，结果一次次都被婉拒了。后来他又去了几家公司应聘，结果人家一看他的个人资料就开始皱眉头，就连一个月两千块的工作都不愿意给他。姚地黄对自己的能力还是比较自信的，由此他非常怀疑这其中必定是秦氏父子在起作用。

然而，姚地黄是绝对不敢去招惹秦氏父子的，如今这样的结果已经说明了一切，甚至还算是对方手下留情了。姚地黄思虑再三后决定离开这座城市，然而他并不想随随便便地离开。在这座城市里面，他付出了自己的青春年华，本想在这个地方做出一番事业、娶妻生子，难道就这样孑然一身两手空空而去？造成这一切的根源就是孙鲁，他为此付出的代价还远远不够！

姚地黄在医院的公寓外边堵住了孙鲁。开始的时候他去过一趟心电图室外边，发现那地方排着长队，他不敢在那样的地方闹腾，害怕激起众怒，更不想因此惊动了孙鲁让他给躲了起来。

孙鲁一见到姚地黄心里就暗叫"不好"，不过还是保持着最起码的镇定，冷冷地道："你又想干什么？"

姚地黄亲热地去拍了拍孙鲁的肩膀，笑着说道："我们俩是老同学，本不应该闹成这个样子的。以前的事情我们都不要讲了，当时你找我帮忙我能不帮吗？现在你我的状况都是造化弄人……算了，以前的事情我们都不要再说了。孙鲁，这座城市我是再也待不下去了，我准备去沿海发展。"

孙鲁本来很是厌恶他刚才那个亲热的动作，不过此时听他这样一讲忽然就觉得以前的那些事情已经不再重要了，点头说道："我也在这里待不下去了，正准备出国去发展。"

他要去国外？他这一跑我还找谁要钱去？姚地黄的心里暗暗着急，讪笑着说道："你倒是好了，还有那么好的退路。现在我和你相比简直是一个在地下一个在天上，最近我手头实在是拮据得很，老同学，要不你先借我点，等我去到沿海有了发展后再还给你？"

孙鲁这才明白他还是为了钱而来，所谓的借说到底就是肉包子打狗有去无回，顿时就怒了："我那辆车都给你了你还不满足？我们俩之间的事情可是经过警方调解的，你再这样我可就要报警了！"

姚地黄的脸上依然讪笑着，说道："你误会了，我只是想找你借点钱而已，到时候一定会还的。"

孙鲁一挥手，大声道："没有！我出国的钱还得让家里拿呢。你回去吧，从此我不想再见到你。"他再也不去理会这个令人厌恶的人，直接朝公寓里面走去。姚地黄见他如此，急忙又大声道："那这样吧，我把那辆车卖给你，反正我要去沿海了，留着它也没有什么用处。"

孙鲁没想到此人竟然会无耻到这样的程度，气极而笑，转身道："我也要出国，那东西对我也没有什么用处，你随便卖给别人吧。"

姚地黄见孙鲁油盐不进，愤恨之心顿起，怒声道："那好，我去找那个姓夏的女人去！"

姚地黄本以为孙鲁最在乎的就是这个，却想不到上次孙鲁与夏丹丹见面之后也就彻底没有了那份心思，内心已经如死灰一般再也不会起多大的波澜。孙鲁转身朝里面走去，伸出手在身后摇晃了两下："你去找她吧，随便你。"

姚地黄目瞪口呆，眼睁睁看着孙鲁的背影消失在公寓楼里面，跺脚道："老子就是要去找她，这事不能就这样算了！"

与卓越通完了电话后夏丹丹感觉一下子就轻松了许多。孙鲁要去国外发展，这总算是一条比较好的出路，而对夏丹丹来讲，过去的那些个麻烦也就终于有了一个了结，而且对孙鲁的那一份愧疚也就因此不再。夏丹丹发现，在经历了这一切之后，卓越对她的感情似乎并没有受到任何影响，这才是她最在乎的东西。

前段时间的麻烦就如同背负在身上甩不掉的壳，现在，那层壳已经在骤然间彻底消失，内心的阴霾也随之消散，夏丹丹觉得自己的步履也轻快了许多。一切都过去了，就像是一场噩梦。没关系，一切都还是那么美好。

陆老板接到夏丹丹电话的时候禁不住就笑了起来："还真是巧了，我正在给你拨打电话。"

夏丹丹的心情极好，笑着问道："是吗？你父亲的病情还稳定吗？"

陆老板回答道："目前的情况还不错。我已经安排好了一切，孩子已经搬回家来住了，保姆也请好了。夏医生，你什么时候有空？我来接你去我家里先熟悉一下情况？"

夏丹丹打这个电话的目的就是准备马上去他家的，说道："就现在吧，你有时间吗？要不你告诉我具体地址，我自己坐车去。"

陆老板笑道："我正好就在你们医院附近，所以才准备打个电话问问你。我几分钟后就到，麻烦你在医院外边等我一会儿。"

陆老板这次开的是一辆路虎，夏丹丹上车后就闻到了一股皮革味，笑着问道："陆老板才买的新车啊？看来最近生意不错。"

陆老板叹息了一声，说道："以前家里的生意都是父亲在打理，我原本在大学里面教书，对生意这种事情根本就不感兴趣，父亲生病后生意受到了极大的影响，我没办法才辞了职接替他。前段时间压力实在是太大，我都差点没有信心了。"

夏丹丹诧异地问道："既然你不喜欢做生意，让你父亲把公司关了就是，为什么非得辞职呢？"

陆老板苦笑着说道："公司向银行贷了那么多的款，还有那么多的员工要吃饭，更何况公司是父亲一辈子的心血，我总不能眼睁睁看着它破产倒闭吧？"

原来是这样。不过夏丹丹还是有些不大明白："现在看来你做生意还是很有天赋的啊，为什么以前就不感兴趣呢？对不起，我只是感到好奇，随便问问。"

陆老板笑了笑，回答道："没关系，我可以回答你的。我父亲是改革开放后第一批下海的那批人，当时他几乎是白手起家，整天都在外边忙活，根本就不管家里面的事情，当他的公司终于慢慢做大的时候，我母亲却因病离开了这个世界，我从小跟着母亲长大，很少见到父亲，母亲的去世让我非常伤心，同时也对父亲充满着怨恨。是啊，挣那么多钱又有什么用处呢？"

夏丹丹有些明白了："所以，你才不愿意接替你父亲的事业？"

陆老板点头道："是的。可是当我父亲生病之后，特别是在他的公司陷入巨大危机的情况下，我也就再也没有了别的选择，而且到了我现在这样的年龄，也慢慢能够理解父亲当年所做的一切了。"

这下夏丹丹又感到疑惑了："为什么？"

陆老板道："因为现在我终于明白了一个道理：我们每个人都有自己的追求。父亲当年在单位里被人诬告，后来一直受到排挤，他想要重新证明自己的人生价值，所以才选择了辞职，所以才没日没夜拼命地去工作，后来他终于成功了……"

夏丹丹的话冲口而出："可是他也因此失去了家庭的温暖……"这时候她才忽然意识到自己的这句话似乎太过了些，"对不起。"

陆老板叹息了一声，道："你说得没错，这个世界就是如此，哪里有什么圆圆满满的事情？父亲生病后也因此一直感到懊悔。其实我早就理解他了，因为我现在也在重复着他以前的生活。"

夏丹丹明白了他的意思，她记得陆老板曾经说过，他的妻子如今去了国外，以至于孩子都不能得到应有的照顾。夏丹丹没有再接过话去，听到陆老板继续说道："我现在的这个家其实早就名存实亡了，我妻子一直不安于现有的生活，到了国外后不久就和他人同居了，估计她也没准备要回来。这件事情我从来没有告诉任何人，包括我父亲和儿子。"

夏丹丹顿时感到难受，问道："你为什么要告诉我这件事情？"

陆老板歉意地道："对不起，有些事情在我心里面实在是憋得太久了……夏医生，你是一个医德医术都非常不错的好医生，我这人真正的朋友很少，有时候想找个说知心话的人都没有……"

其实夏丹丹对他倒是没有什么防范之心，刚才的话也就是那么随便一问，此时听他这样一讲也就明白了，说道："我能够理解你。但是这样的事情你可以不告诉你父亲，总得让你儿子知道吧？"

陆老板点头道："等他上了大学后再说吧，毕竟他还小，我担心他承受不了。"

两人说话之间就到了陆老板的别墅外，刚才的一路堵车竟然被忽略了，时间仿佛悠然而过，距离的概念也没有留下多少。眼前是一套独栋别墅，大大的花园全部是草坪，绿得郁郁葱葱、沁人心脾。夏丹丹羡慕地看着周围，步履间也就自然慢了下来，忽然发现草坪的那一边有一个秋千，童心顿起，禁不住就朝那个方向跑了过去，到了秋千处才发现上面布满着一层青苔，心里暗暗叹息。这时候忽然听到身后传来陆老板的声音："她以前喜欢坐在这上面看书，可惜我们生的是个儿子，不喜欢这东西，所以就一直没人打理。"

夏丹丹这才意识到自己刚才冲动了些，或许是因为被最近的不顺压抑得太久了，歉意地道："对不起，我还是第一次到这样的大别墅里面来，新奇得很。走吧，我去看看你父亲的情况。"

陆老板淡淡笑了笑，说道："其实我并不喜欢住在这样的地方，当初父亲买这房子不过就是给其他人看的。"说着，就带着夏丹丹进了屋。刚刚一进屋夏丹丹就被眼前的奢华震撼住了，心里暗暗道：有钱人的生活就是不一样。不过她也就仅仅是羡慕而已，毕竟这样的生活距离她太过遥远，所以，震撼也就是一瞬间的事情。她站在宽大的客厅处四下看了一眼就问道："你父亲住在楼上？"

夏丹丹的神情变化都被陆老板看在眼里，他发现眼前这位年轻漂亮的女医生有些与众不同，很显然，她的心性是活泼的，只不过被她自己给压制住了；她肯定很少出入奢华的场所，但并没有被这样的环境所迷惑。陆老板辞职后以前单位的不少同事来过这里，也有人去过他的公司，他们所表现出来的状况与这位年轻女医生还真是大不相同。一个不容易被五色所迷的人，她的内心必定是纯真而干净的。陆老板指了指客厅的那一头，说道："这层楼有个房间，父亲出院后就住在这个房间里面，出入方便些。"

说着就带着她去了里面的房间，房间被来苏水消过毒，夏丹丹一进去就闻到了医院里面特有的熟悉气味。老人正躺在床上看报纸，一见到夏丹丹就马上坐直了身体，客气地道："夏医生，辛苦你了。"

夏丹丹发现老人的气色不错，不过双手抖动得厉害，问道："您感觉怎么样？"

老人回答道："其他都还好，就是很多事情都记不得了。"

夏丹丹笑道："至少您还认得我，这就没有什么大的问题。您先躺下吧，我给您检查一下。"

测量脉搏、血压，心脏叩诊，脚底反射检查……夏丹丹熟练地检查完了老人的身体，说道："总的情况还不错，不过我建议您不要总是躺在床上，最好是多出去走走。附近有社区吗？最好是去和周围的老年人说说话，打打麻将什么的。"

陆老板诧异地问道："打麻将？"

夏丹丹点头道："是的，打麻将不但可以活动双手的手指关节，还可以锻炼大脑，每天去玩几个小时，不但可以缓解双手颤抖的症状，对记忆衰退也有一定的抑制作用。"

老人却忽然摇头说道："我不想去。"

夏丹丹觉得很是奇怪，问道："为什么？"

老人不说话，陆老板低声对夏丹丹说道："一会儿我们出去说。"夏丹丹点了点头，随后查看了病情记录。病情记录是保姆在负责，她以前是一家小医院的护士，刚刚退休不久，如今被陆老板高薪聘请了来，老人被她照顾得很好，夏丹丹注意到了房间的井然有序，心里也就放心了许多，吩咐道："就按照目前的用药量继续服用，上次开的药估计差不多要吃完了，明天上午我坐门诊，你来一趟，我再开点。"

又吩咐了一些其他的事情，这才离开了老人的房间。陆老板已经在客厅里面泡好了茶，是极好的铁观音，夏丹丹喝了一口，觉得有些苦，放下茶杯后问道："你父亲为什么不愿意去打麻将？"

陆老板苦笑着说道："他放不下作为成功人士的架子，现在老了、身体出状况了就更不想被别人笑话。"

有的人一辈子都活在那张脸面上，一直到死去都放不下，他们想不明白人这一生最重要的东西究竟是什么。夏丹丹明白了，对陆老板说道："也许你能够劝说他。"

陆老板叹息着说道："我尽量吧。"

晚上的时候夏丹丹叫了卓越去医院外边的那家家常菜馆吃饭，老板娘虽然对医院最近发生的事情并不清楚，但见这两个年轻人终于又亲亲热热地在一起了，心里还是特别高兴，亲自去炒了他们要的菜端到桌上，一直看着两个人尝了、称赞了才笑眯眯地离开。卓越叹息了一声，说道："想起来他们也真是可怜，这么大年纪孩子没了……"

夏丹丹忽然想起陆老板父亲的事情，说道："每个人都有自己的活法，特别是人老了……卓越，我觉得你应该经常回家去才是。"

卓越点头道："是啊。这段时间出了这么多的事情，搞得焦头烂额的，周末我们一起去我家吧，下周我就又要忙了。"

夏丹丹问道："那个警察的遗孀做试管婴儿的事情？"

卓越诧异地问道："你怎么知道的？"

夏丹丹笑道："不是你告诉我的吗？"

卓越却记不得了："我告诉过你吗？嗯，也许吧。"

夏丹丹"扑哧"一声笑了，说道："看来你和我在一起的时候根本就是心不在焉。对了，这个人好像并不符合做试管婴儿的条件啊，好像单身女性是不能做试管婴儿的，这个问题你们准备如何解决？"

卓越皱眉道："我也问过汤主任这件事情，不过她没有告诉我具体的，只是说不会存在多大的问题，我也不知道她采用了什么样的办法。"

夏丹丹思索了片刻，说道："我倒是很好奇，到时候你一定要告诉我啊。"

卓越点头道："下周就知道了。对了，今天你去陆老板那里觉得怎么样？今后不会出现什么问题吧？"

夏丹丹道："应该不会，人家以前可是大学教师，很有素质的一个人。他家的别墅好大，有钱人过的生活就是不一样。"此时她的脸上全部是向往，"要是我们今后也有一套那样的房子就好了。"

卓越一下子就笑了起来，说道："秦天家的别墅更大，不过一般的人可住不起，除非是亿万富翁，那样的房子不仅仅价格昂贵，居住的成本也大，就是人家送给你住你也消费不起的。"

夏丹丹点头道："是啊。卓越，你说，为什么这个世界上有的人就那么有钱呢？"

卓越怔了怔，说道："是啊，为什么夏丹丹医生可以治好那么多的病呢？"

夏丹丹一下子就笑了起来："讨厌！不过你的这个回答很有意思。"

两个人同时都笑了起来。

第二天夏丹丹在门诊上班，来开药的并不是陆老板家的保姆，而是陆老板亲自到了她的诊室，有病人对陆老板没排队很有意见，夏丹丹解释说他是住院病人家属，只是来开药的。夏丹丹人长得漂亮，说话的语气又很温和，提意见的病人也就不再多说什么了。其实医患关系也很简单，矛盾的激化很多时候都是因为粗暴的方式所引发。

夏丹丹一上午只看了十多个病人，每个病人的检查都很仔细，门诊其实只能解决一般性的问题，遇到比较复杂的病情往往就直接建议入院治疗。头天晚上和卓越一起吃完饭后又去看了一场电影，夏丹丹感觉到两个人的感情比以前更深厚了一些，心情当然不错。陈小燕和高德莫的关系发展得非常迅速，如今两人已经搬出医院的公寓到外面同居了，寝室里面安静了许多，夏丹丹休息得很好，一上午的门诊下来并不感到疲倦。

看完最后一个病人夏丹丹正准备收拾东西，这时候姚地黄忽然出现在她的诊室里。夏丹丹在骤然之间见到这个人根本就没有反应过来，问道："你生病了？可是你不应该找我看病啊……"

也许是姚地黄没料到她会问这样一个问题，一愣之下忍不住就笑了起来，说道："是啊，我生病了，不过我的病只有你才治得好。"

看着满脸痞气的姚地黄，夏丹丹这才有些明白了，不过她并没有害怕，毕竟这里是医院，冷冷道："你想要干什么？"

姚地黄抖动着身体，笑嘻嘻地说道："我生病了啊，穷病。我的这个病就是你和孙鲁造成的，你看着办吧。"

夏丹丹本想说你干吗不去找孙鲁？但忽然想到孙鲁已经够倒霉的了，这才忍住没有说出那样的话来，她知道眼前这个人不达到目的绝不会甘休，幸好现在旁边没有别的人，否则闹腾起来就不好做人了。她想了想，对姚地黄说道："上次的事情孙鲁花费了一些钱，我本来是要给他的，可是他坚决不要，这样吧，你把银行卡账号告诉我，我把那笔钱转给你，希望你从今往后不要再来找我了。"

姚地黄大喜，赞道："夏医生是个豪爽人，我这就把银行卡号给你。"

医院的门诊大厅里面就有柜员机，这是为了方便病人看病取款，夏丹丹去那里转了两万块到了姚地黄提供的账号里面，她并没有觉得肉痛，反倒觉得轻松了许多，毕竟这笔钱是她早就想好了要给孙鲁的。

夏丹丹也没有将此事告诉卓越，她认为没有必要——这件事情了了，所有的麻烦也就彻底没有了。

人的心态是一种奇怪的东西，当姚地黄看到手机上短信提示有两万块入账的信息后有些不敢相信自己的眼睛：这么快就给了？看来这个夏医生很有钱嘛……两万块是不是少了点？这个念头刚刚开始出现就再也无法抑制，甚至就像一只气球似的被贪欲越吹越大。这钱来得太容易了，让姚地黄放弃了马上离开这座城市的打算。

转眼就到了周末，卓越和夏丹丹约好了一起回家，两个人在学校外边的菜市场买了些水果，还买了一条肥鱼。卓越的刀工不错，做成的松鼠鱼不带一根鱼刺。欧阳慧见到儿子和夏丹丹亲亲热热地进了屋，高兴得跑去拉夏丹丹的手，端详着她说道："我们家丹丹越来越漂亮了，最近怎么不经常回家啊？"

卓越在旁边吃醋道："妈，您儿子手上还拿着东西呢。"

欧阳慧轻轻打了一下儿子的头，从他手上接过东西去，笑着说道："我喜欢丹丹你不高兴啊？去厨房做你的鱼吧，我和丹丹说会儿话。"

卓越当然是假装吃醋，笑着问道："我爸呢？"

欧阳慧道："今天他不回家吃饭，他要退休了，最近反倒喜欢和同事在一起了。"

真快啊，怎么就到退休的年龄了？卓越这才忽然意识到父亲真的老了，心里愧疚着没有经常回家来陪他。

欧阳慧拉着夏丹丹到沙发处坐下，两个人很快就叽叽喳喳说个不停，卓越看着她们笑了笑，转身到了厨房里面。剔鱼刺其实并不难，关键的是方法。从鱼头处斜斜划开一条口子，沿着鱼腹紧贴着鱼刺朝鱼背的方向将鱼肉片开，另一侧也是如此，鱼的整个骨架就很快被剔了出来，整条鱼依然保持着完整的状态。松鼠鱼是酸甜味型，关键在于糖醋比例的适当。卓越对自己的刀工很是满意，心想自己去当外科医生也一定出色，忽然想起自己此时正在做菜，这样的念头似乎不应该在这个时候产生，禁不住就笑了起来。

不多久就做好了鱼，还炒了两样小菜，烧了一个简单的紫菜蛋花汤，几样菜热气腾腾地端到桌上，一边招呼着还在那里叽叽喳喳的母亲和夏丹丹："吃饭了，吃完了再聊好不好？"

每样菜的味道都不错，欧阳慧一边吃着一边问夏丹丹和卓越："你们准备什么时候结婚啊？天天回家里来吃饭多好。"

夏丹丹没有回答，笑吟吟地看着卓越。卓越想了想，说道："春节前吧，丹丹，你觉得呢？"

夏丹丹竟然感到有些羞涩，说道："你说了算。我们得提前去我家里一次，你看什么时候合适呢？"

卓越道："国庆节吧……"话未说完，欧阳慧马上就接嘴道："好，就这么定了，到时候我和你爸一起去。"

卓越瞠目结舌："这样合适吗？"

欧阳慧笑道："有什么不合适的？两家人早就该见面了。"这时候她忽然想起了什么，吩咐卓越道，"去拿一瓶红酒来，今天是一个值得纪念的日子。哎，要是你爸在家里吃饭就好了。"

卓文墨回家的时候卓越他们刚刚吃完饭，一瓶红酒已经喝完，桌上剩下的就几只空盘。卓文墨知道儿子要回来，所以才提前回了家，他看着饭桌上的情景，笑着说道："肯定是儿子做的饭菜，不然怎么会一点都没有剩下？"

卓越发现父亲两侧的颧骨处有些潮红，担心地问道："您喝了多少酒？以前您好像喝酒不脸红的啊？"

卓文墨朝儿子摆手道："没事，就喝了一点点。今天那家酒楼的东坡肘子味道不错，被我一个人吃了一大半。"

卓越提醒道："您这年龄，肥肉要少吃。"他看着夏丹丹，"你说是吧？"

夏丹丹笑着点头道："卓越说得对，吃肥肉同时喝白酒，最容易出现急性胰腺炎……"她的话还没说完就被卓文墨不高兴地打断了："我这年龄想吃什么就吃什么，按照你们当医生的说法，米饭都有毒呢。"

欧阳慧也不高兴了，责怪丈夫道："你这人，真是的，孩子们还不是为了你好。"

卓文墨马上就投降了，笑道："好吧好吧，我今后注意就是了。"

欧阳慧随即就将卓越和夏丹丹准备结婚的事情对丈夫讲了，卓文墨很是高兴，道："好，好！从国庆节开始就准备你们俩的婚事。"

柳眉最近一段时间消瘦了许多，就连给学生上课的时候也时不时会出现走神的情况。卓越告诉她说调查的项目停止了，从此之后两个人也就再也没有了联系的理由，卓越也就因此凭空从她的视线中消失了。她不得不承认，卓越早就进入了她的生活、她的内心。

人与人之间的相识有时候很是奇妙，一直以来柳眉的生活虽然非常简单，认识、相遇的人也不少，但唯有那个年轻英俊的医生真正让她动心并随时在引发她的思念。她不知道这到底是为什么，但自从第一次见到他的时候内心深处的涟漪就已经出现，为此，她曾经不止一次地暗暗询问自己：难道这就是爱情？

在与卓越相识之前柳眉最盼望的就是每一次的周末来临，她可以在那样的日子里待在家里静静看书，清净、闲适、无忧无虑。而现在，周末对她来讲却成了痛苦的开始，思念、烦乱、不知所措，好不容易才过去了一天，忽然间发现还有一个星期天要过……

卓越父母家虽然是三室一厅的房子，不过有一间被卓文墨用作了书房，大学教授没有书房怎么可以？虽然欧阳慧几次暗示儿子可以和夏丹丹住在一起，但这两个年轻人怎么都做不到快速迈出那一步，后来还是卓越将夏丹丹送到了学校外边的一辆出租车上。欧阳慧忍不住就朝着丈夫抱怨：“都说学医的开放，我们这傻儿子怎么就那么保守呢？”

卓文墨大笑：“你还担心这个儿媳妇跑了不成？他们不是马上就要结婚了吗？你着急什么？更何况他们两个人大部分时间都住在医院的公寓里面，说不定早就同居了。”

欧阳慧愣了一下，也笑道：“倒也是啊。”她忽然想起了什么，摇头道，“不对，我看丹丹那身段、眉眼，根本就还是处子之身嘛。”

卓文墨更是大笑：“你还会看相？我相信你的话就怪了。好啦，孩子的事情你就不要管那么多了，我们儿子做事情有分寸，要不了多久就会让你抱上胖孙子的。”

卓越回来的时候倒是没有注意母亲怪怪的眼神，朝父母打了个招呼后就把自己关进了房间里面。他忽然觉得有些累，因为就在刚才穿过校园的时候，他的脑海里面忽然出现了那张精致得让人心颤的脸庞。

美好的事物触动的往往是一个人的灵魂，当柳眉的一笑一颦一开始在卓越脑海中绽现的时候起，幸福温馨的滋味就再也挥之不去了。也许这个世界上真的有心有灵犀，就在这个时候，柳眉的电话来了："最近你还好吗？"

卓越差点以为是幻觉，而耳边那个美好的声音分明又是如此真实。卓越当然不可能把自己受处分的事情告诉她，说道："不就是天天上班么。你呢？"

柳眉在打这个电话之前内心是纠结着的，而此时，她的内心已如春暖花开、灿烂遍地，禁不住轻笑着说道："我也还不是老样子？"这时候她的声音变得忧郁起来，"我也不知道是怎么的，以前都是这样过的，现在反倒不习惯了，一到了周末就觉得无所事事，心烦得很。可是我又不想出门，上次的事情真的把我吓坏了。"

那件事情一直让卓越感到内疚，对于一个女孩子来讲，如果当时真的让林武得逞了的话就是万劫不复，很可能将成为让她永生都挥之不去的噩梦，而发生那一切的根源却在他卓越的身上。卓越暗自感到庆幸，歉意地道："对不起，当时我没想到他们是那样的人。"

柳眉急忙道："和你又有什么关系呢？都是我当时太傻了……卓大哥，明天你有空吗？"她本来是为了转移话题，当然也是一种情不自禁，可是刚刚问出了这句话后就忐忑起来，在期盼的同时还有着不安：卓大哥他可是有女朋友的人……急忙又道："我就是随便问问。"

卓越哪里懂得这一刻柳眉这种小女儿般复杂的心思？此时，他的内心已然被歉疚与温馨所充满，问道："明天我没什么别的事情，要不我们找个地方喝喝茶或者咖啡什么的？"

"好呀好呀！"柳眉迫不及待地道，期盼与高兴让她忘记了最起码的矜持，"可是，你不陪你女朋友吗？"

卓越在心里本来对夏丹丹是有些许犯罪感的，而此时柳眉的话让他觉得自己确实是想多了，不禁暗暗惭愧，回答道："她明天要上班，你是我认的妹妹，陪你出去玩也是应该的。你说是吧？"

柳眉在心里叹息了一声：上天让我认识他晚了些……不过却不

想放弃这个难得的机会，问道："那我们可不可以去一个稍微远点的地方？"

卓越皱眉道："一天的时间……"

"我们可以去城外啊。"柳眉急忙说道。

卓越道："可是我没车啊。你有吗？"

"我也没有……你会骑自行车吗？"

"我也没自行车。"

"我有。我再找隔壁的姐姐借一辆，可以吗？"

卓越不想拒绝她的这个建议，同时也觉得她的想法不错："好吧，就按照你说的办。那我们明天在什么地方碰面？"

"当然是在我家外面了，不然怎么办？你让我骑一辆扛一辆？"

电话里面是柳眉动听的笑声，卓越也禁不住笑了起来。

第二十三章

　　医生这个职业对节假日没有什么明确的概念，只要轮上值班，一切都和平常所做的工作没有多大区别。对一座城市的人群来讲，单个个体发病的概率其实是随机的，并不存在着某一天病人突增的情况，除非是急性传染性疾病的骤然出现。当然，疾病的发生确实是有季节性的，比如春冬时节呼吸道疾病相对较多。老年科其实是内科的一个分支科室，只不过针对的是老年群体。医学与其他自然科学一样，越发展分支也就越多、越细。星期天早上夏丹丹接班后也不是特别忙碌，一上午也就收了两个新病人，处理完后才十点多，忽然想起很快就要和卓越结婚的事情，急忙打开电脑，输入关键词后一件件漂亮的婚纱就出现在了电脑屏幕上。

　　"不知道我穿哪一件好看……"夏丹丹一边浏览着同时在心里自言自语。

　　章芊芊特地将值班的时间换到了今天，她想借这个机会和夏丹丹好好说说话。虽然章芊芊对孙鲁一往情深，但她的内心却并不狭隘，她知道，在孙鲁不喜欢她这件事情上夏丹丹根本就没有任何的责任。

　　"丹丹姐，你在看什么？哇！好漂亮的婚纱！丹丹姐，你要和卓医生结婚了吗？"当夏丹丹正兴致勃勃看着那些婚纱图片的时候忽然就听到了从身后传来的赞叹声，她没有转身，幸福地应道："是啊，我们已经商量好了，准备到春节就结婚。"

"丹丹姐，你真幸福……"章芊芊羡慕地说道，声音中禁不住出现了哽咽。

夏丹丹这才忽然想起这个女孩子与孙鲁的事情，手指离开了鼠标，转过身关切地看着她，柔声问道："你和孙医生现在怎么样了？你去和他谈过了吗？"

章芊芊正想对夏丹丹倾诉自己的内心，微微摇了摇头，苦涩地说道："我和他是不可能了。都是我自作多情，医院里面肯定有很多人在背后笑话我。"

夏丹丹的心里顿时泛起同情，轻轻去将她抱了抱，温言说道："孙医生不喜欢你那是他没有福气，没有人在背后笑话你，大家都在赞扬你的勇敢呢。以前的事情都过去了，你马上要去非洲，外面的世界大得很，虽然是阴差阳错，但你毕竟已经争取到了这次出国的机会，很多人想去还去不了呢，说不定当你回来的时候就已经有自己的爱人了。"

章芊芊点头道："嗯。可是我……"

夏丹丹能够理解她的内心，继续说道："你是真心喜欢孙医生，所以一时半会儿忘不了他也很正常。我始终都相信缘分这种东西，实在没缘分也是没办法的事情，你说是不是？"

章芊芊顿时觉得心里轻松畅快了许多，点头道："嗯，丹丹姐说得对。"

夏丹丹轻轻拍了拍她的胳膊，并没有继续说下去，她知道，要真正放下还得靠她自己。也许，她这一辈子都不能真正放得下这一份真挚的感情。

两个人在那里又说了一会儿话，一直到夏丹丹的手机忽然响起。夏丹丹接听后脸色一下子就变了，这时候她才忽然意识到自己的那个想法实在是太过简单了。

柳眉瘦了，但依然是那么漂亮，她就在不远处，双手推着那辆自行车，正歪着头朝卓越灿烂地笑着，就像一幅美丽而生动的风景画。卓越快步朝她跑了过去，心里忽然升腾起想要拥抱她的冲动。

"给，你骑这辆车。"柳眉将手上的自行车朝他推了过去。这是一辆男式自行车，轮圈比较大，卓越诧异地问道："你不是说找隔壁的姐姐借车吗？怎么是男式的？"

"我找隔壁的叔叔借的，不可以啊？你等我一会儿，我去骑我自己的车出来。"柳眉朝他嫣然一笑，转身朝小区里面跑去。她跑步时候的背影都是那么美。

不一会儿就见到她骑着一辆女式自行车出来了，看得出来她应该是经常骑车，很熟练的样子。卓越却是上班后就没有怎么骑过车了，开始的时候骑在上面还有些摇晃，惹得柳眉不住在后面关心地问："你究竟行不行啊？"

不过卓越很快就熟练了，柳眉加快了速度与他并排而行，问道："你想好了没有，我们去哪里？"

卓越道："这里从东边出城近一些，那我们去水库钓鱼吧，那附近好像有农家乐，到时候就在那里吃饭。"

柳眉想了想，道："那我们还不如去山上的寺庙玩，中午就在那里吃斋饭。"

卓越笑着问她道："你骑得上去？"

柳眉皱眉想了想，道："那，我们把车骑回去吧，先坐公交车到山下，然后坐索道上山。"

卓越问她道："为什么想去寺庙呢？这城里不是就有一座吗？"

柳眉道："听说山上那家寺庙的签很灵。"

大多数人都很迷信，我这个当医生的也不能例外，毕竟人生太过未知与无常。卓越如此想道，当然也就不会反对她的提议，两人调转方向将车骑回到柳眉的住处外面。卓越本来是想打车去山上的，可是柳眉却坚决反对："太贵了，坐公交车多好？可以一路看风景。"

卓越心想：倒也是，又不是纯粹为了抽签才去那山上。

城市的公交车似乎永远都是处于满载的状态，车上的乘客就像装在瓶子里面的药丸，抖动几下后就会让拥挤不堪变得松动起来。四周都是一张张疲惫麻木的面孔，生活的重压让他们早已对每天这样的出行习以为常，或许这辆车上就卓越和柳眉不一样，他们面对面站着，手都搭在扶手上，不方便在这样的场景下闲聊，时不时相视一笑。卓越喜欢看她的笑容，有如阳光灿烂，有如鲜花绽放，她的双眸像山涧清澈的溪流，可以洗涤干净他内心所有的烦恼……是的，她的一切都是如此美好，即使是偶尔产生出瞬间的亵渎之意都会让人感到是一种罪恶。是的，她就是一个降落在这个尘世的天使。

在如此拥挤喧嚣的公交车上，卓越却感到内心一片宁静，仿佛周围的一切都彻底远离他而去，周围的一切都变得模糊起来，剩下的全是她的美好。时间仿佛已经静止，以至于让他忘记了时间的流逝。也许柳眉此时的感受和他是完全一样的，当公交车到达山下终点站的时候她才仿佛在忽然间惊醒："这么快就到了？"

从公交车上下来后两个人就直接去索道，也许是他们两个人的长相太过引人注目了，一路上使得很多人纷纷侧目。但他们二人毕竟只是普通朋友，不可能像情侣那样亲密，此时无论是卓越还是柳眉都感到浑身不自在，一路上竟然找不到合适的话来讲。幸好公交车站距离乘坐索道的地方不远，卓越远远看见售票处就快速地跑了过去。

乘坐索道的过程比较特殊，由于索道一直处于运行的状态不可能停下来，这就要求乘客必须与索道座椅的运行速度一致。柳眉当然不想一个人去坐单独的位子，如果真是那样的话岂不是太过孤独与无趣？她朝卓越伸出了手去："你拉着我，我有些害怕。"

就大多数男性而言，在追求异性的问题上往往都采取主动的方式，从动物学的角度上讲，这是雄性动物的本能。而相貌英俊、智商颇高的卓越却恰恰在这件事情上处于被动，这或许与他矜持的性格有关系，也可能是从小严格的伦理家庭教育所导致，特别是在他现在已经有女朋友的状况下，内心深处有所顾忌也就在所难免了。卓越朝她伸出了手去，柳眉温润滑腻的小手就在他的手心里面，顿时让他感到怦然心动。这是他第一次产生出这种令人心颤的感觉，即使他第一次拉夏丹丹手的时候也不曾有过。

两个人稳稳地坐在了缓缓上行的索道座椅上，下面是郁郁葱葱的山林，从这样的高度可以看到城市的全貌，山上的空气极好，微风拂面……柳眉还是第一次如此和一个自己喜欢的男性坐在一起，而且还是在悬空数米的高处，好几次差点没忍住就想要去挽住卓越的胳膊，但却总觉得那样做了自己就变成了坏女人，一时间禁不住在那里自怨自艾、内心伤感起来。

卓越注意到了她的沉默，还以为是她忽然间心情不好，问道："你怎么了？是不是出了什么事情？"

柳眉微微摇头，忽然想起了什么，侧脸去问他道："卓大哥，你和你女朋友来过这里没有？你们也像这样一起坐索道上山吗？"

卓越摇头道："我们平时都很忙，很少像这样出来玩。"

柳眉感到有些诧异："那，你们平时都怎么玩？"

卓越道："一起吃饭，看电影……大概就这样吧。"

柳眉嘴里"哦"了一声，心里却想道：不知道我今后谈恋爱后会不会也像那样，难道谈恋爱就那么无趣吗……

索道的路程不短，沿途的风景也非常秀美，可惜他们仅仅是普通朋友，而且各怀心思，当然就不可能产生出浪漫的情绪，所以，他们几乎是在沉闷中度过了这一段美好的时光。到了山顶的时候卓越主动向她伸出了手去，柳眉犹豫了一瞬间之后才将手伸向了他。

卓越感觉到了她情绪的忽然转变，有些不明白这其中究竟为什么，不过他觉得自己有责任打破这个沉闷现状，问道："你以前来过这里吗？"

柳眉点头："我没来过，我一个同学说这里的签很灵。"这时候她也觉得自己的情绪低落得有些莫名其妙，而且毫无意义。这样一想，内心也就瞬间释然了许多，笑着说道："我都不止听一个人说过了，说山上这家寺庙的签灵得很。"

卓越的好奇心顿起："是吗？"

卓越的好奇心也让柳眉变得兴高采烈起来："真的呢。我那同学父亲生病，他就跑到这山上的寺庙来抽签，结果抽了个下下签，不多久他父亲就去世了。我还有个同学当时准备考研，也跑到这里来抽签，结果也是抽了个下下签，后来他果然没考上。"

卓越禁不住就笑了起来，说道："那岂不是太可怕了？坏的事情全中。"

柳眉愣了一下，紧张地道："是啊，我怎么没想到这一点？好像是有些吓人呢。"

卓越越发觉得她很可爱，笑道："那你就不要去抽签了。"

柳眉坚决地道："不，我一定要抽，好不容易来一趟。"

说话之间两个人就到了寺庙的大门口。寺庙外面有几株高大古木，一阵风吹过发出"嚯嚯"的响声，让人感觉好像是到了另外一个世界。卓越从小在这座城市长大，这个地方还是第一次来，直到此时他才发现自己好像是这座城市的客人一样，竟然还有很多地方从来没有去过。

也许是因为周末，这地方的香客不少，卓越觉得那些人看上去都有些熟悉，因为他们都有着一张虔诚的面孔。

柳眉已经进入寺庙的大门里面，卓越急忙跟上。就在这个时候，卓越的手机响了，电话是夏丹丹打来的："你在什么地方？"

"在外边呢。"卓越回答得比较含糊。

夏丹丹的声音听上去很急："有件事情我可能做错了，现在很麻烦，你能不能马上来一趟医院？"

卓越朝柳眉做了个手势，意思是让她自己去里面玩，随即转身："你别着急。什么事情？你慢慢告诉我。"

夏丹丹没想到姚地黄会再一次找上她，而且一开口就要十万块。在夏丹丹二十多年的生命中，从未遇到过像这样无耻的人，当姚地黄开出那样一个价码的时候她简直不敢相信自己的耳朵："你说什么？你疯了吧？"

姚地黄的声音透出一种猥琐："你最好答应我的这个要求，不然的话我就把你和孙鲁去外面开房的事情闹得你们全医院都知道！"

夏丹丹愣了一下：开房？我和孙鲁？不过她很快就反应了过来，气急败坏地道："我和孙鲁根本就没有那样的关系！你要是敢造谣的话我马上就报警！"

姚地黄"哈哈"大笑："好啊，你去报警就是。反正我现在是一无所有了，最多也就是去监狱里面待几天，可是你呢？你自己好好想想吧。夏医生，我是在这个城市待不下去了，准备去外地发展，所以我只能给你三天的时间考虑，你自己看着办吧。"

夏丹丹恼怒得差点气结，可是对方却已经挂断了电话。幸好刚才电话响起的时候章芊芊已经回避，不然的话事情将会变得更加麻烦。夏丹丹万万没有想到事情会变成现在这样，许久之后才从无所适从与愤怒中冷静下来，这一刻，她才清醒地意识到自己再一次犯下了严重的错误。

卓越也没有料到会发生这样的情况，他当然相信夏丹丹的清白，在这个问题上他有着最起码的判断，还有自信。不过他知道，像姚地黄那样的人很可能真的会干出不顾一切后果的事情来。从钱文学和林武的事情上他已经充分看到了人性的恶。他想了想，说道："你别着急，这件事情我来处理吧。"

夏丹丹有了依靠，虽然不再恐慌但是却依然着急："可是万一……"

卓越的声音非常淡定："不是还有三天的时间吗？我会处理好一切的，你放心好了。"

电话挂断后卓越没有马上去寺庙里面，他告诉自己必须尽快拿出一个万无一失的对策来。

如果真的给了他这笔钱，很可能今后还会有无穷无尽的麻烦。我去找那个人谈谈？没用的，这个人的目的就是为了钱而铤而走险，为了达到目的此人很可能真的什么事情都干得出来，而最终的结果就是让丹丹名誉扫地……思虑良久，卓越始终找不到一个万全之策。

柳眉见到卓越一边接听电话一边转身远离寺庙，虽然看明白了他的手势但却并不想独自一个人进里面，她朝里面走了几步后又返回到寺庙大门处，远远看到卓越在那里接听电话，这时候她才明白卓越很可能正在处理一件重要的事情。虽然有些不大高兴，但她还是一个人独自朝里面走去。这个地方关于灵签的传说对她实在是太有吸引力了。

当柳眉在寺庙里面排队求签结束后出来，发现卓越正靠在一棵古树侧，双眉紧皱着，她慢慢走了过去，担心地问道："卓大哥，你怎么了？"

卓越这才注意到柳眉已经到了面前，笑了笑，问道："对不起，刚才没有陪你进去。怎么样？求到签了吗？"

柳眉不好意思地点了点头："好多人在那里求签呢，还需要排队。卓大哥，你也去求一签吧。"

卓越歉意地道："对不起，今天不能继续陪你玩了，医院里面出了点事情，我得尽快回去处理。"

柳眉关心地问道："事情很严重是不是？我能为你做点什么吗？"

卓越摇头道："没事，我能够处理好。对了，你抽了个什么签？我帮你看看。"

柳眉的脸一下子就红了，扭捏着说道："我就随便抽的，签词已经被我扔掉了。"

卓越心里有事，也就没有再问她这件事情。两个人还是乘坐索道下山，这样会节省许多的时间。到了山下后卓越招呼了一辆出租车，对柳眉说道："我先送你回家，然后再去医院。"

柳眉急忙道："你有事情就先去医院吧，进城后我自己坐公交车回去。卓大哥，你别着急，你是好人，朋友肯定很多，我相信很多人都愿意帮你的。"

柳眉的话让卓越忽然想起一个人来，心里一下子就不再那么紧张忧虑了，拿起电话就给高德莫拨打了过去："高医生，你现在在什么地方？"

高德莫道："今天值班，刚刚抢救完一个病人。卓医生，有事吗？"

卓越看了看时间："确实是有件麻烦事情要和你商量一下。我大约一个小时到医院，要不我们找个地方一边吃饭一边说？"

高德莫道："就医院的饭堂吧，吃完饭后我得抓紧时间休息会儿，太累了。"

这家伙头天晚上肯定又打牌熬夜了。卓越心想，说道："那行，我们一会儿见。"

卓越还是坚持要将柳眉送到她住的小区外面，柳眉下车的时候忍不住就问了他一句："卓大哥，我可以经常给你打电话吗？"

卓越有些为难，不过心里却期盼着能够经常和她说说话，点头道："可以的，有空的时候我也会给你打电话的。"

出租车继续向前行驶。出租车司机看了一眼后视镜，笑着对卓越说道："你女朋友？看来她是真心喜欢你呢。"

卓越没明白他的意思："什么？"

出租车司机指了指车后面："她一直站在那里呢。"

卓越将头伸出车窗外……可不是吗，后面远处的柳眉就站在她下车的那个地方。卓越的眼睛瞬间湿润了。

"夏医生真是糊涂啊！"高德莫不住摇头叹息。

卓越替她辩解道："她的社会经验实在是太少了些，哪里会想到这个社会上竟然会有姚地黄那样的人？现在的问题是，这件事情究竟要如何处理才好呢？"

　　高德莫道："肯定不能再给他钱了，否则的话这件事情会没完没了。你也不能出面，你出面和夏医生出面是一样的，解决不了根本问题。"

　　这些情况卓越都已经思考过，问道："你有别的办法吗？"

　　高德莫想了想，道："这样吧，你让夏医生把这个人的电话号码告诉我，我来处理这件事情。"

　　卓越知道高德莫有一些社会上的朋友，不过还是有些担心："不会把事情搞得太大吧？"

　　高德莫嗤之以鼻："一个小记者，现在变成了丧家之犬，根本就不需要什么大的动作就可以让他服服帖帖。你放心好了，这件事情我会帮你处理好的。"

　　听他这样一说，卓越也就彻底放心了，感激地道："高医生，太麻烦你了。"

　　高德莫朝他摆手道："夏医生是小燕的朋友，我们也算是哥们儿了，有事情互相帮忙是应该的嘛。你说是不是？"

　　卓越心里更是感激，说道："高医生今后有什么事情，只要是我能够办到的一定帮忙。"

　　高德莫笑道："暂时没什么事情，今后如果有事情的话我一定不客气。"

　　卓越并没有特别留意他的这句话，心想我不过就是一个小医生，最多也就是在他有朋友想要做试管婴儿的时候关照一下，只要不是特别违反原则，应该都没有什么问题。可是他却万万没有想到，也就在这一刻，高德莫的心里忽然产生出了这样一个想法：这个姚地黄简直就像是一块滚刀肉，我不是正需要这样的人吗？

　　当然，卓越对高德莫的这个想法完全不知，当他告诉夏丹丹说已经委托高德莫去处理这件事情后，夏丹丹依然有些担心："他可以吗？"

　　卓越觉得应该好好提醒一下她了："除此之外还有别的办法吗？丹丹，今后遇到这样的事情你能不能提前给我打个招呼？能不能不要等到事情变得难以处理后才来告诉我？"

夏丹丹辩解道："当时……我怎么知道他是那样的人？"

卓越有些生气了："如果你继续这样不吸取教训的话，今后就还会出现类似的事情！"

夏丹丹也恼怒了，大声道："你是我男朋友，我出了事情不找你找谁？"

卓越没想到她竟然如此不讲道理，怒道："我说的不是这个，是你处理事情的方式。这两次的事情，但凡你提前对我讲一下就不可能变成后面那样的结果。你为什么不告诉我？是不信任我还是因为别的？"

夏丹丹再次申辩："难道我就不能有自己的想法？我怎么知道事情会变成那样？"

真是不可理喻！卓越气得想要马上转身离开，不过想到事情还没有解决掉，这才强忍住内心的不满对夏丹丹说道："好吧，好吧，这件事情我们以后再说。你先把姚地黄的电话号码给我吧。"

夏丹丹随口就说道："我删了……"见卓越张大着嘴巴，急忙又道，"我真的把他的电话号码给删了，我看着那个号码就觉得恶心。"

卓越心里抓狂不已，但是却只能苦笑，心想：幸好孙鲁还没有离开，他应该知道姚地黄的电话号码。

很多时候、很多人都是这样，一旦将有些事情、有些人放下了，心里也就不会再过多去计较。当孙鲁打开门见到卓越的时候虽然感到诧异，但是对他的嫉妒却已经不再像以前那么强烈了。他客气地将卓越让进屋内，一边泡茶一边问道："你找我有事？"

卓越问道："听说你马上要出国去了？"

孙鲁苦笑着说道："我现在这样的状况还能够继续待下去吗？"

在上次的事情之后卓越也仔细分析过孙鲁当时的内心，他觉得从某个角度去想的话孙鲁所做的一切其实也可以理解。是的，他喜欢夏丹丹这本身并没有错，错就错在采取的方式不对，如今他落到这样的田地实在让人同情。

痛恨只是情绪堆积的结果，有时候时间可以化解一切。此时此刻，卓越更加觉得眼前这个人并不是那么令人厌恶了，客气地道："没别的什么事情，我就想问你一下姚地黄的电话号码。孙医生，你出去了也好，毕竟国外的发展机会多得多……"

孙鲁并没有注意听他后面的话，诧异地问道："你要姚地黄的电话干什么？"这时候他忽然想到了一种可能，急忙问道，"是不是姚地黄找夏医生要钱了？"

既然他已经猜想到了，卓越也就没有隐瞒，随即将情况都告诉了他。孙鲁听了后大怒："这个人太过分了，简直就是一条喂不饱的狗！不行，我得去找他，让他把钱还给夏医生。"

卓越急忙劝道："算了，过去了的事情就不要再计较了，现在的问题是不能让他得寸进尺。你把他的电话号码给我吧，后面的事情我来处理。"

孙鲁看着他："你去处理？你怎么处理？他就是一个地痞流氓，哪样事情做不出来？除非像我上次那样狠狠揍他一顿然后再报警，你能够做到吗？"

卓越摇头道："我已经有办法了，你就别管了。"

孙鲁追问道："你能够有什么办法？除非是你在社会上有朋友……"他忽然就明白了，"你去找了高德莫？"

这个世界上的聪明人太多了。卓越在心里感叹着，同时也收起了对他的轻视之心，点头道："高德莫已经答应帮忙了，也许只有他才能够处理好这件事情。"

孙鲁点了点头，道："这倒是。不过卓医生，高德莫这个人的功利心特别强，这次他帮了你，今后说不定会有比较麻烦的事情要找你办。我没有别的什么意思，仅仅是提醒。"

卓越不以为然地道："朋友之间互相帮忙，这本来就很正常嘛。"

孙鲁不好再多说什么，歉意地道："对不起，如果不是我当初鬼迷心窍的话也不会惹出这么多的麻烦来。卓医生，请你一定原谅我。"

卓越感觉得到对方的真诚，也真挚地说道："孙医生，我能够理解你当时的心境。希望你出去后能够有一个好的发展机会。其实我也犯下了不少的错误，最近还受到了处分。我觉得没关系，毕竟我们都还很年轻，这样的错误还不至于影响到我们今后的发展。你说是吧？"

孙鲁的内心很是感动，点头道："你说得对。谢谢你，卓医生。"

午饭后高德莫回到值班室睡了会儿，下午也没有什么特别危重的病人，他越想越觉得那个想法不错，当卓越将姚地黄的电话号码发到他手机上之后就马上拨打了过去："你是姚记者？孙鲁的那个同学？"

姚地黄的内心本来就有鬼，警惕地问道："你是谁？找我什么事？"

高德莫直接对他说道："听说你最近去找了夏医生？这样吧，你直接来找我，你和夏医生的事情现在由我接手解决。"

姚地黄吓了一跳，差点就想挂断手机，却听到电话里面继续在说道："你放心，我不是警察。其实这件事情找警察也没用处，是不是？我是医院急诊科的医生高德莫，我知道你现在已经很难在这个城市待下去了，说不定我还可以给你一定的帮助。怎么样，我们找个地方好好谈谈？"

姚地黄疑虑不已，但是高德莫刚才的话却实在是让他感到动心，毕竟他已经在这座城市生活多年，如果不是万不得已的话绝不会想到要去他乡谋生。可是，万一这是一个圈套呢？不管了，即使是圈套也得去，最多就是被夏丹丹叫来的人暴打一顿，如果真是那样的话大家就彻底翻脸，干脆就来个一不做二不休！

想明白了这一切，姚地黄问道："你说吧，什么地方？几点钟？"

高德莫仿佛知道了对方刚才的心理搏斗，更加觉得这个人有用，说道："我六点半下班，地方你定吧。"

姚地黄选择的地方是一家西餐厅，就在他住处附近。高德莫让他选择地方，这让他多了一份安全感，不过他还是提前到了那个地方，仔细观察了可供逃跑的路线。

高德莫却并没有太多的顾虑，准时出现在姚地黄告诉他的地方。高德莫坐下后直接点了两份餐，然后说道："我们随便吃点，首先我要告诉你的是，从现在开始你不能再去找夏医生的麻烦。"

姚地黄已经注意到高德莫是独自一个人来的，心里也就没有了紧张与顾忌，冷冷地问道："为什么？难道那笔钱由你给我？"

高德莫根本就没去看他，表情淡漠地说道："首先我要告诉你的是，我不会在这件事情上给你一分钱。姚先生，你想过没有，如果你继续这样下去的话，总有一天你会被关进监狱，毫无疑问，这是迟早的事情。我今天来是为了给你一个机会。其次，我可以非常明确地告诉你，如果你再去骚扰夏医生的话，我随时可以让你从这个世界消失。你别这样看着我，对，我只是一个普通的医生，但我却偏偏认识这个城市里可以让你随时从这个世界上消失的人。想必你应该明白我这句话的意思。"

姚地黄脸上的肌肉抽搐了一下："我可不是被人吓大的，我当了那么多年的记者，什么样的人、什么样的场面没有见过？！如今我已经走投无路，孙鲁和那个姓夏的女人必须对此负责，我找那个姓夏的女人赔偿损失也是应该的。"

高德莫淡淡一笑，从钱包里面拿出两张百元纸币放在桌上，起身说道："好吧，今天我们就谈到这里。我在急诊科上班，你想明白后可以随时来找我。"说完后根本就不再去看他一眼，直接就离开了这家西餐厅。

他这是什么意思？姚地黄觉得莫名其妙。此时服务生已经将高德莫要的套餐送过来，姚地黄舍不得就这样离开，将两份餐都吃完后才拿着高德莫留下的钱去结账，结果还剩下了二十多块钱。他觉得这个姓高的医生很可笑：你以为自己是谁啊？这样就骗得了我？不过他还是觉得今天的事情有些古怪，吃完东西后就直接回了住处。

　　一路上姚地黄并没有发现有人跟踪，回到住处后打开笔记本电脑上网，忽然就感觉到有些不大对劲，霍然转身，骇然看见一个壮汉正站在房门旁边！姚地黄吓得双腿发软，结结巴巴地问道："你，你是谁？你想要干什么？"

　　壮汉皮笑肉不笑地说道："我还以为你要很晚才回来呢，这样倒好，今天不用熬夜了。我暂时不想对你做什么，只是想来看看你。没事了，你继续玩电脑吧，我就不再打搅你了。"说着，就去打开了房门，这时候壮汉忽然又想起了什么，"对了，老大让我问问你，你年纪轻轻的跑到医院的老年科去干什么？"

　　壮汉说完后就直接离开了，离开前还朝着他阴森地笑了一下。

　　这天晚上，姚地黄一直被噩梦所笼罩。

第二十四章

秦文丰几次打电话约江晨雨结果都被对方直接拒绝了，后来他干脆跑到了医院，手上捧着红艳艳的玫瑰去了生殖技术中心，结果等待他的却是江晨雨满脸的寒霜。

很显然，在追求女人这件事情上秦文丰可是要比雷达胆大、主动多了，可是结果却完全是一样的。然而秦文丰并没有因此而泄气，而且还当着那么多人的面对着江晨雨大声表白："晨雨，我是真心喜欢你，希望你能够给我一个机会。"

周围的人都用怪异的目光看着江晨雨，江晨雨更是恼怒，说出了一句让所有人都目瞪口呆的话来："你就别费这份心思了，姑奶奶我不喜欢男人！"说完后直接就转身离去了。

秦文丰当然不相信她的话，不过却对此毫无办法。这些年来他追求过的女人不少，基本上都是手到擒来，这样的情况还是第一次遇见。然而他并没有因此而感到尴尬，只是咧嘴笑了笑、耸了耸肩，随后捧着鲜花就去了秦雯的病房："雯雯，哥哥看你来了。"

秦雯对自己的这位哥哥可以说是非常了解，撇着嘴说道："哥，你手上拿的可是玫瑰，你肯定是准备去哄哪个女孩子被拒绝了，是不是这样？"

秦文丰一下子就笑了起来，说道："雯雯就是聪明。"虽然妹夫就在旁边，他也没有顾忌什么，"雯雯，帮哥哥一个忙好不好？我喜欢上了你的主管医生，你去帮我在她面前说说好话好不好？"

秦雯很是诧异："江医生？"

秦文丰一下子就来了精神："是啊。雯雯，你也觉得她很适合做你嫂子是不是？"

秦雯乜了他一眼："那也要人家答应才行。这次我可是把人家得罪得太厉害了，她老爹也因此从我们家公司辞职了。哥，我劝你还是放弃吧，我觉得你基本上没戏。"

秦文丰心想也是，看来让雯雯出面找江晨雨确实不大现实……也不知道老爷子去过江晨雨家里没有？不行，这件事情最终还得我自己去争取，老爷子那边最多也就是起一个辅助的作用。

其实秦天并没有忘记儿子的事情，只不过最近集团公司的资金压力太大，很多事情必须他亲自去处理，当然，或许这仅仅是一种借口。作为秦霸集团的董事长，真正要做到低下身段面对自己曾经的下属，实在是有些难为情，更何况他还在那次的记者会上说过那么绝情的话。

后来秦天还是说服了自己。秦天是过来人，知道婚姻对男人意味着成熟与责任。他已经在慢慢老去，儿子是他事业唯一的继承人，所以就目前而言，儿子的婚姻大事比其他任何的事情都重要。

秦天将时间选择在了星期天下午，出发前他让司机去附近的超市买了点水果，到了江家楼下后让司机在车上等候，然后就一个人提着水果上了楼。

江德扬没想到秦天会来，在经过一瞬间的错愕后急忙恭敬地将秦天请进屋去。眼前的这个人可是秦霸集团的董事长，今天屈尊降贵亲自登门，顿时让江德扬受宠若惊，曾经所有的不满与委屈都在这一刻化为乌有："董事长，您怎么来了？"

江德扬的妻子当然认识这位忽然而至的大人物，一时间在那里有些不知所措。秦天笑了笑，将手上的东西递给了她，客气地道："说起来惭愧，这么多年了，我还是第一次到你们家来。"随即走到沙发处坐下，见这屋子的两位主人依然不知所措地站在那里，"坐，你们也坐啊，江主任，我有事情对你讲，快过来坐下吧。"

江德扬这才反应过来，急忙吩咐妻子："赶快去泡茶。"

"江主任，今天我是专程来向你道歉的。上次的事情看上去好像是我们秦家与医院之间的问题，其实不然。江主任你是知道的，前些年我们秦霸集团扩张过快，如今资金链已经变得非常脆弱了，在这样的情况下我们根本就经受不起汹涌而至的舆情。江主任，你受委屈了。"秦天的语气非常真挚，同时将一张银行卡朝他递了过去，"上次的事情对你个人的名誉造成了很大的损失，还让你失去了工作。这仅仅是我的一点心意，请你一定收下。"

江德扬更是不知所措："董事长，这怎么行呢？"

"收下吧，我还有另外的事情要对你讲。"秦天的语气不容他拒绝，并且直接将那张银行卡塞到了他的手上，叹息了一声后继续说道，"你在我们集团公司做了多年的办公室主任，工作一直任劳任怨，我怎么忍心让你到了这个年龄失去工作呢？回来吧，要么继续做我们集团公司的办公室主任，要么去负责管理集团公司下面的五星级酒店，以前的待遇不变。集团公司需要你，我也希望你能够回来。"

江德扬感动得流下了眼泪："董事长，我听您的……"

秦天站了起来，拍了拍江德扬的肩膀："你考虑一下，明天就回公司来上班吧，到时候把你的想法告诉我。"

江德扬急忙道："董事长怎么安排都可以。"

秦天笑着点了点头，说道："那就还是做集团的办公室主任吧，让你现在去适应一项新的工作实在是太难为你了。那就这样吧……江主任，你有一个不错的女儿。这次的事情是我们秦家对不起她，希望她不要再计较。"

江德扬迷迷瞪瞪地送走了秦天，恍然如做梦般回到家，当他看到妻子刚刚泡好的那杯董事长还没来得及喝的茶，这才知道刚才所发生的那一切并不是梦幻。他从口袋里摸出秦天给他的银行卡朝妻子递了过去，感叹着说道："没想到董事长竟然亲自登门……"

妻子却比他冷静得多，提醒道："我怎么就觉得这件事情不大对劲呢？"

江德扬愕然："怎么不对劲了？"

妻子说道："人家可是大老板，竟然亲自登门来向你道歉。还有，他离开的时候为什么忽然提起我们女儿……"

江德扬可是做过秦霸集团多年办公室主任的人，对秦天的了解远比其他很多人要深入得多。秦天能够走到今天这一步靠的是超人的商业眼光，以及极少人所拥有的决断，此人御下极严，这么些年来还从来没有像今天这样在下属面前放下身段。江德扬对自己的能力还是比较了解的，并不是秦霸集团离开了他就不能运转……妻子的提醒让他忽然间有些明白了，拿起电话就给女儿拨打了过去："现在走得开吗？回家一趟可以吗？"

此时江晨雨正在宿舍里整理第三代试管婴儿技术方面的资料，本能地就想找理由拒绝，忽然间感觉到父亲的语气中带着一种商量与哀求，问道："爸，有事情吗？"

江德扬的声音柔和了下来："今天是周末，我和你妈想你回来吃顿饭。"

父亲的话一下子触动了她柔软的内心："好，我马上就回来。"

"人家的条件那么好，你为什么不愿意呢？"问清楚了情况，江德扬忍不住就质问女儿。此时，他已经彻底明白了秦天今天前来的根本原因。

"我和那个人根本就不是一类人。"江晨雨不想生气，耐心地解释道。

其实这一段时间以来江德扬也在检讨自己的过去，此生没有儿子虽然是一种遗憾，但女儿毕竟是自己的亲生骨肉，而且这早已是无法改变的现实。他终于克制住了一贯以来的粗暴方式，劝导道："你根本就不给人家了解你的机会，怎么就武断地认为你们不是一类人呢？"

江晨雨道："那个人一看就是个花花公子，我才不想理他呢。"

江德扬劝说道："男人嘛，年轻的时候荒唐一些也很正常，玩够了也就开始收心了，结婚前荒唐总比结婚后花心要好得多，不是吗？我感觉得到，秦家少爷是真心喜欢你，不然的话董事长怎么可能专门跑到家里来呢？由此看来秦董事长对你的印象是非常不错的，这么好的机会你怎么就不知道珍惜呢？"

江晨雨再也控制不住自己的情绪，恼怒之下就变得口不择言起来："您的意思是说，您年轻的时候也是那样？我妈就从来没有计较过您的过去？"

江德扬一怔，怒道："我怎么可能是那样？我和你妈在一起之前就从来没有谈过恋爱！"

江晨雨大声道："那您为什么要我去接受这样一个花花公子？难道我不是您的亲生女儿？！"

江德扬气极："我还不是为了你好？你都这么大了，不可能一辈子都不结婚吧？秦家家大业大，秦文丰又是秦霸集团唯一的接班人，这么好的条件你哪里去找？"

江晨雨最烦的就是父亲总是来管她这样的事情，气恼地道："我一辈子不结婚又怎么了？你们以为嫁入豪门就可以得到幸福？我看你们完全就是在替自己着想，我不过就是你们的一件商品罢了。"

江晨雨的母亲在旁边听不下去了："你怎么这样说呢？我们还不是为了你好？"

江晨雨更怒："为了我好？那你们怎么不站在我的角度去想想这件事情？你们知道我为什么到了现在还没有男朋友？你们知不知道这些年来我都经历了什么？"说到这里，她的眼泪一下子就出来了。母亲顿时就慌了，急忙问道："你都经历了些什么啊？你从来不对我们讲，我们怎么可能知道呢？"

江晨雨揩拭了一下眼泪："你们从来都没有真正关心过我，从来都没有考虑过我的感受……好了，我不想和你们说了。"

江晨雨几乎是哭泣着冲出家门的，对身后母亲的呼喊声全然不管不顾。到了楼下后才忽然感到一片茫然：这个世界上难道就真的没有一个真正懂得我的人吗？

卓越的心情也不大好，出了那么多的事情，可是夏丹丹却根本就没有吸取教训的觉悟，长此以往的话谁知道她今后还会惹出什么样的麻烦来？当江晨雨打来电话、听到她悲楚声音的时候，卓越马上就说了一句："我正说找个地方去吃饭呢，一起吧。"

还是江边的那艘船上，正好上次的那个位子还在，卓越几乎没有考虑就直接朝那个地方走了过去。选择这个地方、这个座位就好像是理所当然，这就如同他和江晨雨如今狭小的社会交往空间一样，似乎并没有其他更多的选择。

卓越让江晨雨点菜，江晨雨摇头道："你随便点吧，我要一瓶酒。"

卓越看着她："出什么事情了？可以告诉我吗？"

江晨雨满脸的萧索："喝了酒再说吧，我的心情糟糕透了。"

卓越微微一笑，说道："喝酒能够解决问题吗？今天喝醉了，明天还不是一切照常？有什么事情就说出来吧，看我能不能帮上忙。"

江晨雨依然在摇头。卓越叹息了一声，说道："其实我的心情也不大好……"

江晨雨听完了卓越的讲述后轻轻叹息了一声，说道："你完全没有必要为了这样的事情生气，你想想，如果夏医生真的什么事情都来问你的话你烦不烦？她毕竟是独立女性，总会有自己的一些想法，即使是做错了什么不是还有你可以帮她解决吗？由此看来她是真心在爱着你的，在她的内心深处早就把你作为依靠了呀。"

卓越想了想，点头道："你的话好像也很有道理……"

江晨雨"扑哧"一笑，乜了他一眼："我说的本来就有道理嘛……"忽然想到自己现在的状况，神色又变得凄苦起来，"可是我……"

卓越见她欲言又止，问道："是不是你父母又给你介绍对象了？"

江晨雨点头，随即又在摇头，说道："秦天去了我家，说是专门去请我父亲回公司上班……"

卓越顿时就明白了，笑道："很显然，这位秦董事长是醉翁之意不在酒啊。"

江晨雨道："可是，我怎么可能会喜欢那个人呢？一个富家公子哥儿，他身边还会缺女人？"

一直以来卓越对江晨雨并没有情感方面的想法，即使偶尔心动也不过是因为她的漂亮。男性对女性的美有着怦然心动的本能，但那绝不是爱情。对于江晨雨，卓越只是把她当成一位好同事、好朋友。正是因为如此，卓越在江晨雨面前才更加坦诚，纯粹是以一个朋友的身份替她思考问题。卓越接触过秦文丰，对这个人的印象还不错，至少远比他开始以为的要真诚得多。卓越想了想，说道："我觉得吧，既然他那么主动地来追求你，你总得给他一个相互了解的机会才是啊，你说是不是？"

江晨雨诧异地看着他，皱眉道："你怎么和我爸一样的口吻？"

卓越笑道："是吗？这正好说明我们的话有一定的道理啊。前不久我和秦文丰接触过几次，这你是知道的，虽然我对他的私生活一无所知，但是我感觉得到，他一直都在寻找自己真正爱的那个人。很显然，你的出现终于让他怦然心动了。"

江晨雨微微摇头："可是我对他根本就没有一丁点的好感，甚至还非常厌恶他。"

卓越若有所思地看着她，问道："你为什么那么反感他呢？"

江晨雨怔了一下，摇头道："我不知道，也许是看不惯他那花花公子的做派吧。"

卓越直接就摇头了，说道："我想，还是因为上一次那份失败的感情对你的影响太大了，使得你始终无法从内心深处的阴影中走出来。"

江晨雨并没有反对："也许吧。"

卓越又道："还有一种可能，那就是秦文丰在某些方面的状况与你的前男友很相像，所以你才会本能地反感他，厌恶他。"

江晨雨不说话。卓越知道自己的猜测是对的，问道："难道这就是你根本就不给秦文丰机会的原因？"

江晨雨忽然激动了起来："有钱的公子哥儿当中有几个是好东西？"

卓越急忙道："别激动，千万别激动。有些事情激动是解决不了问题的，你说是不是？来，我们先吃点东西……好吧，我们来一瓶红酒，一边吃一边说话。"

服务生打开酒后卓越给江晨雨倒上，笑着说道："我们碰一杯，稳定一下情绪。"

江晨雨有些不好意思了，同时也觉得卓越的这番做作很有趣，浅笑着朝他举杯说道："好吧，我不再激动了。"

卓越本来只是浅酌了一口却发现江晨雨已经一饮而尽，随即也一口喝完了杯中的酒，再次给她和自己倒上，嘴里同时说道："人和人是不一样的，比如我们医院的年轻医生们，工作性质和收入状况都差不多，但我们每个人的性格和生活方式却有着很大的差异。富家公子也是一样，有些富二代不思进取，玩车玩女人，但秦文丰不一样啊，他可是秦霸集团的继承人，肩负着父辈的期望与重任。这一点你不应该反对吧？"

江晨雨看着他，幽幽问道："是秦文丰让你来做我思想工作的？"

卓越摇头道："他是来找过我，不过也就是问了一下你的情况，但是却并没有让我来说服你，我也没有对他有过任何这方面的承诺，我只不过是在向你客观分析这个人。"说到这里，他忽然就笑了起来，"秦文丰第一次请我吃饭，我们两个人花费了六万块！虽然当时我还能够做到强作镇定，但心里的那种感受……"

江晨雨撇嘴道："显摆呗，有钱的公子哥儿就是那样粗俗不堪。"

卓越摇头："我不这样认为。后来我想明白了：不同地位、不同收入的群体生活方式本来就是完全不一样的。比如我们看到那些开豪车的人，第一印象就觉得他们是土财主，甚至直接将他们归入为富不仁的那一类人去，这说到底还是我们内心的仇富心理在作怪，更主要的还是我们根本就不了解、不懂得人家的生活方式。其实，像我们这样的人如果开着二十万的车，在这个社会最底层那些人的眼里也不是什么好东西。这其实就是心态，不同地位不同收入群体的人心态是完全不一样的，你仔细想想就明白了。"

江晨雨淡淡地道："虽然如此，他依然是他，我也依然是我。"

卓越朝她摆手，继续说道："晨雨，我一点没有想要说服你去和秦文丰谈恋爱的意思，只不过是想帮你把有些事情理清楚。到现在为止，你始终生活在过去的阴影里难以自拔，这个问题得不到解决的话，你这一辈子都不可能真正拥有幸福。"

江晨雨不语，脸上一片凄楚。卓越看了她一眼，轻叹了一声："我们每个人都有过自己的过去，包括你。所以，如果你真的想要从自己的过去中走出来的话，就必须给追求你的人一个机会，这同时也是在给自己机会。至于最终你愿不愿意和对方在一起，或者说今后你会和谁在一起，最终的决定权始终在你自己的手上。你说是不是这个道理？"

江晨雨依然不说话。卓越笑了笑，朝她举杯："好了，我言尽于此，有些事情还是你自己去考虑为好。来，我们碰一下，明天又是周一了，我做了这么久的实验，下周就要开始付诸临床了，其实我心里的压力还是挺大的。"

江晨雨被他刚才的话转移了注意力，说道："我相信你一定会成功的，你有这个能力。不过卓越，康小冬现在毕竟是单身啊，你们准备如何解决她做试管婴儿许可的问题呢？"

卓越回答道："汤主任说已经解决了，不过她还没有告诉我具体是怎么解决的。"

江晨雨满脸的诧异："怎么可能解决呢？我倒是很好奇。"

卓越笑道："现在好奇也没有用，明天就知道了。"

江晨雨朝他举杯："好吧，那我们为了明天干杯。"

第二十五章

　　康德松真切地感受到了举步维艰的滋味。郝书笔当院长的时候医院的一切都是那么井然有序，各部门按部就班，即使时不时有医患矛盾发生，但最终都能够得到很好的处理，就如同平静的河水表面偶尔泛起的浪花，从来都不会太过引人注目。可是自从他当上了医院的一把手之后，不但在短短的时间内状况频发，竟然还出现了外科医生用消防斧威胁病人的事情！而问题的关键并不在事情的本身，科室主任认为那是医生在维护自己的权利，医院的副职们竟然也这样认为，这样就使得他即使是院长，想要处理相关的医生而不能。

　　必须改变这样的状况，否则的话我的权威就会像这样一直被挑战下去，其结果就是医院的长远规划得不到完美实施。康德松思考了许久，最终决定去向上级摊牌：要么让我好好干，要么就撂挑子。他反复分析过医院目前的状况，认为上边几乎不大可能让他选择后者，因为，医疗服务行业的问题是摆在那里的，而发展才是不可阻挡的大趋势。

　　又一个周一来临，康德松准时在上班时间去了一趟省卫生厅厅长的办公室。一个小时后，他信心满满地回到医院。他得到了自己希望得到的支持。

　　郝书笔的时代已经过去了。康德松捏紧了拳头，不过最终还是轻轻将拳头砸在办公桌的桌面上。

　　眼前是医院各行政部门及业务科室负责人的名单，这份名单康德松早已看过多遍，而现在，一份全新的名单已经开始在他的脑海里酝酿。

　　"通知一下，明天下午召开院长办公会。"临近中午的时候，康德松拿起电话给医院办公室主任打了个电话。我康德松的时代真正开始了。他在心里如此对自己说道。

　　郝书笔也在第一时间接到了上面的电话，还是那个熟悉的声音。他们俩虽然曾经是上下级关系，但更确切地讲应该是老朋友。电话里面的那个声音说："康德松刚刚来找了我，情况就是这样，当前我们的医疗服务资源严重滞后，我认为他的想法很好，这是医疗发展的大趋势，所以我必须支持他。"

　　郝书笔的语气波澜不惊："是的，这也是我当初选择他的根本原因。姜彤已经告诉了我他的规划，我觉得很好。现在我唯一担心的是：当一个人手上的权力太大而且没有监督机制的话就很可能出问题。这些年来我一直在院长的位子上战战兢兢，如履薄冰，如果康德松做不到这一点的话，那就是我害了他。"

　　电话里面的声音沉吟了片刻，说道："我已经再三提醒过他了，医院里面不是还有党委、纪委和其他副职吗？董奇运对他当院长的事情一直到现在都还很不服气，当初你这样安排不也是为了权力的平衡吗？此外，你也应该经常提醒一下他才是。"

　　郝书笔的声音带着一种落寞："我？也许现在的我已经在他的眼里成绊脚石了。"

　　电话里面的那个声音坚定地说道："总之，医院的发展才是第一位的，其他的事情我们尽量做到防患于未然吧。"

　　也只能是这样了。郝书笔轻叹了一声，建议道："为了推行医院的改革，康德松接下来必定会对医院的中层进行大规模调整。如今医院还差一位副院长，我看普外科的主任唐尧还不错，而且这个人很讲原则，让他分管设备和药品最合适……"

电话那头沉吟了片刻："我们会尽量考虑你的意见的。"

卓越一上班就直接去了汤知人的办公室。汤知人却并没有立即谈及康小冬的事情，问道："卓越，你现在是真的不想再去做那项调查还是因为医院不允许才暂时停了下来？"

虽然卓越并不明白汤知人为什么关心这样一个问题，但还是实话实说道："我觉得您说得很对，现在去做那项调查还不是时候。"

汤知人又问道："你知道我以前为什么不告诉你你也是试管婴儿吗？"

卓越点头道："我也是现在才真正想明白。"

汤知人看着他："哦？说来听听。"

卓越道："有些事情一旦涉及自身就很容易陷入迷途，无论他人如何开导、劝解，作用都不会太大，最终还是需要自己去想明白其中的一切。其实到现在为止我已经经历了这整个过程，而且已经真正想明白了。"

汤知人鼓励地道："你继续说下去。"

卓越道："我就是这个世界人类中的一员，不管我是以什么样的方式来到了这个世界，这一点不容置疑。在我们人类中有不少患有先天性疾病的人，他们也一样是属于人类中的一员，更何况我这样一个正常人？此外，我是医生，而且从事的是试管婴儿技术方面的工作，这项技术仅仅是为了帮助不育不孕的人繁衍后代，就如同外科医生切除掉病人的肿瘤、让病人的生命得以延长一样，这项技术只不过是医学无数种技术中的一项。我只是一个平凡的人，而不是异类；我是一位平凡的医生，而不是上帝。"

汤知人欣赏地看着他，叹息了一声，说道："你能够领悟到这一点，让我非常欣慰。以前的事情都过去了，现在我们谈谈眼前这个病人的事情。卓越，前段时间你做的实验我都看了，你的技术已经非常稳定了，再加上如今你已经有了这样良好的心态，我决定从现在开始就将这个病人交给你。不过我还是希望你能够更加谨慎一些，最好能够一次性就取得成功。"

卓越早就跃跃欲试，此时一听汤知人正式的决定后当然激动不已，不过他还是有些担心，毕竟康小冬还面临着那个最为关键性的问题，急忙问道："康小冬做试管婴儿许可的问题……"

汤知人微微一笑："其实这个问题早就解决了。"

在聂京牺牲前医院采集精子的时候，汤知人就已经想到了这个问题，而且也提醒了当时的警方负责人。当时的警方负责人只是说了这样一句话："聂京还活着，至少现在你们医院和康小冬签署试管婴儿方面的协议应该是符合规定的吧？"

当时聂京已经处于生命垂危的状态，虽然汤知人并不明白对方的意思，但还是点了点头，说道："当然。"

那位警方负责人叹息了一声，说道："规定是死的，总会找到解决问题的办法的。汤主任，你说是不是？"

聂京的伤势极重，一天后就离开了这个世界。然而，由于康小冬身体的原因，体外受精始终没有得以进行，那份已经签署的协议也就因此失去了效力，为此汤知人感到深深的遗憾。后来，在康小冬接受治疗的过程中，汤知人曾经向她提出过这样一个建议："其实你可以再次结婚，只要你爱人同意，等你身体的状况好了后随时都可以做试管婴儿了。"

康小冬坚决而果断地拒绝了她的这个建议："我不会再和别的人结婚！我是聂京的妻子，这一辈子都是！"

汤知人没有再劝说她。这个世界虽然现实，但依然有着一种爱情叫作生死不渝，他人的劝说与丝毫的怀疑都是对这种纯真情感的亵渎。汤知人只好暂时将这件事情放下。总会有办法的。汤知人对自己说。

康小冬在自己恢复健康这件事情上近乎苛刻，她不但克制住了自己所有不良的生活习惯，坚持每天充足的睡眠和锻炼，而且严格按照医嘱服用药物……她的心中就只有一个想法：一定要为聂京生下一个健康的孩子。她的身体一天天好起来，传说中几乎难以治愈的疾病竟然在她超强意志的进攻下退缩到了一隅。

人类意志的力量本身就如同神话，汤知人亲眼见到康小冬一天天坚持，最终创造出了奇迹。作为医学专家，她根本无法用现有的医学理论解释出现在康小冬身上的这种状况，同时也被康小冬身上蕴藏着的爱的力量所感动，也正因为如此才使得她感受到了从未有过的巨大压力。

于是她选择了卓越，于是她告诉自己一定要找到办法解决康小冬所面临着的那个最根本的难题。最开始的时候汤知人想过亲自去做这一例具有特别意义的试管婴儿，但在实验的过程中却发现自己的双手竟然出现了无法自控的颤抖，于是在无可奈何的沮丧中才选择了卓越。

因此，汤知人不能允许卓越失败。当卓越请求去做那项调查的时候汤知人的内心是非常恼怒的，或许她真正恼怒的是自己正在老去的现状，于是在对待卓越那个请求的时候也就没有做任何的解释，而是采用了简单粗暴的方式。当然，如今的汤知人不可能告诉卓越这一切，唯有将那份对卓越的愧疚存放在内心深处。

康小冬的身体状况一天天好转，解决那个问题的时间已经如期而至，汤知人去找到了当年的那位警方负责人。那位警方负责人询问了康小冬目前的身体状况之后微微一笑，对汤知人说道："我给你推荐一位律师，或许这个人可以帮我们解决这个问题。"

汤知人这才明白，也许这位老警察早就有了一个完美的方案，也许他一直在耐心地等待着这一天的来临。

那位警方负责人介绍的律师姓简，四十多岁年纪，虽然才到中年，却有着一张沧桑的脸。他一见到汤知人就说道："这件事情我早就知道了，一直在等你们前来咨询。当然，就这件案子而言，我不会收取任何的费用。"

他的话倒是在汤知人的预料之中，不过还是感到有些诧异：

"我们？"

简律师点头道："是的，是你们，我指的是你们医院和康小冬本人。其实要解决康小冬做试管婴儿许可的问题并不难，关键的是要你们医院和康小冬在某件事情上达成一致。"

汤知人不明白他话中的意思，问道："究竟什么事情要让我们达成一致？"

简律师道："你们在采集了聂京的精液之后，康小冬是不是马上就和你们医院签署了一份协议？"

汤知人点头道："是的。可是那份协议已经没有了效力，毕竟康小冬的爱人已经不在了，如今她依然是单身……"

简律师朝她摆手，说道："我知道国家在这件事情上的有关规定，但从法律上讲，你们医院和康小冬签署的那份协议依然具有法律效力，法律永远高于任何的相关规定，这一点汤主任应该认可的，是吧？"

汤知人怔了一下："好像是这个道理，可是……"

简律师微微一笑，说道："所以，如果康小冬去法院状告你们医院单方面不执行协议的话，你觉得她的这个官司会不会赢？"

汤知人不明白："什么意思？"

简律师道："如果法院判定你们医院单方面毁约是违法的话，那份协议也就依然具有法律效力，这样一来，你们医院同意给她做试管婴儿手术也就合法了。我这样讲的话你能够明白吗？"

汤知人顿时明白了，说到底还是那样一个道理：法律高于规定。

此时，卓越也同样明白了这个道理，不禁在心里暗暗敬佩那位警方负责人和律师的智慧，问道："那么，康小冬去法院状告了我们医院吗？"

汤知人点头道："当然，而且她已经打赢了这个官司。当时我给郝院长汇报了这件事情后，开庭的时候我们医院根本就没有让特聘律师出庭。其实，无论是法律还是有关的规定都无外乎天理人情，对于我们来讲，一定要保证康小冬顺利怀孕并生下孩子才是最最重要的。"

这一刻,卓越才真切地感受到了自己肩上压力的巨大。

汤知人看着他,说道:"现在你应该明白当时我为什么不让江晨雨参与实验的原因了吧?毕竟我们的资源非常有限,我必须保证让你圆满地完成这个任务,因为在这件事情上我们已经没有了任何的退路。卓越,大道理我就不多讲了,从现在开始我就把这个病人交给你了,一旦出现任何情况你必须在第一时间向我报告,明白吗?"

康小冬在三周之前就已经入院了,医院比不得家里,很多事情都会受到限制,虽然短短三个礼拜的时间就让她长胖了许多,不过现在她的脸色真的很不错。康小冬知道自己的过去,由于贫血是常态,她每天出门前都必须化淡妆,不然的话面色就会黄得可怕。

卓越进入到病房的时候康小冬正在喝她母亲送来的鸡汤,鸡汤的香味覆盖住了病房里面的来苏水气味。卓越微微一笑,问道:"最近你的胃口还好吧?"

汤知人早已将卓越介绍给了康小冬认识,康小冬也知道从现在开始眼前这位年轻医生将负责她在医院里的一切。康小冬对卓越的印象不错,这位年轻医生随时都给人以温文尔雅的清新感觉,而且特别善于倾听。康小冬苦笑着说道:"说实话,这鸡汤我都吃厌烦了,但是我必须得吃。"

卓越一边翻看着康小冬的病历一边说道:"你的血红蛋白以及其他的指标都已经处于正常值的范围。从营养学的角度讲,每天吃一枚鸡蛋与吃两枚是完全一样的,因为我们人体每天只能吸收一枚鸡蛋的营养,其他多余的都是浪费。就你目前的情况而言,我认为心情的愉快和放松才是最重要的,所以,既然你并不想喝这鸡汤了,那就不要强迫自己。"

康小冬问道:"真的是这样吗?"

卓越点头:"是的。一旦你怀上孕之后,心情愉快就更加重要了,那时候你肚子里面的孩子可以感受得到你情绪上的变化。"

康小冬灿烂地笑了，点头道："好，我听医生的。卓医生，我会顺利怀上孩子吗？"

卓越谨慎地回答道："我们会尽最大努力的，这一点你不需要有任何的怀疑。"

康小冬看着他，动情地说道："聂京他是一个好人，我相信上天会给他一个健康的孩子的。卓医生，我知道你的压力也很大，这恰恰是我不希望看到的状况……"

卓越的内心泛起一阵感动，点头道："你放心吧。最近几天我还会继续做实验，等你的检查结果出来后如果没问题的话我们就马上开始。最近的天气变化比较大，你要注意，千万别感冒了。"

从病房出来后卓越回到了医生办公室，刚刚坐下一会儿秦文丰就来了，西装革履，手上捧着一束玫瑰。然而此时江晨雨并没有在医生办公室，卓越笑着对他说道："江医生去实验室了。"

秦文丰怔了一下，忽然笑了，走到卓越的办公桌对面坐下，说道："没事，我就在这里等她。"

卓越开玩笑说道："你天天往我们这里跑，公司的事情都不管了？谨防被你老爹打屁股！"

秦文丰苦笑着说道："我现在哪有心情去管那些事情？卓医生，你帮我出出主意吧。"

周围其他的医生和护士都在看着他们俩，卓越急忙摆手："我可帮不上你。"他想了想，低声道，"我觉得你这样的方式可能有问题，女孩子嘛，总是有些矜持的。如果我是你的话，就绝不会在上班的时候来找她，而且，也许她最需要的并不是玫瑰……"

秦文丰豁然开朗："我明白了。卓医生，这些花送给你。"

卓越哭笑不得："别……"话未说完，秦文丰却已经起身离去了。他看着办公桌上的那束鲜花："这个家伙……"

不多一会儿后江晨雨回来了，看到卓越办公桌上的鲜花诧异地问："卓医生，这是谁送你的玫瑰？"

周围的医生和护士都笑了起来，卓越也笑："这是秦文丰准备送给你的，我对他说，千万不要在上班时间来找你。"

江晨雨朝他嫣然一笑："谢谢你。"

卓越却紧接着又说了一句："我告诉他说，下班后去公寓找你最好。"

江晨雨气急："你！"

秦文丰从医院出来后就直接上车去了集团公司在江南的那个项目。自从那一次见到江晨雨之后他就神魂颠倒得难以自拔，江晨雨越是冷若冰霜，他却更加痴迷钟情，而刚才卓越的提醒再一次让他看到了希望。秦文丰相信，卓越的话绝不是无中生有、随意而言。

按照父亲的叮嘱，秦文丰早已把项目将重新规划的消息散布了出去，下面的人告诉他说其中有两家人已经开始动摇，从爱情的迷雾中暂时走出来的他这才意识到现在正是趁热打铁的好时机。

而这天曾玉芹恰好在她表姐家里。曾玉芹算是生殖技术中心的老病号了，而且她的情况非常特殊，汤知人一时间还不能解决她的问题，接下来需要卓越做了大量的实验之后，等技术成熟了再说。曾玉芹在医院里面待得百无聊赖，周末的时候就去了表姐家，准备多住几天再回医院。

曾玉芹虽然没有多少文化，但却有着商人的潜质，这些年来她从一无所有到如今数百万的身家就充分说明了这一点。当她从表姐那里听说了秦霸集团准备修改设计规划方案的传言后顿时哂然一笑，说道："当初我建养殖场的时候为了办手续双腿都差点跑断了，他们这么大的项目，怎么可能随便修改方案？那样做的话不但耗时耗力，而且还会大大增加成本。很显然，这是他们的阴谋。"

表姐还是很担心："万一……我觉得算了，补偿差不多就可以了。"

曾玉芹怒道："像这样为富不仁的开发商，我们坚决不能让他的阴谋得逞！你怕什么？如果他们真的修改了方案，你的房子我买！现在你要做的事情就是尽快去和那几家通气，把开发商的阴谋告诉他们。"

两人正说着，秦文丰就到了表姐家的外面，有人在大声问道："里面有人在吗？我们秦总来了，想和这家的房主谈谈。"

表姐有些心虚，对曾玉芹道："他们来了，怎么办？"

曾玉芹道："走，我和你一起去见他们。"

曾玉芹走在前面，出去后就见到一个年轻人站在那里，旁边还有好几个人。曾玉芹冷声问道："干吗呢？跑到家外边来嚷嚷啥？！"

秦文丰身边的人不认识曾玉芹，问道："你是谁？我们以前怎么没见过你？"

曾玉芹大大咧咧地道："我是这家人的亲戚，你们有什么事情直接对我讲，现在这家人的事情我说了算。"

刚才说话的那人愣了一下，说道："今天我们是最后一次来找你们，如果你们还是不同意我们的拆迁补偿方案的话，我们就不会再来找你们了，到时候这一块地方我们不规划进去就是，对我们的项目没有任何的影响。你们好好考虑一下吧。"

曾玉芹笑道："好啊，我还正好想把这家人的房子买下来呢，今后你们的房子修好了，我在这里开一家酒楼，肯定可以赚大钱。"

那人目瞪口呆："你以为想买就可以买啊？这是政府征用的土地，必须通过拍卖才可以拿到使用权。"

曾玉芹道："这样啊……也就是说，其实你们已经拍下了这块土地，现在不打算用来建房子了？没关系啊，反正我们就不搬，住在未来的高档小区旁边也不错，实在不行我和表姐合伙开一家酒楼就是。"

那人顿时无语，秦文丰这才意识到碰到了一个刺儿头，淡淡地道："说吧，你们想要什么样的条件？"

曾玉芹道："我们的条件很简单，除了你们提出的补偿金额之外，还要补偿现有房屋一半面积的当街门面房，另一半面积作为住宅补偿，而且楼层户型得我们优先选择。"

秦文丰没想到她如此狮子大开口，怒道："岂有此理！这不可能！"

曾玉芹冷冷地道："那我们就不用商量了，你们回去吧。对了，我们正要去对另外的那几家人讲，让他们千万不要上你们的当。"

秦文丰的那几个下属气坏了："你这是无理取闹！既然这样，那我们就只好采取强拆的方式了。"

曾玉芹也怒了："你们敢！如果你们真的要那样做的话，我们就层层上告，一直告到北京去！我告诉你们，我可不是一般的人，我是县政协委员，你们不要以为像我们这样的老百姓好欺负，我可不怕你们！"

县政协委员？秦文丰的几个下属都笑了起来，其中一个人奚落道："我们董事长还是省政协委员呢，你这个县政协委员算什么？真是可笑！"

曾玉芹更怒："我这政协委员可是选出来的，你们董事长说不定是花钱买来的！秦家就是为富不仁的资本家，你们这群狗腿子还在这里吹捧他，这才更可笑！"

秦文丰的脸色一下子就变了，他旁边的一个人一下子就冲到了曾玉芹面前，气势汹汹地道："你把你刚才的话再说一遍？！"

表姐在那里吓得双腿直哆嗦，然而曾玉芹却毫不畏惧，两手叉腰，怒道："我再说一遍又咋的？难道你们还敢动手不成？秦家就是为富不仁的资本家，就知道欺负我们小老百姓！"见那个人真的举起了拳头，曾玉芹的声音更大了，唾沫横飞，"来呀，你打我啊，如果你不敢动手你就是狗娘养的狗腿子！"

那人大怒，拳头差点就朝曾玉芹砸了下去，却被秦文丰及时制止住了。刚才秦文丰越听越觉得不对劲：这个女人好像并不是单纯为了钱，而是故意在找碴儿，难道她和我们秦家有什么恩怨不成？秦文丰皱眉想了想，对旁边的那些人说道："你们都到一边去，我想单独和这位大姐谈谈。"

"这位大姐，你和我们秦家有什么过不去的事情？"当那些人离开后，秦文丰这才和颜悦色地问道。

曾玉芹看了他一眼，撇嘴说道："都是年轻人，差别怎么就那么大呢？你就是那位秦大少吧？怎么的？仗着家里有钱有势就可以欺负我们小老百姓啊？"

　　秦文丰一听这话，也就更加觉得这个女人似乎另有所指，他微微一笑，又问道："这位大姐，请你把话说清楚好不好？你什么时候看到我仗势欺人了？从这个项目一开始我们都一直在和拆迁户好好商量，从来没有做过任何出格的事情……"

　　曾玉芹的话如同豆子般一瞬间被快速抖搂出来："从来没有做过任何出格的事情？刚才你的手下不是准备动手打我吗？你们搞阴谋诡计想来欺骗我们，你妹妹在医院住院，明明是她自己跌倒昏迷了却将责任推给医生，这不是仗势欺人还是什么？！"

　　原来关键的问题是在她最后的那句话上面……秦文丰似乎有些明白了，他让自己的语气尽量变得温和些，说道："这位大姐，刚才你使用那样的语言攻击我父亲，还把我的那些下属说成是狗腿子，他们才因此而愤怒得差点动手。其实你并不了解我父亲，也不了解我，只不过是道听途说了一些事情才对我们产生了误会。你想想，如果我下面的人那样骂你的话你会不会生气？还有，我们是商人，在商言商，从商业的角度讲，采用一些合理合法的手段，或者是阴谋诡计也不算是什么大不了的事情吧？这位大姐，我看你对商业也有所了解，说不定你也是做生意的，难道你就从来没有使用过计策或者说是诡计？"

　　曾玉芹没想到这个年轻人的涵养如此之好，而且他的说法好像还有些道理，本来觉得自己占理之下的气焰一下子就低落了许多，不过她并不是一个那么容易被他人忽悠的人，大声问道："那你说说医院的事情，你们为什么要欺负那么好的医生，而且还让他们受了处分？"

　　果然是因为这件事情。秦文丰笑道："医院的事情开始的时候双方是有些误会，不过这个误会我们早就解决了啊，而且现在我和卓医生还成了好朋友。"

　　曾玉芹当然不会相信他的话，怒道："你又想骗我？！鬼才会相信你的话！"

　　秦文丰拿起电话拨了一个号码："卓医生，我在这里碰到了一个你的熟人，她不相信我们俩是朋友。"

此时卓越刚刚到了实验室，正准备将多次做过的那个实验再做一遍，他对秦文丰的这个电话并没有特别在意："谁呀？"

秦文丰笑着说道："我把电话给她，让她和你说话吧。"随即将手机递给了曾玉芹，曾玉芹疑惑地接过电话，怀疑地问道："你真的是卓医生？"

卓越一时间没有听出是曾玉芹的声音："你好，我是卓越，请问你是？"

曾玉芹听出来了，电话里面竟然真的是卓越的声音，连忙问道："卓医生，我是曾玉芹啊，你和这个姓秦的是朋友？怎么可能呢？"

曾玉芹？卓越一下子就笑了起来："曾大姐，你怎么和秦大少在一起呢？"

曾玉芹没有问出结果，急忙又问道："卓医生，你还没有回答我呢，你和这个姓秦的真的是朋友？"

卓越笑道："我们以前是有些误会，不过后来都解释清楚了，我们……嗯，也算是朋友吧。怎么？你有事情要请他帮忙？我给他说一声就是，只要他能够帮得上就没问题。"

曾玉芹愣在了那里，一小会儿后才又问道："那你说说，这个姓秦的究竟是不是好人？"

卓越哭笑不得，觉得这个问题很不好回答："这个……他应该不算是坏人吧？"

曾玉芹"哦"了一声，道："我知道了。"随即将手机还给了秦文丰。秦文丰就当着曾玉芹和她表姐的面将事情大致对卓越说了一下，笑着说道："说实话，我都有些嫉妒你了，病人为了替你出气竟然来找我的麻烦，哈哈！"

竟然还有这样的事情。卓越在愕然之余禁不住有些感动：其实大多数病人都是善良和懂得感恩的，作为医生，我们应该更加关心他们、多替他们着想一些才是。

"怎么样？我没有骗你吧？"秦文丰与卓越通完电话后笑眯眯地问

曾玉芹道。

曾玉芹转身进了屋，拿上自己的东西就朝外面走，见秦文丰还在那里站着，对他说道："这里的事情我不管了，你自己去和我表姐谈吧。"

这下轮到表姐着急了："玉芹，那我怎么办呢？"

曾玉芹自顾自朝外面走着，说道："价格合适就可以了，心别太大了。"

表姐气急败坏："什么话都是你在说，早知道……"

秦文丰大喜，趁机对曾玉芹的表姐说道："这位大姐，现在我们可以坐下来好好谈谈吗？"

第二十六章

　　姚地黄一晚上总觉得屋子里面有人，半夜几次醒来四处去看，结果一直没有睡踏实，做了一夜的噩梦。姚地黄本来并没有这么胆小，当一个人诸事不顺同时又做了坏事的情况下，内心深处难免心虚，再加上当天晚上确实有人悄然无息潜入过，恐惧也就因此被无限放大了。他本想干脆就收拾好东西马上离开这座城市，可是想到孙鲁赔偿他的那辆车还没有变现，而且从夏丹丹那里弄到钱又那么容易，总是觉得不甘心。后来又想到高德莫的那些话，心想这个人竟然真的有些不一般，说不定答应他的条件后也就不至于像现在这样走投无路浪迹天涯了。

　　思虑再三，他最终还是决定先给高德莫打个电话，先搞清楚他真实的意图后再说。

　　高德莫仿佛知道他要打电话去似的，只是淡淡说了一句："中午我下班的时候你来医院吧，我们就在附近随便吃点东西，顺便谈事情。"

　　也不知道是怎么的，高德莫的态度反倒让姚地黄消除了忐忑，也许是因为对方所表现出来的稳操胜券般的淡然。姚地黄再一次躺在床上，竟然很快就呼呼入睡了。噩梦不再。

"想好了吗？"在医院对面的一家中餐酒楼里面，高德莫依然是那种淡然的语气。

高德莫这种上位者一般的态度和语气让姚地黄感到很不舒服，让他感觉到自己在这个人面前显得是那么卑微与渺小，可是他却又不得不回答："我还不知道你究竟要让我去做什么事情呢。"

高德莫的脸上依然是一片云淡风轻："基础月薪五千，每个月的提成得看你的能力，做得好的话一个月五六万，甚至上十万都有可能。"

姚地黄顿时惊喜："真的？"

高德莫朝他伸出三根手指："第一，你必须忠诚于我，否则的话我会让你生不如死，即使你侥幸逃出了我的视线范围，你的家人也一样跑不了；第二，从现在开始你要学会按规矩做事，敲诈勒索之类的事情绝不允许再发生；第三，今后遇见医院的每一个医生你都得给我客气一些，更不允许你再去找任何人的麻烦。你能够做到这些我们就继续往下谈，做不到就马上给我滚蛋。"

姚地黄正犹豫着，忽然发现高德莫满脸的戾气，霍然间想起头天晚上那令人惊心的一幕，内心仅存的那点已经不多的自尊瞬间崩溃，急忙点头道："好，我听你的。"

高德莫终于笑了，笑得很阳光，很温暖，说道："看来你确实是一个识时务的人，我相信你有那样的能力，也正是我需要的人。"

姚地黄有些尴尬，试探着问道："老大，你究竟准备让我去干什么？"

高德莫朝他摆了摆手，叫了服务生过来很快点好了菜，这才说道："我手上有一家医药公司，以前也就是代理了一两个品种在我的科室使用，从现在开始你就是我这家公司的副总经理了，而且要全权代替我把业务做起来。我代理的这两个品种非常不错，中间的差价很大，接下来我首先会通过关系在我们医院全面铺开，然后再找几个品种把公司做大。"

姚地黄听了后很是惶恐："可是，我并不是学医的啊。"

高德莫淡淡一笑，说道："药品就是商品，包括我们下一步要做的医疗器械也是如此，你是记者出身，首先就不存在与人交往困难的问题，各种打点对你来讲更是轻车熟路，我相信你很快就可以上路的。"

姚地黄有些明白了，咬了咬牙道："好，我愿意跟着你干！"

这顿饭吃了两个多小时，高德莫将药品销售的关键步骤以及相关注意事项都一一交代给了姚地黄。正如高德莫所说的那样，姚地黄是记者出身，见识广阔，对各种阴暗勾当更是了如指掌，高德莫的这番入门指导就像是为他打开了这个行业的一道大门，顿时就有了一种心有灵犀之感。

午餐后高德莫带着姚地黄去了一趟公司的所在地，那地方距离医院不远，是一套三室一厅的房子，客厅是办公的地方，两间卧室被临时当成了仓库。高德莫对他说道："这房子已经被我买了下来，今后公司做大了就专门去租一个仓库。现在公司暂时就你一个人，我们得一步一步来，医药行业的利润空间大，但中间的费用也很高，等这两个药品在我们医院全面铺下去后再招聘几个医药代表，我相信你的能力，也许要不了半年公司就可以基本做起来了。"

姚地黄忽然有了一个顾虑："我和你们医院的关系……"

高德莫不以为意地道："没什么，铺货的事情我去做，到时候只需要你按照名单去给相关的人送回扣就是了，你带着钱上门，难道还担心被他们拒绝不成？"

确实是这个道理，现在的人都非常现实。姚地黄不住点头，这时候他忽然对眼前这个人感到有些好奇起来，小心翼翼地问道："老大，既然做药品那么赚钱，你干吗非得要继续当医生呢？"

高德莫淡淡地道："再有钱的医药公司老板也得在医生面前点头哈腰，医生有医生的身份和价值，难道你这个当过记者的人不明白这个道理？"

姚地黄的心里顿时一片黯然：是啊，我当记者的时候经常出入各种场合，走路的时候腰都是直的，可是现在呢？

没有花费多少说辞，曾玉芹的表姐就同意了秦文丰提出的补偿方案，而且还马上签署了协议，接下来那几家的事情也就容易多了。项目一旦按照计划开始实施，集团公司从此一步一步从困境中走出来也就不再有多大的问题。

从曾玉芹的表姐家出来，秦文丰发现自己对这个世界好像有了一种全新的认识。是的，运气这种东西似乎真的存在，一个人倒霉的时候往往诸事不顺，而运气一旦来到，任何事情就会如同刀切豆腐般迎刃而解。而给予他这种运气的那个人却是一个普普通通的医生。这个世界人与人之间的关系真是神秘莫测，谁是谁的贵人在事先没有谁能够知晓、预测。

如果此时秦文丰与卓越坐在一起探讨这个话题的话，他们一定会有共鸣，因为前不久卓越也在思考这个问题，只不过他遭遇到的是诸事不顺。

下午的时候秦文丰拿着与最后几家拆迁户签署的协议去了秦天的办公室。秦天听完了儿子的汇报后不住感叹，说道："这样的人才当医生太可惜了，你去问问他，如果他愿意来我们公司的话，我们可以给他百万以上的年薪。"

刚才在回公司的路上秦文丰还产生出了一个奇怪的想法：这个卓越要是自己的妹夫就好了。不过这个念头刚刚升起他就意识到很荒唐。此时听到父亲这样问起，秦文丰唯有摇头苦笑："我感觉得到，他绝对不会同意的。我和他接触过几次，这是一个非常单纯的人，而且我反倒认为如果他不当医生的话更可惜。"

秦天有些不高兴："你的意思是说，商业是一个烂泥坑，他从事了这个行业就不再单纯了？"

秦文丰摇头道："我不是这个意思，我的意思是说，像他那样的医生多一些的话，实在是病人之福，我们这个社会需要像他那样的医生。"

这下秦天明白了，禁不住也点头："也许你是对的。"

秦文丰离开后，秦天喃喃自语说了一句：儿子终于成熟了，我可以放心了……

秦文丰仔细思考过卓越的建议，后来就连他都觉得自己那样的求爱方式确实显得有些可笑。很显然，江晨雨曾经遭受过巨大的情感挫折，所以，求爱的方式对她来讲已经不再重要，而最重要的是真心。

可是，究竟要如何才能够表现出自己的那份真心呢？秦文丰思考了许久终于想到了一点，一定要自然而不要刻意，要真诚而不能虚假。

于是，秦文丰在洗了个澡，穿上日常的休闲服后出发了。当然，他还是开着那辆豪华越野车，这辆车毕竟是他真实生活的一部分。我就是一个富二代，但是我会比其他人更加努力。秦文丰如是对自己说道，同时也在心里如此告诉江晨雨。

秦文丰刻意在医院下班前半小时到了公寓的外边，随意坐在一个地方玩着手机上的游戏，由于始终心不在焉，在游戏的过程中频频出错，前段时间好不容易积累起来的积分很快就归为了零……后来，他终于看到了正从远处走来的江晨雨，急忙将手机揣进衣兜，快步朝她跑了过去："江……江医生。"

其实江晨雨早就看到他了，只不过是故意视而不见，她没想到这个人真的会在这个时候这个地方等候自己，顿时在心里对卓越很是气恼，此时却只能将情绪发泄在眼前这个人身上："你又要干吗？"

秦文丰从身上取出一样东西朝她递了过去："听说你每天傍晚都要去跑步锻炼，其实在城市里面跑步的效果并不好，空气质量太差。这是医院旁边那家五星级酒店的游泳卡，我建议你换一种锻炼方式。"

江晨雨的内心柔软了一下，却并没有伸出手去："这么昂贵的东西，我可不能收你的。"

秦文丰心里暗喜：她至少不像以前那样冷若冰霜了。秦文丰急忙道："这家酒店其实是我们秦霸集团的产业，像这样的卡我们每年要送出去数十张。我妹妹的事情给你添了很多麻烦，这就算是我们的一点心意吧。"

江晨雨歪着头看着他，问道："那么，你给卓医生送了什么？"

秦文丰怔了一下，回答道："我和卓医生是朋友。朋友之间贵在知心，我曾经是准备给他送点东西的，可是被他拒绝了。江医生，这是我的一点诚意，请你务必收下。"

"那，我们也做……"江晨雨差点将"朋友"二字说了出来，忽然间觉得有些不大对劲，一下子脸就红了，"好吧，你这东西我收下。"

秦文丰大喜："这个……现在已经到了吃饭的时间点，不知道江医生有没有时间和我一起去共进晚餐？"说到这里，他忽然不好意思地笑了，"呃，我是不是有些得寸进尺了？"

江晨雨觉得这个人有些好笑，似乎也不再那么令人厌恶了，禁不住"扑哧"一声笑了："我想想啊，今天晚上我好像……好像还有空。"

秦文丰的心本来是吊着的，此时一听她这话，心里顿时狂喜："太好了，你喜欢吃什么？"

江晨雨乜了他一眼："你等我一会儿，我上楼去换一身衣服。"

看着江晨雨的背影消失在公寓的大门里面，秦文丰的心里面又开始七上八下起来：万一她不下来了呢？虽然这样担忧着心里却充满期冀，随即又想：晚上究竟安排她去吃什么才好呢？

让秦文丰内心激动不已的是，大约一刻钟之后江晨雨真的再次出现在了他的面前。她化了下淡妆，一条牛仔裤加上宽松的白衬衣让她绝美的身材显露无遗，整个人看上去更是清新自然。秦文丰的内心呻吟着：若真的能够娶她为妻，此生也就再无遗憾了……

其实秦文丰并不知道，江晨雨答应他的邀请完全是卓越的功劳。头天晚上江晨雨和卓越一起吃饭后回来，她的心理已经有了微妙的变化：也许他说的是对的，过去的事情我确实应该放下了，或许我是应该给自己一个机会。与此同时，她又想到了自己的父母。

那一刻，她的内心顿时涌起一阵阵的内疚，一时间千回百转。

还有刚才，她忽然发现了眼前这个富二代目光中的真诚。

"走吧，你准备请我吃什么？"江晨雨朝秦文丰笑了笑，问道。

她的笑容在秦文丰看来就如同恩赐，刹那间就让他想到了一个好去处："有个地方，你一定会喜欢。"

秦文丰所说的地方位于市中心最高那栋楼的顶层，外墙被近两米的钢化玻璃所代替，整个酒楼的面积有两千多平方米，其间由各种植物隔断成了一个个相对独立的空间，那些相对独立的空间其实就是传统意义上酒楼的雅间。当江晨雨从电梯里面出来的那一瞬间一下子就惊呆了，禁不住轻声赞道："太美了！"

每一个第一次来这地方的人都会像江晨雨那样被震撼。这地方的美不仅仅是因为处于高处可以俯瞰城市的夜景，也不全是因为眼前的那一片片翠绿，而是笼罩在地上的那一层有如仙境般的薄雾以及穿梭往来的那些绝美古装女子，来这里的食客行走于其间就好像身处仙境，恍然已经远离尘世。

秦文丰身上带有这地方的高级会员卡，所以很容易就得到一处位于玻璃墙边的位子。两人刚刚坐下，一位古装美女就已经飘然而至，她其实就是这家特色酒楼的服务公主。秦文丰客气地请江晨雨点菜，江晨雨笑着说道："我是第一次来这个地方，你随便好了。"

秦文丰注意到江晨雨对自己态度的改变，心里暗暗高兴，不过却没敢轻易去点那些价值昂贵的菜品。他知道自己和江晨雨在收入上的巨大差距，在消费上的价值观有着很大的不同，如果因为殷勤而让对方以为自己是在炫富的话就太得不偿失了。

点好菜后不多一会儿就有数名古装女子轻盈而至，她们的手上托着秦文丰刚才所点的菜肴，还有一瓶红酒。江晨雨看着桌上精致的菜品，轻叹了一声，说道："你们有钱人的生活果然不一样。这顿饭起码要花去我大半年的工资吧？"

秦文丰摇头道："没有你想象中的那么昂贵……江医生，也许你对像我这样的人有些误解，有时候我也会这样想：如果我不是秦天的儿子，也许我的生活状况还不如你们。我出生在这样一个家庭固然是我的幸运，但所担负的责任也非常巨大，因为我不但要守护、发展好父亲积累下来的财富，而且还要和他一样为更多的人创造就业的机会。其实对一个企业家来讲，金钱已经不是最重要的了，当财富积累到了一定程度之后，金钱的多少不过就是一个数字而已，并没有多大的意义。"

江晨雨诧异地问道："那么，对于你现在来讲，什么才是最重要的呢？"

秦文丰道："刚才我已经说过了，是责任，我担负的责任不仅仅是进一步发展好父亲的事业，更多的是社会责任。"说到这里，他笑了笑，"其实我们到这样的地方来吃饭，这本身也是完成社会责任的一部分。假如每一个有钱人都只挣钱不花钱，像土财主似的把钱储藏在地下室里，这个社会就不可能发展得这么快。我们一边挣钱一边消费，就可以养活更多的企业，让更多的人得到就业的机会，这样才能形成良性循环。"

江晨雨抿嘴一笑，说道："好像你说的也很有道理。"

这种被自己喜欢的人所认同的感觉让秦文丰心花怒放。他也笑了笑，继续说道："我们每个人都在为社会创造财富，当然，我说的这个财富的概念不仅仅指的是金钱。虽然我们每个人的工作性质不一样，但对自己的定位必须要准确。富人买别墅买豪车也是对国家的一种贡献，一个国家如果没有富人和中产阶级的纳税贡献，繁荣富强也就是一句空话，所以，富人花多少钱并不重要，重要的是他们把钱花在了什么地方。"

江晨雨"扑哧"一笑，问道："你说这么多究竟想说明什么？"

秦文丰道："我只是想说明一点：其实我和你之间并没有什么差距，我们一样都是在为这个社会做贡献。"

江晨雨急忙道："得，得！我一个小医生，哪能和你比贡献啊？"

秦文丰正色地道："我认为，人的生命与健康永远都比金钱更珍贵。"

江晨雨的内心战栗一下，这一刻，她竟然真切地感受到了自己内心那种微妙的变化，在慌乱无措之下急忙将视线转向了玻璃墙的方向。这座城市的夜晚竟然是如此绚丽多彩，美丽得令人心颤……

夏丹丹脱下白大褂准备下班，刚刚转身一眼就看到了手上提着东西的刘顺成，诧异地问道："你来看病人？你家亲戚？"

刘顺成朝着她憨厚地笑着，说道："夏医生，我是专门来看你的。"

夏丹丹的目光再次投向了他手上提的东西，笑着问道："听说你在陆老板的公司里面干得还不错？所以你专门来感谢我？"

刘顺成点头，恭敬地道："是啊。夏医生，谢谢你帮我找了这份好工作，现在我的收入可是比以前高多了，孩子什么时候想吃肯德基都可以。"他将手上的东西朝夏丹丹递了过去，"夏医生，我也不知道你喜欢什么，这就是我的一点心意……"

夏丹丹发现刘顺成比以前会说话多了，同时也有些好奇，接过东西来打开看："我看看都是些什么……啊？化妆品？这种牌子的价格可不便宜，我都不舍得买呢。这围巾也不错。老刘，这礼物太贵重了，我可不好意思收你的。"

刘顺成急忙道："夏医生，你一定要收下，这些东西已经买来了，没法退货的。现在我的收入不错，这点东西不算什么的。"

夏丹丹感受到了对方的一片诚意，笑着说道："那好吧。谢谢你老刘。"

刘顺成咧嘴笑了，又说了几句客气话才高高兴兴地离开了。夏丹丹将围巾围在脖子上，用手机屏幕看了看，确实很漂亮，心里不禁就想：看来环境对一个人真的很重要啊，这么个老实巴交的人都竟然学会送礼了，而且这礼物还选得这么好。

那天夏丹丹和卓越争吵后很快就不再生气了，其实她也觉得自己有些无理取闹，不过她总认为卓越应该宠着自己才是。而现在，因为刘顺成送来的礼物让她的心情一下子变得好了起来，忽然就想和卓越一起去吃晚饭，拿起电话正准备给卓越拨打，这时候陆老板的电话忽然进来了，很慌张的声音："夏医生，我爸摔倒了，能不能麻烦你过来看看？"

夏丹丹急忙问道："摔得严重吗？"

陆老板道："额角处出血了，手好像抖动得更厉害了些，人也有些迷糊……"

夏丹丹建议道："是不是马上送到医院来？我去急诊科等你们。"

陆老板似乎有些犹豫："我不知道在这种情况下送他到医院会不会出危险，叫120又好像没必要，要不你马上过来看看再说？"

夏丹丹其实并没有偷懒的意思，只不过是从病人安全的角度着想，她想了想，道："好，我马上就过去。"

到了陆老板家后夏丹丹才明白是怎么回事，其实说到底就是陆老板关心则乱。事情的经过是这样的：陆老板的父亲最终还是听从了夏丹丹的意见，每天下午去小区的活动中心和一帮老头老太太打麻将，虽然开始的时候老人家还觉得有些别扭，不过几天下来后竟然就慢慢喜欢上了这项活动。这并不奇怪，说到底还是一个心态的问题。开始的时候家里的保姆还一直陪着他，两天后老人就坚决不同意了，因为他不想让其他人认为他是一个病人。老人今天下午的手气特别好，一直在那里打牌不愿意离开，后来到了临近吃饭的时间，所有的人都逐渐离开了，老人这才兴致勃勃地回家，结果一不小心就摔倒了。

夏丹丹检查了老人的身体，发现伤势并不严重，双手也并不像陆老板所说的那样比以前抖动得更厉害，不过老人的精神确实有些恍惚，竟然记不起夏丹丹是什么人了。

陆老板忧心忡忡地问道："夏医生，情况怎么样？"

夏丹丹思索了片刻，说道："从老人家的身体状况上看似乎并没有多大的问题，他目前的状况很可能是因为摔倒后造成的心理反应。"

陆老板不大明白："心理反应？"

夏丹丹点头道："这只是我的分析。老人家的身体状况本来就不怎么好，摔倒的事情发生后老人很可能就认为自己的病情加重了。当然，也可能是摔伤造成的轻度脑震荡。"

陆老板问道："那需不需要住院？"

夏丹丹回答道："像你父亲这样的疾病几乎没有逆转的可能，这一点你是清楚的。我是医生，建议去住院也就是推脱自己的责任，不过说实话，老人家这样的情况住院和待在家里是没有区别的，你应该明白我的意思。"

陆老板点头。他了解过父亲所患疾病的性质，这个世界上目前根本就没有特效药，目前所有的治疗方案也就是尽量减缓疾病的进程，说到底就是尽人事而已。不过夏丹丹的结论还是让他放心了许多，问道："夏医生还没吃饭吧？要不就在这里吃点？"

夏丹丹看了下腕表，估计这时候卓越早就吃过晚餐了，毕竟这一路堵车过来花费了不少的时间。于是也就没有客气，笑着问道："不知道你家里煮没煮我的饭？"

陆老板笑道："菜倒是不少，米饭不够的话可以下点面条。"

夏丹丹也笑，说道："你放心好了，我吃不了多少的。"

夏丹丹还是给卓越打了个电话，卓越告诉她说已经吃过饭了，不过晚上还得在实验室继续做实验。夏丹丹有些不高兴，不过嘴上并没有表现出来："好吧，那我到时候自己回去就是。"

卓越感到有些歉意："要不我一会儿来接你，接了你之后我再做实验？"

夏丹丹需要的其实仅仅是卓越的那份心意，此时听他这样一说，内心里面的不高兴一下子就没有了："算了，你还是早些做完实验早些睡吧，要是到时候在病人身上出了问题就麻烦了。"

卓越叹息了一声："是啊，现在我感觉到压力好大。"

夏丹丹鼓励道："没问题的，我相信你。"

卓越笑道："你这语气像我们汤主任似的。"

夏丹丹禁不住就笑了："讨厌！"

　　这天晚上，高德莫在一家酒楼请药房主任华茂凯吃饭。华茂凯是高德莫的远房亲戚，正因为有着这样的关系，高德莫代理的那两个品种才得以在急诊科小范围使用。以前郝书笔对药房管得非常严，华茂凯不敢太过越权，只好以试用药品的名义给高德莫开了绿灯。

　　酒楼的雅间里就高德莫和华茂凯两个人，酒是高德莫自己带来的五粮液。两个人坐下后不久高德莫就谈了自己的想法："华叔，医院的院长换了，这是一个很好的机会，我想将那两个药品在医院里面全面展开，您看……"

　　华茂凯摇头道："我这个药房主任就要当到头了，今后也就不可能再帮你什么了，你公司的那百分之十的干股我也不能再要了，其实今天我答应你出来吃饭就是为了告诉你这件事情，德莫，你也要有思想准备，估计今后就连你们科室都不能继续再使用那两个药品了。"

　　高德莫很是吃惊："您听谁说的？"

　　华茂凯神情郁郁地道："就这么大个医院，哪有不透风的墙？我听说康德松已经找传染科的欧明生谈过了，意思是让他来接替我做药房主任，不过欧明生的心思却是在副院长的位子上，目前还在犹豫。不管今后的结果是什么，康德松想要拿下我的意图已经非常明显了。"

　　高德莫却并没有像华茂凯那样丧气，他沉思了片刻后缓缓说道："新的院长上台，更换设备、药房这两个关键部门的负责人其实也很正常。华叔，我觉得现在您应该去找康院长好好谈一下，说不定您还有很大的机会。"

　　华茂凯不住摇头："虽然康德松刚刚上台，但从这个人最近的表现来看，其实是非常强势的，他已经决定了的事情哪有那么容易改变？"

　　高德莫淡淡一笑，说道："华叔，其实您看到的只是表面现象……嗯，我断定后面的情况肯定会是这样的，只要您抓紧时间主动去找康院长好好谈，您的机会就非常大。"

华茂凯愕然："你这话是什么意思？"

高德莫沉吟着说道："我曾经分析过郝院长这个人，他对这家医院倾注了毕生的心血，这个人似乎早已看透了人生，对金钱、美女似乎根本就不感兴趣，他就像是这家医院的父亲，一心想把它建设成他自己理想中的样子，或许这就是他这辈子最大的追求。但是康院长不一样，他在郝院长手下干了多年，一直唯唯诺诺，似乎没有什么主意，但这只是表象，他的内心渴望着对权力的掌控，内心充满着憋屈，如今终于坐到了一把手的位子，当然希望能够尽快展现出他的能力与价值。"

华茂凯点头道："是啊。"

高德莫继续说道："可是他忽略了郝院长的感受。也许郝院长是支持他的改革的，毕竟医院越变越好这本身就是郝院长的心愿，而且这也是医院未来发展的大趋势，任何人都不可阻挡。不过从最近医院发生的那几件事情来看……比如江晨雨和卓越的事情，孙鲁和雷达的事情，我们从中就可以看出康院长并没有完全掌控他现有的权力，相反，郝院长的影响在其中还十分巨大。为什么会出现这样的情况？很显然，郝院长在担心康院长改革的步伐迈得太大，或者是对康院长不大放心。如今医院还差一位副院长一直没有到位，按照你刚才的说法，欧明生去找了康院长，结果却被康院长安排到了药房，这又说明了什么？这说明康院长根本就主导不了医院领导班子成员的人选。"

华茂凯还是不明白，问道："这和我的事情又有什么关系呢？"

高德莫忽然激动了起来："当然有关系了。很显然，郝院长现在最担心的就是康院长过于急躁，最终将他这一生的心血毁于一旦，这是郝院长绝不愿意看到的结果。如果我是郝院长的话，最好的选择就是分解掉接任者手上的权力，让一个自己信得过、做事有原则的人来分管医院的要害部门。如今姜院长分管后勤和基建，周院长分管业务，还有董书记管党务和纪检，再加上一个即将上任的副院长管药品和设备，这样一来也就基本上可以放心了。当然，这仅仅是郝院长的想法，华叔，你说在这样的情况下，康院长会如何应对？"

华茂凯想了想，摇头道："我不知道。"

高德莫笑道："你想想，他为什么要安排欧明生做药房主任？"

华茂凯恍然大悟："他也就只好安排自己的人去管具体的事情，以此架空上面的分管副院长！可是……"

高德莫提醒道："康院长以前可是分管药品和设备的副院长，只不过是被郝院长架空了罢了。华叔，你想过没有，如果在这个时候您去向康院长表忠心的话……"

这下华茂凯彻底明白了，不过还是感到有些担心："听说医院明天下午就要开院长办公会，不知道现在还来不来得及？要不今天晚上我们就不要喝酒了，一会儿我就去康德松家里。"

高德莫点头道："这样最好。这样，一会儿您就在我车上拿几瓶酒、几盒茶叶去。"

华茂凯问道："礼品是不是轻了些？"

高德莫摇头道："康院长才刚刚当上一把手不久，做事情还得注意影响，而且他肯定担心在这个时候被他人抓住把柄，所以今天您去他家里最好采用常规拜访的方式。最关键的是您在他面前要把有些话说到位，这样才会让他对您感到放心。"

华茂凯又问道："那你觉得我应该如何说才好？"

高德莫道："就一个意思：您是他的人，绝对听他的招呼。"

华茂凯想了想，叹息着说道："我白活了这一辈子，这样的事情都还得你这个晚辈来教我，惭愧啊。"

高德莫笑道："您千万别这样说，主要还是因为以前郝院长把医院掌控得太严了，没有给您过多与医药公司接触的机会。华叔，只要您今后坚定地站在康院长那一边，一切都会改变的。"

华茂凯有些犹豫不决："可是，郝书笔那边……"

高德莫不以为然地道："现在这样的情况只是暂时性的，权力更替过程中的博弈不会永远持续下去，如今康院长毕竟是一把手了，他最终彻底掌控权力只不过是时间的问题。反正最坏的结果就是您不再当药房主任了，还不如就此赌一把，您觉得呢？"

　　确实是这个道理。华茂凯点头道："好，就这样！"

第二十七章

　　卓越每天的时间都安排得满满的，一遍又一遍地做着实验，同时在等待康小冬的各项检查结果出来。像这样的实验开始的时候当然兴趣盎然，但时间一长，总是不断在重复着同样的过程，这就让人感到枯燥无味了，可是他只能坚持。汤主任说得对，熟能生巧，只有形成条件性反射，失误才可能降到最低。

　　上午的时候康德松接到了来自上边的电话，这时候他才知道普外科主任唐尧已经被上面列为副院长的唯一考察人选。这件事情虽然让他感到很是恼怒，但还好的是上面的消息来得非常及时，否则的话就太尴尬了，因为在他原有的计划中，唐尧是其中被拿下的科室主任之一。此时，他不得不这样问自己：在人事的问题上，我是不是太急了些？

　　不过后来他还是坚持了自己的计划。如果医院目前的状况继续下去的话，自己就真的成傀儡了。如今他已经临近五十，距离退休也就还有十来年的时间，时不我待，如果继续像以前那样碌碌无为下去的话岂不辜负了眼前这个大好的机会？

　　其他参会的人都不知道这次办公会需要研究的事情是什么，不过都隐隐约约感觉到康德松可能会有大动作。董奇运头天接到会议通知后也没有去问具体的，心里抱着"如果他乱来的话我就坚决反对"的念头，决定以不变应万变。周前进几乎没有多去想这件事情，而姜彤毕竟资历较浅，打的仅仅是及时向郝书笔汇报会议内容的主意。

院长办公会在下午三点准时进行，康德松让姜彤首先汇报医院分院项目的进展情况，姜彤汇报说，前段时间已经考察了许多地方，不过市政府有他们的考虑，可能接下来主要还是要和市规划和国土部门沟通、接洽，一旦确定了最终的选址就马上进行项目可行性论证，然后上报省卫生厅。情况汇报完后姜彤还告诉了大家这样一个情况："到目前为止，已经有数家银行主动前来联系，他们都承诺今后给予我们相对于商业贷款较低的利息。"

康德松笑道："这些个银行倒是会做生意，医院可是他们的优质客户，这样的机会他们当然不会放过。"

董奇运问道："我们医院的分院项目是准备分批进行还是同时上马呢？"

康德松回答道："我的想法是先把土地拿到手，然后分批进行。不知道你们对此有什么不同的意见没有？"

董奇运道："按照国家规定，土地荒置超过三年国家就会收回，康院长的意思是，我们将在未来三年内陆续上马所有的分院项目？"

康德松点头道："是的。我们必须在其他医院和民营资本之前抢占最好的地段，否则的话我们现有的规划就很可能失败。"

董奇运提醒道："医院和商业项目不一样，地段并不是最重要的，人才、设备、重点科室培养这些东西才是决定医院未来发展的关键因素。此外，在三年内同时上马几个大型项目，以我们医院目前的财力以及人才储备状况恐怕难以支撑得了。"

康德松却是满脸的轻松，说道："难度没那么大。医院是属于公共服务类项目，土地是划拨性质，价格低廉，通过银行一期贷款完成基础建设是没有问题的。今后的医疗设备也不存在问题，我们可以采取分期付款或者合作的方式，一边营收一边还贷。人才的问题嘛……你们想想，民营医院的人才是从什么地方来的？不就是高薪聘请那些退休的专家搭班子吗？我们可是国家公立医院，想要招聘医学硕士、博士不会有什么问题吧？"

董奇运发现自己竟然无话可说，这一刻，他的内心充满着颓丧，因为他发现自己与康德松之间已经有了不小的差距。当然，他是不愿意承认这一点的，于是就在心里疑惑地发问：难道坐上了那个位子后思维的境界真的就会大不一样？他决定不再继续纠缠前面的那些个问题了，说道："分院的建设对我们医院来讲是大事，我希望最好能够有一个具体的实施方案……"

康德松没等他说完就接过话去说道："我们这不是正在讨论这件事情。具体的实施方案当然会有，而且还必须提交给省卫生厅通过。各位，这可不仅仅是我们医院的项目，而是涉及省城医疗资源布局的大事，按照我的初步设想，今后我们将在省城的东西南北各建一所分院，其中，在南边修建一所一千张床位以上的综合性大型医院，西边和东边是专业性非常强的外科医院和肝病治疗中心，北边是传统文化中的生门，到时候我们将在那里专门建一所全新的生殖技术中心。不知道各位对这样的布局有没有不同的意见？"

外科、传染科和试管婴儿技术本身就是这所医院的强项，今后独立成院当然是最好的方案，在南边再建一所综合性医院也无可厚非，毕竟整个省城的医疗资源在那一片区域严重不足。康德松提出了这个想法后就连董奇运也没有任何的理由反对，于是这个议题就算顺利通过了。

"刚才老董提到了人才的问题，这确实是我们医院目前最需要着手解决的大事。"接下来康德松开始了这次办公会的第二个议题，"如果按照五年的建设期计算的话，在未来五到八年的时间内，我们的分院就会陆续建成，资金、设备、专业技术人才的问题相对来讲要好解决一些，但是管理方面的人才很可能会成为我们未来最大的难题。"

他果然要对医院的中层进行重新洗牌了。董奇运心里顿时警惕起来。而此时周前进和姜彤却都是一脸的麻木。

康德松见大家都保持沉默，继续说道："在座的都是管理者，相信大家都认同管理对一个单位的重要性。就我们医院的现在的状况而言，要管理好未来相当于医院集团这样一个大家伙肯定是非常困难的，所以，我们必须从现在就开始着重培养各方面的管理人才。关于这一点大家认同吗？"

这样的说法当然不会有任何人反对，因为他说的是实话，是现实的真实情况。康德松喝了一口水，继续说道："对于我们现有的状况以及相关政策来讲，聘请职业经理人肯定是不可能的，唯一的办法就是从我们内部培养。那么，接下来我们应该怎么做呢？各位有什么好的建议没有？"

周前进道："既然康院长提出了这个问题，想必你一定已经有了比较全面的方案。康院长，你直接讲出来让我们听听吧。"

康德松摆手道："虽然我确实有一些初步的想法，但我觉得最好还是先听一听大家的意见。现在从上到下都在提倡民主抉择，我个人的智慧和能力毕竟有限，各位还是先谈谈你们的想法吧。"

董奇运沉吟着说道："我觉得呢，最好的办法就是给现有的中层干部，包括各个科室的主任多配备几个副职，或者今后直接从其他医院引进这方面的人才，在经过三到五年的锻炼后将他们派送到各个分院，这是最稳妥的办法。"

康德松将目光投向周前进和姜彤，周前进点头道："我觉得老董的这个想法不错，以老带新，以点带面，而且都是我们自己培养出来的人才，今后在工作上也更容易磨合些。"

姜彤也道："这确实是一个不错的办法。我没意见。"

董奇运本以为康德松会反对，却没想到他竟然也在点头，说道："这正好也是我的想法。不过这个办法就目前而言似乎还有着很大的缺陷，俗话说：强将手下无弱兵。除非是我们现有的中层管理干部都是强将，否则今后就根本培养不出我们所需要的管理人才来。你们说是不是这个道理？"

　　董奇运这才明白了康德松的真正意图，他还是要对医院的中层进行洗牌，沉吟着说道："据我看，我们医院大部分中层干部和科室主任还是比较合格的，要知道，他们当年都是郝院长亲自选出来的人，而且还经过了这么多年的锻炼，如今我们在他们没有任何过错的情况下进行撤换的话，恐怕会引起动荡吧？"

　　康德松反问他道："老董的意思是说，目前所有的中层干部都不应该撤换？他们每一个人都非常合格？"

　　董奇运并没有退缩，反问道："难道不是吗？"

　　康德松点头道："如果评价他们只是合格的话，我认同你的看法。可是各位想过没有，当代社会各行各业的发展日新月异，陈旧的观念、老的办法必定不能适应甚至是阻碍医院未来的发展。所以我们绝对不能降低标准去衡量我们现有的中层干部，除非是我们实在选不出更优秀的人才来。"

　　董奇运再一次感到沮丧，他发现自己根本就不能驳斥对方的观点，于是也就只好保持沉默。康德松看了看在座的几个人一眼，笑了笑说道："既然大家都没有不同的意见，那我就继续说下去吧。为了分院未来的发展和管理，我觉得首先应该成立一个分院建设指挥部，由我来担任这个指挥部的第一负责人，老董、老周做我的副手，毕竟我是医院的法人嘛，这件事情我想推也推不掉的，是不是？指挥部的职能就是对我们未来的四所分院的建设进行统筹管理。其次，我们还需要确立四所分院建设过程中的具体负责人，采取谁负责建设谁就负责管理未来分院的原则。我提议由姜彤负责综合性医院的建设，外科医院由唐尧负责，欧明生负责肝病中心，汤知人理所当然应该去组建生殖技术中心了。对了，在这里我要说明一下，省卫生厅即将派人到我们医院来考察唐尧的情况，很显然，上边已经将他作为了我们医院差缺的那一位副院长的唯一人选。各位对我的这个提议有没有不同的意见？"

　　原来他早就安排好了一切。董奇运心里很是窝火，但是却又一时间找不到合适的反对理由。而此时周前进和姜彤都保持着沉默，董奇运皱眉说道："每个分院的建设事情繁杂，需要投入大量的时间和精力，这件事情还是慎重一些为好吧？最起码也得事先征求一下他们本人的意见才是。比如汤主任那里，目前她已经临近退休的年龄了，她是否还有精力去做如此繁杂的工作呢？"

康德松问道："那你觉得谁更合适去负责生殖技术中心的建设呢？"

董奇运摇头道："我只是随便举个例子而已。再比如欧明生，这个人的能力实在有限，而且不止一次克扣科室的奖金，还和几个护士的关系不清不白，这样的人让他去负责一个分院的建设和管理似乎不大合适吧？"

康德松忽然笑了，说道："他克扣奖金的事情不是早就调查清楚了吗？明明是传染科的那两个医生经常迟到早退，而且克扣下来的奖金也并没有被他私吞。至于他和护士之间的事情应该是属于人家的私事，一个愿打一个愿挨，我们不应该将这样的事情拿到台面上来讲吧？"

董奇运怒道："私德如此，今后何以能够管理好那么大一家医院？！"

大家都没有想到董奇运会忽然动怒，周前进劝了一句："老董，别激动。"

康德松的态度出乎意料的好，他笑了笑说道："既然老董有不同的意见，那肝病中心的负责人人选我们就暂时放一放吧。老董，汤主任那里就请你去和她谈谈，征求一下她的意见，可以吗？"

董奇运很快就冷静了下来，此时反而对自己刚才的动怒感到有些尴尬，点头道："好吧。"

康德松看了在座的所有人一眼，问道："那么，各位对肝病中心的负责人有提名的人选吗？"

董奇运对周前进事不关己的态度很是不满，趁机说道："我觉得老周就很合适嘛，他当了这么多年的副院长了，今后去负责一家分院应该没问题吧？"

周前进的眉毛跳动了一下，急忙道："现在我手上的事情都忙不过来呢，还是考虑一下别的人吧。"

康德松轻轻一拍桌子，道："老董这样一提醒，我也觉得老周挺合适。老周，你也不要推辞了，能者多劳嘛，这件事情就这样定了。"

周前进还想推辞，可是康德松却已经开始说下一件事情了："四所分院的事情就暂时这样定下来了。接下来我们讨论一下各个科室及行政部门负责人的事情。我个人的想法是这样的：临床科室负责人的选择标准除了管理能力之外，还要考虑他们在专业技术方面所取得的成果，这就是我们下一步选择科室主任的标准，然后在此基础上配备副手。各位对此有不同的意见吗？"

董奇运问道："那么，究竟是专业技术水平重要还是管理能力更重要呢？"

康德松道："我个人认为专业技术水平更重要。管理能力可以慢慢历练嘛，而我们今后的分院需要大量的专业技术人才，领头羊的选择也就当然应该着重考虑这方面了。老董，你觉得呢？"

他的话讲得很有道理，董奇运点头道："我同意这个原则。"

周前进和姜彤当然不会反对。康德松道："我手上有份名单，请各位看一下，如果有不同的意见就直接提出来吧。"

董奇运仔细看了一遍手上的名单，发现上面除了普外科的唐尧外还有五个科室的负责人出现了变动，其中还包括了传染科的欧明生。董奇运暗暗诧异：欧明生可是康德松的人，他这又是打的什么主意？不过董奇运很快就发现，名单上面这几个新的人选确实符合康德松刚才提到的那两个原则，似乎比现有的科室主任更合适。此时，无论是董奇运还是周前进、姜彤都一时间提不出不同的意见来，董奇运想了想，问道："那，这几个下来的科室主任将如何安排呢？"

康德松回答道："这就涉及我想要谈的下一件事情了，那就是医院重点科室及行政部门的问题，比如药房、设备科，这两个部门的负责人在他们的位子上待的时间太久了，还有其他一些部门的负责人也是如此，对此，我还是提出两个原则：能力不够的就下；其他的人进行轮岗。轮岗的目的是让我们的管理人员更能够适应各方面的工作，流动才有活力嘛。这次从科室里面下来的人员中有几个人还是有一定能力的，比如欧明生，我的想法是把他放到更重要的位子上去。"

董奇运早就听说康德松准备把欧明生安排到药房主任位子上去的传言，此时一听这话就明白这绝不是谣言，如此看来，康德松想要控制医院重点科室的意图已然呼之欲出了。董奇运在心里冷笑着，问道："那么，你准备把欧明生放到什么位子上去呢？"

康德松道："让他做药房主任如何？"

这时候就连周前进和姜彤都耸然动容了，董奇运禁不住就大声道："不可！华茂凯在药房干了那么多年，一直兢兢业业，也从来没有听说过他有违纪的问题，他可是药学专业的正高级职称，我们医院除了他没有其他任何人更适合做药房主任了。欧明生是传染学方面的专家，让他去替代华茂凯的话，这明明就是以弱替强，我坚决反对！"

康德松的脸色一下子就变了，将目光看向周前进和姜彤："你们二位觉得呢？"

周前进不得不说话了："我觉得老董的话也有些道理，老康，你看这件事情是不是……"

姜彤张了张嘴，结果却什么都没有说。康德松满脸的阴郁，叹息了一声后说道："也许是我考虑得不周到，我只是想到人员流动的问题，觉得药房虽然专业性强一些，不过说到底还是管理的问题。那好吧，华茂凯就暂时不动，继续做药房主任。我看这样，让欧明生负责设备科如何？"

董奇运忽然间觉得有些不大对劲，这时候他才意识到康德松的真正意图原来是这样。可是康德松刚才一直在让步，此时如果再反对他的这个提议的话反倒显得他董奇运太过锱铢必较了……董奇运在心里叹息了一声，道："对此我暂时不发表意见，因为我觉得欧明生并不是设备科负责人最合适的人选。"

康德松问道："那，你有更合适的人选吗？"

董奇运摇头道："我保留个人的意见吧。"

康德松将目光看向周前进："老周，你呢？"

周前进摇头道："我没意见。"

姜彤急忙道："我也基本上同意。"

康德松的脸上波澜不惊："好吧，下面我们继续讨论其他部门的人选问题。"

院长办公会一直开到下班的时间，后面研究的事情倒是比较顺利，康德松也充分听取了董奇运和两位副手的意见，医院的人事问题也都基本上确定了下来。会议结束后董奇运心里那种怪怪的感觉依然存在，想了想，直接就去了周前进的办公室。

周前进仿佛知道他一定会来，即刻就说了一句："我们找个地方去喝一杯，有些事情不要在这地方说。"

董奇运点了点头："那就去我家吧，我还有一瓶放了十年的茅台。"

董奇运的妻子做得一手好菜，虽然是临时说起，桌上的菜肴却十分丰盛。董奇运给周前进倒上酒后问道："老周，今天的会你怎么看？"

周前进叹息了一声，抱怨道："老董啊，你干吗非得把我推出来呢？"

董奇运也对他有些不满，说道："有些事情明明不对，总不能我一个人去提不同的意见吧？还有，你都在这家医院干了这么多年了，当个分院的院长也是应该的嘛。"

周前进指了指他，道："你明明知道这个分院的院长其实是有名无实，完全是劳苦卖力的活儿，却偏偏要把我推出去……老董啊，我看你也跑不了。"

董奇运默然。周前进说得对，康德松貌似让几个下属去负责今后的几家分院，其实根本就不可能有什么实权。要知道，分院上面还有一个建设指挥部呢，什么工程设计、招标等等，最终都得这个指挥部说了算。即使是今后几家分院建设完毕之后，药品采购、设备招标的权力依然掌握在他康德松的手上。

董奇运和周前进碰了一杯，喝下后点头说道："我明白你的意思，看来生殖技术中心的事情最终还是会落在我的头上，他康德松始终站在顶端操控着所有的权力，你我最终都会沦为干事不讨好的角色。哎！以前我怎么就没发现这个人如此有心机呢？从今天的情况看来，我们都被他玩弄在了股掌之中啊。"

周前进笑了笑，说道："我倒是无所谓，反正我就是做副手的，倒是你……老董，我觉得应该劝你一句：其实你没有必要事事都去和他争。"

董奇运一下子就不高兴了，说道："老周，你这是什么话？我不也是为了医院的发展着想吗？"

周前进一口喝下了杯中的酒，道："医院是院长负责制，有些东西你根本就没办法和他争，更何况他也是从医院的发展角度考虑问题，即使是带有一些个人的东西在里面，但也并没有特别违反原则，所以，我认为这样的争也就显得毫无意义了。"

董奇运似乎有些明白了："你的意思是？"

周前进道："你是书记，同时还兼了纪检方面的工作，所以，你的作用应该是对院长权力的制衡。我觉得，对于你来讲，正确的做法应该是：医院的发展规划以及业务管理方面让他放手去做，如果他有违反原则甚至违纪的情况，这时候才是你出面的时候。有一点你应该看得非常清楚，那就是康德松关于医院未来的发展规划无论是上面还是郝院长都是支持的，大家都不希望因为内耗而影响到大局。"

董奇运又一次默然，叹息着说道："也许你说的是对的，可是他康德松为了欧明生的事情竟然给我们挖了那么大一个坑……"

周前进忽然笑了起来，说道："他这还不是担心你坚决反对才不得不使出了这个暗度陈仓之计吗？而且我还有一种感觉，说不定华茂凯早就投靠康德松了，这就是一个一石二鸟之计啊。"

董奇运大吃一惊："什么？！"

周前进微微一笑："你仔细想想就明白了，康德松今后要控制住下面四所分院的话，设备科和药房就必须紧紧捏在他的手里才可以啊。"

董奇运目瞪口呆。这一刻，他真切地感受到了挫败的滋味——也许最聪明人就是眼前的这位，他明明什么都清楚就是一言不发、难得糊涂。

人事的问题在任何地方、任何时候都是非常敏感的，院长办公会的内容多多少少被泄露了一些出来，一时间医生护士议论纷纷，各种猜测与传言在医院里面满天飞。

汤知人直接就拒绝了组建新医院的任务，她不满地对董奇运道："你们想要累死我啊？我都要退休的人了，除了自己的专业之外什么都不懂。谁建设谁管理？这是哪个想出来的？"

董奇运解释道："医院与其他建筑不一样，需要特殊的设施与功能，必须懂行的人去具体管理。比如当初你们建实验室的时候，建筑和装修图纸不也是在你的意见下反复修改过吗？"

汤知人摇头道："我老了，再也没有以前那样的精力了。这样吧，我给你们推荐个人。"

董奇运急忙问道："谁？"

汤知人道："卓越。"

董奇运哭笑不得："卓越才是主治医师，又没有行政职务，怎么可能让他去独当一面？"

汤知人冷冷地说道："你们就知道论资排辈，他能不能独当一面你们不用怎么知道？"

这时候董奇运心里一动，忽然有了个想法：万一……不过他对汤知人推荐卓越的事情感到有些奇怪，问道："你以前不是不赞同他去搞行政工作吗？"

汤知人问道："那你觉得我们科室除了他还有谁能够接替我今后的工作？三四十岁的这一批人无论是能力还是技术都不怎么样，一个个心里想的就是房子车子，真正愿意做学问的几乎没有，这是世界观的问题，我改变不了他们。卓越不一样啊，他能够静得下心来，为人也很谦和，这个地方只有交给他我才放心。"

董奇运沉吟着说道："我们会考虑你的提议的。"

汤知人知道他说的是敷衍的话，提醒道："当初我们建设这个科室花费了无数的精力，一步步走到今天很不容易，如果你们想要毁掉这个科室也非常简单。我言尽于此，你们自己去考虑吧。"

董奇运有些尴尬，唯有苦笑，心想我要是能够决定这样的事情就好了。

康德松听了汤知人的意见后不住摇头，说道："绝对不可能的事情，且不说他根本就不符合我们制定的那两个原则，而且这个人刚刚才受到了处分，管理的精髓就在于公平和奖惩分明……"说到这里，他看了董奇运一眼，诚恳地道："老董，看来这副担子只有你来担着了，医院里面一时间找不到合适的人了啊。"

董奇运早就预料到了这样的结果，心知无论如何也推脱不了，不过他还是装着犹豫了片刻后才说道："好吧，不过我有一个条件。"

康德松很高兴的样子，笑眯眯地道："你说。"

董奇运道："我希望卓越能够做我的副手。"

他的这个要求有些出乎康德松的意料，皱眉思索了一下后才点头道："好吧，我们也正好可以看看这个年轻人的能力究竟如何。"

几天后，未来分院建设工程部负责人名单以及各个科室、行政部门负责人的调整情况就以正式文件的形式下发了，这时候人们才惊讶地发现：康德松竟然比他的前任郝书笔更加铁腕，雷厉风行的风格与他以前的做派简直判若两人。

汤知人也没有想到医院竟然真的接受了她的建议，虽然卓越只是被安排成为董奇运的副手，不过在目前这种环境下已经是一个了不起的决定了。

对这样的安排卓越感到非常愕然，而周围人看他时候的目光更让他感到浑身不自在，急忙就跑到汤知人的办公室去问为什么。汤知人倒是对他说了实话："这件事情是我建议的，董书记最终促成了。原因很简单，过两年我就要退休了，那时候你也应该是副高职称了，我希望你能够接替我将这门学科好好发展下去。"

卓越很是惶恐："我真的行吗？科室里面还有那么多资深医生呢。"

汤知人看着他的目光很是慈祥，温言说道："只要你能够一直保持对专业的那份初心，就一定能够在这一个领域越走越远的，希望你在任何时候都不要迷失掉自己，如此的话我就放心了。"

卓越听明白了她的意思，感动地道："我一定好好努力。"

汤知人的目光更加柔和："你当前的任务就是要把手上的这件事情做好，不能出任何的差错，只要这件事情成功了，你的事业也就有了比较深厚的基础。虽然我并不希望你太过现实，但我们毕竟生活在这样一个现实的社会里面，个人的能力需要得到展现，我们在很多时候也必须要服从于这样的现实。"

此时此刻，卓越真切地感受到了汤知人对他如同父母般的慈爱。他知道，这不仅仅是一种信任，更是她对自己事业的殷殷嘱托。

第二十八章

康小冬的检查结果出来了，各项指标基本上正常。卓越将情况汇报给汤知人后即刻来到康小冬的病房。

病房里面的光线有些暗，卓越将窗帘拉开，说道："今天外边的天气不错，干吗把窗户关得紧紧的？"

康小冬解释道："你不是说要注意不要感冒吗？所以我就……"

卓越笑道："我的意思是要注意保暖，不要一冷一热，医院和家里不一样，容易出现交叉感染，所以保持病房的通风非常重要。对了，你的检查结果已经全部出来了，没什么问题，接下来我们就正式开始了，首先要给你用药，促进卵泡成熟，大约三十六个小时后从你身体里面取出卵子，然后再进行体外受精。由于你患有遗传性贫血，接下来我们还要对受精卵进行筛选，确保你未来的孩子各方面都比较健康。这是第三代试管婴儿技术，我也是第一次做，不过在此之前我已经在实验室做过无数次实验了，希望我们能够互相配合……"

康小冬疑惑地问道："你真的是第一次做？"

卓越点头道："是的。第三代试管婴儿技术在国外也是刚刚开始不久，就是我们汤主任也只是在实验室做过，所以，你将是我们生殖技术中心临床上的第一例。"

这下康小冬明白了，她心里明白自己给眼前这位医生带来的压力有多大，感激而客气地道："卓医生，谢谢你。汤主任对我讲过，说你是这里技术最好的医生，你也不要有太大的压力。"

卓越实话实说："我确实是有些压力，不过我会尽最大努力的，你放心好了。"

按照规定，卓越接下来让康小冬在手术协议上签了字，然后将开好的医嘱交给护士。促卵是试管婴儿技术最常规的一项，卓越并没有对护士做特别的吩咐。

三十六小时后，曾经无数次的实验将变成真正的临床操作，卓越的心里充满着期待，与此同时，还有挥之不去的紧张。今天晚上必须得再做一次实验。他如是对自己说。

这一天对卓越来讲过得非常漫长，好不容易才等到下班的时间，当他刚刚脱下白大褂准备去饭堂的时候耳边传来江晨雨关心的声音："你是不是有些紧张？需不需要我陪你去喝一杯？"

卓越转身，摇头对笑意盈盈的江晨雨说道："没事，晚上我再做最后的一次实验……"这时候他忽然注意到江晨雨和以往的不同，她的脸上竟然化了淡妆，笑着说道，"看来秦大少成功了。"

江晨雨的脸一下子就红了，嗔声道："说什么呢，你？！"

卓越"哈哈"大笑："至少你不像以前那样拒绝他了。这是好事情啊，有什么不好意思的？"

江晨雨禁不住也笑了："你这人……也许你说的是对的，我确实应该给自己一个机会。"

听她如此讲，卓越也就不再和她开玩笑了："是的，不管秦大少适不适合你，但你不能始终将自己封闭起来。你去约会吧，晚上我还得继续做实验呢。"

江晨雨瞪了他一眼："谁说我要去约会？"

卓越笑道："我可以肯定，这个时候秦大少已经在公寓外边等候你了。难得他对你一片真心，说实话，我都有些嫉妒他了。"

江晨雨似笑非笑地看着他："要不，我也给你一个机会？"

卓越开玩笑地道："我嫉妒是嫉妒，但却不敢，除非法律规定我们男人可以三妻四妾。"

江晨雨瞪了他一眼："你们男人没几个是好的！"她当然知道卓越是在和自己开玩笑，心里顿时有些失落，"那好吧，你今天千万别熬夜，早些休息，我希望你明天能够一次性成功。"

秦文丰果然在公寓外边，江晨雨远远地就看到他了。不知道这家伙今天又是什么样的借口？江晨雨的内心竟然忽然间莫名地慌乱起来。

高德莫和华茂凯又一次在酒楼里见面了。当时华茂凯只是抱着试一试、赌一把的想法去了康德松的家，想不到后来的结果竟然完全在高德莫的预料之中。由此，华茂凯对高德莫有了一个全新的评价：这个晚辈今后绝不会是普通人，我得多听听他的建议才是。

两人一见面华茂凯就兴高采烈地不住赞扬高德莫："这次要不是你，我这个药房主任肯定就被拿下了。今天我得多敬你几杯，以后你有什么事情直接对我讲就是。"

高德莫也很高兴，不过却提醒他道："我的想法是要把现有的两个品种在全院各个科室都用起来，接下来还准备去代理几个新的产品，这件事情最终都得康院长说了算，如果您想获得更大的权力，接下来还要做好一件事情。"

现在华茂凯对高德莫完全是言听计从，急忙问道："什么事情？你说说。"

高德莫道："医院现有的药品供货商都是经过郝院长同意后才进入医院的，虽然郝院长把价格压得很低，但他们的利润还是非常可观的。作为新院长，染指药品的供货必定是康院长现在最大的想法，也许他并不是为了个人利益，而是为了权力的体现，如果您要进一步获得康院长的信任，就应该马上向他建议重新制定药品招标政策。"

华茂凯想了想，摇头道："药品的事情太敏感，如果找不到一个合适的理由就进行重新洗牌的话，很可能会惹来大麻烦的。"

高德莫微微一笑，问道："难道就真的没有合适的理由吗？"

华茂凯摇头道："说实话，我还真的找不到合适的理由。当时郝院长把药品的进货价格压得很低，将利润直接留在了医院的财务上用于医院建设，这一点大家有目共睹，如今轻易去改变这样的现状难免会引起众人的非议，这件事情不好办啊。"

高德莫看着他，微微一笑，又问道："如果某一家医药公司提供的药品有质量问题呢？据我所知，假药的概念好像并不仅仅指药品的成分有问题吧？商标与药品不符、有效成分含量偏低等等，这也是假药对不对？我就不相信所有供货商提供的药品都是合格的，只要您从中发现其中某几样药品有问题就可以作为大问题向康院长汇报，接下来的事情就不需要您多管了。"

华茂凯的心里一动，问道："你的意思是说，只要我发现了这方面的问题然后向康院长汇报之后，他就肯定会对原有的药品供货商进行彻底洗牌？"

高德莫笑眯眯地看着他："华叔，您想想，假如您现在坐的是康院长的那个位子……"

华茂凯思索了片刻，猛地一拍大腿："对呀，就按你说的办！"

卓越吃完晚餐后就直接去了实验室，在开始做实验前忽然觉得应该给女朋友打个电话，电话通了后夏丹丹说道："我知道你最近很忙，我都不敢来找你了。"

卓越感觉到她的话显得有些陌生："你这话是什么意思啊？你明明知道我很忙，问候我一声总可以吧？"

夏丹丹沉默了片刻，歉意地道："好吧，是我不对。今天晚上你还要做实验吗？"

卓越道："明天就开始做临床了，我感觉到压力很大，今天晚上必须再做一次实验。"

夏丹丹忽然问了一个非常特别而且奇怪的问题："卓越，你实话告诉我，你真的爱我吗？"

其实这个问题卓越早已想过无数遍："我觉得你就是我未来的老婆，这辈子就想和你一起白头偕老。"

是的，卓越说的是真话。也许柳眉曾经让他动心过，江晨雨也不止一次让他的内心产生过涟漪，但是他最终还是觉得夏丹丹对自己最合适。不管怎么说，他和夏丹丹的感情已经不止一天两天，那种润物细无声的情感早已浸润到了他的灵魂之中。他也曾经不止一次问自己：除了夏丹丹之外，其他的女人真的就适合我吗？

男人和女人在婚姻的问题上或许大多数人是因为冲动而结婚，然而卓越一直都相信自己的理智。在他的人生中出现了柳眉和江晨雨之后，他一直在拷问自己的灵魂，最终还是相信了自己内心深处最初的那一抹真情。正如同他和江晨雨开玩笑的那句话一样，这个社会不允许男人三妻四妾，于是也就因此让他在结婚之前选择了专一。

卓越说的是真话，夏丹丹当然不会怀疑，于是，她的内心瞬间被甜蜜充满，爱情生活平淡的状况已经不再重要。因为，她多年追求的结果，婚姻，几个月之后即将到来。

电话打完后卓越将手机放到了一边，他希望今晚的实验能够像以前一样圆满完成，这是必须做到的。其实这一次实验是可以不做的，说到底就是为了让他更加自信。卓越的心里其实非常明白。

然而，这一天对卓越来讲仿佛注定了不会那么平静。当卓越刚刚洗完手，正准备进入暗室的时候忽然听到电话铃声，他本可以不去理会的，但却鬼使神差地看了一下手机。电话是母亲打来的，母亲的声音惊慌异常："儿子，你爸爸被送进医院了……"

卓文墨临近退休，一直上着的课程没有了，学术研究也将从此与他无关，周围的人对他更加客气，还有人在遇见他的时候会询问他退休的时间，人家当然是没有恶意的，仅仅是关心而已。虽然卓文墨对这一天的到来早有思想准备，而且曾经自以为到时候可以做到云淡风轻，从此抛却一切俗务徜徉于天地之间，然而当这一天真正到来的时候他才发现自己根本就没有从心理上准备好——面对忽然而至的空虚，在他人眼里垂垂老去的恐慌，这一切的一切都让他对自己的未来感到不知所措……

他开始沉迷于各种宴请，喜欢在酒过三巡后畅谈自己过去的辉煌，从此不再有失眠到半夜的痛苦，他希望这样的日子能够日复一日永久下去。而周围的同事、学生们仿佛都知道他目前的这种心态，据说对他的宴请已经排到了一个月之后。

这天请客的是学校研究生院的院长，这次宴请的主题是为了感谢他多年来对人才培养方面做出的巨大贡献，陪同的除了研究生学院的工作人员外，还有卓文墨几个最得意的弟子。点菜的时候院长刻意点了一道卓文墨最喜欢吃的东坡肘子，当然还有他最喜欢的高度白酒。和往常一样，酒宴从高度赞扬卓文墨开始，然后在对他的歌功颂德中完成了前面的共饮三杯，院长切了一大块烧得软糯的肘子皮放到卓文墨的碗里，看着他美滋滋吃完后才举杯以个人的名义敬他，接下来其他的人纷纷效仿，一圈酒下来，桌上的那道东坡肘子已经被他吃掉了一大半。

卓文墨的心情当然极好，当他站起来准备回敬在座各位的时候，忽然就感到腹痛如刀割，面色在那一瞬间变成了可怕的苍白，大颗大颗的冷汗一涌而出……在众人的惊呼声中，卓文墨瞬间陷入到了无尽的黑暗之中。

幸好附近不远处就有一家三甲医院，卓文墨很快被送到那里急救。急性胰腺炎。医院的诊断非常明确，不过这种疾病非常凶险，卓文墨虽然度过了暂时的生命危险，但却一直处于昏迷状态。

卓越快速赶到了这家医院，欧阳慧早已心乱如麻，仿佛世界末日到来，此时见到儿子才顿觉心里一松，禁不住就号啕大哭起来。卓越不住自责："都怪我，虽然提醒过爸让他少喝酒、少吃肥肉，但却忽视了他最近一段时间的心境。妈，没事的，急性胰腺炎来得快去得也快，现在病情稳住了就好。"

儿子是医生。欧阳慧当然愿意相信儿子的话："那就好，那就好……儿子，这两天你一定要在这里陪着你爸啊，我都不知道该怎么办才好了。"

卓越很是为难。康小冬在药物的作用下正处于排卵状态中，明天必须准时从她体内取出卵子，然后马上送往实验室进行体外受精，完成这个步骤后紧接着就是对受精卵进行遗传学筛检，从中筛选出健康的受精卵植入康小冬的子宫里，如此才算完成了最为重要的一步。康小冬的情况非常特殊，即使要冷冻卵子也只是为了防止这次的操作失败，说到底就是以防万一。卓越知道，一旦这次的操作真的失败，即使下一次得以成功弥补，其中的意义也是不可同日而语的。如今无论警方还是医院，貌似并不十分关注此事，不过卓越的心里非常明白，这是因为汤主任害怕给予他太大的压力才竭力阻止各种形式上的关注。一次性取得完美的成功，这才是多方面都希望看到的结果。

卓越曾经不止在书上、电影电视剧里看到听到"忠孝难以两全"这句话，从来都觉得那样的情况距离自己太过遥远，而此时此刻，他才真切地感受到了这种抉择的痛苦。看着母亲期盼并饱含恳求的眼神，卓越好几次差点就给汤知人打电话说明情况，不过最终还是选择了放弃。他对母亲大致讲了一下康小冬的情况，说道："爸爸的情况目前看上去还比较稳定，我看这样，这两天就让丹丹来照看他，等情况稍有好转就转院去丹丹那里，今后治疗起来也会方便许多。"

欧阳慧本来就是一个识大体的人，如今儿子所面临的情况确实比较特殊，更何况儿子刚才提出的方案似乎更加合理，于是也就没有再多说什么。夏丹丹接到卓越的电话后很快就到了，仔细看了卓文墨的病历后对欧阳慧说道："从现在的情况来看，伯父要清醒过来还需要一些时间，也许两三天，也可能半个月，我建议等伯父醒过来后再转院。没关系，我可以向科室请假，最近一段时间就由我来照顾伯父吧。"

卓越对夏丹丹充满着感激，说道："也就明后天，康小冬的手术完成后我就可以暂时空闲下来了。"

夏丹丹问道："分院的事情估计也要开始忙活了，你不可能在这时候请假吧？"

卓越这才想起自己如今还有另外的一个身份，苦笑着说道："是啊，实在不行就请个特护吧。以前从来没有想过家里有一个病人会一下子变得像这样手足无措，现在轮到我们自己了，才知道看病真的很不容易。"

夏丹丹关心地问道："明天你是不是要忙一整天？要不你早些回去休息？"

卓越摇头道："我本来还准备今天再做一次实验的，说实话，明天的手术我感到压力非常大。"

夏丹丹很是理解他，劝说道："你爸爸的病情今天晚上应该不会有大的反复，要不你现在就回医院去吧，过了明后天再说。这里有我呢，难道你还不放心？"

两个人虽然在旁边不远处说话，不过却被欧阳慧听得清清楚楚。她过去对卓越说道："既然这样，你就先回去吧，有什么事情的话我们就给你打电话。"

卓越点头。夏丹丹和母亲是在为他考虑，对于他来讲，对父亲病情的关心仅仅是一个方面，而更多的是纠结于事业与孝道之中。人是社会动物，有时候虽然明白自己的本心但却偏偏对他人的非议感到畏惧，其实这才是我们那么容易处于两难境地的根本原因。

不过一回到医院卓越就后悔了，他发现自己根本就做不到真正静下心来。手机就静静地被放在旁边不远处，但他却控制不住自己一次次要去看。半小时后，他强迫自己开始做实验，却发现双手抖动得厉害，第一次吸起那枚卵子的时候就因为力量不均衡掉落了回去。第二次依然如此，卵子的细胞壁被破坏了……

失败会严重影响到一个人的心境，自信心也会因此受到强烈的打击。看着显微镜下已经融入培养液中的那些细胞残质，卓越烦躁得有一种想要摔碎培养皿的冲动。

手机铃声骤然响起，卓越心里一沉，快速跑过去拿起。电话是柳眉打来的，她的声音柔柔的很好听："我没打搅你吧？"

也不知道是怎么的，卓越想也没想就说出了这样一句话："我爸他急性胰腺炎……哦，没事，我在实验室里面。"

他的话让柳眉感到诧异："你爸的病没事吧？那你怎么还在实验室呢？"

卓越这才意识到自己刚才思维的凌乱，解释道："我手上有一个非常重要的病人……我感到压力很大，所以就想再将实验做一遍，可是现在我怎么都静不下心来，实验也失败了。"

柳眉温言道："如果我是你的话，在这样的情况下就会一直在医院里陪着父亲，即使是在父亲的病床边小睡一会儿也会觉得心安。你还是医生呢，怎么连这么简单的道理都不明白？"

心安。是啊，我心里充满着压力，同时又担忧着父亲的病况，在这样的情况下如何还能够做到心安？卓越一下子就感到轻松了许多："你说得对，我这就去陪着父亲。"

这天晚上，卓越在父亲所在的重症监护室外面的长条椅上睡着了，第二天一大早，当母亲和夏丹丹到来的时候他才醒过来。

"我去医院了。"他对母亲和夏丹丹说。

夏丹丹的目光停留在他的双手上，问道："你可以吗？"

卓越的眼圈微微发青，不过目光却像以前一样明亮："你放心吧，没问题的，一定没问题的。"

虽然取卵手术要在晚上才做，但前面的准备工作必须按部就班、事无巨细地进行，这期间还要随时注意康小冬的身体状况。虽然没有鼓励和问候的话语，但卓越完全可以从周围医生和护士们的目光中感受到他们的关注。

办公桌上有一杯浓浓的、香喷喷的咖啡，那是江晨雨亲自泡好后放到那里的，她什么都没有说，只是给了他一个灿烂的笑容。

汤知人来过一趟，问道："听说你父亲生病了？"

估计是夏丹丹的科室主任告诉她的。卓越点头。汤知人关心地问道："你能够坚持吗？"

卓越道："我已经准备好了。"

汤知人的声音柔和了许多："没事，到时候我会一直看着你做，从取卵开始。别紧张，我们承受得起三次以内的失败。"

卓越摇头道："我不能失败，失败了一次，我不能保证后面就一定能够成功。"

汤知人明白他话中的意思。是的，失败的阴霾肯定会影响到他的信心。汤知人笑了笑，说道："那我就什么都不说了，下午你可以休息，去看看你父亲。晚餐后我建议你先回去洗个澡，彻底放松自己，然后我们一次性完成所有的工作。"

卓越没有反对，他也不希望自己内心的那根弦绷得太紧。

午睡后卓越去了父亲所在的医院一趟，母亲在夏丹丹的劝说下回家了，夏丹丹坐在那里拿着一本书在看。卓越有些内疚："其实你也不用一直陪在这里的……"

夏丹丹笑着对他说道："虽然不能在重症监护室里陪着他，但是有我在这里你才放心啊。"

卓越的心里更是感激，柔声说道："今天晚上还是我来陪着吧，我那边做完大概在午夜过后。估计我爸这一两天醒不过来，大家轮流值班吧。"

夏丹丹点头，道："卓越，我有个想法：如果你爸爸醒来后基本情况可以的话，我觉得最好是接回家慢慢治疗。"

卓越诧异地问道："为什么？家里的条件怎么可能有医院好？而且我爸可以享受公费医疗，也不存在费用上的问题。"

夏丹丹解释道："你和我不一样，你所在科室的病人都是否极泰来，在绝望之下终于有了孩子，当然希望有人来看望、分享她们的快乐。我们科室的病人不一样，由于长期受到病痛的折磨，而且正一天天老去，所以他们并不希望有人去打搅，但是人情世故却总是会让病人的朋友、亲属、同事去看望他们，他们不得不打起精神去应酬，这对病人来讲就是一种折磨……"

卓越不以为然地道："我爸刚到退休的年龄，而且他也非常希望有人关心他，而且他特别在乎自己的存在感，其实这正是他这次生病的根本原因。"

夏丹丹不赞同他的说法："也许在经历了这次的生死之后，他的想法会发生彻底改变的。"

卓越想了想，道："我看这样，等他醒来后问问他自己的想法后再说吧。"

夏丹丹提醒道："万一他醒不来，或者醒来后已经不能说话了呢？"

卓越顿时就不高兴了："丹丹，你这是什么话？"

夏丹丹叹息了一声，说道："卓越，你也是当医生的，明明知道这样的可能性是存在的。我是老年科医生，见到过太多的生死。有时候我在病房里看到个别病人天天接待那些前来看望他们的人，我都替他们觉得累。"

卓越不语，他明明知道夏丹丹说得很有道理，但是从个人情感上还是不能接受那样的结果。可是夏丹丹却认为自己是对的，而且也是从内心替卓越的父亲着想。她继续说道："我曾经有个病人，肺癌晚期，他以前是政府部门的高级干部，住院期间天天都有很多的人来看望他，那些人总是对他说着各种安慰或者鼓励的话，而眼神中的怜悯就连我这个旁观者都可以清楚地看出来。这个病人是在去年冬天的时候走的，你知道他在走之前说了一句什么话吗？"

卓越禁不住就问道："他说了什么？"

夏丹丹低声了许多："他说：我好累，现在终于可以清静了……"

卓越耸然动容，不过还是有些不能接受直接把父亲接回家的方案，他问道："难道接回家后就没有人去看他了？"

夏丹丹道："陆老板的父亲在住院的时候经常有人来看望他，接回家后可就清静多了，也许人们总认为住院才是真正的病人，所以觉得去看望一下才应该。当然，如果到时候你爸爸能够醒来，而且还能够讲话就好了，到时候尊重他的想法就是。刚才我提醒的仅仅是特殊的情况。"

卓越的心里顿时释然：她说的那种情况应该不会发生。这才点头道："嗯，到时候再说吧。"

两个人虽然在同一家医院工作，然而在上班的时候见面反倒不多，此时能够坐在一起说说话倒也亲切温馨，夏丹丹根本就不想离开。

晚上七点过后的时候卓越已经回到了科室，此时距离取卵手术的时间还有两个多小时，他首先去了一趟康小冬的病房，和她说了一会儿话。康小冬有些紧张但竭力不让自己表现出来，她告诉卓越说汤主任刚刚来过。

卓越随即就去了汤知人的办公室，敲门进去后发现里面坐着几个穿警服的人。康德松、董奇运也在。这样的场景让卓越一下子就紧张起来，想要马上退出去却已经来不及了。汤知人笑道："没想到你这么早就来了，正好，我介绍一下，他就是卓越。"

其实不用介绍卓越就大概知道这几位警察是什么人了，无外乎是聂京生前的领导或者战友。果然如此。接下来康德松非常严肃地向卓越交代了注意事项，警察们充满着期待地表示感谢，这样一来卓越反倒浑身不自在而且紧张起来，好不容易一阵寒暄结束，他才逃也似的离开了汤知人的办公室。

大约一刻钟过后汤知人出现在卓越的面前，叹息了一声后说道："他们非得要来……卓越，你是不是很紧张？"

卓越回答道："刚才有点，不过现在好多了。"

汤知人看了看时间："还有近两个小时，你休息会儿。对了，他们都已经离开了，我也没时间在那里陪着。"

卓越苦笑着说道："其实我做过的试管婴儿病例已经不少了，想不到还是会紧张。"

汤知人看着他的目光很是慈祥："从现在开始，你得让自己变得平静下来。我们一定会成功的，是不是？"

卓越点头，然后就坐在那里闭目养神。汤知人朝他微微一笑，悄无声息地离开了。汤知人知道，此时此刻卓越根本就不可能真的进入休息状态，他一定是在脑子里不断重复接下来将要进行的每一个操作细节。

时间就这样一分一秒地过去，进入静思状态的卓越并没有感觉到时间的漫长。就在刚才，他已经在脑海里将每一个细节重复了两遍，当他终于睁开眼睛后就听到当班护士说道："汤主任已经在手术室等你了。"

卓越急忙朝手术室走去。消毒、换手术衣。康小冬已经躺在手术台上，截石位。其实，即使汤知人因为年龄的原因手发抖，还有别的医生也可以顺利完成取卵手术。卓越知道，汤知人是希望他能够独自完成这个特殊病例的整个过程，这才是真正的圆满。

康小冬不愿意做全身麻醉，虽然卓越早就告诉她取卵的过程会很痛苦。卓越一边给她外阴消毒一边再次劝说道："其实全身麻醉也不会对今后的孩子造成多大的影响，你现在改变主意还来得及。"

康小冬摇头："我听说也就是难受几分钟的时间，我能够坚持的。"

汤知人看了卓越一眼："开始吧。"

取卵的过程并不复杂，也就是在 B 超的监控下经过生殖道穿刺到卵巢，然后将成熟的卵子一一取出来。人体的内脏器官被植物神经所控制，刀割的时候并不会感受到疼痛，但在穿刺牵拉的过程中会引起极度的不适与痛苦。康小冬的身体开始颤抖，脸上已经出现因为痛苦造成的冷汗。卓越的状态极好，穿刺针一进入卵巢就很快俘获了一枚成熟的卵子，然后是第二枚、第三枚……

"好了，你就这样趟着休息一会儿。"在经历了极度的痛苦之后，卓越的声音如同天籁般传到了康小冬的耳朵里面。虽然卓越已经以最快的速度完成了整个过程，但康小冬依然觉得刚才的痛苦是那么漫长。

"很不错，你的手很稳。"这时候就连一旁的汤知人都禁不住赞叹。

卵子直接送到了实验室的暗室里。体外受精模仿的是人体环境，暗室的温度也被控制在人体正常的体温范围。聂京的精子已经解冻并同时送到暗室候用，显微镜下的精子活跃度正常，它们很快就被注入存放着康小冬卵子的培养皿里，精子们纷纷朝着那几枚卵子游去……生命的奇迹就此诞生。

取出来的十一枚卵子全部受精，接下来卓越开始对这些受精卵进行遗传学检测。这个过程卓越已经在实验室里面做过无数遍，而此时的他更加小心翼翼。汤知人一直在旁边静静地看着，中途的时候也去显微镜下看一下他操作的情况。时间就在这样静谧的状态下一点点流逝，一直到晚上十一点半左右才完成了全部过程。卓越并没有感到兴奋，叹息着说道："只有两枚没有问题，怎么办？"

按照常规情况，一般应该植入三到四枚受精卵到母体的子宫里面，待受精卵生长发育一段时间后取出质量相对较差的多余的胚胎，让发育得最好的那一枚继续生长最后生育出来，可是这个病例实在是太过特殊，万一康小冬在怀孕期间出现流产的话……汤知人思考了片刻，道："虽然其他的卵子有些问题，还是冷冻起来备用吧。就将这两枚合格的受精卵培养起来，到时候一起植入。我相信上天会眷顾那位英雄的。"

卓越有些犹豫："可是……"

汤知人已经拿定了主意："就这样办吧，我在此之前和康小冬商量过，她早已有了最坏的打算。她对我说，即使是一个完全正常的受精卵也没有，和她一样有遗传性贫血的孩子她也要。"

卓越也就不再多说什么，接下来就将两枚受精卵放入培养皿里，三到五天之后，当它们发育成比较成熟的胚胎后再植入康小冬的子宫里面。

康小冬听到这个消息后眼泪一下子就出来了，问道："我的孩子……他们真的很健康吗？"

汤知人微笑着点头道："卓医生的技术非常稳定，上天有眼，我们终于从中找到了两枚健康的受精卵，过几天他们就要被植入到你的子宫里面了。小冬，祝贺你，你马上就要当妈妈了。"

康小冬粲然一笑，问道："等我真正怀上孩子的那天，我想把孩子父亲的照片挂在这病房里面，我想让他看着孩子一天天在我肚子里面长大，可以吗？"

汤知人微微一笑："当然可以。卓医生，你说呢？"

卓越也微笑着说道："本应该如此。"

受精卵在培养液中生长得很迅速，这说到底就是一个在遗传信息控制下的细胞分裂过程。三天后，卓越将已经成熟的胚胎植入康小冬的子宫里，紧接着就给她肌注了黄体酮，这是为了让胚胎更容易着床。

在一般情况下，胚胎着床都不会出现太大的意外，除非是女性患有子宫肌瘤等方面的疾病。准确地讲，胚胎就已经是孩子了，孩子对母亲子宫的亲和力本身就是上天赐予孩子的天性。

卓文墨也是在这一天晚上醒来的，不过却说不出话来。卓越想到了夏丹丹的那个建议，问父亲道："爸，您是想继续在医院住下去呢，还是回家？如果您想继续在医院住下去的话就眨两下眼睛，过两天就把您转院到丹丹的科室去。"

卓文墨的眼睛睁得大大的，直瞪瞪地看着儿子。卓越担心父亲没有听明白自己刚才话中的意思，又道："那这样：如果您不想住院、想回家了的话，那就眨两下眼睛。"

卓文墨的眼睛马上就眨了两下。卓越顿时明白了，轻轻去握住父亲的手，忽然间感觉到父亲的手已经不再像从前那么温暖了。

不过父亲的醒来还是让卓越感到很欣喜，不管怎么说这都是一件值得庆幸的事情，否则的话他很可能会因此而愧疚终生。

两周后，通过血液和尿检，正式确定康小冬妊娠成功。康小冬喜极而泣，卓越也顿感全身的压力如同破开的蚕茧般瞬间消失殆尽。

卓越这次的成功并没有被广泛宣传出去，毕竟距离试管婴儿的真正成功还有一个漫长的过程，也就是说，在康小冬的孩子健康出生之前，成功与否永远都只是一种未知。虽然如此，卓越做出的努力还是在本院范围内被不少人知晓。

孙鲁在悄然无息中离开了这座城市，他在离开之前特地请章芊芊吃了顿饭，虽然他依然没能接受章芊芊的那份感情，但还是让章芊芊泪眼涟涟。孙鲁并不是一个冷血的人，只不过因为情有他属，即使是这样，面对这样的情况也难免内心波澜骤起，最终还是用无奈的叹息将内心中的那一片波澜硬生生地平息了下去。

其实孙鲁离开的事情卓越是知道的，不过这段时间他实在太忙了。他和孙鲁之间并没有深厚的情谊，最多也就是在心里嗟叹而已。

章芊芊将于一周后随团前往非洲，医院方面已经提前举行了隆重的欢送仪式。她曾经给夏丹丹打过一次电话，但在电话里面一句话都没有说，她的哭泣声让夏丹丹好几次流下了眼泪，后来夏丹丹终于得空想请她吃饭，结果却被拒绝了。章芊芊对她说："丹丹姐，我给你打那个电话只是觉得心里没着没落的，我知道你最近很忙。没关系，一年后我就回来了。"

后来夏丹丹对卓越提及此事，卓越听后叹息不已，说道："其实，她还是抛不下对孙鲁的那份感情。"

夏丹丹听了觉得有些别扭："听你这话，好像我才是罪魁祸首似的。"

这一刻，卓越竟然莫名其妙地想到了柳眉，摇头说道："其实孙鲁并没有错，错的是他不懂得克制。"

夏丹丹觉得莫名其妙，问道："你这话是什么意思？"

卓越这才意识到自己差点说漏了嘴，摇头道："我没什么意思，只是感慨而已。"

就在他们两个人谈论这个话题的时刻，孙鲁刚刚登上北京飞往大洋彼岸的客机。这一刻，他忽然想给章芊芊发一条短信，却想起手机已被自己扔到机场外边的垃圾桶里……

第二十九章

经过数天的翻查，华茂凯终于从库房里发现了几种有问题的药品。

自二十世纪九十年代开始，国家对药品供货市场进行了大规模改革，民营医药公司如雨后春笋般涌现，潮水般扑向各级医院，一时间医药市场泥沙俱下，风起云涌，即使国家经过数年整顿，各种问题依然存在。商业的投机性与国家监管始终是一对无法调和的矛盾，正因为如此，监管就如同天空中的太阳，永远都不可能照射进这个世界的每个角落。

高德莫对药品销售有一定的研究，华茂凯更是知之甚深，所以，要从中发现问题其实并不难。这件事情其实非常简单，而华茂凯对高德莫言听计从的根本原因是他领悟到了其中的大智慧——如果华茂凯要真正赢得康德松的信任，就必须揣摩透他的心思。

虽然华茂凯如今已经领教了高德莫的智慧，但他的内心依然忐忑不安。拿着手上的资料，他咬牙切齿地对自己说：再去试一次，如果真的如同高德莫所料的话，我在这家医院的地位也就根本上稳定下来了！

于是，他急匆匆朝医院的行政楼走去。

敲门，三下，里面康德松的声音清晰可闻："进来吧。"

轻轻推开了门，发现康德松的情绪似乎不错，华茂凯的脸上带着卑微的笑容："康院长，有一件非常重要的事情我要向您汇报。"

康德松笑眯眯地看着他："哦？你说。"

华茂凯恭敬地将手上的资料递了过去："康院长，最近我发现库房里面有一些药品存在很大的问题，除了出厂厂家与当时的合同对不上外，还有一部分药品的出厂日期以及主要成分存在着问题。"

康德松的眼睛顿时一亮，问道："既然存在着这么多严重的问题，你为什么现在才发现？"

康德松刚才的表现被华茂凯看得真切，心里暗喜：看来这一次高德莫又分析对了。急忙回答道："问题主要是出在普通药品上面，医院每年采购的普通药品有数百个品种，单价也不高，但总量却非常大，比如注射用的青霉素，不同的厂家出厂价存在着一定的差别，但是药效却很难区分出来，所以一直没有引起我们的注意，有的医药公司就利用了这一点，在每一次供货的药品中鱼目混珠。最近有一家医药公司与我们医院的合同即将到期，我在清理这家公司药品库存时才发现了这个问题，于是就意识到这样的问题很可能并不止这一家，经过仔细查看后果然发现里面的问题很严重……"

康德松看着他："那么，我问你一个问题：如果这样的情况属实，我们医院是不是可以单方面毁约？"

华茂凯回答道："不存在我们毁约的问题，应该是这些医药公司提供的产品出了问题，所以我们完全有权利不再继续执行以前的合同，甚至还应该给他们发律师函要求对方赔偿。"

康德茂戴上眼镜，仔细去看资料中的具体内容，一边看着一边轻轻敲着桌子，皱眉道："这些人的胆子也太大了，药品都敢作假！"他放下手上的资料，沉吟着道，"华主任，这件事情毕竟涉及我们医院管理上的问题，如果真的要追查责任的话，你也跑不掉……"

华茂凯吓了一跳："康院长，我……"

康德松朝他摆手道："你听我把话说完。这件事情看似简单，但是却牵涉方方面面，我看这样吧，对于这几家医药公司的问题我们就不要过多追究了，不过我们必须改变现状，绝不允许这样的情况再次发生。华主任，你认为接下来我们要如何做才能根本性解决这个问题？"

华茂凯道："根本性解决问题说到底就是要进一步加强管理，更需要从药品供货的源头上寻找并解决问题。我的想法是重新制定药品招标条件，让更多的医药公司一起来参与竞争，这样才能够真正做到优质廉价。"

康德松担忧地问道："如此一来，会不会引起我们的医护人员及社会上的非议？"

华茂凯摇头道："郝院长以前制定了药品入院的折扣比例，将其中的利润用于医院的建设及医护人员的奖金，只要我们不改变这个原则就应该不存在什么大的问题。说实话，即使是在我们以前的进货折扣之下，医药公司的利润还是非常可观的，毕竟我们医院的药品用量非常巨大。"

康德松点头道："你说得很有道理。如今我们医院很快就要上马几个分院的项目，需要大量的资金。我看这样，这次药品招标的原则可以做一些适当的调整：在保持医药公司原有利润的前提下，将付款周期适当延长。以前好像是一个季度的付款周期吧？那我们现在就延长至半年，这样一来的话估计就没有人说三道四了。"

华茂凯心里一沉：如果真的这样做的话，很多小型医药公司就只能出局了。他想了想，问道："所有的药品都这样吗？"

康德松皱眉道："难道还要区别对待？就这个原则吧，你马上拟一个方案出来，然后尽快在院长办公会上通过。"

华茂凯不敢再说什么，唯唯诺诺答应着。

"我也不知道会是这样的结果，看来康院长对那些医药公司更狠啊。德莫，这样一来你能够承受得住资金上的压力吗？"华茂凯对高德莫充满了歉意，所以就在第一时间告诉了他目前的情况。

高德莫也没有想到康德松会使出这样的招数。以前郝书笔虽然把医药公司的利润压得很低，不过三个月的付款周期还能够接受。省城可不止这一家医院，他这样做的结果就只能让其他医院纷纷效仿，如此一来不知道会触碰到多少人的利益。高德莫十分清楚，这样的结果根本就与华茂凯无关，他皱眉想了想，忽然就笑了，说道："没关系，只要有您在，一切困难都可以解决的。"

华茂凯一下子就急了："我最多也就只能让你的产品进入医院，而且这件事情还得你自己从中做一些工作，至于这付款的事情，我可就无能为力了。"

高德莫依然云淡风轻的样子："付款是财务科的事情，医院财务科的科长和我是哥们儿……"

华茂凯急忙提醒道："没有康德松的签字，他敢随便把钱划给你？"

高德莫朝他摆了摆手，道："华叔，您先听我把话说完好不好？只要我的产品能够进入医院各个科室使用，推广的事情也就不再是问题。"

华茂凯还是忍不住接口道："这倒是，你很会做人，在医院里面朋友不少，可是……"

高德莫微微一笑，说道："华叔，您说得对，付款的事情最关键还在康院长那里。我们公司的这点钱与医院需要付出的巨额资金相比简直就是九牛一毛，所以，只要我们能够控制住……不，能够让他把我们当成朋友，到时候您再在一旁说几句好话，特事特办也就不再是问题了。"

华茂凯大张着嘴巴："要控制住他恐怕不是那么容易吧？"

高德莫摇头道："不，不是控制。我这人做事有自己的原则，控制说到底就是让对方怕你，付出的是失去尊严的代价，这不但不符合游戏规则，而且还很容易祸及自身。所以，取得他的信任，让他把我们当成朋友才是最好的办法。"

华茂凯的眼睛一亮："真的可以做到那样的话，今后你在我们医院的前途可就一片光明了，说不定很快就会超过卓越的。"

高德莫却摇头道："我志不在此。卓越这个人也非常聪明，而且他很可能会成为一个真正的学者，说实话，在这一点上我远远不如他。"

华茂凯觉得他有些言不由衷：你们都这么年轻，而且智慧超群，没有野心是不可能的。不过此时华茂凯不想继续谈这个还很遥远的问题："那么，接下来我们究竟应该怎么做？"

高德莫一副高深莫测的样子，道："不着急，这件事情得慢慢来，我相信机会总是会有的。"忽然发现华茂凯一脸的茫然，又笑道，"好吧，我详细给您说说我的想法：郝院长在位那么多年，但是他很少接受医药公司的吃请，究其原因是因为他比较自制，说到底还是因为他是真正把这家医院的发展当成自己的事业。但是康院长不一样，他到了这个年龄才接替一把手的位子，虽然也是真心想做出一番事业来，但多年来一直被郝院长压制，所以很容易出现权力欲膨胀。一旦医院决定对药品、设备等进行重新招标，各种关系就会找上门来，也许其中还有他的上级，在这样的情况下您说他会不会拒绝？当然不会。在原则范围内适当照顾一下各种关系，即使是以前的郝院长也不能免俗，更何况是他？"

华茂凯还是不明白："这和我们又有什么关系？"

高德莫道："医药公司说到底就是做药品销售的，其中的魑魅魍魉大家都清楚，一旦他答应了医药公司的吃请，就很容易被拉下水。华叔，您可要注意啊，如今您的情况和以前可是大不相同了，您也会成为他们拉拢腐蚀的对象，到时候金钱美女一起上，您可要经受住诱惑啊。"

你不也给了股份吗？这时候还对我说这样的话？！华茂凯腹诽着，嘴上却说道："我不会，家里的那位我都满足不了，别说……德莫，你的意思是，到时候我们也……"

高德莫摇头道："不，我们不能那样做，那样做最终会害了他。我的意思是说，一旦他刚刚开始堕落的时候我们就去救他，这样一来不但可以挽救他，而且从今往后我们和他也就建立起了一种特殊的情感，今后我们的公司做大做强也就不再是什么难事了。"

华茂凯吃惊地看着他："你的意思是……"

高德莫点头："虽然在手段上有些上不了台面，但其结果无论对他还是对我们，都是有好处的。佛曰：救人一命胜造七级浮屠。我们拯救他于堕落的初始，这何尝又不是菩萨心肠？"

董奇运发现，康德松所做的事情都是可以拿到台面上来说的，其他的人根本就没有任何反对的理由。这次院长办公会要研究的事情也是一样，虽然大家明明知道康德松的目的是掌控住医院药品的供货渠道，但是华茂凯手上的证据确凿，如果医院不采取相应的措施反而会引起社会上的非议，最终对医院造成极其不好的影响，这绝不是在座任何人愿意看到的结果。刚才，就连刚刚上任、分管药品的副院长唐尧都只能同意康德松提出的新的药品招标方案，虽然他明明知道这样做的结果是自己被架空。董奇运当然不会认为自己的能力低于康德松，而是执意相信位子决定思维、权力掌控全局。不过他也因此暂时放弃了与康德松叫板的那份心思——周前进说得对，做好自己现在该做的事才是最明智的。

新的药品招标方案被院长办公会一致通过，董奇运后来又提出将招标方案向媒体公布以示公开透明、公平公正，大家也并没有提出反对的意见。

这次的院长办公会很快就结束了。董奇运感到有些恍惚——这个对权力有着如此熟稔掌控力的人真的就是曾经的那个康德松吗？

董奇运郁闷地回到办公室，不一会儿唐尧就来了。董奇运心里明白他的来意却故作不知地问道："老唐，有事吗？"

唐尧和董奇运算是老朋友了，此时也不忌讳，叹息了一声，道："你说，我来当这个副院长干什么？不就是个摆设吗？"

董奇运朝他摆手道："一直不都是这样吗？你这才开始呢。老唐，你想过没有，如果这次你没上来的话，很可能连科室主任都保不住。"

唐尧倒是心知肚明，点头道："这我知道，即使那样也比在这里当个摆设好啊。"

董奇运笑道："你也一样可以继续当你的外科医生啊，该你管的事情就好好管着，不该管的就站在一旁看着。不过老唐，有些事情我得提前提醒你一下：当摆设不可怕，可怕的是把你当成了挡箭牌。"

唐尧愕然地问："什么意思？"

董奇运意味深长地笑了笑："也许，我也跑不掉会去当这个挡箭牌的，过两天你就知道了。"

医院的公告在网络和报纸上公布之后，反应最迅速的当然是医药公司，以前中标的公司一时间人心惶惶，而其他的医药公司都开始蠢蠢欲动。就这几天，医院行政楼下各色豪车也忽然间多了起来，许多西装革履的人行色匆匆奔走于医院行政楼与药房之间。

这天下午，康德松忽然跑到了唐尧的办公室，很客气地对他说道："唐院长，今天晚上有个酒局得麻烦你去应付一下。"

对方根本就没有问他有没有别的安排，这种貌似客气的做派之下隐藏着的是吩咐或者命令。唐尧忽然想起董奇运的话来，内心暗暗警惕，问道："晚上是个什么安排？"

康德松叹息了一声，说道："西城区卫生局的局长出面请我们医院的领导吃饭，我这边忙得一塌糊涂，你是我们医院未来外科分院项目建设的负责人，今后有很多事情要和他们打交道，所以就只有麻烦你去参加了。"

唐尧诧异地道："按道理说，应该是我们请他们才是，他们怎么反而主动起来了？"

康德松道："相当于我们在他们那里投资，而且又是医疗服务项目，他们当然得主动一些了。老唐，外科分院虽然是省里重点关注的项目，不过小鬼难缠，你要尽量和他们搞好关系才是啊。"

如此一来，唐尧也就根本没有了拒绝的理由。

其实他并不知道的是，这天包括董奇运在内的所有医院负责人都分别被康德松安排去参加同样性质的晚宴了，而下班之后，康德松和华茂凯也匆匆去往市中心的一家五星级酒店。

董奇运这边参加的是城北区分管文教卫生的副区长出面邀请的酒局，康德松在他面前还是那样一套说辞，他当然也就不好推辞，于是就给卓越打了个电话，下班后让医院派了一辆车一起去了。

康小冬的手术完成后卓越感觉轻松了许多，康小冬也非常注意身体的保养，每天的饮食、运动量等都完全按照医生的吩咐在执行，不过父亲的病始终让他挂心，夏丹丹说要辞去陆老板那边的兼职，结果陆老板坚决不同意："除了你，我实在找不到更合适的人了，我父亲也非常喜欢你，他只吃你开的药。这样吧，还是按照我们开始说好的，你每周来一次就可以了，报酬不变。"

卓越对夏丹丹说："既然这样，那就暂时不要辞了吧，谈好了的事情，你得讲信用。我爸有我妈在家里服侍，我尽量每天回家吧。"

夏丹丹心想也是，卓越父亲目前的情况估计一两天也好转不了，自己天天去其实意义不大。

卓越本来就准备下班后直接回家的，结果却被董奇运给硬生生拉走了，没办法，他只好给母亲打了个电话。父母是天底下对孩子最无私的人，欧阳慧当然不会多说什么，只是叮嘱儿子不要喝多了酒，一定要注意身体，絮絮叨叨说了许多。

"今天晚上肯定会有医药公司的人在场，而且真正请客的人应该就是他们，那位副区长只不过是出一下面罢了。"在车上的时候董奇运对卓越说道。

虽然卓越感到有些诧异，不过并没有特别在意，说道："有您在，我什么都不说就是。"

董奇运心想：康德松把我推出去做挡箭牌，你是我的副手，你不说话怎么行？当然，这样的话他不可能明说，叹息着道："我也不好说啊，毕竟我又没有分管药品和医疗器械，到时候你机灵些，在不得罪人的情况下尽量推托。生殖技术中心的建设今后还得靠你，我也就是挂个名而已。如果现在我们把那位副区长给得罪了，今后分院的建设一定会出现不少的麻烦……"

卓越的头一下子就大了："那，我可不可以不做这个副手？汤主任给我布置了新的任务，要求我尽快完成第四代试管婴儿的实验呢。"

董奇运怒道："年纪轻轻的，怎么就这样没有追求？汤主任特地推荐你给我做副手，就是想让你今后接她的班，你怎可以一见到困难就逃避？"

董奇运的斥责让卓越有些不知所措，讪讪着不知道该说什么才好。董奇运也不是真的要狠狠批评他，随即就温言说道："对于一位年轻医生来讲，专业的成长固然重要，而担任一定的行政职务也并不会因此影响你在专业方面的发展，说到底就看你如何安排自己的时间和精力。有了一定的行政职务手上的资源也就相对会多一些，比如课题的立项、科研经费的申请等等，很多人想要争取到这样的机会都还没有呢，你怎么就不明白这个道理？"

卓越羞愧不已，内心更是感激："我知道了，谢谢您的提醒。"

董奇运拍了拍他的胳膊："我们这一代人总有一天会老去，医院未来的发展还得靠你们，这也是你们这一代人的责任，好好干吧。不过你今后一定要注意，行政上的位子可不好坐，除了决策风险之外更多的还有各种诱惑，稍不留心就很容易堕落。"

果然如董奇运所预料的那样，酒店雅间里除了那位副区长外，其余的都是某医药公司的人，其中不乏俊男靓女。副区长直接坐到了主位，将一右一左分别安排给了董奇运和卓越，其他人纷纷入座，副区长举杯说了一大堆未来生殖技术中心的重大意义，然后提议大家一起共饮。

董奇运也只谈未来分院的事情，全然一副只谈公事不管其他的态度。然而，接下来医药公司的老总主动来敬酒了，副区长这才趁机说道："这是我老战友的孩子……听说你们医院马上要对药品重新进行招标，到时候还得请董书记多多关照啊。"

董奇运歉意地道："在这件事情上我的话语权不够啊，我在医院只是管党务工作，有些事情说了也不起什么作用。"

副区长笑道："现在都讲究民主决策，你的那一票还是很起作用的。"

董奇运摇头道："不在其位不谋其政……"说到这里，他忽然发现副区长的脸上有些尴尬，笑道，"我尽量帮忙吧，但实在不能保证什么。"

医药公司老总倒是惯于察言观色，在一旁笑着说道："没关系，只要您尽力就可以了。今后生殖技术中心建好后我们再合作也行，到时候医疗器械和药品以及各种检验试剂我们都可以提供。"

董奇运滴水不漏，指了指卓越，说道："我也就是暂时挂个名，今后真正的负责人很可能是他。"

医药公司急忙去敬卓越的酒。卓越虽然有所准备但还是在一时间被搞得有些手足无措，急忙道："我都听董书记的……"这句话说出来后才忽然想起董奇运在车上时的叮嘱，急忙又道："今后我还不一定就负责这家医院呢，即使是到时候真的要我负责，估计我手上的权限也不是很大，到时候再说吧。"

医药公司老总哪里会想那么多？他听了后已经很高兴了，说道："有您这句话就够了，我喝三杯表示感谢。"

董奇运也觉得卓越的话讲得很有艺术，心里暗暗称赞。既然董奇运和卓越都已经表了态，接下来副区长和医药公司的老总也就不再提及此事了，桌上的话题换成了讲笑话，笑话都是带了黄色的，而且那几位漂亮的女士讲得更大胆，副区长和董奇运估计不止一次见识这样的场合，都是"哈哈"一笑了之。然而，卓越却是第一次经历这样的事情，在美女们的明眸皓齿、浅笑绰绰之下差点心生旖旎，幸好在路上的时候董奇运特别提醒过，这才让他很快镇定下来。

酒宴慢慢接近尾声，医药公司老总举杯道："感谢各位领导对我们公司的大力支持，本人感激不尽……接下来我们找个地方去轻松一下吧，我们找个地方唱歌去，怎么样？"

副区长看着董奇运："你觉得如何？"

董奇运的目光有意无意间看向了卓越，此时卓越已经喝了不少酒，早已变得大方自如起来，歉意地道："我必须得马上回家了，父亲病重还躺在病床上呢。对了董书记，在来的路上您不是说还要去机场接人吗？"

董奇运一副忽然想起的样子："哎呀，我还差点忘了。老岳父今天要来，幸亏小卓提醒，不然的话今天回去肯定要罚跪搓衣板。"

众人大笑。副区长笑道："哪来那么严重？好吧，既然董书记和小卓都有事，那我们下次再约吧。"

晚宴到此结束，在医药公司老总的眼神暗示下，他旁边那位漂亮的女孩子移到副区长、董奇运和卓越身旁，分别往他们的衣袋里塞了一个鼓囊囊的信封。副区长恍若不知的样子，董奇运和卓越也就不好拒绝。直到上车后卓越才从衣袋里拿出那个大大的信封问董奇运道："这东西怎么办？"

董奇运叹息了一声，道："给我吧，我分管纪委的工作，回去后我就把这东西记录在案，到时候交给上面。小卓啊，这就是糖衣炮弹，不接还不行，接了处理不好的话今后很可能会产生严重的后遗症，从今往后你要学会处理这方面的事情。"

卓越也暗暗心惊，心想行政的位子果然不是那么好坐的，看来今后还真的要战战兢兢、如履薄冰才可以啊。

这天晚上宴请康德松的是省政府的一位副秘书长，康德松当然不敢怠慢。他已经想过，像这样的宴会省卫生厅的人肯定会参与，其目的当然不言而喻。此时康德松也就更加认识到这次对药品进行重新招标的决策正确。是啊，权力不拿来使用它就如同空气一样不存在，而使用好了它却可以通往更上一级的台阶。为了稳妥起见，他还带上了药房主任华茂凯，在他的眼里，这位药房主任已经真正成了自己人。

副秘书长是最后一个到的。康德松首先见到的是省卫生厅的一位副厅长以及省政府的两位副处长，卫生厅的一位办公室副主任也在，很显然，这个人是来安排晚餐的。此时，康德松有些不大明白这次晚宴的意图了，他用疑惑的目光看向副厅长，副厅长笑了笑，低声对他说道："他就是想见见你，他是联系我们这一块工作的副秘书长，这也很正常。"

康德松当然不会相信这样的说辞，不过本着以不变应万变的想法，也就懒得再去揣摩了。

副秘书长迟到了近十分钟，进来后就歉意地说道："对不起各位，开了一下午的会，刚刚才结束。"他的目光看向康德松，"这位就是康院长吧？"

康德松急忙去和他握手："秘书长好。"

副秘书长的身材看似单薄，不过手却很温暖，他握了一下康德松的手，说道："你们医院准备建设分院的报告我已经看过了，非常不错，康院长很有想法，很有魄力。"

康德松受宠若惊，急忙道："我们只不过是按照省里的部署在制定医院的发展规划罢了，秘书长谬赞了。"

副秘书长的目光看向了华茂凯，问道："这位是？"

这一刻，康德松忽然有些后悔带这个人来了，不过却不能不介绍："这是我们医院的药房主任华茂凯，最近我们发现以前的药品采购过程中存在着一些问题，今天秘书长召见，我让他跟我一起来向秘书长汇报一下这方面的情况。"

副秘书长将手伸向了华茂凯，笑着说道："看来华主任是一位非常优秀的药房主任啊，能够主动发现自身存在的问题，这很不简单。"

华茂凯可是第一次和这样的大人物面对面，早已紧张得说不出话来，慌忙去握住了副秘书长的手，结结巴巴地道："这，这都是我，我们应该做的事情。"

副秘书长松开了他的手，问副厅长道："人都到齐了吧？那我们开始。"

副秘书长坐在了主位，他指了指自己的右侧："康院长，请坐吧。"

康德松更是受宠若惊。接下来副厅长坐到了副秘书长的左侧，其他人依次而坐，华茂凯级别最低，被安排在了末席的卫生厅办公室副主任旁边。副秘书长举杯祝贺康德松接任医院院长职务，然后开始询问医院目前的情况。康德松当然是小心翼翼地一一作答，同时还谈到了目前医院遇到的困难。酒桌上几乎就他们两个人在说话，就如同他们两个人的工作餐。一直到后来副秘书长的手机忽然响起。

副秘书长接了电话，大家都看到他的眉头皱起了，随后才听到他说道："好吧，那你现在就来吧。"副秘书长放下电话后对康德松说道，"我外甥，现在的年轻人真不得了，竟然知道今天晚上我和你在一起吃饭……"

康德松这才恍然大悟，心里暗暗佩服这样的安排，笑道："是啊，现在的年轻人可是比我们当年强多了，主动、大胆、善于抓住一切机会。"

副秘书长朝他摆手，笑道："也不尽然。康院长，我外甥这两天来找我，他的公司以前一直在与你们医院合作，听说你们医院最近要对药品进行重新招标，所以就有些着急了。我对他说，这件事情我帮不了什么，只要他们的产品合格，价格公道，就不应该担心什么。康院长，我说得没错吧？"

话已经说到了这样的程度，康德松如何还不明白？点头道："秘书长说的是。这次确实是因为发现以前的部分药品供货商不讲诚信，以次充好，我们才不得不决定重新进行招标。药品不是普通商品，它关系到病人的生命安全，一旦管理不严，后果将不堪设想。不过只要产品合格，符合我们这次招标的所有条件，我们一定会考虑在同等条件下优先照顾的，请秘书长放心。"

副秘书长摆手道："这样的事情我是不管的，只是顺带这么一说，希望你们一定要坚持原则，绝不能出现任何药品安全方面的问题。"说到这里，他看了一下时间，歉意地道，"对不起，晚上我还有一个会议。一会儿我那外甥来了你们具体谈吧，我就不再参与了。"

康德松有些忐忑：刚才我的话没说错什么吧？不过见到副秘书长已经站了起来，只好恭恭敬敬地和其他人一起将他送到门外。

不多一会儿副秘书长的外甥就来了，身后带着一个漂亮的女孩子。华茂凯一见这个人心里顿时一沉，急忙走到康德松身旁低声道："这次查出来有问题的药品其中就有他们公司的，这个人姓罗，是九阳医药公司的老总。"

这时候，这位罗总已经在和副厅长及几位副处长打招呼了，而且目光很快就投向了康德松和华茂凯："康院长，您可能不记得我了。华主任，我们可是老朋友啦。各位不会不欢迎我这个不速之客吧？"

副厅长笑道："我们怎么会不欢迎呢，现在我们单位的办公经费正紧张呢，康院长的手头也很紧，你这个大老板来了，今天的单就有人买了。"

大家都笑。康德松笑道："我们医院再穷，这顿饭还是请得起的……"话未说完，罗总就道："康院长，您说这话不是打我的脸吗？我舅舅临时有事先走了，接下来当然得我来安排不是？康院长，您放心，今天晚上我们不谈业务，只喝酒。"

副厅长道："这个提议好。从现在开始，谁再谈工作上的事情就罚酒。"

服务员将副秘书长的餐具收拾了，副厅长坐到了主位。罗总重新点了菜，然后自罚三杯酒，晚宴重新开始。康德松知道，其实现在那位副秘书长在与不在已经不重要了，自己答应了的事情接下来还得想办法办好才是。更何况副厅长还在这里，这一层关系对他也非常重要。想明白了这一点，心里也就打着既来之则安之的主意，对所有的敬酒都来者不拒，同时还主动回敬在座的各位。

酒到中途，罗总带来的女孩子向康德松敬酒，甜腻腻地说道："康院长，我是公司负责你们医院的医药代表，到时候还请您多关照啊。"此时康德松已经喝得差不多了，笑道："好的，我尽量关照。"

这时候一位副处长大声道："不是说好了不谈工作的吗？美女，罚酒！"

副厅长也笑道："康院长也应该罚一杯。"

年轻女孩子倒是豪爽，道："罚就罚，不过康院长是因为我才说溜了嘴，这两杯酒我一起喝了。"

那位副处长道："那怎么行？康院长，您说呢？"

康德松豪气地道："既然兴了规矩，那我也认罚。"

罗总鼓掌道："既然如此，你们俩喝交杯酒吧。"

众人都齐声叫"好"，女孩子大大方方地主动端起酒杯："康院长，来，让他们看看帅哥和美女是如何喝交杯酒的。"

这天晚上日子最难过的是唐尧。他那边的情况和董奇运遭遇到的差不多，也是一位医药公司老总请客，大家坐下不久就谈到医院这次药品招标的事情，唐尧不敢应承却又不好推托，心想将事情往康德松身上推不但不能解决问题，而且自己在这样的场合也太过没脸面，结果一顿饭下来中间好几次冷场。

后来还是那位区卫生局局长提议到此结束，开始时的热情与恭敬早已淡漠了许多，剩下的也就只有礼节上的客套了。唐尧上车后心里憋闷得慌，差点爆发想要骂人的冲动。

康德松那边还在继续喝酒，酒桌上的气氛也正热烈，后来实在是时间已经太晚，罗总倒是提议去唱歌，结果被副厅长和康德松同时拒绝了。

在车上的时候华茂凯再一次提醒康德松："这位罗总的事情不大好办啊。"

康德松道："你去处理吧。"

华茂凯很是为难："我怎么处理啊？"

康德松道："这层关系对我们医院今后的发展很重要，只要他们符合这次医院的招标条件，今后不再搞歪门邪道，我们就可以答应让他入围。"

华茂凯这才明白了：不就是提前和他们先沟通吗？这倒好办。

司机先送康德松回了家，华茂凯用短信问高德莫在什么地方，高德莫回复后华茂凯就在路边下了车。白天的气温有些高，到晚上就变成了闷热，华茂凯站在那里好一会儿才叫到一辆出租车，里面的凉气让他禁不住打了一个寒噤。

两人见面后华茂凯说了晚宴上的情况，高德莫想了想说："按照他说的做就是。"忽然就问了一句，"那个女医药代表叫什么名字？"

华茂凯回答道："陈敏。怎么了？"

高德莫淡淡一笑，道："她一定给了您名片吧？"

华茂凯点头，顿时明白了他要做什么，道："她送我们上车的时候给了名片。德莫，你不会想去收买她吧？她的老板可不是一般的人……"

高德莫嗤之以鼻："不过就是副秘书长那样的后台嘛。康院长在乎那样的关系是因为那个人对医院有用，对他坐稳现在的位子也有好处。不过这样的人不可能永远都坐在那样的位子上，说不定哪天就被调到地方去了，所以我们根本就不用在乎他。还有，这个陈敏只不过是公司的医药代表，医药代表中有几个是真正忠诚于公司的？她们吃的就是青春饭，一切都是为了赚更多的钱。华叔，麻烦您安排一下，这几天抽空让我和她见一面，其他的事情您就不要管了。"

华茂凯还是有些担心："难道你非要那样做吗？"

高德莫安慰他道："不会出任何问题的，您放心好了。"

第三十章

陆老板的父亲自从上次摔倒之后就再也不去打麻将了，不是因为害怕，而是病情加剧。如今老爷子的记忆已经变得非常糟糕，一个小时前说过的话、做过的事情都记不得了。

不过他还记得家里的人，包括夏丹丹。也许这是选择性记忆，或者因为对他们印象深刻。

夏丹丹已经见过陆老板的孩子。这孩子有些内向，每天放学后回来就把自己关在屋子里。有天晚上夏丹丹给老爷子检查完身体，正准备离开的时候这孩子出来上厕所，夏丹丹发现他的眼睛红红的，似乎刚刚哭过。夏丹丹出了别墅，犹豫了一下后转身问陆老板："你和孩子平时的交流多吗？"

陆老板怔了一下，摇头道："平时我都很忙，而且他现在都这么大了，哪里还需要我去管？"

夏丹丹似笑非笑地看着他，问道："那么，你把他接回家来干什么？"

陆老板又怔了一下，道："这里才是他真正的家，我接他回来不是应该的吗？"

夏丹丹非常认真地对他说道："陆先生，你想过没有，这孩子已经长大了，他会有自己的想法，你以为不告诉他有些事情他就真的不知道？他会去思考，去分析，然后得出他自己的结论。他这个年龄正是逆反的时候，逆反才正常，可是你看他现在，几乎都是把自己关在房间里，将所有的心思都隐藏在内心，这样下去可不是什么好事情。"

陆老板顿时动容，问道："那你的意思是？"

夏丹丹道："你是孩子的父亲，应该多和他交流，他心里在想什么，有什么需求，等等等等，你这个做父亲的都应该清楚。其实这样的事情不应该由我来提醒你，你想想自己在他这个年龄的时候是一种什么样的状态就知道了。"

夏丹丹离开后陆老板站在那里想了许久，越想越觉得夏丹丹的话很对，将手上的烟蒂扔到旁边的垃圾桶后就直接去了儿子的房间。儿子的房间没有反锁，推门进去的时候发现他正趴在桌上。陆老板顿时感到一阵心痛，问道："儿子，既然你瞌睡了，干吗不上床去睡觉？"

孩子仿佛受到了惊吓，忽然间坐直了身体。他的双眼红红的，大声朝父亲叫嚷："你进屋怎么不先敲门？你不做大学老师后就是这样的素质？！"

孩子骤然而至的愤怒让陆老板愕然得一时间不知所措，不过一瞬间后就变成了恼羞成怒："我是你老子，这是我的家，我要进你的房间还得先敲门？"

孩子霍然起身："你把我弄回来不就是为了让你觉得自己的这个家是完整的吗？你什么时候都只是考虑你自己，难怪我妈妈要离开你！好，现在我也走，我自己回外婆家里去，你就自己过孤家寡人的日子吧！"

孩子的话说完，一下子就哭了，很快收拾好东西，看也不看父亲一眼就直接朝外面跑了。陆老板就这样眼睁睁看着孩子离去，因为他根本就没有反应过来刚才所发生的一切。

夏丹丹在回去的路上接到了陆老板的电话，陆老板的声音一片萧索："看来你说得很对，我对孩子太不了解了。"

夏丹丹觉得这个男人有些可怜，温言道："要想了解孩子，你首先得尊重他，虽然你是他的父亲，但从人格上讲你们是平等的，只有你尊重他，把他当成是朋友，这样才有了真正交流的基础。"说到这里，她忽然笑了，"你以前还是大学老师呢，怎么连这样的道理都不明白？"

陆老板苦笑着说道："以前我在大学里面就是给学生上上课，很少去和他们交流。"

夏丹丹笑道："那你也一定不是一个很合格的老师，你不去和他们交流，如何知道他们喜欢什么、不喜欢什么呢？"

陆老板默然。夏丹丹这才意识到自己刚才的话太过直接了，歉意地道："对不起……不过我觉得你还是应该抽时间和孩子好好谈谈。"

其实陆老板并没有责怪她的意思，刚才只是在思考自己的过失，问道："目前这样的状况，我怎么和他好好谈呢？你有什么好的建议没有？"

夏丹丹道："如果我是你的话，就应该在和他谈之前先向他道歉。"

"道歉？我为什么要道歉？不行，不行！这样一来的话他今后就更不会听我的了。"陆老板顿时激动起来。

夏丹丹耐心地道："孩子正处于逆反期，他有自己独立的人格，你是他父亲，这是任何人也改变不了的现实，孩子当然会在内心认可你的这种地位。而问题的关键在于你现在根本就不知道孩子的心里究竟在想些什么，还有他究竟需要些什么。所以，你要让他在你面前说真话就必须首先取得他的信任。而要取得他的信任就应该给予他和你平等对话的机会。"

陆老板顿时觉得头都大了，这时候他忽然有了一个想法："夏医生，你能不能出面替我和他谈谈？"

夏丹丹即刻反对道："这怎么可以？你是孩子的父亲，你不能因为和他存在着暂时的交流困难就逃避。再说了，我只是你父亲的家庭医生，你想想，我这样的身份适合和他谈吗？"

陆老板叹息了一声："好吧，那我尽快抽时间去和他谈。"

夏丹丹又温言提醒了一句："这么晚了，你应该关心一下孩子究竟到了他外婆家没有，这不仅仅是安全的问题，更重要的是让孩子知道你是真心在关心他。"

这一刻，陆老板的脑子里瞬间就浮现起夏丹丹的模样来，一时间差点痴了：这么好的一个女人，她怎么就不属于我呢？

正好第二天是周六，陆老板一大早就去了岳母家。头天晚上陆老板已经来过一趟，虽然儿子躲在房间里不愿见他，不过他的心里也就不需要担心了。陆老板这次带了些礼物，无外乎就是最近电视上经常打广告的保健品之类的东西。如今他的婚姻虽然已经破裂，但毕竟曾经有着那样的关系，倒也不至于太过尴尬。

陆老板进屋的时候儿子正在吃早餐，孩子的外婆很是热情，问他吃过饭没有，陆老板回答说已经在家里吃过了，直接就走到儿子旁边，伸出手去抚摸着他的头，歉意地道："儿子，昨天晚上是我不对，最近家里出了不少事，你爷爷生病在家，是我对你的关心不够，都是我不好。"

孩子有些诧异，手上的筷子停在了碗里。陆老板叹息了一声，又道："也许一直以来我都做错了，最近我也在反思自己的过去。儿子，你看这样行不行？一会儿你吃完饭后我们一起出去找个地方玩玩，我们爷儿俩也顺便在一起交流交流。"

孩子的眼睛湿润了，哽咽着发出了很小的声音："嗯。"

其实陆老板说的带孩子出去玩只不过是一个由头，孩子都这么大了，他还真不知道孩子究竟喜欢什么。路上陆老板问儿子想去什么地方，孩子回答道："随便吧。"

孩子的心不在焉让陆老板差点又忍不住生气，不过他在一瞬之间就意识到这其实是父子之间的隔阂造成的，这也是自己的责任。

他温言问道："那么，你现在最想去做什么？"

孩子沉默了一小会儿，问道："我想去玩游戏，可以吗？"

陆老板问道："游戏？什么样的游戏？"

孩子回答道："游戏厅里面的那种游戏。"

陆老板心里一沉，问道："你经常去玩？"

孩子不说话。陆老板克制着自己内心的情绪，点头道："好吧。不过我从来没有去过那样的地方，一会儿你得教我玩。"

孩子大喜："真的？爸，那你现在就得掉头，然后在下一个路口往右边拐弯。"

孩子的高兴是真实的，流露出来的真情更让陆老板心里一阵激动，问道："听你这语气，你好像经常去那里玩？"

父亲的话并没有责怪的意思，孩子听得出来，回答道："也就是周末的时候去玩玩。我们班上的同学也经常去呢。"

陆老板趁机问道："你这么喜欢玩游戏，今后是不是准备考这方面的专业啊？"

孩子却摇头道："玩游戏只是为了放松一下自己，今后我想学农。"

陆老板大吃一惊，孩子的想法实在是太过出乎他的预料，问道："学农？为什么？"

孩子道："喜欢一样东西还需要为什么吗？"

陆老板道："当然。"

孩子道："好吧，那我就告诉你为什么。现在我们吃的东西大多都不健康，各种激素、农药超标，我不希望我们的下一代人依然生活在这样的环境里面，所以我今后的目标是研究生态农业。"

孩子的这个理想不错，但是他并不明白改变现状将会是一件多么艰难的事情。陆老板正思索着该如何回答儿子，这时候就听到孩子在问："爸，您不会也要像爷爷那样，非得让我今后去接您的班吧？"

陆老板摇头道："当然不会。我已经深受其苦了，怎么可能让你也走同样的路呢？"

孩子很高兴："那就好。"

陆老板问他道："可是你想过没有，当今的社会竞争压力非常大，今后你要想过上好日子，或许并不是那么容易。"

孩子捏紧了拳头："我会自己去奋斗的！"

他和曾经的我一样，内心单纯得像经过蒸馏的纯净水，可谁知道现实却是如此残酷。陆老板在心里叹息着，同时也很温暖：其实，和孩子交流并不困难，在此之前我为什么就没能多抽出时间和他在一起呢？

父子俩很快就到了游戏厅，陆老板虽然从未来过这样的地方，但他今天的心情特别好，在儿子的提示下很快就掌握了其中的诀窍，父子俩玩得十分尽兴。时间转眼间就到了中午，陆老板对儿子说道："今天我们不回家吃饭了，就在外边吃吧。儿子，想吃什么？"

孩子问道："随便什么地方都可以吗？"

陆老板道："当然。"

孩子道："那就去这座城市最高档的地方。"

陆老板笑道："高档的地方很多，没有最，你得选择你最喜欢吃的东西，或者是口味。"

孩子道："我们班上林唐的家里也是做生意的，他说这座城市里吃饭最高档的地方他都去过……那，我们就去吃日本料理吧。"

儿子的话让陆老板很是内疚，道："好，我们就去吃最高档的日本料理。"

孩子问道："那得花多少钱？"

陆老板想了想，道："一般情况下，大概人均三千块吧，当然，还得看到时候点什么菜。"

孩子瞪大了双眼："那么贵？！"

陆老板的心里更是惭愧：儿子长这么大，自己还从来没带他去过那样的地方，家里有这样的条件却不能让儿子见世面，自己这个做父亲的实在是太失职了。陆老板笑道："没事，今天你老爸请你，等你今后挣钱了再回请我就是。"

孩子伸出手去和父亲的手拍了一下："一言为定！"

陆老板笑道："好，我们一言为定！"

所有的菜都是孩子点的，他点得有些小心翼翼，还一边低声叫嚷："怎么这么贵？"陆老板一直没说话，一直微笑看着眼前这个与他血脉相连、模样相似的孩子。这一刻，他才真正感受到了什么是幸福，还有满足。

"爸，我可以要一瓶清酒吗？"儿子的话打断了陆老板幸福的沉浸。

陆老板摇头："不可以，你现在还小，还不到喝酒的年龄。"

孩子嘟着嘴表达着他的不高兴，不过马上就笑了，说道："不喝酒也可以，那么，我可以问您一个问题吗？"

陆老板看着儿子，轻松地笑着说道："没问题，你可以随便问。"

孩子却忽然犹豫起来，终于问道："那个夏医生，你是不是准备让她替代我妈妈？"

这个问题让陆老板猝不及防，他的脸色一下子就变了，道："怎么可能？她是我给你爷爷请的家庭医生。"说到这里，他这才意识到儿子很可能什么都知道了，"我和你妈妈的事情，你究竟知道多少？"

孩子的眼睛一下子就红了，摇头道："我什么都不知道，但是我又什么都知道。"

陆老板听明白了儿子的话，叹息了一声，歉意地道："儿子，不是爸爸不想告诉你，我是觉得你还小……"

孩子没等他说完就愤然道："我不喜欢那个姓夏的医生，因为她不是我妈妈！你告诉我，你们为什么要离婚？你们要离婚为什么不告诉我？为什么？！"

孩子的眼泪一下子就下来了。陆老板没有想到儿子会忽然变得这样激动，不过转念间就明白了这是为什么——也许这个问题在儿子的心里压抑得太久，他是真的不明白为什么，甚至还很可能有一种被抛弃的感觉。然而，陆老板却不知道该如何向儿子解释这件事情，因为他还没有来得及仔细思考。

"儿子，今天我们暂时不要谈这件事情了好不好？这件事情很复杂，一两句话说不清楚。今天我们好好吃完这顿饭，到时候等你妈妈回来了我们一起向你解释，这样才更客观。你觉得呢？"后来，陆老板终于找到了一个他自认为最合理的说辞。

孩子的情绪也渐渐平复了下来，不过吃东西的时候还是一直在流泪。陆老板的心里既内疚又心烦，觉得儿子现在这样的状况太过女性化了，不过他还是忍着没有多说什么。

父子俩终于沉默着吃完了这顿饭。

"爸，我不想住在家里。"在车上的时候孩子忽然说了这样一句话。

"为什么？"

"我不想看到那个女人。有她在，我总觉得妈妈会离我越来越远，说不定她再也不会回来了。"

"你胡思乱想些什么？她真的就是我们家的家庭医生，而且她早就有了男朋友，听说马上就要结婚了。"

"我害怕她看我时的那种眼神，我在她面前好像没有任何的秘密。"

"她是医生，懂得心理学，这并不奇怪。你爷爷现在的状况暂时还离不开她，你就别耍小孩子脾气了。"

"我已经不是小孩子了……那，我还是搬去外婆家住吧。"

"可是，你爷爷也想每天都能够见到你呀……"他忽然想到儿子还小，似乎不应该承担起这么大的家庭责任，犹豫了一下，"好吧，那就等你爷爷的情况好些后你再搬回家里住。儿子，高中阶段的学习很重要，家里的事情你一定要暂时放一放，除了学习之外的其他事情我们以后再说，好吗？"

"我知道了。"

孩子乖巧地答应着，不过陆老板却从儿子的脸上看到了一丝与他年龄不相当的忧郁，这让他隐隐感到有些不安。

陈敏居然直接就拒绝了高德莫见面的请求："对不起，我暂时还没有跳槽的想法，老板对我不薄，我也没打算在其他公司兼职。"

对方说完后就直接挂断了电话，当高德莫再一次拨打过去的时候却再也打不通了。很显然，是对方把他的电话号码给拉黑了。高德莫发现自己错误地分析了情况。是的，当一家公司有了强大的实力之后，用足够的金钱确实可以购买到属下的忠诚。

高德莫绝不是一个轻易就放弃的人，他从手机通讯录里面翻出一个号码拨打了过去："强哥，你还记得上次我们一起喝酒的那个私家侦探吗？麻烦把他的电话号码给我一下。"

当天下午，高德莫和那位私家侦探在医院附近的一家茶楼见面了，他拿出一张照片来："这个人，只要他和这个女人在一起，比如他们去酒店开房，你就马上通知我。照片后面有这个人的身份和住址。"

数天后的一个晚上，私家侦探给高德莫打来电话："他和一个年轻漂亮的女人在一起，不过没有去酒店，两个人进入了一个小区的住宅楼里。"

高德莫心里涌起难言的激动："拍到他们的照片了吗？"

私家侦探道："我马上就发给你。"

果然是陈敏。高德莫咧嘴笑了，拨了一个号码出去："带上你的人马上去一个地方，记住，千万不要露馅了。"

随即又给华茂凯打了个电话："华叔，人已经被盯上了，接下来一切按我们计划好的方案行事。"

华茂凯担心地道："万一他不给我打电话呢？"

高德莫道："除了您和欧明生外，他最信任的还有谁？上次欧明生还没接替您做药房主任，结果事情就被他讲了出去，这样的人谁能够放心？他也是实在找不到值得信任的人了，但是又想要控制住医院的关键部门，所以才不得不用他。放心吧，他一定会找您的。"

康德松觉得自己白活了半辈子。那天晚上，当陈敏当着众人的面主动和他喝交杯酒的那一瞬间，他的内心顿时就涟漪四起，一种逝去已久的冲动从那一刻开始在内心泛滥。年轻真好啊，她是那么美丽，一切都是那么美好，美好得让他的灵魂战栗、呻吟。

那天晚上，他做了一个从未有过的、美好到极致的梦，梦境中的他仿佛回到了多年以前，青春朝气，意气风发，身旁的她肤白如雪，笑意盈盈。他，身着笔挺的西装，她，一袭白色婚纱，在众人羡慕的目光下，他和她一起饮下了那杯交杯酒……

早上醒来的时候他还沉浸在那样的美好中。他记得，梦中的那个她分明就是……一转眼，他看到了睡在身旁的妻子，禁不住在心里叹息了一声：岁月啊……

当天上午，陈敏就到了康德松的办公室。也许是因为头天晚上那个梦的原因，或者是因为她所在公司背后的关系，康德松对她很是客气。不过这里毕竟是单位，康德松在简单和她交谈了几句后就让她直接去找华茂凯。陈敏盈盈起身，满脸期盼地看着他，说道："不知道康院长今天晚上有空吗？我想请您吃顿饭。"

康德松早已心旌摇曳，不过理智却让他做出了拒绝的回答："最近比较忙，改天吧。"

陈敏倒是没有继续纠缠，笑吟吟地道："那行，过几天我再与您联系。"

"您"这个尊称对现在的康德茂来讲已经习以为常。而此时，他第一次感觉到听起来有些刺耳。

华茂凯已经得到康德松的指示，在话语中暗示陈敏到时候将价格下调百分之一到二。"这样的话，到时候康院长也就好说话多了。"

陈敏皱眉道："价格下调一点点不是问题，关键是你们医院现在的付款周期太长了点，公司承受不起啊。"

这就叫得寸进尺。华茂凯笑道："这就没办法了，招标条件是经过院长办公会研究的，现在你们要考虑的首先是能够中标。你想过没有，一旦你们公司能够中标，我们医院和你们公司每年的合同金额可不是一笔小数目，其实你们也完全可以让生产厂家让利或者延期向他们付款嘛。"

要是真的那么容易的话我就不来找你们了。陈敏在心里嘀咕道。不过她也知道，在这件事情上眼前这位药房主任并没有什么话语权。她笑了笑，说道："倒也是。"说着，从随身挎包里面拿出一个信封朝华茂凯递了过去，"华主任，谢谢您，今后还会有很多事情要给您添麻烦，这是我们的一点小心意。"

华茂凯急忙推却："这倒不用，我也只是听命行事。"

陈敏歉意地道："以前郝院长把你们管得太紧，我们也不敢贸然行事，现在他退下去了，我们还是按照常规来吧。"

华茂凯依然拒绝："我这个位子很敏感，如果你们真的想得到我长期关照的话，那就最好不要这样做。"

陈敏感到有些意外，自己手上这个红包的分量可不小，想不到华茂凯竟然一点都不动心。她笑了笑，说道："那我就谢谢华主任了。有些事情我们以后再说。"

华茂凯也朝她笑了笑，没有再说什么。陈敏心想：也许他是觉得无功不受禄。这样也好，反正今后机会多的是。

在接下来的几天里面，陈敏几乎天天都要给康德松打电话，而每次康德松的语气也都十分客气，一直到这天，康德松终于答应了陈敏的邀请。陈敏没有提到她的老板也要参加，而且选择的地方是距离医院比较远的一家西餐厅，康德松似乎明白了什么，也就没有带上自己的司机，而是直接叫了一辆出租车前往。

陈敏为了这次与康德松见面做了精心准备，将身上的职业装换成了一条淡红色的长裙，还特地去洗了个头，直发柔顺得像丝绸一般，只是化了淡妆，明镜般的额头，精致的五官，随时保持着盈盈浅笑。康德松一见到她就差点陷入痴迷——即使是大学时候班上最漂亮的那个女同学，也远远不如她漂亮啊……陈敏朝他嫣然一笑，嘴角处的梨涡漂亮极了，伸出的手更是洁白如玉："康院长，您真是难请啊。"

康德松的手心里顿时拥有了一种温润小巧的美好感觉，让他一时间舍不得放开。不过他毕竟是一个有着一定阅历的人，至少还能够保持最起码的清醒与理智，微微一笑，说道：“最近实在是太忙了。你看，我这不是来了吗？”随即四处看了看，“就我们俩？”

陈敏又是嫣然一笑，贝齿微露：“怎么？康大哥觉得小女子的级别不够？”

她在无形中改变了称呼，康德松并不感到生硬、刺耳，反而觉得十分地受用，笑着说道：“哪里，哪里，我知道你是可以全权代表公司的。”

陈敏却一下子露出了很不高兴的样子，噘嘴道：“康大哥，难道我们在一起就只能谈工作吗？”

康德松明明知道这是欲擒故纵，但却根本无法抵御，因为他早已对眼前这个漂亮的女人动了心。而更为关键的是，他认为自己完全可以操控一切。对方的要求对他来讲并没有多大的困难。只要我不从中牟利，那就不会有任何的风险。在最近的几天时间里面，康德松已经反复思考过这个问题。康德松笑了笑，问道：“你不觉得我们之间可能存在着代沟？”

陈敏朝他轻盈地一笑：“康大哥真会开玩笑，你这么年轻，我们之间怎么可能存在什么代沟？康大哥，你和我家表哥的年龄差不多大，他和我就非常谈得来，还经常和我们公司的人一起去泡酒吧呢。”

康德松很感兴趣地问道：“是吗？你表哥是做什么的？”

陈敏笑道：“他就是一个写歌的，写出来的东西根本就卖不出去。你说，这人和人之间的差别怎么就这么大呢，你都是三甲医院的院长了……”

她的话让康德松心里很是受用。其实也是，在康德松的那批同学中，也就他目前的发展最好。不过康德松还是谦虚地道：“不值一提，不值一提……”

陈敏朝他眨巴了几下眼睛，嘟着嘴巴说道：“小妹我都大学毕业好几年了，如今还一事无成，现在连男朋友都还没有。康大哥，你可得帮我啊。”

康德松的心都差点被她给融化了，情不自禁地道："你都叫我哥了，你说我能不帮你吗？"

陈敏高兴极了，离开了自己的座位去到他身旁，一下子就投入到了他的怀抱里："哥，你真好。"

美人入怀，馨香满鼻，一种陶醉感瞬间浸入到他的灵魂之中。康德松没想到她会如此地主动和大胆，但又一点不让人反感，在一刹那的全身僵硬之后禁不住就将她紧紧拥抱。就是这样的感觉，我在那个梦中的感觉……

可惜的是这样的美好持续的时间太短。康德松忽然间感觉到耳垂处划过她柔软的唇，一个轻悠悠的声音在对他说道："哥，放开我，服务员要进来上菜了。"

康德松心里一惊，旖旎瞬间尽去，双手也就自然而然地松开了，正尴尬间却发现陈敏已经回到对面坐下，白皙的脸上一片通红。她轻声地说道："哥，你不会把我当成是坏女孩吧？"

康德松刚才所拥抱住的全部是美好，而此时，残留于灵魂中的旖旎竟然在骤然间转化成了难以自制的情欲。情欲开始像洪水般泛滥，一瞬间将他内心的忐忑、矜持冲刷得干干净净。他看着陈敏的那一双美目，不躲不闪，说道："我一定帮你，中标没问题，今后划款也没问题。"

陈敏忽然流下了眼泪："哥，我知道的，我知道你是好人。"

这一刻，康德松觉得自己的心都碎了。

仿佛刚才所发生的一切仅仅是插曲。牛排、鹅肝、沙拉……还有红酒，眼前的一切像电影一样将画面转换成了另外一种截然不同的氛围：陈敏像小姑娘似的一直在那里叽叽喳喳说个不停。她中学时候的事情，然后高中、大学……说到有趣处不住地笑。康德松一直静静地听着，也跟着笑。中间两个人一起碰杯，而且每次都是一饮而尽，而不是像某些场合那样浅酌即止。这样的美好康德松觉得自己从来都未曾有过，此时此刻，年龄的差距、一切的烦恼等等，都不复存在，眼前全部是美丽如画的她……

时间就这样在美好中流逝，康德松却恍然不知，一直到服务员善意地催促，康德松才发现已经临近午夜。为什么美好总是不能持久？康德松唯有在心里叹息。

康德松没有让陈敏结账，他说："我是你哥，哪有让你结账的道理？"

陈敏很是感动的样子，待服务员离开后忽然轻轻对他说了一声："哥，去我的住处吧。"她的脸一下子就红了，美目中全是含情脉脉。这一瞬间，康德松感觉到自己的灵魂被炸开，晃晃悠悠直往天堂飞去……

陈敏的住处小巧、精致、温馨，康德松刚刚进屋就被陈敏紧紧抱住了，还主动热烈地和他亲吻。这一瞬间，康德松的灵魂再一次被炸开，直接就将她轻盈的身体抱了起来。陈敏那温暖的唇已经游离到了他的耳畔："哥，要了我吧……"

荷尔蒙汹涌澎湃，两个人从热烈的吻转向躯体的狂乱，他们身上的遮羞布被肆意剥离，抛到各个方向，没有任何的前奏。情欲的泛滥如同海底的火山骤然爆发，瞬间激起汹涌的波涛……

然而，这一切退却得也是那么快，康德松正感觉到意气风发的时候却无法自制地倾泻而出，汹涌的波涛瞬间消散。他的内心充满着羞愧，颓然地躺倒在一边，喃喃自语："老啦……"

陈敏温柔地将他拥抱："哥，想不到你这么厉害，刚才我都差点要死了。"

她的话一下子就激发起了康德松的豪情，自信心瞬间满格，叹息着说道："实话对你讲吧，我已经有好几年没有做过这样的事情了。"

陈敏亲吻着他的脸庞："哥，你好可怜，从今往后你想要的时候就给我打电话吧。"

康德松的心里升起无尽的感动，禁不住将她娇小的身体紧紧抱在怀里："只要有你，我这辈子一切都满足啦。"

就在这时候，一阵急促的敲门声在外面响起，康德松的脸色大变，所有的情欲与温柔瞬间降落到冰点。他忽然意识到了什么，紧紧盯着眼前的这个女人："怎么回事？！"

陈敏也觉得诧异，同时也从康德松的目光中感觉到了愤怒与恐惧，急忙道："我也不知道，你别动，我出去看看。"说着，快速穿上内衣、披上一件外套就出去了。

"谁呀？"陈敏隔着房门问道。

"警察，查户口。"外面的声音说道，"马上开门，请配合一下我们的工作。"

这时候陈敏也有些慌了，隐隐感觉到有些不大对劲："对不起，我现在不大方便……"

"我们正在追踪一名重要的逃犯，请你马上开门，不然我们就破门而入了。"外面的声音根本就没有丝毫商量的余地。

陈敏只好开门，只见三个人正站在外面，其中一个穿着警服。就在她开门的那一瞬间，这几个人一拥而入，陈敏还没来得及阻止，其中两个人就直接冲进了卧室里。

刚才陈敏出去的时候康德松就已经心慌了，他试图尽快穿上衣服，但是却发现它们散布在房间的四处，结果刚刚穿上内裤就见到两个人冲了进来。

"他是你什么人？"刚才还在外面的那个穿警服的人将陈敏带进了卧室，问道。

"他是我，我爸爸。"陈敏一时间不知道应该如何回答，情急之下终于找到了一个自认为合理的解释。

穿警服的那个人看了看凌乱的床和光溜溜的康德松，又看了看衣衫不整的陈敏，笑道："你们是父女关系？乱伦啊这是？！"

康德松从来没有遇见过这样的事情，心里后悔、害怕交织在一起，禁不住全身发抖。倒是陈敏见识过许多场合，很快就从慌乱中镇定了下来："对不起，这是私宅，即使是你们执行公务也得出示证件吧？"

穿警服的那个人笑道："倒是我疏忽了。"说着，从警服的上衣口袋里面拿出证件来递给陈敏。陈敏看了一下，发现上面的照片和警号与眼前的这个人都相符，虽然她依然不能确定他的真实身份，但也不敢过于怀疑，问道："我这里没有你们要找的逃犯吧？"

穿警服的那个人看了看康德松："你的证件呢？"

陈敏急忙道："刚才我说的不是实话，他是我的客户，我是做销售的。这不犯法吧？"

穿警服的那个人冷冷地道："如果你或者他是国家公务人员的话，那就不好说了。"他的目光再次投向康德松，"你的证件呢？"

陈敏也害怕康德松出事，急忙道："这位警官，我们老板和这个片区的公安分局局长很熟的，我可以给我老板打个电话吗？"

康德松本来已经被吓得六神无主，心里不住哀叹一切都完了，反倒是陈敏的冷静让他变得清醒了些，而陈敏刚才的那句话更是提醒了他：今天的事情绝不能让人抓住把柄。急忙道："小陈，你别忙打这个电话。"随即对那位穿警服的人说道，"我是一家医院的院长，我和小陈是朋友关系，这件事情是可以说得清楚的。"

穿警服的那个人忽然笑了："说得清楚？那么，你怎么证明你和她之间不是嫖娼和卖淫的关系？像你这样的人我们可见得多了。"

他们好像不是在追踪什么逃犯。这一刻，康德松忽然明白自己是被人给算计了，此时看向陈敏的目光再也没有了一丝一毫的好感，心想：就算是嫖娼，最多也就是被罚款，这件事情必须得马上了了。急忙问道："好吧，我承认是嫖娼。这位警官，你说吧，需要罚款多少？"

陈敏万万没有想到康德松会有如此愚蠢的举动，顿时急了："我们不是……"

穿警服的警察怒道："住口！他都承认了，你还有什么说的？你们两个，去把这个女人的手机收了。"见到另外两个人拿走了陈敏的手机后才对康德松说道，"你以为罚款就可以了？嫖娼卖淫可是犯法的事情。我们要带你们回去做笔录，然后拘留。"

陈敏也意识到今天的事情不简单了，急忙道："我们愿意罚款，这位警官，你说个数，我们都认。"

穿警服的那个人冷冷地道："你有钱就了不起啊？难道法律在你的眼里就是儿戏？"

康德松的心里更是诧异：只听说经常抓嫖抓赌是为了罚款……此时，他更加认为这是陈敏设的一个套，急忙道："我和公安厅的人有些关系，能不能让我先打个电话？"

穿警服的那个人皱了皱眉，戏谑地道："啊！出了这样的事情就都与我们上面的人有关了？我倒是想看看你们究竟有多大的能量。好吧，那你就打个电话试试，我看看你究竟有多大的面子？！"

其实康德松哪里认识什么公安厅的人？也就在刚才，他忽然想到了一个人，那样的念头就如同找到了一根救命稻草似的让他觉得无论如何都得试试。

康德松拨通了电话，也顾不得警察就在旁边："你不是说你和公安很熟吗？"

那一头接电话的正是华茂凯，急忙问道："康院长，出什么事情了？"

康德松有些气急败坏："告诉我，有没有认识的人？！我他妈的和一个女人在一起被警察抓了！"

"啊？"华茂凯倒是会演戏，"康院长，你别急，我想想……也许只有一个人可以帮上这个忙。"

"谁？"

"我们医院急诊科的高德莫，他是我的远房亲戚。"

"你确定他可以？"

"他和社会上的人很熟的，白道黑道都有关系。如果您同意的话我就让他马上与您联系。"

都这个时候了，还什么同意不同意？康德松根本来不及多说什么："让他马上给我打电话，越快越好。"

挂断电话后康德松才发现眼前的这几个警察都在朝着他冷笑，讪讪地道："麻烦你们等一会儿，等一会儿……"

还好的是，高德莫的电话很快就打进来了，康德松迫不及待地接听："康院长，我是高德莫，麻烦您问问办案警察叫什么名字。"

康德松愣了一下，急忙问那个穿警服的警察："我朋友想知道你叫什么名字。"

穿警服的那个人古怪地笑了，奚落道："哈！谁呀？把你电话给我。"

想不到他刚刚将电话放到耳边脸色就变了，堆满着笑容说了句："想不到是大哥你啊。你等等，我到一旁去给你讲。"说着，拿着康德松的电话去了外面的厕所里面。

康德松心里大喜，同时在心里暗暗惊讶：想不到这个高德莫竟然有如此的能量，以前我怎么就不知道呢？正这样想着，那位穿警服的人回来了，他将手机还给了康德松，笑了笑，说道："好了，这次的事情就算了，今后一定要注意安全啊。"随即对另外两个人努了下嘴，"我们撤吧。"

那三个人快速地离开了，屋子里面一下子变得空荡荡的，寂静得可怕，仿佛刚才所发生的那一切仅仅是一场梦，一场噩梦。

康德松去将分布在四处的衣服捡了起来，陈敏一直默默地在看着他。她知道，这时候自己无论如何解释都没有了用处，因为她根本就解释不清楚。

康德松穿上衣服后离开了，虽然什么话都没有说，不过脸色却难看得要命。

"怎么会这样？那个警察叫什么名字？他的警号你还记得吗？"陈敏的老板罗总问道。

"很古怪的一个姓，刚才我被吓坏了，哪里还记得住这些？"这时候陈敏才意识到自己犯了一个大错误。

"估计是姓康的被人跟踪了，很可能是这次没希望中标的某家公司干的事情。算啦，你还是继续跟进吧，这件事情对我们公司的影响应该不大。"

"不会吧？他离开的时候脸色好难看。"

"他和你已经有了那样的关系，更何况他还不得不考虑我的背景。公司中标肯定没问题，不过今后付款的事情肯定会有麻烦了。也没关系，半年就半年吧，他们这一家医院还拖不垮我们。"

"谢谢老板。"

"公司中标后你要尽量想办法向康德松解释清楚今天的事情。他是聪明人，过一段时间后也许就能够想明白的。"

"我尽量。"

其实康德松刚刚上出租车就想明白了，他忽然觉得今天的事情不应该是陈敏下的套，因为那样做对她似乎并没有什么好处。可是，这究竟是怎么回事呢？嗯，唯一的可能就是自己和陈敏被警察跟踪了。对，这才是最合理的解释。

是我误会她了。这一刻，康德松的心里一下子就变得温暖、美好起来。

第三十一章

半个月后，医院方面终于完成了此次药品招标的大部分工作，一共有近十家医药公司入围，其中提供普通药品的有三家，其余的公司都是一、二类新药的供货方。普通药品的范围非常广，每年的供货金额也非常巨大，其中罗总的公司就在入围之列。当然，高德莫代理的两个品种因为属于二类新药，所以也在其中。

入围的公司名单已经出来，接下来就是最后一个程序——院长办公会通过。罗总的公司在会上稍微遇到了些麻烦：董奇运提出这家公司原来就是供货方，就是因为这家公司部分产品有问题才有了这次重新招标。

董奇运已经不再像以前那样针锋相对，不过他提出的这个问题确实非常敏锐。想不到康德松只是淡淡地解释了一句："郝院长时期这家公司就已经与我们合作了，其中的原因很简单，因为它的背后有一定的关系，而且这种关系对我们医院今后的发展非常重要。对不起，这件事情我不能在会上说明，各位如果非得要搞清楚其中的关系的话，可以在会后私下来问我。"

康德松说完了这句话后随即就写了一个字条递给了董奇运。董奇运低声问道："真的？"康德松点了点头，将纸条拿回来撕掉了。

董奇运道："好吧，我收回刚才的那个问题。"

虽然其他的人都想知道那张纸条上写的是什么，但见到董奇运已经表态也就不得不收起好奇心。在座的人心里都清楚：有些事情还是不要知道为好。

这次的药品招标完全是按照规则和程序在进行，最终全部通过也就不再有任何的悬念。

然而这样的结果对高德莫来讲仅仅是开始。他心里十分清楚，医院的这次招标主要是针对普通药品，因为一、二类新药会不断研发出来并用于临床，所以医院根本就不可能通过招标的方式将这部分药品的供货方固定下来。一、二类药品的价格高，中间差价巨大，临床推广起来也就相对容易多了，利润当然也就非常丰厚。所以，他的想法就是：在未来的几年时间里面选择好更多的品种做代理，然后将它们快速地纳入医院的采购单里去。

而现在，高德莫的手上就已经有了这样一个品种，这是属于妇产科的专用药品。本来他是准备将这个品种放到这一次的招标里面的，可是在时间上已经来不及了，而且华茂凯也阻止了他这样做，毕竟一家公司同时中标三个特殊品种太过显眼，搞不好的话很可能会事与愿违。

这天，高德莫给卓越打来了电话："晚上一起聚聚？我和小燕决定在下个月结婚，顺便把请柬送给你和夏医生。"

虽然父亲还重病在床，但高德莫毕竟是帮过他大忙的人，卓越当然不好拒绝。夏丹丹听说了此事后很是高兴："当然得去，下次我们回请他们就是。"

这顿饭并没有花费多少时间，整个过程夏丹丹和陈小燕一直在那里叽叽喳喳，高德莫和卓越喝着啤酒闲聊。其间陈小燕问了一句："卓医生，你和丹丹姐什么时候结婚啊？"

卓越回答道："我们也快了，春节吧。"

陈小燕开玩笑地道："干吗等那么久啊？丹丹姐肯定都等不及了。"

夏丹丹的脸一下子就红了，娇嗔地道："我看你才等不及了呢。"

伸出手就去呵陈小燕的痒痒，两个人顿时在那里笑在了一起。

这时候高德莫低声对卓越说了一句："一会儿我还有点私事想和你说一下，让小燕和夏医生先回去。"

卓越这才明白他今天请客是另有事情，不过也并没有放在心上，点头道："好。"

"兄弟，有件事情我得向你道歉。"夏丹丹和陈小燕离开后高德莫对卓越说道，接下来就把姚地黄的事情对他说了，然后解释道，"我当时的想法是，只要他不再去骚扰夏医生就行，所以最好是不要把这个人逼到走投无路的地步，不然的话他很可能会铤而走险。我和这个人见面后发现他其实并不是一无是处，于是就把他介绍给了一个开医药公司的朋友。兄弟，这件事情我没有和你商量，你千万别介意啊。"

卓越当然不会介意，而且对高德莫的这种做法很是赞同，说道："这件事情你处理得不错嘛，这样的结果简直是太出我的意料了，如此一来也就彻底没有了后患，对姚地黄更是菩萨心肠。德莫，我敬你一杯，太谢谢你啦。"

高德莫很是高兴，道："你不怪我就好。"端起酒杯一饮而尽，"还有一件事情：我那朋友最近代理了一个妇科的药品，你们生殖技术中心肯定需要。不过你也知道，汤主任那人不大好说话，所以……"

特殊药品进入医院首先得临床科室主任同意，而且还必须由科室主任向药房打报告，然后由药房主任提交给医院药事委员会讨论通过。卓越顿时明白了，说道："这样吧，你把资料先给我看看，如果产品真的不错的话，我帮忙去给汤主任说说。"

高德莫大喜："那我就替我那位朋友谢谢你啦。"

卓越反倒有些不好意思，摆手道："你帮了我那么多，这件事情对我来讲不过是举手之劳而已。"

第二天上午，姚地黄就带着资料找到了卓越。姚地黄在卓越面前一脸的惶恐："卓医生，以前我太混蛋了，你大人不记小人过……"

卓越笑着打断了他的话："事情都过去了，你的事情昨天高医生都对我讲过了，现在你终于有了一份稳定的工作，我也替你高兴呢。对了，把你的资料给我吧。"

姚地黄急忙拿出资料来递给卓越，卓越仔细看了一遍，觉得这个产品确实不错，对姚地黄说道："这样，我把这份资料先给汤主任看看，有了消息后我再通知你。"

姚地黄嘴里不住说着感激的话，心里也是真的在感激，同时也很是感慨：原来卓医生对人这么真诚……不过高德莫向他隐瞒有些事情也可以理解。

随后卓越就直接去了汤知人的办公室，将手上的资料递给她，说道："我一个朋友委托的事情，我不好推托，而且我也看了资料里面的内容和数据，无论动物试验还是临床试验，疗效都不错，副作用也比较小，您看……"

汤知人一贯最反对医药公司通过下面的医生来走她的后门，不过卓越是例外，也许是因为她对卓越特有的信任吧。汤知人接过资料，戴上老花镜后仔细看了一下，点头道："东西是不错，不过这个程序不对，请你告诉你那朋友，今后像这样的事情让他直接来找我。"

卓越笑道："您平时太过严厉了，人家不是怕您吗？"

汤知人仰头看着他："是吗？我真的有那么可怕吗？"

卓越笑了笑不说话，汤知人禁不住也笑了，说道："好像也是……不过卓越，规矩还是要讲的，规矩一旦被废了就很容易出事情，这一点你一定要记住。"

卓越明白她的意思，问道："那，我让我那朋友直接来找您？"

汤知人又看了一遍资料，道："他不用来找我了，报告我会及时打给药房的。卓越，虽然目前康小冬的情况还比较稳定，但也绝对不能掉以轻心啊。"

卓越笑道："您放心吧，一直给她安排的特别护理，而且即使是我休息的时间都要去给她做检查呢。"

这些事情汤知人当然知道，仅仅是提醒而已。她又道："最近我已经设计好了第四代试管婴儿技术的实验步骤，接下来你还要抓紧时间做这个实验，如果实验成功了的话，曾玉芹的问题想必也就可以解决了。问题是，分院那边的事情马上就要开始了，而且你家里还有那么一堆的麻烦，你的时间和精力忙得过来吗？"

卓越最近实在忙得焦头烂额，不过这个态还是要表的："我还年轻，只要合理安排时间，应该是没什么问题的。"

汤知人想了想，道："这样吧，这次的实验让你和江晨雨一起做，她负责具体做实验，你主要分析实验数据。还有一件事情我必须提醒你：趁年轻的时候要多看书，特别是国外专业性的原版书和科研论文，这样才能够随时掌握人家的先进技术和发展动向。这一次的实验设计是我做的，我退休后就只能靠你们自己了。当代医学技术发展迅猛，我们跟不上就会落后。你明白我的意思吗？"

汤知人这番话背后的殷殷嘱托卓越如何听不明白。然而此时此刻，他的内心更多的却是压力，因为对现在的卓越来讲，他还并不清楚自己究竟能够承担起多大的担子。是的，像他这样的年轻人要么自大，要么少年老成，要么浑浑噩噩。自大者总以为自己无所不能，少年老成者战战兢兢，浑浑噩噩者大多被排除在机会之外。

陆老板最近的心情不错，公司的运行一切正常。他不需要再像以前那样殚精竭虑，花费大量的时间加班谈业务，每天早早就回了家，和父亲说说话，晚上准时去学校接上完晚自习的儿子，父子俩还可以在车上聊天交流。他发现儿子其实并不内向，至少和他在一起的时候话特别多，还有，每天当他离开的时候儿子的目光中似乎多了一样东西：依恋。

陆老板越来越喜欢这样的生活，同时也觉得这样的生活对他越来越重要。

然而，上天对他的这种恩惠似乎特别吝啬，一切的美好刚刚开始就马上要将他打入地狱。这天，陆老板的邮箱里面忽然出现了一封海外客户的退货邮件，邮件上面的那一组组数据让他瞬间寒冷彻骨！怎么会这样？问题究竟出在什么地方？

近些年来，中药及中成药在海外特别受欢迎，陆老板接手了父亲的生意后很快就将目光盯在了这个项目上，不多久就通过贷款兼并了一家中药厂，生产传统配方的中成药专门供应海外市场。由于陆老板生产的中成药价廉物优，而且疗效较好，很快就被海外市场接纳并畅销，公司也因此在短时间内扭亏为盈。此外，陆老板还根据海外市场的需求，另外增加了中药材原料的出口业务。

与国内对中药材的粗放管理完全不同，海外市场对中药材有着专门的质量评价体系。陆老板当然知道这一点，所以从一开始就非常重视产品的质量。然而，让他万万没有想到的是，最近这一批出口到海外的中药材却偏偏出了大问题。根据对方邮件上列举的数据显示，这一批中药材不但不符合生长年限，而且黄曲霉素、大肠杆菌等异常超标。根据国际商贸惯例，出了这样的问题不仅会被全部退货，而且还将遭受数倍的惩罚性罚款，同时也会因为信誉受损而失去海外市场份额，这样的结果对陆老板的公司来讲绝对是灾难性的。

刘顺成是公司原材料采购与保管的负责人，他很快就被陆老板叫到了办公室。陆老板将邮件上列举出来的数据扔给他，厉声问道："你看看，这究竟是怎么回事？"

刘顺成看了后满脸的糊涂："这是什么？"

陆老板怒道："每一批出口的产品都必须要检测这些数据，难道你不知道？"

这时候刘顺成似乎有些明白了："我知道啊，这一批产品已经检测过了啊，没问题的啊！"

陆老板疑惑了："你确定？"

刘顺成点头。

陆老板吩咐道："那你马上把当时检测的数据传给我看看，谁检测的？还有出货单，将这批货物的全部手续传给我。马上！"

刘顺成愣了："传？怎么传？"

陆老板瞪大着眼睛："用电脑传啊，难道你不使用电脑？你以前的那些数据是谁传给我的？"

刘顺成的黑脸一下子就变成了猪肝色："一直是小郑在帮我做这些事情，我不会使用电脑。"

陆老板惊讶得变了脸色，这时候他才意识到自己一直以来忽略了一个最为关键的问题，不过这时候他已经来不及去计较这件事情了，急忙问道："小郑呢？你让他马上来一趟。"

刘顺成尴尬地道："他已经辞职了，说家里给他找了个女朋友，他要回去结婚，今后就在家乡工作了。"

自己的公司被竞争对手找到了漏洞，对方只用了一招就将他置于了死地。而这个漏洞就是眼前这个人没有文化。这一瞬间，陆老板全然明白了。我竟然把公司最为关键的岗位交给眼前这个只有初中文化的人，我为什么会糊涂到犯下如此低级错误的程度呢？

刘顺成发现陆老板满脸苍白，嘴唇抖动得厉害，他不明白自己究竟做错了什么，小心翼翼地问道："陆总，您怎么了？"

这时候陆老板似乎清醒了些，他恶狠狠地盯着满脸憨厚的刘顺成，手指颤抖着指向门外，声音仿佛是从牙缝中挤出来似的："滚，你给我滚得越远越好！"

夏丹丹刚刚从病房里出来就碰到了刘顺成的女人高玉梅，正准备朝她打招呼，却想不到对方一下子就跪在她面前，声泪俱下："夏医生，求求你救救我们家顺成……"

夏丹丹急忙蹲下去试图将她扶起来："他怎么了？生病了吗？他人呢，在什么地方？"

高玉梅死死地跪在地上不肯起来，一边哭着一边说道："他给陆老板惹下大祸了，他在家里喝醉了酒，胡言乱语，还用菜刀砍伤了自己的头……夏医生，求求你去给陆老板说几句好话吧，不然的话他肯定就不想活了……"

夏丹丹大惊："究竟是怎么回事？你知道吗？"

高玉梅号啕大哭："我问过他，可是他什么都不说，只是说他该死……幸好被邻居夺去了他手上的菜刀送到了医院……"

肯定是出了什么大事……夏丹丹急忙拿出手机给陆老板拨打，结果一连打了好几个电话对方才接听了。夏丹丹问道："究竟出了什么事情？"

"我破产了，哈哈！我破产了！"电话里面传来的是陆老板恐怖的笑声，夏丹丹听出了他的声音中生无可恋的颓丧，急忙问道："究竟是怎么回事？可以告诉我吗？"

"我破产了，我破产了你知道吗？夏医生，夏丹丹，这一切都是拜你所赐啊，难道你不知道吗？"电话里面的那个声音更为可怖，让夏丹丹的后背凉意顿起，汗毛直立。这一刻，夏丹丹终于有些明白了：一定是刘顺成干了什么了不得的事情……夏丹丹正准备问他在什么地方，可是对方却已经挂断了电话。

好不容易才把高玉梅送走，夏丹丹的内心再也难以安宁。她想了想，给科室主任打了个招呼后就直接打车去了陆老板的家。

陆老板的家里空荡荡的，陆老板的父亲在床上熟睡，夏丹丹问保姆："陆先生呢？"

保姆指了指楼上，说道："他好像心情非常不好，我看到他从酒柜里面拿了一瓶酒上楼去了。夏医生，你来了就太好了，你去劝劝他吧。对了，我得马上出去买点菜回来，冰箱都空了，老爷子有什么事情的话麻烦你帮我照看一下。"

夏丹丹朝她点了点头，独自一个人上楼去了。

陆老板在他的卧室里。夏丹丹进去的时候发现他手上的那瓶高度白酒只剩下了小半瓶，他的双眼通红，一贯整齐的发型一片凌乱，屋子里面酒气弥漫。夏丹丹拉开了窗帘，正准备打开窗户的时候就听到陆老板沙哑而凌厉的声音："别打开！"

夏丹丹停住了手，转身去看着他，柔声问道："出什么事情了？可以告诉我吗？"

陆老板朝着她惨笑："没了，我什么都没有了。"

夏丹丹试图将他手上的酒瓶拿开，但却被他紧紧拽着，她只好放弃，又问道："究竟出什么事情了？"

陆老板的脸上一片惨然："我竟然让一个几乎是文盲的人去管原材料，你说我是不是个大傻瓜？现在好了，我公司的所有钱都没有了，还欠下银行一大笔贷款……"

这时候夏丹丹才大致明白是一个什么样的情况，顿时歉疚得厉害："对不起，这个人是我推荐给你的，当时我只是觉得这个人毕竟老实忠厚……"

陆老板朝她摆手："现在说这些还有什么用？如今我什么都没有了……"他指了指四周，"这房子已经抵押给银行，今后我只有陪着老父亲去四处乞讨了，我的儿子再也没有了这个家……"

陆老板的声音凄凉无比，让夏丹丹心里更加愧疚，柔声劝慰道："总会有办法的，你说是不是？"

"还有什么办法？你告诉我！"这一刻，陆老板忽然间变得歇斯底里起来，手上的酒瓶在床沿处狠狠地敲打着，里面的酒全部洒在了他身上，"你，你告诉我，我还有什么办法？！"

夏丹丹被他可怖的模样吓得退了几步，忽然发现他手上的酒瓶已然破碎，鲜血正沿着破碎的酒瓶滴落在地上，看上去是那么触目惊心，急忙上前去查看："你的手被划伤了，家里有纱布吗？"

陆老板的手一下子就缩了回去，双眼直勾勾地盯着她："夏医生，夏丹丹，我问你，你是不是我的竞争对手早就计划好的一枚棋子？"

夏丹丹吓了一跳："你说什么呢？刘顺成是我推荐给你的，可是让他负责原材料采购可是你自己的决定。"

陆老板不住地冷笑："那是因为你们早就算计到我会那样用他，因为那时候我的身边正好缺乏可以信任的人。真是好算计啊，我败得不亏。夏丹丹，你告诉我，对方究竟给了你多少好处？"

夏丹丹从来没有被人如此冤枉过，这对她来讲简直就是难以忍受的侮辱，禁不住眼泪一下子就出来了，大声道："我没有！"

　　陆老板站了起来，向她逼近："你没有？那你如何解释这一切？刘顺成撞到了我的车上，结果你恰好就出现在那里，在急诊室的时候你出言挤对我，刘顺成将我给他的钱退还了回来，这时候你又忽然把他推荐给了我。后来，你又利用我对你的好感进入到我的家里，你让我多关心儿子，于是我就因此放松了对公司事务的打理，而就在这个时候公司就出了这么大的事情……真是好手段啊，一环接着一环，我竟然那么相信你，从来都没有对你有过一丝一毫的怀疑，哈哈……"

　　陆老板在一步步逼近，夏丹丹全身颤抖着一步步后退，她并不是被陆老板此时的模样吓到了，而是骇然于他刚才的那种可怕的逻辑，让她根本无法自辩："我，我没有，不，不是那样的……"而这时候陆老板已经将她逼到了房间的墙壁处，双手狠狠地抓住了她前胸处的衣服，夏丹丹一边挣扎着一边恐慌地道："陆，陆先生，你松手，松手啊……"

　　夏丹丹的无法自辩与惊慌一下子就激起了陆老板的痛恨与疯狂，一记记耳光暴风骤雨般击打在了她的脸上，疼痛的感觉只有一瞬间，紧接着，无尽的黑暗汹涌而至……

　　陆老板已经坚定地相信了自己的分析，认为这才是一切问题的真相，愤怒让他对眼前这个女人痛恨彻骨：是她欺骗了我，是她让我失去了一切！一记记耳光击打在她脸上，在那张漂亮的脸庞上留下一道道指印，他的愤怒却更加汹涌。看着这个可恶的女人软软地滑落在地上，陆老板内心的兽性更加勃发，他"刺啦"一声撕开了她的衣服，雪白的肌肤瞬间敞露在了他的眼前：你让我失去了一切，我也要摧毁你的所有！

　　……

　　怎么会这样？！当陆老板终于发泄完毕，忽然间看到床单上如梅花般艳丽的血迹的那一瞬间，脑子里面忽然间"嗡"了一下。而紧接着，当他发现夏丹丹眼角处那一行清泪的时候，他才在忽然间清醒了过来：陆有量，你他妈的刚才都干了些什么？！

只不过他的清醒也就只有那么一瞬间，内心深处的那一丝悔意与善良刹那间再次被愤怒与仇恨所笼罩："这一切都是你自找的，如今我已经一无所有，家破在即，你去报警吧……"

刚才，夏丹丹经受了她人生中如坠地狱般的黑暗与恐怖，那数分钟的时间对她来讲是如此漫长，那是一种比死亡还要可怕的噩梦。在她二十多岁的生命里，从未想到过这个世界上竟然会有如此的恶，更不曾想象过有一天这样的恶会降临到自己的身上。

还好的是，那一切总算过去了，而此时此刻，夏丹丹仿佛被抽空了灵魂。她不知道旁边的这个人在说些什么，她不想去看他，他的声音，他的影子都是那么地让人感到恶心。

默默地穿上衣服，她如同行尸走肉般离开了这个房间，当她到达楼梯口处的时候忽然看到大门外面的阳光。下楼，朝着阳光所在的方向走去。外面的空气是如此灼热，天上的阳光刺目得厉害，让她的眼泪瞬间奔泻而出……

陆老板在家里沉睡了一夜却没有等到警察上门，床上的那一片凌乱以及他犯罪的证据依旧，他没有一丁点想要逃跑的想法。第二天早上醒来后头痛欲裂，头天所有的一切依然记忆清晰，他没有丝毫的后悔之意。

"我要报案。"一个小时后，陆老板出现在警察的面前。当他讲述完公司的案情，警察正准备合上笔录的时候，陆老板忽然又说了一句，"昨天，我强奸了那个姓夏的医生。"

在场的几个警察在惊愕之后面面相觑。

夏丹丹没有上班，手机处于关机状态，科室派人去公寓找了，也没发现她的踪影。警察这才找到了卓越。卓越感到莫名其妙，问道："发生了什么事情？"

警察问道："昨天你与夏丹丹联系过吗？"

卓越摇头："没有。最近我很忙，她也在上班，我们虽然是在同一家医院工作，其实在一起的时间并不多。警官，夏丹丹她怎么了？"

警察没有回答他的问题，又问道："那么，昨天晚上呢，你和她见过面或者联系过吗？"

卓越听越觉得不对劲，一下子就急了："我昨天一天都没见过她，也没有与她联系过。你们快告诉我，她究竟怎么了？"

一个警察过去拍了拍他的肩膀，叹息着说道："具体的情况暂时还不能告诉你，不过我们现在必须尽快找到她。卓医生，你想想，现在她最可能会在什么地方？"

虽然警察没有说明，但卓越已经感觉到事关重大，急忙拿出手机给家里拨打："妈，丹丹在吗？"

欧阳慧道："没有啊，昨天都没看到人了。她不是在医院上班吗？你干吗给家里打电话？"

卓越不想让母亲担心："没事，我就是想问她一件事情。"电话挂断后卓越对警察说道，"你们不告诉我具体情况，我也无法猜测她究竟去了什么地方。"

其中的一个警察想了想，拍了拍卓越的胳膊："你跟我出来一下，我告诉你情况。"

……

卓越简直不敢相信自己的耳朵，警察的讲述让他两侧太阳穴的血管"砰砰"直响，脑袋里面糨糊似的"嗡嗡"乱叫，嘴里不住喃喃自语："怎么会这样？怎么会这样……"过了好一会儿之后他才稍微清醒了些，"不，丹丹去做家庭医生的事情我知道，她绝对不是某个人的棋子！"

警察朝他摆手："陆老板现在的想法很明确：为了挽回损失，他已经将自己全部豁出去了。他宁愿坐牢也不希望自己破产，因为没有了钱，他不但会失去父亲，还会失去他的整个家庭。而现在的问题是，我们必须尽快找到你的女朋友，我们需要真相。"

卓越一直是一个理智的人，但此时他却非常希望刚才警察所讲述的那一切都不是事实。不过他知道，眼前的这个警察说得很对，必须要尽快找到夏丹丹才可能知道真相。他首先排除了夏丹丹自杀的可能，她的性格还不至于承受不起这样的事情，而且即使她真的要走那条路也一定会给他留下只言片语，不管怎么说他和她的感情已经不是一两天了，而且是真爱。

卓越沉吟了好一会儿，忽然道："也许她就在公寓的宿舍里面。"

警察提醒道："她科室的人已经去看过了，她没在那里面。"

卓越道："以前她对我讲过一件她小时候的事情，有一次她妈妈生气打了她，结果她就把自己藏起来了，她就藏在家里的衣柜里面，结果她父母就是没有找到她。如果她真的受到了伤害，很可能就把自己藏在她的住处，比如她的衣柜里面，或者……"

警察的眼睛一亮："那我们马上再去那里找找。"

房门打开后卓越在门口处轻声呼喊了一声："丹丹……"

没有应答，但是却分明听到了从房间的某个地方传来的轻微声音，急忙去打开衣柜。没有。厕所，依然没有。卓越打量了一下眼前这个不大的空间，忽然想到了什么，他弯下腰去……是夏丹丹，她竟然真的在那里，就在她自己的那张床的下面，身体蜷曲着躺在那里，她的身体在瑟瑟发抖。这一瞬间，卓越的眼泪一下子就出来了："丹丹，是我，我是卓越。事情都过去了，有我在这里，你别害怕。"

她在哭泣，刻意压制着声音、嘶哑般的哭泣。卓越试图钻到里面去，但是狭小的空间容纳不下他的身体，不过他的手已经抚摸到了夏丹丹的腿，他尽量让自己的声音温和一些："丹丹，我进不去。事情都过去了，不是你的错，我不会在意，你出来吧。"

她的腿缩了进去，床底下骤然间传来她凄厉的号啕大哭声："卓越，我们不可能了，是我不对，一切都是我自作主张、自作自受！"

卓越的眼泪流淌得更厉害了："不，丹丹，我们都是学医的，有些事情不重要……"

她的哭声更加声嘶力竭："可是我在意，你父母在意，其他的人都在意！你别逼我了，你再这样我就去死！"

这时候一个警察将卓越扶了起来，轻轻拍了拍他的胳膊："你先出去吧，这里有我们。她在这床底下躺了一夜，很容易生病，我们必须马上把她弄出来。"

警察抬开了那张床，医院急诊室的医生很快就来了。泪眼模糊中，卓越眼前的一切都被幻化成一个个交织在一起的怪异光圈。

"兄弟，稳住。"卓越感觉到有人在他的肩膀上拍了两下，那是高德莫的声音。

夏丹丹拒绝再见卓越，而且她在警察面前坚决否认自己被陆老板强奸的事情，只是说陆老板在酒醉后殴打了她。

几天后，警方在外地抓获了修改检测数据的小郑。在幕后指使小郑的那个人，某家外贸公司的老总很快被捕，所有的事实都证明这起阴谋与夏丹丹毫无关系。

夏丹丹失踪了，她没有从医院办理离职手续。在失踪的前一天，她给卓越发了一条短信：我走了，别来找我。我说过，你不在乎，我在乎。江晨雨、柳眉都不错。卓越，你自由了。

已经临近午夜，医院对面的那家小饭馆里，卓越独自一人在那里喝酒，从他坐在那里开始，眼泪就一直没有停止。一直以来他都认为，和夏丹丹在一起，恋爱、结婚都是自然而然、顺理成章的事情，在他看来，所谓的过程、形式似乎都不再重要。可是现在……难道真的要在彻底失去之后才能够真正明白和懂得一切吗？

老板娘偷偷去看了他几次结果都被丈夫拉走了，老板娘叹息了一声："这孩子，不知道遇到了什么解决不了的事情。"

江晨雨来了，她坐到了卓越的对面，给自己倒了一杯酒喝下，生气地道："卓越，你根本就没有把我当成你的朋友，遇到了这样的事情干吗不叫我来陪你喝酒？"

卓越喃喃地道："她为什么如此绝情？说走就走了？为什么就一点不考虑我的感受？"

　　江晨雨又独自喝了一杯，反问道："那么，你考虑过她的感受吗？人言可畏，众口铄金，你父母的态度，你个人的未来，等等等等，你不在乎，可是她在乎啊。"

　　卓越怔怔地看着她，也许是酒精的作用，一时间并没有明白过来。江晨雨叹息了一声，说道："卓越，虽然你的心理学学得不错，但是并不了解我们女人啊。我们女人最终都是要做母亲的，所以我们总是习惯于牺牲自己，总是要先替自己所爱的人着想，这就是我们女人的天性。"

　　卓越终于明白了，而明白的结果却是内心深处更加钻心的痛。

第三十二章

一年之后。

又一个夏天来临，康小冬顺利产下一个胖嘟嘟的男孩，如今孩子已经两个多月了。孩子满月的那天医院里来了很多警察，合影的时候康小冬抱着孩子与汤知人和卓越坐在前排，后面的警察全部都站着。合影后每一个警察都抱着孩子单独照了张相，他们都是孩子的干爹。当所有的人都照完相后，康小冬抱着孩子来到卓越面前："卓医生，你愿意做孩子的干爹吗？"

卓越将孩子接了过去，笑着说道："在这里出生的每一个孩子都是我的孩子。"

这时候江晨雨跑了过来："那我就是孩子的妈妈。"

卓越指着不远处的秦文丰，笑着说道："你说话注意一些，某个人会吃醋的。"

江晨雨在他耳边低声说道："雯雯有个闺蜜长得非常漂亮，需不需要我把她介绍给你？"

这一瞬间，卓越的内心刺痛了一下，就连痛苦的表情都没来得及遮掩。江晨雨急忙道："得，是我这嘴巴欠抽。"随即低声问道，"最近有她的消息吗？"

卓越摇头。满脸的萧索。

几天前陆老板跑到医院来找卓越，卓越一见到这个人顿时就愤怒了，咬牙切齿地朝他低吼了一声："滚！"

陆老板并没有马上就滚，他对卓越说道："我早已把公司关掉了，这一年来我跑了很多地方，我只是想把她找回来。我对她做了那样的事情，希望她能够原谅我，如果她不能原谅我的话我宁愿去坐牢，否则的话这一辈子我都得不到安宁。卓医生，你有她的消息吗？"

卓越并没有为之所动，不过再也没有说出那个"滚"字来。那一刻，他似乎明白了当时夏丹丹为什么不控告这个人的真实意图了。也许她并不是软弱。

就在当天晚上，卓越情不自禁又一次来到夏丹丹曾经住过的寝室外面，惊讶地听见屋子里面有人在哭泣，激动之余一下子就叫出了夏丹丹的名字。

房门打开了，眼前却是满脸泪痕的陈小燕。

"你怎么了？"卓越尴尬地问。

"没事。卓医生，你有丹丹姐的消息吗？"陈小燕揩拭着眼泪，强作笑颜问道。

卓越摇头："我听到里面有哭声，还以为……你不是早就和高德莫结婚了吗？怎么又搬回来住了？"

陈小燕的眼泪又下来了："我和他……离婚了。"

卓越很是震惊："为什么？"

陈小燕抽泣着说道："我们都被他给骗了，那家医药公司其实就是他自己开的，他和下面的女医药代表……"

其实，高德莫来找他帮忙的时候他就已经开始怀疑了，只不过是难得糊涂罢了。就是问明白了又如何？人情总是要还的啊。不过卓越万万没有想到高德莫会如此不珍惜自己的婚姻。他忽然想起当时自己在夏丹丹面前分析高德莫和陈小燕两个人感情的事情来，这一刻，他顿时在心里嗟叹不已：这才一年多的时间啊，为何所有的一切都改变了呢？

安慰了陈小燕几句后卓越回到了自己的寝室，晚一点还得回家去。他只是想一个人在这里待一会儿。父亲是在两个月前去世的，母亲一个人守在家里。

其实父亲的身体在他走之前一个月就已经开始恶化了，从那时候开始父亲就拒绝再和家人交流。卓越曾经听夏丹丹说过，很多人在生命的最后阶段会选择离开外在世界，沉迷于与自己的心灵对话。

父亲去世那天卓越一直陪伴在他身边，父亲的手冰凉冰凉的，不过卓越还是感觉到了它最后那一次细微的颤动。卓越在父亲的耳边轻声说："爸，您放心吧，我会照顾好妈妈的。"

卓越知道父亲听得见。可惜的是夏丹丹已经不在，否则的话，或许父亲会走得更加安宁一些。

然而，卓越想要一个人暂时安静一下的愿望都无法实现。他发现雷达居然在寝室里，而且还有一个漂亮的女孩子陪着他。

"对不起，打搅你们了，我这就走。"卓越假装去自己的床铺上拿东西，同时歉意地道。

雷达并不在意，介绍道："这是我女朋友，她是我的病人。她的阑尾手术是我做的，说我看完了她的全身，结果我就再也跑不掉了。"

女孩子的脸一下子就红了："讨厌！"

卓越禁不住"哈哈"大笑："祝你们幸福。结婚的时候一定要告诉我啊。"

他的祝福是真挚的，雷达感觉得到。想到他和夏丹丹的事情，雷达只能在心里感叹不已。

位于江边的一处古色古香的茶楼里，郝书笔和秦天一边喝茶一边弈棋。最近半年来他们两个人经常出现在这个地方。

"如今我已经将公司所有的事务交给了儿子，郝医生，你想不想和我一起做一件大事情？"秦天在落下一颗棋子后忽然问道。

郝书笔笑道："看来你还真是闲不住啊。退休了就好好休息吧，老是折腾着不累？"

秦天叹息了一声，说道："我还真是闲不下来。你倒是好，还可以时不时去坐坐门诊、查查房什么的，可是我呢？总不能就这样闲着等死吧？"

郝书笔笑问道："倒也是，那你准备做一件什么样的大事情呢？"

秦天道："我想办一所技工学校，就像蓝翔技校那样的，我们这地方山区多，老百姓外出打工缺乏专业技能培训。我想了很久，觉得这件事情可以做。"

郝书笔笑道："我又不懂得如何开挖掘机、如何炒菜，你拉上我干什么？"

秦天朝他摆手，道："我准备在这所学校里开设急救课程，工地上经常出事，我希望我们今后的每一位学员都能够懂得这方面的一些最基本的知识。此外，我还想开设推拿按摩方面的专业。郝医生，你做过医院院长，今后管理这样一所学校应该没问题吧？"

郝书笔诧异地问道："我做了校长，你又干吗？"

秦天笑道："我就负责这所学校的建设啊，等学校建设好了之后我就当教员，以前我可是中学的物理老师，今后给学生上上理论课总没问题吧？"

郝书笔大笑道："你折腾了一辈子，结果还是想回到以前的生活中去，你这人还真是有趣。"

秦天也笑："你不也是一样的，当了那么多年的院长，如今不也还依然在当医生？人啊，总是会怀念过去的生活，那时候的我们虽然贫穷，但是生活简单，人与人之间的关系也更加真挚。"

郝书笔点头，想了想，道："这件事情很有意义，那我们就一起去做吧。"

秦天又道："你们医院那个叫卓越的年轻医生，我觉得他不错，你看能不能把他也……"

郝书笔即刻反对："他还年轻，而且是试管婴儿技术方面的专业人才，如今医院已经安排他协助董奇运建设新的生殖技术中心，这样的人才我们不能用，那样做的话就是对人才的浪费。"

秦天叹息了一声，点头道："我又何尝不懂得这个道理？也罢，那，这件事情我们以后再说吧。"

这时候郝书笔忽然心里一动："说起这个卓越，我倒是有个想法。如今我们医院同时上马了四个分院的建设，资金已经非常困难，前不久国家才出台了一项新的政策，允许民营资本参与国有医院的建设，你们公司完全可以入股这家生殖技术中心嘛。"

"这是一个非常不错的建议。"秦天点头，商人的敏锐瞬间就展现了出来，"这可是一桩只赚不赔的生意。这个想法好，到时候我作为股东方提议让卓越来负责这家医院的话，想必不会有人反对吧？"

郝书笔微微一笑，说道："卓越的人品是不错，今后在专业技术方面的发展也不应该有什么问题，不过他的管理能力究竟如何现在谁也不清楚，有些事情还是以后再说吧。"

秦天笑道："又不是所有的人一生下来就懂得管理。郝医生，这方面你可以教他的嘛。"

郝书笔大笑："得，我又多了一件事情了。"

两人同时大笑。

曾玉芹又一次住进了生殖技术中心的病房。卓越和江晨雨已经完成了第四代试管婴儿技术方面的实验，曾玉芹将作为这一技术的首个临床病例，这无论是对医院还是对曾玉芹来讲，都有着非同寻常的意义。

曾玉芹这一次住的是单人病房，如今她有钱了，不在乎这个。

好像曾玉芹天生就是一个会做生意的人，她对商机有着与众不同的敏感。不久前她在现有养殖场的基础上开了一家食品加工厂，专门生产具有本地特色的牛肉干。她生产的牛肉干和现有市场的有所不同，不但味道、质量优良，而且分量很足，走的是微利的模式，结果很快就打开了市场。

　　她这一次来住院的时候可是在这件事情上下足了血本，不但给全院的医生护士每人送了两包半斤装的牛肉干，就连生殖技术中心那些正在住院的病人都人人有份。为了这件事情丈夫李洪坤还和她发生过争吵，曾玉芹道："你怎么就不明白呢？我这样做不仅仅是为了打广告，更多的是为了给我们今后的孩子祈福。我送给大家牛肉干，他们当然就会祝福我这次怀孕成功，有了那么多人的祝福，这可是比去拜菩萨的效果要好多了。"

　　李洪坤最终还是妥协了："你总是有道理，反正钱是你挣的，随便你怎么折腾吧。"

　　曾玉芹却不同意他的这种说法，生气地道："孩子也是我一直在想要，我也一直在为这事折腾，难道今后那孩子就是我一个人的？"

　　李洪坤咧嘴笑了。他明白了曾玉芹的意思：虽然她总是强势，但却把这个家看得很重，事事都希望他这个做丈夫的同意才行。李洪坤忽然想起这些年来两个人的努力，顿时觉得这辈子其实过得很有意思。

　　是啊，人不就是为了希望而活着吗？

　　章芊芊回国已经有两个多月了，如今已经是老年科的护士长。这天，她去生殖技术中心找到了卓越："卓医生，你有空吗？我想和你说件事情。"

　　卓越记得她曾经和夏丹丹的关系不错，一下子就激动了起来，问道："你有丹丹的消息了，是吧？"

　　章芊芊并没有点头："我们出去说吧。"

　　两个人到了公寓的后边，章芊芊站在临崖的栏杆处远眺，轻声说道："我想了很久，觉得还是应该把这件事情告诉你。"

　　这一刻，卓越直感到心脏在剧烈地跳动，根本就不敢出声打断她的话。章芊芊依然是轻轻的声音："半个月前，丹丹姐给我打来电话，她告诉我说，如今她在沿海的一家老年康复中心上班。"

卓越迫不及待地问道："她告诉你具体地址了吗？"

章芊芊摇头："我问过她，可是她没有告诉我。她给我打这个电话就是想问问你现在的情况，她问我你现在有女朋友没有，我说你一直还是单身，她就在电话里面哭了，后来她一再叮嘱我不要把这件事情告诉你……"

卓越感到心里很是难受，喃喃地道："她为什么要这样呢？她怎么能这样做呢？"

章芊芊看着他："卓医生，其实我知道丹丹姐的想法。"

卓越霍然清醒了过来，急忙问道："她的想法究竟是什么？"

章芊芊道："她是希望你能够忘了她，也许在你结婚之前她是不会回来的。丹丹姐这个人心肠好，不过有时候也太过认死理儿了。"

卓越忍住不让眼泪掉下来："她这是何苦呢？"

章芊芊转身离去，可是走了几步后忽然转过身来："卓医生，本来我还有一件事情想要麻烦你的，你现在的心情不好，我过几天再来找你吧。"

卓越急忙叫住了她："没事，你现在就说吧。谢谢你告诉了我丹丹的消息，让我放心了许多。"

章芊芊不好意思道："是孙鲁的事情。这一年多来我们时常在网络上联系，他在国外过得不好，一直想回来。卓医生，我知道你和我们医院的领导关系不错，能不能麻烦你去给他们说说……"

卓越感到有些为难："其实我和医院的领导也只是工作上的关系，这件事情……"他看到章芊芊满脸的失望，一下子就有些心软了，急忙又道，"说一下倒是可以，不过我对孙鲁的情况一点都不知道啊。"

章芊芊一下子就高兴了起来，说道："是我刚才没有说清楚。他到国外后很快就在一家私立医院找到一份工作，还是做内科医生，这一年的时间他还有几篇质量较高的论文发表，不过他实在是有些不习惯国外的生活，身边几乎没有什么朋友，周围的同事还有些歧视亚洲人……"

卓越似乎明白了，微微笑着问道："你们俩……"

章芊芊的脸一下子就红了。

"他要回来也不是不可以，不过这个人的人品……"董奇运沉吟着说道。

卓越道："人都是会变的，以前他一时糊涂做了错事，想必早已认识到自己的错误了。现在医院正是需要人才的时候，我觉得医院应该给他一个改正错误的机会才是。您说呢？"

董奇运点了点头，道："确实是这个道理。嗯，想必康院长对这件事情应该不会反对的。我看这样，你告诉孙鲁一声，让他直接与康院长联系，到时候院长办公会的时候我支持一下就是了。"

卓越很是高兴，回头就把董奇运的意思告诉了章芊芊。却想不到孙鲁的运气实在有些背，当他这天刚刚给康德松打通电话，几个警察就进来把康德松给带走了，说是请他去配合调查一起重大案件。

近一年来，张彤云一直在调查一个敲诈勒索团伙。据受害人讲，这个团伙大约有三到五个人，而且都是警察的身份。他们一般在酒店、住宅小区里面作案，这个犯罪团伙作案的对象一般是嫖娼卖淫者、婚外恋同居者，涉案次数和金额都非常巨大。经过长时间的摸排、蹲点，张彤云和她的同事们终于掌握了这个犯罪团伙的活动规律，几天前才将他们一举抓获。当然，这几个人的警察身份都是假的，包括他们的着装。

让张彤云感到惊讶的是，这个犯罪团伙所供出的犯罪事实中竟然有一件是发生在一年前的旧案，其中竟然涉及一家医院的急诊科医生高德莫和院长康德松。此外，这起案件还和某家医药公司有牵连。

张彤云记得一年前的那个时候商植正在这家医院做采访报道，后来他的那篇报道还引起了强烈的社会反响，于是就在私底下问了一下他有关的情况："你认识高德莫吗？"

商植点头道："当然认识，为了写好那篇报道，我在这家医院可是待了很长的时间，里面的医生和护士我大多都认识。你干吗问我这个？"

案件正处于调查阶段，张彤云当然不会把具体的情况告诉他："你说说这个人。"

商植知道她是一个非常有原则性的人，也就不再追问："这个人很聪明，社会交往非常广泛，据说他在黑白两道都吃得开。这个人的野心很大，而且特别善于挣钱，据说他自己开有一家医药公司。对了，我以前的那个同行姚地黄你还记得吧？和孙鲁打架那个人，他后来就成了高德莫这家公司的副总经理。"

张彤云点头，顿时对这个人更加感兴趣了："你继续说下去。"

商植道："据说他和这家医院的药房主任是远房亲戚，也许正是因为有这样一层关系在，高德莫的这家医药公司才在很短的时间内越做越大。"

恐怕不仅仅是这层关系啊。张彤云直接就联想到了手上这起案子与这件事情的关系。商植继续说道："高德莫很会做人，特别喜欢帮忙，和同事相处也非常大方，虽然医院里面的很多人都知道他通过药房主任的关系在做药品生意，但是却很少有人讨厌、嫉妒他。对了，这个人特别喜欢打麻将，经常和他一起打牌的还有这家医院的麻醉科医生王林。当时我在这家医院做采访的时候这个王林就出了事情，据说是因为他头天打牌熬了通宵，结果第二天在给一个病人做麻醉时就出了事，病人在手术台上的时候就死了。后来这个王林也到了高德莫的这家公司上班，不过他负责的是另外几家医院的药品推广。"

张彤云诧异道："你的那篇报道我看过，里面怎么没有提及这件事情？"

商植苦笑着说道："医疗事故和医患关系都是社会的敏感话题，像这样的事件毕竟是个例，一旦报道出去很容易引起社会的恐慌。"

说到这里，他忽然就笑了，"关于这起医疗事故的事情，其实医院里面还有另外一种说法，不过那样的说法实在是太过诡异，这也是我当时没有报道的原因之一。"

张彤云很感兴趣："你说来听听，那件事情究竟诡异在什么地方？"

商植道："据这家医院麻醉科的人讲，以前他们做过同样病例的手术有两例，结果病人都是在手术台上就莫名其妙地死亡了。按照他们的说法，病人的死亡似乎与麻醉师的关系不大，不过事后总要给病人家属一个交代，处分当班的麻醉师也是必然的。"

张彤云没听明白究竟是怎么回事，嗔声道："又没让你讲故事，直接说明白不可以啊？"

商植急忙道："不是我故意要这样，这件事情还真的是一两句话讲不清楚。情况是这样的，这三个病例都涉及一种奇怪的疾病。当我们人类出生的时候多一条染色体就被称为先天愚型，这种孩子的模样都差不多，智商极其低下，不过有的孩子可能会拥有一些特别的技能，这种情况在人群中并不罕见。"

张彤云点头道："这个我知道。你说的那三个病例就是这种疾病？这种病难道还可以通过手术治疗？"

商植摇头道："我说的不是这种疾病，而是人类的染色体少了一个后出现的状况，这样的病人表现出来的是指蹼和颈蹼，手指间像鸭子那样有皮肤连着，从耳朵下到肩膀处也是如此。这样的病人极为罕见，做手术的目的就是将病人的指蹼和颈蹼去掉，而且要进行多次手术才可以最终完成，相当于整容手术。然而奇怪的是，这三起手术虽然事隔多年，但都是在手术台上的时候病人就突然死亡了。"

张彤云问道："麻醉过敏？"

商植摇头道："不知道。在一般情况下，手术病人在术前都是要做麻醉过敏试验的，或许不应该是这方面的问题。而诡异的是，这三起病例在手术的过程中，血压、呼吸监控设备显示出来的数据都很正常，一直到手术医生忽然发现病人的伤口不再渗血了才意识到出了问题。这三个病例都是如此，这就是我前面所说的最为诡异的地方。"

张彤云也道："确实是够诡异的，可是医院因此而开除麻醉师的话，似乎很不应该吧？"

商植道："那么，假如你是医院院长的话应该怎么做？很显然，这是一种到目前为止医学还不能解释的现象，如果医院就这样告诉病人家属的话，谁会相信？"

张彤云叹息着说道："以前听很多医生说他们是弱势群体，现在我有些明白这种说法的原因了。"

商植一下子就笑了，说道："如果说前面那两位麻醉师很倒霉的话，这个王林可是一点都不冤枉。据说那天这家伙在手术的过程中居然睡着了。"说到这里，他叹息了一声，"说实话，上次的那篇报道虽然引起的社会反响很大，其实我自己并不满意。医生这个群体太特殊了，虽然里面有像高德莫、王林那样的人，但像卓越那样的人还是多一些。医患关系、看病难看病贵的问题也非常复杂，这里面涉及国家政策、医院管理、个人的欲望等等，今后有机会的话我还想再写一篇更加深入的报道，或者……或者写一本关于医院方面的小说。"

张彤云笑道："好呀，我支持你。"

商植苦笑着说道："再说吧，医疗题材实在是太过敏感，其中涉及太多的问题，等我今后想明白了再说。"

高德莫和康德松被警察带走的事情很快就在医院引起了轩然大波，华茂凯更是坐卧不安。他有一种不好的预感：自己的这个位子很可能真的坐不稳了。哎！早知如此，又何必当初呢？

第三十三章

这天，卓越陪着母亲去给父亲上坟。父亲的墓地在郊外的一处陵园里，这地方非常清静，空气中充满萧索的味道，老鸦偶尔从低空中飞过，发出瘆人的叫声。欧阳慧在丈夫的坟前絮絮叨叨了许久，卓越却一个字都没有听进去。在来这里的路上，他总感觉有人一直在跟随着，可是几次回头去看却又什么都没有发现。

母亲终于絮叨完了："儿子，扶我起来，我的双腿有些麻。"

卓越急忙去将母亲扶起，感觉到她的身体轻飘飘的，说道："妈，您瘦了许多，今后可要注意身体才是。"

母亲看着他："那你就赶快找个女朋友结婚吧，免得我这一天到晚替你着急。"卓越苦笑着，母亲忽然指了指小山下面："儿子，那个女孩子是谁？她好像一直在跟着我们。"

卓越一下子就怔住了。小山脚下，一个身形苗条的女孩子正亭亭玉立站在那里。这一瞬间，他们两个人的目光已经交织在了一起……

图书在版编目（CIP）数据

医术 / 向林著 .—北京：作家出版社，2021.1
ISBN 978-7-5212-0924-2

Ⅰ.①医…　Ⅱ.①向…　Ⅲ.①长篇小说—中国—当代
Ⅳ.① I247.5

中国版本图书馆 CIP 数据核字（2020）第 066919 号

医术

作　　者：向　林
责任编辑：张　平
装帧设计：意匠文化·丁奔亮
出版发行：作家出版社有限公司
社　　址：北京农展馆南里 10 号　　　邮　　编：100125
电话传真：86-10-65067186（发行中心及邮购部）
　　　　　86-10-65004079（总编室）
E-mail:zuojia @ zuojia.net.cn
http://www.zuojiachubanshe.com
印　　刷：三河市北燕印装有限公司
成品尺寸：152×230
字　　数：405 千
印　　张：30.75
版　　次：2021 年 1 月第 1 版
印　　次：2021 年 1 月第 1 次印刷
ISBN 978-7-5212-0924-2
定　　价：86.00 元